HEYNE <

Das Buch

Mary Higgins Clark erzählt in ihren spannenden und zuweilen beklemmenden Geschichten von Menschen, die durch tragische Verwicklungen und unglückliche Zufälle bedroht werden. Ihre Schauplätze sind die abgründigen Seelenlandschaften von Menschen. Die Albträume ihrer Helden und Heldinnen sind von Menschenhand gemacht.

Das zeigt sich nicht nur in den fesselnden Kriminalstories um Alvirah Meehan und Henry Parker Britland IV., die als Hobbydetektive keine Gelegenheit auslassen, ihr kriminalistisches Talent unter Beweis zu stellen – und das nicht immer zur Freude der Polizei. Auch in Geschichten wie »Im Vexierspiegel«, »Glückstag« oder »Der blinde Passagier« zeigt die Autorin menschliche Schwächen, Fehler und folgenschwere Irrtümer auf und zieht den Leser erst unmerklich, dann immer stärker in eine Spannungsspirale, die ihn nicht mehr loslässt.

Die Autorin

Mary Higgins Clark wurde 1928 geboren. Mit ihren Spannungsromanen hat sie weltweit Millionen von Leserinnen und Leser gewonnen, und mit jedem neuen Roman erobert sie die Bestsellerlisten. Beinamen wie »die Königin der Spannung« und »Meisterin des sanften Schreckens« zeugen von ihrer großen Popularität. Die Autorin lebt in Saddle River, New Jersey.

Im Heyne Verlag erschienen:

Schrei in der Nacht, Das Haus am Potomac, Wintersturm, Die Gnadenfrist, Schlangen im Paradies, Das Anastasia-Syndrom, Schlaf wohl, mein süßes Kind, Schwesterlein, komm tanz mit mir, Daß du ewig denkst an mich, Das fremde Gesicht, Das Haus auf den Klippen, Ein Gesicht so schön und kalt, Mondlicht steht dir gut, Sieh dich nicht um, Nimm dich in acht, Wenn wir uns wiedersehen, Vergiss die Toten nicht, Du entkommst mir nicht, Denn vergeben wird dir nie.

Mary Higgins Clark

Der verlorene Engel

WILHELM HEYNE VERLAG
MÜNCHEN

Umwelthinweis:
Dieses Buch wurde auf
chlor- und säurefreiem Papier gedruckt.

Taschenbuchausgabe 10/2004

Printed in Germany 2004
Umschlagillustration: Getty Images/Spitze Mafford
Umschlaggestaltung: Eisele Grafik-Design, München
Gesetzt aus der Guardi
Satz: KompetenzCenter, Mönchengladbach
Druck und Bindung: GGP Media GmbH, Pößneck

ISBN: 3-453-87971-6
http://www.heyne.de

Inhalt

Und Mund um Mund verging vor Gier
Und klaffte warnend, weit und bang –
Da fuhr ich auf und fand mich hier
Auf dem kalten Hang.

Und darum harr ich hier noch aus
Und hink allein und bleich umher,
Sank auch das Schilf am See und singt
Kein Vogel mehr.

Aus dem Gedicht »La Belle Dame sans Merci«
von John Keats

Doppelschatten

Der verlorene Engel

Es schneite in der Nacht vor Weihnachten – ein ununterbrochener Strom kleiner Flocken, die auf den nackten Ästen und den Dächern liegen blieben. Im Morgengrauen legte sich der Sturm, und die Sonne brach hier und da einmal durch die Wolken.

Um sechs Uhr stand Susan Ahearn auf, drehte den Thermostat hoch und kochte Kaffee. Zitternd hielt sie die Hände über die Tasse. Sie fror ständig. Das kam sicherlich daher, weil sie so viel abgenommen hatte, seit Jamie verschwunden war.

Einhundertzehn Pfund waren einfach zu wenig für ihre ein Meter siebzig. Ihre Augen hatten das gleiche Blaugrün wie Jamies. Doch im Moment schienen sie zu groß für ihr Gesicht. Ihre Backenknochen traten hervor. Selbst das kastanienbraune Haar schien noch dunkler geworden zu sein und betonte ihr blasses und verhärmtes Aussehen, das zu einem Dauerzustand geworden war.

Sie fühlte sich so unendlich viel älter als achtundzwanzig. Vor drei Monaten, an ihrem Geburtstag, hatte sie den ganzen Tag damit verbracht, einer falschen Spur nachzujagen. Das Kind, das in einem Pflegeheim in Wisconsin entdeckt worden war, war nicht Jamie. Sie kroch zurück unter die Bettdecke, während der Wind durch das allein stehende Haus zweiundzwanzig Meilen westlich von Chicago pfiff.

Das Schlafzimmer machte einen uneingerichteten Eindruck. Keine Bilder an der Wand, keine Vorhänge an den Fenstern, kein Teppichboden oder irgendein Läufer auf dem Kiefernholzfußboden. In der Ecke neben dem Schrank standen planlos aufeinander gestapelte, verschlossene Kisten. Jamie war verschwunden, kurz bevor sie aus diesem Haus ausziehen wollten.

Es war eine lange Nacht gewesen. Die meiste Zeit hatte sie wach gelegen und versucht, die Angst zu vertreiben, die mittlerweile ihr ständiger Begleiter war. Was wäre, wenn sie Jamie nicht finden würde? Was wäre, wenn Jamie zu den Kindern gehörte, die einfach verschwunden blieben? Um die Leere des Hauses, das einsame Stöhnen des Windes und das Klappern der Fenster zu vergessen, begann Susan so zu tun, als ob Jamie da wäre.

»Na, du Frühaufsteher«, sagte sie.

Sie stellte sich Jamie in ihrem rot-weißen Flanellnachthemd vor, wie sie durch das Zimmer getrottet kommt und zu ihr ins Bett klettert. »Du hast ja eiskalte Füße …«

»Ich weiß. Omi würde sagen, ich hol mir den Tod. Omi sagt so was öfters. Du sagst, Oma ist miesepetrig. Erzähl mir die Weihnachtsgeschichte.«

»Komm mir jetzt nicht mit Omi. Ihr Sinn für Humor ist nicht gerade überwältigend.« Sie hatte Jamie in die Bettdecke gewickelt und in ihre Arme genommen. »Also Weihnachten in New York. Nach unserer Spazierfahrt mit der Pferdekutsche durch den Central Park gehen wir ins Plaza Mittagessen. Das ist ein großes, sehr schönes Hotel. Und genau gegenüber …«

»Gehen wir auch in das Spielzeuggeschäft …«

»In das berühmteste Spielzeuggeschäft der Welt. Es heißt FAO Schwarz. Dort gibt's Eisenbahnen, Puppen und Püppchen, Bücher und alles.«

»Ich darf mir drei Geschenke aussuchen …«

»Ich dachte, wir hätten zwei abgemacht. Also gut, sagen wir drei.«

»Und dann besuchen wir das Jesuskind in Sankt Pats ...«

»Eigentlich heißt die Kirche Sankt Patrick, aber wir Iren sind ja ein freundlicher Menschenschlag. Alle sagen Sankt Pats zu ihr ...«

»Erzähl mir von den drei ... und von den Schaufenstern mit den Märchenfiguren ...«

Susan trank den letzten Rest Kaffee aus. Sie hatte einen Kloß im Hals. Das Telefon klingelte, und sie versuchte den wilden Sprung – Ausdruck ihrer Hoffnung – zu zügeln, bevor sie den Hörer abnahm. Jamie! Hoffentlich ist es Jamie!

Es war ihre Mutter, die aus Florida anrief. Der sorgenvolle Tonfall, den sich ihre Mutter seit dem Verschwinden Jamies angewöhnt hatte, war heute besonders stark zu spüren. Entschlossen zwang sich Susan positiv zu klingen. »Nein, Mutter. Kein Wort. Natürlich hätte ich dich sofort angerufen ... Es ist für uns alle schwer. Nein, ich bin sicher, dass ich lieber hier bleiben möchte. Vergiss nicht, schließlich hat sie einmal hier angerufen ... Um Gottes willen nein, Mutter, ich glaube nicht, dass sie tot ist. Lass mir Zeit. Jeff ist ihr Vater. Er liebt sie auf seine Weise ...«

Weinend legte sie auf und biss sich auf die Lippen, um nicht in wütende Hysterie auszubrechen – alle Ungeheuer waren entfesselt. Selbst ihre Mutter wusste nicht, wie schlimm es wirklich war.

Bis jetzt waren sechs Ermittlungsverfahren gegen Jeff eingeleitet worden. Der Unternehmer, den sie geheiratet hatte, war in Wahrheit ein international gesuchter Juwelendieb. Dieses abgelegene Haus in diesem abgelegenen Vorort hatte er gemietet, weil es ein gutes Versteck für ihn gewesen war. Letztes Frühjahr hatte sie die Wahrheit erfahren, als das FBI kam und ihn festnehmen wollte, kurz nachdem er auf eine von seinen ›Geschäftsreisen‹ gegangen war. Er kam nie mehr wieder, also hatte sie das Haus zum Verkauf angeboten. Sie traf alle Vorbereitungen, um nach New York umzuziehen – die vier Jahre, die sie dort am College verbracht hatte, waren die glücklichsten ihres Lebens gewesen. Dann, ein paar Wochen nach seinem Verschwinden, war Jeff in Jamies Kindergarten aufgetaucht und hatte sie mitgenommen. Das war jetzt sieben Monate her.

Auf der Fahrt zur Arbeit wurde sie die Angst nicht mehr los, die der Anruf ihrer Mutter bei ihr ausgelöst hatte. *Glaubst du, dass Jamie tot ist?* Jeff war absolut unfähig, eine Verantwortung zu übernehmen. Als Jamie sechs Monate alt war, hatte er sie allein zu Hause gelassen und war Zigaretten holen gegangen. Und als sie zwei war, hatte er nicht gemerkt, dass sie ins tiefe Wasser hineingewatet war. Ein Rettungsschwimmer hatte sie rausgeholt. Wie sollte er da heute richtig auf sie aufpassen können? Warum hatte er sie mitgenommen?

Das Immobilienbüro war festlich geschmückt für Weihnachten. Sie waren eine nette Mannschaft, die sechzehn Leute, mit denen sie zusammenarbeitete, und Susan freute sich über die hoffnungsvollen Blicke, die sie ihr jeden Morgen zuwarfen. Alle warteten sie auf gute Nachrichten. Heute hatte keiner so richtig Lust zum Arbeiten, aber sie beschäftigte sich, indem sie die Zeitungen nach Geschäftsauflösungen durchsah. Egal, was sie auch tat, es erinnerte sie an die Sache. Die Wilkes, die sich ihr erstes Haus gekauft hatten, weil sie Nachwuchs erwarteten. Die Conways, die ihr großes Haus verkauften, um in die Nähe ihrer Enkel zu ziehen. Als sie das Gespräch mit Frau Conway beendete, merkte sie, wie ihr die mittlerweile vertrauten Tränen in die Augen stiegen, und sie drehte den Kopf zur Seite.

Joan Rogers, die Kollegin am Schreibtisch neben ihr, las eine Zeitschrift. Es versetzte Susan einen Stich, als sie die Überschrift des Artikels sah: ›Kinder sind nicht immer wahre Engel an Weihnachten.‹

Süße Fotos von kleinen Kindern in weißen Hemden und mit Heiligenscheinen waren über die Seite verstreut.

Susan erstarrte, beugte sich hinüber und riss Joan verzweifelt die Zeitschrift aus der Hand. Der Engel in der rechten oberen Ecke. Ein kleines Mädchen. Das Haar war so hellblond, dass es fast weiß erschien. Aber die Augen, der Mund und die Pausbäckchen. »Oh, Gott«, flüsterte Susan. Sie zog die Schreibtischschublade auf, durchwühlte deren Inhalt und fand endlich den gesuchten Filzstift. Mit zitternden Händen übermalte sie das blonde Haar des Kindes mit dem warmen Braunton des Stiftes und beobachtete, wie das Engelsgesicht in der Zeitschrift dem gerahmten Foto auf ihrem Schreibtisch immer ähnlicher wurde.

Jamie sah nachdenklich aus dem Schlafzimmerfenster in die kalte Winterlandschaft hinaus und versuchte, nicht auf die streitenden Stimmen zu hören. Papa und Tina stritten sich wieder mal. Irgendjemand aus dem Haus hatte Papa ihr Foto, das in der Zeitung war, gezeigt. Papa schrie gerade: »Was hast du denn damit erreichen wollen? Dass wir alle im Gefängnis landen? Wie oft hat sie Modell gestanden?«

Sie waren Ende des Sommers nach New York gekommen, und Papa war sehr viel ohne sie auf Reisen gegangen. Tina sagte, ihr wäre langweilig und sie könnte mal wieder ein bisschen als Fotomodell arbeiten. Aber die Frau, zu der sie gegangen war, sagte zu ihr: »Von ihrem

Typ brauche ich im Moment niemand, aber mit dem kleinen Mädchen da könnte ich was anfangen.«

Es war einfach gewesen, sich als Engel fotografieren zu lassen. Sie hatten ihr gesagt, sie bräuchte nur an was sehr Schönes zu denken, und so dachte sie an Weihnachten, und dass sie und Mami vorgehabt hatten, dieses Jahr den Heiligabend in New York zu verbringen. Jetzt war sie in New York, und alle diese Plätze, wo sie und Mami hingehen wollten, waren ganz nahe – aber es war einfach nicht dasselbe mit Papa und Tina.

»Ich hab dich gefragt, wie oft sie Modell gestanden hat!«, schrie Papa.

»Zwei oder drei Mal«, rief Tina.

Das war gelogen. Sie waren oft in die Fotoagentur gegangen, wenn Papa unterwegs war. Aber wenn Papa in New York war, hatte Tina die Termine abgesagt.

Jetzt meinte Tina: »Was erwartest du eigentlich von mir? Soll ich vielleicht Däumchen drehen, solange du weg bist?«

Unten auf der Straße eilten die Menschen vorbei, als wäre ihnen kalt. Es hatte die ganze Nacht geschneit, aber der Schnee schmolz unter den Rädern der Autos und verwandelte sich in dreckige Matschhaufen. Ganz drüben, am Rand ihres Blickfeldes, konnte sie den Central Park sehen, wo der Schnee so schön war, wie er sein sollte.

Jamie hatte einen Kloß im Hals. Sie wusste, dass an Weihnachten das Christkind kam. Jeden Tag hatte sie gebetet, dass der liebe Gott, wenn er das Jesuskind auf die Erde bringt, auch Mami mitbringt. Aber Papa hatte ihr gesagt, dass Mami immer noch sehr krank wäre. Und heute Abend würden sie wieder mal in ein Flugzeug einsteigen und irgendwo hinfliegen. Es klang wie ba-na-nas. Nein. Es hieß Ba-ha-mas.

»Jamie!«

Tinas Stimme klang ziemlich ärgerlich, als sie nach ihr rief. Jamie wusste, dass Tina sie nicht besonders mochte. Tina sagte auch immer zu Papa: »Sie ist dein Kind!«

Papa saß im Bademantel am Tisch. Die Zeitschrift mit ihrem Foto hatte er auf den Boden geworfen; jetzt las er die Tageszeitung. Normalerweise sagte er: »Guten Morgen, Prinzesschen«, aber heute beachtete er sie nicht mal, als sie ihm einen Kuss gab. Papa war nie bösartig zu ihr. Ein einziges Mal hatte er ihr eine Ohrfeige gegeben. Das war, als sie versucht hatte, Mami anzurufen. Genau in dem Moment, als Mami sagte: »Bitte hinterlassen Sie eine Nachricht«, kam Papa rein. Sie konnte gerade noch sagen: »Ich hoffe, dir geht's besser, Mami, du fehlst mir«, bevor Papa den Hörer auf die Gabel knallte und ihr eine runterhaute. Danach schloss er immer das Telefon ab, wenn er und Tina nicht in der Nähe waren. Papa sagte, dass Mami so krank wäre, dass es ihr wehtäte, wenn sie versuchte zu sprechen. Aber Mami hatte sich gar nicht krank angehört, als sie sagte: »Bitte hinterlassen Sie eine Nachricht!«

Jamie setzte sich an den Tisch, wo schon der Orangensaft und die Cornflakes auf sie warteten. Das war so ziemlich das Einzige, was Tina für sie tat – ihr das Frühstück machen.

Papa runzelte die Stirn und klang ärgerlich, als er laut vorlas: »Die Bediensteten vermuten, dass der kleinere der beiden Einbrecher eine Frau gewesen ist.« Dann sagte Papa: »Ich hab dir gleich gesagt, dass diese Aufmachung ein Fehler war.«

Tina beugte sich über seine Schulter. Ihr Morgenrock stand offen, und sie quoll aus ihrem Nachthemd. Ihr Haar war völlig unordentlich, und sie blies Rauchringe in die Luft, während sie vorlas: »*Vielleicht waren es Leute aus dem Haus.* Was willst du mehr!«

»Dass wir so schnell wie möglich abhauen«, sagte Papa. »Wir haben diese Stadt überstrapaziert.«

Jamie dachte an all die Wohnungen, die sie sich angesehen hatten. »Müssen wir denn unbedingt auf die Baha-mas?«, fragte sie. Es klang so weit weg. Weiter und weiter weg von Mami. »Die Wohnung gestern hat mir gefallen«, bemerkte sie. Sie spielte mit den Cornflakes und rührte mit dem Löffel drin herum. »Ihr habt doch der Frau gesagt, ihr glaubt, das wär genau das Richtige für euch?«

Tina lachte. »Stimmt, Kleines, in gewisser Weise war es das auch.«

»Halt den Mund.« Papa klang ziemlich sauer. Jamie dachte daran, wie gestern die Frau, die ihnen die Wohnung gezeigt hatte, sagte, was für eine wunderbare Familie sie wären. Papa und Tina hatten die vornehmen Kleider angezogen, die sie immer trugen, wenn sie sich Wohnungen ansahen, und Tina hatte die Haare zu einem Pferdeschwanz zurückgekämmt und war nur sehr dezent geschminkt.

Nach dem Frühstück gingen Tina und Papa ins Schlafzimmer. Jamie überlegte, was sie anziehen sollte, und entschied sich für die lila Hose und das gestreifte, langärmelige Hemd, das sie angehabt hatte an dem Tag, an dem Papa zum Kindergarten gekommen war, um ihr zu sagen, dass Mami krank wäre und er sie mit nach Hause nehmen würde. Obwohl beides ihr langsam zu klein wurde, zog sie es lieber an als ihre neuen Kleider. Sie wusste noch ganz genau, wie Mami sie gekauft hatte.

Sie bürstete sich das Haar und war immer wieder überrascht, wie lustig es jetzt aussah. Es hatte exakt die gleiche Farbe wie Tinas, und wenn sie zusammen weggingen, wollte Papa immer, dass sie ›Mutter‹ zu Tina sagte. Sie wusste, dass Tina nicht ihre Mutter war, und da sie zu

Mami immer Mami gesagt hatte, störte es sie nicht weiter, Tina Mutter zu nennen. Es waren zwei unterschiedliche Namen für zwei unterschiedliche Personen.

Als sie ins Wohnzimmer zurückkam, waren Papa und Tina fertig angezogen. Papa trug eine Aktentasche, die schwer aussah. »Ich werd nicht besonders traurig sein, wenn wir heute Abend diesen Ort verlassen«, sagte er. Jamie gefiel es hier auch nicht. Sie wusste, dass es schön war, nur einen Block vom Central Park entfernt zu wohnen, aber die Wohnung war dunkel und schmuddelig, und die Einrichtung war alt, und der Teppich hatte einen Riss. Papa sagte immer wieder zu den Leuten, die ihnen ihre Apartments vorführten, wie sehr sie sich auf eine wirklich elegante Wohnung in New York freuten.

»Tina und ich müssen noch was erledigen«, sagte Papa zu ihr. »Ich schließe die Tür zweimal ab, dann kann nichts passieren. Lies oder sieh fern. Nachher wird Tina mit dir Sommerkleider einkaufen für die Bahamas, und du kannst dir ein paar Weihnachtsgeschenke aussuchen. Ist das was?«

Es gelang Jamie, ihm zuzulächeln, aber gleichzeitig blieb ihr Blick am Telefon hängen. Papa hatte vergessen, es abzuschließen. Wenn sie weg waren, würde sie Mami wieder anrufen. Sie wollte mit Mami über Weihnachten reden. Papa würde es gar nicht merken. Sie wartete ein paar Minuten, um sicher zu sein, dass sie weg waren, dann nahm sie den Hörer ab. Jede Nacht vor dem Einschlafen sagte sie sich die Nummer vor, so würde sie sie nicht vergessen. Sie wusste sogar, dass sie die Eins vorwählen musste. Sie sagte die Nummer laut vor sich hin und wählte: »1 … 312-54 …«

Der Schlüssel drehte sich im Schloss. Sie hörte Papa fluchen, und sie ließ den Hörer los, bevor er ihr ihn wegreißen konnte. Er hielt den Hörer ans Ohr, und als das

Freizeichen kam, legte er auf, schloss das Telefon ab und sagte: »Wenn heute nicht Weihnachten wäre, hättest du was erleben können!«

Dann ging er wieder. Jamie verkroch sich im großen Sessel, zog die Beine an und legte den Kopf auf die Knie. Sie wusste, sie war zu alt zum Weinen. Sie war fast viereinhalb. Trotzdem musste sie sich auf die Lippen beißen, damit sie nicht anfingen zu zittern. Aber nach einer Minute konnte sie schon wieder das So-tun-als-ob-Spiel spielen.

Mami war bei ihr, und sie würden zusammen, wie ausgemacht, Weihnachten verbringen. Als Erstes würden sie mit der Kutsche durch den Central Park fahren, und die Glöckchen an den Mähnen der Pferde würden klingeln. Dann würden sie in ein großes Hotel zum Mittagessen gehen. Beunruhigt stellte sie fest, dass sie den Namen des Hotels vergessen hatte. Sie runzelte die Stirn und dachte angestrengt nach. Sie sah das Hotel in Gedanken genau vor sich. Sie hatte Papa dazu gebracht, ihr zu zeigen, wo es war. Jetzt fiel es ihr wieder ein. Das Plaza. Nach dem Mittagessen würden sie in das Spielzeuggeschäft gegenüber gehen. Zu FAO Schwarzzz ... Sie würde sich zwei Geschenke aussuchen. Nein, dachte Jamie, Mami hat gesagt, ich kann mir drei aussuchen. »Wir gehen die Fifth Avenue runter und besuchen das Jesuskind und dann ...«

Tina sagte, sie wäre eine ziemliche Nervensäge, weil sie immer fragte, wo was wäre. Aber jetzt wusste sie ganz genau, wie sie zur Fifth Avenue kam von hier aus und wo die Plätze lagen, die sie und Mami besuchen wollten. Mami war in New York in die Schule gegangen. Aber das war lange her ... vielleicht hatte Mami vergessen, wo sie waren, aber Jamie wusste es. Mit geschlossenen Augen stellte sie sich vor, wie sie ihre Hand in Mamis Hand legte und sagte: »Der große wunderschöne Baum ist da unten ...«

Die Telefonnummer der Zeitschrift stand im Impressum. Hastig wählte Susan die Nummer 212 ... Sie bemerkte, wie sich alle anderen im Büro um ihren Schreibtisch versammelten, während sie darauf wartete, dass am anderen Ende jemand abhob. *Lass sie nicht geschlossen haben, lass sie nicht geschlossen haben.*

Die Frau in der Vermittlung, die sich endlich meldete, versuchte behilflich zu sein. »Tut mir Leid, unter dieser Nummer ist im Moment niemand zu erreichen. Kinderfotos? Darüber erhalten sie Auskunft in der entsprechenden Abteilung, die ist aber heute geschlossen. Sie können dort am 26. wieder anrufen.«

In einem Wortschwall sprudelte Susan heraus, was mit Jamie geschehen war. »Sie müssen mir helfen. Wie bezahlen Sie ein Kind, das Modell steht? Haben Sie denn keine Adresse?«

Die Frau in der Vermittlung unterbrach sie: »Warten Sie, es muss einen Weg geben, das herauszufinden.«

Minuten vergingen. Susan hielt den Hörer fest umklammert und bemerkte kaum, dass sie jemand an den Schultern festhielt. Joan, liebe Joan, die zufällig diesen Artikel gelesen hatte.

Als sich die Vermittlung wieder meldete, sagte sie triumphierend: »Ich habe einen der Herausgeber zu Hause erreicht. Die Kinderfotos, die wir zu diesem Artikel abgedruckt haben, stammen aus der Fotoagentur Lehman. Hier ist die Nummer.«

Susan wurde zu Dora Lehman durchgestellt. Im Hintergrund konnte sie die Geräusche einer Weihnachtsfeier hören. Frau Lehmans durchdringende, aber freundliche Stimme sagte: »Ja, Jamie ist eins meiner Kinder. Sicher ist sie hier in New York. Die Aufnahmen sind von letzter Woche.«

»Sie ist in New York!«, rief Susan aus. Nur undeutlich bekam sie mit, wie hinter ihr geklatscht wurde.

Dora Lehman hatte keine Adresse von Jamie. »Eine gewisse Tina holte immer Jamies Schecks ab. Aber ich habe eine Telefonnummer. Eigentlich sollte ich dort nur anrufen, wenn ein wirklich dicker Auftrag auf dem Tisch liegt. Tina sagte, wenn ihr Ehemann am Apparat wäre, sollte ich sagen, ich hätte mich verwählt.«

Susan kritzelte die Nummer auf ein Papier, so nervös, dass es ihr nicht gelang einzuhängen und sie noch hörte, wie Frau Lehman ihr vorschlug, mit Jamie vorbeizuschauen, wenn sie in New York wären.

Joan hielt sie zurück, als sie die Nummer wählen wollte. »Du wirst sie nur warnen. Wir müssen die New Yorker Polizei einschalten. Sie können die Adresse herausfinden, und du buchst einen Flug nach New York.«

Nach all den Monaten des Wartens endlich etwas *tun* zu können. Irgendjemand sah im Flugplan nach. Die nächste Maschine, die sie nehmen konnte, ging mittags vom O'Hare ab. Aber als sie versuchte, eine Reservierung zu bekommen, musste die Angestellte fast lachen. »Wir haben heute keinen einzigen freien Platz mehr ab Chicago«, sagte sie. Auf ihr Bitten hin wurde sie mit dem stellvertretenden Chef verbunden. »Sie kommen hier weg«, sagte er ihr. »Sie kriegen einen Platz in diesem Flugzeug, und wenn wir den Piloten rausschmeißen müssen.«

Joan hatte gerade das Gespräch mit der New Yorker Polizei beendet, als Susan den Hörer auflegte. Es dauerte einen Moment, bis Susan auffiel, dass Joan ein finsteres Gesicht machte und der Ausdruck freudiger Erwartung aus ihren Augen verschwunden war. »Jeff ist gerade wegen eines Raubüberfalls verhaftet worden, den er und diese Frau – Tina –, mit der er zusammenlebt, begangen haben. Ein Nachbar will gesehen haben, wie Jamie und die Frau vorfuhren, als sie ihn gerade in den Streifenwagen verfrachteten. Wenn Tina weiß, dass Jeff verhaftet wurde, verschwindet sie mit Jamie Gott weiß wohin.«

Papa und Tina waren nur kurz weg gewesen. Jamie konnte die Uhr lesen, und beide Zeiger standen auf elf, als sie zurückkamen. Tina sagte, sie solle ihren Mantel anziehen, weil sie jetzt zu Bloomingdale gingen. Es machte keinen Spaß, mit Tina einzukaufen. Jamie merkte, dass sogar die Frau, die ihnen die Kleider verkaufte, überrascht war, dass Tina sich nicht im Geringsten dafür interessierte, was sie kaufte. Sie sagte nur: »Sie braucht ein paar Badeanzüge und ein paar Shorts und Blusen. Das müsste genügen.«

Dann gingen sie in die Spielzeugabteilung. »Dein Vater hat gesagt, du kannst dir ein paar Sachen raussuchen«, sagte Tina.

Sie wollte eigentlich gar nichts. Die Puppen mit den gläsernen Knopfaugen und Rüschenkleidchen sahen nur halb so lieb aus wie ihre Minnie-Maus-Stoffpuppe zu Hause, die sie immer mit ins Bett nahm. Aber Tina sah ziemlich ärgerlich aus, als sie ihr sagte, sie wollte gar nichts haben, und deshalb zeigte sie schnell auf ein paar Bücher.

Zurück zur Wohnung nahmen sie ein Taxi. Aber als der Fahrer an den Randstein fuhr, fing Tina an, sich komisch zu benehmen. Zwei Polizeifahrzeuge parkten dort, und Jamie sah Papa zwischen zwei Polizisten gehen. Sie zeigte auf ihn, aber Tina zwickte sie ins Knie und sagte zu dem Fahrer: »Ich habe etwas vergessen. Bitte, fahren Sie uns noch einmal zu Bloomingdale zurück.«

Jamie sank entsetzt in den Sitz zurück. Papa hatte heute Morgen von der Polizei gesprochen. Hatte Papa Schwierigkeiten? Sie wagte es nicht, Tina zu fragen. Tina hatte einen gemeinen Zug um den Mund, und ihre Hand, mit der sie Jamie gezwickt hatte, war noch in der Luft, bereit, wieder zuzuschlagen.

Bei Bloomingdale kaufte Tina jetzt nur noch für sich ein. Sie kaufte einen Koffer, ein Kleid, einen Mantel, einen Hut und eine große dunkle Sonnenbrille. Nachdem Tina bezahlt hatte, schnitt sie alle Etiketten raus und sagte zu der Verkäuferin, dass sie sich entschieden hätte, die neuen Kleider gleich anzuziehen.

Als sie Bloomingdale wieder verließen, sah sie völlig verändert aus. Ihre weiße Nerzjacke und ihre Lederhose waren im Koffer. Der neue Mantel war schwarz, wie der, den sie trug, wenn sie sich Wohnungen ansahen. Der Hut bedeckte ihr Haar vollständig, und die dunkle Sonnenbrille war so groß, dass man kaum ihr Gesicht erkennen konnte.

Jamie hatte Hunger. Sie hatte den ganzen Tag nichts gegessen, nur die Cornflakes und den Orangensaft am Morgen. Die Straße war voller Menschen. Die Leute gingen vorbei mit ihren vollen Einkaufstaschen. Die einen sahen gestresst aus, andere dagegen glücklich. Da stand ein Weihnachtsmann an der Straßenecke, und die Leute warfen Geld in seine Sammelbüchse.

An der Ecke entdeckte sie einen Imbissstand. Schüchtern zupfte sie Tina am Ärmel. »Könnte ich bitte … Ist es in Ordnung, wenn ich …« Irgendwie schnürte es ihr die Kehle zu. Sie war so hungrig. Sie wusste nicht, warum die Polizei Papa mitgenommen hatte, und sie wusste, dass Tina sie nicht mochte.

Tina hatte versucht, ein Taxi herbeizuwinken. »Na gut«, sagte sie, »meinetwegen. Aber beeil dich.« Jamie bestellte ein Hot Dog mit Senf und eine Cola. Ein Taxi hielt an, noch bevor der Mann Senf auf die Wurst tun konnte, und Tina sagte: »Vergiss das mit dem Senf, komm schon!«

Im Taxi versuchte Jamie so vorsichtig zu essen, dass es keine Krümel gab. Der Fahrer drehte sich herum und sagte zu Tina: »Ich weiß, dass das Kind nicht lesen kann, aber wie ist das mit Ihnen?«

»Oh, Entschuldigung, das habe ich nicht gesehen.« Tina zeigte auf das Schild. »Da steht, dass man im Taxi nicht essen darf; also warte, bis wir am Hafenamt sind.«

Das Hafenamt war ein riesengroßes Gebäude mit vielen Menschen. Sie stellten sich in einer langen Schlange an. Tina drehte sich andauernd um, als hätte sie vor irgendetwas Angst. Am Schalter fragte sie, wann Busse nach Boston gingen. Der Mann antwortete, es gäbe einen um zwei Uhr zwanzig, den sie noch kriegen könnten. Dann kam ein Polizist auf sie zu. Tina drehte den Kopf weg und sagte gepresst: »Oh, mein Gott!«

Jamie fragte sich, ob der Polizist sie jetzt genauso ins Auto verfrachten würde, wie sie es mit Papa gemacht hatten. Aber er kam überhaupt nicht in ihre Nähe. Stattdessen redete er mit zwei Frauen, die sich anschrien. Mami hatte ihr immer erzählt, dass die Polizisten ihre Freunde wären, aber sie wusste, dass das in New York anders war, weil Papa und Tina Angst vor ihnen hatten.

Tina brachte sie in einen Raum, wo ein paar Leute in einer Reihe auf Stühlen saßen. Eine alte Frau war mit der Hand auf ihrem Koffer eingeschlafen. Tina sagte:

»So, Jamie, du wartest hier auf mich. Ich muss noch eine Besorgung machen, und das kann länger dauern. Iss deine Wurst auf und trink deine Cola, aber sprich mit niemandem. Wenn dich jemand fragt, sagst du, du gehörst zu der Frau dort.«

Jamie war froh, dass sie sich hinsetzen und essen durfte. Die Wurst war kalt, und sie wünschte, es wäre Senf drauf, aber es schmeckte auch so gut. Sie sah, wie Tina zum Aufzug zurückging.

Sie wartete sehr lange. Irgendwann wurden ihre Augenlider schwer, und sie schlief ein. Als sie wieder aufwachte, rannten ziemlich viele Leute an ihr vorbei, als würden sie zu spät kommen. Die alte Frau, die neben ihr saß, schüttelte sie. »Bist du allein?« Sie sah ärgerlich aus.

»Nein, Tina kommt gleich zurück.«

Das Reden fiel ihr schwer. Sie war immer noch so verschlafen.

»Wartest du schon lange hier?«

Jamie wusste es nicht so genau und sagte deshalb noch mal: »Tina kommt gleich wieder.«

»Also gut. Ich muss zum Bus. Und sprich mit niemandem, bis Tina zurück ist.« Die alte Frau nahm ihren Koffer. Es sah so aus, als wäre er sehr schwer.

Jamie musste auf die Toilette. Tina würde sehr ärgerlich sein, wenn sie nicht auf sie wartete, aber sie konnte es nicht länger aushalten. Sie fragte sich, wie sie die Toiletten finden könnte, wo sie doch niemand fragen durfte. Da hörte sie auf dem Stuhl hinter ihr eine Frau zu ihrem Freund sagen: »Lass uns noch mal aufs Klo gehen, bevor wir fahren.«

Jamie war klar, dass sie die Toilette gemeint hatte. Tina redete auch immer vom Klo. Sie nahm das Paket mit den Kleidern und den Büchern und folgte den beiden so dicht, dass es so aussah, als gehörte sie zu ihnen.

Auf der Toilette waren viele Leute, und einige von ihnen hatten Kinder dabei, sodass es niemand weiter auffiel, wie sie hinein- und hinausging. Sie wusch sich die Hände und verließ diese schmutzigen Toiletten, so schnell sie konnte. Da fiel ihr das erste Mal die große Uhr an der Wand auf. Der kleine Zeiger stand auf vier und der große auf eins. Das bedeutete: Es war fünf nach vier. Der Mann am Schalter hatte Tina erzählt, der nächste Bus würde um zwanzig nach zwei gehen.

Jamie blieb stehen. Jetzt wurde ihr klar, dass Tina gar nicht die Absicht gehabt hatte, sie mitzunehmen … Tina kam nicht mehr zurück.

Jamie wusste, wenn sie hier bliebe, würde sie früher oder später ein Polizist ansprechen. Doch wo sollte sie hingehen? Papa war nicht zu Hause, und Tina war weg. Vielleicht konnte sie Mami anrufen; die würde bestimmt jemand schicken, auch wenn sie krank war. Aber sie hatte kein Geld. Sie wünschte sich so sehr, Mami wäre da. Sie merkte, dass ihr die Tränen kamen. Es war Heiligabend, und Mami und sie hatten eigentlich vorgehabt, ihn zusammen zu verbringen.

Durch die großen Türen am Ende der Halle gingen die Menschen rein und raus. Das musste der Ausgang sein. Das Paket war schwer. Die Schnüre schnitten ihr in die Handflächen. Sie wusste, was sie machen konnte. Die Wohnung war an der Ecke 48. Straße Fifth Avenue. Das war die Adresse, die Tina und Papa immer den Taxifahrern angegeben hatten. Und wenn sie die Wohnung gefunden hatte, konnte sie auch einen Block weiter zum Central Park gehen. Von dort aus wusste sie, wie sie zum Plaza kam. Sie würde das So-tun-als-ob-Spiel spielen. Sie würde sich vorstellen, dass Mami bei ihr wäre und sie zusammen mit der Pferdekutsche durch den Central Park fahren und ins Plaza zum Mittagessen gehen würden. Dann würde sie in den Spielzeugladen gegenüber vom Plaza gehen, genau wie Mami und sie es ausgemacht hatten. Sie würde die Fifth Avenue hinunterlaufen und das Jesuskind besuchen und den großen Baum und die Märchenfenster bei Lord and Taylor anschauen.

Sie stand draußen auf der Straße. Es wurde langsam dunkel, und der eisige Wind biss ihr in die Wangen. Ohne Mütze fror sie am Kopf. Ein Mann mit einem grauen Pullover und einem weißen Kittel verkaufte Zeitungen. Sie wollte nicht, dass er merkte, dass sie allein war, also deutete sie auf eine Frau mit einem Baby auf dem Arm, die versuchte, ihren Kinderwagen aufzuklappen: »Wir müssen zur Fifth Avenue«, sagte sie zu dem Mann.

»Das ist ganz schön weit«, sagte er. Er machte eine ausladende Handbewegung. »Es geht achtzehn Blocks da hinauf und einen Block so rüber.«

Jamie wartete, bis der Mann jemand Kleingeld rausgeben musste, dann flitzte sie über die Straße und machte sich auf den Weg zur Fifth Avenue. Eine zerbrechliche Gestalt in einem rosa Anorak und mit goldenen Löckchen.

Die Maschine hatte Verspätung beim Anflug, und es dauerte eine Stunde vierzig Minuten, bis sie auf dem LaGuardia-Flughafen ankamen. Es war drei Uhr, als sie landeten. Susan rannte durch die Ankunftshalle und versuchte, die freudigen Willkommensgrüße zu ignorieren, die die anderen Passagiere bekamen.

Als sich das Taxi auf der 59. Straße durch den Verkehr schob, versuchte Susan nicht dran zu denken, dass sie und Jamie geplant hatten, heute diesen Tag zusammen in New York zu verbringen. Es war kalt und bedeckt, und der Fahrer sagte ihr, dass es wohl wieder Schnee geben würde. Die Sonnenblende des Autos war zugeklebt mit Familienfotos. »Nach der Fahrt mach ich Schluss und fahr heim zu den Kindern. Haben Sie Kinder?«

Auf der Polizeiwache erwartete sie ein Leutnant Garrigan in seinem Büro.

»Haben Sie Jamie gefunden?«

»Nein. Aber ich versichere Ihnen, wir überwachen alle Flughäfen und jede Busstation.«

Er zeigte ihr ein Foto. »Ist das Ihr früherer Ehemann Jeff Randall?«

»So nennt er sich jetzt also?«

»In New York heißt er Jeff Randall. In Boston, Washington, Chicago und einem Dutzend weiterer Städte heißt er anders. Es sieht so aus, als hätten er und seine Freundin sich als reiche Leute vom Land ausgegeben, die nach einer Eigentumswohnung in New York suchten. Offensichtlich hatten sie immer ein kleines Mädchen dabei, was ihren Auftritt noch überzeugender wirken ließ. Er hatte Flugtickets einstecken – sie wollten nach Nassau fliegen heute Abend.«

Susan sah das Mitgefühl in seinen Augen. »Kann ich mit Jeff sprechen?«, fragte sie.

Er hatte sich nicht verändert im letzten Jahr. Dasselbe gewellte braune Haar, dieselben arglosen blauen Augen, dasselbe entwaffnende Lächeln, dieselbe besorgte und beschützende Art. »Schön, dich zu sehen, Susan. Du siehst gut aus, dünner, aber das steht dir.«

Sie hätten alte Freunde sein können, die sich zufällig begegneten. »Wo würde diese Frau Jamie hinbringen?«, fragte Susan. Sie krampfte ihre Hände ineinander, voller Angst, dass sie ihm sonst mit den Fäusten ins Gesicht schlagen würde.

»Wovon redest du?«

Sie saßen sich in dem kleinen Büro gegenüber. Jeffs nonchalante Art ließ die Handschellen, die sie ihm angelegt hatten, als gänzlich unwirklich erscheinen. Die beiden Polizisten rechts und links von ihm hätten auch Statuen sein können, so wenig beachtete er sie. Der Leutnant stand immer noch hinter seinem Schreibtisch, aber das Mitgefühl war aus seinen Augen verschwunden. »Sie werden einige Zeit hinter Gitter müssen, auch wenn das Kidnapping-Verfahren fallen gelassen wird«, sagte er. »Ich könnte mir vorstellen, dass Ihre frühere Frau von einer Anzeige absieht, wenn das Kind sofort gefunden wird.«

Er wollte keinerlei Fragen beantworten, auch nicht, als Susan die Selbstbeherrschung verlor und schrie: »Ich bring dich um, wenn ihr irgendetwas zustößt!« Sie biss sich auf die Finger, um das quälende Schluchzen zu unterdrücken, als sie Jeff wegbrachten.

Der Leutnant führte sie in ein Wartezimmer mit einer Lederbank und ein paar alten Zeitschriften. Susan versuchte zu beten, aber sie fand keine Worte. Nur ein einziger Gedanke schoss ihr immer wieder durch den Kopf: ›Ich will zu Jamie. Ich will zu Jamie.‹

Um zehn nach vier erzählte ihr Leutnant Garrigan, dass ein Angestellter im Hafenamt sich an eine Frau und ein Kind erinnerte, auf das Jamies Beschreibung genau passen würde, und dass die Frau Fahrkarten für den Bus um zwei Uhr zwanzig nach Boston gekauft hatte. Sie riefen die Zwischenstationen an und überprüften den Bus. Um vier Uhr dreißig stand fest, dass sie nicht im Bus waren. Um Viertel vor fünf wurde Tina am Flughafen Newport verhaftet, als sie versuchte, einen Flug nach Los Angeles zu buchen.

Leutnant Garrigan versuchte optimistisch zu klingen, als er Susan erzählte, was sie herausgefunden hatten.

»Tina hat Jamie im Wartesaal am Hafenamt sitzen lassen. Einer vom dortigen Wachpersonal hat noch Dienst. Er erinnerte sich an ein Kind, auf das Jamies Beschreibung passt, gesehen zu haben, als es mit zwei Frauen wegging.«

»Sie können sie sonst wohin mitgenommen haben«, flüsterte Susan. »Was sind das für Leute, die ein Kind, das offensichtlich vermisst wird, nicht gleich zur Polizei bringen?«

»Einige Frauen nehmen so ein Kind erst mit nach Hause und fragen ihren Mann, was sie tun sollen«, antwortete der Leutnant. »Das wäre das Beste, was passieren kann, glauben Sie mir. Dann wäre sie sicher. Ich möchte gar nicht dran denken, dass Jamie vielleicht ganz allein durch Manhattan irrt. Es gibt 'ne Menge seltsamer Typen, die an den Feiertagen auf den Straßen rumlungern. Sie versuchen, Kinder anzusprechen, die verloren gegangen sind.«

Er musste das Entsetzen auf Susans Gesicht bemerkt haben, denn er fügte schnell hinzu: »Wir werden versuchen, eine Suchmeldung in den Radiostationen unterzubringen, und heute Abend kommt ihr Foto in den Abendnachrichten. Diese Tina sagt, Jamie wüsste die Adresse der Wohnung und die Telefonnummer. Wir haben einen Beamten in die Wohnung geschickt, falls jemand anruft. Vielleicht wollen Sie lieber dort warten. Es ist nur ein paar Blocks entfernt. Ich lass Sie im Streifenwagen hinbringen.«

Ein junger Polizist saß im Wohnzimmer und sah fern. Susan ging durch die Wohnung und bemerkte eine Schüssel mit ein paar eingetrockneten Cornflakes auf dem Tisch in der Essecke, daneben einen Stapel Bilderbücher. Das kleinere Schlafzimmer … Das Bett war nicht gemacht, und im Kopfkissen war noch eine Mulde. Hier hatte Jamie letzte Nacht geschlafen. Das Nachthemd lag zusammengefaltet über dem Stuhl. Sie hob es auf und drückte es an sich, als könnte sie so ihre Tochter herbeizaubern. Vor ein paar Stunden war Jamie hier gewesen, jetzt schien sie weit weg zu sein.

Susan fühlte, wie ihr der Atem stockte, als ob ihr jemand den Brustkorb in Eisen legen würde; ihre Lippen zitterten, und Hysterie kroch in ihr hoch. Sie ging zum Fenster hinüber, öffnete es und sog die frische Luft ein. Als sie nach unten starrte, erblickte sie den Verkehr auf der Fifth Avenue. Links in der Straße südlich des Central Park standen die Pferdekutschen, eine hinter der anderen. Tränen stiegen ihr in die Augen, als sie sah, wie eine Familie von der Seventh Avenue Richtung Central Park einbog. Mutter und Vater gingen vorneweg. Ihre drei Kinder zuckelten hinterher. Erst die zwei Buben, die sich ge-

genseitig schubsten, und ihnen dicht auf den Fersen das kleine Mädchen.

Weihnachten. Sie und Jamie hatten hier zusammen sein wollen; es hätte ein besonderer Tag für sie werden sollen. Plötzlich schoss ihr ein völlig abwegiger Gedanke durch den Kopf: Wenn Jamie überhaupt nicht mit den Frauen mitgegangen war … wenn sie allein unterwegs war?

Der Polizist, dessen Aufmerksamkeit stark durch das Fernsehprogramm in Anspruch genommen war, notierte sich die Plätze, die sie ihm nannte. »Ich sage dem Leutnant Bescheid«, versprach er. »Wir kämmen die Fifth Avenue nach ihr ab.«

Susan griff ihren Mantel. »Und ich tue das Gleiche.«

Jamies Beine waren so müde. Sie war weit, sehr weit gelaufen. Am Anfang hatte sie die Blocks gezählt, doch dann war ihr aufgefallen, dass auf den Straßenschildern die Blocknummern standen. Dreiundvierzig, vierundvierzig.

Es gefiel ihr nicht, in dieser Gegend herumzulaufen. Es gab keine schönen Schaufenster, und die Frauen, die an die Häuser gelehnt oder in den Hauseingängen standen, sahen so aus wie Tina.

Sie achtete genau darauf, dass sie immer neben Müttern oder Vätern oder anderen Kindern herlief. Mami hatte ihr das beigebracht. »Wenn du jemals verloren gehst, wende dich an jemand mit Kindern.« Aber sie wollte mit keinem dieser Leute reden. Sie wollte das So-tun-als-ob-Spiel spielen.

Sie wusste genau, wann die 58. Straße kommen musste. Sie konnte sie an den Geschäften wieder erkennen. Da holten sie immer die Pizza, und dort kaufte Papa immer die Zeitungen. Die Wohnung war in diesem Block.

Ein Mann kam auf sie zu und nahm sie bei der Hand.

Sie versuchte, sich loszumachen, aber es ging nicht. »Du bist allein, Kleines, nicht wahr?«, flüsterte er.

Er wollte ihre Hand nicht loslassen. Er lächelte, aber irgendwie sah er unheimlich aus. Man konnte kaum etwas von seinen Augen sehen, so schmal waren sie. Er hatte eine schmutzige Jacke an, und die Hose schlotterte ihm um die Beine. Auf keinen Fall durfte sie ihm sagen, dass sie allein war, das wusste Jamie.

»Nein«, sagte sie schnell, »Mami und ich sind hungrig.« Sie deutete in Richtung Pizzastand, und eine Frau, die gerade eine Pizza kaufte, sah nach draußen und schien zu lächeln.

Der Mann ließ sofort ihre Hand los. »Ich dachte, du brauchst Hilfe?« Jamie wartete, bis er auf die andere Straßenseite gegangen war, und rannte schnell den Häuserblock entlang. Als sie noch drei Häuser von zu Hause weg war, sah sie, wie ein Streifenwagen dort vorfuhr. Für einen Moment lang war sie erschrocken und fürchtete, jetzt würde die Polizei auch sie mitnehmen. Aber dann stieg eine Frau aus und rannte ins Haus, und der Wagen fuhr wieder weg. Sie rieb sich mit dem Handrücken über die Augen. Weinen war so kindisch.

Als sie vor dem Haus war, senkte sie den Kopf. Sie wollte nicht, dass sie irgendjemand erkannte und vielleicht festhielt und auch ins Gefängnis brachte. Aber die Schachtel mit ihren neuen Sachen war so schwer. Als sie am Haus vorbei war, blieb sie einen Moment lang stehen und versteckte die Schachtel hinter einem steinernen Blumenkasten. Vielleicht konnte sie sie eine Zeit lang dort lassen. Und selbst wenn jemand sie mitnehmen würde, wär's egal. Sie konnte sowieso keine Badeanzüge oder Shorts mehr gebrauchen. Sie fuhr ja nicht auf die Bahamas.

Es war viel einfacher, ohne die Schachtel weiterzulaufen. An der Ecke drehte sie sich um und schaute zurück. Der Mann mit der schmutzigen Jacke folgte ihr. Das jagte ihr ein bisschen Angst ein. Sie war froh, dass ein paar Leute an ihr vorbeigegangen waren, eine Mutter und ein Vater mit zwei Jungen. Sie beeilte sich, um dicht bei ihnen zu bleiben. Als sie an die nächste Ecke kamen, bogen sie rechts ab. Sie wusste, das war genau der Weg, den sie gehen musste. Der Central Park war gegenüber. Sie beobachtete, wie ein paar Leute aus einer Pferdekutsche ausstiegen. Das war der richtige Augenblick, um mit ihrem So-tun-als-ob-Spiel anzufangen.

Susan eilte die Straße am Central Park entlang und sprach mit den Fahrern in ihren hübschen Kutschen. In die Mähnen der Pferde waren bunte Bänder und Glöckchen eingeflochten. Die Kutschen waren geschmückt mit roten und grünen Lämpchen.

Die Fahrer boten ihre Hilfe an. Sie sahen sich alle genau das Foto von Jamie in der Zeitschrift an. »Ein goldiges kleines Mädchen ... sieht aus wie ein Engel.« Alle versprachen, nach ihr Ausschau zu halten. Im Plaza redete sie mit dem Portier, mit den Empfangsdamen und der Bedienung im Palm Court. Die Weihnachtsdekoration erleuchtete die Lobby. Das Palm-Court-Restaurant in der Mitte der Lobby war besetzt mit gut gekleideten Leuten, die an ihren Cocktails nippten, mit Leuten, die spät und erschöpft vom Einkaufen gekommen waren und sich jetzt auf eine schöne Tasse Tee und ein schmackhaftes Sandwich freuten.

Susan hatte in der Zeitschrift die Seite mit Jamies Foto aufgeschlagen. Immer wieder fragte sie: »Haben Sie sie gesehen?«

Zufällig warf sie einen Blick in den Spiegel neben dem Aufzug. Durch die Feuchtigkeit begann sich ihr Haar um ihr Gesicht und auf der Schulter zu locken. Ihr Gesicht war sehr bleich, aber es war das Gesicht, das Jamie haben würde, wenn sie erwachsen war. Falls sie erwachsen werden würde.

Niemand im Plaza erinnerte sich an ein Kind, das allein gewesen war. F A O Schwarz war ihre nächste Station. Das Spielzeuggeschäft war bevölkert mit Leuten, die noch schnell auf den letzten Drücker Teddybären und Spiele und Puppen kauften. Niemand erinnerte sich an ein Kind ohne Begleitung. Sie ging in den zweiten Stock. Die Verkäuferin studierte nachdenklich das Foto. »Ich bin mir nicht ganz sicher, ich hatte sehr viel zu tun, aber da war ein kleines Mädchen, das nach einer Minnie-Maus-Stoffpuppe fragte. Ihr Vater wollte sie ihr kaufen, aber sie sagte ›nein‹. Das fand ich ungewöhnlich. Ja, natürlich, das Kind hat eine frappierende Ähnlichkeit mit dem auf dem Foto.«

»Aber ihr Vater war dabei«, murmelte Susan und fügte hinzu, »vielen Dank«, und drehte sich so schnell um, dass sie nicht mehr hörte, wie die Verkäuferin sagte, sie *dachte,* es wäre der Vater gewesen.

Die Verkäuferin starrte Susan hinterher, als diese in den Aufzug einstieg. Wenn sie jetzt so drüber nachdachte: Welches Kind sagte schon Nein, wenn ihm der Vater eine Stoffpuppe kaufen wollte? Und irgendwie war der Typ auch unheimlich gewesen. Einen hartnäckigen Kunden nicht weiter beachtend, rannte die Verkäuferin hinter dem Ladentisch hervor, um Susan einzuholen. Zu spät – Susan war schon verschwunden.

Als Jamie die Minnie-Maus-Puppe sah, hätte sie nur noch heulen mögen. Aber sie konnte nicht zulassen, dass der Mann ihr ein Geschenk kaufte, das wusste sie. Sie hatte Angst, dass er ihr immer noch folgte.

Draußen waren nicht mehr so viele Menschen auf der Straße. Sie vermutete, dass jetzt alle heimgingen. An einer der Straßenecken sangen Leute Weihnachtschoräle. Sie blieb stehen und hörte ihnen zu. Sie wusste, dass der Mann, der ihr gefolgt war, auch stehen geblieben war. Die Frauen, die da sangen, hatten Häubchen statt Hüte auf. Eine von ihnen lächelte ihr zu, als das Lied zu Ende war. Jamie lächelte zurück, und die Frau sagte: »Du bist doch nicht allein unterwegs, Kleines?« Es war ja nicht wirklich geschwindelt, denn sie tat ja so, als wär sie mit Mami unterwegs, also sagte Jamie: »Nein. Mami ist da drüben.« Sie deutete auf eine Menschenmenge, die in ein Schaufenster starrte, und rannte auf sie zu.

In der Sankt-Patricks-Kathedrale blieb sie stehen und sah sich suchend um. Endlich fand sie die Krippe. Es standen viele Leute drum herum, aber das Jesuskind war nicht in der Krippe. Ein Mann steckte frische Kerzen in die Ständer, und Jamie hörte eine Frau fragen, wo denn die Statue des kleinen Heilands wäre. »Sie wird während der Mitternachtsmesse in die Krippe gelegt«, sagte er ihr.

Jamie gelang es, einen Platz direkt an der Krippe zu ergattern. Sie flüsterte das Gebet, das sie schon dauernd vor sich hingesagt hatte: »Wenn du heute Abend kommst, bring bitte auch Mami mit.«

Es kamen sehr viele Leute in die Kirche. Die Orgel fing an zu spielen. Sie liebte den Klang der Orgel. Es war angenehm, hier ein bisschen zu sitzen und sich auszuruhen, wo es nett und warm war. Als sie gerade der Frau gesagt hatte, Mami wäre bei ihr, schien es plötzlich wahr zu sein. Jetzt würde sie zum Baum gehen und dann zu Lord and Taylor. Und wenn ihr der Mann dann immer noch folgte, würde sie ihn vielleicht fragen, was sie denn tun soll. Vielleicht mochte er sie, weil er ihr schon so lange nachlief, und vielleicht wollte er wirklich auf sie aufpassen.

Susan musterte die Gesichter der Kinder, die vorbeikamen. Ein kleines Mädchen ließ ihren Atem stocken – blondes Haar, eine rote Jacke. Aber es war nicht Jamie. Alle paar Blöcke standen Freiwillige, als Weihnachtsmänner verkleidet, und sammelten für die Wohlfahrt. Jedem einzelnen zeigte sie Jamies Foto. Ein Chor der Heilsarmee sang an der Ecke 53. Straße. Ein Mitglied des Chors hatte ein kleines Mädchen gesehen, das wie Jamie ausgesehen hatte. Aber das Kind hatte gesagt, seine Mutter wäre dabei.

Leutnant Garrigan holte sie ein, als sie gerade in die Kathedrale gehen wollte. Er saß in einem Streifenwagen. Susan bemerkte Mitgefühl in seinen Augen, als er sah, wie sie das Foto hochhielt.

»Ich fürchte, Sie verschwenden Ihre Zeit, Susan«, sagte er. »Ein Busfahrer hat zwei Frauen und ein kleines Mädchen gesehen, als sie in seine Linie 410 beim Hafenamt eingestiegen sind. Das stimmt zeitlich mit der Aussage des Wachbeamten überein, der sie weggehen sah.«

Susans Lippen fühlten sich an wie Sandpapier. »Wo sind sie hingefahren?«

»Er hat sie an der Pascack Road, Stadt Washington, New Jersey rausgelassen. Die Polizei dort arbeitet mit uns zusammen. Ich hoffe immer noch, dass sich die beiden Frauen melden … wenn sie sie wirklich mitgenommen haben. CBS ist damit einverstanden, dass Sie kurz vor den Sieben-Uhr-Nachrichten Ihre Suchmeldung verlesen. Aber wir müssen uns beeilen.«

»Können wir die Fifth Avenue runterfahren an Lord and Taylor vorbei?«, fragte Susan. »Ich weiß nicht – ich habe so eine Ahnung …«

Auf ihr Drängen hin fuhr der Streifenwagen langsam. Susan blickte von einer Straßenseite zur anderen und konzentrierte sich, damit ihr kein Fußgänger entging. Tonlos erzählte Susan, dass eine Verkäuferin ein Kind, das Jamie ähnlich sah, gesehen hätte, aber zusammen mit seinem Vater, und dass eine Frau aus einem Chor der Heilsarmee ein Kind, das Jamie ähnelte, gesehen hatte, doch da wäre die Mutter dabei gewesen.

Sie bestand darauf, dass sie vor Lord and Taylor anhielten. Die Leute standen geduldig in einer Reihe an, um die Märchenausstellung zu sehen. »Ich hab nur daran gedacht: wenn Jamie in New York ist und sich daran erinnert ...« Sie biss sich auf die Lippen. Leutnant Garrigan dachte jetzt bestimmt, sie wäre albern.

Das kleine Mädchen in dem blaugrünen Anorak war ungefähr so groß wie Jamie. Nein. Das Kind dort halb verdeckt hinter dem stämmigen Mann. Sie musterte es genauestens, dann schüttelte sie den Kopf.

Leutnant Garrigan zog sie am Ärmel. »Ehrlich, ich denke, es ist das Beste, was sie tun können, Jamie über das Fernsehen suchen zu lassen.«

Widerwillig gab Susan nach.

Jamie sah den Schlittschuhläufern zu. Sie sausten über die Eisbahn vor dem Weihnachtsbaum, wie lebendig gewordene Puppen. Bevor Papa sie mitgenommen hatte, waren Mami und sie auf einem Weiher in der Nähe ihres Hauses Schlittschuh gelaufen ... Mami hatte ihr Anfänger-Schlittschuhe gegeben.

Der Baum war so hoch, dass sie sich fragte, wie sie die Lichter da dran gekriegt hatten. Letztes Jahr hatte Mami auf der Leiter gestanden, um den Christbaum zu schmücken, und sie hatte ihr die Verzierungen hinaufgereicht.

Jamie legte ihr Kinn auf die Hände. Sie konnte gerade über das Geländer auf den Eisplatz schauen. Sie fing an, im Geist mit Mami zu sprechen. »Gehen wir nächstes Jahr zum Schlittschuhlaufen hierher? Ob dann meine Schuhe noch passen? Oder vielleicht krieg ich größere?« Sie konnte genau sehen, wie Mami lächelte und sagte: »Natürlich, Liebling.« Oder vielleicht würde sie auch einen Spaß machen und sagen: »Nein, ich glaub, wir schneiden die Füße ab, dann passen deine alten noch.«

Jamie drehte sich von dem Baum ab. Sie hatte nur noch eine Station vor sich, die Märchenfenster von Lord and Taylor. Der Mann und die Frau neben ihr standen Hand in Hand da. Sie zog der Frau am Ärmel. »Meine Mami hat gesagt, ich soll Sie fragen, wie weit es zu Lord and Taylor ist?«

Zwölf Blocks weiter. Das war eine Menge. Aber sie musste das So-tun-als-ob-Spiel zu Ende spielen. Es fing an, stärker zu schneien. Sie versteckte ihre Hände in den Ärmeln und senkte den Kopf, dass ihr der Schnee nicht in die Augen kam. Sie blickte sich nicht um, ob der Mann ihr immer noch folgte – sie wusste, dass er es tat. Aber solange sie neben anderen Leuten herlief, kam er nicht näher.

Der Streifenwagen fuhr bei den CBS-Studios in der 57. Straße nahe der Eleventh Avenue vor. Leutnant Garrigan ging mit ihr hinein. Sie wurden die Treppe hinaufgeschickt, und ein Produktionsassistent sprach mit Susan. »Wir werden diese Suchmeldung ›Der verlorene Engel‹ nennen. Wir senden eine Großaufnahme von Jamie, und dann können Sie Ihre Suchmeldung verlesen.«

Susan wartete in der Ecke des Fernsehstudios. Irgendetwas in ihrem Innersten drohte herauszubrechen. Es war, als hörte sie Jamies Stimme, die nach ihr rief. Leutnant Garrigan wartete mit ihr. Sie packte ihn am Arm. »Sagen Sie ihnen, sie sollen das Foto senden, und jemand anders soll die Suchmeldung verlesen. Ich muss zurück.«

Ein scharfes ›Schsch‹ brachte ihr zu Bewusstsein, dass sie die Stimme erhoben hatte und offensichtlich bis zu einem Mikrofon vorgedrungen war. Sie zog den Leutnant am Arm. »Bitte, ich muss zurück!«

Jamie wartete in der Schlange vor den Märchenfenstern von Lord and Taylor. Sie waren genauso schön, wie Mami es versprochen hatte, wie die Bilder in ihren Märchenbüchern, aber hier bewegten sich die Figuren und verbeugten sich und winkten. Sie merkte, dass sie zurückwinkte. Sie waren wie richtige Menschen. Und es sah fast so aus, als würden sie ihr So-tun-als-ob-Spiel verstehen. »Nächstes Jahr«, flüsterte Jamie, »kommen Mami und ich wieder zusammen her.« Sie wäre gern davor stehen geblieben und hätte den wunderschönen Figuren noch länger zugesehen, wie sie sich verbeugten und drehten und lächelten, aber irgendjemand sagte dauernd: »Bitte weitergehen, danke.«

Leider war das So-tun-als-ob-Spiel hier zu Ende. Sie war überall dort gewesen, wo sie und Mami hatten hingehen wollen. Jetzt wusste sie nicht mehr, was sie tun sollte. Ihre Stirn war ganz nass vom Schnee, und sie strich ihr Haar zurück. Sie fühlte die kalte nasse Luft auf ihrem Kopf.

Sie wollte nicht aufhören, sich die Schaufenster anzusehen. Sie drückte sich an die Schnur, damit die Leute an ihr vorbeikamen. »Du bist verloren gegangen, nicht wahr, Liebes?« Sie sah auf. Es war der Mann, der ihr gefolgt war. Er redete so leise, dass sie ihn kaum verstand. »Wenn du weißt, wo du wohnst, bring ich dich nach Hause«, flüsterte er.

Ein kleiner Hoffnungsschimmer regte sich bei Jamie. »Würden Sie bitte meine Mutter anrufen«, sagte sie. »Ich weiß die Telefonnummer.«

»Natürlich. Gehen wir.« Er griff nach ihrer Hand. »Komm«, flüsterte er, »wir müssen gehen.«

Irgendetwas tat Jamie weh – nicht weil sie müde war, fror und Hunger hatte. Sie hatte Angst. Sie presste sich an die Ecke der Fenster, starrte auf die Puppenfiguren und flüsterte ihr Jesuskindgebet. »Bitte, bitte, lass Mami kommen.«

Der Streifenwagen fuhr vor. »Ich weiß, Sie denken, ich bin übergeschnappt«, sagte Susan. Ihre Stimme verstummte, als sie die immer noch dichte Menschenmenge musterte. Es hatte stark zu schneien begonnen, und die Leute schlugen ihre Mantelkrägen und Kapuzen hoch und banden ihre Schals fester. Es standen auch einige Kinder in der Schlange, aber es war unmöglich, ihre Gesichter zu sehen, weil sie in die Fenster sahen. Sie öffnete gerade die Wagentür, als sie hörte, wie Leutnant Garrigan zum Fahrer sagte: »Sieh mal, wen wir da haben, drüben in der Schlange! Das ist doch dieser ekelhafte Sittenstrolch, dieses Schwein, das nicht zu seinem Prozess aufgetaucht ist. Komm!«

Erschrocken sah Susan, wie sie über den Bürgersteig hechteten, sich durch die Menge drückten, den dünnen Mann mit der schmutzigen Jacke an den Armen packten und zum Streifenwagen zerrten.

Und dann sah sie sie. Die kleine Gestalt, die sich nicht mit den anderen erstaunten Passanten herumgedreht hatte, die kleine Gestalt mit den ungewöhnlich weißblonden Haaren, die sich um das vertraute Gesicht bis auf die Schulter lockten.

Völlig benommen ging Susan auf Jamie zu. Endlich konnte sie sie wieder in die Arme schließen. Sie beugte sich zu Jamie hinunter und hörte, wie Jamie immer wieder flehte: »Bitte, bitte, lass Mami kommen.«

Susan sank auf die Knie. »Jamie«, flüsterte sie. Jamie dachte, sie würde immer noch das So-tun-als-ob-Spiel spielen.

»Jamie.«

Aber es war kein Spiel. Jamie drehte sich um und fühlte, dass sie jemand umarmte. Mami. Es war Mami. Sie warf Mami die Arme um den Hals. Sie vergrub den Kopf in Mamis Schulter. Mami drückte sie ganz fest. Mami wiegte sie hin und her. Mami sagte ihren Namen, immer wieder.

»Jamie. Jamie.« Mami weinte. Die Menschen um sie herum lächelten und klatschten und gratulierten. Und in den Märchenfenstern verbeugten sich die wunderschönen Puppen und winkten.

Jamie streichelte Mamis Backe. »Ich wusste, dass du kommst«, flüsterte sie.

Im Vexierspiegel

Jimmy Cleary kauerte in den Büschen vor Carolines Gartenwohnung in Princeton. Das dichte braune Haar fiel ihm in die Stirn, er strich es mit einer zum Manierismus hochstilisierten Bewegung zurück. Der Maiabend war für die Jahreszeit ungewöhnlich kalt und unwirtlich. Trotzdem hatte er seinen Trainingsanzug durchgeschwitzt. Er fuhr sich mit der Zungenspitze über die trockenen Lippen. Sein ganzer Körper kribbelte in erwartungsvoller Spannung.

Vor genau fünf Jahren hatte er den Irrtum seines Lebens begangen und die Falsche getötet. Er, der beste Schauspieler der Welt, hatte die Schlussszene geschmissen. Diesen Schnitzer würde er jetzt ausbügeln. Diesmal würde es keinerlei Pannen geben.

Die Hintertür von Carolines Wohnung führte auf den Parkplatz. An den vergangenen Abenden hatte er den Schauplatz genau studiert. Letzte Nacht hatte er die Glühbirne vor ihrer Wohnung herausgeschraubt, sodass der Hintereingang jetzt ganz im Dunkeln lag. Es war zwanzig Uhr fünfzehn und an der Zeit, hineinzugehen.

Er zog ein spitzes Instrument aus der Tasche, schob es ins Schlüsselloch und stocherte darin herum, bis er den Zylinder klicken hörte. Mit den durch Handschuhe geschützten Fingern drehte er am Knauf und öffnete die Tür gerade so weit, dass er hineinschlüpfen konnte. Er machte sie zu und schloss wieder ab. Drinnen gab es eine

Sicherheitskette, die sie wahrscheinlich nachts vorlegte. Ausgezeichnet. Diesmal wären sie beide eingeschlossen. Der Gedanke, wie Caroline sorgfältig die Wohnung absicherte, verschaffte Jimmy ein Gefühl tiefer Befriedigung. Es erinnerte ihn an die Geistergeschichte, die so endete: »Nun waren sie die Nacht über eingesperrt.«

Er stand in der Küche, von der ein Torbogen direkt ins Wohnzimmer führte. Am Vorabend hatte er sich draußen vor dem Küchenfenster versteckt und Caroline beobachtet. Wegen der Blumentöpfe auf dem Fensterbrett konnte die Jalousie nicht ganz heruntergelassen werden. Um zehn kam Caroline in einem rot-weiß gestreiften Pyjama aus dem Schlafzimmer. Während sie sich die Nachrichtensendung ansah, machte sie Rumpfbeugen, sodass die blonde Mähne von einer Schulter zur anderen schwang.

Sie ging zurück ins Schlafzimmer, wo sie vermutlich noch eine Weile las, denn das Licht wurde erst nach etwa einer Stunde gelöscht. Er hätte sie mühelos schon jetzt umbringen können, doch sein Sinn fürs Dramatische verlangte, den Jahrestag abzuwarten.

Beleuchtet wurde die Szene nur durch die Straßenlaternen, aber es gab in der Wohnung ohnehin nicht viele Verstecke. Er könnte sich unter das von einem Samtvolant umrandete Bett zwängen. Eine interessante Idee – dort könnte er warten, während sie las, schläfrig wurde, die Lampe ausknipste, warten, bis sie sich nicht mehr bewegte und gleichmäßig atmete. Dann könnte er geräuschlos hervorkriechen, sich neben ihr hinknien, sie betrachten, wie er die andere betrachtet hatte, und sie schließlich wecken. Doch bevor er sich entschied, wollte er noch andere Möglichkeiten erkunden.

Als er die Tür zum Wandschrank im Schlafzimmer öffnete, schaltete sich die automatische Beleuchtung ein. Ein kurzer Blick auf eine nahezu volle Reisetasche bewog ihn, die Tür hastig wieder zu schließen. Da war kein Platz, wo er sich verstecken könnte.

Stellt euch eine Frau vor, die nur noch knapp zwei Stunden zu leben hat. Spürt sie es? Spult sie ihren normalen Tagesablauf ab?

Diese hypothetischen Fragen hatte Cory Zola eines Abends im Schauspielunterricht gestellt. Cory, ein berühmter Lehrer, nahm nur Schüler auf, bei denen er das Zeug zu einer Starkarriere witterte. Mich hat er nach dem ersten Vorsprechen in seine Privatklasse gesteckt, erinnerte sich Jimmy jetzt. Er weiß eben genau, wer Talent hat.

Im Wohnzimmer entdeckte er nirgends ein Versteck. Rechtwinklig zur Eingangstür, die direkt hineinführte, befand sich jedoch ein Wandschrank, dessen Tür ein paar Zentimeter offen stand. Er eilte hinüber, um sich die Sache genauer anzusehen.

In diesem Wandschrank gab es keine automatische Beleuchtung. Er zog eine bleistiftdünne Taschenlampe heraus und untersuchte ihn damit systematisch von innen. Er war überraschend tief. Vorn hing ein schwerer Kleidersack, von etlichen Lagen Plastik umhüllt, was ihn so sperrig machte, dass sich die Tür nicht mehr schließen ließ, ohne das Kleid zu zerdrücken. Das Brautkleid natürlich, ohne den geringsten Zweifel. Als er ihr am Vorabend gefolgt war, hatte sie bei einem Geschäft für Brautmoden gehalten und fast eine halbe Stunde dort verbracht, wahrscheinlich mit einer letzten Anprobe. Vielleicht würde man sie in diesem Kleid beerdigen.

Die voluminösen Plastikhüllen boten ein ideales Versteck. Jimmy betrat den Wandschrank, schlüpfte hinter zwei Wintermäntel und schob sie dicht zusammen. Und wenn Caroline ihn hier fand? Schlimmstenfalls könnte er sie dann nicht mehr genauso wie geplant umbringen.

Aber die Reisetaschen in dem anderen Wandschrank waren fast voll, also dürfte sie mit dem Packen so gut wie fertig sein. Wie er wusste, flog sie am nächsten Morgen nach St. Paul. Kommende Woche würde sie heiraten. Sie *glaubte,* dass sie kommende Woche heiraten würde.

Jimmy verließ den Wandschrank wieder. Um fünf Uhr hatte er in seinem Leihwagen vor dem Kapitol in Trenton auf Caroline gewartet. Sie kam spät von der Arbeit. Er war ihr zu dem Restaurant gefolgt, wo sie sich mit Wexton traf, und blieb draußen stehen, bis er durch das Fenster sah, wie sie bestellten. Dann fuhr er direkt hierher. Es würde mindestens eine Stunde dauern, ehe sie nach Hause kam. Er nahm sich eine Dose Sodawasser aus dem Kühlschrank und machte es sich auf der Couch bequem. Es war an der Zeit, sich auf den dritten Akt vorzubereiten.

Das Ganze hatte vor fünfeinhalb Jahren begonnen, im letzten Semester am Rawlings College of Fine Arts in Providence, wo er im Theater-Seminar ein Schauspielstudium absolvierte. Caroline hatte Regie als Hauptfach belegt. Er wirkte in zwei von ihr inszenierten Stücken mit. Im vorletzten Jahr vor seiner Abschlussprüfung hatte er den Biff in ›Tod eines Handlungsreisenden‹ so fantastisch verkörpert, dass das halbe College anfing, ihn Biff zu nennen.

Jimmy trank einen Schluck Sodawasser. In Gedanken versetzte er sich zurück ins College und sah sich wieder in dem zweiten Stück auf der Bühne stehen. Er spielte die Hauptrolle. Der Präsident hatte einen alten Freund, einen Produzenten der Paramount, zur Premiere eingeladen, der angeblich auf der Suche nach neuen Talenten war. Von Anfang an hatte es zwischen Caroline und Jimmy Unstimmigkeiten wegen seiner Interpretation gegeben. Schließlich hatte sie ihm die Rolle zwei Wochen vor der

Premiere weggenommen und mit Brian Kent besetzt. Er sah sie noch deutlich vor sich, das blonde Haar, zu einem Knoten am Hinterkopf aufgesteckt, die bunt karierte, in die Jeans gesteckte Hemdbluse, den ernsthaften, bekümmerten Blick. »Du hast es einfach nicht ganz drauf, Jimmy. Aber ich glaube, in der zweiten Hauptrolle, als Bruder, wärst du genau richtig.«

Die zweite Hauptrolle. Der Bruder hatte ungefähr sechs Zeilen Text. Er wollte argumentieren, bitten, wusste aber, dass es zwecklos war. Wenn Caroline Marshall die Absicht hegte, eine Rolle umzubesetzen, ließ sie sich durch nichts davon abbringen. In diesem Bruchteil einer Sekunde hatte er den Entschluss gefasst, sie zu töten, und sofort begonnen, eine Schau abzuziehen, mit einem fröhlichen, leicht gekränkten Lachen. »Caroline, ich hab meinen ganzen Mut zusammengenommen, um dir zu beichten, dass ich in diesem Semester mit allem unheimlich im Rückstand bin und nicht mal ans Theaterspielen denken kann.«

Sie war darauf hereingefallen. Und sah so erleichtert aus. Der Produzent von Paramount war tatsächlich erschienen. Er hatte Brian Kent aufgefordert, zu Probeaufnahmen für eine neue Serie an die Westküste zu kommen. Der Rest ist gelaufen, wie wir in Hollywood sagen, dachte Jimmy. Nach fast fünf Jahren rangierte die Serie immer noch unter den ersten zehn, und Brian Kent hatte gerade einen Filmvertrag unterschrieben – drei Millionen Dollar Gage.

Zwei Wochen nach dem Abschluss seines Studiums war Jimmy nach St. Paul gefahren. Carolines Familie bewohnte eine stattliche Villa, doch er fand rasch heraus, dass die Seitentür unverschlossen war. Sein Weg führte durchs Parterre, die breite Freitreppe hinauf, am Elternschlafzimmer vorbei. Die Tür war angelehnt, das Bett leer.

Dann hatte er die nächste Schlafzimmertür geöffnet und sie gesehen. Da lag sie im tiefen Schlaf. Vor seinem geistigen Auge erblickte er immer noch deutlich einzelne Umrisse in ihrem Zimmer, das Himmelbett aus Messing, die weichen, teuren Laken aus Perkal, die sich so seidig anfühlten. Er erinnerte sich, wie er sich über sie gebeugt hatte. Da lag sie, zusammengerollt, das blonde Haar schimmerte auf dem Kopfkissen. Er flüsterte: »Caroline«, sie schlug die Augen auf, sah ihn an und erwiderte: »Nein.«

Seine Arme hielten sie fest umspannt, mit beiden Händen verschloss er ihr den Mund. In ihren Augen stand panische Angst, als er ihr zuraunte, er würde sie töten, denn wenn sie ihm nicht die Hauptrolle abgenommen hätte, wäre er anstelle von Brian Kent vom Produzenten der Paramount entdeckt worden. »Du wirst nirgends mehr Regie führen, Caroline«, schloss er. »Du hast eine neue Rolle bekommen. Du spielst das Opfer.«

Sie hatte versucht, sich von ihm loszumachen, doch er stieß sie zurück und legte ihr den Strick um den Hals. Ihre Augen weiteten sich immer mehr; sie durchbohrten ihn förmlich. Flehend streckte sie ihm die Hände entgegen, bis sie erschlafften und auf das Laken hinunterfielen.

Am folgenden Morgen konnte er es kaum abwarten, die Zeitungen zu lesen. *Tochter eines bekannten Bankiers in St. Paul ermordet.* Er erinnerte sich, wie er zuerst gelacht, dann vor Enttäuschung geheult hatte, als er die ersten paar Sätze las. *Die Leiche der einundzwanzigjährigen Lisa Marshall wurde in den frühen Morgenstunden von ihrer Zwillingsschwester entdeckt.*

LISA MARSHALL. ZWILLINGSSCHWESTER.

Weiter hieß es: *Die junge Frau ist erwürgt worden. Die Zwillinge befanden sich allein in der elterlichen Wohnung. Die Polizei konnte Caroline Marshall bisher nicht verhören. Beim*

Anblick der Leiche erlitt sie einen schweren Schock. Sie steht noch unter der Einwirkung von Beruhigungsmitteln.

Das alles würde er Caroline nachher erzählen. Während der ganzen Zeit in Los Angeles hatte er die Zeitungen aus Minneapolis-St. Paul abonniert und eventuelle neue Entwicklungen des Falles verfolgt. Dann las er, dass Caroline verlobt sei und am 30. Mai heiraten werde – nächste Woche. Caroline Marshall, die als Juristin dem Stab des Generalstaatsanwalts in Trenton, New Jersey, angehörte, wollte die Frau Dr. Sean Wexfords werden, eines außerordentlichen Professors an der Princeton University. Wexford war zur gleichen Zeit wie Jimmy in Rawlings gewesen, als Doktorand. Jimmy hatte bei ihm einen Kurs in Psychologie belegt. Er fragte sich, wann die Beziehung zwischen Caroline und Wexford wohl zustande gekommen war. Während Carolines Studienzeit in Rawlings hatte man die beiden nicht zusammen gesehen. Das wusste er ganz genau.

Jimmy schüttelte den Kopf. Er brachte die leere Sodawasserdose in die Küche und warf sie in den Mülleimer. Caroline konnte jetzt jeden Augenblick auftauchen. Er ging ins Badezimmer; die geräuschvolle Wasserspülung ließ ihn zusammenzucken. Dann betrat er mit größter Vorsicht den Wandschrank und verschanzte sich hinter den Wintermänteln. Er tastete nach dem Stück Schnur in der Tasche seines Trainingsanzugs, eine besonders kräftige Angelleine. Es stammte von der gleichen Rolle, die er auch damals genommen hatte – für die Schwester. Er war so weit.

»Cappuccino, Darling?« Sean lächelte ihr über den Tisch hinweg zu. Caroline sah nachdenklich ins Kerzenlicht, ihre dunkelblauen Augen hatten wieder jenen unsagbar traurigen Ausdruck, den sie von Zeit zu Zeit annahmen.

Verständlich an diesem Abend, an dem sich ihr letztes Zusammensein mit Lisa jährte.

Er versuchte sie abzulenken. »Ich kam mir wie ein Elefant im Porzellanladen vor, als ich heute Nachmittag dein Kleid abholte.«

Caroline zog die Brauen hoch. »Du hast es doch nicht etwa angeschaut? Das bringt Unglück.«

»Die haben mich ja nicht mal in die Nähe gelassen. Die Verkäuferin hat sich unentwegt entschuldigt, weil sie es nicht liefern konnten.«

»Ich bin im letzten Monat so viel herumgesaust, dass ich abgenommen habe. Sie mussten es enger machen.«

»Du bist zu dünn. Wir müssen dich in Italien wieder aufpäppeln. Dreimal täglich Pasta.«

»Ich kann's kaum erwarten.« Caroline lächelte ihm zu. Sie liebte diesen Hünen mit dem rotblonden, immer etwas zerzaust wirkenden Haar und dem verschmitzten, humorvollen Blick in den grauen Augen. »Meine Mutter hat mich heute Morgen angerufen. Sie macht sich immer noch Sorgen über mein ärmelloses Kleid. Zweimal hat sie mir den Standardwitz aus Minnesota vorgehalten: ›An welchem Tag hat doch gleich der Sommer stattgefunden?‹«

»Ich melde mich freiwillig zum Warmhalten. Dein Kleid ist im vorderen Wandschrank. Übrigens sollte ich dir wohl lieber deine Ersatzschlüssel zurückgeben.«

»Behalte sie. Wenn ich irgendwas vergesse, kannst du's mir nächste Woche mitbringen.«

Vom Lokal aus fuhr Caroline ihm nach, zu dem geräumigen viktorianischen Haus, das sie nach der Rückkehr von der Hochzeitsreise bewohnen würden. Ihren Wagen wollte sie während ihrer Abwesenheit in der zweiten Garage abstellen. Sean parkte den seinen in der Zufahrt, und sie rutschte auf den Beifahrersitz. Er setzte sich ans

Steuer und brachte sie nach Hause, den Arm um ihre Schulter gelegt.

Jimmy war stolz darauf, dass er sich auch nach einstündigem Stillstehen noch durchaus wohl fühlte. Er hatte sich eben mit Gymnastik und den vielen Tanzstunden in Form gehalten.

Die letzten fünf Jahre hatte er damit verbracht, zu lernen, überall anzuklopfen, Besetzungsbüros abzuklappern, sich mit leeren Versprechungen abspeisen zu lassen. An einen Spitzenagenten konnte man nur herankommen, wenn man nachweislich ein paar gute Rollen gespielt hatte. Und bei den wirklich renommierten Besetzungsbüros konnte man wiederum nur von einem mit allen Wassern gewaschenen Agenten eingeschleust werden. Gelegentlich bekam er dann auch noch den vernichtenden Satz zu hören: »Sie sind ein Brian-Kent-Typ, und das hilft Ihnen nicht gerade.«

Bei der Erinnerung daran geriet Jimmy in Wut. Er schüttelte den Kopf. Und all das, nachdem seine Mutter den Vater überredet hatte, ihm ein Jahr bei diesem ›Versuch mit der Schauspielerei‹, wie sie es nannte, finanziell unter die Arme zu greifen.

In Jimmy kochte wieder der alte Zorn. Seinem Vater hatte das, was er tat, noch nie gepasst. War er etwa auf Jimmys tolle Leistung im ›Tod eines Handlungsreisenden‹ stolz gewesen? Keine Spur. Sein Vater wünschte sich eine Sportskanone als Sohn, für den hätte er sich die Kehle heiser geschrien.

Jimmy dachte gar nicht daran, seinen Vater um weitere finanzielle Unterstützung zu bitten, nachdem ihm das Geld ausgegangen war. Seine Mutter schickte ihm jeden Monat alles, was sie vom Haushaltsgeld abknapsen konnte. Der Alte mochte zwar betucht sein, aber er war eben ein Geizhals. Wenn jedoch James jr. derjenige gewesen wäre, der letzte Woche den Drei-Millionen-Dollar-Vertrag von Brian Kent unterschrieben hätte, dann wäre er wohl aus dem Häuschen geraten. ›Typisch mein Sohn‹, hätte er sich gebrüstet.

So wäre es ja auch gelaufen, wenn Caroline ihm nicht vor fünf Jahren die Rolle einfach abgenommen und Brian Kent gegeben hätte.

Jimmy erstarrte. An der Eingangstür erklangen die Stimmen. Heiliger Himmel, Caroline war nicht allein. Eine Männerstimme. Jimmy presste sich an die Wand. Als die Tür geöffnet und die Beleuchtung eingeschaltet wurde, blickte er entgeistert nach unten. Der Lichtschein drang in den Wandschrank. Ihn konnte man bestimmt nicht sehen, aber die Kappen seiner nach draußen gerichteten ramponierten Joggingschuhe waren ja das reine Alarmsignal.

Sobald es hell war, schaute Caroline sich im Wohnzimmer um. Aus unerfindlichen Gründen wirkte das Apartment an diesem Abend irgendwie anders, fremd. Doch das lag nur daran, dass dies Lisas Todestag war. Sie umarmte Sean, der ihr sanft den Nacken massierte. »Du warst den ganzen Abend meilenweit weg, das weißt du doch.«

»Ich hänge immer an deinen Lippen.« Der Versuch, fröhlich und unbeschwert darüber hinwegzugehen, schlug fehl. Ihre Stimme brach.

»Caroline, ich möchte nicht, dass du heute Nacht allein bist. Lass mich bei dir bleiben. Schau mal, ich weiß doch, warum du für dich sein willst, und verstehe es auch. Geh du ins Schlafzimmer. Ich lege mich auf die Couch.«

Caroline lächelte gequält. »Nein, ich bin wirklich okay.« Sie schlang die Arme um seinen Hals. »Halt mich ganz fest, nur eine Minute, und dann fährst du nach Hause. Ich stelle den Wecker auf halb sechs. Den Rest packe ich lieber am Morgen. Du kennst mich ja – bis Mittag voller Tatendrang, und dann sinkt die Aktivitätskurve ab.«

»Das hab ich noch gar nicht bemerkt.« Er küsste sie zärtlich auf Hals und Stirn und dann auf den Mund. Während er sie umschlungen hielt, spürte er die ungeheure Spannung in ihrem schlanken Körper.

Vorhin hatte sie ihm erklärt: »Sobald der Todestag vorbei ist, bin ich wieder ganz in Ordnung. Es sind bloß die zwei Tage davor, das ist, als ob Lisa bei mir wäre. Ein Gefühl, das immer stärker wird. Wie heute. Aber ich weiß, morgen wird alles bestens, ich fahre nach Hause, bereite mich auf die Hochzeit vor und bin glücklich.«

Zögernd löste Sean die Umarmung. Sie sah jetzt so müde aus und wirkte dabei seltsamerweise so jung. In diesem Augenblick hätte sie mit ihren sechsundzwanzig Jahren glatt für eine seiner Studentinnen im ersten Semester gehalten werden können. Er sagte ihr das und fügte hinzu: »Aber du bist bei weitem hübscher als die alle. Ein höchst erfreulicher Gedanke, aufzuwachen und als Erstes dich zu sehen – und das mein ganzes Leben lang.«

Jimmy Cleary war schweißgebadet. Wenn sie nun zugelassen hätte, dass Wexford die Nacht über hier blieb ... Er wäre entdeckt worden, sobald Caroline das Brautkleid aus dem Wandschrank holte. Sie standen nur knapp dreißig Zentimeter von ihm entfernt. Wenn nun einer von ihnen den Schweißgeruch wahrnähme ... Aber Wexford brach jetzt auf. »Ich bin um sieben hier, Schatz«, erklärte er.

Und du wirst sie so vorfinden, wie sie ihre Schwester vorgefunden hat, dachte Jimmy. So und nicht anders wirst du sie jeden Morgen sehen – dein Leben lang.

Caroline verriegelte die Tür hinter Sean. Sekundenlang war sie versucht, sie gleich wieder zu öffnen, ihm nachzurufen: Ja, bleib bei mir! Ich möchte nicht allein sein. Aber ich bin ja gar nicht allein, dachte sie, als sie den Türknauf losließ. Lisa ist mir so nahe an diesem Abend. Lisa. Lisa.

Sie ging ins Schlafzimmer und zog sich schnell aus. Mit Hilfe einer heißen Dusche löste sich die Verspannung in der Nacken- und Rückenmuskulatur. Sie dachte daran, wie Seans Hände diese Muskeln massiert hatten. Ich liebe ihn so sehr, flüsterte sie stumm. Lieber Gott, ich danke dir, dass du ihn mir geschickt hast. Ihr rot-weiß gestreifter Pyjama hing an der Badezimmertür. Sie hatte ihn in einer Boutique in der Madison Avenue entdeckt, beim Kauf von Unterwäsche und Nachthemden. »Wenn er Ihnen gefällt, sollten Sie lieber rasch zugreifen«, hatte die Verkäuferin gesagt. »In Rot haben wir nur dieses eine Modell hereinbekommen. Es ist bequem und dabei unheimlich flott.«

Nur ein Modell. Das hatte den Ausschlag gegeben. Mit am schwersten war es ihr in diesen letzten fünf Jahren gefallen, nicht mehr – wie gewohnt – alles doppelt zu kaufen. Wenn immer sie von einem Stück angetan gewesen war, hatte sie automatisch ein zweites mitgenommen. Und Lisa genauso. Ihre sämtlichen Maße stimmten überein, auch das Gewicht. Sogar ihren Eltern bereitete es Schwierigkeiten, sie auseinander zu halten. Im vorletzten High-School-Jahr hatte Mutter sie genötigt, sich für den Ball verschiedene Kleider zu kaufen. Sie waren getrennt losgezogen, jede in ein anderes Geschäft, und mit haargenau dem gleichen Kleid aus blau-weiß getupftem Schweizer Musselin nach Hause gekommen.

Ein Jahr später hatten sie unter Tränen ihren Eltern und dem Schulpsychologen zugestimmt, sie würden sich selbst einen Gefallen tun, wenn sie verschiedene Colleges besuchten und nicht ständig ihr Schicksal als eineiige Zwillinge erörterten. »Vertrautheit ist etwas Wunderbares«, hatte der Psychologe gesagt, »aber Sie müssen lernen, sich als Individuen zu sehen. Keine von Ihnen kann zur vollen Entfaltung Ihrer Persönlichkeit gelangen, wenn sie weder sich selbst noch der anderen genügend Spielraum lässt.«

Caroline war nach Rawlings gegangen, Lisa nach Südkalifornien. Im College amüsierte sich Caroline köstlich, als alle annahmen, sie habe ihre eigenen Fotos mit der Widmung versehen: »Für meine beste Freundin.« Sogar ihre Abschlussfeiern fanden am selben Tag statt. Mutter war zu Lisa gefahren, Vater hatte Caroline besucht, um an der Verleihung der Urkunden teilzunehmen. Caroline ging ins Wohnzimmer, legte die Sicherheitskette am Hintereingang vor, stellte den Fernseher an und begann lustlos mit ihren Rumpfbeugen seitwärts. Der Werbespot einer Lebensversicherung wurde eingeblendet. »Ist es nicht tröstlich zu wissen, dass Ihre Angehörigen nach Ihrem Tode versorgt sind?« Caroline schaltete den Fernseher ab, löschte das Licht im Wohnzimmer, lief ins Schlafzimmer und schlüpfte unter die Bettdecke. Sie lag auf der Seite, die Beine angewinkelt, das Gesicht in den Händen vergraben.

Sean Wexford wurde das Gefühl nicht los, etwas falsch gemacht zu haben; er hätte es rundweg ablehnen müssen, Caroline allein zu lassen. Etliche Minuten lang saß er im Wagen und schaute zu ihrer Haustür hinüber. Andererseits brauchte sie dringend ihre Ruhe. Kopfschüttelnd drehte er den Zündschlüssel herum.

Auf der Heimfahrt schwankte seine Stimmungslage dauernd zwischen Sorge um Caroline und Vorfreude auf die Hochzeit in acht Tagen. Er hatte nicht schlecht gestaunt, als sie voriges Jahr über den Campus von Princeton gejoggt war. In Rawlings hatte sie nur eine seiner Vorlesungen besucht. Damals war er vollauf mit seiner

Doktorarbeit beschäftigt gewesen und nicht einmal im Traum auf die Idee gekommen, sich mit einem Mädchen zu verabreden. An jenem Morgen vor einem Jahr hatte sie ihm erzählt, sie gehe auf die Columbia Law School, volontiere als Schreibkraft bei einem Richter am Superior Court von New Jersey und werde danach im Büro des Generalstaatsanwalts in Trenton arbeiten. Und bei dieser ersten Tasse Kaffee wussten wir beide, was mit uns geschah, dachte Sean, als er Carolines Wagen in die Zufahrt steuerte und hinter seinen parkte. Er ging ins Haus und lächelte vergnügt bei dem Gedanken, dass ihre beiden Autos bald für immer zusammen in der Zufahrt stehen würden.

Es verblüffte Jimmy Cleary, dass Caroline den Fernseher so abrupt ausgeschaltet hatte. Wieder fiel ihm die Frage ein, mit der die Schauspielschüler von Cory Zola konfrontiert worden waren. *Stellt euch eine Frau vor, die nur noch knapp zwei Stunden zu leben hat. Spürt sie es? Spult sie ihren normalen Tageslauf ab?* Vielleicht witterte Caroline Gefahr. Später würde er die Frage im Unterricht wieder aufs Tapet bringen. »Meiner Meinung nach wirkt es belebend auf den Geist, wenn er sich anschickt, den Körper zu verlassen.« Er vermutete, dass Zola dies als tief schürfende Erkenntnis werten würde.

Jimmy spürte einen Krampf im Bein. Er war es nicht gewöhnt, so lange still zu stehen, aber wenn es sein musste, konnte er bis zum Schluss durchhalten. Wenn Carolines Intuition sie vor einer drohenden Gefahr warnte, dann würde sie auf jedes noch so geringe Geräusch achten. Diese Gartenwohnung hatte keine dicken Wände. Ein Schrei, und womöglich hörte sie jemand. Zu seiner Erleichterung hatte sie die Schlafzimmertür offen gelassen. Sehen konnte er zwar nichts, aber er brauchte sich wenigstens keine Gedanken zu machen, ob die Tür knarrte, wenn er zu ihr schlich.

Jimmy schloss die Augen. Er wollte sich genau vergegenwärtigen, in welcher Körperhaltung er ihre Schwester aufgeweckt hatte. Ein Knie auf dem Boden neben ihrem Bett, die Arme erhoben, um zuzupacken, die Hände über ihrem Mund, um den Angstschrei zu ersticken. Ein bis zwei Minuten hatte er damals neben der anderen gekniet, bevor er sie weckte. Diesen Luxus könnte er sich jetzt wohl kaum leisten. Caroline schlief bestimmt nicht allzu tief. Ihr Unterbewusstsein würde auf sie einhämmern und ihr dringend raten, sich zu hüten.

Hüte dich. Ein wunderbares Wort. Wie geschaffen, um auf der Bühne geflüstert zu werden. Jetzt stand ihm eine Bühnenkarriere offen. Broadway. Nicht annähernd die Gage, die man für einen Film bekommen würde, aber dafür Prestige. Sein Name in Leuchtschrift über dem Portal.

Caroline brachte ihm Unglück, sie war sein böser Geist und sollte nun beseitigt werden.

Sie lag zusammengekuschelt im Bett und erschauerte. Die weiche Daunendecke vermochte nichts gegen das Zittern, und Caroline hatte Angst. Furchtbare Angst. Warum nur? »Lisa«, flüsterte sie. »War dir auch so zumute, Lisa? Bist du aufgewacht? Wusstest du, was mit dir geschehen würde?« *Habe ich dich in jener Nacht aufschreien gehört und einfach weitergeschlafen?*

Sie konnte sich bis jetzt nicht erinnern. Nur ein flüchtiger Eindruck, ein unscharfes, verschwommenes Bild war in den Wochen nach Lisas Tod mehrmals zurückgekehrt. Sie hatte mit Sean darüber gesprochen. »Ich halte es für möglich, dass ich sie gehört habe. Wenn ich mich doch nur gezwungen hätte, wach zu werden, vielleicht …«

Sean hatte ihr klar gemacht, dass ihre Reaktion typisch

sei für die Angehörigen der Opfer. Das ›Wenn-ich-doch-nur‹-Syndrom. In diesem letzten Jahr hatte sie durch ihn und mit ihm allmählich Frieden gefunden, die Wunden begannen langsam zu verheilen. Aber nun schienen sie erneut aufzureißen.

Caroline drehte sich im Bett um und zwang sich, Beine und Arme auszustrecken. ›Irrationale Angst und tiefe Traurigkeit sind Symptome von Depressionen‹, hatte sie gelesen. Traurigkeit ist durchaus verständlich am Todestag, dachte sie. Aber der Angst werde ich nicht nachgeben, sondern lieber an die glücklichen Zeiten mit Lisa denken. An den letzten Abend.

Mutter und Dad waren zu einem Banker-Seminar nach San Francisco gefahren. Die Zwillinge hatten Pizza mit allen Schikanen bestellt, Wein dazu getrunken und sich die Köpfe heiß geredet, über Lisas Entschluss, Jura zu studieren. Caroline hatte die Aufnahmeprüfung ebenfalls gemacht, war sich aber noch nicht klar darüber, was sie tun wollte.

»Ich war wirklich mit Begeisterung in der Theatergruppe«, hatte sie Lisa gestanden. »Ich selbst bin zwar keine gute Schauspielerin, aber ich habe ein Gespür für darstellerische Qualität. Ich glaube, in der Regie könnte ich es zu etwas bringen. Das Stück kam wirklich fabelhaft an, und Brian Kent wurde von einem Produzenten entdeckt. Ich wusste eben, dass er genau die richtige Besetzung für die Hauptrolle war. Sollte ich es andererseits in der Juristerei zu einem akademischen Grad bringen, könnten wir beide vielleicht eine Kanzlei eröffnen und den Mandanten sagen, dass sie für ihr Geld die doppelte Leistung kriegen.«

Gegen elf waren sie zu Bett gegangen. Ihre Zimmer lagen nebeneinander. Meist ließen sie die Verbindungstür offen, doch Lisa wollte sich noch eine Sendung im Fernsehen anschauen, und Caroline war müde, sodass sie nach dem Gutenachtkuss die Tür schloss.

Wenn ich sie doch nur offen gelassen hätte, dachte sie. Ich hätte sie bestimmt gehört, falls sie noch aufschreien konnte.

Am nächsten Morgen wachte sie erst nach acht Uhr auf. Sie erinnerte sich, wie sie sich aufgesetzt und gestreckt hatte, in dem angenehmen Gefühl, das College hinter sich zu haben. Zum Studienabschluss hatte sie ebenso wie Lisa eine Europareise geschenkt bekommen, die im Sommer stattfinden sollte.

Caroline erinnerte sich, wie sie aus dem Bett gesprungen war, weil sie Lisa ein Tablett mit Kaffee und Saft bringen wollte. Während der Kaffee durch die Maschine lief, presste sie frischen Saft aus, stellte dann Gläser, Tassen und Kaffeekanne auf ein Tablett und stieg damit die Treppe hinauf.

Lisas Tür stand einen Spaltbreit offen. Sie stieß sie mit dem Fuß auf und rief: »Aufwachen, mein Schatz! Wir sind in einer Stunde zum Tennis verabredet.«

Und dann hatte sie Lisa gesehen – den unnatürlich verdrehten Kopf, die Schnur um den Hals, die weit aufgerissenen, angsterfüllten Augen, die ausgestreckten Hände, als hätte sie etwas zurückzustoßen versucht. Caroline hatte das Tablett fallen lassen, dabei ihre Beine mit Kaffee bespritzt, sich mühsam zum Telefon geschleppt, den Notruf gewählt und dann geschrien, geschrien, bis ihr nach einem gurgelnden Kehllaut die Stimme brach. Drei Tage später wachte sie im Krankenhaus auf. Die Polizei habe sie neben Lisa liegend gefunden, den Kopf der Schwester an ihre Schulter gebettet, erzählte man ihr.

Als einziger Hinweis der unvollständige Abdruck von einem schmutzigen Joggingschuh, unmittelbar hinter der Seitentür ... »Und dann«, wie ihr der leitende Kriminalbeamte später mitteilte, »war er oder sie so höflich, sich den restlichen Schmutz an der Fußmatte abzutreten.«

Wenn man Lisas Mörder doch nur gefunden hätte, dachte Caroline, als sie im Dunkeln dalag und grübelte. Die Kriminalbeamten vertraten alle die Auffassung, es sei jemand gewesen, der Lisa kannte. Keinerlei Hinweise, weder für einen Raub- noch für einen Vergewaltigungsversuch. Sie hatten Lisas Freunde ausgiebig verhört, sämtliche Partner, mit denen sie im College ausgegangen war. Ein junger Mann in der gleichen Studiengruppe war ganz verrückt nach ihr gewesen. Er galt weiterhin als Hauptverdächtiger, doch die Polizei konnte keinerlei Beweis dafür erbringen, dass er sich in der fraglichen Nacht in St. Paul aufgehalten hatte.

Man hatte den Fall im Hinblick auf eine mögliche Verwechslung untersucht, insbesondere, nachdem bekannt geworden war, beide Schwestern hätten ihren Freunden im College gegenüber nie etwas von eineiigen Zwillingen erwähnt. »Zuerst verschwiegen wir es, weil wir doch versprochen hatten, nicht darüber zu reden. Dann wurde es für uns so eine Art Spiel«, erklärte Caroline.

»Haben Ihre Freunde aus dem College Sie zu Hause besucht?«

»Wir haben einfach niemanden eingeladen, weil wir die Ferien und anderen freien Tage nur zu zweit verbringen wollten.«

Ach, Lisa, dachte Caroline jetzt, wenn ich doch nur wüsste, warum! Wenn ich dir doch nur hätte helfen können in jener Nacht! Sie war nicht schläfrig, fühlte sich aber auf einmal wie ausgelaugt.

Schließlich fielen ihr die Augen zu. O Lisa, dachte sie, ich wünschte, du hättest auch ein solches Glück erlebt wie ich. Wenn ich es doch nur wieder gutmachen könnte an dir …

Das Fenster war ein Stückchen hochgeschoben und durch die seitlichen Haltevorrichtungen abgesichert. Ein heftiger Windstoß ließ die Jalousie klappern. Caroline fuhr hoch, erkannte, was passiert war, und legte sich wieder zurück in die Kissen, was sie einiges an Selbstüberwindung kostete. Hör auf damit, ermahnte sie sich, hör endlich auf. Energisch schloss sie die Augen und fiel nach einer Weile in einen leichten Schlaf voller Träume, einen Schlaf, in dem Lisa versuchte, nach ihr zu rufen, versuchte, sie zu warnen.

Der Augenblick war gekommen. Jimmy Cleary spürte es förmlich. Kein raschelndes Bettzeug mehr. Im Schlafzimmer herrschte völlige Stille. Er kam aus seinem Versteck hinter den Wintermänteln hervor und schob den Sack mit Carolines Brautkleid zur Seite. Als er die Tür des Wandschranks aufdrückte, knarrte sie leise in den Angeln, doch im Schlafzimmer war keinerlei Reaktion zu vernehmen. Er durchquerte den Wohnraum bis zur Schlafzimmertür. Caroline hatte in einer Steckdose eine Nachtbeleuchtung angeschlossen, die gerade genug Helligkeit verbreitete, um ihm zu zeigen, dass sie unruhig schlief. Ihr Atem ging gleichmäßig, aber flach. Sie drehte mehrmals den Kopf von einer Seite zur anderen, als wollte sie gegen irgendetwas protestieren.

Jimmy tastete in seiner Tasche nach der Schnur. Dass sie von derselben Rolle in seinem Angelgerät stammte, die er bei ihrer Schwester benutzt hatte, verschaffte ihm ein seltsames Gefühl der Genugtuung. Er trug sogar denselben Jogginganzug wie vor fünf Jahren und dieselben Schuhe. Sie zu behalten war ein bisschen riskant, gar keine Frage, falls ihn die Bullen je verhören sollten, doch er hatte es nie fertig gebracht, das Zeug wegzuwerfen. Stattdessen hatte er es zusammen mit anderen Sachen in einem gemieteten Lagerraum verstaut, wo niemand irgendwelche Fragen stellte. Natürlich hatte er dabei einen anderen Namen benutzt.

Auf den Zehenspitzen schlich er zu Carolines Bett und kniete sich daneben hin. Eine volle Minute konnte er sich den Genuss gönnen, sie zu beobachten, bevor sie die Augen aufschlug und seine Hände sich auf ihren Mund pressten.

Sean sah sich die Zehn-Uhr-Nachrichten an, merkte, dass er nicht das leiseste Bedürfnis nach Schlaf hatte, und nahm sich ein Buch vor, das er gern lesen wollte. Nach wenigen Minuten warf er es ungeduldig beiseite. Irgendetwas stimmte nicht. Es war mit den Händen zu greifen – gerade so, als würde aus dem Nebenzimmer Rauch dringen und einem sofort verraten, dass im Haus Feuer ausgebrochen war. Er würde Caroline anrufen. Sich vergewissern, wie es ihr ging. Andererseits hatte sie es vielleicht doch geschafft, etwas Schlaf zu finden. Er trat an die Hausbar und goss sich ein ordentliches Glas Scotch ein. Nach ein paar Schlucken wurde ihm klar, dass er sich wahrscheinlich wie ein nervöses altes Waschweib aufführte.

Caroline schlug die Augen auf, als sie ihren geflüsterten Namen hörte. Ein Albtraum, dachte sie und wollte losschreien. Da spürte sie die Hand wie eine eiserne Klammer auf ihrem Mund, eine harte, muskulöse Hand, die ihre Backenknochen zusammenpresste, ihre Lippen aufeinander drückte, ihre Nasenlöcher halb bedeckte. Keuchend rang sie nach Luft. Die Hand rutschte ein winziges Stück nach unten, sodass sie atmen konnte. Sie versuchte, sich loszureißen, doch da hielt sie der Mann mit dem anderen Arm fest. Sein Gesicht war ganz dicht vor ihrem.

»Caroline«, flüsterte er, »ich bin gekommen, um meinen Irrtum zu korrigieren.«

Im Halbdunkel der Nachtbeleuchtung zeichnete sich nur eine unheimliche, schattenhafte Gestalt ab. Doch die Stimme – die hatte sie früher schon gehört. Diese markante Stirn, das quadratische Kinn. Diese kräftigen Schultern. Wer war das?

»Caroline, die Meisterregisseurin.«

Nun erkannte sie die Stimme. Jimmy Cleary. Jimmy Cleary, und in der gleichen Sekunde wurde ihr schlagartig der Grund klar. Wie im Film sah sie die Szene wieder vor sich, als sie Jimmy eröffnet hatte, er sei nicht die richtige Besetzung für die Rolle. Er hatte es so gut hingenommen. Zu gut. Sie wollte es nicht wahrhaben, dass er Theater spielte. Sich vorzumachen, er würde ihre Entscheidung akzeptieren, war einfacher. *Und er hat Lisa getötet, als er eigentlich mich umbringen wollte.* Der tiefe Seufzer, der ihr über die Lippen kam, verhallte ungehört unter seiner Hand. Meine Schuld. Alles meine Schuld.

Und dann hörte sie Lisas Stimme, so deutlich, als ob sie ihr ins Ohr flüsterte, ihr Geheimnisse anvertraute wie in Kindertagen. *Es ist nicht deine Schuld. Aber wenn du es zulässt, dass er abermals tötet, dann trifft dich daran die Schuld. Erspar Mutter und Dad diesen Schlag. Erspar ihn Sean. Werde alt und grau, um meinetwillen. Bring Kinder zur Welt. Nenn eins nach mir. Du musst leben. Hör auf mich. Sag ihm, dass er sich nicht geirrt hat. Sag ihm, dass du mich auch gehasst hast. Ich helfe dir.*

Jimmys heißer Atem berührte ihre Wange. Er sprach von der Rolle, von Brian Kent, den der Produzent unter Vertrag genommen hatte, von Brians neuem Kontrakt. »Ich werde dich töten, genauso, wie ich deine Schwester umgebracht habe. Ein Schauspieler lässt nicht locker, bis er seine Rolle perfekt beherrscht. Möchtest du hören, was ich als Letztes zu deiner Schwester gesagt habe?«

Erzähl ihm, du bist ich, Lisa.

Für den Bruchteil einer Sekunde wurde Caroline wieder zur Sechsjährigen. Sie und Lisa spielten auf der Baustelle neben ihrem Haus. Lisa, wie immer die Waghalsigere, Standfestere, kletterte voran über die aufgetürmten Ziegel. »Sei doch kein solcher Hasenfuß«, drängte sie. »Komm einfach hinter mir her.«

Sie hörte sich flüstern: »Ich würde brennend gern alles genau erfahren. Ich möchte wissen, wie sie starb. Dann habe ich etwas zu lachen. Sie haben Caroline umgebracht. Ich bin Lisa.«

Sie spürte, wie ihr die Hand einen rabiaten Schlag auf den Mund versetzte.

Jemand hatte das Textbuch umgeschrieben. Wütend bohrte ihr Jimmy die Finger in die Backenknochen. Wessen Backenknochen? Carolines? Falls er sie tatsächlich bereits ins Jenseits befördert hatte, wieso war dann in seiner Pechsträhne keine Wende eingetreten? Ohne den über ihrer Brust liegenden Arm zu bewegen, zog er die Schnur aus der Tasche seines Trainingsanzugs. Bring's hinter dich, redete er sich zu. Wenn beide tot sind, kannst du ganz sicher sein, dass du Caroline erledigt hast.

Doch es war, als stünde man im dritten Akt auf der Bühne und wüsste nicht, wie das Stück enden würde. Wenn der Schauspieler den Höhepunkt des Dramas nicht kannte, wie konnte man dann beim Publikum irgendwelche Spannung erwarten? Denn es gab ein Publikum. Ein unsichtbares Publikum namens Schicksal. Er musste ganz sichergehen. »Wenn du zu schreien versuchst, kommst du nicht mal mehr dazu, auch nur aufzujaulen«, erklärte er. »Das war alles, was deine Schwester noch rausgekriegt hat – ein Gejaule.«

Sie hatte Lisa also in jener Nacht gehört.

»Wenn du versprichst, nicht zu schreien, brauchst du

bloß zu nicken. Ich will mit dir reden. Falls du mich überzeugst, lasse ich dich vielleicht am Leben. Wexford möchte dich doch jeden Morgen als Erstes sehen – bis ans Ende seiner Tage, stimmt's? Ich hab gehört, wie er's gesagt hat.«

Jimmy Cleary war bei ihrer Ankunft bereits in der Wohnung gewesen. Caroline wurde schwarz vor Augen.

Tu, was er sagt! Untersteh dich, in Ohnmacht zu fallen. Lisas Kommandostimme. »Zu Befehl, Fürstin«, war sie dann jedes Mal von Caroline aufgezogen worden, und sie hatten gemeinsam gelacht.

Jimmy hob den Arm, mit dem er Caroline niederhielt, legte ihr die Schnur um den Hals und befestigte sie zu einer Schlinge. Sie war zweimal so lang wie das Stück, das er beim vorigen Mal benutzt hatte. Ihm war eingefallen, dass er sie diesmal doppelt verknoten würde, eine eindrucksvolle Geste für den Schlussakt, ein symbolischer Abgesang im Rampenlicht des Todes, ehe der Vorhang fiel.

Die Überlänge gab ihm die Möglichkeit, sie zu manipulieren. Ruhig verlangte er, sie solle aufstehen, er sei hungrig. Er wollte, dass sie ihm ein Sandwich zurechtmache und Kaffee koche, er werde das Ende der Schnur festhalten und die Schlinge zuziehen, um sie zu erdrosseln, falls sie Alarm schlage oder sonstige Mätzchen versuche.

Tu, was er sagt.

Gehorsam setzte Caroline sich auf, sobald Jimmy den Arm wegnahm, der auf ihr lastete. Ihre Füße berührten den kühlen Holzboden. Automatisch tastete sie nach ihren Hausschuhen. Vielleicht bin ich in wenigen Sekunden tot, und da denke ich noch an meine bloßen Füße, dachte sie. Als sie sich vorbeugte, schnitt ihr die Schnur in den Hals. »Nein – bitte.« Sie hörte die panische Angst in ihrer Stimme.

»Halt's Maul!« Sie spürte, wie Jimmy Clearys Hände die Schnur lockerten. »Keine schnellen Bewegungen und ja kein lautes Wort mehr!«

Nebeneinander gingen sie durch das Wohnzimmer in die Küche. Seine Hand lag auf ihrem Nacken. Seine Finger umschlossen die Schnur. Obwohl er sie gelockert hatte, empfand sie den Druck wie einen Stahlreif. Sie sah die graue Kerbe in Lisas Kehle vor sich. Zum ersten Mal begann sie sich an den Rest jenes Morgens zu erinnern. Sie hatte die 911 angerufen, zu schreien angefangen und dann den Hörer fallen lassen. Lisas Leiche lag fast auf der Bettkante, als hätte sie im letzten Moment zu fliehen versucht. Ihre Haut ist blau angelaufen, sie friert, dachte ich, ich muss sie wärmen, erinnerte sich Caroline, als sie den Kühlschrank öffnete. Ich lief um das Bett herum, legte mich hinein, nahm sie in die Arme und fing an, auf sie einzureden, versuchte dabei, ihr die Schnur vom Hals zu lösen, und dann hatte ich das Gefühl, in die Tiefe zu stürzen.

Jetzt lag die Schnur um ihren Hals. Würde Sean am nächsten Morgen sie so vorfinden wie sie damals Lisa?

Nein. Das darf nicht geschehen. Mach das Sandwich. Koch ihm Kaffee. Tu so, als ob ihr beide eine große Szene spielt. Erzähl ihm, wie herrschsüchtig ich war. Los doch. Verkehre alles, was gut war, ins Gegenteil. Gib mir die Schuld so, wie er sie dir gibt.

Caroline schaute in den Kühlschrank und empfand ein flüchtiges Gefühl der Dankbarkeit, weil sie ihn noch nicht geleert hatte. Sie sorgte immer für genügend Vorräte, um Sean eine schmackhafte Auswahl bieten zu können; die Putzfrau würde morgens vorbeikommen und alles mitnehmen. Sie holte Schinken, Käse und Putenfleisch heraus, dazu Kopfsalat, Mayonnaise und Senf – genau die Zutaten für Jimmys Standardbestellung, wenn sie in Rawlings nach der Probe noch eine Kleinigkeit essen gegangen waren; zu dieser ›Hero‹ genannten Spezialität gehörte ein italienisches Brötchen.

Du erinnerst dich daran, aber woher soll ich das wissen? Frag ihn, was er haben möchte.

Sie blickte hoch. Das einzige Licht kam aus dem Kühlschrank, aber ihre Augen gewöhnten sich an die Dunkelheit. Sie konnte das unverwechselbare quadratische Kinn, das Jimmy Clearys Gesicht diesen harten Zug verlieh, ebenso deutlich sehen wie seine zornige, verwirrte Miene. Ihr Mund war wie ausgedörrt vor Angst, als sie flüsterte: »Was für ein Sandwich möchten Sie? Putenfleisch? Schinken? Ich habe Weizenvollkornbrot oder italienische Brötchen da.«

Sie merkte, dass sie die erste Prüfung bestanden hatte.

»Alles. Auf einem Brötchen garniert.«

Sie spürte, dass die Schnur ein wenig gelockert wurde, und setzte den Wasserkessel auf. Jimmy Cleary trank immer Kaffee, auch wenn alle anderen Sodawasser bestellten. Flink machte sie das Sandwich zurecht, schichtete Lagen von Putenfleisch und Schinken auf den Käse, umlegte das Ganze mit Salatblättern, kleckste Mayonnaise und Senf darüber.

Er setzte sich an den Tisch, zog sie auf einen Stuhl neben sich. Sie goss sich Kaffee ein, zwang sich, ein paar Schlucke zu trinken. Die Schnur schnitt ihr in den Hals. Sie hob die Hand, um sie zu lockern.

»Nicht anfassen.« Er ließ ihr etwas mehr Spielraum.

»Vielen Dank.« Sie beobachtete ihn, als er das Sandwich hinunterschlang.

Sprich mit ihm. Du musst ihn überzeugen, bevor es zu spät ist.

»Ich glaube, Sie haben mir Ihren Namen genannt, aber ich habe ihn nicht richtig verstanden.«

Er würgte den letzten Bissen hinunter. »Auf den Plakaten steht James Cleary. Mein Agent und meine Freunde nennen mich Jimmy.«

Gierig stürzte er sich auf den Kaffee. Wie konnte sie erreichen, dass er ihr glaubte, ihr vertraute? Von ihrem Platz aus sah Caroline die Konturen des Wandschranks. Die Tür war doch vorhin fast geschlossen gewesen. Er musste sich darin versteckt haben. Sean hatte unbedingt bei ihr bleiben wollen. O Gott, wenn sie es doch nur zugelassen hätte! In jenen ersten beiden Jahren nach Lisas Tod hatte es Zeiten gegeben, wo der Kampf, Tag für Tag durchzustehen, beinahe über ihre Kräfte gegangen war. Lediglich die harten Anforderungen des Jurastudiums hatten sie davor bewahrt, in Depression und Selbstmordgedanken zu versinken. Jetzt sah sie Seans Gesicht vor sich, das sie so unaussprechlich liebte. Ich will leben, dachte sie. Ich will mein Leben zu Ende leben.

Jimmy Cleary fühlte sich wohler. Er hatte nicht gemerkt, wie ausgehungert er war. Irgendwie lief es diesmal besser als vor fünf Jahren. Jetzt spielte er ein Katz-und-Maus-Spiel. Jetzt war er der Richter. War dies Caroline? Vielleicht hatte er sich beim letzten Mal doch nicht geirrt. Aber wenn er tatsächlich Caroline erwischt hatte, warum wurde er dann weiter vom Pech verfolgt? Er trank den Kaffee aus. Seine Finger umschlossen das Ende der Schnur und zogen die Schlinge eine Spur enger zusammen. Er langte hinüber zur Tischlampe und knipste sie an, um ihr Gesicht besser beobachten zu können. »Also, schieß los«, sagte er leichthin. »Warum sollte ich dir glauben? Und wenn ich dir glaube, warum sollte ich dich am Leben lassen?«

Sean zog sich aus und duschte. Er musterte sich eingehend im Badezimmerspiegel. In zehn Tagen wurde er vierunddreißig. Und Caroline einen Tag später siebenundzwanzig. Sie würden beide Geburtstage in Venedig feiern. Auf dem Markusplatz sitzen, Wein trinken, Geigen schluchzen hören, die vorbeigleitenden Gondeln beobachten. Ein idyllisches Bild, das ihm in den letzten paar Wochen öfter vor Augen gestanden hatte. An diesem Abend jedoch erlitt er offenbar einen Fehlschlag. Das Bild ließ sich einfach nicht heraufbeschwören.

Er musste mit Caroline reden. In ein dickes Badelaken eingehüllt, ging er zum Telefon neben seinem Bett. Es war kurz vor Mitternacht. Trotzdem wählte er ihre Nummer. Zum Teufel mit den faulen Ausreden, dachte er. Ich sag ihr einfach, dass ich sie liebe.

»Es ist gar nicht so einfach, ein Zwilling zu sein.« Caroline hob den Kopf, sodass sie Jimmy Cleary direkt ins Gesicht sehen konnte. »Meine Schwester und ich haben uns viel gestritten. Ich nannte sie immer die Fürstin. Sie war so herrschsüchtig. Schon in unserer Kindheit stellte sie alles Mögliche an und gab mir dann die Schuld. Schließlich begann ich sie regelrecht zu hassen. Deswegen besuchten wir auch verschiedene Colleges, eins an der Ost-, das andere an der Westküste, dazwischen der Kontinent. Ich wollte unbedingt weit weg von ihr, denn ich war ihr Schatten, ihr Spiegelbild, eine Unperson. An dem letzten Abend damals wollte sie fernsehen, und ihr Apparat war kaputt, darum tauschten wir die Zimmer. Auf ihren Wunsch natürlich. Als ich sie am nächsten Morgen fand, klappte ich wahrscheinlich einfach zusammen. Aber Sie sehen ja, nicht mal meine Eltern haben den Irrtum erkannt.«

Caroline riss die Augen weit auf, senkte die Stimme, es sollte wie eine ganz persönliche, vertrauliche Mitteilung klingen. »Sie sind Schauspieler, Jimmy. Sie können das verstehen. Als ich wieder zu mir kam, nannten sie mich

Caroline. Wissen Sie, was die ersten Worte meiner Mutter waren, als ich aufwachte? ›Ach, Caroline, wir danken Gott, dass es nicht dich getroffen hat!‹«

Ausgezeichnet. Du kommst an ihn heran.

Sie war wieder sechs und spielte mit ihrer Schwester auf der Baustelle. Lisa rannte schneller und schneller. Caroline schaute nach unten, und ihr wurde schwindlig. Aber sie hatte trotzdem versucht, es ihr gleichzutun.

Jimmy amüsierte sich königlich. Er kam sich vor wie ein Agent, der eine Rolle zu besetzen hat und eine vielversprechende Bewerberin auffordert, ihm ihre Auffassung sachlich zu interpretieren. »Du hast dann also einfach beschlossen, von da an Caroline zu verkörpern. Wie bist du damit durchgekommen? Caroline hat das College in Rawlings besucht. Was ist passiert, wenn Carolines Freunde aus Rawlings aufgekreuzt sind?«

Caroline trank ihren Kaffee aus. Sie konnte den flackernden, irren Blick in seinen Augen deutlich erkennen. »Das war wirklich kein Kunststück. Schock. Damit war alles erklärt. Ich gab vor, mich an viele gemeinsame Freunde und Bekannte nicht zu erinnern. Die Ärzte nannten es eine psychisch bedingte Amnesie. Jeder hatte Verständnis dafür.«

Entweder war sie eine verdammt gute Schauspielerin, oder sie sprach die Wahrheit. Jedenfalls faszinierte sie ihn. Seine Wut begann sich teilweise zu verflüchtigen. Dieses Mädchen war anders als Caroline. Sanfter. Netter. Er fühlte sich ihr innerlich verwandt, eine von Bedauern überschattete Verbundenheit. Was es auch sein mochte, er durfte sie nicht am Leben lassen. Der einzige Haken dabei war der – wenn er tatsächlich Caroline getötet hatte, wenn sie nicht log, und da war er sich immer noch nicht sicher – warum hatte dann das Verhängnis nicht vor fünf Jahren geendet?

Dieser süße rot-weiß gestreifte Pyjama, den sie anhatte. Er legte ihr die Hand auf den Arm, zog sie gleich darauf wieder zurück. Plötzlich fiel ihm etwas ein. »Was ist mit Wexford? Wie seid ihr beide zusammengekommen?«

»Wir sind einfach ineinander reingerannt. Ich hörte ihn ›Caroline‹ rufen und wusste, das war jemand, den ich kennen müsste. Sobald er mich beim Joggen eingeholt hatte, nannte er seinen Namen und erzählte gleich darauf, ich hätte bei ihm Vorlesungen gehabt, also brauchte ich bloß noch mitzuspielen.«

Erinnere Jimmy daran, dass Sean sich in Rawlings um die echte Caroline überhaupt nicht gekümmert hat. Mach ihm klar, dass er sich Hals über Kopf in dich verliebt hat.

Jimmy rutschte unruhig hin und her.

»Ich kann Ihnen gar nicht schildern, wie oft Sean versichert hat, ich wäre so viel netter geworden«, fuhr Caroline fort. »Kein Wunder, ich bin ja auch nicht dieselbe, die er früher gekannt hat. Finden Sie das nicht toll? Ich bin froh, Sie als Mitwisser zu haben, Jimmy. Sie sind in den letzten fünf Jahren mein geheimer Wohltäter gewesen, und nun lerne ich Sie endlich kennen. Möchten Sie noch Kaffee?«

Versuchte sie ihn mit Schmus einzuwickeln? Meinte sie es ehrlich? Er tippte sie an. »Noch eine Tasse Kaffee, das klingt nicht schlecht.« Er stand etwas seitlich hinter ihr, als sie die Heizplatte unter dem Wasserkessel anstellte. Ein bildhübsches Mädchen. Doch ihm war klar, dass er sie nicht am Leben lassen durfte. Er würde den Kaffee austrinken, sie ins Schlafzimmer zurückbringen und töten. Vorher wollte er ihr noch die Sache mit dem Unstern erklären. Er sah auf die Uhr – halb eins. Die andere Schwester hatte er um null Uhr vierzig umgebracht, das Timing war also perfekt. Er hatte wieder das Bild vor Augen, wie die andere die Hände ausstreckte, als wollte sie ihn packen, wie ihre Augen loderten und heraustraten. Manchmal träumte er davon. Bei Tageslicht tat ihm die Erinnerung wohl. Nachts brach ihm der Schweiß aus.

Das Telefon klingelte.

Caroline umklammerte krampfhaft den Henkel des Wasserkessels. Es war Sean; sie wusste es. Er hatte sie des Öfteren nachts angerufen, wenn er spürte, dass sie schrecklich bedrückt war und vermutlich nicht schlafen konnte.

Überzeuge Jimmy, dass du unbedingt ans Telefon gehen musst. Du musst Sean irgendwie wissen lassen, dass du ihn brauchst.

Das Telefon läutete ein zweites, ein drittes Mal.

Auf Jimmys Stirn und Oberlippe glänzte Schweiß. »Vergiss es«, sagte er.

»Das ist Sean, da bin ich ganz sicher, Jimmy. Wenn ich mich nicht melde, denkt er bestimmt, es ist irgendwas passiert. Ich will ihn nicht hier haben, ich möchte mit Ihnen reden.«

Jimmy überlegte. Wenn das Wexford war, hatte sie wahrscheinlich die Wahrheit gesagt. Das Telefon klingelte wieder. Es war an einen Anrufbeantworter angeschlossen. Jimmy drückte auf die Konferenzschaltung, hob den Hörer ab und gab ihn ihr. Er ließ die Schnur um ihren Hals etwas locker.

Caroline wusste, dass sie sich kein Beben in der Stimme leisten durfte. »Hallo.« Sie markierte Verschlafenheit und wurde durch einen etwas nachlassenden Druck am Hals belohnt.

»Caroline, Schatz, du hast offenbar schon geschlafen. Entschuldige. Ich hab mir Sorgen um dich gemacht, weil ich weiß, wie scheußlich dir in dieser Nacht zumute ist.«

»Nein, ich freue mich über deinen Anruf. Ich hab nicht richtig geschlafen, war nur gerade am Eindösen.« Was kann ich ihm bloß sagen? Caroline zermarterte sich das Hirn.

Das Kleid. Dein Brautkleid.

»Es ist schon reichlich spät«, hörte sie Sean sagen. »Hast du heute doch noch zu Ende gepackt?«

»Ja, ich war hellwach und hab jetzt alles fertig.« Jimmy wurde ungeduldig. Er bedeutete ihr, sich kurz zu fassen. Caroline biss sich auf die Lippen. Wenn sie die Situation nicht kaltblütig im Griff behielt, war alles aus. »Es war so lieb von dir, noch mal anzurufen, Sean, und mir geht's wirklich prima. Ich bin pünktlich fertig, um sieben Uhr dreißig. Nur eine Frage. Hast du daran gedacht, die Verkäuferin zu bitten, dass die Ärmel von meinem Brautkleid beim Einpacken ordentlich mit Seidenpapier ausgestopft werden, damit sie nicht knittern?« Bitte, lieber Gott, gib, dass Sean mich jetzt nicht verrät, dachte sie.

Sean fühlte, wie seine Finger, die den Hörer hielten, feucht wurden. Das Kleid. Carolines Brautkleid hatte ja gar keine Ärmel. Und da war noch etwas. Ihre Stimme klang irgendwie hohl. Sie lag nicht im Bett. Sie war am Telefon in der Küche, und die Konferenzschaltung lief. Sie war nicht allein. Mit äußerster Anstrengung hielt er seine Stimme im Zaum. »Schatz, ich kann auf einen Stapel Bibeln schwören, dass die Verkäuferin was in der Richtung gesagt hat. Ich glaube, deine Mutter hat sie auch telefonisch daran erinnert. Jetzt hör mal zu. Du musst versuchen, wenigstens ein bisschen zu schlafen. Bis morgen früh, vergiss nicht – ich liebe dich.« Es gelang ihm, den Hörer geräuschlos aufzulegen. Dann warf er das Badelaken beiseite und zog seinen Trainingsanzug aus dem Schrank. Carolines Wohnungsschlüssel lagen neben seinen Wagenschlüsseln auf der Kommode. Sollte er sich die Zeit nehmen, die Polizei anzurufen? Das Autotelefon. Er konnte das unterwegs erledigen. Lieber Gott, lass es nicht zu, bitte …

Er hatte begriffen, Caroline legte den Hörer auf und sah Jimmy an. »Gut gemacht«, lobte er. »Weißt du was, ich fange allmählich an, dir zu glauben.« Er führte sie zurück ins Schlafzimmer und zwang sie, sich hinzulegen. Den Arm quer über sie gestreckt, hielt er sie in der Horizontale, genau wie damals ihre Schwester. Dann erläuterte er ihr, was ihm sein Lehrer, Cory Zola, über den Unstern gesagt hatte. »Vergangene Woche spielten wir im Unterricht eine Duell-Szene, und dabei geriet ich ziemlich in Rage. Ich brachte meinem Partner eine Schnittwunde bei. Zola regte sich mordsmäßig über mich auf, ich wollte ihm klar machen, dass ich an die Person dachte, die mir diese Pechsträhne eingebrockt hatte, und wie seitdem alles schief ging. Daraufhin verlangte er von mir, so lange dem Unterricht fernzubleiben, bis ich mich davon frei gemacht habe. Selbst wenn ich dir also glaube, dass ich voriges Mal Caroline erwischt hab, muss ich trotzdem dieses Gefühl loswerden, denn ich kann erst wieder den Unterricht besuchen, wenn ich davon frei bin. Und auf meiner Tagesordnung, Lisa – das ist doch der richtige Name, wie? – stehst du als Nachfolgerin.«

Seine Augen funkelten. Der Blick war leer, kalt. Er ist wahnsinnig, dachte Caroline. Sean braucht fünfzehn Minuten bis hierher. Drei sind verstrichen. Noch zwölf Minuten. Hilf mir, Lisa.

Brian Kent ist die Schlüsselfigur seines Unglücks. Zwei Fremde im Zug.

Ihr Mund war völlig ausgedörrt, Jimmys Gesicht so dicht vor ihrem. Sie konnte den Schweiß riechen, der ihm aus allen Poren quoll, und spürte, wie seine Finger an der Schnur zu ziehen begannen. Es gelang ihr, einen sachlichen Ton anzuschlagen. »Mich umzubringen, das ist keine Lösung. Brian Kent ist der Unstern, nicht ich. Wenn er aus dem Weg geräumt wird, dann haben Sie Ihre Chance.

Und wenn ich ihn töte, haben Sie mich genauso fest in der Hand wie ich Sie.«

Er holte tief Luft, sichtlich verblüfft, was ihr Hoffnung gab. Sie berührte seine Hand. »Spielen Sie nicht dauernd mit der Schnur herum, Jimmy, und hören Sie mir zwei Minuten zu. Darf ich mich aufsetzen?« Wieder schoss ihr die Erinnerung durch den Kopf, wie sie als Kinder auf der Baustelle gespielt hatten, Lisa voran, sie hinterher. Einmal waren sie zu einer breit klaffenden Lücke gelangt, die man für ein Fenster ausgespart hatte. Lisa war darüber hinweggesprungen. Caroline, ein paar Schritte hinter ihr, hatte gezögert, die Augen geschlossen und es mit knapper Mühe geschafft. Jetzt setzte sie ebenfalls zum Sprung an. Wenn er ihr misslang, war alles aus. Sean kam. Sie wusste es. Sie musste die nächsten elf Minuten überleben.

Jimmy lockerte den Arm und erlaubte ihr, sich aufrecht hinzusetzen. Sie zog die Beine an und verschränkte die Hände über den Knien. Die Schnur scheuerte an den Nackenmuskeln, doch sie wagte nicht, ihn um Abhilfe zu bitten. »Sie haben mir erzählt, Jimmy, dass Sie ein großes Problem haben – Sie sind Brian Kent zu ähnlich. Wenn nun Brian irgendwas zustößt? Man würde einen Ersatz für ihn brauchen. Also verwandeln Sie sich in ihn. Treten Sie an seine Stelle, wie ich es mit Caroline gemacht habe. Er hat einen tragischen Unfall, und die werden ganz verzweifelt jemanden suchen, der in dem Film für ihn einspringen kann. Warum sollten Sie nicht diesen Part übernehmen?«

Jimmy schüttelte sich den Schweiß von der Stirn. Das war eine völlig neue Deutung der Rolle, die Brian in seinem Leben spielte. Er hatte sich immer darauf konzentriert, ein Star zu werden, größer als Brian, ihn zu überflügeln, in Restaurants einen besseren Tisch zu bekommen als er, Brians Ruhm verblassen zu sehen. Niemals hatte er daran gedacht, dass Brian einfach von der Bildfläche verschwinden könnte. – Und selbst wenn er dieses Mädchen, diese Lisa – denn jetzt glaubte er, dass sie Lisa war – umbrachte, würde Brian Kent trotzdem nach wie vor Verträge unterschreiben, für ganzseitige Zeitschriftenanzeigen posieren. Und schlimmer noch – die Agenten würden ihm, Jimmy, weiterhin unter die Nase reiben, er sei ein Brian-Kent-Typ.

Glaubte er ihr? Caroline versuchte, sich mit der Zunge die Lippen anzufeuchten. Sie waren so trocken, dass sie kaum sprechen konnte. »Wenn Sie mich jetzt töten, Jimmy, wird man Sie erwischen. Die Bullen sind doch nicht blöde. Sie überlegen ständig, ob vielleicht der falsche Zwilling ermordet wurde.«

Er hörte zu.

»Jimmy, wir können das durchziehen. ›Zwei Fremde im Zug‹ – Sie erinnern sich doch an die Handlung. Zwei Leute tauschen Morde, es gibt damit auch kein Motiv. Der Unterschied ist – wir bringen es zu Ende. Sie haben Ihren Teil bereits erledigt, nämlich Caroline für mich aus dem Weg geräumt. Lassen Sie mich jetzt Brian Kent für Sie beseitigen.«

›Zwei Fremde im Zug‹. Jimmy hatte eine Szene aus dem Film im Unterricht gespielt. Er war großartig gewesen. Cory Zola hatte gesagt: »Jimmy, du bist ein Naturtalent.« Sein flackernder Blick glitt über ihr Gesicht. Sie lächelte ihm zu. Ein kaltblütiges Luder. Wenn sie es geschafft hatte, ihrer Familie einzureden, sie sei Caroline, dann könnte sie auch durchaus imstande sein, Brian Kent hinters Licht zu führen und die Tat zu begehen. Aber was für eine Sicherheit hatte er, dass sie nicht die Bullen rufen würde, sobald er gegangen war? Er fragte sie danach.

»Na, Jimmy, Sie haben doch die beste Sicherheit, die Sie sich wünschen können. Sie wissen, dass ich Lisa bin.

Carolines Fingerabdrücke wurden nie mit denen auf unseren Geburtsurkunden verglichen. Sie könnten mich verraten. Wissen Sie denn, was das für meine Eltern, für Sean bedeuten würde? Glauben Sie im Ernst, dass sie mir je verzeihen würden?« Sie sah ihm direkt in die Augen, wartete auf seinen Urteilsspruch.

Sean stürmte aus dem Haus, biss sich dann auf die Lippen. Carolines Wagen blockierte den seinen. Und er wollte doch die Polizei von unterwegs anrufen! Er rannte zurück ins Haus, griff sich ihre Autoschlüssel, fuhr ihren Wagen zur Seite und stieg in seinen. In rasantem Tempo setzte er auf die Straße zurück, riss den Hörer von der Gabel und wählte die 911.

Jimmy hatte das verwirrende Gefühl, eine Art Wiedergeburt zu erleben. Wie oft war er Brian Kent in L. A. begegnet, wenn er in seinem Porsche an ihm vorbeizischte? Vier Jahre waren sie zusammen zur Schule gegangen, doch Brian nickte ihm immer nur flüchtig zu, wenn sie sich zufällig in die Arme liefen. Ohne Brian wäre es um vieles besser. Und Lisa – sie war Lisa, das stand für ihn fest – hatte Recht: Er hätte sie in der Hand. Vorsichtig ließ er die Schnur etwas locker, jedoch ohne sie ihr abzunehmen. »Na gut, ich kauf dir das also ab. Und wie willst du ihn um die Ecke bringen?«

Caroline kämpfte gegen die Gefahr, sich durch die aufkeimende Hoffnung zur Unbedachtheit verleiten zu lassen. Was konnte sie ihm antworten?

Du fährst an die Westküste. Machst eine Stippvisite bei Brian.

Verzweifelt suchte sie nach einem glaubhaften Konzept. Wieder kletterte sie als Sechsjährige auf der Baustelle herum. Die Lücken zwischen den Mauerteilen klafften breiter.

Gift. Gift.

»Sean ist mit einem Professor für Pharmakologie befreundet. Der hat vorige Woche beim Abendessen davon gesprochen, wie viele nicht nachweisbare Gifte es gibt. Eins hat er genau beschrieben, mit detaillierten Angaben über die Zusammensetzung. Man kann es selber herstellen, die einzelnen Bestandteile finden sich in jeder Hausapotheke. Ein paar Tropfen genügen. Nächsten Monat, nach meiner Rückkehr von der Hochzeitsreise, muss ich zu einer Zeugenvernehmung nach Kalifornien. Dann rufe ich Brian an. Schließlich hat er seine große Chance mir – ich meine, Caroline zu verdanken. Stimmt's?«

Achtung!

Ein Ausrutscher. Doch Jimmy schien ihn nicht bemerkt zu haben. Er lauschte gebannt. Das verschwitzte Haar hing ihm in Ringellöckchen in die Stirn. So kraus hatte sie es nicht in Erinnerung. Das musste zum neuen Styling gehören. Genau den gleichen Schnitt hatte Brian Kent auf seinem neuesten Foto. »Er wird sich bestimmt freuen, mich zu sehen«, fuhr sie fort. Sie streckte die Beine über die Bettkante, als wolle sie die verkrampften Muskeln lockern.

Er packte das Ende der Schnur, hielt es fest umschlossen. Ihre Hand legte sich sacht über die seine. »Es existiert ein Gift, Jimmy, das erst nach acht bis zehn Tagen wirkt und sogar drei bis vier Tage braucht, bevor sich irgendwelche Symptome zeigen. Selbst wenn eine Untersuchung stattfindet – Brian und eine alte Freundin aus dem College, die gerade einen Professor von der Princeton University geheiratet hat, haben zusammen Kaffee getrunken. Wer sollte wohl auf die Idee kommen, diese harmlose Tatsache mit einem Mord in Verbindung zu bringen? Ein perfektes Drehbuch, hieb- und stichfest.«

Jimmy merkte, dass er zustimmend nickte. Die Nacht hatte sich in einen Traum verwandelt, einen Traum, der sein ganzes Leben in völlig neue Bahnen lenken würde. Er konnte ihr trauen. Blitzartig wurde ihm klar, dass alles, was sie ihm auseinander gesetzt hatte, wahr und richtig war. Solange Brian Kent am Leben blieb, würde kein Mensch von ihm, dem größten Schauspieler der Welt, Notiz nehmen. Die Nachtbeleuchtung im Schlafzimmer wurde zum Rampenlicht. Das verdunkelte Wohnzimmer war der Zuschauerraum. Er stand auf der Bühne. Das Publikum applaudierte. Er kostete diesen Augenblick aus, tätschelte dann Caroline – nein, Lisa – unter dem Kinn. »Ich glaube dir«, flüsterte er. »Wann genau kommst du nach Kalifornien?«

Bleib dran. Gleich hast du's geschafft.

Sie rannten schneller, immer schneller über die Baustelle. Sie durfte nicht schlappmachen. Caroline hörte, wie sich ihre Stimme überschlug, als sie antwortete: »In der zweiten Juliwoche.«

Jimmys restliche Zweifel schwanden. Kent sollte am 1. August mit den Dreharbeiten zu seinem neuen Film beginnen. Wenn er bis dahin tot war, würden sie wie verrückt nach einem Ersatz suchen.

Er stand auf und zog Caroline hoch. »Ich nehm dir erst mal das Ding runter. Denk dran, ich hab's hier in der Tasche stecken, falls ich's irgendwann wieder brauchen sollte. Ich haue jetzt ab. Wir haben ein Abkommen, vergiss das nicht. Wenn du deinen Teil nicht erfüllst … Dein Professor ist eines Abends nicht zu Hause, oder du hältst nachmittags mal bei Rot an einer Ampel … dann bin ich zur Stelle.«

Caroline spürte, wie sich die Schnur lockerte und er ihr

die Schlinge über den Kopf zog. Sie unterdrückte das erleichterte Aufschluchzen und rang sich eine Antwort ab: »Topp, die Abmachung gilt.«

Er umklammerte ihre Schultern mit eisernem Griff und küsste sie auf den Mund. »Ich besiegele Vereinbarungen nicht mit Handschlag«, erklärte er. »Zu blöd, dass ich nicht mehr Zeit habe. Du wärst genau meine Kragenweite.« Das verzerrte, zur Karikatur geratene Lächeln wich einem verlegenen breiten Grinsen. »Mir ist so, als ob der Unstern schon die Kurve gekratzt hat. Los, Abmarsch!« Er dirigierte sie zur Hintertür, hob die Hand, um die Sicherheitskette zu lösen.

Caroline streifte mit einem flüchtigen Blick die Wanduhr in der Küche. Zwölf Minuten waren seit dem Anruf von Sean verstrichen. Binnen dreißig Sekunden würde Jimmy von der Bildfläche verschwinden, und sie konnte die Sicherheitskette vorlegen und die Tür verbarrikadieren. Und dann dauerte es nur noch ein paar Minuten, bis Sean hier wäre, bei ihr. Wieder die Erinnerung an die Sechsjährige, die auf der Baustelle herumturnte. Ein vorsichtiger Blick nach unten – zwei bis drei Meter über dem mit scharfkantigen Bruchstücken aus Beton übersäten Boden. Lisa war zuletzt über eine breite, für ein Fenster ausgesparte Lücke gesprungen …

Jimmy öffnete die Tür. Sie fühlte die kalte Nachtluft auf ihrem Gesicht. Er wandte sich zu ihr. »Ich weiß, du hattest nie die Gelegenheit, mich auf der Bühne zu sehen, aber ich bin wirklich ein fabelhafter Schauspieler.«

»Ich weiß, Sie sind ein fabelhafter Schauspieler«, hörte Caroline sich sagen. »Hat Sie nicht das ganze College nach ›Tod eines Handlungsreisenden‹ nur noch Biff genannt?«

Auf der Baustelle hatte sie diese eine Sekunde gezögert, ehe sie Lisa gefolgt war. Bei diesem letzten Sprung hatte sie den Schwung verloren, war abgestürzt und mit der Stirn auf dem Beton aufgeschlagen. Ihr wurde schlecht vor Angst, als sie merkte, dass sie es wieder einmal nicht geschafft hatte, Lisa zu folgen.

Die Tür fiel krachend ins Schloss. Für den Bruchteil einer Sekunde fixierten sie einander. »Lisa hätte das nicht wissen können«, flüsterte Jimmy. »Du hast mich belogen. Du bist Caroline.« Hastig angelte er mit beiden Händen nach ihrem Hals. Sie versuchte zu schreien, als sie vor ihm zurückwich, sich umdrehte und zur Eingangstür wankte. Doch sie brachte nur ein leises Ächzen über die Lippen.

Sean raste durch die stillen Straßen. Die Telefonistin vom Notruf fragte ihn nach seinem Namen, von wo er anrufe, worum es sich handle. »Schicken Sie einen Streifenwagen nach Priscilla Lane 81, Apartment 1A«, brüllte er. »Kümmern Sie sich nicht darum, woher ich weiß, dass da was passiert ist. Schicken Sie sofort einen Wagen hin.«

»Und um was für einen Notfall handelt es sich bitte genau?«, wiederholte die Telefonistin.

Jimmys Faust stemmte sich gegen die Tür, als sie sich am Schloss zu schaffen machte. Sie duckte sich an ihm vorbei und lief um den Klubsessel herum. Ihr Blick streifte den Spiegel über der Couch, ihr im dämmrigen Licht verschwimmendes Bild, seinen drohend hinter ihr aufragenden Schatten. Sie spürte den heißen Atem im Nacken. Wenn sie nur noch eine einzige Minute am Leben bleiben könnte, wäre Sean hier. Bevor sie zu Ende gedacht hatte, hechtete Jimmy mit einem Satz über den Klubsessel. Er stand vor ihr. Sie sah die Schnur in seinen Händen. Er drehte sie herum. Sie fühlte das Zerren an den Haaren, die Schnur um den Hals, sah ihr Bild im Spiegel über der

Couch. Sie fiel auf die Knie, und die Schlinge zog sich fester zu. Sie versuchte, von ihm wegzukriechen, spürte, wie er sich über sie beugte. »Aus, Ende, Caroline. Jetzt bist du unweigerlich dran.«

Sean bog in Carolines Straße. Die Bremsen quietschten, als er vor ihrem Haus hielt. In der Ferne klangen Sirenen auf. Er rannte zur Tür, drehte am Knauf. Ohne Erfolg. Mit einer Faust hämmerte er gegen das Holz, während er in der Tasche nach Carolines Schlüsseln suchte. Das verdammte Sicherheitsschloss ist nicht ordentlich eingebaut worden, erinnerte er sich. Man musste erst die Tür etwas heranziehen, bevor es funktionierte. In seiner Angst hantierte er so nervös, dass es erst beim dritten Mal klappte. Nun noch der reguläre Wohnungsschlüssel. O Gott, bitte …

Sie lag auf den Knien, packte die Schnur, die sie würgte. Sie hörte Sean an die Tür hämmern, nach ihr rufen. So nahe, die Rettung war so nahe. Ihre Augen weiteten sich, als sie keine Luft mehr bekam. Nachtschwarze Finsternis brach über sie herein, drohte sie zu begraben. Lisa … Lisa … Ich habe es versucht.

Nicht wegziehen. Zurücklehnen. Rückwärts beugen, sage ich dir.

Um ihr Leben zu retten, beugte sich Caroline in einem letzten Kraftakt zurück, zwang ihren Körper, sich in Richtung auf Jimmy zu bewegen, anstatt sich loszuzerren. Für einen Moment lockerte sich der Druck, sodass sie einmal Luft holen konnte, bevor sich die Schlinge wieder zuzuziehen begann.

Jimmy stellte sich taub gegen das Hämmern und Rufen. Für ihn zählte auf der ganzen Welt nur noch eins – diese Frau, die seine Karriere ruiniert hatte, umzubringen. Sonst nichts.

Der Schlüssel drehte sich. Sean stemmte die Tür auf, sodass sie gegen die offene Wandschranktür krachte. Die Plastikhüllen um das Brautkleid bauschten sich knisternd. Sein Blick fiel auf den Spiegel über der Couch. Er erbleichte.

Ihre Augen loderten, traten aus den Höhlen, ihr Mund stand offen, ihre Nägel an den flehend ausgestreckten Händen krümmten sich wie Krallen. Eine hünenhafte Gestalt im Trainingsanzug beugte sich über sie, strangulierte sie. Eine Schrecksekunde lang blieb Sean wie angewurzelt stehen. Dann blickte der Eindringling hoch. Ihre Augen trafen sich im Spiegel. Sean, immer noch außerstande, sich zu rühren, sah in diesem kurzen Moment, wie sich blankes Entsetzen im Gesicht des anderen malte, wie er die Schnur fallen ließ, wie er sich die Arme schützend vor den Kopf hielt.

»Bleib mir bloß vom Leib!«, kreischte Jimmy. »Komm mir nicht in die Nähe. Keinen Schritt!«

Sean wirbelte herum. Caroline lag auf dem Boden, zerrte an der würgenden Schlinge. Sean hechtete durch den Raum, stürzte sich auf den Angreifer. Die Wucht des Aufpralls schleuderte Jimmy gegen das Fenster. Er brüllte, Glas klirrte, Sirenen heulten, Bremsen kreischten, als die Streifenwagen vor dem Haus hielten.

Caroline spürte, wie Hände an der Schnur rissen. Sie hörte das leise Ächzen, das sich ihrer Kehle entrang. Dann lockerte sich die Schlinge, Luft strömte in ihre Lungen. Dunkelheit, köstliche, wohltuende Dunkelheit umfing sie.

Als sie zu sich kam, lag sie auf der Couch, mit einem eiskalten Halsumschlag. Sean saß neben ihr, rieb ihr die Hände warm. Im Zimmer wimmelte es von Polizisten. »Jimmy?« Ihre Stimme krächzte heiser.

»Sie haben ihn abgeführt. Ach, mein Darling.« Sean

zog sie behutsam hoch, schloss sie in die Arme, bettete ihren Kopf an seine Brust, strich ihr beruhigend über das Haar.

»Warum hat er zu schreien angefangen?«, flüsterte sie. »Was ist passiert? In ein paar Sekunden wäre ich tot gewesen.«

»Er hat dasselbe gesehen wie ich, dein Bild im Spiegel über der Couch. Es zeigte den spiegelverkehrten Bewegungsablauf. Während er dich nach hinten zog, schienst du auf ihn zuzukommen. Er ist völlig verrückt. Er glaubte Lisa zu sehen und dachte, sie wäre zurückgekehrt, um Rache zu üben.«

Sean wollte sie nicht allein lassen. Nachdem die Polizisten gegangen waren, lag er neben ihr auf der breiten Couch, die Wolldecke fürsorglich über sie beide gebreitet, und hielt Caroline fest umschlungen. »Versuch ein bisschen zu schlafen.« In seinen Armen geborgen, kam sie allmählich zur Ruhe und schlummerte ein.

Um sechs Uhr dreißig weckte er sie. »Steh auf, Darling, es wird Zeit. Du musst dich reisefertig machen. Wenn du wirklich meinst, dass du ganz auf der Höhe bist, sause ich nach Hause, dusche und ziehe mich um.« Strahlender Sonnenschein erhellte das Zimmer.

Vor genau fünf Jahren war sie morgens zu Lisa hinübergegangen und hatte sie gefunden. Diesmal war sie in Seans Armen aufgewacht. Sie nahm sein Gesicht zwischen ihre Hände, streichelte ihm liebevoll über die stoppeligen Wangen. »Ich bin ganz in Ordnung. Ehrlich.«

Als Sean die Wohnung verließ, ging sie ins Schlafzimmer. Nachdenklich fixierte sie das Bett, rief sich in Erinnerung, wie ihr zumute gewesen war, als sie die Augen aufgeschlagen und Jimmy Cleary gesehen hatte. Sie duschte, ließ das heiße Wasser minutenlang über Körper und Haare laufen, wollte alle Spuren seiner Anwesenheit wegwaschen. Dann schlüpfte sie in einen khakifarbenen Overall und schlang einen geflochtenen Gürtel um ihre Taille. Als sie sich das Haar bürstete, sah sie den purpurroten Striemen um ihren Hals und wandte sich rasch vom Spiegel ab.

Die Zeit schien stillzustehen, als wartete sie darauf, dass Caroline das Unvermeidliche zu Ende brachte. Sie packte ihren Koffer, stellte ihn mit der Handtasche an die Tür. Was sie tun musste, wusste sie, und sie tat es.

Sie kniete sich auf den Boden, genauso wie am Vorabend, als Jimmy Cleary sie zu erdrosseln versucht hatte, bog sich zurück und schaute in den Spiegel. Es war wie erwartet. Der untere Rand des Spiegels befand sich wenige Zentimeter über ihrem Haaransatz. Ausgeschlossen, dass er ihr Bild reflektiert hatte. Jimmys Reaktion stimmte also – er hatte Lisa gesehen.

»Danke, Lisa«, flüsterte sie. Keine Antwort. Die Stimme schwieg. Ihre Schwester war tot, unwiderruflich. Ein letztes Mal ergriff der Gedanke, dass sie Lisas Tod verursacht haben könnte, von ihr Besitz und wurde dann endgültig verbannt. Es war ein schicksalhaftes Verhängnis, sinnlos, weiter zu hadern, sich mit Selbstvorwürfen zu quälen und dadurch Lisas Andenken zu schaden. Sie stand auf, und jetzt zeigte der Spiegel ihr Bild. Sie warf ihm eine zärtliche Kusshand zu. »Adieu, ich liebe dich«, sagte sie laut.

Auf der Straße hörte sie einen Wagen anhalten. Sean. Caroline eilte zur Tür, riss sie auf, schob Koffer und Handtasche hinaus, griff nach dem Plastiksack mit ihrem Brautkleid, legte ihn sorgsam über den Arm, warf die Tür hinter sich zu und lief Sean entgegen.

Das Klassentreffen

Er beobachtete Kay aus den Augenwinkeln. Sorgfältig hatte er sich während der drei Tage von ihr fern gehalten, um auf keinem Gruppenfoto mit ihr zu erscheinen. Es war nicht schwierig gewesen. Fast sechshundert ehemalige Schüler waren zu dem Treffen gekommen. Drei Tage lang hatte das langweilige Gewäsch über Schulzeiterinnerungen an seinen Nerven gezerrt; Erinnerungen an jene gemeinsamen Tage in der Garden State High School von Passaic County in New Jersey.

Kay hatte gerade ihren Hot Dog aufgegessen. Irgendetwas musste an ihren Lippen hängen geblieben sein, weil sie mit der Fingerspitze darüber wischte und dann an ihren Zähnen herumpulte. Heute Nacht würde er diese Finger in seinen Händen halten.

Er stand am Rand einer Gruppe. Er wusste, dass er sich in den vergangenen acht Jahren mehr verändert hatte als die meisten anderen Schüler. Er war dünner geworden, hatte sich einen Bart wachsen lassen, trug anstelle der dicken Brillengläser Kontaktlinsen, und unter dem schütteren Haar war eine kahle Stelle sichtbar geworden. Aber manche Dinge änderten sich nie. Kein Mensch war auf ihn zugekommen und hatte gesagt: »Donny, wie schön, dich zu sehen.« Selbst wenn man ihn erkannt hätte, wäre niemand stehen geblieben. Es war genauso wie früher. Er sah die Schulcafeteria wieder vor sich, wo er mit einem eingewickelten Sandwich von Tisch zu Tisch gegangen war. »Sorry, Donny«, hatten sie gemurmelt, »schon besetzt.«

Schließlich hatte er sich auf die Stufen der Feuerleiter geschlichen und dort seinen Lunch verzehrt.

Aber jetzt war er froh, dass ihm während der drei Tage niemand auf die Schulter klopfte oder ihn beim Arm nahm oder ›Wie schön, dich zu sehen‹ rief. Er bewegte sich am Rand der Gruppen, konnte Kay beobachten und konnte Pläne schmieden. In genau einer halben Stunde würde sie ihm gehören.

»In welcher Klasse waren Sie?«

Einen Augenblick lang war er unsicher, ob die Frage an ihn gerichtet war. Kay nippte an einem Sodawasser. Sie unterhielt sich mit einer Schülerin, die in Donnys Klasse Abschluss gemacht hatte. Irgendeine Virginia Soundso. Kays honigfarbenes Haar war heller, als er es in Erinnerung hatte. Aber sie lebte jetzt in Phoenix. Vielleicht hatte die Sonne es ausgebleicht. Es war kurz geschnitten und ringelte sich um ihr Gesicht. Früher fiel es bis auf die Schultern. Vielleicht würde er sie dazu bringen, es wieder wachsen zu lassen. »Kay, lass deine Haare wachsen. Als dein Ehemann darf ich das verlangen.« So würde er scherzen, aber er würde es ernst meinen.

Wie war die dumme Frage dieser dummen Person? Ach – das Jahr in dem er seinen Abschluss gemacht hatte. Er drehte sich um. Jetzt erkannte er den Mann, es war der neue Direktor. Er hatte am Dienstag die Begrüßungsrede gehalten. »Ich habe vor acht Jahren abgeschlossen«, sagte Donny.

»Deshalb kenne ich Sie nicht. Ich bin erst seit vier Jahren hier. Ich heiße Gene Pearson.«

»Donny Rubel«, murmelte er.

»Die drei Tage waren wundervoll«, sagte Pearson. »Riesig viel sind gekommen. Das ist Schulgeist. Bei einem

College ist das normal. Aber bei einer High School … Es ist wunderbar.«

Donny nickte. Er blinzelte und tat so, als müsste er sich wegdrehen, weil die Sonne ihn blendete. Er sah, dass Kay den Leuten die Hand schüttelte. Sie wollte gehen.

»Wo wohnen Sie jetzt?« Pearson schien entschlossen, die Unterhaltung aufrechtzuerhalten.

»Ungefähr dreißig Meilen von hier.« Um allen weiteren Fragen zuvorzukommen, sagte Donny hastig: »Ich hab einen eigenen Reparaturbetrieb. Mein Lieferwagen ist meine Werkstatt. Im Umkreis von einer Stunde Fahrzeit übernehme ich alle Reparaturen. Wirklich schön, Sie kennen gelernt zu haben, Mr Pearson.«

»Sagen Sie, möchten Sie nicht auf unserem Berufsberatungstag sprechen? Die Schüler sollten erfahren, dass es eine Alternative zum College gibt …«

Donny streckte eine Hand aus, als hätte er nichts gehört. »Ich bin in Eile. Ein paar Jungs aus meiner Klasse und ich wollen zusammen essen gehen.« Er gab Pearson keine Gelegenheit für eine Antwort. Stattdessen streifte er über die Picknickwiese. Er hatte sich sorgfältig gekleidet, Khakihosen, blaues Polohemd. Die meisten männlichen Besucher hatten das Gleiche an. Er wollte in der Menge untergehen. Er wollte genauso unauffällig sein, wie er während seiner ganzen Schulzeit auffällig gewesen war. Das einzige Kind, das einen Mantel anhatte, wenn alle anderen ein Jackett trugen.

Kay ging durch das Wäldchen, das die Picknickwiese von dem Parkgelände trennte. Das Schulgelände stieß an den Park. Es war ein idealer Platz für ein Schultreffen und es war ideal für Donny. Gerade als sie ihre Wagentür öffnete, hatte er sie eingeholt. »Miss Weley«, sagte er, »ich meine, Mrs Crandell.«

Sie war überrascht. Er wusste, dass der Parkplatz eine

Minute später voller Leute sein würde. Er musste sich beeilen. »Ich bin Donny Rubel«, sagte er, »ich nehme an, dass Sie mich nicht mehr erkennen.«

In ihrem Blick zeigte sich Unsicherheit. Dann dieses Lächeln. Wie oft hatte er sich dieses Lächeln in schlaflosen Nächten vorgestellt. »Donny, wie schön, dich zu sehen. Du siehst so verändert aus. Wie kommt es, dass ich dich vorhin nicht schon gesehen habe?«

»Ich bin gerade gekommen«, erklärte er. »Sie sind die Einzige, die ich sehen wollte. Wo wohnen Sie?«

Er wusste es bereits. Im Garden View Motel, auf der Route 80. »Das ist prima«, sagte er, als sie antwortete. »In einer halben Stunde holt mich ein Wagen von dort ab. Ich bin mit dem Taxi rübergefahren. Könnten Sie mich mitnehmen? Wir könnten uns dann ein bisschen unterhalten.«

Hatte sie Verdacht geschöpft? Erinnerte sie sich an den letzten gemeinsamen Abend, als sie ihm sagte, dass sie im nächsten Semester nicht zurückkommen, sondern heiraten würde, und er zu weinen begonnen hatte? Sie zögerte unmerklich und sagte: »Natürlich, Donny. Sicher ist eine Menge passiert in der Zwischenzeit. Steig ein.«

Während er auf die Beifahrerseite eilte, gelang es ihm unauffällig, seine Schuhbänder aufzureißen.

Nachdem er eingestiegen war, beugte er sich nach vorn und knüpfte sie umständlich wieder zu. Jeder, der den Wagen jetzt wegfahren sah, würde schwören, dass Kay die Picknickwiese allein verlassen hatte.

Kay fuhr schnell. Sie versuchte die leise Irritation zu unterdrücken, die ihr die Anwesenheit des jungen Mannes bereitete. Mike würde in einer Stunde aus New York zurückkommen, und nachdem sie gestern Abend am Telefon so unfreundlich zu ihm gewesen war, wollte sie heute die Dinge wieder ins Lot bringen zwischen ihnen beiden. Dieses Schultreffen hatte ihr gut getan. Es hatte Spaß gemacht, die Lehrerkollegen zu treffen, mit denen sie zwei Jahre zusammengearbeitet hatte. Es war auch schön, die ehemaligen Schüler wiederzusehen. Unterrichten hatte ihr Freude gemacht. Dies war eines der Probleme zwischen ihr und Mike. Da er für seine Firma ständig neue Zweigstellen eröffnen musste, blieben sie nie länger als ein Jahr an einem Ort. Zwölf Umzüge in acht Jahren. Als er sie in dem Motel abgesetzt hatte, bat sie ihn, sich bei seiner Firma um einen beständigeren Job zu bemühen.

»Das klingt wie ein Ultimatum, Kay«, sagte er.

»Vielleicht ist es das auch«, antwortete sie. »Ich möchte mich niederlassen. Ich möchte ein Baby. Ich möchte lange genug an einem Ort bleiben, damit ich wieder unterrichten kann. Ich kann nicht ständig auf Achse leben. Ich schaff das einfach nicht.«

Letzte Nacht hatte er ihr erzählt, dass ihm seine Firma eine Teilhaberschaft und einen ständigen Job in ihrem New Yorker Büro zugesagt hat, er müsse nur noch eine Filiale einrichten. Sie hatte einfach aufgelegt.

Sie war so sehr in ihre eigenen Gedanken versunken, dass sie die Schweigsamkeit ihres Fahrgastes nicht bemerkte, bis er sagte: »Ihr Mann ist bei einer Geschäftsbesprechung in New York. Sie erwarten ihn heute Abend zurück.«

»Woher weißt du das?« Kay schaute kurz auf das undurchdringliche Profil von Donny Rubel und richtete ihren Blick dann wieder auf die Straße.

»Ich habe mit Leuten gesprochen, die sich mit Ihnen unterhalten haben.«

»Ich dachte, du wärst bloß beim Picknick gewesen?«

»Das haben Sie angenommen, ich habe es nicht gesagt.«

Der Ventilator blies frische Luft ins Wageninnere. Ein Kälteschauder zog über Kays Haut, als hätte sich der laue

Abend plötzlich abgekühlt. Es war nicht mehr ganz eine Meile bis zum Motel. Sie trat aufs Gaspedal. Etwas in ihr warnte sie davor, Fragen zu stellen. »Es hat sich gerade so gut getroffen«, sagte sie. »Mein Mann musste zu einem Geschäftstermin nach New York. Ich bekam die Einladung für das Schultreffen und ...«

»Ich habe die Schulzeitung gelesen«, sagte Donny Rubel. »Dort stand, dass die beliebteste Lehrerin der Garden State High School zu dem Treffen kommen würde.«

»Das war ein nettes Kompliment.« Kay versuchte zu lachen.

»Sie haben mich nicht erkannt.« In Donnys Tonfall schien Befriedigung zu liegen. »Aber ich wette, Sie haben nicht vergessen, dass Sie mit mir zu der Abschlussfeier gegangen sind.«

Sie hatte damals Englisch und Chorsingen unterrichtet. Die Vertrauenslehrerin Marian Martin meinte, Donny Rubel sollte in den Chor aufgenommen werden. »Er ist einer von den traurigsten Fällen, die ich jemals gesehen habe«, sagte sie zu Kay. »Er bringt es im Sport zu nichts, und er hat keine Freunde. Ich halte ihn für intelligent, aber er kommt gerade so durch, und als das gute Aussehen verteilt worden ist, stand er weiß Gott nicht in der ersten Reihe. Wenn wir ihn doch bloß irgendwo unterkriegen könnten, wo er Freunde findet.«

Sie erinnerte sich an seine ernsthaften Bemühungen und an die Hänseleien der anderen im Chor. Als Donny gerade einmal nicht im Raum war, sprach sie das Problem an. »Ich muss euch was sagen, Jungs. Ich finde, ihr verhaltet euch hundsgemein.« Von da an ließen sie ihn in Ruhe, wenigstens während der Chorproben. Nach dem Frühlingskonzert kam er öfter bei ihr vorbei und unterhielt sich mit ihr. So erfuhr sie, dass er nicht an der Abschlussfeier teilnehmen wollte. Er hatte drei Mädchen eingeladen, und alle hatten ihm einen Korb gegeben. Spontan hatte sie vorgeschlagen, dass er allein kommen und an ihrem Tisch sitzen sollte. »Ich bin eine der Gouvernanten«, sagte sie, »ich würde mich über deine Gesellschaft freuen.« Voller Unbehagen erinnerte sie sich, wie Donny am Ende des Abends zu weinen begonnen hatte.

Das Motelschild stand auf der rechten Seite. Sie zog es vor, Donnys Hand keine Beachtung zu schenken, die an ihrem Bein entlangstreichelte.

»Erinnern Sie sich, dass ich Sie auf der Abschlussfeier gefragt habe, ob ich Sie im Sommer besuchen dürfte? Sie sagten, dass Sie heiraten und wegziehen würden. Sie haben an vielen Orten gewohnt. Ich habe versucht, Sie zu finden.«

»Wirklich?« Kay versuchte, nicht allzu aufgeregt zu klingen.

»Ja. Ich wollte Sie vor zwei Jahren in Chicago besuchen, aber da waren Sie nach San Francisco gezogen.«

»Tut mir Leid, dass wir uns nicht getroffen haben.«

»Gefällt es Ihnen, so oft umzuziehen?« Seine Hand lag nun auf ihrem Knie.

»Also hör mal, Junge, das ist mein Knie.« Sie versuchte, locker zu klingen.

»Ich weiß. Sie haben es doch sicher satt, so viel herumzuziehen, oder? Das brauchen Sie jetzt auch nicht mehr.«

Kay warf einen Blick auf Donny. Die schwere, dunkle Sonnenbrille verdeckte seine Augen und die Hälfte seines Gesichts, sein Mund war gespitzt und halb geöffnet. Als er den Atem ausstieß, ertönte ein pfeifendes Geräusch, das unheimlich nachhallte.

»Fahren Sie ans Ende des Parkplatzes und dann links am Hauptgebäude vorbei«, sagte er. »Ich zeige Ihnen, wo Sie parken können.«

Seine Hand schloss sich fester um ihr Knie. Bevor sie sie sah, fühlte sie die Waffe, die er ihr in die Seite drückte.

»Ich werde schießen, das wissen Sie«, flüsterte er.

Das durfte einfach nicht wahr sein. Sie hätte ihn niemals mitnehmen dürfen. Ihre Hände zitterten, als sie den Wagen gehorsam in die angegebene Richtung steuerte. In ihrer Magengrube fühlte sie einen kalten Schauder. Sollte sie versuchen, Aufmerksamkeit auf sich zu lenken und den Wagen gegen eine Wand fahren? Sie hörte das Klicken, mit dem er die Waffe entsicherte.

»Versuch keine Tricks, Kay. In der Kanone sind sechs Kugeln. Ich brauch bloß eine für dich, aber die anderen werd ich nicht verschwenden. Fahr neben den Lieferwagen auf der anderen Seite. Auf den letzten Parkplatz.«

Sie gehorchte und bemerkte sofort, dass ihr eigener Wagen durch den dunkelgrauen Lieferwagen von den Hotelfenstern aus nicht mehr zu sehen war. »Jetzt mach deine Tür auf und schrei nicht.« Seine Hand lag auf ihrem Arm. Er glitt hinter ihr aus dem Wagen. Sie hörte, wie er die Wagenschlüssel aus der Zündung zog und sie auf den Boden warf. Mit einer einzigen Bewegung schob er sie nach vorn und zog die Seitentür des Lieferwagens auf. Mit einem Arm hob er sie hinein und folgte ihr. Das Türschloss klinkte ein. Drinnen war es nahezu vollkommen dunkel. Kay blinzelte.

»Donny, mach das nicht«, flehte sie. »Wir sind doch Freunde. Sprich mit mir, aber mach das nicht …«

Sie fühlte sich vorwärts geschoben, stolperte und fiel auf ein enges Klappbett. Etwas wurde über ihr Gesicht gezogen. Ein Knebel. Dann drückte er sie mit der Hand nieder, mit der anderen legte er ihr Handschellen an und fesselte ihre Füße mit einer schweren Metallkette zusammen. Er öffnete die Seitentür des Lieferwagens, sprang hinaus und ließ die Tür mit einem Schwung zufallen. Sie hörte, wie die Tür auf der Fahrerseite zuschlug, und einen Augenblick später fuhr der Wagen los. Ihre verzweifelten Versuche, auf sich aufmerksam zu machen, indem sie ihre gefesselten Füße gegen die Seitenwand des Fahrzeugs schlug, wurden von dem Geräusch der Reifen auf dem Schotter übertönt.

Voller Ungeduld nagte Mike an seinen Lippen, als der Taxifahrer anhielt, um an der Kreuzung vor dem Motel einem Lieferwagen die Vorfahrt zu geben. Der Wunsch, das Taxi möge schneller fahren, ließ seinen schlanken, durchtrainierten Körper vor Anspannung vibrieren.

Er fühlte sich miserabel, wenn er daran dachte, wie Kay und er gestern Abend auseinander gegangen waren. Eigentlich wollte er zurückrufen, nachdem sie einfach aufgelegt hatte. Aber er kannte Kay – sie war nie für lange Zeit böse. Und jetzt konnte er ihr bieten, was sie wollte. *Noch ein Auftrag, mein Schatz. Höchstens noch ein Jahr … vielleicht auch bloß sechs Monate. Dann kann ich in das New Yorker Büro als Partner einsteigen.* Wenn sie wollte, dann könnten sie ein Haus in der Gegend kaufen. Es gefiel ihr dort.

Der Fahrer hielt vor dem Eingang des Motels.

Mike sprang aus dem Wagen. Mit langen Schritten durchquerte er die Halle.

Er und Kay hatten das Zimmer 210. Als er den Schlüssel umdrehte und die Tür öffnete, war seine erste Reaktion tiefe Enttäuschung. Es war noch zu früh, als dass Kay hätte zurück sein können, aber er hatte einfach angenommen, dass sie ihn erwarten würde. Der Raum war ein typisches Motelzimmer: schäbiger Teppich, beigebrauner Bettüberwurf, schwerer Toilettentisch aus Eichenholz, Fernseher in einer Schrankwand und Ausblick auf einen Parkplatz. Letzte Nacht hatte er Kay hier einfach abgesetzt und war sofort zu seinem ersten Termin nach New York weitergefahren. Nur zögernd erinnerte er sich daran, dass Kay die Nase gerümpft und gesagt hatte: »Diese Zimmer. Sie sind alle gleich, und ich bin schon in so vielen gewesen.«

Aber wie immer war es ihr gelungen, einen Hauch von Heimeligkeit in das Zimmer zu bringen. In einer Vase standen frische Blumen und daneben drei Fotos in silbernen Rahmen. Auf einem war er zu sehen, mit einem frisch gefangenen Barsch in der Hand, das zweite war ein Schnappschuss von Kay, der sie vor ihrem Haus in Arizona zeigte, das dritte war ein Bild der Familie von Kays Schwester.

Die Bücher, die Kay mitgebracht hatte, lagen auf dem Nachttisch. Die Toilettengarnitur, die sie von ihrer Mutter geerbt hatte, die Bürste, der Perlmuttkamm und der Handspiegel, lagen säuberlich geordnet auf dem Frisiertisch. Als er den Schrank öffnete, nahm er den zarten Geruch der Duftkissen wahr, die über den satinbezogenen Kleiderbügeln hingen.

Unwillkürlich musste Mike lächeln. Kays Ordnungsliebe war eine beständige Quelle des Entzückens für ihn.

Er entschloss sich, schnell unter die Dusche zu gehen. Nach Kays Rückkehr würden sie alles besprechen, und er würde sie zu einem festlichen Abendessen einladen. *Teilhaber, Kay. Nur noch ein Jahr. Die vielen Umzüge haben sich gelohnt. Ich habe es dir versprochen.* Während er seinen Anzug aufhängte und seine Unterwäsche und Socken in den Wäschesack stopfte, wurde ihm plötzlich bewusst, dass der ständige Wohnungswechsel ihn nie gestört hatte, weil es Kay gelungen war, aus jedem Motelzimmer und jeder Mietwohnung ein Zuhause zu schaffen.

Um Viertel nach sechs saß er an dem runden Tisch mit Blick auf den Parkplatz. Er sah sich die Nachrichten im Fernsehen an und lauschte auf das Geräusch des Schlüssels im Schloss. Aus dem Kühlschrank hatte er eine Flasche Wein genommen. Um halb sieben öffnete er die Flasche und goss sich ein Glas ein. Um sieben Uhr sah er eine Reportage von Dan Rather über einen erneuten Ausbruch terroristischer Aktivitäten. Um halb acht hatte er sich in eine Art selbstgerechter Verärgertheit hineingesteigert … Also gut, Kay ist mir immer noch böse. Wenn sie mit Freunden zu Abend essen wollte, hätte sie eine Nachricht hinterlassen können. Um acht Uhr rief er das dritte Mal bei der Rezeption an, und wieder wurde ihm von einem gereizten Angestellten versichert, dass *absolut keine Nachricht für Mr Crandell in Zimmer 210 hinterlassen worden war.* Um neun Uhr begann er Kays Adressbuch durchzugehen, und er fand den Namen einer Schülerin, mit der Kay in Kontakt geblieben war. Virginia Murphy O'Neil. Sie nahm nach dem ersten Klingelzeichen ab. Ja, sie hatte Kay getroffen. Kay war von dem Picknick weggegangen, als alle aufbrachen. Virginia hatte Kay auch wegfahren sehen. Das musste Viertel nach fünf oder halb sechs gewesen sein. Sie war ganz sicher, dass Kay allein im Auto saß.

Nach dem Gespräch mit Virginia O'Neil rief Mike die Polizei an und erkundigte sich nach Unfällen auf der Strecke zwischen der Schule und dem Motel.

Nachdem nichts von einem Unfall bekannt war, meldete er Kay als vermisst.

Die Handschellen schnitten in ihre Gelenke, die Fesseln an den Beinen brannten an ihren Knöcheln; der Knebel erstickte sie fast.

Donny Rubel? Warum tat er ihr das an? Plötzlich fiel ihr Marian Martin, die Vertrauenslehrerin, ein, die sie gebeten hatte, Donny in den Chor aufzunehmen. In jener letzten Woche hatte sie Marian erzählt, dass sie Donny zu der Abschlussfeier an ihren Tisch eingeladen hatte. Marian war deswegen in Sorge geraten: »Ich habe schon davon gehört«, sagte sie. »Donny hat jemandem erzählt, du hättest ihn gebeten, dich zu begleiten. Ich kann das ja verstehen, nachdem sich die anderen immer über ihn lustig machen, aber trotzdem ... Ach, was soll's. Du gehst weg und heiratest in zwei Wochen.«

Aber er ist mir all die Jahre auf den Fersen geblieben. Kay fühlte, wie sie in Panik geriet. So sehr sie sich auch anstrengte, sie konnte ihn durch die Trennscheibe nicht sehen. Der Lieferwagen erschien ihr ungewöhnlich groß, und im Halbdunkel konnte sie die Umrisse einer gegenüberstehenden Werkbank erkennen. Darüber hingen an einem Korkbrett verschiedene Werkzeuge. Was machte Donny damit? Was wollte er mit ihr anstellen? *Mike, hilf mir bitte.*

Die Straße schien anzusteigen und verschiedene Biegungen zu machen. Das schmale Klappbett geriet ins Schwanken, und ihre Schulter stieß gegen die Seitenwand des Lieferwagens. Schließlich spürte sie, dass es wieder bergab ging. Noch ein paar Kurven und Stöße, und der Wagen hielt.

Mit surrendem Geräusch öffnete sich die Trennscheibe. »Wir sind zu Hause.« Donnys Stimme klang hoch und triumphierend. Einen Augenblick später öffnete sich die Seitentür. Kay duckte sich weg, als Donny sich über sie beugte. Sie spürte seinen heftigen, warmen Atem, während er den Knebel löste. »Kay, ich möchte nicht, dass du schreist. Hier ist meilenweit kein Mensch, der dich hören könnte, und mich würde das nur nervös machen. Versprichst du's?«

Sie schnappte nach Luft. Ihre Zunge fühlte sich dick und trocken an. »Ich verspreche es«, flüsterte sie. Er nahm die Fesseln von ihren Füßen und rieb ihr besorgt die Fußgelenke. Dann nahm er ihr die Handschellen ab. Er legte den Arm um sie und hob sie von dem Klappbett. Ihre Beine waren gefühllos. Mit seiner Hilfe, halb stolpernd, stieg sie die hohe Stufe hinunter.

Der Ort, an den er sie gebracht hatte, war ein schäbiges Blockhaus, das auf einer kleinen Lichtung stand. An dem eingefallenen Vordach hing eine rostige Schaukel. Die Fenster waren mit Läden verschlossen. Die dichten Bäume rund um die Lichtung ließen die letzten schräg einfallenden Sonnenstrahlen kaum durchdringen. Donny führte sie zu dem Haus, schloss die Tür auf, schob sie hinein und schaltete die Deckenbeleuchtung an.

Der Raum, in dem sie standen, war klein und schmutzig. Ein Klavier, das man vor langer Zeit weiß gestrichen hatte, zeigte unter der abblätternden Farbe seinen ursprünglichen schwarzen Anstrich. Es fehlten mehrere Tasten. Eine dick gepolsterte Velourscouch und ein Sessel mussten einmal leuchtend rot gewesen sein. Jetzt changierte der Überzug in Violett und Orange. Auf dem unebenen Boden lag ein fleckiger Teppich. Auf einem Metalltisch stand eine Flasche Champagner in einem Plastikkübel mit Eis, daneben zwei Gläser. Das roh gezimmerte Bücherregal neben der Couch war mit Schulheften voll gestopft.

»Schau«, sagte Donny. Er drehte Kay herum, sodass sie auf die gegenüberliegende Wand blickte. In Plakatgröße hing dort ein Bild von ihr und Donny, das sie nebeneinander sitzend auf der Abschlussfeier zeigte. Von der Decke herab hing starr ein Spruchband. »Willkommen zu Hause, Kay«, war darauf zu lesen.

Detective Jimmy Barrot hatte den Auftrag, dem Anruf von Michael Crandell nachzugehen, dem Mann, der seine Frau vermisst gemeldet hatte. Auf dem Weg zum Garden

View Motel hielt er an einem Imbiss und bestellte sich einen Hamburger und Kaffee.

Er aß während des Fahrens, und als er schließlich bei dem Motel anlangte, war der leichte Kopfschmerz verschwunden, und er war wieder ganz der alte Zyniker. Nach fünfundzwanzig Jahren im Büro des Staatsanwalts gab es seiner Meinung nach nichts mehr, was er nicht schon gesehen hätte.

Sein Instinkt sagte ihm, dass dies reine Zeitverschwendung war. Eine zweiunddreißigjährige Frau geht auf ein Schultreffen und kommt nicht auf den Glockenschlag zurück. Der Ehemann dreht durch. Jimmy Barrot kannte die Geschichten, wenn jemand zu spät kommt und nicht Bescheid sagt. Das war der Hauptgrund dafür, dass er zweimal geschieden war.

Als sich die Tür von Zimmer 210 öffnete, musste Jimmy zugeben, dass der junge Mann, Michael Crandell, ganz krank vor Sorge aussah. Gut aussehender Typ, dachte Jimmy Barrot. Ungefähr eins fünfundachtzig. Kantiges Gesicht, auf das die Mädchen stehen. Aber Mikes erste Frage brachte Jimmy auf die Palme. »Warum kommen Sie so spät?«

Jimmy ließ sich in einem Sessel nieder und öffnete sein Notizbuch. »Hören Sie«, sagte er. »Ihre Frau hat sich ein paar Stunden verspätet. Sie wird noch nicht einmal vierundzwanzig Stunden vermisst. Haben Sie sich gestritten?«

Der schuldbewusste Ausdruck in Mikes Gesicht entging ihm nicht. »Sie haben sich also doch gestritten?«, hakte er nach. »Warum erzählen Sie mir nicht Genaueres darüber, und dann überlegen wir uns beide, wohin sie gegangen sein könnte, um sich wieder zu beruhigen.«

Für Mikes Gefühl hatte er die Angelegenheit schlecht ausgedrückt. Kay war aufgeregt gewesen, als sie gestern

Abend zusammen telefonierten. Sie hatte einfach aufgelegt. Aber es war nicht so, wie es nach außen hin aussah. Ihre gemeinsame Vergangenheit zog an ihm vorüber. Kay war zwei Jahre an der Garden State High School gewesen. Sie hatten sich bei ihrer Schwester in Chicago kennen gelernt und dann geheiratet. Er hatte ihre Freunde in New Jersey nie kennen gelernt. Ihre Schwester anzurufen hatte keinen Sinn. Jean machte mit ihrem Mann und ihren Kindern eine Europareise.

»Geben Sie mir eine Beschreibung des Wagens«, bat Jimmy Barrot. Weißer Toyota, 1986 in Arizona zugelassen. Er kritzelte die Zahlen aufs Papier. »Ganz schöne Strecke bis hierher«, stellte er fest.

»Mein Urlaub stand bevor. Wir beschlossen den Geschäftstermin und das Schultreffen mit meinem Urlaub zu verbinden. Wir müssen morgen nach Arizona zurückfahren.«

Jimmy schloss sein Notizbuch. »Meinem Gefühl nach isst sie irgendwo eine Kleinigkeit und genehmigt sich einen Drink, allein oder mit ein paar alten Freunden, und wird in den nächsten Stunden auftauchen.« Sein Blick fiel auf die gerahmten Fotos auf dem Tisch. »Ist eine der Personen Ihre Frau?«

»Diese.« Er griff nach dem Bild, das Kay vor dem Haus stehend zeigte. Es war ein heißer Tag gewesen damals. Kay trug Shorts und ein T-Shirt. Ihr Haar war mit einem Band zusammengebunden. Sie sah aus, als wäre sie sechzehn. Sie sah auch verdammt sexy aus in dem T-Shirt, das sich an ihre Brüste schmiegte, und ihren langen, schlanken Beinen in den offenen Sandalen. Mike fühlte, dass der Polizeibeamte das Gleiche dachte.

»Warum überlassen Sie mir das Foto nicht?«, schlug Jimmy Barrot vor. Geschickt löste er es aus dem Rahmen. »Wenn sie in den nächsten vierundzwanzig Stunden nicht nach Hause kommt, geben wir eine Suchmeldung heraus.«

Aufgrund einer Eingebung machte Jimmy Barrot einen Rundgang über den Parkplatz, bevor er in seinen Wagen stieg. Um diese Zeit war der Parkplatz fast voll. Es standen ein paar weiße Toyotas dort, aber keiner mit einer Zulassung aus Arizona. Dann fiel ihm der Wagen am Ende des Platzes ins Auge; er stand etwas abseits. Er rannte zu der Stelle.

Fünf Minuten später klopfte er laut gegen die Tür von Raum 210. »Ihr Wagen steht auf dem Parkplatz«, sagte er zu Mike. »Die Schlüssel lagen auf dem Boden. Sieht aus, als hätte Ihre Frau sie für Sie zurückgelassen.«

Als er Mikes ungläubigen Gesichtsausdruck betrachtete, klingelte das Telefon. Beide Männer eilten zu dem Apparat. Jimmy Barrot erreichte ihn zuerst, nahm den Hörer ab und hielt ihn so, dass er hören konnte, was gesprochen wurde.

Mikes ›Hallo‹ war fast unhörbar. Dann vernahmen die Männer Kays Stimme: »Mike, es tut mir Leid, dass ich es auf diese Art tun muss, aber ich brauche Zeit zum Nachdenken. Ich habe den Wagen auf dem Parkplatz gelassen. Geh zurück nach Arizona. Mit uns ist alles vorbei. Ich melde mich wieder, um die Scheidung zu regeln.«

»Nein … Kay … bitte … ich gehe nicht ohne dich.« Man hörte ein Klicken. Jimmy Barrot empfand eine Art widerwilligen Mitgefühls für den schockierten und verwirrten jungen Mann. Er nahm Kays Bild und legte es auf den Tisch. »Genauso ist meine zweite Frau abgehauen«, sagte er zu Mike. »Der einzige Unterschied ist, dass ich gerade im Dienst war, als sie die Möbelpacker da hatte. Sie hat mir nur einen Bierkrug und meine schmutzige Wäsche zurückgelassen.«

Die Bemerkung löste die Lähmung. »Aber das ist es

ja«, sagte Mike. »Sehen Sie es denn nicht?« Er deutete auf den Toilettentisch. »Kays Toilettenartikel. Sie würde nie ohne sie weggehen. Ihr Make-up liegt im Badezimmerschrank. Hier ist das Buch, das sie gerade liest.« Er öffnete den Schrank. »Ihre Kleider. Welche Frau würde ihre persönlichen Sachen nicht mitnehmen?«

»Es würde Sie erstaunen, wie viele das nicht tun«, sagte Jimmy Barrot. »Es tut mir Leid, Mr Crandell, aber ich muss dies als eine private Angelegenheit zu den Akten legen.«

Er fuhr ins Büro zurück und schrieb seinen Bericht, dann fuhr er nach Hause. Als er zu Bett ging, konnte Jimmy Barrot nicht einschlafen. Die ordentlich aufgehängten Kleider, die sorgfältig arrangierten Toilettengegenstände. Irgendetwas in seinem Innern sagte ihm, dass Kay Crandell sie mitgenommen hätte. Aber sie hatte angerufen.

Wirklich?

Jimmy setzte sich kerzengerade auf. Eine Frau hatte angerufen. Er hatte nur Mike Crandells Wort, dass es die Stimme seiner Frau war. Und kurz vor ihrem Verschwinden hatten Mike Crandell und seine Frau einen Streit gehabt.

Stundenlang saß Mike neben dem Telefon. Sie ruft wieder an, sagte er sich. Sie wird es sich anders überlegen. Sie wird zurückkommen.

Wirklich?

Schließlich stand Mike auf. Er zog sich aus und ließ sich in Reichweite des Telefonhörers aufs Bett fallen. Beim ersten Klingeln hätte er abnehmen können. Dann schloss er die Augen und begann zu weinen.

Kay biss sich auf die Lippen, um nicht vor Protest zu schreien, nachdem Donny die Verbindung unterbrochen hatte. Donny lächelte sie voller Zuneigung an. »Das war sehr gut, Kay.«

Hätte er seine Drohung wahr gemacht? Er hatte sie gewarnt, wenn sie nicht exakt das sagen würde, was er aufgeschrieben hatte, und zwar überzeugend, dann würde er noch in der Nacht zu dem Motel fahren und Mike umbringen. »Ich war diese Woche zweimal in deinem Zimmer«, sagte er. »Ich arbeite manchmal für das Motel. Es war nicht schwer, einen Schlüssel nachzumachen.« Dann führte er sie ins Schlafzimmer. Die Möblierung bestand aus einem durchgelegenen Doppelbett mit einer billigen Chenilledecke darüber, einem Nachttisch und einem angeschlagenen Toilettentisch. »Gefällt dir die Überdecke?«, fragte Donny. »Ich habe der Verkäuferin gesagt, dass es ein Geschenk für meine Frau ist. Sie meinte, dass die meisten Frauen weiße Chenille mögen.« Er deutete auf den Kamm, die Bürste und den Spiegel auf dem Toilettentisch. »Sie haben fast die gleiche Farbe wie deine eigenen.« Er öffnete den Schrank. »Gefallen dir deine neuen Kleider? Sie sind alle in Größe 38, wie die im Motel.« Im Schrank hingen ein paar Baumwollröcke und T-Shirts, ein Regenmantel, ein Bademantel und ein blumenbedrucktes Kleid.

»In den Schubladen ist Unterwäsche und ein Morgenrock«, sagte Donny stolz. »Und schau, auch die Schuhe haben deine Größe, 37½. Ich habe Turnschuhe, flache Schuhe und hochhackige. Ich möchte, dass meine Frau gut angezogen ist.«

»Donny, ich kann nicht deine Frau werden«, flüsterte sie.

Er blickte sie erstaunt an. »Aber das wirst du. Du wolltest mich schon immer heiraten.« Erst jetzt bemerkte sie die sauber aufgerollte Kette neben dem Bett in der Ecke. Sie war an einer Metallplatte in der Wand befestigt.

Donny hatte ihren erschrockenen Gesichtsausdruck bemerkt. »Nimm's nicht so schwer, Kay. In jedem Raum ist eine. Es ist nur, weil ich im Wohnzimmer schlafe und nicht möchte, dass du versuchst, mich zu verlassen. Und tagsüber muss ich arbeiten gehen. Ich habe sie so angebracht, dass du es dir im Wohnzimmer bequem machen kannst.«

Er führte sie ins Wohnzimmer zurück und öffnete feierlich den Champagner. »Auf uns.«

Als Kay ihn später betrachtete, wie er gerade den Hörer auflegte, bekam sie einen säuerlichen Geschmack im Mund, wenn sie sich an den Geschmack des warmen, süßlichen Champagners und an die fettigen Hamburger erinnerte, die Donny zubereitet hatte.

Während des ganzen Essens hatte er nichts gesagt. Dann bat er sie, ihren Kaffee auszutrinken, bis er zurückkäme. Als er wiederkam, war er glatt rasiert. »Den Bart habe ich mir nur wachsen lassen, damit mich die Leute in der Schule nicht erkennen«, sagte er stolz.

Danach zwang er sie, den Champagner mit ihm zu leeren und Mike anzurufen. Zufrieden seufzte er. »Kay, du musst müde sein. Ich lass dich bald ins Bett gehen. Aber vorher möchte ich dir ein paar Kapitel aus dem Buch über dich vorlesen.«

Wichtigtuerisch stolzierte er zu dem Bücherregal und nahm eines der Hefte heraus.

Das ist alles nicht wahr, dachte Kay.

Aber es war die reine Wirklichkeit. Donny setzte sich in den Polsterstuhl ihr gegenüber. Im Zimmer war es jetzt kalt, doch auf seinem Gesicht und seinen Armen glänzte der Schweiß und hinterließ Flecken auf seinem Polohemd. Das unnatürliche Weiß seiner Gesichtsfarbe wurde durch die schwarzen Ringe unter seinen Augen unterstrichen. Als er die Sonnenbrille abnahm, war Kay über das intensive Blau seiner Augen erstaunt. Sie hatte sie als braun in Erinnerung. *Sie sind braun,* sagte sie sich. Wahrscheinlich trägt er farbige Kontaktlinsen. An ihm ist alles unecht, dachte sie. Fast scheu blickte er sie von unten herauf an. »Ich fühle mich wie ein Schulkind«, sagte er.

Kay hatte die leise Hoffnung, dass es ihr gelingen könnte, Autorität über ihn zu gewinnen, das alte Lehrer-Schüler-Verhältnis. Aber als er zu lesen begann, schnürte sich ihr die Kehle zu. »3. Juni. Gestern Abend ging ich mit Kay zur Abschlussfeier. Wir ließen keinen Tanz aus. Als ich sie nach Hause fuhr, weinte sie in meinen Armen. Sie sagte, dass ihre Familie sie zwinge, einen Mann zu heiraten, den sie nicht liebe, und dass ich sie holen solle, wenn ich für sie sorgen könne. Meine schöne Kay. Ich verspreche dir, dass ich dich eines Tages holen werde.«

Eine schlaflose Nacht und die Tatsache, dass er keinen Löffel Kaffee in seiner Wohnung hatte, versetzte Jimmy Barrot in ungewöhnlich schlechte Laune. Nachdem er in einer Bar gefrühstückt hatte, ging er ins Büro. Als das Büro des Staatsanwalts frei war, ging er zu ihm hinein.

»Irgendwas stinkt bei dieser privaten Angelegenheit, über die ich gestern den Bericht geschrieben habe«, sagte er zu seinem Chef. »Ich würde mir den Ehemann gern etwas näher ansehen.« Er berichtete von dem Gespräch mit Mike, dem Auffinden des Wagens und dem Telefonanruf.

Der Staatsanwalt hörte zu und nickte. »Fangen Sie mit der Untersuchung an«, sagte er. »Lassen Sie es mich wissen, wenn Sie Hilfe brauchen.«

Im ersten Morgengrauen stand Mike auf, duschte und rasierte sich. Er hoffte, das abwechselnd heiße und kalte Wasser würde die Lähmung in seinem Gehirn vertreiben.

Irgendwann während der dunklen Nachtstunden war die Verzweiflung über Kays Verschwinden der sicheren Gewissheit gewichen, dass sie ihn niemals auf diese Weise verlassen hätte. Er nahm einen Notizblock aus seiner Aktenmappe, und während er Kaffee trank, machte er eine Liste aller möglichen Schritte, die er unternehmen konnte. Virginia Murphy O'Neil. Sie war am Schluss des Picknicks mit Kay zusammen gewesen. Sie hatte Kay gehen sehen. Vielleicht hatte Kay ihr etwas erzählt, das bis jetzt unwichtig erschienen war. Er würde sie zu Hause aufsuchen und mit ihr reden. Detective Barrot hatte das Auto um zehn Uhr entdeckt. Aber niemand wusste, wann es dort abgestellt worden war. Er würde mit den Hotelangestellten reden. Vielleicht hatte jemand Kay allein oder in Begleitung einer Person gesehen.

Er hätte am liebsten beim Telefon gewartet, denn Kay hätte wieder anrufen können. Aber das war verrückt. Mike gefror das Blut in den Adern bei dem Gedanken, dass sie vielleicht nicht in der Lage sein könnte, wieder anzurufen.

Als Erstes ging er in die Telefonzentrale des Motels. Die Frau in der Vermittlung sagte ihm, dass sie viel zu beschäftigt sei, um Leuten, die anrufen würden, Nachrichten weiterzugeben; wenn für ihn etwas hinterlassen werde, dann würde sie dies notieren. Er legte einen vertraulichen Unterton in seine Stimme. »Hören Sie, hatten Sie schon einmal Streit mit Ihrem Freund?«

Sie lachte. »Fast jeden Abend.«

»Letzten Abend hatte ich Streit mit meiner Frau. Sie ist einfach fortgerannt. Ich muss jetzt weg, aber ich bin ziemlich sicher, dass sie anruft. Könnten Sie ihr dann bitte diese Nachricht geben?«

Die dick geschminkten Augen der Frau in der Vermittlung glänzten vor Neugier. Laut las sie den Zettel vor. In

Blockschrift hatte Mike darauf geschrieben: »Wenn Kay Crandell anruft, sagen Sie ihr, dass Mike mit ihr sprechen muss. Er ist mit allem, was sie vorschlägt, einverstanden, aber bitte schreiben Sie gegebenenfalls die Telefonnummer oder die Uhrzeit des Rückrufs auf.«

Der Blick der Frau war plötzlich voller Sympathie und nicht ohne eine gewisse Koketterie. »Ich weiß nicht, wie eine Frau so dumm sein kann, Sie zu verlassen«, sagte sie. Mike schob ihr einen Zwanzigdollarschein in die Hand. »Ich hoffe, Sie spielen meinen Cupido.«

Die Angestellten zu fragen, wer einen weißen Toyota auf den Parkplatz hatte fahren sehen, war sinnlos. Es gab keinen Parkwächter. Der einzige Sicherheitsbeamte war den ganzen Abend im Haus gewesen. »Ich habe gerade angefangen« sagte er Mike. »Normalerweise bin ich auch nicht hier. Nein. Hier ist überhaupt nichts los.« Er kratzte sich am Kopf. »Gerade fällt mir ein, dass letztes Jahr ein Auto gestohlen wurde, aber zwei Meilen weiter ist es abgestellt worden. Der Besitzer sagte, jeder Dieb hätte gesehen, was für eine Rostlaube das war.« Er lachte.

Zwei Stunden später war Mike dreißig Meilen entfernt und saß im Haus von Virginia O'Neil am Küchentisch. Sie war eine kleine, propere junge Frau, die im letzten Jahr von Kays Zeit an der Garden State High School im Chor gesungen hatte. Die Küche war groß und freundlich und öffnete sich zu einem hellen Raum hin, der mit Spielsachen übersät war. Dort spielten Virginias zweijährige Zwillinge und machten dabei beträchtlichen Lärm.

Mike versuchte erst gar nicht, sich eine Geschichte auszudenken, warum er auf der Suche nach Kay war. Er mochte Virginia und vertraute ihr instinktiv. Nachdem er alles erzählt hatte, sah er seine eigenen Sorgen in Virginias Augen widergespiegelt. »Das ist vollkommen *verrückt*«, sagte sie. »So etwas würde Kay nie tun. Dafür ist sie viel zu verantwortungsbewusst.«

»Wie lange waren Sie auf dem Schultreffen mit ihr zusammen?«

An Mikes Fuß flog ein Teddybär vorbei. Einen Moment später kam eine kleine Gestalt herangesaust und packte ihn.

»Hör auf, Kevin«, befahl Virginia. Zu Mike gewandt, erklärte sie: »Meine Tante hat den Kindern gestern zwei Teddybären geschenkt. Dina knuddelt ihren, und Kevin macht seinen kaputt.«

Das ist es, was Kay wollte, dachte Mike. Ein solches Haus und ein paar Kinder. Die Überlegung brachte ihn auf einen neuen, beunruhigenden Gedanken. »Haben die meisten Leute ihre Kinder zu dem Treffen mitgebracht?«

»Oh, da waren eine ganze Menge Kinder.« Virginias Gesicht wurde nachdenklich. »Wissen Sie, Kay sah etwas wehmütig aus, als sie gestern Dina hielt. Und sie sagte: ›Alle meine Schüler haben Familien. Ich hätte nie gedacht, dass es für mich einmal so kommen würde.‹«

Mike stand auf und verabschiedete sich ein paar Minuten später.

»Was werden Sie tun?«, fragte Virginia. Er nahm Kays Bild aus der Tasche. »Ich lasse Abzüge machen und verteile sie. Etwas anderes fällt mir nicht ein.«

Als Donny schließlich entschied, dass es Zeit sei, zu Bett zu gehen, sagte er Kay, dass sie sich in dem kleinen Badezimmer umziehen könne. Es enthielt ein Waschbecken, eine Kommode und eine Dusche. Er gab ihr das Nachthemd, das er gekauft hatte, einen kurzen, durchsichtigen Fetzen aus Nylon, der mit imitierten Spitzen eingesäumt war. Der Bademantel sah ähnlich aus. Während sie sich umzog, versuchte Kay verzweifelt zu überlegen, was sie machen könnte, wenn er sie bedrängen würde. Er war ihr sicher an Kraft überlegen. Ihre einzige Hoffnung war, die Sache in den Griff zu kriegen und ein Lehrer-Schüler-Verhältnis herzustellen.

Aber als sie herauskam, machte er keinen Versuch, sie zu berühren. »Geh zu Bett, Kay«, sagte er. Er schlug die Überdecke zurück. Die Bettwäsche war blau geblümt. Sie sah steif und neu aus. »Ich bin sehr müde, Donny«, sagte sie knapp. »Ich möchte jetzt schlafen.«

»Oh, Kay, ich verspreche dir, ich werde dich nicht anfassen, bis wir verheiratet sind.« Er deckte sie zu und sagte dann: »Tut mir Leid, Kay, aber ich kann nicht riskieren, dass du wegläufst, während ich schlafe. « Dann fesselte er ihren Fuß an die Kette.

Die ganze Nacht lag sie wach, versuchte zu beten, Pläne zu machen, und konnte doch nur flüstern: *Mike, hilf mir; Mike, finde mich.* Gegen Morgengrauen fiel sie in einen unruhigen Schlaf. Als sie aufwachte, sah sie, dass Donny sie anstarrte. Selbst im Halbdunkel war das Drängende seiner Haltung nicht misszuverstehen. Durch seine zusammengepressten Zähne flüsterte er: »Ich wollte nur nachsehen, ob du es bequem hast, Kay. Du siehst so hübsch aus, wenn du schläfst. Ich kann es kaum erwarten, bis wir verheiratet sind.«

Er wollte, dass sie sein Frühstück zubereitete. »Dein zukünftiger Ehemann hat einen guten Appetit, Kay.« Um halb neun brachte er sie ins Wohnzimmer. »Es tut mir Leid, dass ich die Läden wieder schließen muss, aber ich kann nicht riskieren, dass jemand vorbeigeht und hereinschaut. Das passiert zwar so gut wie nie, aber du verstehst das schon.« Er fesselte ihr Bein an die Kette im Wohnzimmer. »Ich habe sie abgemessen. Du kannst zur Toilette gehen. Ich lasse Esswaren für Sandwiches, Wasser und ein paar Sodaflaschen hier auf dem Tisch. Du kannst zum

Piano rübergehen. Ich möchte, dass du übst. Und wenn du lesen willst, kannst du alle meine Bücher lesen. Sie handeln alle von dir, Kay. Ich habe acht Jahre lang über dich geschrieben.«

Er ließ den Telefonanrufbeantworter in einem Käfig mit Vorhängeschloss unter der Zimmerdecke hängen. »Ich lasse die Lautsprecher an, Kay. Du wirst Leute hören, die mich wegen Jobs anrufen. Ich rufe die Nachrichten jede Stunde telefonisch ab. Ich werde dann mit dir sprechen, aber du wirst nicht mit mir sprechen können. Tut mir Leid. Heute ist ein arbeitsreicher Tag. Ich werde nicht vor sechs oder sieben Uhr nach Hause kommen.« Als er ging, hob er ihr Kinn nach oben. »Wirst du Sehnsucht nach mir haben, mein Liebling?« Sein Kuss auf ihre Wange war unschuldig. Sein Arm umschloss eng ihre Taille.

Er verriegelte die Läden, bevor er ging, und die dämmrige Deckenbeleuchtung warf Schatten in den Raum. Sie stellte sich auf die Couch, spannte die Kette, bis die Schlösser ins Fußgelenk schnitten, aber sie erreichte den Drahtkäfig nicht. Darüber hinaus war er verschlossen. Telefonieren war ausgeschlossen.

Die Kette war an einer Metallplatte in der Wand befestigt. Vier Schrauben hielten die Platte fest. Wenn es ihr gelang, diese Schrauben zu lösen, käme sie heraus. Wie weit war sie von der Hauptstraße entfernt? Wie schnell würde sie mit den Fesseln und der Kette an ihrem Fußgelenk laufen können? Womit könnte sie die Schrauben lösen?

Fieberhaft durchsuchte Kay das Wohnzimmer. Das Plastikmesser, das er zurückgelassen hatte, brach ab, als sie es an den Schrauben versuchte. Tränen der Enttäuschung füllten ihre Augen. Sie nahm die Polster von der Couch. Die Polsterung war mit Streben versehen, und sie konnte die Drähte sehen, aber es gab keine Möglichkeit, eine herauszubrechen.

Sie schleppte sich zum Klavier hinüber. Wenn sie die Saiten erreichen würde, vielleicht könnte sie sie mit etwas Scharfem herausreißen.

Aber es gab nichts Scharfes.

Es gab keine Möglichkeit, die Metallplatte abzuschrauben. Ihre einzige Hoffnung war, dass zufällig jemand vorbeikam, während er aus dem Haus war. Auf dem Bücherregal lagen ein paar Briefe. Die meisten waren an ein Postfach in Hornville adressiert. Ein paar waren an die Adresse des Hauses gerichtet, Timber Lane, Nummer 4, Hornville. Aber auf jeden Brief war die Nummer des Postfachs geschrieben worden, also kam kein Postbote.

Ihr Blick fiel auf die Reihen der schwarz-weißen Schulhefte. Er hatte ihr gesagt, dass sie sie lesen sollte. Sie zog ein halbes Dutzend heraus und schleppte sich zur Couch hinüber. Das Licht war dämmrig, und sie musste die Augen zusammenkneifen. Sie hatte das Kleid angezogen, das sie am Vortag beim Picknick getragen hatte. Sie wollte wenigstens den Anschein von Identität aufrechterhalten. Aber das Kleid war zerknittert, und sie fühlte sich beschmutzt. Beschmutzt durch die Anwesenheit an diesem Ort, durch die Erinnerung an seine Hände, die ihre Taille umkrampft hatten, durch das Gefühl, mit einem wahnsinnigen Pfleger in einem Tierkäfig eingesperrt zu sein. Der Gedanke ließ sie fast hysterisch werden. Reiß dich zusammen, sagte sie laut zu sich. Mike versucht dich zu finden. Es war, als könnte sie die Stärke seiner Liebe spüren. Mike. Mike. Ich liebe dich. Sie wollte nicht mehr umziehen. Sie wollte an einem Ort bleiben. Sogar Donny hatte das gewusst. Und er erfüllte ihr diesen Wunsch. Kay bemerkte, dass sie laut auflachte – ein kreischendes, schluchzendes Lachen, das in einem Weinkrampf endete.

Es brachte wenigstens eine gewisse Erleichterung. Nach

ein paar Minuten wischte sie sich das Gesicht mit dem Handrücken ab und begann zu lesen.

Die Hefte waren alle gleich. Eine tagtägliche Odyssee durch eine Fantasiewelt, die mit dem Abend der Abschlussfeier ihren Anfang nahm. Ein paar der Eintragungen betrafen Zukunftspläne.

»Wenn Kay und ich zusammen sind, machen wir eine Campingtour durch Colorado. Wir werden in einem Zelt wohnen und das einfache Leben unserer Vorfahren führen. Wir werden einen Doppelschlafsack haben, und sie wird in meinen Armen liegen, weil sie sich wegen der Geräusche der Tiere ein bisschen fürchtet. Ich werde sie beschützen und beruhigen.« An anderen Stellen schrieb er auf eine Weise, als wären sie zusammen gewesen. »Kay und ich hatten einen wunderbaren Tag. In New York gingen wir zur South Street Seaport. Ich kaufte ihr eine neue Bluse und blaue hochhackige Schuhe. Kay hält beim Gehen gern meine Hand. Sie liebt mich sehr und möchte nie von mir getrennt sein. Wir haben beschlossen, falls einer von uns krank werden sollte, wir uns trotzdem nicht trennen werden. Wir haben keine Angst, zusammen zu sterben. Wir werden für alle Ewigkeit in den Himmel kommen. Wir sind Liebende.«

Zuweilen war es fast unmöglich, das unleserliche Gekritzel zu entziffern. Kay achtete nicht auf den zunehmenden Kopfschmerz, während sie Heft für Heft durchlas. Das Ausmaß von Donnys Wahnsinn ließ sie bis ins Innerste erschaudern. Sie musste jedes einzelne Heft lesen. Vielleicht würde sie auf diese Weise auf irgendeine Möglichkeit kommen, ihn zu überreden, sie freizulassen oder an irgendeinen öffentlichen Ort mitzunehmen. Schrieb er nicht durchgehend vom gemeinsamen Ausgehen?

Ab ungefähr zehn Uhr begann das Telefon zu läuten. Sie konnte die Nachrichten hören, die für Donny hinterlassen wurden. Beim Geräusch der unpersönlichen Stimmen vibrierte jeder Nerv ihres Körpers. *Hört mich,* wollte sie rufen. *Helft mir.*

Donny hatte offensichtlich ein florierendes Reparaturunternehmen. Ein Pizzabäcker rief an, ob er so bald wie möglich kommen könne, einer der Öfen sei ausgefallen. Mehrere Hausfrauen brauchten ihn für ihre Fernsehapparate. Oder eine Fensterscheibe war zu Bruch gegangen. Im Abstand von etwa einer Stunde fragte Donny die Nachrichten ab und gab eine für Kay durch. »Kay, mein Liebling, ich vermisse dich sehr. Siehst du, wie beschäftigt ich bin? Ich habe heute Morgen schon 200 Dollar verdient. Ich werde sehr gut für dich sorgen können.«

Nach jedem Anruf las sie weiter. Immer wieder kam er auf seine Mutter zu sprechen. »Als sie achtzehn war, erlaubte sie meinem Vater, zu weit zu gehen. Sie wurde mit mir schwanger und musste heiraten. Mein Vater verließ sie, als ich ein Baby war, und gab ihr für alles die Schuld. Ich werde nie so wie mein Vater sein. Ich werde Kay nicht anrühren, bevor wir verheiratet sind. Sie könnte mich sonst hassen und unsere Kinder nicht lieben.«

In den letzten Heften erfuhr sie von seinen Plänen. »Im Fernsehen hat ein Prediger gesagt, dass Ehen dann die besten Chancen hätten, wenn sich die Partner vier Jahreszeiten lang kennen. Dass im menschlichen Geist so etwas wie ein Zyklus existiert wie auch in der Natur. Ich war im Herbst und im Winter in Kays Klasse. Während des Schultreffens werde ich sie holen. Dann wird immer noch Frühling sein. Nur Gott wird unser Zeuge sein, wenn wir am ersten Tag des Sommeranfangs unser Gelöbnis ablegen. Das wird am 21. Juni geschehen. Dann werden wir zusammen eine Fahrt durch das Land machen, wir beide, als Liebende.«

Heute war Donnerstag, der 18. Juni.

Um vier Uhr kam ein Anruf vom Garden View Motel. Ob Donny diesen Nachmittag vorbeikommen könne. Ein paar Fernsehgeräte waren zu reparieren.

Das Garden View Motel. Zimmer 210. Mike.

Ein paar Minuten später rief Donny an. Seine Stimme klang seltsam hohl. »Siehst du, was ich meine, Kay. Ich arbeite oft drüben im Motel. Ich bin froh, dass sie angerufen haben. Das gibt mir die Möglichkeit nachzusehen, ob Mike Crandell abreist. Ich hoffe, dass du unsere Lieder geübt hast. Ich möchte heute Abend sehr gerne mit dir zusammen singen. Für jetzt, leb wohl, mein Liebling.«

In seiner Stimme lag ein ärgerlicher Unterton, als er Mikes Namen aussprach. Er hat Angst, dachte Kay. Wenn irgendetwas seine Pläne durchkreuzt, wird er verrückt werden. Sie durfte ihm nicht widersprechen.

Sie stellte die Hefte in das Regal zurück und schleppte sich ans Klavier. Es war hoffnungslos verstimmt. Alles, was sie versuchte, ging wegen der fehlenden Tasten in disharmonischen Tönen unter.

Als Donny kam, war es fast acht Uhr. Er sah verbittert und ärgerlich aus. »Crandell reist nicht ab«, sagte er. »Er fragt nach dir herum und verteilt dein Foto.«

Mike war im Motel. Mike wusste, dass etwas nicht stimmte. O Mike, dachte Kay. Finde mich. Ich gehe überallhin. An jeden Ort. Ich werde mein Baby in Kalamazoo oder Peoria bekommen. Was bedeutet es schon, wo wir wohnen, solange wir nur zusammen sind?

Es war, als könnte Donny ihre Gedanken lesen. Er stand in der Tür und blickte sie finster an. »Du warst nicht überzeugend genug, als du gestern Abend mit ihm gesprochen hast. Es ist dein Fehler, Kay.«

Er ging durch den Raum auf sie zu. Sie zog sich in die hinterste Ecke der Couch zurück, und das Kettenschloss riss ihren Knöchel auf. Warm und glitschig floss ein dünnes Blutgerinnsel aus der Wunde.

Donny sah es. »O Kay, ich weiß, wie weh das tut.« Er ging ins Badezimmer und kam mit einem warmen nassen Tuch zurück. Liebevoll hob er ihr Bein vom Boden und legte es sich auf den Schoß. »Es wird gleich viel besser«, versicherte er, während er das Tuch herumschlang. »Und sobald ich sicher bin, dass du mich wieder liebst, nehme ich die Fesseln ab.« Er richtete sich auf, und seine Lippen streiften ihr Ohr. »Sollen wir unser erstes Kind Donald junior nennen?«, fragte er. »Ich bin sicher, es wird ein Junge.«

Am Donnerstagnachmittag betrat Jimmy Barrot das Büro von Michael Crandells Arbeitgeber, die Baufirma Fields, Warner, Quinlan und Brown. Nachdem er seine Polizeimarke gezeigt hatte, wurde er in das Büro von Edward Fields geführt, der über die Tatsache, dass Kay vermisst wurde, erschüttert war. Nein, sie hatten von Mike noch nichts gehört, aber das war nicht ungewöhnlich. Mike und Kay wollten nach Arizona zurückfahren. Mike wollte eine Woche Urlaub nehmen. Mike Crandell? Absolute Spitze. Der Beste. Er würde Teilhaber der Firma werden, sobald er den Job, den er letzten Monat begann, abgeschlossen hatte. Ja, es war ihnen bekannt, dass sich Kay wegen all der Umzüge aufregte. Die meisten Ehefrauen taten das. Ob Jimmy Mike treffen würde? Er solle sie wissen lassen, wenn sie irgendwie helfen könnten. Mike Crandell war der Beste. In jeder Hinsicht. Ob Jimmy wusste, wo Mike wohnte? Vorsichtig erklärte Jimmy Barrot, dass es sich vermutlich bei allem um ein Missverständnis handelte.

Edward Fields wurde mit einem Mal sehr formell. »Mr Barrot«, sagte er, »wenn dies nur eine Finte war und Sie in Wirklichkeit Informationen über Mike Crandell sammeln wollen, dann sollten Sie Ihre Zeit nicht verschwenden. Ich stehe mit meiner ganzen Person und meiner Firma hinter ihm.«

Jimmy rief den Auftragsdienst an. Es war nichts hinterlassen worden für ihn, also fuhr er nach Hause. Im Kühlschrank war nicht viel zu essen, daher entschloss er sich, in ein chinesisches Restaurant zu gehen. Auf eigentümliche Weise steuerte er seinen Wagen in Richtung Garden View Motel.

Um halb zehn kam er dort an. Vom Portier erfuhr er, dass Mike Fotos seiner Frau an alle Angestellten verteilt hatte, dass er der Frau in der Vermittlung zwanzig Dollar gegeben hatte, um eine Nachricht an seine Frau durchzugeben, falls sie anrufen sollte.

»Es gab absolut keine Schwierigkeiten hier letzten Abend«, sagte der Portier nervös. »Ich konnte ihm nicht verbieten, diese Fotos zu verteilen, aber es ist nicht die Art von Reklame, die wir wünschen.« Auf Jimmys Bitte zog der Portier die Bilder heraus. Es war eine Vergrößerung des Schnappschusses, unter dem in großen schwarzen Blockbuchstaben stand: Kay Crandell wird vermisst. Sie könnte krank sein. Sie ist 32 Jahre alt, 1,67 Meter groß, 115 Pfund Gewicht. Großzügige Belohnung für Auskünfte über ihren Aufenthaltsort. Dann folgte Mikes Name und die Telefonnummer des Motels.

Um zehn Uhr klopfte Jimmy an die Tür von Zimmer 210. Sie wurde sofort aufgerissen, und Jimmy sah die tiefe Enttäuschung in Mikes Gesicht, als er erkannte, wer gekommen war. Widerstrebend gestand sich Jimmy ein, dass man Mike Crandell die Sorgen ansah. Seine Kleider waren so zerknittert, als hätte er darin geschlafen. Jimmy ging an ihm vorbei und sah die Stapel der Abzüge von Kays Bild auf dem Tisch liegen. »Wo haben Sie die bis jetzt verteilt?«, fragte er.

»Hauptsächlich in der Umgebung des Hotels. Morgen werde ich sie an den Bahnhöfen und Bushaltestellen der umliegenden Städte verteilen und werde die Leute bitten, sie in die Schaufenster zu hängen.«

»Gehört haben Sie nichts?«

Mike zögerte.

»Sie haben etwas gehört«, sagte Jimmy. »Was war es?«

Mike deutete auf das Telefon. »Ich habe der Vermittlung nicht vertraut. Heute Nachmittag habe ich ein Tonband angeschlossen. Kay … hat zurücktelefoniert, als ich gerade einen Hamburger holen ging. Es muss um halb zehn gewesen sein.«

»Hatten Sie vor, mich in die Sache einzuweihen?«

»Warum sollte ich?«, fragte Mike. »Warum sollten Sie mit einer … wie haben Sie es genannt … privaten Angelegenheit belästigt werden?« In seiner Stimme lag ein Anflug von Hysterie.

Jimmy Barrot ging zu dem Tonband, spulte das Band zurück und drückte auf den Startknopf. Die gleiche weibliche Stimme wie am Tag zuvor war zu hören. »Mike, ich habe wirklich genug von dir. Fahr nach Hause und verteil nicht überall diese Fotos von mir. Es ist demütigend. Ich bin hier, weil ich es so will.« Dann folgte das Geräusch des Hörers, der auf die Gabel geknallt wurde.

»Meine Frau hat eine sanfte, hübsche Stimme«, sagte Mike. »Was ich höre, ist Bedrängnis, sonst nichts. Vergessen Sie, was sie gesagt hat.«

»Sehen Sie«, sagte Jimmy mit der für seine Verhältnisse sanftesten Stimme. »Frauen geben eine Ehe nicht ohne alle bedrängenden Gefühle auf. Ich kenne mich da aus. Meine erste Frau weinte bei der Scheidung, obwohl sie schon von jemand anderem schwanger war. Ich habe mit Ihren Arbeitgebern gesprochen. Die halten eine Menge von Ihnen. Warum gehen Sie nicht einfach an Ihre Arbeit zurück und lecken sich Ihre Wunden? Keine Frau ist diese ganze Aufregung wert.«

Er sah Mike erbleichen. »Mein Büro hat angerufen. Sie haben mir einen Privatdetektiv als Hilfe angeboten. Ich überlege, ob ich das Angebot nicht annehmen soll.«

Jimmy Barrot lehnte sich vor und nahm die Kassette aus dem Rekorder. »Können Sie mir eine Person nennen, die die Stimme Ihrer Frau identifizieren kann?«, fragte er.

Die ganze Nacht hielt Mike den Kopf in die Hände gestützt. Um halb sieben verließ er das Motel und fuhr zu den Bahnhöfen und Bushaltestellen der benachbarten Städte. Um neun Uhr ging er zur Garden State High School. Der Schulbetrieb war bereits geschlossen, aber die Leute in der Verwaltung arbeiteten noch. Er wurde in das Büro von Gene Pearson, dem Direktor, geführt. Pearson hörte aufmerksam zu, er runzelte die Stirn, und sein schmales Gesicht sah nachdenklich aus. »Ich kann mich gut an Ihre Frau erinnern«, sagte er. »Ich habe ihr gesagt, dass sie hier jederzeit wieder arbeiten kann. Nach allem, was mir ihre früheren Schüler erzählt haben, muss sie eine sehr gute Lehrerin gewesen sein.«

Er hat Kay einen Job angeboten. Wollte sie ihn annehmen?

»Was hat Kay darauf gesagt?«

Pearsons Augen verengten sich. »Nun, sie sagte: ›Seien Sie vorsichtig, ich könnte darauf zurückkommen.‹« Seine Haltung wurde plötzlich formell. »Mr Crandell, ich kann Ihre Sorgen verstehen, aber ich weiß nicht, wie ich Ihnen behilflich sein könnte.« Er stand auf.

»Bitte«, flehte Mike. »Es muss Fotos von dem Treffen geben. Hatten Sie einen offiziellen Fotografen engagiert?«

»Ja.«

»Können Sie mir seinen oder ihren Namen geben? Ich brauche sofort die gesamten Bilder. Sie können mir das nicht abschlagen.«

Als Nächstes ging er zu dem Fotografen in der Center Street – er wohnte sechs Blocks weiter. Hier war alles nur eine Kostenfrage. Er gab eine Bestellung auf und ging zum Motel zurück, um das Band abzuhören. Um 11.30 Uhr ging er zu dem Fotografen zurück, der ihm einen Stapel Bilder im Format 8 × 10 cm angefertigt hatte, im ganzen waren es 200 Stück. Mit den Bildern fuhr Mike zu Virginia O'Neils Haus.

Die ganze Donnerstagnacht lag Kay wach auf der unbequemen Matratze mit den harten neuen Betttüchern. Dass sich in Donny etwas zusammenbraute, das kurz vor der Explosion stand, war allgegenwärtig. Nachdem sie angerufen und die Nachricht für Mike hinterlassen hatte, kochte sie für Donny das Abendessen. Er hatte Büchsenkartoffeln, Tiefkühlgemüse und Wein gekauft. Sie war auf ihn eingegangen und tat so, als ob es ihr Spaß machte, mit ihm zusammenzuarbeiten.

Während des Abendessens brachte sie ihn dazu, über sich und seine Mutter zu sprechen. Er zeigte ihr ein Bild von ihr, einer schlanken Blondine um die vierzig, die einen Bikini trug, der für einen Teenager gepasst hätte. Kay überlief eine Gänsehaut. Zwischen ihr und Donnys Mutter bestand eine deutliche Ähnlichkeit. Sie waren der gleiche Typ, bei aller Verschiedenartigkeit waren sie sich doch ähnlich, was Größe, Gesichtszüge und Haarfarbe betraf.

»Sie hat vor sieben Jahren wieder geheiratet«, sagte Donny mit ausdrucksloser Stimme. »Ihr Mann arbeitet für eines der Casinos in Las Vegas. Er ist viel älter als sie, aber seine Kinder sind völlig begeistert von ihr. Sie sind in ihrem Alter.« Donny zeigte ein anderes Bild, auf dem zwei Männer um die vierzig ihre Arme um Donnys Mutter gelegt hatten. »Sie ist von ihnen auch ganz hingerissen.«

Dann wandte er seine Aufmerksamkeit dem Essen auf seinem Teller zu. »Du bist eine sehr gute Köchin, Kay. Das gefällt mir. Meine Mutter hat nicht gern gekocht. Meistens bekam ich nur Sandwiches. Sie war oft nicht zu Hause.«

Nach dem Abendessen spielte Kay Klavier und sang mit ihm. Er erinnerte sich an die Texte von allen Liedern, die sie im Chor gesungen hatten. Er hatte die Läden geöffnet, um die kühle Nachtluft hereinzulassen, zeigte aber keinerlei Furcht, dass man sie hören könnte. Sie fragte ihn danach. »Hier kommt kein Mensch mehr her«, sagte er. »Im See gibt es keine Fische, und zum Schwimmen ist er zu schmutzig. All die anderen Häuser sind am Zusammenfallen. Wir sind hier vollkommen sicher, Kay.«

Als er entschied, dass es Zeit war, ins Bett zu gehen, entfernte er die Kette an ihrem Bein und wartete wieder vor der Badezimmertür. Als sie aus der Dusche stieg, hörte sie, dass sich die Tür öffnete, aber nachdem sie sie wieder zuschlug, versuchte er es nicht noch einmal. Auf dem Weg ins Schlafzimmer fragte Donny: »Was für ein Hochzeitsessen möchtest du, Kay? Wir sollten uns etwas Besonderes überlegen.«

Sie gab vor, sich ernsthafte Überlegungen zu machen, schüttelte dann aber den Kopf und sagte mit fester Stimme: »Ich kann keine Heiratspläne machen, bevor ich nicht ein weißes Kleid habe. Wir werden warten müssen.«

»Ich werde darüber nachdenken, Kay«, sagte er, während er sie zudeckte und das Schloss an ihrem Fußgelenk befestigte.

Abwechselnd schlief sie ein und erwachte wieder. Jedes Mal, wenn sie aufwachte, stand Donny am Fußende des Bettes und starrte sie an. Ihre Augen öffneten sich, sie versuchte sie gewaltsam geschlossen zu halten, aber er ließ sich nicht täuschen. Das schwache Licht, das er im

Wohnzimmer hatte brennen lassen, schien auf das Kissen. »Ist gut, Kay. Ich weiß, dass du wach bist. Sprich mit mir, Liebling. Ist dir kalt? In ein paar Tagen, wenn wir verheiratet sind, wärme ich dich.« Um sieben Uhr brachte er ihr Kaffee. Sie setzte sich auf und klemmte sorgfältig die Decke unter ihren Armen fest. Ihr gemurmeltes ›Danke‹ wurde durch einen Kuss erstickt.

»Ich gehe heute nicht arbeiten«, sagte Donny.

»Die ganze Nacht habe ich darüber nachgedacht, dass du gesagt hast, du hättest kein Kleid, das du bei unserer Hochzeit tragen könntest«, sagte er. »Ich werde dir heute eines kaufen.«

Die Kaffeetasse in ihrer Hand begann zu zittern. Mit großer Anstrengung gelang es ihr, ruhig zu bleiben. Vielleicht war dies ihre einzige Chance. »Donny, es tut mir Leid«, sagte sie, »ich möchte wirklich nicht undankbar sein, aber die Kleider, die du mir gekauft hast, passen nicht richtig. Jede Frau möchte sich ihr eigenes Hochzeitskleid selbst aussuchen.«

»Daran habe ich nicht gedacht«, sagte Donny. Er sah verwirrt und nachdenklich aus. »Das bedeutet, dass ich dich mit ins Geschäft nehmen muss. Ich weiß nicht, ob ich das tun soll. Aber ich würde alles tun, um dich glücklich zu machen.«

Am Freitagmorgen um halb sieben gab Jimmy Barrot jeden Versuch einzuschlafen auf und ging in die Küche. Er bereitete eine Kanne Kaffee zu, suchte auf dem Tisch nach einem Kugelschreiber und begann, auf der Rückseite eines Briefumschlags Notizen zu machen.

1. Hat tatsächlich Kay Crandell angerufen? Bitte Virginia O'Neil, die Stimme zu identifizieren.
2. Wenn es Kay Crandell ist, soll das Labor den Grad der Stressbelastung überprüfen.

3. Wenn Kay Crandell angerufen hat, wusste sie ein paar Stunden später über die Fotos, die Mike Crandell verteilte, Bescheid. Wie ist das möglich?

Diese letzte Frage vertrieb jeden Rest von Schläfrigkeit aus Jimmys Gehirn. Konnte es sich um einen verrückten Scherz handeln, den Mike und Kay ausgeheckt hatten?

Um halb elf Uhr war Jimmy der unfreiwillige Partner bei einem Ballspiel mit dem zweijährigen Kevin O'Neil. Er warf Kevin den Ball zu, der ihn mit einer Hand auffing, aber als er ihn zurückwarf, schrie Kevin ›Handtot‹. Jimmy hatte den Ball nicht aufgefangen.

»Handtot bedeutet, dass er einen bösen Zauber über Sie ausgesprochen hat«, erklärte Virginia. Sie hatte keinerlei Zweifel, dass es sich um Kays Stimme handelte. »Außer, dass sie nicht so klingt wie gewöhnlich«, sagte Virginia. »Miss Wesley, ich meine Mrs Crandell, ach verdammt, wie oft hat sie mir gesagt, dass ich sie Kay nennen soll … Kay hat eine so melodische Stimme. Sie klingt immer so warm. Es ist ihre Stimme, aber doch auch wieder nicht.«

»Wo ist Ihr Mann?«, fragte Jimmy.

Virginia war überrascht. »Bei der Arbeit. Er ist Wertpapierhändler bei der Handelsbank.«

»Sind Sie glücklich?«

»Natürlich bin ich das.« Virginias Ton war eisig. »Darf ich fragen, was diese Frage bedeuten soll?«

»Wie würden Sie klingen, wenn Sie sich ohne Ihre Kinder absetzen würden? Bedrängt?«

Virginia erwischte Kevin, bevor er seine Schwester attackieren konnte. »Detective Barrot, wenn ich meinen Mann verlassen würde, würde ich mich mit ihm an einen Tisch setzen und ihm erklären, warum ich ihn verlasse. Und wollen Sie noch etwas wissen? Kay Crandell würde es genauso machen. Ganz offensichtlich projizieren Sie *Ihre* Denkungsart auf Frauen wie Kay und mich. Falls Sie noch Fragen haben sollten, tut es mir Leid, ich bin sehr beschäftigt.« Sie stand auf.

»Mrs O'Neil«, sagte er. »Bevor ich hierher kam, habe ich mit Mr Crandell gesprochen. Soweit ich weiß, hat er Abzüge der Fotos von dem Schultreffen anfertigen lassen, und er wird um den Mittag herum bei Ihnen auftauchen. Ich werde mittags zurückkommen. Versuchen Sie sich in der Zwischenzeit zu erinnern, ob sich Kay mit jemandem aus der Gegend getroffen hat. Oder Sie nennen mir die Namen von Leuten aus dem Kollegium, mit denen sie befreundet war.«

Virginia trennte die Zwillinge, die sich jetzt über einen Teddybär stritten. Virginias Haltung lockerte sich. »Ich fange an, Sie zu mögen, Detective Barrot«, sagte sie.

Der gleiche Gedanke, der Jimmy Barrot gekommen war, ließ auch Mike stutzen, als er mit den Bildern von dem Schultreffen zu Virginia O'Neils Haus fuhr. Woher wusste Kay schon ein paar Stunden später, dass er ihr Foto verteilte?

Als Virginia auf sein Klingeln öffnete, war Mike am Rand eines Nervenzusammenbruchs. Der Anblick von Jimmy Barrots bedrücktem Gesicht gab ihm den Rest.

»Was machen Sie hier?« Seine Frage klang wie ein Schrei. Er spürte Virginia O'Neils Hand auf seinem Arm; er bemerkte, dass das Haus unnatürlich ruhig erschien. »Mike«, sagte Virginia, »Detective Barrot will helfen. Ein paar Frauen, die früher in unserer Klasse waren, sind hier. Wir haben ein paar Sandwiches gemacht. Wir werden die Bilder zusammen durchsehen.«

Mike spürte, dass sich seine Augen wieder mit Tränen füllten. Es war das zweite Mal in zwei Tagen. Diesmal gelang es ihm, sie zurückzuhalten. Er wurde den anderen jungen Frauen vorgestellt. Margery, Joan, Dotty, alle waren Schülerinnen der Garden High School gewesen, als Kay dort unterrichtet hatte. Sie aßen zusammen und studierten die Bilder, die Mike mitgebracht hatte.

»Das ist Bobby... er wohnt in Pleasantwood. Hier spricht Kay mit John Durkin. Seine Frau ist dabei. Das ist...«

Jimmy Barrot klebte jedes Bild auf ein plakatgroßes Stück Pappe, bezeichnete jeden der Köpfe der Abgelichteten mit einer Nummer und ließ sie dann von den jungen Frauen identifizieren. Bald wurde klar, dass es zu viele Gesichter in den Gruppen um Kay gab, an die sich niemand erinnern konnte.

Um drei Uhr sagte Jimmy: »Tut mir Leid, aber das Ganze führt zu nichts. Ich weiß, dass Sie einen neuen Direktor an der Schule haben. Er kann uns daher nicht weiterhelfen, aber gibt es nicht irgendeine Lehrkraft, die diejenigen früheren Schüler identifizieren könnte, an die Sie sich nicht mehr erinnern?«

Virginia und ihre Freundinnen sahen sich lange an und dachten nach. Virginia antwortete für alle: »Marian Martin. Sie war an der Garden State seit dem Tag, als sie eröffnet wurde. Sie ist seit zwei Jahren pensioniert. Sie wohnt jetzt in Litchfield in Connecticut. Sie sollte auch zu dem Treffen kommen, aber sie hatte andere Verpflichtungen, die sie nicht absagen konnte.«

»Das ist die Person, die wir brauchen«, sagte Jimmy Barrot. »Hat jemand ihre Telefonnummer oder Adresse?«

Der Hoffnungsfunken, der in Mike aufgeglüht war, als er zu begreifen begann, dass Jimmy Barrot auf seiner Seite war, wuchs zu einer regelrechten Flamme empor. Leute arbeiteten mit ihm zusammen, versuchten zu helfen. Kay, warte auf mich. Lass mich dich finden.

Virginia sah ihr Telefonbuch durch. »Hier ist die Nummer von Miss Martin.« Sie begann die Nummer zu wählen.

Vina Howard hatte das Ziel ihres Lebens erreicht, als sie in Pleasantwood, New Jersey, ihren Kleiderladen eröffnete. Vor ihrer zutiefst unglücklichen Ehe war sie Assistentin der Einkäuferin in einem Warenhaus gewesen. Als sie nach achtzehn Jahren Nick Howard schließlich verließ, kehrte sie gerade rechtzeitig zu ihrer Familie zurück, um ihre alten Eltern während einer Reihe von Herzanfällen und Infarkten zu pflegen. Nachdem sie gestorben waren, verkaufte Vina das alte Haus, kaufte eine neue Eigentumswohnung und verwirklichte ihren Herzenswunsch mit der Eröffnung einer Boutique, die die jungen Frauen der Vorstadt mit Kleidern zu günstigen Preisen versorgte. Daneben führte sie auch Modelle für deren Töchter im Teenageralter. Dies war ein Fehler gewesen, der ihr täglich aufs neue Ärger einbrachte.

Am Freitagmorgen, dem 20. Juni, ordnete Vina gerade die Kleider auf den Gestellen, polierte das Glas auf der Accessoirevitrine, stellte die Stühle vor den Umkleidekabinen zurecht und murmelte vor sich hin: »Schreckliche Kinder. Kommen rein und probieren alles an. Verschmieren die Kragen mit Make-up. Lassen alles auf dem Boden liegen. Es ist das letzte Jahr, dass ich für diese schlampigen Bälger etwas führe.«

Vina hatte allen Grund, sich aufzuregen. Sie hatte die Umkleidekabine gerade tapezieren lassen, und eine der frechen Gören hatte die ganze Wand mit den üblichen Vulgärausdrücken voll geschmiert. Sie hatte es schließlich geschafft, das Ganze abzuwischen, aber die Tapete war voller Flecken und hatte Risse.

Trotzdem hatte der Tag angenehm begonnen. Um halb

elf, als ihre Verkäuferin Edna kam, war der Laden voller Leute, und die Kasse klingelte.

Um Viertel nach drei war es ruhig, und Vina und Edna tranken gemütlich eine Tasse Kaffee zusammen. Edna versprach, dass ihr Mann mit der übrig gebliebenen Tapete den beschädigten Teil in den Umkleidekabinen ausbessern würde. Eine sichtlich erleichterte Vina lächelte warm, als ein junges Paar den Laden betrat. Eine hübsche, junge Frau von ungefähr sechsundzwanzig oder achtundzwanzig Jahren, die einen billig aussehenden Rock und ein T-Shirt trug, und ein hohlwangiger junger Mann etwa gleichen Alters, dessen Arm eng um seine Begleiterin geschlungen war. Sein dunkelrötlich gelocktes Haar sah aus, als käme er gerade vom Friseur. Seine porzellanblauen Augen glänzten. Die beiden haben etwas Unwirkliches an sich, dachte Vina. Ihr Lächeln wurde steif. Seit einiger Zeit gab es in dieser Gegend eine Reihe von Raubüberfällen, die auf Drogenkonsum zurückzuführen waren.

»Wir möchten ein langes weißes Kleid«, sagte der Mann. »Größe 38.«

»Die Zeit der Abschlussfeiern ist vorbei«, sagte Vina unsicher. »Ich habe keine große Auswahl an langen Kleidern.«

»Das ist doch sicher für eine Hochzeit passend.«

Vina wandte sich an die junge Frau. »Haben Sie an etwas Bestimmtes gedacht?«

Verzweifelt versuchte Kay mit der Frau Kontakt aufzunehmen. Aus den Augenwinkeln konnte sie erkennen, dass der Angestellten an der Kasse an ihr und Donny etwas nicht geheuer erschienen war. Diese ausgefallene rote Perücke, die er trug. Ihr war auch klar, dass Donnys rechte Hand die Waffe hielt und dass der geringste Versuch, die Frauen auf etwas aufmerksam zu machen, deren Todesurteil gewesen wäre.

»Etwas in Baumwolle«, antwortete sie. »Haben Sie Satin? Oder reinen Jersey?« Sie sah die mit einem Vorhang abgetrennten Umkleidekabinen. Sie würde beim Umziehen allein sein … Vielleicht konnte sie eine Nachricht hinterlassen. Je mehr Kleider sie anprobierte, umso mehr Zeit würde sie haben.

Aber es gab nur ein einziges Satinkleid in Größe 38. »Wir nehmen es«, sagte Donny.

»Ich möchte es anprobieren«, sagte Kay entschlossen. »Die Umkleidekabinen sind hier.« Sie ging hinüber und zog den Vorhang zurück. »Siehst du.«

Es war kaum Platz für eine Person darin. Der Vorhang reichte nicht auf den Boden. »Also gut, du kannst es anprobieren«, sagte Donny. »Ich warte draußen.« Er lehnte es entschieden ab, dass Vina Kay half. »Geben Sie ihr bloß das Kleid.«

Kay riss sich das T-Shirt und den Rock herunter. Verzweifelt sah sie in der kleinen Kabine um sich. Auf einem schmalen Brett lag eine Schachtel mit Stecknadeln. Aber kein Stift. Es gab keine Möglichkeit, eine Nachricht zu hinterlassen. Sie zog das Kleid über den Kopf und griff nach einer Nadel. Die Tapete in der Umkleidekabine war fleckig und zerrissen auf der einen Seite. Auf der anderen Seite versuchte sie das Wort ›Hilfe‹ einzuritzen. Die Nadel war dünn, und man konnte sie nicht schnell bewegen. Sie schaffte gerade ein zittriges H.

»Beeil dich, mein Schatz.«

Sie zog den Vorhang zur Seite. »Ich komme nicht an die Knöpfe im Rücken heran«, sagte sie zu der Verkäuferin.

Während diese das Kleid zuknöpfte, warf Vina einen nervösen Blick auf die Registrierkasse. Edna schüttelte leicht den Kopf. Wir wollen sie loswerden, bedeutete das.

Kay betrachtete sich eingehend in dem bodenlangen

Spiegel. »Ich glaube nicht, dass es passt«, sagte sie. »Haben Sie etwas anderes?«

»Wir nehmen es«, fuhr Donny dazwischen. »Du siehst wunderschön darin aus.« Er zog ein Bündel Scheine heraus. »Beeil dich, meine Süße«, befahl er. »Wir kommen sonst zu spät.«

Kay zog in der Kabine das Kleid aus, reichte es durch den Vorhang, streifte sich das T-Shirt und den Rock über und griff nach einer anderen Nadel. Mit der einen Hand gab sie vor, ihr Haar zu ordnen, mit der anderen versuchte sie, den Buchstaben 1 in die Tapete zu ritzen, aber es gelang ihr nicht. Sie fuhr herum, als sie Donny den Vorhang öffnen hörte. »Was machst du denn so lange, mein Schatz?«, fragte er. Sie stand mit dem Rücken gegen die Wand, auf die sie zu schreiben begonnen hatte. Mit den Fingern fuhr sie sich durchs Haar, als wollte sie es glatt streichen. Sie ließ die Nadel hinter sich fallen und beobachtete, wie Donny die Kabine inspizierte. Sein Argwohn war beruhigt, er nahm ihre Hand, und mit der Schachtel unter dem Arm verließen sie den Laden.

Marian Martin war gerade mit dem Einpflanzen ihrer neuen Azaleen fertig, als sie durch das Klingeln des Telefons ins Haus gerufen wurde. Sie war eine große, siebenundsechzigjährige Frau, mit festem durchtrainierten Körper, kurz geschnittenen Haaren, die sich um ihr Gesicht kringelten, lebhaften, braunen Augen und von freundlich zupackender Art. Nach ihrer Pensionierung als Vertrauenslehrerin an der Garden State High School war sie in diese ruhige Stadt in Connecticut gezogen und genoss es nun seit zwei Jahren, sich mit Dingen zu beschäftigen, für die sie früher nie genug Zeit gehabt hatte. Ihrem englischen Garten galt ihr ganzer, unverhohlener Stolz. Der Telefonanruf an diesem Freitagnachmittag war daher keine willkommene Unterbrechung. Aber nachdem sie gehört hatte, was Virginia O'Neil ihr erzählte, waren die ungepflanzten Dahlien nicht mehr wichtig.

Kay Wesley, dachte sie. Eine geborene Lehrerin. Sie war immer bereit gewesen, sich mit Kindern abzugeben, die Schwierigkeiten hatten. Alle ihre Schüler waren vernarrt in sie. Kay wurde *vermisst.* »Ich muss noch ein paar Sachen erledigen«, sagte sie zu Virginia. »Aber ich kann mich um sechs Uhr auf den Weg machen. Es dürfte etwa zwei Stunden dauern. Halt die Fotos bereit. Es gibt kein Kind, das jemals die Garden State besucht hätte und dessen Gesicht ich nicht kennen würde.«

Als sie aufgelegt hatte, fiel Marian plötzlich Wendy Fitzgerald, eine ehemalige Schülerin, ein, die vor zwanzig Jahren nach einem Schulpicknick verschwunden war. Rudy Kluger, der Hausmeister der Schule, hatte sie ermordet. Rudy müsste inzwischen aus dem Gefängnis entlassen worden sein. Marians Mund wurde trocken. Nur das nicht, bitte.

Um Viertel vor sechs warf sie die Reisetasche auf den Rücksitz ihres Wagens und fuhr nach New Jersey. Die Einzelheiten jener furchtbaren Zeit, von dem Moment an, als Wendy Fitzgerald als vermisst gemeldet wurde, bis zu dem Tag, als man ihre Leiche fand, gingen Marian durch den Kopf. Ihr ganzes Denken drehte sich ausschließlich um Rudy, dass sich der flüchtige Gedanke an einen Vorfall in Verbindung mit Kay in ihr Unbewusstes entzog.

Virginia legte auf. »Miss Martin wird gegen acht hier sein«, sagte sie.

Jimmy Barrot schob seinen Stuhl zurück. »Ich muss ins Büro zurück. Wenn diese Vertrauenslehrerin eine neue Information hat, irgendeine, dann rufen Sie diese Nummer an. Andernfalls komme ich morgen früh wieder.« Er übergab Virginia eine Visitenkarte mit Eselsohren.

Die jungen Frauen erhoben sich ebenfalls. Auch sie wollten am nächsten Tag Miss Martin helfen.

Mike stand auf. »Ich verteile noch ein paar Fotos. Dann fahre ich ins Motel zurück. Es besteht immer die Möglichkeit, dass Kay wieder anruft.«

Diesmal klebte Mike Kays Bild an die Telefonzellen in den Hauptstraßen der Städte, durch die er fuhr, und hängte sie in den großen Einkaufsstraßen der Gegend aus. In Pleasantwood hatte er fast einen Zusammenstoß mit einem Lieferwagen, der ihn überholte, als er auf den städtischen Parkplatz fuhr. Verdammter Irrer, dachte Mike. Er wird noch jemanden umbringen.

Donny hatte den Lieferwagen auf dem städtischen Parkplatz hinter der Boutique geparkt. Als sie den Laden verließen, hielt er Kay eng umfasst, bis sie den Lieferwagen erreicht hatten, dann öffnete er die Seitentür und stieß sie vorwärts. Verzweifelt blickte Kay auf den stämmigen, jungen Mann, der zwei Parkplätze weiter gerade dabei war, seinen Wagen anzulassen. Einen Moment lang hatte sie Augenkontakt mit ihm, dann fühlte sie den Lauf der Waffe seitlich an ihrem Körper.

»Da ist ein kleines Kind auf dem Rücksitz des Wagens, Kay«, sagte Donny sanft. »Wenn du einen Laut von dir gibst, dann sind das Kind und der Mann tot.«

Ihre Beine fühlten sich wie Gummi an, als sie die Stufe hinaufstolperte. »Hier ist das Paket, mein Schatz«, sagte Donny laut. Er beobachtete, wie der Wagen an ihnen vorüberfuhr, dann stieg er in den Lieferwagen und schlug die Tür zu.

»Du wolltest dem Typen ein Zeichen geben, Kay«, zischte er. Der Knebel, den er ihr in den Mund geschoben hatte, war grausam fest. Roh hatte er ihr die Handschellen angelegt, die Füße gefesselt und zusammengekettet. Er stellte die Schachtel neben sie auf das Klappbett. »Erinnere dich, Kay, zu welchem Zweck wir das Kleid gekauft haben, und mach anderen Männern keine schönen Augen.« Er öffnete die Tür einen Spalt, sah sich um, schob die Tür etwas weiter auf und schlüpfte hinaus. In dem Augenblick, als ein Lichtstrahl ins Innere des Wagens fiel, erblickte Kay einen langen, dünnen Gegenstand, der auf dem Boden unter der Werkbank lag.

Ein Schraubenzieher.

Wenn sie den Schraubenzieher hätte, könnte sie die Metallplatte in der Wand aufschrauben. Vielleicht gäbe es eine Möglichkeit zu fliehen, während Donny bei der Arbeit war.

Der Lieferwagen machte einen Satz nach vorn. Donny musste mit seinen Nerven am Ende sein, wenn er so schnell fuhr. Wenn ihn doch nur die Polizei aufhalten würde. Doch dann verlangsamte der Wagen deutlich spürbar seine Geschwindigkeit. Es musste ihm aufgefallen sein, dass er zu schnell fuhr.

Sie drehte sich um, ließ ihre gefesselten Hände nach unten gleiten und versuchte, mit den Fingerspitzen den Schraubenzieher zu erreichen. Tränen des Ärgers und der Enttäuschung verdunkelten ihre Augen. Voller Ungeduld schüttelte sie sie fort. In der Dunkelheit konnte sie die Umrisse des Werkzeugs erkennen, aber so sehr sie sich auch anstrengte und die Handschellen in ihre Gelenke einschnitten, er war außerhalb ihrer Reichweite.

Sie rollte auf den Rücken und hob die Hände hoch, bis sie auf ihren Knien lagen. Das Klappbett quietschte, als sie sich aufsetzte, ihre Beine nach unten stellte und ihren Körper bis an das äußerste Ende des Klappbettes bewegte. Dann streckte sie die Beine nach dem Schraubenzieher aus. Den brennenden Schmerz, den die Fesseln an ihren Fußgelenken verursachten, beachtete sie nicht. Sie reckte die Spitzen ihrer Sandalen vor, bis sie die dünne Schneide spürte, hielt ihn dann zwischen den Sohlen ihrer Sandalen fest und schob den Schraubenzieher in Richtung des Klappbetts. Schließlich war er direkt unter ihr. Sie schwang die Beine nach oben und griff mit den Händen wieder nach unten auf den Boden. Die Schmerzsignale, die ihr geschundenes Fleisch aussandte, spürte sie nicht mehr, denn ihre Finger umklammerten den Griff des Schraubenziehers, hielten ihn fest und hoben ihn hoch.

Einen Moment lang hielt sie keuchend vor Anstrengung inne und war außer sich vor Freude über ihren Sieg. Plötzlich kam ihr ein neuer Gedanke, und ihre Finger schlossen sich enger um das Werkzeug. Wie konnte sie den Schraubenzieher ins Haus bringen? Sie konnte ihn nirgendwo am Körper verstecken. Das billige T-Shirt lag eng an, und der Baumwollrock hatte keine Taschen, die Sandalen waren offen.

Sie hatten die Hütte fast erreicht. Sie spürte die Erschütterung des Lieferwagens, der sich rumpelnd die ungeteerte Straße entlangschlängelte. Die Kleiderschachtel kippte um und streifte ihren Arm. *Die Kleiderschachtel.* Die Verkäuferin hatte eine Schnur um die Schachtel gebunden und doppelt verknotet. Sie würde sie nicht öffnen können. Vorsichtig schob Kay ihre Finger zwischen den Deckel und den Boden der Schachtel und begann langsam, den Schraubenzieher in die Öffnung zu schieben. Sie spürte, dass der Deckel an einer Seite aufriss.

Der Lieferwagen hielt an. Verzweifelt schob sie den Schraubenzieher hinein, versuchte, ihn zwischen den Falten des Kleides zu verbergen, und es gelang ihr, die Schachtel auf die Seite zu drehen, bevor sich die Wagentür öffnete. »Wir sind zu Hause, Kay«, sagte Donny tonlos.

Sie betete, er möge die neuen Wunden an ihren Hand- und Fußgelenken nicht bemerken. Als er die Kette und die Handschellen aufsperrte, waren seine Bewegungen wie mechanisch. Er klemmte sich die Schachtel unter den Arm, ohne auch nur einen Blick darauf zu werfen, und schob sie so schnell in die Hütte, als würde man ihn verfolgen. Im Innern der Hütte war es stickig.

Instinktiv wusste Kay, dass sie ihn auf irgendeine Weise beruhigen musste. »Du bist hungrig«, sagte sie. »Du hast seit Stunden nichts gegessen.« Das Mittagessen war fertig, als er um ein Uhr in die Hütte zurückkam, aber er war zu aufgeregt, um zu essen. »Ich mache dir ein Sandwich mit etwas Limonade«, sagte sie. »Du brauchst das.«

Er ließ die Kleiderschachtel auf die Couch fallen und starrte sie an. »Sag mir, wie sehr du mich liebst«, befahl er. Seine Pupillen waren geweitet, der Griff an ihrem Handgelenk umschloss sie fester als die Fesseln. Er atmete in kurzen, unregelmäßigen Stößen. Voller Angst trat Kay zurück, bis sie den harten Velours des Couchüberzugs an ihren Beinen spürte. Er schien völlig den Verstand verloren zu haben. Er würde es sofort bemerken, wenn sie versuchte, ihn mit Lügen zu beruhigen. Stattdessen sagte sie trocken: »Donny, ich würde gerne mehr darüber erfahren, warum du mich liebst. Du behauptest, du liebst mich, aber du wirst immer ärgerlich über mich. Wie kann ich dir noch glauben? Lies mir etwas aus deinen Büchern vor, während ich uns etwas zu essen mache.« Sie zwang sich zu einem Tonfall voller kalter Autorität. »Donny, ich möchte, dass du mir jetzt etwas vorliest.«

»Natürlich, Miss Wesley.«

Seine Stimme klang nicht mehr verärgert, die Tonlage

war höher geworden, sie klang fast jungenhaft. »Aber zuerst muss ich den Anrufbeantworter abhören.«

Er hatte das Telefon auf dem Tisch neben der Couch stehen lassen, als sie weggegangen waren. Er nahm ein Notizbuch und einen Stift aus der Tasche und drückte den Startknopf. Es waren drei Nachrichten auf dem Band. Eine von einem Eisenwarenhändler, ob Donny morgen vorbeikommen könne? Ein Angestellter war wegen Krankheit ausgefallen. Eine vom Garden View Motel. Sie brauchten eine Hilfskraft bei der Installation von elektrischen Geräten für ein Seminar. Man würde ihn den ganzen Abend brauchen.

Der letzte Anruf kam offensichtlich von einem alten Mann. Deutlich konnte man das pfeifende Atmen in seiner stockenden Stimme wahrnehmen, als er seinen Namen nannte. Clarence Gerber. Ob Donny vorbeikommen und sich den Toaster ansehen könne? Die Heizspirale sei nicht in Ordnung, und seine Frau würde bei dem Versuch, im Backofen Toast zu machen, das ganze Brot verbrennen. Darauf folgte ein bemühtes Lachen mit dem Zusatz: »Setzen Sie uns an den Anfang der Liste, Donny. Rufen Sie an und lassen Sie mich wissen, wann Sie kommen.«

Donny steckte sein Notizbuch ein, spulte das Band zurück, stieg auf die Couch und stellte den Rekorder in den Drahtkäfig. »Ich kann den alten Gerber nicht ausstehen«, sagte er zu Kay. »Sooft ich es ihm auch verbiete, jedes Mal, wenn ich etwas für ihn repariere, steigt er in den Lieferwagen und redet auf mich ein, während ich arbeite. Und überhaupt muss ich zuerst ins Motel. Dort wird bar bezahlt. Ich habe schon eine Menge Geld für uns zusammen, Kay.« Er stieg von der Couch herunter. »Und jetzt lese ich dir vor. Zeig mir, welches Buch du noch nicht angesehen hast.«

»Schon am ersten Tag im Chor, als Kay ihre Hände auf

meine Brust legte und sagte, ich solle singen, spürte ich, dass zwischen uns etwas Besonderes und Schönes war.« Donny las und trank die Limonade dabei. Seine Stimme wurde ruhiger, als er von den vielen Telefonanrufen sprach, in denen sie ihn gebeten hatte, zu ihr zu kommen. Kay hielt es kaum aus. Immer und immer wieder sprach er davon, wie glücklich er wäre, mit ihr zu sterben, wie wundervoll es wäre, bei der Verteidigung seines Anrechts auf sie den Tod zu finden.

Er beendete das Vorlesen und lächelte. »Oh, ich habe das ganz vergessen«, sagte er. Er nahm sich die lockige rote Perücke ab und enthüllte seinen kahl werdenden Kopf mit dem schütteren Haar. Er lehnte sich nach vorn und nahm zum ersten Mal die blauen Kontaktlinsen heraus. Seine eigenen Pupillen, erdig braun mit vereinzelten grünen Flecken, starrten sie an. »Magst du mich, so wie ich bin, am liebsten?«, fragte er. Ohne die Antwort abzuwarten, ging er um den Tisch und zog ihren Stuhl vor. »Ich muss ins Motel gehen. Ich bringe dich ins Wohnzimmer, Kay.«

Vina Howard und ihre Verkäuferin Edna verbrachten fünf angenehme Minuten mit Tratsch über die beiden, die gerade das weiße Kleid gekauft hatten. »Ich könnte schwören, dass die auf dem Trip waren«, sagte Edna. »Wir waren uns doch beide einig, dass das Kleid nichts taugte. Sie wollten es gerade heruntersetzen, oder? Und jetzt haben Sie den vollen Preis bekommen. Noch dazu in bar.«

Vina stimmte zu. »Er sah wirklich total verrückt aus. Er färbt seine Haare. Das könnte ich beschwören.« Die Tür ging auf, und eine neue Kundin kam herein. Vina half ihr bei der Auswahl von einigen Röcken und führte sie dann zu den Umkleidekabinen. Ihr plötzlicher Wutausbruch verblüffte sowohl Edna wie die Kundin.

»Sehen Sie sich das an«, brach es aus Vina hervor. Mit

zitternden Fingern zeigte sie auf das H an der Wand. »Sie war noch schlimmer als er«, kochte sie. »Jetzt wird uns die Tapete nicht für beide Wände reichen. Wenn ich die in die Finger kriegen würde.« Selbst die mitfühlenden Äußerungen der Kundin und Ednas erneuter Hinweis darauf, dass sie das Kleid zum vollen Preis verkauft hatte, konnten Vinas Wut nicht besänftigen.

Vina schäumte innerlich vor Zorn. Auch als sie um sechs Uhr den Laden schloss und zu Fuß nach Hause ging, war ihre Wut nicht verraucht. So starrte sie auf das Plakat, das an dem Telefonmasten hing, und es wurde ihr nicht bewusst, dass die Frau, deren Gesicht sie sah, die gleiche unglückliche Kreatur war, die das letzte Stück ihrer Tapete ruiniert hatte.

Es war schon fast neun Uhr, als Mike ins Garden View Motel zurückkam. Es war heiß und stickig geworden, und sobald er aus dem Wagen mit der Klimaanlage ausgestiegen war, bildeten sich Schweißperlen auf seiner Stirn. Er ging zum Motel hinüber. Plötzlich wurde ihm schwindlig; er blieb stehen und lehnte sich gegen den Wagen, an dem er gerade vorüberging. Es war ein dunkelgrauer Lieferwagen. Ihm fiel ein, dass er außer dem Sandwich bei Virginia noch nichts gegessen hatte. Er ging in sein Zimmer und hörte das Tonband ab. Es war keine Nachricht hinterlassen worden.

Die Cafeteria war noch geöffnet. Nur drei oder vier Tische waren besetzt. Er bestellte ein Steak-Sandwich und Kaffee. Die Bedienung lächelte ihn mitfühlend an. »Sie sind der Mann, dessen Frau vermisst wird. Viel Glück. Ich bin sicher, dass alles gut wird. Ich habe ein Gefühl für so etwas.«

»Danke.« *Ich wollte, bei Gott, ich hätte das Gefühl auch,* dachte Mike. Andererseits, wenigstens nahmen die Leute von Kays Bild Notiz.

Die Bedienung entfernte sich und brachte dem Mann, der ein paar Tische weiter saß, eine Essenstüte und die Rechnung. »Du hast heute lange gearbeitet, was, Donny?«, fragte sie.

Um sechs Uhr fuhr Donny weg. Sobald sich das Geräusch des Wagens entfernt hatte, suchte Kay in der Kleiderschachtel nach dem Schraubenzieher. Wenn es ihr gelänge, die Metallplatte von der Wand zu lösen, könnte sie das Telefon erreichen. Aber als sie das schwere Vorhängeschloss betrachtete, wusste sie, dass es zwecklos sein würde. Entweder die Metallplatte oder gar nichts.

Sie schleppte sich zu der Platte und setzte sich auf den Boden. Die Schrauben saßen so fest, als wären sie eingeschweißt worden. Der Schraubenzieher war klein. Minuten verstrichen, eine halbe Stunde, eine Stunde. Sie arbeitete weiter und achtete weder auf die Hitze und den Schweiß, der ihren Körper überströmte, noch auf die Erschöpfung in ihren Fingern. Schließlich wurden ihre Anstrengungen belohnt. Eine der Schrauben begann sich zu drehen. Entsetzlich langsam gab sie nach und war endlich lose. Sorgfältig befestigte sie sie so, dass sie nicht herunterfiel. Dann versuchte sie es bei der nächsten Schraube. Wie viel Zeit war vergangen? Wie lange würde Donny wegbleiben?

Nach einer Weile wurde sie vollkommen gefühllos. Sie arbeitete wie ein Roboter ungeachtet des Schmerzes in ihren Armen und Händen und ungeachtet des Krampfs in ihren Beinen. Gerade hatte sie bemerkt, dass sich die zweite Schraube bewegte, als sie aus der Entfernung das Geräusch des Lieferwagens hörte. Verzweifelt schleppte sie sich zur Couch, schob den Schraubenzieher zwischen die Sprungfedern und nahm das Heft, das Donny auf der Couch hatte liegen lassen.

Quietschend öffnete sich eine Tür. Donnys schwere Schritte hallten auf den Dielen. Er hielt eine Tüte in der Hand. »Ich habe dir einen Hamburger und Soda gekauft«, sagte er. »Ich habe Mike Crandell in der Cafeteria getroffen. Dein Bild hängt überall aus. Es war keine gute Idee, dass du mich gezwungen hast, mit dir zum Einkaufen zu gehen. Wir werden unseren Hochzeitstag verschieben müssen. Ich muss am Morgen ins Motel gehen – sie würden es merkwürdig finden, wenn ich dort nicht auftauchen würde. Und sie schulden mir noch Geld. Aber wenn ich zurückkomme, dann heiraten wir und gehen von hier weg.«

Die Entscheidung schien ihn beruhigt zu haben. Er ging zu ihr hinüber und legte die Tüte auf die Couch. »Freut es dich, dass ich immer, wenn ich für mich etwas kaufe, auch an dich denke?« Innig küsste er sie auf die Stirn.

Kay versuchte keine Abwehr zu zeigen. Bei dem dämmrigen Licht konnte er zumindest nicht erkennen, wie geschwollen ihre Hände waren. Und morgen früh würde er ins Motel arbeiten gehen. Das bedeutete, dass ihr nur noch ein paar Stunden blieben, bevor sie mit ihm verschwinden würde.

Donny räusperte sich. »Ich werde ein furchtbar nervöser Bräutigam sein, Kay«, sagte er. »Wir wollen unser Gelöbnis jetzt üben. Ich, Donald, nehme dich, Kay …«

Er kannte die Worte, die bei der traditionellen Zeremonie üblich waren, auswendig. Kays Gedanken waren erfüllt von der Erinnerung an den Moment, als sie sagte: ›Ich, Katherine, nehme dich, Michael.‹ O Mike, dachte sie, Mike.

»Nun, Kay?« Der scharfe Ton kehrte in Donnys Stimme zurück.

»Ich habe kein so gutes Gedächtnis wie du«, sagte sie.

»Vielleicht ist es besser, wenn du den Wortlaut aufschreibst, dann kann ich morgen üben, wenn du bei der Arbeit bist.«

Donny lächelte. In dem dämmrigen Licht sah es aus, als lägen seine Augen tief in ihren Höhlen, sein schmales Gesicht erschien fast skelettartig. »Ich denke, das wäre hübsch«, sagte er. »Warum isst du deinen Hamburger nicht?«

In dieser Nacht hielt Kay ihre Augen fest geschlossen, ihren Atem zwang sie, gleichmäßig zu klingen. Es war ihr bewusst, dass Donny kam und ging und sie beobachtete. Aber ihr ganzes Denken richtete sich allein auf eine Tatsache: Selbst wenn sie es schaffte, die Metallplatte zu lösen, bevor er zurückkam, gab es keine Garantie, dass sie ihm entfliehen konnte. Wie weit käme sie in diesen unbekannten Wäldern mit den Fesseln an einem Fuß und mit der Last der Platte und der Kette?

Auf der Route 95 Süd herrschte starker Verkehr. Marian Martin spürte, dass der leicht anhaltende Kopf-schmerz vermutlich daher rührte, dass sie mittags nur ein kleines Sandwich gegessen hatte. Eine Tasse Tee und eine Semmel, dachte sie sehnsüchtig. Aber das nicht nachlassende Gefühl der Dringlichkeit ließ sie den Fuß auf dem Gaspedal halten, bis sie um zehn vor sieben in die Einfahrt von Virginia O'Neils Haus in Jefferson Township einbog.

Virginia hatte im Wohnzimmer Käse und Crackers und eine gekühlte Karaffe mit Wein bereitgestellt. Dankbar verzehrte Marian den Briekäse, trank Chablis und sah sich in dem freundlich möblierten Wohnzimmer um, in dessen Nische ein mit Notenblättern bedeckter Flügel stand.

Die Notenblätter erinnerten Marian plötzlich an etwas. »Du hast doch in Kay Wesleys Chorklasse Klavier gespielt?«

»Nicht das ganze Jahr hindurch. Nur im letzten Semester, als Kay unterrichtete.«

»An irgendetwas im Zusammenhang mit dieser Klasse versuche ich mich zu erinnern«, sagte Marian voller Ungeduld.

Zum Abendessen gab es Hähnchen in Zitronensoße mit wildem Reis und Salat, aber so hungrig Marian auch war, wusste sie kaum, was sie zu sich nahm. Sie bestand darauf, die Bilder des Schultreffens anzusehen, während sie aß. Rudy Kluger war groß und schlank gewesen. Als er Wendy Fitzgerald ermordete, war er Anfang dreißig. Das hieß, er müsste jetzt um die fünfzig sein. Marian ging die Bilder schnell durch. Die ältesten Schüler mussten nun im Alter von ungefähr vierzig Jahren sein. Es dürften nicht viele ältere Männer auf dem Foto sein.

Sie hatte Recht. Die wenigen, die sie sah, ähnelten nicht im Entferntesten Rudy. Während sie die Fotos durchging, erzählte ihr Virginia, dass Mike Kays Bild in den umliegenden Städten verteilte und dass der Detective anfangs an keinen Kriminalfall geglaubt hatte, nun aber aktiv bei der Suche mithalf. »Er ist heute bis spät abends in seinem Büro«, sagte Virginia. »Er bat mich, ihn anzurufen, falls wir auf etwas stoßen sollten.« Sie nahm ihren Stuhl und setzte sich neben Marian; in der Zwischenzeit räumte Jack den Tisch ab und servierte den Kaffee. Virginia nahm ein Bild heraus. »Sehen Sie«, sagte sie, »das war am Schluss. Kay hatte gerade den Hot Dog gegessen. Sie verabschiedete sich von den Leuten, die um sie standen. Ich habe als Letzte mit ihr gesprochen. Dann ging sie den Weg entlang zum Parkplatz.«

Marian betrachtete das Bild eingehend. Kay stand nahe bei dem Weg. Plötzlich erkannte Marian etwas in dem Wäldchen, das neben dem Parkplatz lag. »Hast du ein Vergrößerungsglas?«, fragte sie.

Ein paar Minuten später waren sie sich einig. Halb verborgen hinter einer Ulme war etwas zu sehen, das durchaus ein Mann sein konnte, der nicht gesehen werden wollte. »Das bedeutet vermutlich gar nichts«, sagte Marian und versuchte, nicht aufgeregt zu klingen. »Aber vielleicht sollte ich doch mit dem Detective sprechen.«

Jimmy Barrot saß an seinem Schreibtisch, als ihn der Anruf erreichte. Wie es der Zufall wollte, sah er sich gerade die Akte von Rudy Kluger durch, der vor zwanzig Jahren eine sechzehnjährige Schülerin an der Garden State High School ermordet hatte, nachdem er ihr in dem Wäldchen bei dem Picknickgelände aufgelauert hatte. Rudy Kluger war vor sechs Wochen aus dem Gefängnis entlassen worden und hatte bereits gegen die Auflagen seiner Bewährung verstoßen, indem er sich nicht bei der Polizei gemeldet hatte.

Jimmy Barrot fühlte, wie sich ihm die Kehle zuschnürte, als er der früheren Vertrauenslehrerin zuhörte, die glaubte, jemand hinter einem Baum auf der Lauer zu sehen, gerade in dem Moment, als Kay Crandell das Fest verließ, und die sich wegen Rudy Kluger schreckliche Sorgen machte.

»Miss Martin«, sagte Jimmy Barrot. »Ich will es Ihnen ganz offen sagen. Rudy Kluger ist aus dem Gefängnis entlassen worden. Wir fahnden bereits nach ihm. Aber wollen Sie mir bitte einen Gefallen tun? Tun Sie so, als würde Kluger nicht existieren. Sehen Sie sich die Bilder ohne alle Vorurteile an. Ich weiß nicht warum, aber ich habe das Gefühl, dass Sie auf etwas kommen werden, das uns weiterhilft.«

Sie wusste, wie Recht er bezüglich der Vorurteile hatte. Marian legte auf und vertiefte sich wieder in die Betrachtung der Bilder.

Um halb zwölf konnte sie die Augen nicht mehr offen

nigen Vorwand vorbeizuschauen. Jack hatte es satt. Wenn er erst einmal in ihrer Wohnung war, saß Bill meistens zwei Stunden wie angewurzelt, bis sie ihn entweder loswurde oder zum Essen einlud.

»Ich glaube, Nora«, sagte Bill, »ich glaube, heute ist mein Glückstag. Heute Nachmittag wird ein Haupttreffer gezogen.«

Der Jackpot der staatlichen Lotterie stand bei dreizehn Millionen Dollar. Es war seit sechs Wochen kein Hauptgewinn mehr gezogen worden. »Ich habe vergessen, ein Los zu kaufen«, sagte Nora zu ihm. »Aber ich glaube nicht, dass ich Glück hätte.« Sie kramte Kleingeld aus der Börse. »Ich muss mich beeilen. Ich habe ein Vorsprechen.«

»Hals- und Beinbruch.« Bill war offensichtlich stolz auf seinen Showbusiness-Jargon. »Ich sage es Ihnen immer wieder. Sie sind das Ebenbild von Rita Hayworth in *Gilda.* Sie werden noch ein Star.« Sie sahen einander einen Moment in die Augen. Nora bekam eine Gänsehaut. Der übliche kummervolle Ausdruck war aus Bills hellblauen Augen verschwunden. Strähnen weißblonden Haares wehten ihm in die Stirn. Sein Lächeln schien festgefroren zu sein.

»So oder so, vielleicht haben wir beide Glück«, sagte sie. »Bis später, Bill.«

Im Theater waren bereits neunzig Hoffnungsvolle vor ihr. Sie bekam eine Nummer und versuchte, einen Sitzplatz zu ergattern. Ein bekanntes Gesicht kam herüber. Letztes Jahr hatten sie und Sam Nebenrollen in einem Film von Bogdanovich gehabt.

»Wie viele Rollen besetzen sie?«, fragte sie.

»Zwei. Eine für dich. Eine für mich.«

»Sehr witzig.«

Es war ein Uhr, bis sie endlich vorsprechen konnte. Es war unmöglich zu sagen, ob sie gut gewesen war. Produzent und Autor saßen mit gleichgültigen Gesichtern da.

Sie stellte sich für eine Anzeigenwerbung vor, dann sprach sie für einen Werbefilm von J. C. Penney. Wäre nicht schlecht, die Rolle zu bekommen; würde mindestens drei Tage Arbeit bedeuten.

Sie hatte ursprünglich noch einmal anderswo vorsprechen wollen, aber um sechzehn Uhr dreißig beschloss sie, es zu vergessen und nach Hause zu gehen. Das ständige Gefühl des Unbehagens, das sie den ganzen Tag über gehabt hatte, war zu einer schwarzen Wolke der Besorgnis geworden. Sie ging quer durch die Stadt zur U-Bahn, kam gerade zum Bahnsteig, als ihre Bahn wegfuhr, und setzte sich voll ergebener Resignation auf eine mit Graffiti verschmierte Bank.

Nun hatte sie Zeit für das, was sie den ganzen Tag vermieden hatte. Nachdenken. Über Jack. Über sich und Jack. Über die Tatsache, dass die Wohnung in eine Eigentumswohnung umgewandelt wurde und sie es sich nicht leisten konnten, sie zu kaufen. Über Jack, der wieder eine andere Stelle angenommen hatte. Selbst in Manhattan gab es nur eine begrenzte Zahl Anlageberater, und von dem, für den er jetzt arbeitete, hatte sie noch nie etwas gehört.

Ernsthaft. Jack verabscheute Finanzgeschäfte. Er hatte sich nur darauf eingelassen, damit sie ein Einkommen hatten, während sie versuchte, den Durchbruch als Schauspielerin zu schaffen, und er an Wochenenden schrieb. Als sie in New York angekommen waren, waren ihre Collegezeugnisse noch feucht und die Eheringe neu gewesen; sie selbst waren gewiss, dass sie in Manhattan kometenhaft aufsteigen würden. Und jetzt, sechs Jahre später, zeigte sich Jacks Frustration auf hunderterlei Weise.

Ein überfüllter Zug fuhr in die Haltestelle ein. Nora stieg ein, zwängte sich von der Tür weg und ergriff eine Haltestange. Während sie sich in der schwankenden Bahn um Gleichgewicht bemühte, wurde ihr klar, dass es angefangen haben musste zu regnen. Die Leute, an die sie sich drängte, hatten feuchte Mäntel, der schwere, schimmlige Geruch nasser Schuhe erfüllte den Wagen.

Nach diesem Tag war das Apartment ein willkommener Hafen. Sie konnten den East River, Triborough Bridge und Gracie Mansion überblicken. Nora konnte sich nicht vorstellen, dass keiner von ihnen in Manhattan geboren worden war. Sie *waren* einfach New Yorker. Wenn sie doch nur eine dauerhafte Rolle in einer Seifenoper bekommen könnte, dann würde sie eine Zeit lang das Einkommen bestreiten und Jack die Möglichkeit geben zu schreiben. Ein paarmal war sie nahe dran gewesen. Irgendwann würde sie Glück haben.

Sie hätte ihn heute Morgen nicht anschreien sollen. Es war ihm so peinlich gewesen, als er eingestehen musste, dass er die Stelle bei Merrill Lynch verloren hatte. War sie unbewusst so kritisch geworden, dass er nicht mehr mit ihr reden konnte, oder hatte er sein Selbstvertrauen schon so sehr verloren? Ich liebe dich, Jack, dachte sie. Sie ging in die Küche und holte einen Keil Cheddar und eine Dolde Trauben aus dem Kühlschrank. Wenn er nach Hause kam, würde daneben noch eine Karaffe Wein warten. Nachdem sie die Platte angerichtet, Weingläser geholt, Sofakissen aufgeschüttelt und die Lampen schwächer gestellt hatte, sodass sie nur noch sanft leuchteten und das Panorama von Manhattan betonten, hatte Noras Gefühl der Sorge etwas nachgelassen. Erst als sie ins Schlafzimmer ging, um sich einen Kaftan anzuziehen, stellte sie fest, dass das Licht des Anrufbeantworters blinkte.

Es war nur eine Nachricht auf dem Band. Sie war von

Bill Regan. Seine Stimme, ein aufgeregtes, krächzendes Schnaufen, sagte: »Nora, gehen Sie nicht weg. Ich muss mit Ihnen feiern. Ich werde um sieben bei Ihnen sein. Nora, ich hab's Ihnen gesagt. Ich wusste es. *Es ist mein Glückstag.*«

Großer Gott. Das würde Jack noch fehlen, dass Bill Regan heute Abend hier war. Glückstag. Musste die Lotterie sein. Wahrscheinlich hatte er wieder ein paar hundert Piepen gewonnen. Dann würde er wirklich den ganzen Abend bleiben oder darauf bestehen, sie zum Essen in eine Cafeteria einzuladen.

Wenn Jack später kam, rief er immer an. Heute Abend nicht. Um sechs Uhr knabberte Nora an einer Scheibe Käse, um halb sieben schenkte sie sich ein Glas Wein ein. Wenn Jack heute nur früher gekommen wäre. Dann hätten sie wenigstens ein wenig Zeit vor Bills Besuch gehabt.

Um halb acht war immer noch niemand da. Es sah Bill nicht ähnlich, dass er zu spät kam. Wenn er es sich anders überlegt hätte, hätte er sicher angerufen. Verdruss mischte sich mit ihrer Besorgtheit. Ob er kam oder nicht, der Abend war verdorben. Und wo blieb Jack?

Um acht wusste Nora nicht, was sie machen sollte. Sie konnte sich nicht an den Namen von Jacks neuer Firma erinnern. Der Botendienst im Fisk Building auf der West Fifty-Seventh Street, wo Bill arbeitete, hatte geschlossen. Ein Unfall? Wenn sie nur die Nachrichten angesehen hätte. Und Bill ging immer durch den Central Park, wenn er zu ihnen kam. Er sagte, dadurch würde er in Form bleiben. Er ging sogar bei Regen zu Fuß. Dreißig Blocks durch den Park. An so einem Abend waren keine Jogger unterwegs. War ihm etwas zugestoßen?

Jack kam gegen halb neun. Sein schmales, scharf geschnittenes Gesicht war totenblass, die Pupillen geweitet.

Als sie zu ihm geeilt war, nahm er sie in die Arme und wiegte sie sanft. »Nora, Nora.«

»Jack, was ist passiert? Ich habe mir solche Sorgen gemacht. Du und Bill, beide so spät.«

Er wich zurück. »Erzähl mir nicht, dass du auf Bill Regan wartest.«

»Doch, er hat angerufen. Er wollte um sieben hier sein. Jack, was ist denn los mit dir? Das heute Morgen tut mir Leid. Ich wollte dich nicht verärgern. Es ist mir egal, ob du die Stelle gewechselt hast. Ich mache mir nur deinetwegen Sorgen ... Vielleicht kann ich das Schauspielern eine Zeit lang aufgeben und mir einen Job suchen, der regelmäßig Geld bringt. Ich werde dir deine Chance geben. Jack, ich liebe dich.«

Sie hörte einen erstickten Laut, dann spürte sie, wie seine Schultern bebten. Jack weinte. Nora zog seinen Kopf herunter und schmiegte ihn an ihr Gesicht. »Tut mir Leid. Ich wusste nicht, dass es so schlimm für dich ist.«

Er antwortete nicht, sondern drückte sie nur an sich. Nora und Jack. Sie hatten einander vor zehn Jahren kennen gelernt, an ihrem ersten Tag am Brown College. Die stille Kraft, die sie in ihm spürte, hatte sie angezogen, sein schmales, intelligentes Gesicht, das rasche Lächeln, das seinen sonst ernsten Gesichtsausdruck aufhellte. Junge trifft Mädchen. Nach dieser Begegnung hatte sich keiner mehr um einen anderen Partner gekümmert.

Jetzt half sie ihm, den Burberry aus dem Schlussverkauf abzustreifen. »Jack, du bist tropfnass!«

»Stimmt. Liebling, ich möchte mit dir reden, aber ich werde warten. Du sagst, dass Bill kommt.« Er wollte lachen, aber dann stiegen ihm wieder Tränen in die Augen.

Er befolgte ihre Anweisung, heiß zu duschen, wie ein gehorsames Kind. Es war etwas geschehen, aber sie sollten wirklich nicht darüber reden, bevor Bill Regan gekommen und wieder gegangen war.

Was war mit Bill Regan? Er wohnte in Queens. Er hatte ihnen Bilder von dem heruntergekommenen Bungalow gezeigt. Vielleicht stand seine Nummer im Telefonbuch. Es schien unmöglich, dass er einfach vergessen hatte zu kommen, aber er war immerhin siebenundfünfzig Jahre alt.

Im Telefonbuch von Queens standen ein Dutzend William Regans. Nora dachte verzweifelt nach, ob sie sich an die Adresse erinnern konnte. Sie legte auf und kramte die Liste der Weihnachtskartenempfänger vor. Sie hatte Bill letztes Jahr um seine Adresse gebeten, damit sie ihm eine Karte schicken konnte. Sie fand die Adresse, wählte wieder das Amt und bekam die Nummer. Aber Bills Telefon wurde nicht abgenommen.

Sie hörte ein scharfes, metallisches Geräusch aus dem Badezimmer. Was, um Himmels willen, trieb Jack? Der Gedanke rauschte durch ihren Verstand und verschwand wieder, während sie Bills Nummer noch einmal wählte. Er war einfach nicht zu Hause.

Jack kam in Pyjama und Morgenmantel heraus. Er schien jetzt ruhiger zu sein, obwohl seine Nervosität die Luft buchstäblich wie Elektrizität knistern ließ. Er schüttete ein Glas Wein hinunter und machte sich gierig über die Käseplatte her.

»Du musst am Verhungern sein. Ich habe noch Spaghettisauce von gestern Abend übrig.« Nora ging kleinlaut in die Küche.

Jack folgte ihr. »Ich bin nicht hilflos.« Er machte einen Salat, während sie das Wasser für die Teigwaren aufstellte. Einen Augenblick später hörte sie ihn heftig durchatmen. Sie drehte sich um. Jack hatte sich schlimm in den Finger geschnitten. Blut spritzte aus der Wunde. Seine Hände zitterten. Er versuchte, ihre Angst zu zerstreuen. »Wie ungeschickt. Das Messer ist einfach abgerutscht. Schon gut, Nora. Bring mir nur ein Pflaster oder so etwas.«

Sie konnte ihn nicht davon überzeugen, dass der Schnitt tief war und vielleicht genäht werden musste. »Ich sage dir doch, dass es nicht schlimm ist.«

»Jack, was ist los? Bitte sag es mir. Wenn du deinen verfluchten neuen Job verloren hast, vergiss es. Wir werden es schaffen.«

Er fing an zu lachen, ein humorloses Bellen, das tief aus der Brust kam, ein Lachen, das sie zu verspotten und auszuschließen schien. »Liebling, es tut mir Leid«, brachte er schließlich heraus. »Mein Gott, was für ein verrückter Abend. Komm schon. Hol mir ein Pflaster, und dann essen wir. Wir reden später. Momentan sind wir beide zu aufgeregt.«

»Ich decke für drei Personen, falls Bill noch kommt.«

»Warum nicht für vier? Vielleicht hat er eine Blondine aufgerissen.«

»Jack!«

»Komm schon, essen wir etwas und bringen es hinter uns.«

Sie aßen schweigend, und der leere Teller rechts von Nora war eine stumme Erinnerung daran, dass Bill lange überfällig war. Im flackernden Licht der Kerzen nahm der Verband um Jacks Finger eine Rotfärbung an, die bald zu einem dunkelbraunen Flecken wurde.

Die Bologneser Sauce war Noras Spezialität, aber sie bekam sie kaum hinunter. Die Farbe ähnelte so sehr dem Blut an Jacks Finger. Ihre Sorge erzeugte eine Spannung, die die Schulterblätter verkrampfte. Schließlich stieß sie den Stuhl zurück. »Ich muss unbedingt die Polizei anrufen und nachfragen, ob jemand, auf den Bills Beschreibung zutrifft, einen Unfall gehabt hat.«

»Nora, Bill macht Botengänge in ganz Manhattan. Mit welchem Revier möchtest du denn anfangen?«

»Mit dem, das für den Central Park zuständig ist. Wenn er einen Unfall hatte oder bei der Arbeit krank wurde, hätte ihn jemand ins Krankenhaus gebracht. Aber du weißt ja, wie verrückt er darauf ist, zu Fuß durch den Park zu gehen.«

Sie rief das hiesige Revier an. »Der Park hat ein eigenes Revier – das zweiundzwanzigste. Ich gebe Ihnen die Nummer.«

Der Dienst habende Sergeant, mit dem sie verbunden wurde, war herzerfrischend beruhigend. »Nein, Ma'am, keine Meldungen über Probleme im Park. Heute Nacht versuchen selbst die Straßenräuber, nicht nass zu werden.« Er lachte über seinen eigenen Witz. »Ich werde aber gerne seinen Namen, die Personenbeschreibung und Ihren Namen aufschreiben. Aber machen Sie sich keine Sorgen. Wahrscheinlich hat er sich nur verspätet.«

»Würden Sie wissen, wenn er ins Krankenhaus gegangen wäre, weil er sich nicht wohl gefühlt hat?«

»Soll das ein Witz sein? Wir kümmern uns nur um die Notfallpatienten, die mit einer Schuss- oder Stichwunde eingeliefert werden, oder die, die wir selbst hinbringen. Man kann nicht jedes Mal einen Polizisten schicken, wenn jemand Bauchweh bekommt, oder?«

»Meinen Sie, ich sollte selbst die Unfallaufnahmen anrufen?«

»Könnte nicht schaden.«

Nora erzählte Jack rasch, was der Polizist gesagt hatte, und stellte fest, dass Jack irgendwie ruhiger wirkte. »Ich suche die Nummern heraus, du wählst«, sagte er.

Sie fingen mit den größten Krankenhäusern von Manhattan an. Ein Mann, auf den Bills Beschreibung zutraf, war ohne Ausweispapiere ins Roosevelt eingeliefert worden. Er war gegen halb sieben auf der Fifty-Seventh Street nahe Eighth Avenue von einem Auto angefahren worden. Ob Nora vorbeikommen und ihn identifizieren könnte, ob er Bill Regan war. Er lag im Koma, und sie brauchten die Erlaubnis eines Verwandten, um operieren zu können.

Sie war sicher, dass es Bill war. »Er hat irgendwo in Maryland eine Nichte«, sagte sie. »Wenn es Bill ist, kann ich zu ihm gehen und ihren Namen herausfinden.«

Sie wollte nicht, dass Jack mitkam, aber er bestand darauf. Sie zogen sich an; der blutige Verband um seinen Finger hinterließ Streifen auf der Unterwäsche, Pullover und Jeans. Als er seine Adidas anzog, deutete er aufs Bett. »Ich kann dir gar nicht sagen, wie ich mich darauf gefreut habe, heute Nacht mit dir in der Falle zu sein.«

»Vergangenheitsform?« Die Antwort war automatisch. Sie sah im Geiste Bills Gesicht vor sich. Der gute alte Mann, bei dem Einsamkeit so sehr Teil seines Ausdrucks war, der schwatzen und schwatzen und schwatzen musste, damit jemand bei ihm blieb, damit ihm jemand zuhörte. *»Und Nora, ich habe zu mir gesagt: Du kannst nicht in Queens bleiben. Ohne May ist das Haus unnütz. Das Dach müsste gemacht werden, der Garten macht zu viel Arbeit. Etwas Glück, dann werde ich mit anderen alten Menschen in Florida sein. Vielleicht finde ich sogar ein Altenheim wie in* Cocoon, *wo ich eine Menge neue Freunde finden kann.«*

Sie fuhren mit dem Taxi zum Roosevelt Hospital. Das Unfallopfer lag in einem von Vorhängen abgetrennten Teil der Intensivstation, hatte Schläuche in den Nasenlöchern, ein Bein in einer Schiene, eine Infusionsnadel im Arm. Er atmete schwer und unregelmäßig. Nora griff nach Jacks Hand. Der Mann hatte die Augen geschlossen, ein Verband bedeckte das halbe Gesicht. Aber die dünnen grauen Haarsträhnen waren zu schütter. Bill hatte dichtes

Haar. Das hätte sie ihnen sagen sollen. »Das ist nicht Mr Regan«, sagte Jack zu dem Arzt.

Als sie sich abwandten, bat Nora Jack, er solle seinen Finger versorgen lassen.

»Verschwinden wir von hier«, antwortete er.

Sie eilten hinaus, weil sie beide den Gestank von Medizin und Desinfektionsmitteln hinter sich bringen wollten, als eine Bahre hereingerollt wurde. »Motorrad«, sagte ein Arzthelfer. »Der dumme Bengel ist vor einen Bus gefahren.« Er hörte sich wütend und frustriert an, als würde ihn die Last selbst zugefügten menschlichen Leids niederdrücken.

Als sie zu Hause waren, läutete das Telefon. Nora lief hin und nahm ab.

Es war der Polizeisergeant, der so fröhlich geklungen hatte, als sie vorhin mit ihm sprach. »Mrs Barton, ich fürchte, Ihre Vorahnung war richtig. Wir haben im Central Park Nähe Seventy-Fourth Street eine Leiche gefunden. Ausweis William Regan. Wir würden Sie gerne für eine eindeutige Identifizierung herbitten.«

»Sein Haar. Es ist dicht… weißblond, aber dicht, für einen alten Mann wirklich voll. Sehen Sie, der andere Mann war es nicht. Ein Irrtum. Vielleicht ist das auch ein Irrtum.«

Aber sie wusste, es war kein Irrtum. Sie hatte heute Morgen *gewusst,* dass Bill etwas zustoßen würde. Als sie sich von ihm verabschiedet hatte, hatte sie es *gewusst.* Sie spürte, wie Jack ihr das Telefon wegnahm. Sie hörte benommen zu, wie er sagte, ja, er würde gleich zur Leichenhalle kommen und den Mann identifizieren. »Es wäre mir lieber, wenn meine Frau nicht… Gut. Ich verstehe.« Er legte den Hörer auf und wandte sich ihr zu.

Sie sah wie durch eine geborstene Glasscheibe, wie sich ein grauer Schatten um seinen Mund bildete, wie ein winziger Muskel an der Wange zu zucken anfing. Er wollte die Hand darauf drücken, doch dann zuckte er vor Schmerzen zusammen. Rot quoll aus dem Verband. Dann hatte Jack die Arme um sie gelegt. »Liebling, ich bin sicher, dass es Bill ist. Sie möchten, dass wir beide kommen. Ich wünschte, ich könnte es dir ersparen, aber sie wollen mit dir reden. Bill hat einen Schädelbruch. Er hat kein Geld bei sich. Sie glauben, es war ein Räuber.«

Seine Arme waren Stahlbänder, die sie umschlossen. Sie versuchte ihn wegzustoßen. »Du tust mir weh ...«

Er schien sie nicht zu hören. »Nora, bringen wir es hinter uns. Versuch daran zu denken, dass Bill ein langes Leben hatte. Morgen ... oh, Liebes, morgen, du musst einfach abwarten. Die ganze Welt – alles wird anders *scheinen* ... anders *sein.*« Obwohl der Schock in Wellen durch sie lief und Gefühle von Fassungslosigkeit und Schmerz in ihr erzeugte, bemerkte Nora, wie anders Jacks Stimme klang, schrill, beinahe hysterisch.

»Jack, lass mich los.« Sie selbst schrie. Er ließ die Arme sinken und sah sie an.

»Nora, es tut mir Leid. Habe ich dir wehgetan? Ich habe gar nicht gemerkt ... O Gott, bringen wir es hinter uns.«

Sie nahmen sich zum dritten Mal innerhalb von zwei Stunden ein Taxi. Dieses Mal mussten sie lange, kalte Minuten warten. Zwölftausend Taxis in Manhattan, und jedes einzelne war besetzt.

Der Regen wurde zu Hagel. Harte, scharfkantige Körner wurden Nora ins Gesicht geweht. Nicht einmal ihr Regenmantel, den sie mit Filz von der Jacke, die sie am College getragen hatte, gefüttert hatte, konnte verhindern, dass sie zitterte. Jacks Regenmantel war so durchnässt gewesen, dass er ihn nicht anziehen konnte, und sein normaler Mantel wurde ebenfalls nass, obwohl er vergeblich hin und her hüpfte. Schließlich hielt ein freies Taxi vor ihnen. Das Fenster ging einen Schlitz auf. »Wie weit fahren *Sie?«*

»Zum ... Ich meine Thirty-First und First.«

»Gut. Steigen Sie ein.«

Der Taxifahrer war redselig. »Heute Abend ist beschissen zu fahren. Ich werde früh zusammenpacken. In so einer Nacht sollte man daheim im Bett sein.«

Inzwischen sollte Bill auch zu Hause sein, in dem schäbigen kleinen Haus, das er und May 1931 gekauft hatten. Er hätte in seinem Bett sterben sollen, dachte Nora. Er hatte nicht verdient, im Regen und der Kälte zu liegen. Wie lange war er dort gewesen? War er sofort tot gewesen? Wenigstens das, betete sie.

Es war deutlich, dass der Mann, der auf sie zukam, als sie das Gebäude betreten hatten, auf sie wartete. Er schien Ende dreißig zu sein, mit sandfarbenem Haar und stechenden, schmalen Augen. Er stellte sich als Detective Peter Carlson vor und führte sie in ein kleines Büro. »Ich bin ziemlich sicher, dass Sie die Identifizierung bestätigen werden, wenn Sie den Leichnam sehen«, sagte er. »Wenn Sie sich dazu imstande fühlen, würde ich die Identifizierung gleich vornehmen. Aber wenn Sie glauben, dass es Sie zu sehr mitnimmt, sollten wir uns vorher vielleicht unterhalten.«

»Ich will ganz sicher sein.« Sie wusste, dass er sie betrachtete. Was sah er? Sie mussten ein mitgenommenes Paar abgeben. Fragte er sich, warum sie so beharrlich angerufen und ein mutmaßliches Opfer gemeldet hatte, bevor dieses überhaupt gefunden worden war? Aber Meldungen über vermisste Personen lesen sich doch immer so, oder nicht? *»Könnte Opfer eines Verbrechens geworden sein.«*

Jacks Fuß tapste auf dem Boden, ein konstantes, nervtötendes Stakkato – Jack, der immer so ruhig schien, den man förmlich bedrängen musste, damit er Schmerzen oder Sorgen preisgab. Der Tag hatte damit angefangen, dass sie ihn gescholten hatte. Hatte sie irgendwie einen schützenden Panzer zerbrochen, den er brauchte?

Wie nach dem Hinweis eines verborgenen Souffleurs standen die drei plötzlich auf. »Wird nicht lange dauern.«

Sie hatte damit gerechnet, dass er sie in ein Zimmer mit Reihen von Bahren bringen würde. So war es im Film immer. Aber Detective Carlson führte sie einen Flur hinab zu einem Fenster mit Vorhang. Nora fühlte sich bizarrerweise an das Fenster in Säuglingsstationen erinnert, an den ersten Blick auf das Neugeborene ihres Bruders. Als der Vorhang zurückgezogen wurde, war es aber kein herzhaft krähendes Baby, das sie sah, sondern das reglose, blasse Gesicht von Bill Regan. Eine Decke reichte ihm bis zum Hals, der Mund war mit Band zugeklebt worden, auf der Stirn befand sich ein hässlicher Bluterguss und machte das Haar matt, das im Tod dünn und brüchig wirkte.

»Kein Zweifel«, sagte Jack. Er hatte eine Hand auf ihren Schultern und versuchte, sie von dem Fenster abzuwenden. Einen Augenblick schien sie erstarrt zu sein und betrachtete Bills Mund. Es war, als wäre das Band entfernt und von dem zu strahlenden Lächeln ersetzt worden, und sie hörte im Geiste wieder die raue, hoffnungsvolle Stimme: »Ich glaube, Nora, ich glaube, heute ist mein Glückstag.«

Oben im Büro erzählte sie Detective Carlson von dieser Unterhaltung, und von der Tatsache, dass Bill bei der Lotterie wirklich Glück hatte. Er hatte schon mehrmals ein paar hundert Dollar gewonnen und war davon überzeugt, dass er einmal den Haupttreffer ziehen würde. »Als er ›Glückstag‹ sagte, meinte er die Lotterie. Ich bin ganz sicher. Ich könnte mir sogar vorstellen, dass er einer der großen Gewinner war.«

»Es gab nur einen Hauptgewinn«, sagte Detective Carlson zu ihr. »Soweit ich weiß, hat sich noch niemand gemeldet.« Sie bemerkte, dass er auf dem Block kritzelte, während er sich Notizen machte. »Sind Sie sicher, dass Bill Regan ein Los hatte?«

»Das hat er mir gesagt.«

»Nun, als wir ihn gefunden haben, hatte er keines bei sich. Aber diejenigen, die ihn beraubt haben, haben vielleicht das Los zusammen mit dem Geld mitgenommen und wissen gar nicht, was sie haben. Aber selbst angenommen, es war ein großer Gewinn. Ist es wahrscheinlich, dass er darüber geredet haben würde? Ein Lotterielos bei sich zu haben ist, als hätte man Bargeld bei sich.«

Nora merkte nicht, dass sie beinahe lächelte. Sie strich sich das Haar zurück und spürte die Locken, die der Regen erzeugt hatte. »Sie sind das Ebenbild von Rita Hayworth in *Gilda«,* hatte Bill gesagt. Jetzt wünschte sie sich, sie hätte ihm gesagt, dass sie *Gilda* ausgeliehen und voller Freude festgestellt hatte, dass tatsächlich eine Ähnlichkeit bestand. Es hätte Bill gefreut, das zu hören. Aber es war so schwer, bei ihm überhaupt zu Wort zu kommen. Danach kam Detective Carlson auf das Los zurück. »Bill war geschwätzig«, sagte sie, »er hätte geredet.«

»Aber Sie haben mir gesagt, er wäre am Telefon nicht deutlich geworden. Er sagte nur, es wäre sein Glückstag. Das hätte eine Gehaltserhöhung sein können – ein großes Trinkgeld, als er etwas abgeliefert hatte – Geld, das er auf der Straße gefunden hat. Alles Mögliche, richtig?«

»Ich bin aber der Meinung, dass es etwas mit der Lotterie zu tun hatte«, beharrte Nora.

»Wir werden uns darum kümmern, aber es haben in den vergangenen Wochen eine ganze Reihe Überfälle in der Gegend stattgefunden. Wir werden den Täter erwischen, das kann ich Ihnen versprechen … und wenn er Mr Regan getötet hat, wird er dafür büßen.«

Mr Regan getötet. Sie hatte Bill nie als ›Mr Regan‹ betrachtet.

Sie sah Jack an. Dieser starrte auf den Boden, und das stakkatohafte Tapsen seines Fußes hatte wieder angefangen. Dann geschah etwas. Das Zimmer bedrängte sie. Sie fiel und konnte nicht mehr atmen. Sie wollte ›Jack‹ rufen, konnte aber die Lippen nicht bewegen. Sie spürte, wie sie vom Stuhl glitt.

Als sie die Augen wieder aufmachte, lag sie auf einer harten, plastikbezogenen Couch. Jack hielt ihr ein kaltes Tuch an den Kopf. Aus scheinbar unendlicher Entfernung hörte sie, wie Detective Carlson Jack fragte, ob er einen Krankenwagen rufen sollte.

»Mir geht es gut.« Jetzt konnte sie wieder sprechen. Ihre Stimme war so leise, dass sich Jack bücken musste, um die Worte zu verstehen. Ihre Lippen strichen über seine Wange. »Ich will nach Hause«, flüsterte sie.

Dieses Mal mussten sie nicht auf ein Taxi warten. Carlson, der jetzt nicht mehr ganz so förmlich war, ließ einen Streifenwagen kommen. Nora wollte sich entschuldigen. »Ich glaube, ich bin in meinem ganzen Leben noch nicht ohnmächtig geworden … Es ist nur so, ich hatte den ganzen Tag über ein schreckliches Gefühl, und jetzt hat es sich bewahrheitet …«

»Sie waren eine große Hilfe. Ich wünschte mir, alle würden sich so um diese armen alten Leutchen kümmern.«

Sie gingen zur Eingangstür, ein seltsam unpassendes Trio. Beide Männer stützten sie, eine feste Hand unter jeder Achsel. Der Regen draußen ließ nach, aber die Temperatur war deutlich gefallen. Die kalte Luft tat ihr gut.

Bildete sie sich nur ein, dass sie in diesem Gebäude Formaldehyd gerochen hatte?

»Was geschieht als Nächstes?«, wandte sich Jack an Carlson, während der Streifenwagen vorfuhr.

»Das hängt ganz von der Autopsie ab. Wir werden die Streifen im Park verstärken. Verrückt, dass jemand diese Strecke in so einer Nacht zu Fuß geht. Wir hatten nur Streifenwagen draußen, keine Zivilstreifen. Wir melden uns bei Ihnen.«

Jetzt war es Jack, der darauf bestand, dass sie die heiße Dusche nahm, und Jack wartete auch mit einer heißen Limonade und einer Schlaftablette, als sie aus dem Badezimmer kam.

»Eine Schlaftablette.« Nora sah die rot-gelbe Kapsel an. »Wann hast du Schlaftabletten bekommen?«

»Oh, nach der Untersuchung letzten Monat. Ich habe erwähnt, dass ich Schlafstörungen habe.«

»Was ist deiner Meinung nach dafür verantwortlich?«

»Anfälle von Depressionen. Nichts Gravierendes. Aber ich wollte nicht, dass du dir Sorgen machst. Komm schon, geh ins Bett.«

Anfälle von Depressionen. Und er hatte ihr nichts gesagt. Nora dachte an die vielen Nächte, in denen sie ihm vorgeplappert hatte, was für gute Rollen sie bekommen hatte – »Nur ein paar Tage Arbeit, aber stell dir vor, Mike Nichols führt Regie« –, und von den Kritiken ihrer ersten anständigen Rolle abseits des Broadway vergangenen Frühling. Jack hatte an ihrer Freude teilgenommen, hatte sie gefragt, ob sie auch bei ihm bleiben würde, wenn sie ein Star geworden war, und war immer wieder zu seinen wechselnden Jobs als Anlageberater zurückgekehrt.

Der Roman, den er schließlich fertig gestellt hatte, wäre beinahe von einigen Verlagen angenommen worden.

»Nicht ganz das Richtige für uns, aber schicken Sie uns auch Ihr nächstes Manuskript.« Die Niedergeschlagenheit in seinen Augen, als er sagte: »Den ganzen Tag versuche ich zu verkaufen, obwohl ich kein Händler bin, versuche, aufgeregt zu sein, wenn Aktien steigen oder wenn einer verdammten Anlage die höchsten Gewinnerwartungen zugeschrieben werden, obwohl es mir einerlei ist. Ich weiß nicht, Nora; es ist einfach, als ob die Luft raus ist. Ich setze mich an die Schreibmaschine, und was ich versuche, auf Papier zu bringen, kommt nicht so heraus, wie ich es mir vorstelle. Aber ich weiß, dass es da ist. Ich kann einfach meine eigene Stimme nicht finden, wenn ich weiß, dass ich am Montag in diesen Zoo zurückmuss.«

Sie hatte ihm nie zugehört. Sie hatte ihm gesagt, wie stolz sie war, dass sein erster Roman nicht einfach nur vorgedruckte Ablehnungsbescheide bekam; und wenn er eines Tages berühmt war, würde er die Geschichte dieser ersten Ablehnungen erzählen, das gehörte alles mit zum Spiel.

Das Schlafzimmer diente gleichzeitig als Jacks Arbeitszimmer. Seine Schreibmaschine stand auf einem schweren Eichenschreibtisch, den sie bei einer Wohnungsauflösung gekauft hatten. Fläschchen voll Tipp-Ex, eine Tasse ohne Henkel, die als Behältnis für Kugelschreiber und Markierstifte diente, der Papierstapel seines neuen Manuskripts, ein Stapel, der, wie ihr auffiel, nicht mehr wuchs.

»Komm schon, trink die Limonade, dann nehmen wir beide eine Schlaftablette.«

Sie gehorchte, wagte aber nicht zu sprechen und fragte sich, ob ihre Liebe zu ihm ihr Tränen in die Augen trieb. Kein Wunder, dass Bill Gesellschaft so nötig gehabt hatte. Wenn Jack etwas zustieße, wollte sie gar nicht mehr aufwachen.

Jack legte sich auf die andere Seite des Bettes, nahm ihr

die Tasse aus der Hand und machte das Licht aus. Er umarmte sie. »Wie geht das Lied mit den ›zwei schlafenden Menschen‹? Wenn mir jemand gesagt hätte, dass dieser Tag so enden würde …«

Nora schlief fest und erwachte am nächsten Morgen mit dem Gefühl, als hätte sie Träume gehabt, an die sie sich nicht mehr erinnern konnte. Es fiel ihr schwer, die Augen aufzumachen, ihre Lider schienen festgeklebt zu sein. Als sie sich schließlich auf einem Arm aufrichtete, stellte sie fest, dass Jack schon weg war. Beide Zeiger der Uhr standen auf neun. *Viertel vor neun.* Sonst schlief sie nie so lange. Sie versuchte, die Lethargie abzuschütteln, zog den Morgenmantel an und ging in die Küche. Kaffee war gekocht, Jack hatte frischen Orangensaft ausgepresst – auch eine der zahllosen kleinen Gesten, die sie als selbstverständlich betrachtete. Er wusste, wie sehr ihr frisch gepresster Saft schmeckte, obwohl er völlig mit Saft aus dem Beutel zufrieden war.

Er war bereits für die Arbeit angezogen. Er schien die Nervosität des gestrigen Abends nicht verloren zu haben. Dunkle Ringe unter den Augen sprachen dafür, dass die Schlaftablette bei ihm wenig nützte. Als er sie küsste, waren seine Lippen trocken und fiebrig. »Jetzt weiß ich, wie ich in der Frühe Ruhe und Frieden im Haus haben kann. Ich verpasse dir einfach eine K.-o.-Dosis.«

»Wann bist du aufgestanden?«

»Um fünf. Oder vier. Ich weiß nicht genau.«

»Jack, geh nicht zur Arbeit. Bleib hier, lass uns miteinander reden. Wirklich reden.« Sie versuchte, ein Gähnen zu unterdrücken. »O Gott, ich werde überhaupt nicht wach. Wie kann man diese verdammten Dinger nur jede Nacht nehmen?«

»Hör zu, ich sollte gehen. Ich bin es ihnen schuldig, mich um ein paar Dinge zu kümmern … Wie auch immer, geh wieder ins Bett und schlaf dich aus. Ich komme früher nach Hause, nicht später als vier, und heute Abend wird … heute Abend wird etwas ganz Besonderes sein.«

Ein weiteres Gähnen und das Gefühl, dass ihre Augen gleich zufallen würden, verdeutlichten Nora, dass es keinen Zweck hatte, Jack zu bedrängen. »Aber ruf an, wenn es wieder später wird. Gestern Abend habe ich mir große Sorgen gemacht.«

»Ich komme nicht später. Ich schwöre es.«

Nora schaltete die Kaffeemaschine aus, trank auf dem Rückweg zum Bett das Glas Orangensaft und schlief nach kaum drei Minuten wieder. Dieses Mal war der Schlaf traumlos, und als das Telefon sie zwei Stunden später wieder weckte, hatte sie einen klaren Kopf.

Es war Detective Carlson. »Mrs Barton, ich dachte, das würde Sie interessieren. Ich habe mich bei dem Botendienst erkundigt, wo Bill Regan gearbeitet hat. Er hat sich dort gestern gegen sechs Uhr zurückgemeldet, kurz vor Büroschluss. Einige der anderen Männer waren gerade fertig. Er war aufgeregt; er war glücklich; er sagte, dass sein Glückstag sei, aber als sie ihn fragten, was das bedeuten sollte, schwieg er. Sah nur geheimnisvoll drein. Die Autopsie ist für heute Nachmittag angesetzt. Aber unsere Theorie ist, aufgrund der Kopfverletzung und der leeren Brieftasche, dass er höchstwahrscheinlich von dem Räuber überfallen wurde, den wir suchen.«

Du irrst dich, dachte Nora. Sie bemühte sich, nicht zu kritisch zu klingen, als sie sagte: »Was ich nicht verstehe, wenn er überfallen wurde, warum haben sie dann seine Brieftasche nicht mitgenommen? Ich glaube nicht, dass Bill je viel mehr als ein paar Dollar bei sich hatte. Hatte er viel Kleingeld oder Münzen in den Taschen?«

»Ein paar Dollar in Kleingeld, etwa sechs Münzen. Mrs

Barton, ich weiß, dass Sie unzufrieden sind, weil Sie Mr Regan gemocht haben. Wenn ein Räuber Zeit hat, lässt er dem Opfer die Brieftasche. So wird sie nicht bei ihm gefunden, wenn er geschnappt wird. Der alte Herr hatte tiefe Taschen. Wenn ein Räuber in der Brieftasche nachgesehen und gefunden hat, was er suchte, hat er sich vielleicht nicht die Mühe gemacht, nach Kleingeld zu suchen. Wir können nicht sicher sein, ob Mr Regan Geld bei sich hatte oder nicht, oder?«

»Nein, natürlich nicht. Und haben Sie nach dem Lotterielos gesucht?«

Jetzt wurde Carlsons Stimme förmlicher, und der missbilligende Unterton war nicht zu überhören. »Es gibt kein Lotterielos, Mrs Barton.«

Als Nora aufgelegt hatte, dachte sie ständig an einen Ausdruck der Unterhaltung. *Unzufrieden.* Ja, das war sie.

Sie machte den Kaffee warm und zog sich rasch an. Sie musste noch etwas erledigen. Sie würde keinen Frieden finden, wenn sie es nicht tat.

Du bist verrückt, sagte sie zu sich, während sie die Straße entlangeilte. Das Wetter hatte sich dramatisch verändert. Heute war es sonnig, ein milder Wind wehte; der Tag hätte besser in den April als in den November gepasst. Gut so. Sie war froh, dass sie ihre Filmjacke tragen konnte. Ihr Regenmantel und Jacks Mantel waren noch feucht vom Ausflug in die Leichenhalle gestern Nacht. Der Trenchcoat, den Jack gestern zur Arbeit angehabt hatte, war noch tropfnass. Er hatte heute Morgen den alten Macintosh anziehen müssen. Ein Penner sortierte halb aufgegessene Sandwiches, die er aus dem Mülleimer geholt hatte. Wo war die Pennerin von gestern?, fragte sich Nora. Hatte sie gestern Nacht einen Unterschlupf gefunden?

Am Zeitungskiosk wandte sie sich ab. Der Blinde, dem der Kiosk gehörte, musste überrascht gewesen sein, dass

Bill heute Morgen nicht erschienen war. Aber sie konnte ihm Bills Schicksal jetzt nicht erzählen.

Sie fuhr mit dem Lexington Avenue Express zur Fifty-Ninth Street, stieg in den RR-Zug um und ging weiter zum Fisk Building. Der Dynamo Express Botendienst befand sich in einem Ein-Zimmer-Büro im fünften Stock. Das einzige Möbelstück war ein Schreibtisch mit Telefonanlage, dazu ein paar armeegraue Aktenschränke mit jeweils drei Schubladen und zwei lange Bänke, auf denen mehrere schäbig gekleidete Männer warteten. Als sie die Tür zumachte, bellte der Mann am Schreibtisch: »Louey, Sie gehen jetzt zur Fourtieth Street. Eine Sendung muss zum Broadway und Ninetieth. Und jetzt lesen Sie mir das vor, damit ich weiß, ob Sie es richtig verstanden haben. Sie dürfen keine Zeit mit falschen Adressen vergeuden.«

Ein dürrer Mann, der in der Mitte der Bank saß, sprang auf – er war nervös und ängstlich bemüht, alles richtig zu machen. Nora sah zu, wie er die Anweisungen peinlich genau in gebrochenem Englisch vorlas.

»Gut. Los jetzt.«

Der Mann am Schreibtisch sah Nora zum ersten Mal an. Er hatte ein schlecht sitzendes Toupet auf dem Kopf. Zottelige Koteletten bedeckten feiste Wangen, die überhaupt nicht zu der scharf geschnittenen kleinen Nase passen wollten. Augen, die die Farbe fettiger Pennys hatten, glitten an ihrem Körper hinauf und hinunter und zogen sie im Geiste aus. »Was kann ich für Sie tun, schöne Frau?« Jetzt war die Stimme einschmeichelnd, ganz anders als der sarkastische, bellende Tonfall gerade eben.

Während sie auf ihn zuging, leuchteten Lichter an der Telefonanlage auf, und ein Summton ertönte. Er drückte mehrere Knöpfe. »Dynamo Express Botendienst, bleiben Sie dran.« Er lächelte Nora an. »Sollen sie warten.«

Er wusste schon Bescheid über Bill. »Heute Morgen war

ein Bulle hier und hat Fragen gestellt. Alte Klatschbase. Herrgott, der konnte einfach nie den Mund halten. Ich musste ihn anschreien, dass er nicht überall Zeit verplempern sollte, wo er hinkam. Ich bekam Beschwerden.«

Nora merkte, dass sie zusammengezuckt sein musste. »Wenn ich sage ›anschreien‹, dann meine ich natürlich nur, dass ich sagte: ›Kommen Sie, Regan, nicht die ganze Welt interessiert sich für die Geschichte Ihres Lebens.‹ Sagen Sie, ich glaube, er hat mir von Ihnen erzählt. Sie sind die Schauspielerin, nicht? Er sagte, Sie sehen aus wie Rita Hayworth. Da hatte er tatsächlich einmal Recht … Warten Sie, ich muss ein paar Anrufe annehmen.«

Sie stand vor dem Schreibtisch, während er Anrufe entgegennahm, Notizen kritzelte, Boten einteilte, die ins Büro zurückkehrten. Dazwischen gelang es ihr, ihm ein paar Fragen zu stellen. »Klar, Bill war gestern Abend aufgeregt. Erzählte dauernd von seinem Glückstag. Aber warum, sagte er nicht. Ich habe ihn gefragt, ob er 'ne Nutte aufgegabelt hatte. Kleiner Scherz.«

»Glauben Sie, dass er es jemand anderem erzählt hat?«

»Kann ich nicht sagen.«

»Haben Sie eine Liste der Firmen, die er gestern besucht hat? Ich würde gerne mit den Leuten reden, mit denen er geredet hat. Besucht er für gewöhnlich Büros, wo er möglicherweise die Vorzimmerdamen kennen lernt oder so etwas?«

»Könnte sein.« Jetzt wurde er verdrossen. Aber er holte die Liste hervor. Gestern war ein hektischer Tag. Bill war fünfzehnmal unterwegs gewesen. Nora fing beim ersten Stop an: 101 Park Avenue, Sandrell und Woodworth, Umschlag bei der Vorzimmerdame im achtzehnten Stock abholen und zu 205 Central Park South bringen.

Die freundliche, matronenhafte Vorzimmerdame im achtzehnten Stock erinnerte sich an Bill. »Aber sicher, ein netter älterer Herr. War oft bei uns. Er hat mir das Bild seiner verstorbenen Frau gezeigt. Stimmt etwas nicht?«

Nora hatte die Frage erwartet und sich eine Antwort zurechtgelegt. »Er hatte gestern Abend einen Unfall. Ich möchte seiner Nichte schreiben. Er hatte eine Nachricht auf meinen Anrufbeantworter gesprochen und gesagt, es wäre sein Glückstag. Ich würde gerne mit ihr darüber reden, was er gemeint hat. Hat er mit Ihnen darüber geredet?«

Der Vorzimmerdame war wohl klar, dass es ein tödlicher Unfall gewesen war, und kurze Trauer um einen Mann, den sie gekannt hatte, überlief ihr Gesicht. »Oh, das tut mir Leid. Nein, nun, eigentlich ja, ich war so beschäftigt, dass ich ihm nur den Umschlag gab und sagte: ›Schönen Tag noch, Bill.‹ Und er sagte ungefähr: ›Ich glaube, heute ist mein Glückstag.‹«

Die Frau hatte unbewusst Bills Stimme nachgeahmt. Nora fröstelte beim Zuhören. »Genau das hat er mir auch gesagt.«

Ihre nächste Anlaufstelle war ein Apartment am Central Park South. Die Concierge erinnerte sich an Bill. »O ja, gewiss, er ließ einen Brief für Mr Parker hier. Ich glaube, vom Buchhalter. Ich habe angerufen, ob er ihn zur Tür hochbringen sollte, aber Mr Parker sagte, er solle ihn bei mir lassen, er wäre auf dem Weg nach unten. Nee, er hat nichts gesagt. Ich schätze, ich habe ihm keine Möglichkeit dazu gegeben. Der Posteingang ist um diese Zeit immer hektisch.«

Es schien, als wäre gestern jeder zu beschäftigt für Bill gewesen. Eine gertenschlanke Sekretärin in einem Büro am Broadway sagte Nora, dass sie die Boten nie ermutige, sich aufzuhalten. »Sie sind genau wie die Telegrammjungen. Wenn man ihnen den Rücken zudreht, stehlen sie einem das Portemonnaie.« Sie forderte Nora mit einem

Sie-wissen-schon-wie-das-ist-Achselzucken auf, ihren Verdruss mit den kleinen Dieben, mit denen sie zu tun hatte, zu teilen.

Nach diesem Besuch wurde ihr klar, dass sie die Liste nie schaffen würde, wenn sie ihre Zeit nicht besser einteilte. Bill war kreuz und quer von Ost nach West gegangen, er hatte ein paar Besuche in der Stadtmitte gemacht, drei in den Fifties, zwei in den Thirties, vier in der unteren Fifth Avenue und zwei in der Gegend der Wall Street. Anstatt seinem genauen Weg zu folgen, teilte sie die Anlaufpunkte nach Gegenden ein. Die beiden ersten waren vergeblich. Es erinnerte sich nicht einmal mehr jemand daran, wer die Sendungen in Empfang genommen hatte. Die dritte, eine Schriftstellerin, die ihrem Agenten ein Manuskript hatte zustellen lassen, sprach am Telefon in der Halle ihres Hotels mit Nora. Ja, sie hatte gestern eine Sendung abholen lassen. Sie hatte sich ganz bestimmt nicht auf eine Unterhaltung mit einem Boten eingelassen. Gab es ein Problem? Erzählen Sie mir nicht, das Manuskript wurde nicht zugestellt.

Um drei Uhr stellte Nora fest, dass sie überhaupt nichts gegessen hatte, dass es eine vergebliche Suche war, dass Jack früh nach Hause kam und sie für ihn da sein wollte. Dann sprach sie mit dem jungen Verkäufer in einer Klavierhandlung.

Er sah hoffnungsvoll auf, als sie eintrat. Das Geschäft war leer, abgesehen von den Klavieren und Orgeln, die so aufgestellt waren, dass man ihre Vorzüge besser sehen konnte. Unmittelbar hinter einer kleinen Heimorgel hing ein Plakat mit der Aufschrift MACHEN SIE MUSIK ZUM TEIL IHRES LEBENS; an dieser Orgel saß eine Puppe, so groß wie ein vierjähriges Kind, das die baumwollenen Stummelfinger auf der Tastatur hatte.

Die vorübergehende Enttäuschung des Verkäufers, dass

Nora keine potenzielle Kundin war, verschwand angesichts der Aussicht, eine gewisse Zeit mit einem anderen Menschen zu verbringen. Er sagte Nora, er glaube nicht, dass er in der Musikbranche bleiben würde. Schleppendes Geschäft. Sogar der Geschäftsführer gab zu, dass die beste Zeit vor sechs oder sieben Jahren gewesen war. Damals hatte jeder ein Klavier haben wollen. Heute konnte man das vergessen.

Gestern? Ein Bote? Merkwürdig aussehende Zähne. Sicher, netter alter Bursche. Ob er geredet hatte? Wie ein Buch! War ganz aufgeregt. Sagte, es sei sein Glückstag.

»Hat er gesagt, er *glaube,* dass es sein Glückstag ist?«, fragte Nora hastig.

»Nein, das nicht. Ich erinnere mich genau, er sagte, es *sei* sein Glückstag. Aber mehr hat er mir nicht gesagt, und er hat mir nur heftig zugeblinzelt, als ich ihn fragte, was er damit meinte.«

Nach diesem Botengang war Bill nur noch an einem anderen Ort gewesen. Er war um zehn nach vier in die Klavierhandlung gekommen. Kurz nachdem er die Nachricht auf Band gesprochen hatte. Und sein Anlaufpunkt vor dem Klavierladen war der, wo der Buchhalter zu ihr gesagt hatte: »Ja, der alte Bursche hat gesagt, dass er sich heute glücklich fühlen würde, oder so etwas. Ich war am Telefon und habe einfach nur abgewinkt. Ich habe mit dem Boss gesprochen und konnte ihm nicht zuhören.«

»Glücklich gefühlt. Sicher, dass er nicht sagte, er habe Glück *gehabt?«*

»Ich bin sicher, dass er *glücklich gefühlt* gesagt hat, weil ich mich erinnern kann, ich habe gedacht, dass ich mich *lausig fühle.«*

Um Viertel vor drei hatte er noch ein Gefühl gehabt, zehn nach vier hatte er Glück *gehabt.* Ich habe Recht, dachte Nora. Ich wusste es. Die Ziehung der Lotterie hatte zwischen halb vier und vier stattgefunden. Hatte Bill eines der gezogenen Lose gehabt? Sie trank in einem Drugstore in der Madison Avenue rasch einen Kaffee. Das Radio war eingeschaltet. Gestern hatte es zwölfhundertmal tausend Dollar gegeben, dreimal fünftausend Dollar und einen Hauptgewinn von dreizehn Millionen Dollar. Der Sprecher empfahl jedem, der in Manhattan ein Los gekauft hatte, die Nummer zu überprüfen.

Angenommen, Bill hatte fünftausend Dollar gewonnen. Für ihn wäre das ein Vermögen gewesen. Er hatte mehrmals ein paar Hundert gewonnen. Es war verrückt, dass manche Menschen immer wieder zu gewinnen schienen. Nora ging die Liste noch einmal durch. Sie konnte alle Gänge streichen, die Bill vor halb vier unternommen hatte. Blieb nur noch einer übrig. Sie stellte voll Missfallen fest, dass es das World Trade Center war. Aber sie war so weit gegangen. Sie würde auch dort nachfragen und dann nach Hause gehen.

Als sie zum achten Mal an diesem Tag in die U-Bahn stieg, fragte sich Nora, wie Bill mit diesem Job zurechtgekommen war. Hatte er sich je selbst eingestanden, dass ihm niemand zuhörte, oder hatten ihm die Leute wie der junge Verkäufer, der gern Gesellschaft hatte, den Tag versüßt?

Die U-Bahn war überfüllt. Es war Viertel vor drei. Früher war es mittags nicht so schlimm gewesen, nur während der Stoßzeit musste man sich an einer Schlaufe oder einer Stange festhalten. Als die Bahn schwankte, lehnte sich der untersetzte Mann neben ihr absichtlich an sie. Sie entfernte sich rasch von ihm.

Das Erdgeschoss des World Trade Center war voll von zielstrebigen Menschen, die über den Promenadenplatz eilten, in den U-Bahnen verschwanden, zu anderen Gebäuden gingen oder Restaurants und Geschäfte aufsuchten. Die meisten waren gut gekleidet. Nora vergeudete fünf Minuten, weil sie irrtümlich ins Gebäude zwei statt ins Gebäude vier ging.

Ihr Ziel war der zweiundvierzigste Stock. Während sie im Lift nach oben fuhr, fragte sie sich, warum ihr der Name der Firma vertraut vorkam. Wahrscheinlich, weil sie ihn den ganzen Tag gelesen hatte.

Lyons und Becker waren Anlageberater. Die Firma war nicht allzu groß, das konnte sie sehen. Das war gut. Umso größer war die Chance, dass sich jemand an Bill erinnerte.

Das Vorzimmer war klein, aber gut besucht. Nora konnte in einige Zimmer dahinter sehen, wo junge Männer und Frauen damit beschäftigt waren, Aktien und Anlagen zu kaufen und zu verkaufen.

Die Vorzimmerdame konnte sich nicht an Bill erinnern. »Aber warten Sie mal, ich hatte um diese Zeit Pause. Ich hole das Mädchen, das mich vertreten hat.«

Die Vertretung war eine Blondine mit langen Beinen und drallen Brüsten. Sie hörte einen Augenblick verwirrt zu, dann strahlte sie. »Aber sicher«, sagte sie. »Wo habe ich nur meinen Kopf? Natürlich erinnere ich mich an den alten Herrn. Er hätte beinahe das Päckchen vergessen, das er abholen sollte.«

Nora wartete.

»Ich habe es ihm gerade geben wollen, als er sich umsah und einen unserer Händler erkannte.« Sie wandte sich an ihre Kollegin. »Du weißt schon. Jack Barton, der niedliche Neue.«

Nora verspürte kalte Schmerzen im Magen. Darum war ihr die Firma so bekannt vorgekommen. Das war die Firma, von der ihr Jack gestern so widerwillig erzählt hatte. Sein neuer Job.

»Wie dem auch sei, der alte Herr sah Jack und schien echt überrascht zu sein. Er sagte: ›Ist das Jack Barton? Arbeitet er hier?‹ Ich sagte ja. Jack kam gerade zu dieser Tür heraus.« Sie deutete mit einem Nicken zu einer Angestelltentür am anderen Ende des Büros. »Der alte Mann war völlig aufgeregt. Er sagte: ›Ich muss Jack von meinem Glückstag erzählen.‹ Ich musste ihm nachrufen, dass er das Päckchen nicht vergessen sollte. Darum war er ja schließlich gekommen, nicht?«

Es musste einen Grund dafür geben, dass Jack ihr nichts von seinem Zusammentreffen mit Bill gesagt hatte. Welchen Grund?

Nora versuchte, die Angst, die eine Bestätigung ihres gestrigen Unbehagens war, dadurch zu vertreiben, dass sie eine Zeitung kaufte und in der U-Bahn las, aber das Gedruckte tanzte vor ihren Augen. Als sie zu Hause war, ging sie als Erstes ins Badezimmer, wo ihre Mäntel an der Stange des Duschvorhangs hingen. Derjenige, den sie gestern Abend angehabt hatte, war vollkommen trocken, obwohl sie zehn Minuten im Regen gestanden hatten. Der Mantel, den Jack gestern Abend auf dem Weg zum Krankenhaus und zur Leichenhalle getragen hatte, sein guter Mantel, war noch etwas feucht. Aber sein Trenchcoat, den er angehabt hatte, als er gestern Abend nach Hause gekommen war, war immer noch tropfnass. Er war nicht nur von der U-Bahn hierher gegangen. Sie erinnerte sich wieder an die funkelnde Aufregung, die Nervosität, die gestern wie Stromstöße um seinen Körper knisterte, wie er sie festhielt und weinte.

Wie weit war er gestern Nacht gegangen? Warum war er gegangen? Und wer war bei ihm gewesen … oder wem war er gefolgt?

»Bitte, lieber Gott, nein«, flüsterte sie. »Nein.« Er war

nach Hause gekommen, sie hatte ihn unter die Dusche geschickt und die Polizei angerufen. Als er aus dem Schlafzimmer gekommen war, hatte er ihr geholfen, die Anrufe zu erledigen. Er hatte die Nummern herausgesucht. Aber sie war schon am Telefon gewesen, als er herausgekommen war. Und davor hatte sie diesen seltsamen Ton gehört, dieses Klappern, und hatte sich gefragt, was er tat.

Wie ein Gefangener, der einem unentrinnbaren Schicksal entgegengeht, lief sie ins Schlafzimmer und griff im Schrank nach der Geldkatze, in der sich ihre wichtigen Papiere befanden, Trauschein, Versicherungspolicen, Geburtsurkunden. Sie nahm die Kassette zum Bett und machte sie auf. Jacks Geburtsurkunde lag ganz oben. Sie nahm die Papiere langsam eines nach dem anderen heraus, bis sie beim letzten angelangt war, einem rosa-weißen Lotterielos. Nein, Jack, o bitte nicht, dachte sie. Nein. Nicht du. Nicht für tausend Dollar. Das konntest du nicht tun. Niemals. Es muss eine Erklärung geben.

Aber als sie das Los mit den in der Zeitung ausgedruckten Gewinnzahlen verglich, da verstand sie. Sie hielt das Los in der Hand, für das man dreizehn Millionen Dollar bekommen konnte.

Bill Regan hatte gewusst, dass er Glück haben würde. Sie sah sich im Zimmer um und versuchte blind, eine Lösung zu finden. Das Manuskript lag neben Jacks Schreibmaschine, das Manuskript, das nicht weiterkam, weil er ausgebrannt war. Jacks Schlaftabletten für ›Anfälle von Depressionen‹. Dann erinnerte sie sich an ihre unbarmherzigen Fragen gestern Morgen, bis er den Namen seiner neuen Firma gemurmelt und gestanden hatte, dass Merrill Lynch ihn entlassen hatte … und dann hatte er in einem Versuch, das Gesicht zu wahren, hinzugefügt: »Teil des generellen Personalabbaus. Ich war einfach einer von denen ganz unten am Totempfahl. Hatte nichts mit meinen Leistungen zu tun.«

Und gestern hatte Bill ihm von seinem Lotterielos erzählt, und Jack hatte durchgedreht. Er musste beobachtet haben, wie Bill das Fisk Building verlassen hatte, und ihm in den Park gefolgt sein.

Was sollte sie jetzt tun? Nora stieß den verabscheuungswürdigen Gedanken, dass sie die Polizei informieren sollte, mit aller Macht von sich. Jack war ihr Leben. Sie würde sich lieber selbst umbringen, bevor sie ihn verließ.

Heute ist mein Glückstag. Bill hatte nach Florida gewollt, wo er mit interessanten Menschen wie denen in *Cocoon* in einem Altersheim leben konnte. Das hatte er verdient gehabt.

Nora saß im Wohnzimmer auf dem Sofa, als der Schlüssel im Schloss gedreht wurde und Jack nach Hause kam. Es war ihr gelungen, sich auf die Tatsache zu konzentrieren, dass die Polster wirklich schäbig waren und die neuen Bezüge die durchgesessenen Kissen nicht verbergen konnten. Es war zwar erst Viertel nach vier, aber es dämmerte bereits, und sie erinnerte sich, dass es bis zum kürzesten Tag des Jahres nur noch ein Monat war.

Sie stand auf, als die Tür aufging. Jack hatte einen Arm voll langstielige rote Rosen bei sich. »Nora.« Jetzt war die Nervosität verschwunden. Gestern Nacht hatte er mit ihr um Bill Regan getrauert, aber heute war *seine* Nacht. »Nora, setz dich, warte. Mein Gott, Liebling, warte, bis du siehst, was uns widerfahren ist. Ich kann schreiben, du kannst ein Dienstmädchen haben, wir kaufen diese Wohnung, und wir kaufen ein Haus am Cape. Wir haben für den Rest unseres Lebens ausgesorgt. Ausgesorgt. Ich wollte es dir gestern schon sagen, als ich nach Hause gekommen bin. Aber ich wollte nicht, dass Bill Regan uns unterbricht. Daher habe ich gewartet. Und nach allem, was dann passiert ist, konnte ich es dir unmöglich sagen.«

»Du hast gestern Abend Bill gesehen.«

Jack sah sie verwirrt an. »Nein.«

»Er ist dir nachgelaufen, als du um vier dein Büro verlassen hast.«

»Dann hat er mich nicht erwischt. Nora, begreifst du denn nicht? Ich habe die gestrigen Gewinnzahlen der Lotterie gehört. Und sie kamen mir bekannt vor. Es war verrückt. Ich habe das Los einfach so gekauft. Du weißt doch, wenn ich normalerweise ein Los kaufe, dann nehme ich als Zahl unseren Hochzeitstag, deinen Geburtstag oder so etwas. Und dann konnte ich das verdammte Los nicht finden.«

Jack, lüg nicht, lüg nicht.

»Ich wäre fast verrückt geworden. Dann fiel es mir wieder ein. Als ich letzte Woche meinen Schreibtisch bei Merrill Lynch geräumt habe, lag es ganz oben. Wenn ich es nicht weggeworfen hatte, musste es in einem der Ordner sein. Ich lief hin und habe jeden einzelnen durchsucht. Nora, ich habe den Verstand verloren. Und dann habe ich es gefunden. Ich konnte es nicht glauben. Ich glaube, ich war im Schock. Ich bin den ganzen Weg nach Hause zu Fuß gegangen. Als du mir angeboten hast, du würdest deine Karriere für mich opfern – du musst mich für verrückt gehalten haben, als ich geweint habe. Ich brannte darauf, es dir zu erzählen, aber als ich wusste, dass der arme alte Bill zu Besuch kommen würde, musste ich eben warten. Es sollte nur unsere Nacht sein.«

Er schien nicht zu bemerken, dass sie nicht reagierte. Er hielt ihr die Blumen hin und sagte: »Warte, bis ich es dir zeige«, und eilte ins Schlafzimmer.

Das Telefon läutete. Sie nahm automatisch ab und wünschte sich im selben Augenblick, sie hätte es nicht getan. Aber es war zu spät. »Hallo.«

»Mrs Barton, hier ist Detective Carlson.« Seine Stimme klang versöhnlich. »Ich muss Ihnen sagen, dass Sie Recht hatten.«

»Dass ich Recht hatte?«

»Ja, Sie waren so beharrlich, dass wir seine Kleidung noch einmal durchsucht haben. Der arme alte Kerl hatte das Lotterielos im Saum seiner Mütze versteckt. Er hatte gestern tausend Dollar gewonnen. Und es wird Sie auch freuen zu hören, dass er nicht überfallen worden ist. Ich schätze, die Aufregung war zu viel für ihn. Er starb an einem Herzanfall. Muss sich den Kopf an einem Stein aufgeschlagen haben, als er fiel.«

»Nein … nein … nein …« Noras Schrei verschmolz mit Jacks Heulen, als er aus dem Schlafzimmer kam und die Kassette in der Hand hielt. Die Asche des Lotterieloses wehte empor und über seine Finger.

Sechs Richtige

Kurzer Prozess

Das Telefon klingelte, aber Alvirah ging nicht an den Apparat. Seit sie und Willy wieder zu Hause waren – gerade lange genug, um die Koffer auszupacken –, hatte der Anrufbeantworter bereits sechs Anrufe aufgezeichnet. Sie waren übereingekommen, dass sie sich erst morgen wieder um die Belange der Außenwelt kümmern würden.

Wie schön es doch war, wieder zu Hause zu sein, dachte Alvirah glücklich, als sie auf den Balkon ihrer Wohnung in der Central Park South trat und in den Park hinunterschaute. Es war Ende Oktober, und die Blätter hatten sich in einen flammenden Regenbogen aus Orange, Gelb und Rostrot verwandelt.

Sie ging wieder hinein und ließ sich auf der Couch nieder. Willy reichte ihr einen Cocktail, einen Manhattan, mit dem sie darauf anstoßen wollten, dass sie wieder zurück in der Stadt waren. Sein eigenes Glas nahm er mit zu seinem großen, bequemen Sessel, bevor er ihr zuprostete: »Auf uns, mein Schatz.«

Alvirah lächelte ihn voller Zuneigung an. »Ich muss schon sagen, dass ich von all diesen Sehenswürdigkeiten erst mal genug habe. Ich werde wenigstens zwei Wochen lang weder meine Füße noch meine Hände bewegen«, sagte sie.

»Einverstanden«, erwiderte Willy nickend und fügte dann ein wenig töricht hinzu: »Schatz, ich glaube immer noch, dass unser Ritt auf den Maultieren in Griechenland ein wenig übertrieben war. Ich habe mich auf diesem Vieh wie ein nasser Sack gefühlt.«

»Aber *ausgesehen* hast du, als hättest du dein Leben lang nichts anderes getan, als Maultiere zu reiten«, versicherte Alvirah ihm. Sie hielt einen Augenblick inne und sah ihren Mann liebevoll an. »Willy, wir hatten doch viel Spaß, oder? Ohne die Lotterie würde ich immer noch putzen gehen, und du würdest kaputte Wasserrohre reparieren.«

Woraufhin sie wieder einmal in schweigendem Staunen dasaßen und über das wunderbare Ereignis nachdachten, das ihr früheres Leben abrupt beendet hatte. Für einen Dollar die Woche hatten sie zehn Jahre lang Lotto gespielt, immer mit den Daten ihrer Geburtstage und ihres Hochzeitstages als Tipp, bis zu dem unglaublichen Augenblick, da in der Lotterie genau ihre Zahlen gezogen und sie die alleinigen Gewinner eines Jackpots von vierzig Millionen Dollar wurden.

Alvirah pflegte zu sagen: »Willy, für uns hat das Leben mit sechzig begonnen, na ja, mit nicht ganz sechzig.« Mittlerweile hatten sie auf ihren Reisen dreimal Europa besucht und einmal Südamerika, waren mit der Transsibirischen Eisenbahn von China nach Russland gefahren und gerade eben erst von einer Kreuzfahrt durch die griechische Inselwelt zurückgekehrt.

Das Telefon klingelte. Alvirah sah den Apparat aus den Augenwinkeln an. »Lass dich nicht in Versuchung führen«, bat Willy. »Wir müssen erst einmal verschnaufen. Es wird wohl Cordelia sein – mit der Bitte, dass ich im Kloster die Gasleitung repariere oder irgendetwas in der Art. Das kann bestimmt einen Tag warten.«

Sie hörten sich die Nachricht an, die soeben auf den Anrufbeantworter gesprochen wurde. Es war Rhonda Alvirez, die Sekretärin des Vereins zur Unterstützung von

Lotteriegewinnern in Manhattan. Sie war ein Gründungsmitglied des Vereins – sie selbst hatte einmal sechs Millionen Dollar gewonnen und hatte sich von einem Vetter überreden lassen, ihren ersten großen Scheck in seine Erfindung zu investieren, einen schnell wirkenden Abflussreiniger. Später stellte sich heraus, dass das Einzige, was der Vetter jemals gründlich reinigte, Rhondas Konto war.

Danach hatte Rhonda dann ihren Verein gegründet, und nachdem sie in der Zeitung davon gelesen hatte, wie umsichtig Alvirah und Willy mit ihrem unverhofften Geldsegen umgingen, bat sie die beiden, Ehrenmitglieder des Vereins zu werden und regelmäßig bei den Versammlungen Gastvorträge zu halten.

Rhonda hatte bereits eine Nachricht hinterlassen. Jetzt kam sie direkt zur Sache. »Alvirah, ich weiß, dass du zu Hause bist. Die Limousine hat euch vor einer Stunde vor eurem Apartment abgesetzt. Ich habe mich bei eurem Portier erkundigt. Bitte, komm an den Apparat. Es ist wichtig.«

»Und du findest Cordelia schon schlimm«, murmelte Alvirah, als sie gehorsam nach dem Telefon griff.

Willy sah, wie sich während des Gespräches mit Rhonda plötzlich Ungläubigkeit und Sorge auf Alvirahs Gesicht zeigten, und dann hörte er sie sagen: »Natürlich werden wir mit ihr reden. Morgen früh um zehn. Hier bei uns. Gut.«

Als sie auflegte, erklärte sie ihm, worum es ging. »Wir sollen uns mit Nelly Monahan treffen. Nach allem, was Rhonda mir erzählt hat, ist sie eine sehr nette Frau. Sie hat kürzlich in der Lotterie gewonnen und ist von ihrem Ex-Mann um den Gewinn betrogen worden. Das können wir nicht zulassen.«

Um neun Uhr am nächsten Morgen machte Nelly Monahan sich bereit, ihre Dreizimmerwohnung in Stuyvesant Town zu verlassen. Sie wohnte immer noch in dem gleichen Sozialbau in der East Side, in den sie als zweiundzwanzigjährige Braut vor über vierzig Jahren eingezogen war. Obwohl die Miete jetzt das Zehnfache der neunundfünfzig Dollar betrug, die sie anfangs gezahlt hatten, war die Wohnung immer noch ungeheuer günstig, vorausgesetzt natürlich, dass man fast sechshundert Dollar im Monat für ein Dach überm Kopf ausgeben konnte.

Aber jetzt, da sie von einer winzigen Pension und einem monatlichen Scheck von der Sozialhilfe lebte, begriff Nelly langsam, dass sie die Wohnung, auch wenn es ihr noch so wehtat, vielleicht würde aufgeben und zu ihrer Cousine Margaret nach New Brunswick in New Jersey ziehen müssen.

Für Nelly, eine eingefleischte New Yorkerin, war die Aussicht, ihre letzten Jahre abseits der Metropole verbringen zu müssen, geradezu entsetzlich. Es war schon schlimm genug gewesen, dass ihr Mann, Tim, sie sitzen gelassen hatte, aber die Wohnung aufgeben zu müssen, das brach ihr fast das Herz. Und dann musste sie auch noch erfahren, dass Tims neue Frau ihren Lotterieschein besaß, dessen Zahlen gewonnen hatten! Das war einfach zu viel. Und so kam es, dass Nelly den Verein zur Unterstützung von Lotteriegewinnern angerufen und jetzt eine Verabredung mit Alvirah Meehan hatte, die nach Rhondas Versicherung die meisten Probleme zu knacken wusste.

Nelly war eine kleine, rundliche, unauffällige Frau mit einigermaßen hübschen Gesichtszügen und letzten Spuren von Braun in ihrem natürlich gewellten, grauen Haar, das ihr Gesicht einrahmte und auf diese Weise die Linien, die die Zeit und harte Arbeit um ihre Augen und ihren Mund gemeißelt hatten, weicher erscheinen ließ.

Mit ihrer stockenden Stimme und ihrem scheuen Lächeln machte Nelly nach außen hin den Eindruck eines leicht ausnutzbaren Menschen, aber das war ein gehöriger Irrtum. Nein, wenn jemand versuchte, sich auf ihre Kosten einen Vorteil zu verschaffen, musste er schnell feststellen, dass Nelly eine draufgängerische Ader und einen untrüglichen Gerechtigkeitssinn besaß.

Bis sie im Alter von sechzig Jahren in Rente ging, hatte sie als Buchhalterin für eine kleine Firma gearbeitet, die Jalousien herstellte, und sie war auch vor einigen Jahren diejenige gewesen, die herausfand, dass der Neffe des Besitzers seine Finger in der Kasse gehabt hatte. Schließlich hatte sie ihren Chef dazu überredet, seinen Neffen zu zwingen, sein Haus zu verkaufen und jeden Pfennig, den er gestohlen hatte, zurückzuzahlen, wenn er nicht in den Genuss der Gastfreundschaft der New Yorker Strafanstalt kommen wollte.

Und als einmal ein Teenager im Vorbeifahren versucht hatte, ihr die Handtasche zu stehlen, hatte sie ihren Schirm in die Speichen seines Fahrrads gestoßen, sodass er der Länge nach auf die Straße gestürzt war und sich einen Knöchel verstaucht hatte. Anschließend hatte sie abwechselnd um Hilfe gerufen und dem Möchtegernräuber eine Standpauke gehalten, bis die Polizei kam.

Aber diese Episoden verblassten doch im Vergleich zu dem, was ihr jetzt widerfahren war: Ihr Mann hatte sie nach vierzigjähriger Ehe zusammen mit ihrer Nachfolgerin Roxie, der neuen Mrs Tim Monahan, um ihren Zwei-Millionen-Dollar-Anteil des Lotteriegewinns betrogen.

Nelly wusste, dass Alvirah Meehan und ihr Mann Willy in einer der Prachtbauten des Central Park South lebten, also kleidete sie sich für ihre Verabredung mit ihnen sehr sorgfältig; sie hatte sich für ein braunes Tweedkostüm entschieden, das sie im Ausverkauf bei A&S erstanden hatte. Sie hatte sich sogar die Extravaganz geleistet, sich das Haar waschen und legen zu lassen.

Der Portier konnte um Punkt zehn ihre Ankunft melden.

Um halb elf schenkte Alvirah ihrem Gast eine zweite Tasse Kaffee ein. Eine halbe Stunde lang hatte sie das Gespräch bewusst allgemein gehalten, hatte von ihren gemeinsamen Erfahrungen geredet und von den Veränderungen in der Stadt. Durch ihre Arbeit als Kolumnistin und Detektivin für den *New York Globe* hatte sie gelernt, dass entspannte Menschen für gewöhnlich die besseren Zeugen waren.

»So, kommen wir jetzt zum Geschäftlichen«, sagte sie und hob die Hand zur Anstecknadel auf dem Revers ihres Jacketts, einer Brillantenrosette, die einen Minirekorder enthielt. »Ich werde ganz offen zu Ihnen sein«, erklärte sie. »Ich werde unser Gespräch aufzeichnen, weil ich manchmal, wenn ich die Aufnahme dann später abspiele, etwas finde, das mir vorher entgangen ist.«

Nellys Augen blitzten. »Rhonda Alvirez hat mir erzählt, Sie benutzten diesen Rekorder manchmal, um irgendwelche Verbrechen zu lösen. Nun, ich habe ein Verbrechen für Sie, und der Name des Verbrechers ist Tim Monahan.«

Nach einer kurzen Atempause fuhr sie fort: »In den vierzig Jahren, die ich mit ihm verheiratet war, konnte er sich in keinem Job lange halten, weil er immer einen Grund fand, um gegen seinen augenblicklichen Arbeitgeber zu klagen. Tim hat mehr Bagatellfälle vor Gericht erlebt als Richter Wapner.«

Daraufhin zählte Nelly eine lange Liste von Leuten auf, die Tim vor Gericht gebracht hatte, einschließlich des Besitzers der Reinigung, die er beschuldigt hatte, ein Loch in eine uralte Hose gemacht zu haben, der Busgesellschaft, deren Fahrzeug plötzlich gebremst hatte, dass Tim angeblich ein Schleudertrauma davongetragen hatte, des Gebrauchtwagenhändlers, der sich geweigert hatte, Tims Wagen zu reparieren, nachdem die Garantie abgelaufen war, und des Großkaufhauses, das er wegen einer defekten Feder in einem Fernsehsessel verklagt hatte, den Nelly ihm etliche Jahre zuvor geschenkt hatte.

Mit ihrer sanften Stimme erzählte Nelly, dass Tim sich stets in der Rolle des Gentlemans gefallen hatte und hübschen Mädchen galant die Tür öffnete, während sie, Nelly, hinter ihm herlaufen durfte, als sei sie unsichtbar. Besonders ärgerlich war es gewesen, als er schließlich begonnen hatte, Loblieder auf Roxie Marsh zu singen, die Besitzerin der Cateringfirma, für die er gelegentlich arbeitete. Nelly hatte die Frau einmal kurz kennen gelernt und erkannt, dass Roxie die Art Chefin war, die ihren Leuten um den Bart ging und ihnen anschließend Sklavenlöhne zahlte.

Tim mochte zwar ein wenig zu viel getrunken haben und eine Nervensäge gewesen sein, so meinte Nelly weiter, und er hatte stets besonders töricht gewirkt, wenn er versuchte, sich wie Beau Brummel aufzuführen, aber immerhin hatte er zu ihr gehört, und sie hatte sich während ihrer vierzigjährigen Ehe an ihn gewöhnt. Außerdem kochte sie gerne und freute sich immer über Tims guten Appetit. Es war keine vollkommene Ehe gewesen, aber sie hatten es miteinander ausgehalten.

Bis sie in der Lotterie gewannen oder nicht gewannen.

»Erzählen Sie mir mehr darüber«, bat Alvirah.

»Wir haben jede Woche in der Lotterie gespielt, und eines Tages wachte ich mit einem besonderen Glücksgefühl auf«, erklärte Nelly ihnen mit ernster Miene. »Es war die letzte Chance, einen Jackpot von achtzehn Millionen

Dollar zu gewinnen. Tim war mal wieder arbeitslos, und ich habe ihm einen Dollar gegeben und ihm aufgetragen, unbedingt einen Schein auszufüllen, wenn er seine Zeitung kaufen ging.«

»Wo war das?«, fragte Alvirah hastig.

»Beim Zeitungskiosk auf der 14. Straße. Als er zurückkam, habe ich ihn gefragt, ob er einen Schein ausgefüllt habe, und er sagte, ja, das habe er.«

»Haben Sie den Schein gesehen?«, warf Willy ein.

Alvirah lächelte ihren Mann an. Willy runzelte die Stirn. Er verlor nur selten die Fassung, aber wenn er es tat, hatte er eine bemerkenswerte Ähnlichkeit mit seiner Schwester Cordelia. Und Willy hatte nichts übrig für einen Mann, der seine Frau hinterging.

»Ich habe ihn nicht gebeten, mir den Schein zu zeigen«, erwiderte Nelly, während sie ihren Kaffee austrank. »Er bewahrte die Lotteriescheine immer in seiner Brieftasche auf. Außerdem war es auch gar nicht nötig, dass er mir den Schein zeigte. Wir spielten immer dieselben Zahlen.«

»Genau wie wir«, erzählte Alvirah ihr. »Unsere Geburtstage und das Hochzeitsdatum.«

»Tim und ich haben die Hausnummern der Häuser genommen, in denen wir aufgewachsen sind – 1802 und 1913 in der Tenbrook Avenue in der Bronx und 405 in der East Fourteenth Street, das ist das Haus, in dem wir all diese Jahre gewohnt haben. Auf diese Weise hatten wir die Zahlen 18-2-19-13-4-5. Tim hat mir damals ganz klar gesagt, dass er den Schein gekauft habe, und er hat kein Wort davon gesagt, dass er andere Zahlen gespielt hätte als sonst. Das war am Samstag. Am nächsten Mittwoch saß ich vorm Fernseher, als unsere Zahlen gezogen wurden, und Sie können sich nicht vorstellen, was für ein Schock das war.«

»O doch, das kann ich«, erwiderte Alvirah. »Ich hatte an dem Tag, an dem wir gewonnen haben, bei Mrs O'Keefe geputzt, und ich kann Ihnen sagen, sie hatte am Vortag ihre ganzen Enkelkinder zu Besuch, und das Haus war ein einziger Saustall. Ich war todmüde und hatte meine Füße in einem Eimer mit warmem Wasser stehen, als unsere Zahlen gezogen wurden.«

»Sie hat den Eimer umgeworfen«, fügte Willy hinzu. »Die ersten zehn Minuten unseres Lebens als Multimillionäre haben wir damit zugebracht, das Wohnzimmer aufzuwischen.«

»Dann können Sie mich ja verstehen«, seufzte Nelly. Sie erzählte ihnen weiter, dass Tim an diesem Abend nicht zu Hause gewesen sei, sondern, wie er das gelegentlich tat, als Barkeeper für Roxie gearbeitet hatte. Nelly war lange aufgeblieben, um auf ihn zu warten, und hatte zur Feier des Tages sein Lieblingsdessert gemacht, eine Crème brûlée.

Aber als Tim schließlich nach Hause kam, überreichte er ihr, den Tränen nahe, den Schein, den er aufbewahrt hatte. Es waren nicht die Zahlen, die sie immer gespielt hatten. Jede einzelne Ziffer war anders. »Ich fand, wir sollten unser Glück mal mit etwas anderem probieren«, hatte Tim dazu gesagt.

»Ich dachte, ich bekäme einen Herzschlag«, sagte Nelly. »Aber er war so schrecklich unglücklich, dass ich ihn zuletzt trösten musste und ihm versichert habe, es sei nicht so wichtig und habe eben nicht sein sollen.«

»Und ich wette, er hat die Crème brûlée trotzdem gegessen«, meinte Alvirah wütend.

»Bis auf den letzten Bissen. Er sagte, jeder Mann könne sich glücklich schätzen, wenn er eine Frau wie mich hätte. Ein paar Wochen danach hat er mich dann sitzen lassen und ist zu Roxie gezogen. Hat mir erzählt, er hätte sich plötzlich in sie verliebt. Das ist jetzt ein Jahr her. Die Scheidung ist letzten Monat rechtskräftig geworden, und vor drei Wochen hat er Roxie geheiratet.

Es hieß, es hätte damals vier Gewinner des Jackpots von achtzehn Millionen Dollar gegeben; dass einer von ihnen sich bisher nicht gemeldet hatte, wusste ich nicht. Vergangene Woche, am allerletzten Tag, bevor der Schein ungültig wurde, tauchte Roxie, die mittlerweile die zweite Mrs Tim Monahan war, am Auszahlungsschalter der Lotterie auf und behauptete, sie hätte zufällig gerade eben festgestellt, dass sie den vierten Schein besaß, den Schein mit den Zahlen, die Tim und ich immer gespielt haben.«

»Tim hat an dem Abend, an dem Ihre Zahlen gewonnen haben, für Roxie gearbeitet und den Schein in seiner Brieftasche gehabt?«, fragte Alvirah, um ihren Verdacht zu bestätigen.

»Ja, genau darum geht es. Er hat ihr schon die ganze Zeit schöne Augen gemacht, und ich denke, er hat ihr den Schein gezeigt.«

»Woraufhin sie ihre große Chance gewittert hat«, meinte Willy nun. »Wie ekelhaft.«

»Wenn Sie mal etwas wirklich Ekelhaftes sehen wollen, dann zeige ich Ihnen das Foto von den beiden in der *Post,* mit der Unterschrift, wie glücklich sie doch seien, dass Roxie zufällig ihren Schein wieder gefunden hat.« Nellys Stimme zitterte, und sie schien den Tränen nahe zu sein. Dann trat ein stahlharter Blick in ihre Augen, und ihr Kiefer schob sich einen Zentimeter nach vorn. »Das ist nicht recht«, sagte sie. »Ich habe mich mit Dennis O'Shea darüber unterhalten, einem pensionierten Rechtsanwalt, der auf der gleichen Etage wohnt wie ich. Er hat ein paar Nachforschungen angestellt und erfahren, dass einige andere Fälle bekannt geworden sind, in denen ein Mann oder eine Frau diese Masche abgezogen hat und das Gericht zu dem Schluss kam, dass demjenigen, der im Besitz des Scheines war, auch der Gewinn zustand. Er meinte, es sei eine Schande, eine Gemeinheit und eine schreckliche Ungerechtigkeit, aber juristisch betrachtet hätte ich einfach Pech gehabt.«

»Wie kommt es, dass Sie an einer Versammlung des Vereins zur Unterstützung von Lotteriegewinnern teilgenommen haben?«, erkundigte sich Alvirah.

»Dennis hat mich hingeschickt. Er hatte von diesen Leuten gelesen, die all ihr in der Lotterie erworbenes Geld durch schlechte Investitionen wieder verloren haben. Er dachte, es würde mir gut tun, verwandte Seelen kennen zu lernen.«

Mit gerechtem Zorn in der Stimme und einem gewissen halsstarrigen Zug um den Mund fasste Nelly ihre glücklose Vergangenheit zusammen. »Tim hat mich schneller sitzen lassen, als Sie Abrakadabra sagen können, und jetzt werden die beiden in Saus und Braus leben, während ich zu meiner Cousine Margaret ziehen muss, weil ich es mir nicht leisten kann, da zu bleiben, wo ich jetzt wohne. Margaret hat mich nur deshalb gebeten, zu ihr zu ziehen, weil sie mich als Köchin schätzt. Und sie redet so viel, dass ich in einem Jahr wahrscheinlich stocktaub sein werde.«

»Es muss doch eine Möglichkeit geben, Ihnen zu helfen«, meinte Alvirah. »Ich werde mal meine kleinen grauen Zellen strapazieren. Und morgen rufe ich Sie an.«

Um neun Uhr am nächsten Morgen saß Nelly am Esstisch in ihrer Wohnung in Stuyvesant Town und ließ sich ein Frühstücksbrötchen und eine Tasse Kaffee schmecken. Es mochte zwar nicht der Central Park South sein, dachte sie, aber es war wunderbar, hier zu leben, Seit Tim sich verflüchtigt hatte, hatte sie kleine Änderungen in der Wohnung vorgenommen. Er war nie bereit gewesen, sich von seinem großen, hässlichen Fernsehsessel zu trennen, der immer am Fenster gestanden hatte, aber da er ihn, als er ausgezogen war, mitgenommen hatte, konnte sie nun die übrigen Möbel so arrangieren, wie sie es sich insgeheim immer gewünscht hatte. Außerdem hatte sie neue, helle Schonbezüge für das Sofa und den Ohrensessel gemacht und ihren Nachbarn, die in eine andere Wohnung zogen, für einen Pappenstiel einen hübschen bunten Läufer abgekauft.

Während sie sich nun an der Herbstsonne erfreute, die durchs Fenster schien, und feststellte, wie freundlich und einladend die Wohnung war, dachte sie darüber nach, dass Tim eigentlich ihr Leben lang ein Hemmschuh für sie gewesen war und sie im Prinzip ohne ihn besser dran war.

Das Schlimme war nur, dass sie ohne seinen zugegeben armseligen Lohn einfach nicht zurechtkam, und so sehr sie sich auch bemühte, sie selbst fand einfach keine Arbeit mehr. Wer stellt schon eine zweiundsechzigjährige Frau ein, die keine Ahnung von Computern hat? Antwort: niemand.

Margaret hatte wieder einmal angerufen. »Warum gibst du nicht einfach die Wohnung zum nächsten Ersten auf und sparst dir eine Monatsmiete? Ich lasse gerade das hintere Schlafzimmer für dich anstreichen.«

Und wie ist es mit der Küche?, dachte Nelly. Ich wette, dass ich in Wirklichkeit dort den größten Teil meiner Zeit verbringen soll.

Es war alles so hoffnungslos. Nelly nahm einen Schluck von ihrem hervorragenden, frisch zubereiteten Kaffee und seufzte.

Dann rief Alvirah an.

»Wir haben einen Plan«, sagte sie. »Ich möchte, dass Sie Roxie und Tim besuchen und sie bei der Gelegenheit dazu bringen, zuzugeben, dass sie Sie betrogen haben.«

»Warum sollten sie das zugeben?«

»Sie müssen einen von ihnen so auf die Palme bringen, dass er vor lauter Wut damit angibt, Ihnen eins ausgewischt zu haben. Glauben Sie, Sie schaffen das?«

»Oh, Roxie fuchsteufelswild zu machen ist für mich kein Problem«, sagte Nelly. »Als sie letzten Monat geheiratet haben, fand ich ein Foto von Tim in Jones Beach, auf dem er aussieht wie ein gestrandeter Wal; ich habe es rahmen lassen und ihr geschickt. Auf die Rückseite habe ich geschrieben: ›Mit den besten Wünschen für eine glückliche Trennung.‹«

»Ich mag Sie, Nelly«, kicherte Alvirah. »Sie sind eine Frau nach meinem Herzen. Also, Sie sollen Folgendes tun: Irgendwie müssen Sie eine Verabredung mit den beiden treffen, und dabei werden Sie dann eine exakte Nachbildung meiner Anstecknadel tragen. Mein Verleger hat mir ein paar Reservenadeln anfertigen lassen.«

»Aber Alvirah, diese Anstecknadel ist doch sehr wertvoll!«

»Sie ist deshalb so wertvoll, weil der Rekorder darinsteckt! Sie werden ihn einschalten und die beiden dazu bringen, zuzugeben, dass sie Sie betrogen haben, und dann gehen wir zu Ihrem Rechtsanwaltsfreund Dennis O'Shea, damit er bei Gericht Klage einreicht, weil man Sie um Geld betrogen hat, das Ihnen rechtlich zusteht.«

Eine schwache Hoffnung regte sich in Nellys üppigem Busen. »Alvirah, meinen Sie wirklich, das wäre eine Chance?«

»Das ist so ungefähr die einzige Chance«, antwortete Alvirah gelassen.

Nach dem Telefongespräch saß Nelly einige Minuten lang tief in Gedanken versunken da. Sie erinnerte sich an den Todestag von Tims Mutter vor einigen Jahren, als die sterbende alte Frau ihn gebeten hatte, ihr die Wahrheit zu sagen: War er nicht derjenige gewesen, der die Garage in Brand gesetzt hatte, als er acht Jahre alt war? Er hatte es immer geleugnet, aber an diesem Tag, als er sah, dass sie bald ihren letzten Atemzug tun würde, war er zusammengebrochen und hatte gestanden. Ich weiß, wie ich ihn kriegen kann, dachte Nelly und griff nach dem Telefon.

Tim nahm den Anruf entgegen. Als er ihre Stimme hörte, klang er plötzlich ärgerlich. »Hör zu, Nelly, wir packen unsere Sachen, weil wir für immer nach Florida ziehen wollen. Also, was liegt an?«

Nelly drückte sich selber die Daumen. »Tim, ich habe eine schlechte Nachricht für dich. Mir bleibt höchstens noch ein Monat.« Und das stimmt auch, dachte sie. Zumindest in Stuyvesant Town.

Tim klang zumindest ein wenig besorgt. »Nelly, das ist ja wirklich schlimm. Bist du sicher?«

»Ganz sicher.«

»Ich werde für dich beten.«

»Das ist der Grund, warum ich anrufe. Ich muss sagen, ich habe, seit Roxie den Lotterieschein abgegeben hat, ein paar sehr abscheuliche Dinge über dich gedacht.«

»Es war ihr Schein.«

»Ich weiß.«

»Ich meine, ich habe ihr immer erzählt, dass wir diese Zahlen spielen, und sie hat sie in dieser Woche ausprobiert, und ich habe eine andere Kombination getippt.«

»Ihre Zahlen?«

»Das weiß ich nicht mehr«, sagte Tim hastig. »Sieh mal, Nelly, es tut mir Leid, aber wir brechen morgen auf, und die Umzugsfirma kommt heute Vormittag. Ich habe noch schrecklich viel zu tun.«

»Tim, ich muss dich unbedingt sehen. Ich versuche mit meiner Seele ins Reine zu kommen, und ich habe dich und Roxie so sehr gehasst, dass ich euch unbedingt noch einmal von Angesicht zu Angesicht sehen muss, um mit euch zu reden. Sonst kann ich nicht in Frieden sterben.« Was wieder einmal die Wahrheit wäre und nichts als die Wahrheit, dachte Nelly.

Aus dem Hintergrund hörte sie eine schrille Stimme rufen: »Tim, mit wem zum Teufel redest du da?«

Tim senkte seine Stimme und sagte schnell: »Wir haben für morgen Mittag einen Flug gebucht. Sei um zehn Uhr hier. Aber Nelly, ich muss es dir von vornherein sagen. Ich habe höchstens eine Viertelstunde Zeit.«

»Mehr will ich auch gar nicht, Tim«, sagte Nelly, und ihre Stimme klang noch sanfter als gewöhnlich. Dann legte sie den Hörer auf und rief Alvirah an. »Er kann mir morgen früh eine Viertelstunde opfern«, sagte sie. »Alvirah, ich könnte ihn umbringen.«

»Das würde Ihnen nichts nützen«, erwiderte Alvirah. »Kommen Sie heute Nachmittag her, und ich zeige Ihnen, wie die Anstecknadel funktioniert.«

Um neun Uhr am nächsten Tag wollte Nelly gerade ihren Mantel anziehen, als es an der Tür klingelte. Es war Dennis O'Shea, der nette pensionierte Anwalt, der auf der gleichen Etage in Wohnung 8F lebte. Er war vor sechs Monaten eingezogen und hatte sie gelegentlich ein Stück weit begleitet, wenn sie sich im Aufzug getroffen hatten. O'Shea war für einen Mann eher klein, höchstens einen Meter siebzig, von kräftiger Statur, hatte freundliche Augen hinter einer randlosen Brille und ein nettes, intelligentes Gesicht.

Er hatte Nelly erzählt, seine Frau sei vor zwei Jahren gestorben, und er habe nach seiner Pensionierung mit fünfundsechzig Jahren beschlossen, sein Haus in Syosset zu verkaufen und wieder in die Stadt zu ziehen. Jetzt lebte er zeitweise in seiner Wohnung hier und in seinem Cottage auf Cape Cod.

Nelly spürte, dass Dennis, genauso wie sie, ein starkes Gerechtigkeitsgefühl besaß und sich nicht gern die Butter vom Brot nehmen ließ. Das war auch der Grund, warum sie den Mut aufbrachte, ihn um Rat zu fragen, nachdem Roxie der Lotteriegesellschaft ihren Gewinnschein präsentiert hatte.

An diesem Morgen wirkte Dennis besorgt. »Nelly«, sagte er, »sind Sie sich sicher, dass Sie wissen, wie man diesen Rekorder einschaltet?«

»Aber ja. Man braucht sozusagen lediglich seine Hand über den falschen Diamanten in der Mitte gleiten zu lassen.«

»Zeigen Sie es mir.« Sie tat wie geheißen.

»Und jetzt sagen Sie etwas.«

»Geh zum Teufel, Tim.«

»Das ist der richtige Kampfgeist. Jetzt spielen Sie die Aufnahme zurück.«

Sie ließ die Kassette aus der Anstecknadel herausspringen, legte sie in den Apparat, den sie ebenfalls von Alvirah bekommen hatte, und drückte dann auf die Abspieltaste. Nichts geschah.

»Ich nehme an, Sie haben Ihrer Freundin Alvirah Meehan von mir erzählt«, sagte Dennis. »Sie hat mich vor ein paar Minuten angerufen und mir erklärt, wie die Dinge stehen. Und sie meinte, Sie hätten möglicherweise Schwierigkeiten mit dem Rekorder.«

Nelly spürte, dass ihre Finger zitterten. Sie hatte die ganze Nacht nicht geschlafen. Angenommen, nur mal angenommen, dass sie doch noch an ihren Anteil des Gewinns herankommen konnte. Aber wenn diese Sache heute Morgen nicht funktionierte, war alles vorbei. Sie hatte ein ganzes Jahr lang nicht eine einzige Träne vergossen, aber als sie jetzt die Sorge in Dennis O'Sheas Gesicht bemerkte, wurden ihre Augen wässrig. »Zeigen Sie mir, was ich falsch mache«, bat sie.

Während der nächsten zehn Minuten versuchten sie, den Rekorder ein- und auszuschalten, ein paar Worte zu sagen und die Kassette dann auf dem anderen Apparat abzuspielen. Der Trick bestand darin, dass man den kleinen Schalter ziemlich fest herunterdrücken musste. Schließlich meinte Nelly: »Jetzt klappt es. Vielen Dank, Dennis.«

»War mir ein Vergnügen. Nelly, sehen Sie zu, dass Sie die beiden dazu bewegen, ihren Betrug zuzugeben, und nehmen Sie das Ganze auf Band auf. Ich werde sie dann so schnell vor Gericht bringen, dass sie gar nicht wissen, wie ihnen geschieht.«

»Aber sie ziehen doch nach Florida.«

»Die Schecks der Lotterie werden in New York ausgestellt. Lassen Sie diesen Teil der Geschichte meine Sorge sein.«

Dann wartete er noch mit ihr auf den Aufzug. »Sie wissen, welchen Bus Sie nehmen müssen?«

»Es ist nicht weit bis zur Christopher Street. Ich gehe zu Fuß hin.«

Alvirah hatte an diesem Morgen ein volles Programm. Um acht Uhr machte sie sich mit großer Energie daran, die bereits tadellos saubere Wohnung zu putzen. Um Viertel nach neun suchte sie Dennis O'Sheas Telefonnummer heraus und rief ihn an, weil sie sich Sorgen machte, dass Nelly nicht mit dem Rekorder zurechtkäme; dann fing sie wieder an, die blank geputzten Möbel zu polieren. Für Willy war das Ganze ein untrügliches Zeichen dafür, dass sie sich ernsthaft sorgte.

»Was quält dich, mein Schatz?«, erkundigte er sich schließlich.

»Ich hab irgendwie ein schlechtes Gefühl«, gab sie zu.

»Hast du Angst, dass Nelly mit dem Rekorder nicht klarkommt?«

»Davor und dass sie es vielleicht nicht schafft, die beiden zum Reden zu bringen. Aber am meisten Angst habe ich davor, dass sie ihr alles erzählen und sie es nicht auf das Band kriegt.«

Nelly wollte sich um zehn mit ihrem Ex-Mann und Roxie treffen. Um halb elf setzte Alvirah sich hin und fing an, das Telefon anzustarren. Um fünf nach halb elf klingelte es. Es war Cordelia, die Willy sprechen wollte. »Eins von unseren alten Mädchen hat eine undichte Stelle an ihrer Küchendecke«, sagte Cordelia. »Die ganze Wohnung riecht langsam nach Moder. Schick Willy doch gleich mal rüber.«

»Später, Cordelia. Wir warten auf einen wichtigen Anruf.« Alvirah wusste, dass sie keine Chance hatte, ohne eine Erklärung des Problems davonzukommen.

»Du hättest mir schon eher davon erzählen sollen«, fuhr Cordelia sie an. »Ich fange sofort an zu beten.«

Gegen Mittag war Alvirah ein richtiges Nervenbündel. Sie rief noch einmal bei Dennis O'Shea an. »Keine Nachricht von Nelly?«

»Nein. Mrs Meehan, Nelly hat mir erzählt, ihr Mann würde ihr nur eine Viertelstunde geben.«

»Ich weiß.«

Um Viertel nach elf klingelte das Telefon endlich noch einmal. Alvirah stürzte sich auf den Hörer. »Hallo.«

»Alvirah.«

Es war Nelly. Alvirah versuchte, den Klang ihrer Stimme zu analysieren. Erschöpft? Nein. Schockiert. Ja, das war es. Schockiert. Nelly klang, als sei sie in Trance.

»Was ist passiert?«, fragte Alvirah. »Haben sie es zugegeben?«

»Ja.«

»Haben Sie es auf Band bekommen?«

»Nein.«

»O wie schrecklich. Das tut mir entsetzlich Leid.«

»Das ist aber noch nicht das Schlimmste.«

»Wie meinen Sie das, Nelly?«

Es entstand eine lange Pause, dann seufzte Nelly. »Alvirah, Tim ist tot. Ich habe ihn erschossen.«

Fünf Stunden später stellten Alvirah und Willy eine Kaution für Nelly, nachdem Dennis O'Shea, ihr selbst ernannter Anwalt, für sie auf nicht schuldig plädiert hatte; die Anklage gegen sie umfasste drei Punkte: Mord zweiten Grades, Totschlag ersten Grades und Tragen einer Schusswaffe. Nelly kam gerade lange genug aus ihrer tranceartigen Lethargie heraus, um mit überraschter Stimme festzustellen: »Aber ich habe ihn doch getötet.«

Sie brachten sie nach Hause. Auf der Küchentheke stand eine halbe, säuberlich in Zellophan verpackte Krümeltorte. »Die hat Tim immer so gern gegessen«, sagte Nelly traurig. »Er sah heute einfach schrecklich aus, auch schon, bevor er tot war. Ich glaube nicht, dass Roxie oft für ihn gekocht hat.«

Alvirah fühlte sich furchtbar elend. Das Ganze war ihre Idee gewesen. Eine tolle Idee! Jetzt sah Nelly langen Jahren im Gefängnis entgegen. In ihrem Alter konnte das durchaus den Rest ihres Lebens bedeuten. Gestern hatte Nelly gesagt, dass sie Tim umbringen könnte. Und ich habe noch Witze darüber gemacht, dachte Alvirah. Ich habe ihr gesagt, dass es ihr nichts nützen würde. Ich hätte nie gedacht, dass sie es ernst meinte. Wie ist sie bloß an diese Pistole gekommen?

Sie setzte einen Kessel mit Wasser auf. »Ich glaube, wir sollten uns unterhalten«, sagte sie. »Aber zuerst mache ich uns eine schöne, starke Tasse Tee, Nelly.«

Nelly erzählte ihre Geschichte mit flacher, emotionsloser Stimme. »Ich beschloss, zu Fuß in die Christopher Street zu gehen, um mich vorher noch zu sammeln, Sie verstehen, was ich meine? Ich habe die Anstecknadel abgenommen und in meine Handtasche gesteckt. Sie ist so hübsch, dass ich Angst hatte, man könnte mich deswegen überfallen. Dann sah ich an der Ecke Zehnte Straße und Avenue B ein paar Kinder. Sie können nicht älter als zehn oder elf gewesen sein. Ist es da noch zu fassen, dass der eine dem anderen eine Pistole gezeigt hat?«

Sie stierte vor sich hin. »Ich kann Ihnen sagen, ich habe plötzlich einfach rot gesehen. Diese Jungen haben nicht nur die Schule geschwänzt, sondern mit diesem Ding herumgespielt, als wäre es eine Wasserpistole. Ich bin auf sie zugegangen und habe ihnen gesagt, sie sollen mir die Waffe aushändigen.«

»Sie haben was getan?« Dennis O'Shea riss die Augen weit auf.

»Der eine, der die Pistole gerade nicht in der Hand hielt, sagte: ›Erschieß sie‹, aber ich glaube, der andere Junge hat mich wohl für eine Polizistin in Zivil gehalten oder so etwas«, fuhr Nelly fort. »Na ja, jedenfalls sah er mich ängstlich an und gab mir die Pistole. Ich habe ihnen gesagt, dass Kinder in ihrem Alter in die Schule gehören und Baseball spielen sollten, so wie die Jungen es zu meiner Zeit getan haben.«

Alvirah nickte. »Also hatten Sie die Pistole bei sich, als Sie zu Tim und Roxie gingen?«

»Ich hatte keine Zeit, vorher auf ein Polizeirevier zu gehen. Tim wollte mir nur eine Viertelstunde geben. Wie sich herausstellte, brauchte ich nicht mehr als zehn Minuten.«

Alvirah sah, dass Willy eine Frage stellen wollte. Sie schüttelte den Kopf. Sie hatte begriffen, dass Nelly die Szene vor ihrem inneren Auge gerade noch einmal durchlebte. »Na schön, Nelly«, sagte sie sanft. »Was ist passiert, als Sie in ihrer Wohnung waren?«

»Ich bin ein paar Minuten zu spät gekommen. In der Christopher Street wurde gerade ein Film gedreht, und ich musste mich durch eine Menschenmenge schieben, die die Schauspieler angaffte. Die Leute von der Umzugsfirma waren gerade fertig, als ich dort ankam. Roxie hat mich hineingelassen. Ich glaube nicht, dass Tim ihr gesagt hat, dass ich kommen würde. Ihr ist fast die Spucke weggeblieben, als sie mich sah. Das Wohnzimmer war leer; nur Tims alter Fernsehsessel stand noch da, und er lümmelte sich wie gewöhnlich darauf herum. Stand nicht einmal auf, wie es sich für einen Gentleman gehört. Dann sagt Mrs Tim Monahan die Zweite kackfrech zu mir: ›Verzisch dich.‹

Ich war mittlerweile so nervös, dass ich Tim direkt ansah und mit allem herausplatzte, was ich einstudiert hatte: Dass mir nur noch ein Monat zu leben blieb und dass ich ihn um Verzeihung bitten wollte, weil ich so wütend auf ihn gewesen war, dass die Sache mit dem Schein nicht mehr wichtig sei, dass ich mich darüber freute, dass er nun jemanden hatte, der für ihn sorgen würde. Aber bevor ich starb, wollte ich, so wie seine Mutter, die Wahrheit wissen.«

»Das haben Sie ihnen gesagt!«, rief Willy.

»Wie clever!«, flüsterte Alvirah.

»Irgendwie hatte Tim plötzlich so einen komischen

Ausdruck auf dem Gesicht, als würde er gleich loslachen, und er sagte, dass es ihn von Anfang an gestört hätte. Jawohl, er hätte den Schein mit den Gewinnzahlen gekauft und ihn mit Roxie getauscht, und er hätte ihn in einem Schließfach in der Bank bei uns an der Ecke aufbewahrt, bis er ihn letzten Monat Roxie gegeben hätte, damit sie das Geld holen konnte, und er bedaure meine Probleme, und ich sei eine nette, großzügige Frau.«

»Er hat es einfach so zugegeben!«, sagte Alvirah.

»So schnell, dass ich um ein Haar in Ohnmacht gefallen wäre, und dann hat er auch noch die ganze Zeit gelacht. Jetzt bin ich ziemlich sicher, dass er sich einfach über mich lustig gemacht hat. Jedenfalls wurde mir plötzlich klar, dass ich die Anstecknadel nicht eingeschaltet hatte. Also öffnete ich meine Handtasche, um danach zu suchen, und Roxie schrie plötzlich irgendetwas von einer Waffe. Deshalb habe ich die Pistole rausgeholt, um ihr zu erklären, wie ich dazu gekommen war. Dann ging das Ding los, und Tim ging wie ein nasser Sack zu Boden. Was danach geschah, ist alles sehr verschwommen. Roxie hat versucht, mir die Pistole wegzunehmen, und das Nächste, was ich mit Sicherheit weiß, ist, dass ich mich auf dem Polizeirevier wiederfand.«

Sie griff nach ihrer Teetasse. »Ich schätze, jetzt brauche ich mir keine Gedanken mehr darüber zu machen, ob ich diese Wohnung behalten kann oder zu meiner Cousine nach New Brunswick ziehe. Glauben Sie wirklich, die schicken mich in dasselbe Gefängnis, in dem die Frau sitzt, die ihren Mann erschossen hat, weil sie nach der Scheidung den Hund behalten wollte?«

Sie setzte die Tasse ab und stand langsam auf. Ihr Gesicht verfiel plötzlich, und sie sagte: »O mein Gott, wie konnte ich Tim nur erschießen?«

Dann fiel sie in Ohnmacht.

Am nächsten Morgen stattete Alvirah Nelly einen Besuch im Krankenhaus ab. Nach ihrer Rückkehr sagte sie zu Willy: »Sie werden sie für ein paar Tage dabehalten. Was nur gut ist. Für die Zeitungen ist die Sache ein gefundenes Fressen. Sieh nur.« Sie reichte ihm die *Post.* Auf der Titelseite sah man eine hysterisch weinende Roxie, die zusah, wie man Tims Leiche aus der Wohnung trug.

»Diesem Artikel zufolge behauptet Roxie, Nelly sei einfach bei ihnen aufgetaucht und hätte angefangen zu schießen.«

»Wir können bezeugen, dass sie eine Verabredung mit Tim hatte«, meinte Willy, »aber Nelly sagte, dass Roxie sie anscheinend tatsächlich nicht erwartet habe.« Stirnrunzelnd dachte er über die Situation nach. »Während du weg warst, hat Dennis O'Shea angerufen. Er hält es für eine gute Idee, wenn sie ein Geständnis ablegen würde. Auf diese Weise bekäme sie dann vielleicht eine mildere Strafe.«

Alvirah schnippte einen Fussel vom Ärmel ihres hervorragend geschnittenen Hosenanzugs. Normalerweise trug sie ihn ausgesprochen gern. Sie hatte ihn in Größe zweiundvierzig gekauft und konnte daher den Knopf an der Hose ohne allzu große Kraftanstrengung schließen. Aber heute konnte sie überhaupt nichts trösten. Nelly mag zwar um ihren Lotterieschein betrogen worden sein, aber ich bin diejenige gewesen, die ihr einen Fahrschein ins Gefängnis verpasst hat, dachte sie.

»Ich habe nachgedacht. Wenn ich diese Jungen finden könnte, denen Nelly die Waffe abgenommen hat, würde das wenigstens beweisen, dass sie das Ding nicht vorsätzlich bei sich hatte. Ich habe mir die beiden von ihr beschreiben lassen.«

Der Gedanke, irgendetwas tun zu können, brachte ein wenig Erleichterung. »Ich zieh mir vielleicht besser ein paar alte Klamotten an und lungere einfach ein wenig draußen herum. Die Gegend ist weiß Gott nicht besonders einladend.«

Eine Stunde später bezog Alvirah, bekleidet mit einer uralten Jeans, einem ausgeleierten Micky-Maus-Sweatshirt und ihrer Diamantbrosche, ihren Wachposten an der Ecke Avenue B und Zehnte Straße. Die Jungen mussten nach Nellys Beschreibung etwa zwölf Jahre alt sein. Einer war klein und dünn, mit gelocktem Haar und braunen Augen, der andere etwas größer und kräftiger. Beide hatten sie eine Ententolle und trugen Goldkettchen sowie einen Ohrring.

Die Chance, dass sie ihr einfach zufällig über den Weg liefen, war ziemlich gering, und nach einer halben Stunde begann Alvirah sich systematisch durch die Läden in der Nachbarschaft zu arbeiten. In einem kaufte sie eine Zeitung, in einem anderen zwei Äpfel, dann eine Packung Aspirin im Drugstore. In jedem Geschäft verstrickte sie den Verkäufer in eine Unterhaltung. Beim Schuhmacher traf sie endlich ins Schwarze.

»Klar kenn ich die beiden. Der kleinere Junge macht große Probleme. Der andere ist eigentlich gar nicht so schlecht. Für gewöhnlich hängen die beiden da an der Ecke rum.« Er zeigte aus dem Fenster. »Heute Morgen haben die Cops Schulschwänzer aufgelesen und zurück in die Schule verfrachtet, also, denke ich, werden sie wohl nicht vor drei Uhr hier sein.«

Aus lauter Begeisterung über diese Information belohnte Alvirah den Mann damit, dass sie eine ganze Tasche voller Schuhcremes kaufte, von denen sie keine einzige brauchte. Während er ihr langsam das Wechselgeld abzählte, erzählte er, dass er seine Lesebrille fallen gelassen und anschließend zertreten hätte, dass er aber noch aus ein paar Metern Entfernung eine Mücke niesen sehen könne. Dann schaute er kurz an ihr vorbei aus dem Fenster und rief: »Da sind die beiden Jungs, nach denen Sie suchen.« Er zeigte mit dem Finger auf die Straße. »Die haben sich bestimmt wieder irgendwie aus der Schule herausgeschlichen.«

Alvirah fuhr herum. »Behalten Sie das Wechselgeld«, rief sie noch, während sie aus dem Laden stürmte. Eine Stunde später erzählte sie Willy und Dennis O'Shea niedergeschlagen, was sich ereignet hatte. »Als ich mit ihnen sprach, hatten sie Nellys Foto bereits in der *Post* gesehen und sie wieder erkannt. Diese kleinen Stinktiere waren auf dem Weg zum Polizeirevier, um dort zu vermelden, dass Nelly zu ihnen gekommen sei und gefragt habe, wo sie eine Waffe bekommen könne, weil sie auf der Stelle eine bräuchte. Angeblich hat sie ihnen hundert Dollar geboten. Sie behaupten, sie hätten nicht gewusst, wo man eine Waffe bekommen konnte, aber später hätte ein anderer Junge damit angegeben, ihr eine Pistole verkauft zu haben.«

»Das ist eine verdammte Lüge«, sagte Dennis mit ausdrucksloser Stimme. »Nelly hat gestern Morgen, bevor sie aus dem Haus ging, in ihre Brieftasche geschaut. Ich habe selbst gesehen, dass sie nicht mehr als drei oder vier Dollar darin hatte. Warum sollten diese Kinder solche Lügen verbreiten?«

»Weil Nelly ihnen ihre Pistole weggenommen hat«, antwortete Alvirah. »Und das ist ihre Chance, sich zu rächen.« Plötzlich wurde ihr klar, dass sie nicht wusste, warum Dennis mit Willy im Wohnzimmer gesessen hatte, als sie nach Hause kam.

Aber als er ihr den Grund für seinen Besuch nannte, tat es ihr Leid, überhaupt gefragt zu haben. Die Ergebnisse der Autopsie lagen inzwischen vor. Eine Kugel hatte Tim an der Stirn gestreift. Zwei weitere hatten sich in sein Herz gebohrt, und nach dem Schusswinkel zu urteilen, stand eindeutig fest, dass sie beide abgefeuert worden sein mussten, als er schon am Boden lag. Der Bezirksstaatsanwalt hatte Dennis angerufen, um ihm mitzuteilen, dass die Anklage nun, falls Nelly zu einem Geständnis bereit sei, auf schweren Totschlag ersten Grades mit einer Mindeststrafe von fünfzehn Jahren Gefängnis lautete. Plusminus.

»Und als ich mit ihm sprach, wusste er noch nichts von der Aussage dieser Jungen«, beendete Dennis seine Erklärung.

»Weiß Nelly schon davon?«, fragte Alvirah. »Ich habe sie heute Morgen gesehen, kurz nachdem Sie aufgebrochen sind. Sie will das Krankenhaus morgen verlassen und ihre Angelegenheiten in Ordnung bringen. Sie sagte, sie müsse für ihr Verbrechen zahlen.«

»Es widerstrebt mir zwar zutiefst, das zur Sprache zu bringen«, meinte Willy nun, »aber ist es möglich, dass Nelly tatsächlich die Pistole gekauft hat und wütend genug war, um Tim töten zu wollen?«

»Und dass sie die Waffe auf sein Herz gerichtet hat, als er schon am Boden lag?«, rief Alvirah. »Das glaube ich einfach nicht.«

»Ich denke nicht, dass sie es vorsätzlich getan hat«, gab O'Shea ihr Recht. »Aber sie hat ihn getötet. Ihre Fingerabdrücke sind auf der Waffe.« Er stand auf. »Ich sollte besser anrufen und die Sache mit dem Geständnis in Gang setzen, damit wir die Strafe möglichst gering halten können. Und ich werde feststellen, ob sie bereit sind, Nelly ein wenig Zeit zu lassen, bevor sie ihre Gefängnisstrafe antritt.«

»Er mag Nelly«, bemerkte Willy, nachdem er Dennis O'Shea bis zur Tür begleitet hatte.

»Er ist genau die Art Mann, mit dem sie all die Jahre hätte zusammenleben sollen«, stimmte Alvirah ihm zu. Plötzlich fühlte sie sich alt und müde. Was bin ich doch für eine Närrin, dass ich mich überall einmischen muss, dachte sie. Und wieder einmal hörte sie sich selber Nelly den Rat geben, Tim zu besuchen. Und sie konnte auch Nellys Antwort hören: »Ich könnte ihn umbringen.«

Willy streichelte ihre Hand, und sie sah dankbar zu ihm auf. Er war ihr bester Freund und der beste Ehemann auf der ganzen Welt. Die arme Nelly hatte sich mit einem Kerl abfinden müssen, der keinen Job lange halten konnte, der sich mit jedem anlegte, der zu viel trank und der außerdem noch die Ausmaße eines gestrandeten Wals hatte.

Warum zum Teufel hat Roxie ihn bloß geheiratet?

Wegen des Lotteriescheines natürlich.

In dieser Nacht konnte Alvirah nicht schlafen. Wieder und wieder ließ sie sich jedes einzelne Detail durch den Kopf gehen, und immer wieder kam sie zum selben Ergebnis: fünfzehn Jahre Gefängnis für Nelly Monahan. Um zwei Uhr stieg sie schließlich aus dem Bett, wobei sie Acht gab, Willy nicht zu wecken. Ein paar Minuten später saß sie, vor sich eine dampfende Teekanne, am Esstisch und spielte die Aufnahme noch einmal ab, die sie bei ihrem ersten Treffen mit Nelly gemacht hatte, und dann ihr Geständnis, nachdem sie sie auf Kaution aus dem Gefängnis geholt hatten.

Sie übersah etwas. Aber was? Sie stand auf, ging zum Schreibtisch, holte sich ein Notizbuch und einen Füllfederhalter, ging wieder zum Tisch und ließ das Band zurücklaufen. Dann spielte sie es noch einmal ab und machte sich Notizen.

Als Willy um sieben Uhr aufstand, fand er Alvirah über ihre Notizen gebeugt. Er wusste, was sie tat. Er setzte den Kessel auf und ließ sich auf der anderen Seite des Tisches nieder. »Ich kann mir nicht vorstellen, was du übersehen haben könntest«, bemerkte er. »Aber lass mich mal einen Blick drauf werfen.«

Eine halbe Stunde verging. Dann sagte Willy: »Ich sehe nichts. Aber diese Bemerkung über Tims Fernsehsessel erinnert mich irgendwie an den alten Buster Kelly. Der hatte auch einen Fernsehsessel. Hat sogar darauf bestanden, ihn mitzunehmen, als er in ein Pflegeheim eingeliefert wurde.«

»Willy, sag das noch einmal.«

»Buster Kelly hat darauf bestanden, seinen Fernsehsessel ins Pflegeheim ...«

»Willy, das ist es! Tim saß in seinem Sessel, als Nelly in die Wohnung kam.« Alvirah streckte die Hand aus und griff nach ihrem Notizbuch. »Sieh mal. Nelly sagt, die Leute von der Umzugsfirma seien gerade abgefahren, als sie dort ankam. Warum haben sie den Sessel nicht mitgenommen?« Sie sprang auf. »Willy, begreifst du das denn nicht? Tim hatte guten Grund, Nelly zu gestehen, dass er sie betrogen hatte. Ich gehe jede Wette ein, dass Roxie ihm gerade eben eröffnet hatte, dass er sich zum Teufel scheren könne. Sie ist bei ihm geblieben, bis er ihr den Lotterieschein ausgehändigt und sie ihn eingelöst hatte. Danach brauchte sie ihn nicht mehr.«

Je länger sie davon sprach, umso sicherer war sich Alvirah, dass sie den Nagel auf den Kopf getroffen hatte. Ihre Stimme klang vor Aufregung ganz schrill, als sie fortfuhr: »Tim hat versucht, Nelly davon abzuhalten, ihren Anteil am Gewinn einzufordern. Der Gedanke, dass Roxie ein doppeltes Spiel mit ihm treiben könnte, ist ihm nie gekommen. Ich wette, als sie den Packern gesagt hat, sie sollen den Sessel dalassen, hat Tim zum ersten Mal so eine Ahnung gehabt, dass Roxie ihm den Laufpass geben wollte.«

»Und indem er Nelly gegenüber zugab, dass er sie betrogen hatte, glaubte er den Schein zurückzubekommen und die Hälfte des Geldes zu kriegen. Das ergibt einen Sinn«, ergänzte Willy.

»Nelly hat Tim nicht getötet. Die erste Kugel hat lediglich seine Stirn gestreift. Roxie hat nicht nach ihrer Hand gegriffen, um ihr die Waffe wegzunehmen, sondern um sie auf Tim zu richten.«

Sie starrten einander an. Willys Augen leuchteten vor Bewunderung. »Der klügste Rotschopf auf der Welt«, sagte er. »Wir haben jetzt nur noch ein kleines Problem, Schätzchen. Wie wollen wir das beweisen?«

Ja, wie sollte sie das beweisen? Alvirah erstellte eine Liste für ihre Nachforschungen, mit denen sie anfangen wollte. Sie würde mit den Leuten von der Umzugsfirma reden, die Roxies Wohnung leer geräumt hatten. Tim hatte Nelly erzählt, er hätte den Lotterieschein in einem Schließfach in einer Bank in der Nähe der Christopher Street deponiert. Einer Bank um die Ecke, hatte er gesagt. Sie würde diese Bank finden und feststellen, wann er das Schließfach geräumt hatte und unter welchem Namen es gemietet worden war. Schließlich stand noch ein Gespräch mit dem Hausmeister des Gebäudes, in dem Roxie und Tim ihr kleines Liebesnest gehabt hatten, auf ihrer Liste.

Aber während ihr Gehirn noch eifrig vor sich hin tickte, überwältigte sie bereits das Gefühl, dass sie gegen Windmühlen kämpfte. Die Tatsache bliebe bestehen, dass es nahezu unmöglich sein würde, zu beweisen, dass Roxie Nellys Hand geführt hatte.

Um neun Uhr rief sie Charley Evans vom *Globe* an und erläuterte ihm ihre Probleme. Um zehn rief er zurück. Die Mietwagenfirma Stalwart hatte Roxies und Tims Wohnung leer geräumt, berichtete er. Die drei Männer, denen der Job zugewiesen worden war, arbeiteten heute auf der East Fiftieth Street. Bei der Greenwich-Sparkasse auf der West Fourth gab es ein Schließfach auf den Namen Timothy Monahan. Er hatte es im vergangenen Jahr gemietet und vor drei Wochen dann geräumt. »Die Leute dort sind bereit, mit Ihnen zu reden.«

Alvirah machte sich hastig ein paar Notizen und sagte: »Charley, du bist ein Schatz.« Dann legte sie auf und wandte sich an Willy. »Also los.«

Ihre erste Station war die East Fiftieth Street, wo die Leute von Stalwart eine Wohnung ausräumten. Alvirah und Willy lungerten vor dem Wagen herum, bis die drei Möbelpacker, die unter der Last einer drei Meter langen Schrankwand zusammenzubrechen schienen, aus dem Haus kamen.

Alvirah wartete, bis sie das Möbelstück in das höhlenartige Innere des Möbelwagens verfrachtet hatten, und stellte sich dann vor. »Ich verspreche, Ihnen nicht Ihre Zeit zu stehlen, aber es ist wichtig, dass Sie mir ein paar Fragen beantworten.« Willy klappte seine Brieftasche auf und ließ drei Zwanzig-Dollar-Scheine herauslugen.

Die Männer erklärten ihm wohlgelaunt, dass Tim nicht in der Wohnung gewesen sei, als sie dort ankamen. Und als er kurz vor zehn zurückkehrte, konnten sie deutlich spüren, dass seine Frau ihn nicht erwartet hatte. Roxie hatte geschrien: »Ich habe dir doch gesagt, du sollst dir die Haare schneiden lassen. Du siehst aus wie eine Vogelscheuche.«

Der stämmigste der Möbelpacker kicherte. »Dann sagte er etwas von einer Verabredung um zehn, die ihr wahrscheinlich nicht gefallen würde, und sie sagte: ›Was für eine Verabredung? Hast du dich etwa mit dir selbst zu einem Drink verabredet?‹«

»Wir waren schon auf dem Weg zur Tür, als der Bursche uns hinterhergebrüllt hat, wir sollten zurückkommen und seinen Sessel holen, und die Ehefrau hat uns dann einfach weggeschickt«, ergänzte der kleinste der drei Möbelpacker, der zuvor den schwersten Teil der Schrankwand getragen hatte.

»Vor Gericht können wir damit leider gar nichts beweisen«, erinnerte Willy Alvirah eine Stunde später, als sie die Greenwich-Sparkasse verließen, nachdem sie die Bestätigung dafür gefunden hatten, dass Tim Monahan vor einem Jahr das Schließfach gemietet hatte, und zwar direkt nach dem Tag der bewussten Lottoziehung. Er hatte die Bank danach nur ein einziges Mal aufgesucht, nämlich vor drei Wochen, als er sein Schließfach dort aufgab. An diesem Tag war er in Begleitung einer auffällig gekleideten Frau erschienen. Der Angestellte identifizierte Roxie auf einem Foto. »Das ist sie.«

»Er ging in den Tresorraum hinunter und räumte das Schließfach – eine halbe Stunde, bevor sie den Lottoschein einreichte«, sagte Alvirah, die mittlerweile vor lauter Wut am ganzen Körper zitterte.

»Ich weiß, dass es so war«, erwiderte Willy, »aber ...«

»Aber juristisch gesehen beweist das überhaupt nichts. O Willy, es wird uns vielleicht nicht weiterhelfen, aber lass uns versuchen, einen Blick in die Wohnung zu werfen, in der sie gewohnt haben.«

Als sie um die Ecke bogen, fanden sie sich in einem Auflauf Schaulustiger wieder, die zusahen, wie Tom Cruise eine flüchtende Demi Moore einholte und herumwirbelte.

»Nelly sagte ja schon, dass sie neulich hier eine Szene gefilmt hätten«, bemerkte Alvirah. »Na ja, wir beide haben wichtigere Dinge zu tun, als hier rumzustehen und zu gaffen.«

Sie waren bereits an der Tür der Christopher Street Nummer 101 angelangt, als sie eine vertraute Stimme hinter sich hörte: »Tante Alvirah.«

Sie und Willy fuhren herum und sahen einen dünnen jungen Mann mit halber Brille auf der Nasenspitze flink auf sich zukommen.

»Brian, wie er leibt und lebt.«

Brian war der Sohn von Willys verstorbener Schwester Madeline. Der junge Mann, der mittlerweile ein erfolgreicher Drehbuchautor war, war für Willy und Alvirah so etwas wie der Sohn, den sie selbst nie gehabt hatten.

»Ich dachte, du wärst in London«, sagte Alvirah, während sie ihn umarmte.

»Und ich dachte, ihr wäret in Griechenland. Ich bin gerade erst zurückgekommen – sie wollten einen zusätzlichen Dialog von mir. Ich habe das Drehbuch für dieses Machwerk geschrieben.« Er zeigte mit dem Kopf auf die Kameras, die auf der Straße standen. »So, ich muss jetzt wieder an die Arbeit. Wir sehen uns später.«

Gerade in diesem Augenblick wurde eine Filmkamera, die auf einem Lieferwagen befestigt war, am unteren Ende der Straße in Position gebracht. Im Unterbewusstsein vermerkte Alvirah diese Tatsache, bevor sie auf die Klingel des Hausmeisters von Nummer 101 drückte.

Zehn Minuten später wurden sie und Willy in die Dreizimmerwohnung geführt, in der der verstorbene Tim Monahan seinen letzten Atemzug getan hatte. »Sie haben Glück«, informierte der Hausmeister sie. »Roxie hat gestern erst angerufen, um zu sagen, dass sie die Wohnung nicht mehr wolle, also weiß bisher niemand, dass sie frei wird. Und Sie sind genau die Art Mieter, die die Verwaltung gerne hier sehen würde«, fügte er bei dem Gedanken an Alvirahs Scheck über tausend Dollar, der in seiner Gesäßtasche ruhte, tugendhaft hinzu.

»Sie meinen, sie wollte die Wohnung nicht aufgeben, obwohl sie vorhatte, nach Florida umzuziehen?«

»Nein. Sie sagte, die Wohnung würde vielleicht noch gebraucht werden, aber sie hat den Mietvertrag auf Tims Namen umschreiben lassen.«

Die Morgensonne fiel auf den zerbeulten Sessel des verstorbenen Tim Monahan. Ansonsten war das Zimmer leer. Die Überreste der Kreidestriche auf dem Fußboden, mit der die Polizei die Position von Tims Leiche aufgezeichnet hatte, waren noch immer zu sehen.

Ein Schatten huschte über den Sessel. Erschrocken drehte Alvirah sich um und fand sich vis-à-vis mit dem Wagen von Mirage Films, dessen Kamera draußen vorm Fenster vorbeiglitt. »Das ist es«, sagte sie.

Am nächsten Morgen saß Nelly Monahan auf einem Stuhl in ihrem Zimmer im Lenox-Hill-Krankenhaus und wartete auf ihre Entlassung. Auf ihrem Schoß lag ein linierter Block, auf dem sie vermerkte, was noch alles zu tun war, bevor sie ins Gefängnis ging. Ein sehr trauriger Dennis O'Shea hatte ihr eröffnet, dass der Bezirksstaatsanwalt ihr Schuldgeständnis nur dann als strafmindernd akzeptieren würde, wenn sie mit fünfzehn Jahren Gefängnis ohne Bewährung einverstanden war.

»Das ist nur gerecht«, hatte sie ihm mit leiser Stimme erklärt. »Ich muss bezahlen für das, was ich getan habe.« Als er dann nach ihrer Hand gegriffen hatte, war sie zusammengezuckt. Ihr Handgelenk schmerzte, wahrscheinlich deshalb, weil Roxie sich so sehr bemüht hatte, ihr die Waffe zu entreißen, und sie hatte einen kleinen Schnitt auf dem Zeigefinger, den sie sich bei ihrem Versuch geholt hatte, den Rekorder in der Anstecknadel einzuschalten.

Dann sagte Dennis, er sei der Meinung, sie sollten vor

Gericht gehen, und er würde sie verteidigen, aber sie fand, es sei nicht richtig, wenn sie sich ihrer Strafe zu entziehen versuche. Schließlich hatte sie einen Menschen getötet.

»Wohnung aufgeben«, schrieb Nelly jetzt. »Telefon abmelden.«

Sie blickte auf. Eine elegant gekleidete Alvirah stand in der Tür. »Du siehst hübsch aus, Alvirah«, sagte sie bewundernd. »Weißt du, welche Farbe die Gefängnisuniformen haben? Es ist schon komisch. Letzte Nacht habe ich wach gelegen und über solche Dinge nachgedacht.«

»Mach dir keine Sorgen, was die Gefängnisuniformen betrifft«, erwiderte Alvirah. »Eine Sache ist erst dann vorbei, wenn sie vorbei ist. Jetzt bringe ich dich erst mal mit einem Taxi nach Hause, und ich habe Dennis angerufen, um ihm zu sagen, dass du *nicht,* ich wiederhole, *nicht* in das Büro des Staatsanwaltes gehen wirst und nichts unterschreibst, bevor ich nicht meinen Plan in die Tat umgesetzt habe. Und als erster Punkt auf meiner Liste steht ein Gespräch mit der trauernden Witwe des verstorbenen Tim Monahan.«

Roxie Marsh Monahan dachte darüber nach, was sie für ihr Treffen mit Alvirah Meehan anziehen sollte. Es war wirklich ein aufregender Gedanke, dass im *Globe* ein ganzer Artikel über sie erscheinen sollte. Die Story in der *Post* war einfach wunderbar gewesen, aber es tat ihr Leid, dass sie nicht wie geplant am Montag beim Friseur gewesen war. Auf dem Foto, auf dem sie zusah, wie Tims Leiche aus der Wohnung gebracht wurde, hatten ihre Haare ein wenig strähnig ausgesehen. Aber auf der anderen Seite hatte sie schließlich hysterisch geweint, also war es vielleicht besser, dass ihr die Haare buchstäblich zu Berge gestanden hatten. Rundete das Bild sozusagen ab.

Sie sah sich um. Die Junior Suite im Omnipark-Hotel

war ausgesprochen hübsch. Sie hatte sie an dem Tag gemietet, an dem Tim erschossen worden war. Das Büro des Bezirksstaatsanwalts hatte sie gebeten, noch eine Weile in New York zu bleiben, bis alles, was für den Fall von Bedeutung war, geklärt sein würde. Man hatte ihr mitgeteilt, dass Nelly sich zweifellos schuldig bekennen würde, sodass nicht mit einer Gerichtsverhandlung zu rechnen war.

Roxie überlegte, dass sie in gewisser Weise New York vermissen würde, aber sie spielte für ihr Leben gern Golf, und in Florida konnte sie das in Zukunft jeden Tag tun, ohne darüber nachdenken zu müssen, dass sie gleich wieder für irgendeine lästige Party mit Tellern und Schüsseln würde klappern müssen. Das Cateringgewerbe war die Hölle. Bei Gott, sie glaubte nicht, dass sie jemals in ihrem Leben wieder einen Kochtopf anrühren würde.

Sie lächelte. Seit dem Tag, an dem dieser hohlköpfige Affe Tim ihr, kurz bevor sie in das Büro der Lotteriegesellschaft gingen, den Schein gegeben hatte, war sie von einem warmen Leuchten der Vorfreude erfüllt. So hohlköpfig war Tim übrigens gar nicht gewesen. Damals, an dem Abend, als er ihr den Gewinnschein gezeigt hatte, hatte sie ihm angeboten, ihn für ihn aufzubewahren. Keine Chance, hatte seine Antwort gelautet. Er wollte sichergehen, dass sie wirklich miteinander auskamen.

Also war ihr nichts anderes übrig geblieben, als jeden Tag sein dämliches Gesicht ansehen zu müssen, ihn des Nachts schnarchen zu hören, ihn mit einem Bier in der Hand in seinen schäbigen Sessel gelümmelt zu sehen und so zu tun, als wäre sie überglücklich, wenn er sie am ganzen Körper mit seinen unbeholfenen Küssen beschlabberte. Sie hatte sich jeden Penny der zirka zweihunderttausend Dollar – nach Abzug der Steuern – verdient, die sie die nächsten zwanzig Jahre lang jährlich würde ausgezahlt bekommen.

Sie hielt die beiden schwarzen Kostüme in die Höhe, die sie gestern bei Annie Sex gekauft hatte. Eins hatte goldene Knöpfe. Das andere Ziermünzen an den Aufschlägen. Sie entschied sich für Goldknöpfe. Die Ziermünzen sahen ein wenig zu festlich aus. Roxie zog sich an und streifte ihre gewohnten Armreifen und Türkisringe über. Sie wusste, dass man ihr ihre dreiundfünfzig Jahre nicht ansah. Sie wusste, dass sie mit ihrem blonden Haar und der tollen Figur immer noch sehr attraktiv war. Und jetzt konnte sie es sich leisten, dafür zu sorgen, dass das auch so blieb.

Es konnte gar nicht anders sein, als dass sie sich am Ende irgendwo einen wirklich interessanten Burschen schnappte.

Vielen Dank, Tim Monahan. Vielen Dank, Nelly Monahan. Einfach unglaublich, wie ich kurz vor der Niederlage noch einen Sieg errungen habe, dachte Roxie jubilierend. Ihr einziger Schnitzer hatte darin bestanden, dass sie Tim die Wahrheit gesagt hatte, als er sah, dass die Möbelpacker weggingen und sein Sessel immer noch dick und fett im Wohnzimmer thronte. Sie hätte ihm irgendein Lügenmärchen auftischen sollen, und sie hätte ganz bestimmt den Mund gehalten, wenn sie gewusst hätte, dass Nelly Monahan an der Tür klingeln würde, nur ein paar Sekunden, nachdem sie Tim gesagt hatte, dass er ihretwegen von der nächsten Brücke springen könne; dass sie ihn nicht mitnehmen würde. Als Roxie sich gerade die Lippen nachzog, klingelte das Telefon. Alvirah Meehan wartete im Foyer.

»Uns geht es darum, zu zeigen, wie sich der Lotteriegewinn für Sie zu einer Tragödie entwickelt hat«, sagte Alvirah voller Mitleid, als sie wenige Minuten später Roxie gegenübersaß.

Roxie tupfte sich die Augen. »Es tut mir Leid, dass ich den Schein jemals in meiner Make-up-Schublade gefunden habe. Er lag unter einer Schachtel Q-Tips, und ich hatte gerade einen Artikel darüber gelesen, dass viele Leute es gar nicht merken, wenn sie im Lotto gewonnen haben, und nie erfahren, dass sie Millionäre hätten sein können. Dann haben sie im Fernsehen eine Telefonnummer gezeigt, die man anrufen kann, und ich habe gelacht und zu Tim gesagt: ›Wäre es nicht ein Knüller, wenn dieser Schein hier gewonnen hätte?‹«

Alvirah wandte sich ein Stückchen zur Seite, sodass dem Rekorder in ihrer Diamantbrosche auch ja kein Wort entging. »Und was hat er gesagt?«

»Oh, mein törichter Schatz meinte nur: ›Verschwende nicht dein Geld für ein Telefongespräch, es sei denn, es ist eine gebührenfreie Nummer.‹« Roxie quetschte sich ein paar Tränen ab. »Jetzt tut es mir Leid, dass ich es getan habe.«

»Sie würden lieber weiter ihre Cateringfirma betreiben, nicht wahr?«

»Ja«, schluchzte Roxie. »Ja, genau.«

Alvirah hatte nie vulgäre Ausdrücke benutzt, aber in diesem Augenblick wäre ihr fast ein viel zitierter Fluch über die Lippen gekommen. Stattdessen biss sie die Zähne zusammen und schaffte es zu sagen: »Ich habe nur noch einige wenige Fragen, und dann würde unser Fotograf gern ein paar Aufnahmen machen.«

Roxies Schluchzen fand ein abruptes Ende. »Einen Moment, ich will nur mein Make-up überprüfen.« Mel Levin, der Fotograf vom *Globe,* hatte genaue Anweisungen: *Mach gute Nahaufnahmen von ihren Händen.*

Willys älteste noch lebende Schwester, die Nonne Cordelia, schätzte es gar nicht, wenn man sie im Dunkeln tappen ließ. Die Tatsache, dass Alvirah Nelly Monahan kannte, die Frau, die gerade ihren Ex-Mann in Anwesenheit seiner zweiten Frau erschossen hatte, veranlasste Cordelia zu einem Überraschungsbesuch im Central Park South.

Sie war in Begleitung von Schwester Maeve Marie gekommen, einer jungen Polizistin, die vor nicht allzu langer Zeit als Novizin ins Kloster eingetreten war, und saß behaglich in dem Ohrensessel im Wohnzimmer, als Alvirah nach Hause kam. Da der Sessel mit hübschem, dunkelrotem Samt überzogen war und Cordelia nach wie vor eine knöchellange Kutte und einen kurzen Schleier trug, schoss Alvirah – und das nicht zum ersten Mal – der Gedanke durch den Kopf, dass, falls jemals eine Frau zum Papst gewählt werden sollte, sie sicher so aussehen würde wie Cordelia.

»Cordelia wollte nur auf einen Sprung vorbeischauen«, erklärte Willy ihr, wobei seine rechte Augenbraue in die Höhe fuhr. Mit diesem Zeichen gab er ihr zu verstehen, dass er Cordelia noch nicht in ihre Pläne eingeweiht hatte.

»Ich hoffe, wir bereiten Ihnen keine Ungelegenheiten, Alvirah«, entschuldigte sich Schwester Maeve Marie. »Die Schwester Oberin dachte, Sie würden vielleicht unsere Hilfe brauchen.« Maeve hatte den schlanken, durchtrainierten Körper einer Athletin. Ihr Gesicht, das von großen, grauen Augen beherrscht wurde, war auffallend hübsch. Genauso wie Willys Miene schien auch ihr Gesichtsausdruck sagen zu wollen: »Tut mir Leid, Alvirah, aber du kennst ja Cordelia.«

»Also, was ist eigentlich genau geschehen?«, fragte Cordelia, die wie immer direkt zur Sache kam.

Alvirah wusste, dass sie absolut keine andere Wahl hatte, als die Wahrheit zu sagen, die ganze Wahrheit und nichts als die Wahrheit. Sie ließ sich auf das Sofa sinken und wünschte, sie hätte vor dem Besuch Zeit für eine friedliche Tasse Tee mit Willy gehabt. »Wir müssen Nelly rauspauken. Es ist meine Schuld, dass sie zu Tim gegangen ist, und ich kann nicht zulassen, dass sie den Rest ihres Lebens im Gefängnis verbringt.«

Cordelia nickte. »Und was willst du unternehmen?«

»Etwas, das dir vielleicht nicht gefallen wird. Brian hat ein Drehbuch für Mirage Films geschrieben.«

»Das weiß ich. Ich hoffe, er braucht nicht zu befürchten, dass sie ihm irgendwelche Schweinereien in sein Skript mogeln. Aber was hat das mit Nelly Monahan, der armen Seele, zu tun?«

»An dem Tag, an dem Tim erschossen wurde, nahm Mirage gerade eine Szene auf, die direkt vor dem Gebäude spielte, in dem Roxie und Tim Monahan wohnten. Wir versuchen, Roxie weiszumachen, dass die Kamera sie dabei gefilmt hat, wie sie Nellys Hand verdrehte und die Waffe auf Tim richtete.«

»Ihr wollt diese Szene fälschen?«, explodierte Cordelia.

»Genau. Brian hat den Produzenten dazu überredet mitzumachen. Mel, der Fotograf vom *Globe,* hat heute jede Menge Fotos von Roxie gemacht. Außerdem ist sie fotografiert worden, als Tims Leiche aus der Wohnung getragen wurde. Jetzt brauchen wir nur noch eine Frau zu finden, die Roxie in einer verschwommenen Totalen ähnlich genug sieht. Wir ziehen ihr einen gestreiften Hosenanzug an, wie Roxie ihn getragen hat, und machen eine Nahaufnahme von ihr, wie sie Nellys Hand packt. Als Nächstes muss ich Nelly zum Mitmachen bewegen, aber ich denke, das wird mir gelingen.«

Willy nickte ihr aufmunternd zu und erklärte, wie sie weiter vorgehen wollten. »Die Wohnung haben wir bereits angezahlt. Das einzige Möbelstück in dem Zimmer war Tims Sessel, und der ist immer noch da. Die Kreidestriche an der Stelle, an der die Leiche gelegen hat, sind nach wie vor zu sehen. Ich werde Tims Rolle spielen. Ich meine, ich lege mich neben dem Sessel auf den Boden. Nelly sagte, Tim hätte einen grauen Trainingsanzug und Mokassins getragen.«

Schwester Maeve Maries Augen blitzten vor Aufregung. »Als ich bei der Polizei war, haben wir solche Sachen auch gemacht. Den Lügentest. Ich finde es herrlich.«

Willy sah Cordelia an. Er wusste, dass Alvirah sich auf keinen Fall von ihrem Plan würde abbringen lassen. Trotzdem würde es natürlich nicht besonders hilfreich sein, wenn Cordelia versuchen würde, ihnen irgendwie dazwischenzufunken. Alvirah machte sich schon genug Vorwürfe, weil der Plan, der Nelly in solche Schwierigkeiten gebracht hatte, von ihr stammte. Wenn Cordelia irgendeine Handlungsweise missbilligte, verfügte sie über eine geradezu unheimliche Fähigkeit, ihr Gegenüber davon zu überzeugen, dass der Plan einfach schief gehen *musste.*

Cordelia runzelte kurz die Stirn, dann hellte ihre Miene sich auf. »Die Wege des Herrn sind verschlungen«, sagte sie. »Wann machen wir die Aufnahmen?«

Eine Woge der Erleichterung erfasste Alvirah. »So bald wie möglich. Wir müssen noch eine Schauspielerin finden, die Roxie darstellen kann.« Während sie diese Worte aussprach, fiel ihr Blick auf Schwester Maeve Marie. Genau wie Roxie war Maeve groß und hatte eine gute Figur. Und genau wie Roxie besaß sie schön geformte Hände mit langen Fingern.

»Ich bin wirklich froh, dass ihr beiden gekommen seid«, sagte sie mit ehrlicher Überzeugung.

Zwei Tage später waren sie so weit, dass sie die Falle zuschnappen lassen konnten. In der Wohnung in der Christopher Street, in der Tim Monahan seinen letzten Atemzug getan hatte, gab Brian die Regieanweisungen.

»Onkel Willy, leg dich bitte dorthin. Wir mussten die Kreidestriche wegwischen, aber wir haben die Umrisse mit Bleistift nachgezogen.«

Gehorsam streckte Willy sich neben dem Sessel aus.

Brian und der Kameramann gingen nach draußen, und Brian schaute durch das Objektiv und betrachtete dann das Foto des toten Tim, von dem der Herausgeber des *Globe* einen Abzug bekommen hatte, indem er eine Hilfskraft aus dem Büro des Gerichtsmediziners bestochen hatte.

»Du bist nicht dick genug«, stellte Brian entschieden fest.

»Ausnahmsweise mal eine gute Nachricht«, murmelte Willy.

Schnell löste Brian das Problem, indem er seinen Pullover auszog und ihn unter Willys Sweatshirt stopfte.

Nelly stand in der Ecke. Sie trug das blaue Kostüm und die Kattunbluse, die sie bei ihrem Besuch hier angehabt hatte. In ihrer Handtasche hatte sie eine Pistole, die genauso aussah wie die, die sie vor einigen Tagen den Jungen weggenommen hatte.

Erst vier Tage ist das her, dachte sie. Es kam ihr unglaublich vor. Sie schaute zu Dennis O'Shea hinüber, der ihr aufmunternd zulächelte. Dann warf sie einen Blick auf Schwester Maeve, die eine beunruhigende Ähnlichkeit mit Roxie aufwies. Sie trug eine blonde Perücke und eine exakte Kopie des gestreiften Hosenanzugs, in dem Roxie zur Witwe Monahan geworden war. Ein übergroßer Türkisring reichte bis an den Knöchel ihres Zeigefingers. Blutrote Fingernägel betonten ihre langen Finger, und auf ihre Handrücken waren Runzeln und Leberflecken aufgemalt worden. Genauso wie Roxie, dachte Nelly mit einem

Anflug von Befriedigung, während sie auf ihre eigene glatte Haut hinunterschaute.

Schwester Cordelia beobachtete das Geschehen mit über der Brust verkreuzten Armen. Sie erinnerte Nelly an eine der Nonnen, von der sie als Kind in der Klosterschule unterrichtet worden war.

Brian fragte, ob sie so weit sei. Als sie nickte, sagte er: »Dann gehen Sie zur Tür, Nelly. Versuchen Sie, alles genauso zu machen, wie Sie es neulich getan haben.«

Sie sah Willy an. »Dann kannst du jetzt aber noch nicht tot sein.«

Als er sich mühsam aufrappelte, ging sie zur Tür. »Roxie hat mich hineingelassen«, erklärte sie. »Tim saß auf seinem Sessel. Ich konnte sehen, dass er sehr aufgeregt war, aber ich dachte, mein Besuch hätte ihn so aufgeregt oder vielleicht meine Behauptung, unheilbar krank zu sein. Aber wie dem auch sei, ich bin einfach an Roxie vorbeigegangen und habe mich vor ihm aufgebaut und bin damit herausgeplatzt, dass ich die Wahrheit wissen wolle, bevor ich sterben müsse …«

»Tun Sie es«, befahl Brian. »Maeve, Sie gehen zur Tür.«

Nelly hatte ihre Ansprache an Tim so gründlich einstudiert, dass es ihr nicht schwer fiel, vor dem Sessel zu stehen und sie noch einmal zu halten. Später würde es nicht weiter schwierig sein, Tims Gesicht über das von Willy in den Film zu kopieren. Nur dass Willys Miene momentan Besorgnis auszudrücken schien.

»Du solltest jetzt lächeln«, wies Nelly ihn an. »Es war ausgesprochen gemein von dir, aber du hättest nicht lächeln sollen, als ich dir erzählte, dass ich sterben muss.«

O mein Gott, dachte Alvirah. Vielleicht belle ich den falschen Baum an.

»Aber dann habe ich dir verziehen, weil du sofort zugegeben hast, dass du den Schein vertauscht hast.« Nelly öffnete ihre Handtasche. »Und ich wäre fast ohnmächtig geworden, weil ich mich daran erinnerte, dass ich die Anstecknadel nicht trug, also habe ich meine Handtasche geöffnet und ungefähr so nach dem Ding gesucht, und in diesem Moment hat Roxie die Waffe gesehen.« Sie hielt inne. »Wartet mal. Roxie schrie Tim an, er solle den Mund halten, aber als sie mir die Tür öffnete, hatte sie gerade noch etwas anderes zu ihm gesagt.«

»Das ist unwichtig«, unterbrach Brian sie hastig. »Wir drehen die Aufnahme ohne Ton.«

Nelly hatte das Gefühl, als liefe ein Videoband vor ihren Augen ab. Plötzlich war alles wieder da. Sie griff nach der Brosche in ihrer Handtasche und konnte Roxie wie ein Echo schreien hören, sie habe eine Pistole dabei. »Ich ließ die Brosche los, griff nach der Pistole und zog sie aus der Tasche, weil ich sie ihr zeigen wollte. Tim sprang auf. Die Pistole ging los. Tim schrie ... Was hat er noch gleich geschrien ... ›Nelly, dreh bloß nicht durch. Wir teilen den Schein.‹ Dann hat er sich auf den Boden fallen lassen.«

Er hat sich auf den Boden fallen lassen, dachte Alvirah. Er ist nicht gestürzt. *Er hat sich fallen lassen.*

Jetzt war Nelly plötzlich alles klar. Sie dachte, sie hätte ihn erschossen und wurde halb ohnmächtig, dann spürte sie, wie eine Hand sich um die ihre schloss und ihr Handgelenk herumgerissen wurde. Darum tut es so weh, dachte sie. So ist es passiert. Jetzt weiß ich es wieder.

Aber Tim hatte noch etwas gesagt, überlegte sie. Was war das nur gewesen?

Sie spürte, wie Schwester Maeve ihre Hand verdrehte und die Pistole auf Willy richtete, der jetzt auf dem Boden seine Rolle spielte. *Das war, als ich ohnmächtig wurde.*

Sie ließ ihre Knie unter sich wegsacken und fiel zu Boden. »Das war sehr gut, Nelly«, sagte Brian. »Es ist kaum zu glauben, dass wir es beim ersten Take geschafft haben sollen, aber ich denke, wir haben die Szene im Kasten. Wir lassen sie nur noch einmal zurücklaufen, um sicher zu sein, und können dann nur noch zu Gott hoffen, dass Roxie den Trick nicht durchschaut.«

Nelly setzte sich auf, griff nach ihrer Handtasche und durchstöberte sie nach der Brosche, die sie Alvirah noch nicht zurückgegeben hatte. »Einen Moment mal«, sagte sie.

Alvirah durchlebte wieder einmal jenen wunderbaren Augenblick, in dem sie instinktiv wusste, dass gleich etwas Wichtiges geschehen würde. »Was ist los, Nelly?«, fragte sie.

»Mir war gerade eben so, als hörte ich Dennis, wie er mir sagt, wie man die Brosche einschalten muss. Er meinte, ich müsse mit diesem Finger kräftig draufdrücken.« Sie hielt den Zeigefinger ihrer rechten Hand hoch.

»Und dieser Finger macht mir Kummer, seit ich neulich hier war. Haltet ihr es für möglich, dass ich vielleicht, direkt bevor ich versuchte, Roxie die Waffe zu zeigen, den Rekorder eingeschaltet haben könnte? Ich habe das nie überprüft. Glaubt ihr, ich habe vielleicht Tims Stimme aufgenommen, wie er uns anfleht, ihn am Leben zu lassen?«

»Die Heiligen stehen uns bei!«, flüsterte Cordelia.

Der Schalter des Rekorders in der Brosche, die Alvirah Nelly gegeben hatte, stand immer noch auf der ›Ein‹-Position. Die Batterie war natürlich leer, aber Alvirah nahm die winzige Kassette geschickt heraus, legte sie in ihren Taschenrekorder, ließ sie zurücklaufen und drückte auf die Abspieltaste.

Cordelias Lippen formten ein stummes Gebet, als Alvirah den Apparat einschaltete. Man konnte sofort etwas hören. Einen Schuss und dann Tims Stimme, die Nelly sagte, sie solle nicht durchdrehen. Nelly, die antwortete: »O mein Gott, mein Gott. Oh, es tut mir so Leid«, und dann eine harte Stimme, Roxies Stimme: »Tim, du Mistkerl.«

Und schließlich wieder Tim, der in panischer Angst flehte: »Roxie, nein. Roxie, nicht schießen!«

Alvirah spürte, wie Willys Arm sich um sie schloss. »Du hast es mal wieder geschafft, mein Schatz.«

Am Abend des übernächsten Tages bestand Nelly darauf, ein Festmahl für ihre Freunde zuzubereiten: Alvirah und Willy, die beiden Nonnen Cordelia und Maeve Marie und Dennis O'Shea.

Als ehemalige Polizistin hatte Maeve darauf bestanden, angesichts der drückenden Beweislast den Staatsanwalt einzuweihen, und dieser hatte einen seiner besten Undercover-Agenten mit der Aufgabe betraut, den Kameramann zu mimen, der angeblich die Aufnahmen gemacht hatte; dieser Mann hatte dann Kontakt zu Roxie aufgenommen.

Als Roxie das Videoband sah und Tims Stimme hörte, die sie anflehte, ihn nicht zu erschießen, hatte sie dem Undercover-Agenten sofort angeboten, ihm das Band abzukaufen, koste es, was es wolle. Dann hatte sie unter seiner geschickten Befragung alles zugegeben. Jetzt stand Roxie unter Anklage, und Nelly war voll rehabilitiert und zur rechtmäßigen Besitzerin des Lotteriescheins erklärt worden.

Dennis hatte Champagner mitgebracht. Mit feuchten Augen ließ Nelly die Trinksprüche über sich ergehen und hob dann selbst ihr Glas. »Auf euch alle und auf Brian. Es tut mir Leid, dass er heute Abend in Hollywood sein muss, noch dazu bei diesem schrecklichen Erdbeben dort.«

»Das Ganze ist einfach unglaublich«, sagte sie ein paar Minuten später, während sie zusah, wie Dennis den saftigen Lammrücken tranchierte, den sie nach ihrem eigenen, speziellen Rezept zubereitet hatte. Der Rest der Mahlzeit bestand aus Tomaten- und Zwiebelsalat, Kartoffelbrei, knackigen grünen Bohnen, lockeren Blätterteigpasteten, Pfefferminzgelee, warmer Apfeltorte und Kaffee.

Nelly nahm die Komplimente ihrer Gäste strahlend entgegen.

Um neun Uhr mussten Cordelia und Maeve aufbrechen. »Willy, dich erwarte ich morgen gleich in aller Frühe«, sagte die befehlsgewohnte Cordelia. »Bring deinen Werkzeugkasten mit. Ich habe eine Unmenge Arbeit für dich.«

»Wir wollen auch gleich gehen. Wir setzen euch am Kloster ab«, erwiderte Willy.

»Ich setze keinen Fuß vor die Tür, bevor ich nicht Nelly beim Abwasch geholfen habe«, stellte Alvirah entschieden fest und spürte dann Willys Schuh auf den Zehenspitzen.

Sie drehte sich um und folgte seinem Blick. Nelly und Dennis sahen einander lächelnd in die Augen.

»Es wird Zeit, nach Hause zu gehen, mein Schatz«, sagte Willy fest, während er seine Hände auf die Rückenlehne ihres Stuhles legte.

Die Lotteriegewinnerin

»Alvirah. Du musst sofort kommen. Ich brauche dich dringend!«

Alvirah riss die Augen auf. Im Bruchteil einer Sekunde nahm sie Abschied von einem höchst angenehmen Traum, in dem sie an einem Staatsbankett im Weißen Haus teilgenommen hatte, und musste sich der Wirklichkeit in Gestalt eines schrillenden Telefons stellen, das sie um drei Uhr morgens aus dem Schlaf riss. Noch bevor sie ganz bei sich war, dröhnte ihr aus dem Hörer die von Panik erfüllte Stimme der Baroness Min von Schreiber entgegen.

»Min, was ist passiert?«, rief sie.

Willy, der neben ihr im Bett lag, erwachte mit einem vernehmlichen Grunzen. »Schätzchen, wo brennt es denn?«, murmelte er.

Alvirah legte ihm beschwichtigend einen Finger auf die Lippen. »Psst«, sagte sie und wiederholte dann: »Min, was ist los?«

Mins dramatisches Stöhnen büßte von Cypress Point, dem Kurhotel in Pebble Beach in Kalifornien, quer über den Kontinent bis in das luxuriöse Apartment im Central Park South, nichts von seiner Theatralik ein. »Das ist unser Ruin. Unter den Gästen befindet sich ein Juwelendieb. Mrs Haywards Diamanten sind aus dem Wandsafe in ihrem Cottage verschwunden.«

»Der Himmel stehe uns bei«, sagte Alvirah. »Was hat

Scott deswegen unternommen?« Scott Alshorne, der Sheriff von Monterey County, war mit Alvirah befreundet, seit sie ihm einige Jahre zuvor geholfen hatte, einen Mordfall in dem Kurort zu lösen.

»O Gott, es ist alles so kompliziert. Wir können Scott nicht hinzuziehen«, sagte Min mit zitternder Stimme. »Nadine Hayward ist völlig hysterisch. Sie wagt es nicht, ihrem Mann zu gestehen, dass die Diebstahlversicherung, die er abgeschlossen hat, für die Diamanten nicht gilt. Sie hat ihn dazu überredet, ihre persönlichen Versicherungen über ihren Sohn aus erster Ehe abzuschließen, sodass der die Provisionen bekam. Aber leider hat der Bengel den Scheck für die Prämie verspielt. Das wäre nun im Prinzip das Problem der Versicherungsgesellschaft, bei der Mrs Haywards Sohn angestellt ist, aber die würden ihn natürlich anzeigen, und sie will natürlich nicht, dass er ins Gefängnis muss. Also hat sie sich eine ziemlich wilde Geschichte ausgedacht – sie will sich Imitate von den Diamanten anfertigen lassen, um ihren Mann zu täuschen.«

Mittlerweile war Alvirah hellwach. »Die Sache mit den Glasimitaten hat in ›*Das Halsband*‹ von de Maupassant funktioniert. Ich frage mich, ob Mrs Hayward die Geschichte gelesen hat.«

»De *Mooh*passant, nicht de *Mau*passant«, korrigierte Min sie. Dann seufzte sie tief. »Alvirah, ich finde es einfach lächerlich, jemanden, der Schmuck im Wert von vier Millionen Dollar gestohlen hat, einfach ungeschoren davonkommen zu lassen. Wir können die Sache nicht ignorieren. Außerdem könnte der Dieb noch einmal zuschlagen. Du musst auf dem schnellsten Wege herkommen. Ich brauche dich. Du musst den Schurken finden. Als mein Gast natürlich. Und bring Willy mit. Er könnte die Sportkurse übernehmen. Ich werde ihn als persönlichen Trainer für unsere Gäste hier einführen.«

Fünfzehn Stunden später fuhr die Limousine mit Willy und Alvirah am Pebble Beach Club und den großen Anwesen am Shore Drive vorbei. Nach einer Kurve kam die Zypresse in Sicht, dem das Kurhotel seinen Namen verdankte – Cypress Point. Nachdem der Wagen durch die prächtigen Eisengitter des großen Tores gefahren war, ging es auf einem gewundenen Fahrweg auf das Haupthaus zu, eine mit mehreren Anbauten versehene, dreistöckige Villa mit elfenbeinfarbenem Stuckwerk und hellblauen Fensterläden. Obwohl sie von der Reise erschöpft war, blitzten Alvirahs Augen voller Vorfreude auf.

»Ich finde es einfach herrlich hier«, sagte sie zu Willy. »Hoffentlich hat Min uns Tranquility gegeben. Das ist mein Lieblingscottage. Ich erinnere mich noch an meinen ersten Besuch hier. Direkt nach unserem Lotteriegewinn – die Aussicht, eine Woche auf Tuchfühlung mit all den Prominenten hier verbringen zu dürfen, war so atemberaubend, dass ich dachte, ich wäre gestorben und im Paradies gelandet.«

»Ich weiß, mein Schatz«, sagte Willy.

»Es war der Anfang eines Abenteuers – des Abenteuers, herauszufinden, wie die andere Hälfte der Menschheit lebt. Was für eine Lektion! Also wirklich …« Alvirah unterbrach sich plötzlich, weil ihr klar wurde, dass sie drauf und dran war, Willy daran zu erinnern, dass sie bei ihren Bemühungen, einen Mordfall in dem Kurort zu lösen, um ein Haar umgebracht worden wäre.

Aber Willy erinnerte sich auch ohne ihr Dazutun daran. Er nahm ihre Hand und sagte: »Schätzchen, ich möchte nicht, dass du dich wegen irgendwelcher verlorener Juwelen in Gefahr bringst.«

»Das werde ich schon nicht. Aber ich denke, es wird mir Spaß machen, mich um die Sache zu kümmern. In letzter Zeit ist viel zu wenig passiert. Oh, sieh nur, da drüben wartet Min.«

Der Wagen war vor dem Eingang stehen geblieben, und Min kam mit ausgestreckten Armen die Treppe herunter, um sie zu begrüßen. Sie trug ein blaues Leinenkleid, das ihre üppige, aber dennoch hervorragende Figur betonte. Ihr Haar, das noch dieselbe Farbe hatte wie vor zwanzig Jahren, war kunstvoll zu einem französischen Zopf frisiert. Sie trug in Gold gefasste Perlenohrringe und ein dazu passendes Halsband (die Geschichte von Maupassant heißt auch Halsband); wie immer sah sie aus, als wäre sie gerade einer neueren Ausgabe der *Vogue* entstiegen.

»Und dabei ist sie fünf Jahre älter als ich«, murmelte Alvirah voller Ehrfurcht. Hinter Min kam der stattliche Baron Helmut von Schreiber die Treppe herunter, dessen militärische Haltung ihn größer erscheinen ließ, als er es mit einem Meter achtundsechzig tatsächlich war. Eine leichte Brise wehte seinen perfekt zurechtgestutzten Spitzbart ein wenig zur Seite, und sein freundliches Lächeln enthüllte vollkommene Zähne. Lediglich die Krähenfüße um seine blaugrauen Augen verrieten, dass er die fünfzig überschritten hatte.

Der Chauffeur sprang aus dem Wagen, um ihnen die Tür aufzuhalten, aber Min war schneller. »Ihr seid echte Freunde«, sprudelte sie hervor, während sie sie mit offenen Armen willkommen hieß. Plötzlich hielt sie jedoch inne und starrte Alvirah an. »Woher hast du dieses Kostüm? Es ist gut geschnitten, aber du darfst auf keinen Fall Beige tragen. Macht dich furchtbar blass.« Dann unterbrach sie sich abermals, diesmal mit einem Kopfschütteln. »Oh, aber diese Dinge können warten.«

Der Chauffeur bekam Anweisung, das Gepäck zum Tranquility Cottage hinüberzubringen. »Eines der Zimmermädchen wird für euch auspacken«, erklärte Min. »Wir müssen unbedingt miteinander sprechen.«

Gehorsam folgten ihr alle in ihr luxuriös eingerichtetes Büro im ersten Stock der Villa. Helmut schloss die Tür und ging hinüber zum Sideboard. »Eistee, Bier oder etwas Kräftigeres?«, fragte er.

Alvirah amüsierte sich immer darüber, dass auf dem Grundstück von Cypress Point absolutes Alkoholverbot herrschte – nur nicht in den Privaträumen von Min und Helmut. Sie entschied sich dennoch für Eistee. Willy machte bei dem Gedanken an ein Bier ein geradezu mitleiderregend dankbares Gesicht. Wirklich, dachte sie, es war eine Gemeinheit gewesen, ihn mitten in der Nacht aus dem Bett zu zerren, aber sonst hätten sie das Flugzeug um neun nicht mehr bekommen.

Die First Class war bereits ausgebucht gewesen, und zu allem Übel mussten sie sich daher in der Economy auf Mittelplätze zwängen. Willys erste Worte, als sie aus dem Flugzeug stiegen, waren: »Schätzchen, ich wusste gar nicht, wie sehr ich mich bereits an das gute Leben gewöhnt habe.«

Jetzt nippte Alvirah an ihrem Eistee und kam direkt zur Sache. »Min, was genau ist nun eigentlich vorgefallen? Wann wurde der Diebstahl entdeckt?«

»Gestern am späten Nachmittag. Nadine Hayward ist am Samstag angekommen; also war sie gestern drei Tage hier. Ihr Mann hat sich im Pebble Beach Club einquartiert. Er nimmt dort an einem Golfturnier teil. Weil sie anschließend zu einem Wohltätigkeitsball nach San Francisco fahren wollten, hatte Nadine ihren schönsten Schmuck dabei. Sie hat ihn im Wandsafe in ihrem Cottage deponiert.«

»War sie früher schon einmal hier?«, wollte Alvirah wissen.

»Regelmäßig. Seit sie Cotter Hayward geheiratet hat, kommt sie jedes Mal, wenn er wegen eines Turniers hier ist, zu uns. Er ist ein ziemlich guter Amateurgolfer.«

Alvirah runzelte die Stirn. »Hm. Ihr hattet doch früher bei einem meiner Besuche hier schon einmal eine andere Frau namens Hayward zu Gast – muss schon ein paar Jahre her sein. Das war doch auch eine Mrs Cotter Hayward.«

»Das war seine erste Frau, Elyse. Sie kommt immer noch her, aber für gewöhnlich nicht zur gleichen Zeit wie Nadine. Obwohl sie Cotter verabscheut, ist sie nicht besonders glücklich darüber, dass er so schnell Ersatz für sie gefunden hat, vor allem, da sie es selbst war, die die neue Frau mit ihm bekannt gemacht hat.«

»Die beiden haben sich unter diesem Dach verliebt«, sagte Helmut mit einem Seufzen. »So was passiert eben. Aber um die Dinge noch zu komplizieren, ist Elyse diese Woche ebenfalls unser Gast.«

»Einen Augenblick mal«, unterbrach ihn Alvirah. »Wollt ihr damit sagen, dass Elyse und Nadine beide hier sind?«

»Genau das. Natürlich haben wir sie im Speisesaal so weit wie möglich voneinander weg gesetzt und ihre Termine so gelegt, dass sie nie im selben Gymnastikkurs sind.«

»Alvirah, ich glaube, wir kommen langsam vom Thema ab«, meinte Willy. »Warum lässt du dir nicht einfach kurz alle Einzelheiten über den Diebstahl erzählen, sodass wir dann vielleicht zum Cottage rübergehen können, um uns für einen Moment hinzulegen?«

»O Willy, entschuldige.« Alvirah schüttelte den Kopf. »Wie gedankenlos von mir. Willy braucht mehr Schlaf als ich und konnte im Flugzeug kein Auge zutun. Er hat zwischen zwei Kindern gesessen, die auf seinem Tisch Dame gespielt haben. Die Eltern wollten nicht, dass sie nebeneinander sitzen, weil sie sich immer zanken.«

»Warum haben denn dann die Eltern nicht zwischen ihnen gesessen?«, erkundigte sich Min.

»Sie hatten alle Hände voll zu tun mit dreijährigen Zwillingen, und du weißt ja, wie gutmütig Willy ist.«

»Der Diebstahl«, drängte Willy.

»Folgendes ist passiert«, sagte Min. »Um fünf Uhr ging Nadine in den Salon, um sich frisieren zu lassen. Als sie um zehn vor sechs ins Repose Cottage zurückkehrte, war dort das unterste zuoberst gekehrt. Alle Schubladen waren durchwühlt und die Koffer ausgeräumt. Irgendjemand, vielleicht sogar mehrere Leute, hatten jeden Zentimeter des Cottages gründlich durchsucht.«

»Wonach haben sie gesucht?«, fragte Alvirah.

»Nach dem Schmuck natürlich. Du weißt doch, wie die Leute sich hier für den Abend zurechtmachen. Für die Frauen ist es ihr größtes Vergnügen, untereinander mit ihrem Schmuck anzugeben. Nadine hatte am Abend zuvor ein Diamanthalsband mit passendem Armreif getragen. Irgendjemand hat nun nach diesen beiden Schmuckstücken gesucht, konnte aber nicht wissen, dass Nadine auch die Hayward-Tiara mitsamt der dazugehörenden Ringe und der beiden anderen Armreifen bei sich hatte.« Min seufzte und stieß dann hervor: »Warum musste das dumme Weibsbild auch alles mitbringen, was sie besaß? Sie konnte bei dem Wohltätigkeitsball wohl kaum alles gleichzeitig tragen.«

Helmut streichelte ihre Hand. »Minna, Minna, du darfst dich nicht so aufregen, sonst geht dein Blutdruck zu sehr in die Höhe. Du musst an schöne Dinge denken.« Dann beendete er den Bericht für sie. »Das Seltsame ist, dass der Eindringling den Safe anscheinend nur zufällig gefunden hat, nachdem er alles andere gründlich durchsucht hatte. Der Safe ist hinter dem Bild von Minna und mir im Wohnzimmer des Cottages versteckt.«

»Warte mal«, unterbrach ihn Alvirah. »Du hast gerade gesagt, jemand müsse Nadine am Vorabend mit dem Schmuck gesehen haben. Hat sie das Kurhotel an diesem Abend verlassen?«

»Nein. Sie hat an der Cocktailstunde teilgenommen, das heißt an dem, was wir scherzhaft als solche bezeichnen, später dann am Dinner und schließlich an unserem Mozartkonzert im Musikzimmer.«

»Dann kann sie nur von den anderen Gästen und dem Personal gesehen worden sein, doch von denen hätte jeder sicherlich gewusst, wo er nach dem Safe suchen musste. Schließlich haben alle Cottages einen.« Alvirah zog hörbar die Luft ein und strich sich über den Rock ihres beigefarbenen Kostüms, von dem sie so sicher gewesen war, dass es Gnade vor Mins Augen finden würde. Ich habe allerdings wirklich vergessen, dass sie schon mal sagte, Beige mache mich furchtbar blass, dachte sie ruhig. Na ja, was soll's.

Dann nahm sie ihren Gedankengang wieder auf. »Da wäre noch etwas. Wurde der Safe aufgebrochen?«

»Nein. Der Einbrecher kannte die Kombination, die Nadine eingestellt hatte.«

»Oder war ein Profi und wusste, wie man so was herausfindet«, ergänzte Willy. »Was bringt dich auf den Gedanken, dass der Dieb mittlerweile nicht über alle Berge ist?«

Min seufzte. »Unsere einzige Hoffnung ist, dass es möglicherweise doch jemand aus dem Hotel war und Alvirah den Schurken findet, sodass wir ihn – beziehungsweise sie – zur Rückgabe der Juwelen zwingen können.

Unsere Gäste kennen wir alle gut. Ihr Ruf ist makellos. Wir haben nur drei neue Angestellte, und die haben ein hieb- und stichfestes Alibi.« Min sah plötzlich zehn Jahre älter aus. »Alvirah, das ist genau die Art von Vorfall, die uns ruinieren könnte. Cotter Hayward ist ein sehr schwieriger Mann. Er wird nicht nur Nadines Sohn verklagen; es würde ihm absolut ähnlich sehen, irgendeinen Grund zu finden, um uns für den Diebstahl verantwortlich zu machen.«

»Wann will Nadine zu dem Wohltätigkeitsball nach San Francisco aufbrechen?«, fragte Alvirah.

»Am Samstag. Damit bleiben dir drei Tage Zeit, um ein Wunder zu vollbringen.«

Ein Zwei-Stunden-Schläfchen und eine luxuriöse Dusche trugen erheblich zu Alvirahs Wiederbelebung bei. Ängstlich darauf bedacht, Mins Zustimmung zu finden, setzte sie sich an die Ankleidekommode und trug mit besonderer Sorgfalt ihr Make-up auf. Nicht zu viel Rouge, dachte sie, und verschmier den Lippenstift nicht; nur ein winziger Hauch Eyeliner, und dunklen Puder, um die Konturen von Kiefer und Nase weicher erscheinen zu lassen. Sie war froh, Willy unter der Dusche singen zu hören; ihm ging es offensichtlich auch schon sehr viel besser.

Auf dem Bett hatte sie sich einen hübschen Kaftan zurechtgelegt, den Min während ihres letzten Besuches hier für sie ausgesucht hatte. Sie schlüpfte hinein, befestigte ihre Brillantbrosche am Kragen und holte ihr Notizbuch aus der Tasche. Während Willy sich anzog, schrieb sie nieder, was sie von Min erfahren hatte, und ordnete die Informationen nach verschiedenen Gesichtspunkten.

Als sie damit fertig war, hatte sie sofort eine ganze Reihe von Fragen. Warum war Elyse Hayward, die erste Mrs Cotter Hayward, auch hier? Zufall? Helmut hatte darauf hingewiesen, dass Elyse für gewöhnlich dafür sorgte, nicht zur gleichen Zeit herzukommen wie ihre frühere Freundin Nadine.

Interessant, dachte Alvirah.

Die drei neuen Angestellten arbeiteten im römischen Bad, das die neueste Attraktion des Kurhotels darstellte. Die Bauarbeiten hatten zwei Jahre gedauert, aber das römische Bad war einfach prächtig geworden, eine Originalkopie desjenigen in Baden-Baden. Zwei der Neulinge waren Masseure, der dritte arbeitete im Ruheraum. Min hatte jedoch gesagt, alle drei hätten ein hieb- und stichfestes Alibi. Morgen, so beschloss Alvirah, gehe ich ins römische Bad und sehe mir die drei wenigstens einmal an.

Da tauchte Willy an der Tür des Wohnzimmers auf. »Na, was meinst du, kann ich mich so bei den feinen Pinkeln da unten sehen lassen?«

Sein schönes, gewelltes, weißes Haar umrahmte seine freundlichen Züge und seine warmen, blauen Augen. Ein hübsches marineblaues Sportjackett verbarg den kleinen Bierbauch, der jedes Mal, wenn sie auf einer Kreuzfahrt allzu üppig gespeist hatten, wieder in Erscheinung trat. »Du siehst prächtig aus«, strahlte Alvirah.

»Und du auch. Jetzt aber schnell, mein Schatz. Ich kann es gar nicht erwarten, einen von Mins Möchtegerncocktails zu kosten.«

Auf der Veranda versammelten sich bereits die Gäste, und aus dem Inneren des Hauses hörte man durch die offenen Fenster Geigenmusik herüberklingen. Als sie den Weg hinaufgingen, sagte Alvirah: »Also, damit du Bescheid weißt: Min wird uns Nadine Hayward vorstellen. Nadine weiß, dass wir hier sind, um ihr zu helfen, und sie später in ihrem Cottage aufsuchen werden, damit wir uns ungestört mit ihr unterhalten können.«

Seit ihrem Lotteriegewinn kam Alvirah mindestens einmal im Jahr hierher. Willy holte sie am Ende ihrer Woche manchmal aus dem Kurhotel ab, und sie gingen dann von hier aus auf Reisen, aber dies würde seine erste Übernachtung sein.

»Schätzchen, worüber soll ich bloß mit diesen Leuten reden?«, hatte er sie gefragt, als sie ihn drängte, sie zu begleiten. »Die Leute da unterhalten sich über ihr Golfspiel oder quatschen darüber, was für Witzbolde sie an ihren Elite-Unis drüben im Osten waren, oder über die Investitionen ihrer Firmen in Asien. Soll ich denen vielleicht erzählen, dass ich aus Brooklyn komme, zur High School Nummer achtunddreißig gegangen bin und als Installateur gearbeitet habe, bis wir durch einen Lotteriegewinn reich wurden? Glaubst du, die interessieren sich dafür, dass mein Hobby darin besteht, mit dir um die Welt zu ziehen, und dass ich, wenn wir in New York sind, leidenschaftlich gern Wasserrohre, Spülsteine und Toiletten für Leute repariere, die meine Hilfe brauchen?«

»Jeder einzelne von diesen Männern würde glücklich sterben, wenn er wüsste, dass sein Nettoeinkommen zwei Millionen Dollar jährlich beträgt«, war Alvirahs Antwort. Trotzdem musste sie sich eingestehen, dass sie sich *ein klein wenig* Sorgen machte, dass irgendjemand versuchen könnte, Willy mit einer dieser tödlich-freundlichen Bemerkungen zu treffen, die so scharf und schneidend waren wie ein Messer. Jeder, der das bei ihr versuchte, bekam von ihr, was er verdiente, aber Willy war zu nett, um in einem solchen Falle mit gleicher Münze zurückzuzahlen.

Fünf Minuten später stellte sie fest, dass ihre Sorgen völlig unbegründet gewesen waren. Willy unterhielt sich angeregt mit dem Verkaufschef von American Plumbing; er setzte ihm genau auseinander, warum die neue Toilettenkollektion mit Hydrospülung, für die sein größter Konkurrent im Augenblick eifrig Werbung machte, für das durchschnittliche Heim völlig unpraktisch war. Alvirah sah, dass die Miene des Verkaufschefs sich mehr und mehr aufhellte.

Gebräunte und elegant gekleidete Männer und Frauen mit geschmackvoll getöntem Haar standen in kleinen Grüppchen auf der Veranda. Kichernd dachte Alvirah an eine Bemerkung, die eine Frau einer anderen gegenüber gemacht hatte: »Schätzchen, Sie kennen mich noch nicht gut genug, um mich jetzt schon zu verabscheuen.«

Dann zupfte plötzlich Min an ihrem Ärmel. »Alvirah, ich möchte dich mit Nadine Hayward bekannt machen.«

Alvirah drehte sich schnell um. Sie wusste nicht, was sie erwartet hatte, aber ganz bestimmt nicht diese ausgesprochen hübsche, blauäugige Blondine mit dem liebenswerten Gesicht und einem Milch-und-Honig-Teint. Sieht aus wie dreißig, ist aber wahrscheinlich Anfang vierzig, überlegte Alvirah, aber, mein lieber Junge, muss die nervös sein. Sie sieht aus, als hätte sie sich während einer Feuerwehrübung angezogen. Nadine Hayward trug weite Hosen und ein Kurzjäckchen aus limonengrüner Schantungseide. Das Kostüm hatte offensichtlich ein Vermögen gekostet, sah aber ausgesprochen derangiert aus. Der mittlere Knopf der Jacke war nicht geschlossen. Schwarze Pumps verliehen dem silberhellen Glanz der Kleidung eine unstimmige Note. Nadine hatte ihr dunkelblondes Haar kunstlos zu einem Nackenknoten geschlungen. Eine einreihige Perlenkette war unter dem Ausschnitt des hellgrünen Oberteils fast unsichtbar verborgen.

Noch bevor sie sich näher miteinander bekannt gemacht hatten, huschte plötzlich ein erschreckter Ausdruck über Nadines Gesicht. »O mein Gott! Da kommt mein Mann«, murmelte sie.

»Haben Sie nicht gesagt, er nähme an einem Dinner im Golfclub teil?«, zischte Min.

»Das wollte er auch, aber …« Nadines Stimme verlor sich, und sie umklammerte Mins Arm.

Alvirah schaute hinter sich. Ein hoch gewachsener Mann kam langsam auf die Veranda zu. »Als er hörte, dass Elyse hier ist, meinte er, ich würde ihn bis Samstag nicht zu sehen bekommen«, flüsterte Nadine durch jetzt völlig blutleere Lippen.

Die Leute um sie herum plauderten und lachten. Aber Alvirah sah, dass sich mehrere Augenpaare auf sie gerichtet hatten. Die Spannung, die von Nadine Hayward ausging, war geradezu körperlich spürbar.

»Lächeln Sie«, befahl sie scharf. »Knöpfen Sie sich die Jacke zu … Richten Sie Ihre Perlen … So ist es schon besser.«

»Aber er weiß nicht, dass der Schmuck verschwunden ist. Er wird sich fragen, warum ich nichts davon trage«, stöhnte Nadine.

Cotter Hayward hatte bereits die Treppe genommen. Nur für Nadine hörbar, flüsterte Alvirah: »Um Ihres Sohnes willen müssen Sie das durchstehen, bis ich eine Chance habe, Ihnen zu helfen.«

Bei der Erwähnung ihres Sohnes trat ein schmerzlicher Ausdruck in Nadines Augen, war aber sogleich wieder verschwunden. »Ich habe früher zu Hause ein wenig geschauspielert«, sagte sie. Jetzt wirkte ihr Lächeln echt, und einen Augenblick später, als ihr Mann auf sie zukam und ihren Arm ergriff, war die Mischung aus Erstaunen und Freude, mit der sie ihn begrüßte, absolut überzeugend.

Ich mag den Burschen nicht, dachte Alvirah, als Nadine ihr Hayward vorstellte und dieser ihr nur kurz zunickte, bevor er sich an seine Frau wandte. »Ich denke, man wird mich hier wohl zum Abendessen dulden«, sagte er. »Ich muss rechtzeitig zu den Reden wieder zurück sein, aber ich wollte dich sehen.«

»Sie sind überaus willkommen«, sagte Min. »Möchten Sie mit Nadine allein an einem kleinen Tisch speisen, oder wollen Sie sich zu uns gesellen?«

»Keine Gruppen, bitte«, erwiderte Hayward abschätzig.

Er färbt sich das Haar, dachte Alvirah. Gut gemacht, aber ich sehe es trotzdem. Mit fünfzig ist man einfach nicht mehr so blond. Cotter Hayward war noch immer ein gut aussehender Mann, da gab es nichts.

Min und Helmut hatten die feste Regel aufgestellt, dass jeweils acht ihrer Gäste gemeinsam an einem Tisch saßen. Eine Ausnahme wurde nur gemacht, wenn ein Gast einen Besucher hatte und eine Gelegenheit brauchte, sich unter vier Augen mit ihm zu unterhalten. In diesem Fall, aber für niemanden öfter als einmal die Woche, stand ein Tisch für zwei zur Verfügung.

Heute Abend – Alvirah stellte dies zu ihrem Entzücken fest – hatte Min sie und Willy an den Gruppentisch gesetzt, an dem auch Elyse saß, die erste Mrs Cotter Hayward, die sich als eine spröde, bleistiftdürre Modepuppe mit kastanienbraunem Haar entpuppte; Alvirah schätzte sie auf Mitte vierzig. Ferner saßen an ihrem Tisch ein gut aussehendes älteres Ehepaar aus Chicago namens Jennings; eine atemberaubend schöne Frau von Ende dreißig, Barra Snow, ein Fotomodell, in dem Alvirah sofort das Modell aus den Anzeigen von Adrian Cosmetics wieder erkannte; dann Michael Fields, ein ehemaliger Kongressabgeordneter aus New York, und schließlich Herbert Green, der Verkaufschef für Sanitäranlagen.

Mit einem geschickten Manöver gelang es Alvirah, ganz in der Nähe von Elyse Hayward Platz zu nehmen. Und es dauerte auch nicht lange, da stand fest, dass Elyse, sowohl, was ihren Ex-Mann, als auch, was ihre ehemalige Freundin anging, extrem gesprächig war. »Nanu, was ist denn heute Abend mit Nadine los?«, bemerkte sie abschätzend. »Nichts glitzert, nichts funkelt – ich frage mich, ob das ihre eigene Entscheidung ist oder ob Cotter sich jetzt endgültig auf seine Lieblingsidee besonnen hat, den Schmuck in einem Banktresor aufzubewahren, weil er Angst vor einem Diebstahl hat. Wenn ja, heißt das, er hat jemand anderen kennen gelernt, und Nadines Tage sind gezählt.« Ihr Lächeln war alles andere als freundlich. »Und *ich* muss es ja wissen.«

»Nadine hat gestern Abend einen Teil des Hayward-Schmucks getragen«, sagte Barra Snow jetzt. »Du hast dir ja dein Abendessen in deinem Cottage servieren lassen, Elyse.«

Alvirah stellte die Ohren auf und schaltete den kleinen Rekorder in ihrer Brillantbrosche ein. War es nur ein Zufall gewesen, dass Cotter Haywards erste Frau von Diebstahl sprach? Sie würde Charley Evans anrufen müssen, ihren Redakteur beim *Globe,* und ihn darum bitten, ihr aus dem Zeitungsarchiv ein paar Hintergrundinformationen über sämtliche Haywards zu besorgen.

Wollen doch mal sehen, dachte sie, während sie sich ein winziges Lammkotelett von der Silberplatte nahm, die die Kellnerin ihr hinhielt – als ich vor vier Jahren hier war, war Elyse noch mit Cotter verheiratet, also kann Nadine noch nicht allzu lange mit ihm verheiratet sein. Es liegt auf der Hand, dass Elyse mit einem silbernen Löffel im Mund geboren wurde, aber an Nadines Stimme erkennt man leicht, dass sie keine Absolventin von Miss Porter ist. Wie mag sie überhaupt in dieselbe Welt geraten sein, in der die Haywards sich bewegen?

»Mein Schatz, du hast immer noch die Fleischgabel in der Hand«, ermahnte Willy sie.

An einem Tisch in der Nähe des Panoramafensters mit Blick auf den Pool und die Gärten nahmen Nadine und Cotter Hayward ihre Mahlzeit in nahezu ungebrochenem Schweigen ein. Wenn Cotter etwas sagte, dann für gewöhnlich nur, um sich zu beklagen.

Dann kam die Frage, vor der Nadine sich schon den ganzen Abend gefürchtet hatte. »Wieso trägst du keinen ordentlichen Schmuck? Alle anderen Frauen hier stellen ihre Trophäen zur Schau. Deine müssen doch zu den kostbarsten zählen.«

Nadine schaffte es, ohne ein Zittern in der Stimme zu antworten. »Ich hielt es nicht für so klug, vor Elyse mit dem Schmuck zu protzen. Immerhin hat *sie* ihn vor einigen Jahren hier getragen.«

Mit schweißnassen Fingern beobachtete sie die Reaktion ihres Mannes und meinte beinahe vor Erleichterung zusammenzubrechen, als dieser nickte. »Wahrscheinlich hast du Recht. So, ich muss jetzt wieder zurück. Das Dinner im Club wird bald vorbei sein, und dann fangen die Reden an.«

Als er aufstand, beugte er sich schnell über sie und streife ihre Wange mit einem ungeduldigen Kuss. So hatte er auch Elyse am Ende ihrer Ehe geküsst, dachte Nadine. O lieber Gott, was soll ich nur tun?

Sie sah ihm nach, wie er durch den großen Raum ging, und beobachtete zu ihrem Erstaunen, wie Elyse auf ihn zueilte. Obwohl Nadine nur seinen Hinterkopf sehen konnte, ließ Cotters Körpersprache keinen Zweifel aufkommen. Er blieb abrupt stehen, versteifte sich und schob Elyse, kaum dass sie ausgesprochen hatte, zur Seite, um aus dem Saal zu eilen.

Elyse, dessen war Nadine sich sicher, würde ihn daran erinnert haben, dass die letzte Scheidungsabfindung, die er ihr schuldete, nächste Woche fällig war. Drei Millionen

Dollar. Die Aussicht, dieses Geld bezahlen zu müssen, machte Cotter fuchsteufelswild. Und ich muss ebenfalls dafür zahlen, dachte Nadine. Nach dem, was Elyse ihn gekostet hat, stehe ich durch den Ehevertrag, den ich unterzeichnet habe, ohne einen Pfennig da, wenn die Sache mit den Juwelen ihn so wütend macht, dass er sich von mir scheiden lässt …

Was mochte Elyse zu ihrem Ehemaligen gesagt haben, fragte sich Alvirah, während sie an einem winzigen Keks knabberte und versuchte, sich das Regenbogensorbet so gut wie möglich einzuteilen.

Von ihrem Platz aus konnte sie den Ausdruck wilder Befriedigung auf dem Gesicht der geschiedenen Gattin sehen und die dunkle Zornesröte, die Cotter Haywards Züge überflutete.

»Oje, oje«, murmelte Barra Snow mit einem leisen Lächeln. »Ich wusste gar nicht, dass wir auch Feuerwerksraketen auf der Speisekarte haben.«

»Kennen Sie die Haywards gut?«, erkundigte sich Alvirah beiläufig.

»Wir haben gemeinsame Freunde und sind gelegentlich zur selben Zeit am selben Ort.«

Willy sprang auf, um Elyse Hayward den Stuhl zurechtzurücken, die mit einem grimmigen Lächeln an den Tisch zurückkehrte. »Nun, dem habe ich gründlich die Suppe versalzen«, sagte sie mit offensichtlichem Entzücken. »Es gibt nichts, was Cotter mehr auf die Palme bringt, als sich von seinem Geld trennen zu müssen.« Sie lachte. »Seine Rechtsanwälte haben versucht, einen Vergleich auszuhandeln. Statt einer letzten Zahlung von drei Millionen Dollar nächste Woche wollten sie mich dazu bringen, Ratenzahlungen über die nächsten zwanzig Jahre zu akzeptieren. Ich habe gesagt, ich hätte schließlich nicht in der Lotterie gewonnen, sondern mich von einem reichen Mann scheiden lassen.«

Das zielt auf uns, dachte Alvirah. »Das kommt ganz auf die jährlichen Zahlungen an«, murmelte sie.

Herbert Green, der sanitäre Verkaufschef, kicherte. »Ich mag Ihre Frau«, sagte er zu Willy.

»Ich auch.« Willy hatte sein Sorbet gerade aufgegessen. »Das war ein tolles Dinner, aber ich hätte nichts dagegen, es mit einem Big Mac zu krönen.«

Barra lachte. »Ich bin froh, dass Sie das auch so sehen. Meine Schwester ist durch ihre Scheidung zu einem McDonald's-Franchise-Vertrag gekommen. So viel Glück hatte ich nicht.«

»Das wird Nadine auch nicht haben, wenn Cotter sie leid ist«, ergriff Elyse nun wieder das Wort. »Ihre Abfindung sieht so aus.« Sie krümmte Daumen und Zeigefinger, bis sich deren Spitzen berührten und beide zusammen einen vollkommenen Kreis formten. Was sie damit sagen wollte, war vollkommen klar. »Nadine ist das beste Beispiel dafür, warum man das neunte Gebot befolgen sollte.«

»Du sollst nicht begehren deines Nächsten Weib«, sagte Willy.

»Oder umgekehrt, den Mann.« Elyse lachte. »Nadines Problem ist, dass sie das Unglück hatte, meinen zu kriegen.«

Nadine Hayward wartete nicht auf den Beginn des Konzertabends im Musikzimmer. Stattdessen verließ sie den Speisesaal mit den ersten Gästen, die ihre Mahlzeit beendet hatten, und ging zu ihrem Cottage, das zu denen zählte, die am weitesten vom Haupthaus entfernt waren.

Heute ist Mittwochabend, dachte sie. Samstagmorgen wird Cotter mich holen kommen. Dann muss ich ihm von dem Diebstahl erzählen. Er wird wissen wollen, warum ich nicht sofort die Polizei gerufen habe. Und ich werde ihm sagen müssen, dass Bobby die Versicherungsprämie nicht an die Firma weitergeleitet hat. Und Bobby wird vor Gericht gestellt.

Das kann ich nicht zulassen.

Wäre ich doch nur nicht vor vier Jahren hergekommen und hätte Cotter kennen gelernt.

Das war genau der Gedanke, dem sie so lange versucht hatte, aus dem Weg zu gehen.

Als sie vom Hauptweg zu ihrem Cottage abbog, war Nadine voller Selbstverachtung und Bedauern darüber, dass sie Cotter je kennen gelernt hatte. Die einzige Extravaganz, dachte sie, die ich mir nach Roberts Tod geleistet habe, und dabei musste ich ihm über den Weg laufen.

Ihr erster Mann war Robert Crandell gewesen, ein entfernter Cousin von Elyse, hübsch und klug und geistreich und liebevoll. Und ein Spieler. Sie hatte ihn mit zwanzig geheiratet und sich von ihm scheiden lassen, als Bobby zehn war. Das war die einzige Möglichkeit, nicht mit in den Strudel seiner Schulden gerissen zu werden. Aber sie waren Freunde geblieben. Mehr als Freunde. Ich habe nie aufgehört, ihn zu lieben, dachte sie jetzt.

Er war vor fast fünf Jahren ums Leben gekommen, als er auf einer regennassen Autobahn zu schnell gefahren war, immer noch ein Spieler, immer noch unzuverlässig. Aber er hatte ihr eine Versicherungspolice hinterlassen, die ausreichte, um Bobbys Collegeausbildung zu finanzieren, und die Erleichterung angesichts dieser Tatsache hatte im Verein mit den Gefühlsstürmen, die sein Tod ausgelöst hatte, dazu geführt, dass Nadine sich eine Woche im Kurhotel Cypress Point gegönnt hatte.

Als sie noch mit Robert verheiratet gewesen war, hatte sie Cotter und Elyse gelegentlich bei Familienfeiern getroffen. Als sie sie dann das nächste Mal sah, in ebendiesem Kurhotel, war offensichtlich, dass die beiden kaum noch miteinander sprachen. Drei Monate später rief Cotter sie an. »Ich habe die Scheidung eingereicht«, stellte er fest, »weil ich einfach nicht aufhören konnte, an dich zu denken.«

Aufmerksam. Charmant. Oh, wie gut Cotter sich darauf verstand, seinen Charme spielen zu lassen. »Du hast es nie leicht gehabt, Nadine«, sagte er. »Es wird Zeit, dass jemand sich um dich kümmert. Ich weiß, was du mit Robert durchgemacht hast. Es ist ein Wunder, dass er nicht ermordet wurde. Diese Buchmacher kennen kein Pardon mit Leuten, die ihre Schulden nicht bezahlen. Ich habe ihn von Zeit zu Zeit rausgepaukt. Ich nehme an, das wusstest du nicht.«

Er hat Robert niemals irgendwo rausgepaukt, dachte Nadine, als sie den Schlüssel in das Schlüsselloch ihres Cottages steckte. Cotter hatte niemals irgendjemanden rausgepaukt.

Bevor sie den Schlüssel umdrehen konnte, öffnete sich die Tür, und das verängstigte Gesicht ihres zweiundzwanzigjährigen Sohnes starrte auf sie herab. Dann schlang Bobby seine Arme um sie. »Mom, hilf mir. Was soll ich nur tun?«

Alvirah und Willy saßen noch eine Weile zusammen mit den anderen Gästen an ihrem Tisch über einem entkoffeinierten Espresso und hofften, noch mehr Gerüchte aufschnappen zu können, aber zu Alvirahs Enttäuschung wandte Elyse sich von ihrem Ex-Mann einem anderen Thema zu.

»Werden Sie auch den Konzertabend besuchen, Mrs Meehan?«, fragte Barra Snow.

»Wir sind immer noch auf New Yorker Zeit eingestellt«, antwortete Alvirah. Nach Elyses Seitenhieb bezüglich der Lotterie lag es ihr auf der Zunge zu sagen, dass sie sich lieber in die Falle hauen würden, aber sie entschied sich dagegen. »Und ich glaube, wir sollten uns besser zurückziehen«, führte sie den Satz zu Ende.

Gemessenen Schritts folgte Willy Alvirah durch den Speisesaal; sobald sie draußen waren, beschleunigte sie jedoch das Tempo. »Lass uns gehen«, sagte sie. »Ich brenne darauf, mich mit Nadine zu unterhalten. Nach allem, was ich über Cotter Haywards Einstellung in puncto Geld gehört habe, gibt es für mich keinen Zweifel, dass ihn nichts davon abhalten wird, den Diebstahl der Versicherungsgesellschaft zu melden.«

Als sie Nadines Cottage erreichten, war durch das offene Fenster das Gemurmel zweier Stimmen zu hören. »Ob ihr Mann wohl zurückgekommen ist?«, flüsterte Alvirah, aber auf ihr Klopfen hin wurde die Tür von einem gut aussehenden jungen Mann geöffnet, der, wie man trotz des schlechten Lichtes sofort sah, Nadine wie aus dem Gesicht geschnitten war.

Willy und Alvirah nahmen Nadine und Bobby gegenüber auf dem in Hellblau und Weiß bezogenen Sofa in dem harmonisch eingerichteten Wohnzimmer Platz, während Nadine ihrem Sohn eröffnete, dass die Meehans über den Diebstahl im Bilde seien und ihnen helfen wollten.

Alvirah war klar, dass Bobby vollkommen außer sich war, aber trotzdem gefiel es ihr nicht, wie er versuchte, sich für seine Missetat zu rechtfertigen. »Mom, ich schwöre dir, das ist das erste Mal, dass ich einen Prämienscheck zu Geld gemacht habe«, sagte er mit schriller Stimme. »Ich hatte eine Wette laufen. Es war eine sichere Sache.«

»›Eine sichere Sache.‹« Nadines Stimme brach, und ihre nächsten Worte klangen, als könnte sie nur mühsam die Tränen unterdrücken. »Das sind die Worte deines Vaters. Ich habe sie zum ersten Mal gehört, als ich siebzehn war. Ich will sie nie wieder hören.«

»Mom, ich werde die Police wieder aufleben lassen, das schwöre ich.«

»Hat die Versicherung denn kein Schreiben verschickt, in dem sie auf die Kündigung der Police aufmerksam machte?«, wollte Alvirah wissen.

Bobby schaute weg. »Ich wusste, dass es unterwegs war.«

»Und Sie haben das Schreiben vernichtet?«, hakte Alvirah nach.

»Ja.«

»Das ist ebenfalls eine Straftat«, sagte sie ernst.

»Bobby«, rief Nadine. »Ich habe Cotter dazu überredet, die Versicherung für den Schmuck zu wechseln, weil du den Job bei Heskill bekommen hattest. Dann habe ich ihn überredet, dich in dem New Yorker Apartment wohnen zu lassen.«

Wie ähnlich er seinem Vater doch ist, dachte sie. Das reuige Gesicht, die niedergeschlagene Haltung.

Es war, als könnte Bobby ihre Gedanken lesen. »Mom, ich bin nicht wie Dad, nicht so, wie du denkst. Wenn ich früher gewettet habe, dann immer mit meinem eigenen Geld.«

»Das stimmt nicht. Ein paar Mal musste ich für deine Verluste geradestehen.«

»Aber es war nie viel. Mom, wenn du Cotter dazu bringen könntest, keine Anklage zu erheben, dann tu ich es nie, nie wieder, das schwöre ich dir. Ich will nicht ins Gefängnis.«

Bobby vergrub sein Gesicht in den Händen.

Nadine legte ihre Arme um ihn. »Bobby«, sagte sie. »Verstehst du denn nicht? Ich kann ihn nicht aufhalten.«

Dann hielt sie plötzlich inne. »Oder vielleicht doch?«

Eine Stunde später, als Willy und Alvirah im Bett lagen, begann Alvirah laut nachzudenken. »Nadines Sohn Bobby hat kein Rückgrat und ist ein ziemlicher Egoist. Ich meine, wenn man so darüber nachdenkt – seine Mutter hat Cotter Hayward überredet, den Schmuck bei seiner Gesellschaft zu versichern, damit Bobby die Provision kassieren konnte. Dann verspielt er den Prämienscheck. Und meiner Ansicht nach macht er sich viel mehr Sorgen darüber, eventuell ins Gefängnis zu kommen, als darüber, dass er mit dieser Geschichte das Ende von Nadines Ehe eingeläutet haben könnte.«

»Hmhm«, stimmte Willy ihr verschlafen zu.

»Nicht, dass ich Cotter Hayward für einen so tollen Fang hielte«, fuhr Alvirah fort. »Er erinnert mich an Mr Parker. Du weißt doch, ich habe mittwochs immer bei den Parkers geputzt, bis sie nach Florida zogen. Ich glaube, sie ist tot. Die Netten sterben immer, nicht wahr, und die abscheulichen alten Knacker sind unverwüstlich. Aber wie dem auch sei – er war ein Meckerfritze! Hatte an allem was auszusetzen. Und *geizig!* Eines Tages hat Mr Parker seine arme Frau angeschrien, weil sie einen seiner alten Anzüge weggegeben hatte. Er hatte einen ganzen Kleiderschrank voll davon, konnte sich aber nicht mal von einer alten, überzähligen Socke trennen.«

Willys gleichmäßiger Atem war sein einziger Kommentar.

»Es gibt nur eine Möglichkeit, wie wir Bobby Crandell vor dem Gefängnis bewahren können. Wir müssen den Dieb finden«, überlegte Alvirah laut. »Die Sache ist, dass Nadine am Abend des Diebstahls die Tür ihres Cottages abgeschlossen hat, aber da Bobby meinte, er habe heute Abend problemlos durch die gläserne Schiebetür des Wintergartens hineinkommen können, liegt wohl auf der Hand, dass jeder andere das ebenfalls geschafft hätte. Im Grunde kümmert sich niemand hier viel um Schlösser und dergleichen.«

Und dann schoss ihr ein Gedanke durch den Kopf, der sie aufkeuchen ließ. Wie schwer war Bobby Crandell in seine Spielsucht verstrickt? Er wusste, dass seine Mutter die Juwelen bei sich hatte. Nadine hatte ihnen erzählt, dass sie in einem Hotel grundsätzlich dieselbe Kombination für ihren Safe wählte: den Monat und den Tag ihrer Geburt, eins – neun – vierundzwanzig. Bobby wusste das wahrscheinlich ebenfalls.

Alvirah dachte über die Möglichkeit nach, dass Bobby Crandell vielleicht aufgrund irgendwelcher Spielschulden in ernsten Schwierigkeiten steckte. Angenommen, sein Leben stand auf dem Spiel, wenn er das Geld, das er schuldig war, nicht beschaffen konnte? Angenommen, er schuldete wirklich große Summen? Angenommen, er hatte beschlossen, den Schmuck zu stehlen, obwohl er bereits das Prämiengeld gestohlen hatte? Vielleicht war er verzweifelt genug zu hoffen, dass seine Mutter Cotter Hayward überreden konnte, keine Anklage wegen des verschwundenen Schmucks zu erheben, dachte sie.

Noch eine weitere Frage ging Alvirah durch den Kopf, bevor sie endlich einschlief. Warum hatte Cotter Hayward so plötzlich beschlossen, heute Abend mit Nadine zu essen?

Der Anruf kam um elf Uhr, kurz nachdem er zu Bett gegangen war. Cotter Hayward, der noch immer hellwach war, griff nach dem Hörer und blaffte ein lautes Hallo hinein.

Kurz darauf stieg Hayward aus dem Bett und zog sich Khakihosen und einen Pullover an. Dann fiel ihm plötzlich noch ein, dass er Lust auf einen Martini hatte. Ich sollte wahrscheinlich besser drauf verzichten, dachte er verdrossen. Aber angesichts der Entwicklung, die der Abend genommen hatte, konnte er einen Drink wirklich gut gebrauchen.

Um Viertel vor zwölf verließ er seine Wohnung, die auf dem Grundstück des Pebble Beach Club lag, und ging in der Dunkelheit auf das sechzehnte Loch zu. An einem Wäldchen in der Nähe des Grüns blieb er stehen, um zu warten.

Ein leises Blätterrascheln machte ihn darauf aufmerksam, dass jemand näher kam. Erwartungsvoll drehte er sich um, und im selben Augenblick riss die Wolkendecke auf. In der Sekunde, bevor er starb, erlebte Cotter Hayward sein ganzes Leben noch einmal. Er sah, wer ihn angriff, bemerkte, dass es ein Golfschläger war, der gleich auf seinen Schädel niederkrachen würde, und hatte sogar noch Zeit genug, um einzusehen, was für ein Narr er gewesen war.

Am nächsten Morgen um Viertel vor sechs stach Alvirah gerade im Traum auf der Queen Elizabeth 2 von Southampton aus in See. Aber bald merkte sie, dass das anhaltende Klingeln nicht etwa eine Schiffsglocke war, sondern das Schrillen des Telefons. Min war am Apparat.

»Alvirah, bitte komm sofort zum Haupthaus. Wir haben ein Problem.«

Alvirah zwängte sich in einen hellgelben Trainingsanzug von Dior und die dazu passenden Turnschuhe, während Willy sich noch den Schlaf aus den Augen wischte. »Was ist jetzt schon wieder los?«, wollte er wissen.

»Das weiß ich noch nicht. O verdorri, jetzt hab ich das Oberteil verkehrt rum angezogen.«

Willy blinzelte zur Uhr hinüber. »Ich dachte, die Leute kämen hierher, um sich zu entspannen.«

»Einige tun das auch. Steh auf und zieh dich an, damit du mitkommen kannst. Ich habe irgendwie ein ungutes Gefühl.«

Ein paar Minuten später wurde Alvirahs ungutes Gefühl noch bestärkt von der Tatsache, dass vor dem Haupteingang des Kurhotels ein Wagen mit dem Emblem des Sheriffs von Monterey County stand. »Scott ist hier«, sagte sie scharf.

Scott Alshorne saß in Mins Büro. Min und Helmut trugen noch immer ihre Morgenmäntel. Obwohl sie beide völlig fassungslos wirkten, konnte Alvirah nicht umhin, beide einen Augenblick lang ehrlich dafür zu bewundern, dass es ihnen gelungen war, zu dieser frühen Stunde, nachdem man sie offensichtlich aus dem Bett gerissen hatte, auszusehen, als seien sie einem Modejournal entstiegen. Mins Bademantel war ein Traum aus schimmerndem, pinkfarbenem Satin, der Kragen in Spitze eingefasst, der Gürtel raffiniert geflochten. Und auch Helmuts kastanienbrauner, knielanger Seidenmorgenmantel konnte als Meisterwerk der Schneiderkunst gelten und gab den Blick auf einen farblich passenden Pyjama frei.

Glücklicherweise war Sheriff Alshorne immer noch der Alte. Seine teddybärähnliche Gestalt, sein zerklüftetes und gebräuntes Gesicht, sein weißes, ungebärdiges Haar und der stechende Blick blieben ihm immer treu. So warmherzig er einen Freund umarmte, so unnahbar konnte er sein, wenn er einen Verbrecher hinter sich herzog.

Er umarmte Alvirah und schüttelte Willy die Hand. Dann kam er ohne weitere Höflichkeitsfloskeln zur Sache: »Ein Wartungsmonteur hat vor einer Stunde den Leichnam von Cotter Hayward auf dem Grundstück des Pebble Beach Clubs gefunden.«

»Der Himmel stehe uns bei«, stieß Alvirah hervor und dachte gleichzeitig: Wer von beiden mag's getan haben, Nadine oder Bobby?

»Kräftige Schläge mit einem schweren Gegenstand. Wer immer ihn getötet hat, wollte ganz sichergehen, dass er auch wirklich tot war.« Scott sah Alvirah abschätzend an. »Nach allem, was Min mir erzählt, sind Sie nicht nur hier, um sich verwöhnen zu lassen.«

»Nicht direkt.« Alvirahs Gedanken überschlugen sich. »Weiß Nadine schon, was ihrem Mann zugestoßen ist?«

»Scott ist zuerst hierher gekommen«, sagte Min. »Wir werden ihn begleiten, wenn er es ihr sagt. Vielleicht braucht sie auch Helmuts ärztliche Hilfe. Ich wünschte nur, ich wüsste, wo ich Nadines Sohn finden kann, damit er ihr in dieser schwierigen Situation beistehen kann.«

»Bobby ist ...« Ein warnender Blick von Alvirah brachte Willy zum Schweigen.

Seine Bemerkung verhallte jedoch nicht ungehört. »Wissen Sie, wo dieser Bobby steckt?«, fragte Scott Alshorne.

»Wir haben ihn kennen gelernt«, erwiderte Alvirah ausweichend und begriff dann, dass es sinnlos war, die Tatsache, dass Bobby Crandell gestern Abend um zehn Uhr in Nadines Cottage gewesen war, vor Scott zu verbergen.

»Ist er hier bei seiner Mutter?«, hakte Scott nach.

»Gestern Abend war er jedenfalls da«, gab Alvirah zu. »Nadine hat eins der Cottages mit zwei Schlafzimmern.«

Scott stand auf und überragte die anderen plötzlich um mindestens einen Kopf. »Alvirah, meine liebe Freundin«, sagte er, »lassen Sie uns eine Sache gleich ganz klarstellen. Vor drei Tagen hat es auf diesem Grundstück einen größeren Diebstahl gegeben. Ich hätte davon in Kenntnis gesetzt werden müssen – *sofort.* Min hat mir den Hintergrund der Sache geschildert, aber das rechtfertigt noch lange nicht ihre Entscheidung, Nadine Haywards Wunsch nachzukommen und das Verbrechen zu verschleiern. Was ihr Leute anscheinend nicht begreift, ist, dass wir Proben vom Safe hätten entnehmen können, für DNS-Tests. Jetzt ist es dafür natürlich zu spät.«

Er ging einen Schritt auf Alvirah zu. »Statt mich zu verständigen, haben sie Sie verständigt. Jetzt haben wir es nicht mehr nur mit schwerem Diebstahl zu tun, sondern mit Mord. Ich will von Ihnen alle Informationen, die Sie seit Ihrer Ankunft gestern gesammelt haben. Habe ich mich klar ausgedrückt?«

»Ich möchte mich ebenfalls klar ausdrücken«, sagte Willy, und seine Stimme klang eiskalt. »Versuchen Sie nicht, meine Frau zu schikanieren.«

»Ach, Schatz, Scott schikaniert mich doch nicht«, sagte Alvirah beschwichtigend. »Das ist nur seine Art, mich über meine Rechte zu belehren.« Sie blickte zu Scott auf. »Ich weiß, was Sie denken – dass nämlich Nadine und Bobby ein hervorragendes Motiv für die Tat haben. Aber ich weiß auch, dass Sie ein fähiger Mann sind und für andere Möglichkeiten offen bleiben. Ich habe Cotter Hayward vor ein paar Jahren kennen gelernt, als er mit seiner damaligen Frau Elyse hier war. Die beiden haben sich damals wahrhaftig nicht wie zwei Turteltäubchen benommen, und glauben Sie mir, nach allem, was ich gestern Abend beobachtet habe, hat diese Dame ihn gehasst. Aber sein Tod brachte ihr keine Vorteile – zumindest nicht, soweit wir es abschätzen können. Andererseits möchte ich wetten, dass Cotter Hayward genug Feinde hatte; bevor Sie also irgendwelche voreiligen Schlüsse ziehen, werfen Sie doch bitte erst mal einen Blick auf einige der Männer, die an dem Golfturnier teilgenommen haben, und finden Sie heraus, welcher von ihnen ebenfalls einen guten Grund gehabt hat, Hayward zu hassen.«

Min zeigte auf die Uhr. »Wir haben gleich halb sieben«, meinte sie nervös. »In fünfzehn Minuten beginnt der Morgenspaziergang. Wir müssen Nadine mitteilen, was passiert ist.«

»Und ich finde, auch Elyse sollte davon wissen, bevor die Gerüchteküche aktiv wird«, bemerkte Alvirah. »Wenn du willst, gehe ich zu ihr und rede mit ihr.«

»Nicht ohne mich«, brauste Scott auf und fügte dann mit einem widerwilligen Grinsen hinzu: »Na schön, Alvirah. Sie können mitkommen, wenn wir zu Haywards Witwe gehen.«

Min und Helmut eilten nach oben, um sich ihre Jogginganzüge anzuziehen, und kurz darauf verließ die düster dreinschauende, kleine Prozession das Haupthaus. Willy zog es vor, in sein eigenes Cottage zurückzukehren. »Ich wäre sowieso nur im Weg«, sagte er.

Auf dem Weg zu Nadines Cottage begegneten sie einigen Zimmermädchen, die gerade die Frühstückstabletts verteilten. Alvirah konnte ihre neugierigen Blicke fast körperlich spüren.

Wie sich herausstellte, wurden Helmuts ärztliche Fähigkeiten tatsächlich benötigt. Sie trafen Nadine im Wohnzimmer ihres Cottages an. Nadine sah aus, als hätte sie die ganze Nacht kein Auge zugemacht. Ihren Morgenmantel hatte sie auf links angezogen, wie Alvirah sofort bemerkte. Sie muss sich ziemlich eilig angezogen haben, dachte sie. Aber warum? Nadines Milch-und-Honig-Teint wurde beim Anblick ihrer Besucher aschgrau. »Was ist passiert? Ist Bobby etwas zugestoßen?«

Das ist es also, dachte Alvirah. Bobby ist verschwunden, und sie weiß nicht, wo er steckt. Sie sah zu, wie Min und Helmut sich schützend neben Nadine stellten, als Scott ihr erzählte, dass ihr Ehemann das Opfer eines widerwärtigen Verbrechens geworden war.

Nadine sagte nichts. Dann seufzte sie und fiel ohnmächtig zu Boden.

»Wenn Nadine schon ein Nervenbündel war, dann hättest du mal Bobby sehen sollen«, erzählte Alvirah Willy eine Stunde später. »Er kam herbei, während Helmut versuchte, seine Mutter wiederzubeleben, und ich schätze, er dachte, sie sei tot. Er hatte geweint, das konnte man deutlich sehen. Und ohne einen Augenblick zu zögern, schob er Helmut zur Seite und sagte immer wieder: ›Mom, es ist meine Schuld, es tut mir Leid. Es tut mir Leid.‹«

»Meinte er den Diebstahl der Prämie, oder hatten die beiden einen Streit?«, fragte Willy.

»Genau das versuche ich herauszufinden. Als Nadine wieder zu sich kam und Helmut ihr ein Beruhigungsmittel verabreichte und sie zu Bett brachte, unterhielt Scott sich mit Bobby. Aber der sagte nur, er habe nicht schlafen können und sei früh aufgestanden, um ein wenig zu joggen. Dann meinte er, er würde kein Wort mehr ohne seinen Rechtsanwalt sagen.«

Willy stieß einen lautlosen Pfiff aus. »Das klingt für mich nicht so, als spräche da ein Unschuldiger.«

Alvirah nickte widerwillig. »Man merkt, dass er eigentlich kein schlechter Kerl ist, Willy, und mit Sicherheit liebt er seine Mutter, aber ich halte ihn auf jeden Fall für einen Menschen, der nicht weiter als bis zu seiner Nasenspitze denkt. Ich meine, so ungern ich es sage, aber ich könnte mir vorstellen, dass er zu dem Schluss gekommen ist, seine Mutter würde das Verschwinden des Schmuckes niemals melden, wenn Cotter Hayward aus dem Weg wäre.«

Willy reichte ihr eine Tasse Kaffee. »Du hast noch nichts gegessen. Das Zimmermädchen hat eine Thermosflasche dagelassen und etwas, das angeblich ein Muffin ist. Man braucht ein Vergrößerungsglas, um es auf dem Teller zu finden.«

»Neunhundert Kalorien am Tag, mein Schatz. Das ist der Grund, warum die Leute, wenn sie von hier weggehen, so gut aussehen.« Alvirah verschlang ihren Muffin mit einem einzigen Bissen. »Aber weißt du, was wirklich interessant ist? Als wir Elyse die Sache mit ihrem Ex-Mann erzählten, wurde sie völlig hysterisch.«

»Ich dachte, sie könnte ihn nicht ausstehen.«

»Das dachte ich auch. Und vielleicht konnte sie es auch nicht. Aber sie wusste, dass Cotter Hayward solche Angst vorm Tod hatte, dass er nie ein Testament gemacht hat. Er hat keine Kinder, und das bedeutet …«

»… dass Nadine möglicherweise eine sehr wohlhabende Witwe wird«, beendete Willy den Satz für sie. »Und ich schätze, dass ihr Sohn es sich jetzt leisten kann, einen guten Anwalt hinzuzuziehen.«

Um zwölf Uhr kehrte Scott mit einem Durchsuchungsbefehl für Nadines Cottage in das Kurhotel zurück. Zu diesem Zeitpunkt hatten die Medien bereits vor den Toren des Kurhotels ihr Lager aufgeschlagen, und die Polizei hatte Barrikaden aufgestellt, um die Journalisten zurückzuhalten.

Sheriff Alshorne wurde von allen Seiten bedrängt, eine Erklärung abzugeben. Er stieg aus dem Wagen und baute sich vor den Kameras und Mikrophonen auf. »Die Nachforschungen sind in vollem Gang«, sagte er. »Zurzeit findet die Autopsie statt. Sie werden über die Entwicklung der Dinge auf dem Laufenden gehalten.«

Die Leute riefen ihm weitere Fragen zu: »Sheriff, stimmt es, dass Mr Haywards Sohn einen Anwalt engagiert hat?« – »Stimmt es, dass Mrs Haywards Schmuck vor ein paar Tagen gestohlen wurde und man Sie nicht darüber in Kenntnis gesetzt hat?« – »Stimmt es, dass Mr Hayward gestern Abend beim Dinner einen Streit mit seiner Ex-Frau hatte?«

»Kein Kommentar«, erwiderte Scott schroff auf alle Fragen, die ihm entgegengeschleudert wurden. Dann stieg er wieder in seinen Wagen und befahl seinem Hilfssheriff gereizt, endlich loszufahren. Sie wurden an der Barrikade vorbeigewinkt und entkamen auf das Gelände des Kurhotels. »Ich frage mich, wer alles vom Personal seine Insidergeschichten an irgendwelche Skandalblätter verkaufen wird«, wütete er, während sie auf das Cottage der Witwe zusteuerten.

Nadine war fertig angekleidet und, wenn auch totenbleich, vollkommen gefasst. »Ich verstehe«, sagte sie tonlos, als Scott ihr den Durchsuchungsbefehl zeigte. »Ich weiß nicht, wonach Sie suchen, und ich bin ganz sicher, dass Sie nichts finden, was uns mit dem Verbrechen in Zusammenhang bringt, aber bitte, tun Sie sich keinen Zwang an.«

»Wo ist Ihr Sohn?«, fragte Scott.

»Ich habe ihn hinüber in das römische Bad geschickt. Eine Massage und ein paar Runden im Pool werden ihm sicher gut tun.«

»Er weiß doch, dass er das Grundstück nicht verlassen darf?«

»Ich glaube, Sie haben sich da ganz klar ausgedrückt. Wenn Sie mich jetzt bitte entschuldigen möchten, ich werde in Baroness von Schreibers Büro sein. Sie hilft mir bei den Arrangements für die Einäscherung meines Mannes, die stattfinden soll, sobald seine Leiche freigegeben wird.«

Die Durchsuchung des Cottages war gründlich, und die Ergebnisse waren gleich null. Wütend nahm Scott den Wandsafe unter die Lupe. »Das ist ein ziemlich stabiles

Ding«, bemerkte er zu einem Hilfssheriff. »Es wurde nicht aufgebrochen, was bedeutet, dass wir es nicht mit einem professionellen Safeknacker zu tun haben, sondern mit jemandem, der die Kombination genau kannte.«

»Der Sohn?«

»Er war Mittwochmorgen in seinem New Yorker Büro. Die Juwelen sind am Dienstagnachmittag verschwunden. Wir überprüfen die Fluglisten, aber es ist natürlich nicht ausgeschlossen, dass er unter falschem Namen geflogen ist.«

Im zweiten Schlafzimmer, demjenigen, in dem Bobby die Nacht verbracht hatte, fand Scott etwas, das er für wichtig hielt – Nadines taschenbuchgroßes Telefonregister, das aufgeschlagen auf der H-Seite neben dem Telefon lag. Die ersten fünf Nummern auf der Seite gehörten zu Cotter Hayward; es waren die seines Büros, seines Schiffes, der New Yorker Wohnung, der Ranch in New Mexico und der Pebble-Beach-Wohnung.

»Bobby war gestern Abend hier«, sagte Scott. »Cotter war in seiner Wohnung im Pebble-Beach-Club. Ich frage mich, ob unser Freund Bobby ihn vielleicht telefonisch zu einem privaten Treffen eingeladen hat.«

Im Cypress Point wurde der Lunch gewöhnlich an Tischen serviert, die um den Pool herumstanden. Die Gäste trugen Trainingsanzüge oder Morgenmäntel. Diejenigen, die mit dem Morgenprogramm fertig waren und am Nachmittag auf dem neuen Neun-Loch-Golfplatz spielen wollten, waren entsprechend gekleidet.

Alvirah hatte weder die Absicht, eine Schönheitskur über sich ergehen zu lassen, noch irgendwelche Gymnastikübungen zu machen, und einen Golfschläger hatte sie noch nie in ihrem Leben in der Hand gehalten. Nichtsdestoweniger zog sie sich hastig den dunkelblauen Trainingsanzug und den rosafarbenen Frotteebademantel über, die zur Standardausrüstung eines jeden Cottages zählten. Sie hatte Willy dazu überredet, ebenfalls die Badeshorts mit dem kurzen Morgenmantel überzustreifen, die das Kurhotel für seine männlichen Gäste vorgesehen hatte.

»Wir wollen nicht auffallen«, hatte sie ihn gedrängt. »Ich muss ein Gefühl dafür bekommen, was die Leute über den Mordfall reden.«

Ihr war klar, dass es wahrscheinlich etwas protzig gewirkt hätte, wenn sie ihre Brillantbrosche an den Bademantel gesteckt hätte. Selbst die Frauen, die zur abendlichen ›Cocktail‹-Party behängt wie ein Christbaum erschienen, würden das nicht tun. Trotzdem befestigte sie die Brosche an ihrem Revers. Als sie sich dem Pool näherten, schaltete sie den kleinen Rekorder ein. Sie wollte nicht, dass ihr irgendetwas von dem, was die Leute über den Mord sagten, entging.

Alvirah war überrascht, an einem der Tische Elyse zusammen mit Barra Snow und einigen anderen Gästen sitzen zu sehen. »Komm schon, Schatz«, zischte sie Willy zu, da ihr aufgefallen war, dass an bewusstem Tisch noch zwei Plätze frei waren.

Elyse, die jetzt vollkommen gefasst wirkte, hatte den obligaten Trainingsanzug mitsamt Morgenmantel zugunsten einer gestreiften Baumwollbluse, eines weißen Rocks und Golfschuhen in ihrem Zimmer liegen gelassen. »Ein furchtbarer Schock«, sagte sie zu der Frau, die gerade zu ihr an den Tisch gekommen war. »Immerhin war ich fünfzehn Jahre lang mit Cotter verheiratet, und zumindest eine Weile waren wir doch sehr glücklich. Ihm ist es zu verdanken, dass ich angefangen habe, Golf zu spielen, und zumindest dafür werde ich ihm immer dankbar sein. Er war ein hervorragender Lehrer. Das ist es auch, was uns in

Wirklichkeit so lange zusammengehalten hat. Ich denke, dass wir, schon lange nachdem wir genug voneinander hatten, immer noch gern zusammen Golf spielten.«

»Sind Sie sicher, dass Sie heute Nachmittag wirklich spielen wollen? Wir könnten sicher jemanden finden, der bei unserem Vierer für Sie einspringt.«

Die Frau, die mit Elyse sprach, war eine Vertreterin des schlanken, gebräunten, eleganten Typs mit beinahe englischem Akzent. Sie kommt mir nur deshalb bekannt vor, weil sie ein Klon der Hälfte der Frauen hier ist, befand Alvirah, nachdem sie sie eine Weile beobachtet hatte.

Barra Snow antwortete an Elyses Stelle. »Ich bin sicher, dass es für Elyse besser ist, wenn sie mit uns spielt. Ich habe schon einen Caddy gebeten, ihre Schläger aus ihrem Wagen zu holen. Sie darf nicht einfach nur dasitzen und grübeln.«

»Ich grüble nicht«, widersprach Elyse ihr scharf. »Wirklich, Barra, wenn du unbedingt dein Mitleid kundtun willst, spar es dir für Nadine. Ich höre, dass Bobby letzte Nacht bei ihr war, und wenn ich recht verstanden habe, hat sie ihn nicht erwartete. Ich würde liebend gern wissen, in was für einer Klemme er jetzt schon wieder steckt. Letztes Mal musste Nadine Cotter um Geld bitten, um ihn rauszupauken. Er wird genauso wie sein Vater, dieser Junge.«

Alvirah erinnerte sich daran, dass Elyse eine entfernte Cousine von Bobbys verstorbenem Vater war. Woher wusste sie, dass Nadine Bobby aus der Klemme geholfen hatte, fragte sie sich. Hat sie das von Cotter erfahren? Sie dachte an Elyses hysterische Reaktion auf die Nachricht von seinem Tod. War es wirklich nur darum gegangen, dass Nadine eine Menge Geld erben würde, oder verband sie eine Art Hassliebe mit ihrem Ex-Mann? Sehr interessant, dachte sie.

Mrs Jennings, die am Vorabend an ihrem Tisch gesessen hatte, eilte zu ihnen hinüber. »Ich habe gerade im Fernsehen gehört, dass das Gerücht geht, man habe Nadine vor einigen Tagen hier ihren Schmuck gestohlen. Ist das nicht unglaublich?«

»Der Schmuck«, stieß Elyse hervor. »Die Hayward-Juwelen! Mein Gott, hat Cotter davon gewusst? Dieses Zeug ist jetzt seit drei Generationen in der Familie. Sie haben es ihren Ehefrauen niemals geschenkt, müssen Sie wissen. Sie durften es lediglich tragen. Sein Vater war viermal verheiratet, und stellen Sie sich vor, alle vier Frauen haben ihre Porträts mit denselben Schmuckstücken malen lassen. Sie waren unter dem Spitznamen ›Hayward-Chorus-Line‹ bekannt. Ich dachte, Nadine würde schließlich diejenige sein, die alles behalten durfte. Cotter war der letzte Abkömmling seiner Familie.«

Sie ist überglücklich, dass der Schmuck gestohlen wurde, dachte Alvirah, oder sie muss eine gute Schauspielerin sein.

Ein freundlich aussehender Mann in der Uniform eines Kurhotel-Caddys trat mit einer Golftasche über der Schulter an ihren Tisch. »Ich bringe Ihre Schläger, Mrs Hayward«, sagte er, als er die Tasche absetzte, »aber ich finde, ich sollte vorher noch den Sand-Wedge reinigen. Die Schutzhülle fehlt, und er ist etwas verschmiert.«

»Das ist einfach lächerlich«, brauste Elyse auf. »Alle Schläger wurden gründlich gereinigt, bevor sie wieder in die Tasche gekommen sind.«

Verschmiert? Alvirahs Antennen begannen zu vibrieren. Sie sprang auf und sagte: »Das möchte ich mir bitte ansehen.«

Sie nahm dem überraschten Caddy die Golftasche ab und schaute hinein. Sorgsam darauf bedacht, nur ja keinen der Schläger zu berühren, beugte sie sich über die

Tasche und betrachtete denjenigen, bei dem die Schutzhülle fehlte; der gewölbte Stahlkopf wies eindeutig dunkelbraune Flecken auf. Selbst mit bloßen Augen konnte sie sehen, dass kleine Überreste von Haut und Haaren an dem Metall klebten.

»Rufen Sie Sheriff Alshorne an«, sagte Alvirah mit ruhiger Stimme. »Sagen Sie ihm, ich hätte wahrscheinlich die Mordwaffe gefunden.«

Zwei Stunden später bekamen Alvirah und Willy in ihrem Cottage Besuch von Sheriff Scott Alshorne.

»Das war gute Arbeit, Alvirah«, gab Scott widerwillig zu. »Wenn dieser Caddy den Schläger gereinigt hätte, wäre ein wertvolles Beweisstück verloren gegangen.«

»DNS?«, fragte Alvirah.

Alshorne zuckte die Achseln. »Vielleicht. Wir wissen, dass es sich um die Mordwaffe handelt, und wir wissen, dass sie in der Golftasche der Ex-Frau war, welche sich im Kofferraum ihres unverschlossenen Wagens auf dem Parkplatz befand.«

»Was bedeutet, jeder hätte den Schläger herausnehmen und später zurückbringen können«, bemerkte Willy.

»Jeder wusste, dass er dort war«, sagte Alvirah. »Stimmt's, Scott?«

»Ja.«

»Ich habe den Schläger nicht angerührt, aber es sieht so aus, als könnte er eine ziemlich abscheuliche Waffe abgeben. Habe ich Recht?« Alvirahs Stirn war gefurcht, was immer ein Zeichen dafür war, dass ihr, wie sie es gern ausdrückte, der Kopf rauchte.

»Ja, das Ding gibt eine gefährliche Waffe ab«, stimmte Scott ihr zu. »Der Sand-Wedge ist der schwerste aller Golfschläger.«

»Das wusste ich nicht. Wenn ich jemandem mit einem

Golfschläger den Kopf einschlagen wollte, würde ich mir wahrscheinlich irgendeinen Schläger greifen, denke ich.«

»Alvirah«, sagte Scott kopfschüttelnd. »Vielleicht kommt irgendwann der Tag, an dem ich Sie einstellen werde. Ja, ich bin zu demselben Schluss gekommen. Jemand, der entweder selbst Golf spielt oder sich damit *auskennt,* hat diesen Schläger für seine oder ihre Begegnung mit Cotter Hayward ausgesucht.«

»Und Sie konzentrieren sich auf Bobby Crandell, nicht wahr?«

Er zuckte die Achseln. »Oder auf seine Mutter. Die Gründe sind Ihnen ja bekannt.«

Alvirah dachte über Bobby nach, das erschrockene, hübsche, junge Gesicht, den Versuch, sich zu rechtfertigen, indem er behauptete, bisher immer selbst für seine Verluste geradegestanden zu haben. Sie glaubte allerdings, dass es der Wahrheit näher kam, wenn sie davon ausging, dass Nadine ihm für gewöhnlich aus der Klemme geholfen hatte und dass er nun zu ihr gelaufen war in der Erwartung, sie würde es auch in diesem Falle tun. Gestern Abend hatte Alvirah mit eigenen Augen gesehen, dass er begriffen hatte, dass *diesmal* seine Mutter nicht die Macht hatte, ihn zu retten. Und es war ziemlich offensichtlich, dass Nadine alles tun würde, um ihren Sohn nicht im Gefängnis zu sehen. Etwas Derartiges hatte sie ja gesagt …

»Dann sieht es ziemlich schlimm aus für die beiden«, sagte sie langsam, »aber wissen Sie was, Scott? Sie sind beide unschuldig. Ich habe es einfach im Gefühl.«

Sie saßen im Wohnzimmer des Cottages. Die gläserne Schiebetür stand offen, und eine erfrischend kühle Brise vom Pazifik hatte die Mittagshitze verscheucht.

Plötzlich hörte man draußen hastige Schritte auf der kleinen Terrasse, und Nadine schob den Fliegenschutz zur Seite. »Alvirah, du musst mir helfen«, schluchzte sie. »Bobby will den Mord an Cotter gestehen. Bitte, du musst ihn aufhalten, bitte.« Dann sah sie den Sheriff. »O mein Gott!«, wimmerte sie.

Scott stand auf. »Mrs Hayward, ich sollte wohl besser zu Ihrem Sohn gehen und mir anhören, was er zu sagen hat. Und ich schlage Ihnen vor, einen Blick in Ihr eigenes Herz zu tun und herauszufinden, warum er es plötzlich für notwendig erachtet, sich dieses Mordes schuldig zu bekennen.«

Flankiert von Scott Alshorne und zwei Hilfssheriffs wurde Bobby Crandell aufs Polizeirevier von Monterey County gebracht. Ein paar Minuten später folgte Nadine in Begleitung von Alvirah und Willy in der Limousine des Kurhotels.

Nadine hatte aufgehört zu schluchzen. Ohne während der kurzen Fahrt ein Wort zu verlieren, verlangte sie, als sie auf dem Polizeirevier eintrafen, sofort nach dem Sheriff. »Ich muss ihm etwas sehr Wichtiges mitteilen«, sagte sie.

Instinktiv wusste Alvirah, was Nadine vorhatte. »Nadine, ich möchte, dass du dir einen Anwalt nimmst, bevor du noch ein weiteres Wort sagst.«

»Ein Anwalt kann mir auch nicht helfen. Das kann niemand.«

Sie wurden in ein Wartezimmer geführt, wo sie eine Stunde lang warteten, bis Scott sie holen ließ. Zu diesem Zeitpunkt machte Alvirah sich bereits solche Sorgen, dass sie beinahe vergessen hätte, den Rekorder in ihrer Brillantrosette einzuschalten.

»Wo ist Bobby?«, wollte Nadine wissen, als man sie endlich in Scotts Büro brachte.

»Er wartet darauf, dass sein Geständnis getippt wird.«

»Er hat nichts zu gestehen«, rief Nadine. »Ich …«

Scott unterbrach sie. »Mrs Hayward, bitte sagen Sie kein Wort mehr, bis ich ausgesprochen habe. Sind Sie sich über Ihre Rechte im Klaren?«

»Ja.«

Alvirah spürte, wie Willys Hand sich tröstend um die ihre schloss, während Scott Nadine ihre Rechte vorlas, sie anschließend bat, sie selbst noch einmal durchzulesen, und fragte, ob sie alles verstanden habe.

»Jaja, und ich weiß auch, dass ich das Recht auf einen Anwalt habe.«

»Na gut.« Scott drehte sich zu einem seiner Hilfssheriffs um. »Holen Sie die Stenografin rein. Alvirah, Sie und Willy warten bitte draußen.«

»O nein, bitte erlauben Sie ihnen zu bleiben.« Nadine zitterte am ganzen Leib.

Alvirah legte einen Arm um sie. »Lassen Sie mich bei ihr bleiben, Scott.«

Nadines Geständnis war unmissverständlich. »Ich habe Cotter in seiner Wohnung angerufen. Ich sagte ihm, ich müsse mit ihm reden.«

»Um wie viel Uhr war das?«

»Ich … ich weiß nicht. Ich war schon im Bett. Ich konnte nicht schlafen.«

»Worüber wollten Sie mit ihm reden?«, fragte Scott.

»Ich wollte ihm von dem Juwelendiebstahl erzählen und ihn bitten, ihn nicht zu melden. Alvirah, Sie sind so klug. Ich dachte, es gäbe eine Hoffnung, eine *winzige* Hoffnung, dass Sie herausfinden würden, wer die Juwelen gestohlen hat. Ich habe am Vorabend des Diebstahls tatsächlich einige der Schmuckstücke getragen. Eine ganze Reihe von Leuten hat sie bewundert, und all diese Leute sind noch hier. Vielleicht liegt alles in einem der anderen Cottages im Safe.«

»War er mit dem Treffen einverstanden?«, wollte Scott wissen.

»Ja, er wollte mich auf dem Golfplatz treffen.«

»Warum nicht in der Wohnung?«, fragte Alvirah. »Sie sind seine Frau.«

»Er … er sagte, ihm wäre nach einem Spaziergang, sodass wir uns sozusagen auf halber Strecke treffen könnten. Er hat mir genau gesagt, wie ich dort hinkomme.«

»Warum haben Sie einen Golfschläger mitgenommen?«, fragte Scott.

Nadine biss sich auf die Lippen. »Cotter konnte ziemlich gewalttätig werden. Ich hatte Angst, dass er, wenn er in Wut geriet … Und genau das ist dann auch passiert. Als ich ihm von dem Diebstahl und der Prämie erzählte, wurde er furchtbar wütend. Er holte aus und wollte mich schlagen. Ich bin einen Schritt zurückgewichen und habe den Schläger hochgehoben und …« Ihre Stimme verlor sich. Dann flüsterte sie: »Ich erinnere mich nicht daran, ihn geschlagen zu haben, aber dann lag er plötzlich da, und ich wusste, dass er tot war.«

»Sie haben den Golfschläger wieder in Elyse Haywards Wagen gelegt?«

»Ja. Ich wollte ihn einfach loswerden.«

»Warum in *ihren* Wagen?«

»Ich wusste, dass sie ihre Schläger dort aufbewahrte. Ich hatte sie dort gesehen. Auf dem Weg zum Hotel habe ich die Abkürzung über den Parkplatz genommen.«

Nicht nur seine Stirn, sondern Scotts ganzes Gesicht legte sich nachdenklich in Falten. »Sie legen ein glaubwürdigeres Geständnis ab, als Ihr Sohn es getan hat«, sagte er. »Es tut mir Leid für Sie, Mrs Hayward. Sie hätten Bobby einen viel größeren Gefallen getan, wenn Sie ihn die Sache mit dem Prämienscheck hätten ausbaden lassen. Er wäre schon irgendwie damit fertig geworden. Er wollte lieber die Gaskammer auf sich nehmen, als zuzulassen, dass man Sie für den Mord an Ihrem Mann verhaftete. Ich kann Ihnen jetzt ja ruhig sagen, dass sein Geständnis nicht glaubwürdig war.«

Scott stand auf. »Wenn Ihre Aussage getippt und unterzeichnet ist, wird offiziell Anklage erhoben. Für den Augenblick verhafte ich Sie wegen Mordes an Ihrem Mann.«

Alvirah und Willy waren mit Nadine aufs Polizeirevier gefahren und kehrten jetzt mit Bobby ins Hotel zurück. Wie ein Häufchen Elend hockte er im Wagen, das Kinn auf die gefalteten Hände gestützt, die Augen halb geschlossen. Sofort waren Alvirahs mütterliche Instinkte entflammt. Er ist so unglücklich, dachte sie, und er gibt sich die Schuld an allem. Schließlich sagte sie zu ihm: »Bobby, Sie bleiben doch in dem Cottage Ihrer Mutter, oder?«

»Ja, wenn Baroness von Schreiber es erlaubt. Meine Mutter sollte eigentlich nur bis Samstag bleiben.«

»Ich weiß, dass Min einen Platz für Sie finden wird.« Sie wandte sich an Willy. »Ich glaube, du und Bobby, ihr solltet den Rest des Tages zusammen verbringen. Geh mit ihm in die Sporthalle oder an den Pool.«

Dann verfiel sie in Schweigen, denn sie wollte nichts versprechen, was sie nicht auch wirklich halten konnte. Aber als die Limousine über den Seventeen-Mile-Drive fuhr, rang sie sich doch zu einem Entschluss durch. »Bobby, ich weiß, Sie haben Cotter Hayward nicht getötet, und ich bin sicher, Ihre Mutter hat ihn auch nicht getötet. Sie glaubt, Sie beschützen zu müssen, genauso wie Sie geglaubt haben, Ihre Mutter beschützen zu müssen. Ich will jetzt die Wahrheit wissen. Was ist passiert, nachdem Willy und ich gestern Abend gegangen sind?«

Ein schwacher Hoffnungsschimmer ließ Bobbys Gesicht aufleuchten. Er strich sich das dunkelblonde Haar aus der Stirn, das dem seiner Mutter so ähnlich war. »Mom und ich waren ziemlich fertig. Sie sagte, Cotter würde sicher darüber nachdenken, warum sie beim Dinner keinen Schmuck getragen habe, und es wäre besser, ihm zu sagen, was passiert sei, statt bis Samstag zu warten. Dann gingen wir beide zu Bett, und ich konnte sie noch eine Weile weinen hören, aber ich wusste nicht, ob ich zu ihr gehen sollte oder nicht. Schließlich bin ich eingeschlafen.«

Er schaute nervös zum Fahrersitz hinüber und stellte dann fest, dass Alvirah auf den Knopf gedrückt hatte, der die Glasscheibe zwischen dem Chauffeur und den Fahrgästen in die Höhe fahren ließ. »Ich bin um fünf Uhr aufgewacht und habe bei Mom vorbeigeschaut. Sie war nicht in ihrem Zimmer. Ich fand ihr Adressbuch und habe in Haywards Wohnung angerufen, aber da ist niemand an den Apparat gegangen. Ich hatte Angst und beschloss, selbst nachzusehen. Ich fürchtete, sie sei zu ihm gegangen, und ihr könne vielleicht etwas zugestoßen sein. Also bin ich hinübergelaufen, aber als ich dort ankam, habe ich die Streifenwagen gesehen; ein Wartungsmonteur erzählte mir, was geschehen war. Danach bin ich irgendwie in Panik geraten. Das ist auch der Grund, warum ich den Mord gestanden habe. Denn wenn meine Mutter es getan hat, hat sie es für mich getan.«

Alvirah sah den jungen Mann an, dessen Gesicht sein ganzes Unglück widerspiegelte. »Ich glaube nicht, dass sie es war«, meinte Alvirah. »Ich habe bereits zu Sheriff Alshorne gesagt, dass es möglicherweise noch andere Leute gab, die einen guten Grund hatten, ihren Stiefvater zu töten. Mein Job ist es jetzt, herauszufinden, wer von ihnen es wirklich getan hat.«

In dem Cottage der Meehans wartete bereits ein großer brauner Umschlag auf Alvirah. Es war das Material, um das sie Charley Evans gebeten hatte, den Redakteur beim *New York Globe.* Der Umschlag enthielt reichlich Zeitungs- und Zeitschriftenausschnitte mit Geschichten über Cotter Hayward. Als Alvirah sich darüber hermachte, vergaß sie beinahe, dass sie den Lunch ausgelassen hatte; dann fiel ihr das Frühstück mit dem Mini-Muffin ein, und ihr wurde klar, dass ihre Kopfschmerzen nicht allein auf Streß zurückzuführen waren. Sie rief den Zimmerservice an.

Zehn Minuten später erschien eine lächelnde Kellnerin mit einem Glas Quellwasser, einer Kanne Kräutertee und einem Karotten-Gurken-Salat, das Mittagsmenü des Tages. Alvirah dachte sehnsüchtig an einen schönen, saftigen Hamburger und erinnerte sich dann an Barra Snows Bemerkung über ihre Schwester, der bei der Scheidung eine McDonald's-Konzession zugefallen war. Sie brachte ein schiefes Lächeln zustande und dachte, dass sie im Augenblick sicher hungrig genug war, um den gesamten Profit dieser Schwester auf einmal zu verzehren.

Das umfangreiche Material über Cotter J. Hayward war für Alvirah eine ausgesprochen faszinierende Lektüre. Er war in Darien, Connecticut, geboren worden, als Enkel des Erfinders einer neuen Trägertechnik für Telefongespräche über weite Entfernungen, der seine Erfindung für sechzig Millionen Dollar an AT&T verkauft hatte.

Ne ganze Menge Geld damals, dachte Alvirah, während sie sich etwas auf ihrem Block notierte. Damals hatte Cotter der Erste auch den Schmuck für seine Frau gekauft. Weil er als notorischer Geizhals bekannt war, machte der Kauf Schlagzeilen. Die Juwelen gingen schließlich in den Besitz Cotters des Zweiten, seines Sohnes, über; das war der Playboy, dessen vier Ehefrauen den Schmuck nacheinander getragen hatten. Zwar hielt er die Juwelen in der Familie, dezimierte aber das sonstige Familienvermögen durch seinen üppigen Lebensstil und seine Eheverträge stark.

Cotter der Dritte, Nadines ermordeter Ehemann und Elyses Ex-Ehemann, schien von beiden seiner Vorfahren etwas geerbt zu haben. Es gab Dutzende von Fotos von ihm in jüngeren Jahren, auf denen er in Begleitung von Filmstars und Debütantinnen zu sehen war. Mit fünfunddreißig hatte er Elyse geheiratet, und wie sein Großvater war er für seine Knauserigkeit bekannt. Er verwaltete sein Vermögen selbst, und es ging das Gerücht um, dass er mehr als einhundert Millionen Dollar schwer sei, aber konkrete Zahlen standen nicht zur Verfügung.

Er muss ein ungeheuer guter Golfspieler gewesen sein, dachte Alvirah. Viele Fotos von ihm waren auf dem Golfplatz aufgenommen worden, und er hatte mit Leuten wie Jack Nicklaus und dem ehemaligen Präsidenten Ford gespielt. Die älteren Fotos zeigten ihn Arm in Arm mit Elyse, beide in Golfkleidung, und häufig bei der Entgegennahme von Siegestrophäen. Die jüngeren Fotos, und zwar die aus den letzten drei Jahren, zeigten ihn mit Nadine bei gesellschaftlichen Anlässen, aber sie trat auf keinem einzigen Golfbild mit ihm in Erscheinung.

Ein Foto fiel Alvirah besonders auf. Es zeigte Elyse und Barra Snow bei einem Wohltätigkeitsturnier im Ridgewood Country Club in New Jersey mit zwei gleichartigen Trophäen, die ihnen von Cotter Hayward als Schirmherr des Turniers überreicht wurden. Das war erst sechs Wochen her, dachte sie.

Cotters Lächeln auf diesem Foto, das ihn zwischen den beiden Frauen zeigte, wirkte durch und durch echt. Elyse schaute lächelnd zu ihm auf. Hassliebe, dachte Alvirah. Genau das war es, was Elyse für ihren Ex empfand. Sie las die Bildunterschrift und runzelte dann die Stirn. Ach herrje, dachte sie. Ach herrje.

Dann griff sie nach dem Telefonhörer und rief Charley beim *Globe* an, bedankte sich für das Material, das er ihr zugeschickt hatte, und bat ihn darum, ihr so bald wie möglich weiteres Material zuzufaxen. »Ich weiß, es ist acht Uhr in New York, aber wenn du sofort jemand auf die Sache ansetzt, werde ich Min bitten, mir einen Schlüssel fürs Büro zu geben, sodass ich mir das Fax heute Nacht noch holen kann.«

Ihre nächste Aufgabe bestand darin, sich die Aufzeichnungen, die sie gestern abend beim Essen gemacht hatte, noch einmal anzuhören. Anschließend kamen dann die Aufzeichnungen aus Nadines Cottage an die Reihe und zum Schluss die vom Mittagessen. Sie hörte alles ab und machte sich dabei Notizen.

Um sechs Uhr kam ein völlig erschöpfter Willy zurück ins Cottage. »Wir sind geschwommen, und wir haben uns an diesen Trainingsmaschinen versucht. Bobby kennt sich bestens mit den Dingern aus. Dann haben wir zusammen ein Glas Orangensaft getrunken und uns unterhalten. Er ist ein netter junger Mann, Schätzchen, und weiß, dass seine Mutter nur seinetwegen in ihrer schwierigen Situation ist. Ich sage dir, wenn der wirkliche Mörder irgendwie gefunden werden kann und Nadine aus der Sache rauskommt, dann wird Bobby Crandell nicht mal mehr einen Lotterieschein anrühren.« Plötzlich bemerkte Willy den Stapel Zeitungsausschnitte auf dem Tisch. »Irgendwas gefunden?«

»Ich bin mir nicht sicher. Das Dinner dürfte jedenfalls interessant werden.«

Zu Alvirahs Erleichterung erschienen alle Gäste, die an ihrem Tisch saßen, zum Abendessen. Sie hatte befürchtet,

Elyse könne sich das Dinner in ihrem Cottage servieren lassen. Aber die erste Mrs Hayward, die immer noch eiskalt und gefasst wirkte, saß, elegant bekleidet mit einem dunkelblauen, knöchellangen Futteralkleid, am Tisch.

Barra Snow trug einen weißen Seidenhosenanzug, der ihre silberblonde Schönheit noch unterstrich. Aber sie ist nicht so makellos schön wie ihre Bilder in diesen Zeitungsannoncen, dachte Alvirah – um Barras Augen und Mund zeigten sich erste kleine Fältchen.

Die Unterhaltung schien sich ganz um Nadines Verhaftung zu drehen. »Ihr ist doch hoffentlich klar, dass sie, wenn sie verurteilt wird, keinen roten Heller von Cotters Geld zu sehen bekommt«, sagte Elyse mit unüberhörbarer Befriedigung in der Stimme.

»Wie Sie bereits sagten, man muss das neunte Gebot befolgen«, bemerkte Alvirah. »Ich meine, wenn man so darüber nachdenkt – wenn Sie und Mr Hayward sich vor vier Jahren wieder versöhnt hätten ... Ich denke, Sie haben das sicher sehr oft getan, nicht wahr? Streiten und versöhnen, streiten und versöhnen? Dann wären *Sie* jetzt seine Witwe. Stattdessen wandte er sich Nadine zu. Es tut mir so Leid für sie. Einen Ehemann zu verlieren findet jeder schrecklich, aber gegen das Dasein einer reichen Witwe ist nichts einzuwenden.«

»Ich finde Ihre Bemerkungen wirklich äußerst geschmacklos, Mrs Meehan«, sagte Elyse scharf. »Man hat mir von Ihrem Ruf als Amateurdetektivin erzählt, aber bitte ersparen Sie mir die Ergebnisse Ihrer Überlegungen.«

Alvirah setzte eine bekümmerte Miene auf. »Entschuldigen Sie bitte. Ich wollte Sie nicht beleidigen.« Sie hoffte, ziemlich zerknirscht zu wirken. »Es tut mir nur so Leid um Nadine. Ich meine, sie ist doch bestimmt keine Golfspielerin. Sie hat so helle Haut, und ihr Sohn hat Willy erzählt, dass sie die schlechteste Sportlerin auf der Welt ist.

Sie ist eher ein künstlerischer Typ, finde ich. Na ja, was ich eigentlich sagen wollte, ist, dass es ein großes Unglück für alle Beteiligten war, dass Sie und Cotter sich nicht ausgesöhnt haben, nicht wahr? Und ein Unglück für Sie, dass sie ausgerechnet *Ihren* Golfschläger dabeihatte, als sie sich mit ihm traf. Ich hoffe doch, sie wollte nicht versuchen, den Verdacht auf Sie zu lenken, aber manchmal geraten Mörder so durcheinander, dass sie eben Fehler machen.«

Elyse ignorierte Alvirah und ihre Bemerkungen demonstrativ und unterhielt sich nunmehr ausschließlich mit dem Ehepaar Jennings, während Barra halbherzig mit dem früheren Kongressabgeordneten flirtete. Beim Dessert war Alvirah ziemlich entsetzt, als sie erfuhr, dass Elyse am Samstag abfahren wollte.

»Ich möchte einfach weg von hier«, sagte Elyse. »Ich fühle mich hier total niedergeschlagen, und ich habe noch nie in meinem Leben so schlecht Golf gespielt. Ich *wusste,* dass ich heute eine ganz lausige Runde liefern würde.«

Daraufhin meinte Barra: »Ich reise auch ab. Ich habe einen Anruf von meiner Agentur bekommen. Ich muss in New York für eine Fotoserie für Adrian ein paar Wiederholungsaufnahmen machen. Ich muss meine zweite Woche hier leider absagen.«

Alvirah fiel es schwer, Elyse nicht entgeistert anzustarren. Das Mikrophon war eingeschaltet, und später würde sie sich jedes einzelne Wort anhören müssen, das bei Tisch gefallen war. Elyse hatte sich in irgendeiner Hinsicht verraten. Aber in welcher?

Das Abendprogramm sah eine Diashow und einen Vortrag über die spanische Kunst im vierzehnten Jahrhundert vor. Während die Leute in den hinteren Salon schlenderten, wo Stühle aufgestellt worden waren, bat Alvirah Min um einen Schlüssel zu ihrem Büro. »Ich erwarte noch ein Fax und würde es mir gern heute Abend noch ansehen.«

Mins warmherziges Lächeln sollte eventuelle Beobachter irreführen. Aber als sie sprach, war die Angst in ihrer Stimme unüberhörbar: »Sechs Gäste haben ihre Buchung für die nächste Woche storniert. Sie sind wütend über die Medien, die sich draußen vor den Toren breit gemacht haben. Alvirah, warum konnte Nadine Cotter nicht mit einem seiner *eigenen* Golfschläger umbringen? Warum musste sie einen von hier mitnehmen? Wollte sie, dass es so aussah, als hätte Elyse das Verbrechen begangen?«

»Genau diese Frage lässt mir auch keine Ruhe«, erwiderte Alvirah mit einem Nicken. »Ich verstehe es einfach nicht. Warum sollte man einen blutverschmierten Schläger zurücklegen, wenn man nicht will, dass er gefunden wird?«

Am nächsten Morgen kam Scott Alshorne auf Alvirahs Bitte hin auf eine Tasse Kaffee ins Tranquility-Cottage. »Sind Sie zufrieden?«, fragte sie ihn auf den Kopf zu. »Ich meine, absolut und vollkommen zufrieden mit der Lösung des Falles? Dass Nadine ihren Mann getötet hat?«

Scott studierte den Inhalt seiner Tasse. »Guter Kaffee.«

»Sie haben Alvirahs Frage nicht beantwortet«, hakte Willy unerbittlich nach.

Alvirah lächelte bei sich. Sie wusste, dass Willy immer noch ein wenig über die Schroffheit, mit der Scott sie gestern behandelt hatte, verstimmt war.

»Ich bin mir nicht so sicher, ob ich das kann«, sagte Scott langsam. »Nadine hat gestanden. Sie hatte ein Motiv, ein sehr starkes sogar. Auf der Rechnung für ihr Cottage stehen zwei Ortsgespräche. Eins wurde am Neunten geführt. Das war Dienstag. Eins dann am Zehnten. Das war gestern und würde mit ihrer Behauptung übereinstimmen, dass sie Cotter Hayward am Mittwochabend angerufen hat, sowie mit Bobbys Behauptung, er habe versucht, Cotter ziemlich früh am Dienstagmorgen zu erreichen. Weshalb also sollte ich an ihrer Aussage zweifeln?«

»Sheriff, haben Sie jemals ein Gerücht verbreitet, um einen Mörder aufzuscheuchen?«, fragte Alvirah. »Ich meine, die Strafverteidiger in Kalifornien tun das andauernd, um ihre Klienten zu retten, warum sollten wir es dann nicht auch einmal versuchen, wenn wir auf diese Weise vielleicht eine unschuldige Frau aus dem Gefängnis holen können?«

Als er den Kopf schüttelte, versuchte sie ihn zu überreden: »Scott, die ganze Sache hat irgendwie mit den Juwelen zu tun. Verstehen Sie das nicht? Die Juwelen sind immer noch nicht aufgetaucht. Wollen wir annehmen, Nadine wusste, dass Cotter Hayward sie aufs Abstellgleis schieben wollte, und hat einen Diebstahl fingiert, sodass sie am Ende ihrer Ehe zumindest den Schmuck besaß, den sie auf irgendeine Weise zu verkaufen hoffte. Als sie Bobby anrief, um den Verlust des Schmuckes zu melden, und herausfand, dass er die Police hatte verschwinden lassen, hätte sie den Diebstahl doch lediglich abzusagen brauchen. Sie hat Bobby angerufen, bevor sie Min von der Sache erzählte. Und lassen Sie sich versichert sein, als ich sie traf, war Nadine vollkommen außer sich vor Verzweiflung.«

»Na schön, sie hat ihren eigenen Schmuck also nicht gestohlen. Das will ich Ihnen gerne glauben.«

»Sind Sie sicher, dass Bobby am Nachmittag des Diebstahls noch in New York *war*?«

»Ja. Wir sind der Sache nachgegangen.«

»Dann hat jemand anders das Zeug gestohlen, und ich wette eins zu tausend, dass diese Person auch der Mörder ist. Scott, bitte helfen Sie mir dabei, diese Sache aufzuklären.«

Es war ein wunderschöner Tag, und die Morgensonne schien warm und leuchtend auf den riesengroßen Swimmingpool und die ringsum aufgestellten Tische mit ihren regenbogenfarbenen Sonnenschirmen. Auf einem der Tische stand ein tragbares Radio, aus dem in voller Lautstärke die Lokalnachrichten ertönten. Gespannte Aufmerksamkeit war an die Stelle der ruhigen Trägheit der Gäste getreten, die zwischen ihren Gymnastikübungen Gesichtsmasken, Seetangpackungen und Massagen eingeschoben hatten.

Die Stimme aus dem Radio berichtete, gerüchteweise sei bekannt geworden, dass der Sheriff möglicherweise wichtige Informationen zurückhielt. Man habe in dem Waldstückchen am sechzehnten Loch deutliche Fußabdrücke gefunden, genau dort, wo Cotter Hayward ermordet worden war. Angeblich glaubte der Sheriff, dass die Fußabdrücke von dem Mörder stammten, der anscheinend an dieser Stelle auf Hayward gewartet hatte. Was seine Entdeckung besonders bedeutungsvoll erscheinen ließ, war die Tatsache, dass diese Fußabdrücke, die ganz eindeutig einer Frau gehörten, eindeutig viel größer waren als die der geständigen Mörderin, welche Schuhgröße fünfeinhalb hatte.

»Und das Schockierendste«, fuhr der Nachrichtensprecher fort, »ist die Feststellung, dass die gestohlenen Juwelen in Wirklichkeit nur Fälschungen waren, die Hayward hatte anfertigen lassen, als er den Schmuck bei einer anderen Gesellschaft versichern ließ. Er hatte von Anfang an befürchtet, dass Bobby Crandell genau das tun würde, was er schließlich auch *tat* – den Prämienscheck zu Geld machen und die Police platzen lassen. Also sieht es jetzt so aus, als hätte, wer auch immer den Hayward-Schmuck gestohlen hat, nichts als wertlosen Plunder in der Hand.«

Alvirah war es an diesem Nachmittag nicht gelungen, an Elyse Haywards Tisch Platz zu nehmen, aber sie hatte einen Stuhl am Nebentisch ergattern können. Jetzt stellte sie ihren Rekorder an und drehte ihren Stuhl zu Elyse um, bevor sie mit lautstarker Stimme verkündete: »Das ist aber noch nicht alles. Sie wissen ja, ich schnüffle gern ein wenig herum, und ich habe gehört, dass die Polizei davon ausgeht, dass der Mörder ein Gast dieses Hauses ist und der Sheriff eine gerichtliche Verfügung bekommen wird, die ihn ermächtigt, die Schuhgrößen aller Frauen hier zu überprüfen. Wenn er eine Frau mit der passenden Schuhgröße findet, wird der Richter ihm einen Durchsuchungsbefehl für deren Cottage ausstellen, damit er nach dem Schmuck suchen kann.«

»Das ist illegal«, protestierte jemand.

»Wir leben in Kalifornien«, erwiderte Alvirah. Sie lehnte sich zurück, so weit sie das wagen konnte, ohne dass ihr Stuhl umkippte, und konnte auf diese Weise mit eigenen Ohren hören, wie Elyse ganz leise sagte: »Wie typisch für Cotter. Wie ausgesprochen typisch für Cotter.« Dann schob sie ihren Stuhl zurück und entschuldigte sich.

Alvirah wusste, dass eine Polizistin in der Uniform eines Zimmermädchens Elyse folgen würde. Sie hatte jedoch noch einen weiteren Plan. Als es Zeit war, zu den Nachmittagsanwendungen aufzubrechen, folgte sie unbemerkt Barra Snow zu deren Cottage, huschte dann schnell über die kleine Terrasse und drückte sich flach an die Wand neben der Schiebetür, um hineinzuspähen.

Sie zog ihren Kopf hastig zurück, als Barra sich umsah, dann schob sie sich gerade weit genug vor, um sehen zu können, wie Barra das Porträt von Min und Helmut beiseite schob und die Kombination ihres Safes eingab. Eine Sekunde später zog sie eine Plastiktüte heraus, in der eine Hand voll funkelnder Schmuckstücke lag.

»Ich habe es mir doch gedacht!«, flüsterte Alvirah. »Ich habe es mir *gedacht!* Jetzt muss Barra das Zeug loswerden ...«

Sie trat einen Schritt zurück. Barras Cottage war genau wie das von Nadine ziemlich weit vom Haupthaus entfernt, ein wenig entlegen mit einem kleinen Wäldchen dahinter. Wo würde Barra die Sachen verstecken?, fragte sich Alvirah.

Ich war mir ganz sicher, dass es Elyse gewesen ist, dachte Alvirah, aber als ich dann von Charley Evans die Archivfotos von diesem Turnier im Ridgewood Country Club bekam, ergab sich plötzlich ein ganz anderes Bild. Auf einigen Fotos schauen sich Cotter und Barra einander ausgesprochen verräterisch an. Außerdem geht aus meinen Rekorderaufnahmen hervor, dass Elyse gestern von Barra zum Golfspielen überredet worden ist. Barra war diejenige, die den Caddy nach den Schlägern geschickt hat, da sie genau wusste, was er finden würde. Es schien ihr egal zu sein, ob der Verdacht nun auf Elyse fiel oder ob Nadine weiterhin die Hauptverdächtige blieb. So oder so würde niemand sie selbst mit dem Mord in Verbindung bringen.

Alvirahs Verdacht hatte sich noch vertieft, als Barra erzählte, sie müsse zu Fotoaufnahmen nach New York zurückkehren. Alvirah wusste, dass das nicht stimmte. In der Bildunterschrift wurde sie als ehemaliges Adrian-Model bezeichnet. Genau diese Information war Alvirah sofort ins Auge gefallen.

Außerdem hatte sie diese scherzhafte Bemerkung über ihre Schwester gemacht, die bei ihrer Scheidung einen McDonald's-Franchise-Vertrag zugesprochen bekommen hatte ... Was hatte Barra noch gesagt? *»Ich* hatte nicht solches Glück.« Ich wette, sie hat überhaupt kein Geld, dachte Alvirah bei sich.

Nach wie vor stellte sich jedoch die Frage, ob sie den

Diebstahl ganz allein begangen und woher sie die Kombination von Nadines Safe gewusst hatte.

Es gab nur eine Person, die ihr die Kombination genannt haben konnte, das war Alvirah plötzlich ganz klar – Cotter Hayward. Hätte er seinen eigenen Schmuck gestohlen, um die Versicherungsprämie zu kassieren, damit ihm die letzten drei Millionen, die er Elyse schuldete, nicht übermäßig wehtaten?

Es war jetzt sehr still im Cottage. Barra denkt sicher angestrengt darüber nach, wie sie den Schmuck loswerden kann, den sie jetzt für wertlos hält. Dann fand ihr Tagtraum ein jähes Ende, als sich etwas Kleines und Hartes in ihren Rücken bohrte und sie Barra Snow murmeln hörte: »Sie sind viel cleverer, als Ihnen gut tut, Mrs Meehan.«

Scott Alshorne war schlecht gelaunt. Ihm gefiel der Gedanke nicht, während der Nachforschungen in einem Mordfall falsche Gerüchte auszustreuen. Daher fiel es ihm nicht besonders schwer, eine Miene kalten Zornes aufzusetzen, als er wieder einmal vor den Toren des Kurhotels aus dem Wagen stieg, um sich den Medien zu stellen.

»Zu den angeblichen Fußabdrücken in der Nähe des Tatorts habe ich nichts zu sagen«, stellte er mit frostigem Ton fest. »Ebenso werde ich nicht über das Gerücht sprechen, wonach die gestohlenen Juwelen lediglich Kopien der Hayward-Schmuckstücke waren. Ich werde höchstpersönlich der Frage nachgehen, ob irgendjemand aus meinem Büro unerlaubterweise Informationen an die Medien weitergegeben hat.«

Und so viel zumindest stimmte, dachte er, als er sich an den Mikrophonen und Kameras vorbei zurück in seinen Wagen manövrierte. Das Kurhotel machte einen verlassenen Eindruck, und Scott wusste, dass nach dem Mittagessen die ernsthafte Beschäftigung mit der Schönheit wieder ins Zentrum des Geschehens rückte. Min setzte ihm ständig zu, sich doch einmal einen Tag lang als ihr Gast dieser Prozedur zu unterziehen. Das hat mir gerade noch gefehlt, dachte er gereizt, mich in Seetang einpacken zu lassen.

Er ging direkt in Mins Büro, wo Walt Pierce, einer seiner Hilfssheriffs, Min, Helmut und Willy bereits auf ihn warteten. »Wo ist Alvirah?«, fragte er.

»Sie müsste jeden Augenblick kommen«, antwortete Willy ausweichend.

»Das heißt, sie führt irgendetwas im Schilde«, sagte Scott und gratulierte sich im Stillen dafür, dass er Liz Hill, einen weiblichen Hilfssheriff, auf Alvirah angesetzt hatte. Er drehte sich zu Pierce um. »Gibt es schon irgendwelche Neuigkeiten?«

»Darva hat sich gemeldet«, antwortete Pierce. »Sie ist Elyse Hayward zu deren Cottage gefolgt. Sie beobachtet sie im Augenblick.«

»Irgendwelche Hinweise darauf, dass die Hayward den Schmuck hat?«, wollte Scott wissen.

»Sie ist direkt zu ihrem Safe gegangen«, informierte Pierce ihn. »Sie hatte eine Flasche Gin darin versteckt.«

»Gin!«, rief Min. »Es gehört zu unserem Ehrenkodex, dass die Gäste keinen Alkohol im Safe aufbewahren dürfen. Die Zimmermädchen haben Anweisung, jegliche Anzeichen von Alkohol in den Cottages zu melden, aber natürlich haben sie keinen Zugang zu den Safes.«

»Wie sollen unsere Gäste denn abnehmen, wenn sie trinken?«, seufzte Helmut. »Wie sollen sie die frische Blüte der Jugend wiedererlangen?«

Ihr schafft das schon, dachte Willy. »Darva beobachtet Elyse Hayward mit dem Fernglas. Sie sagt, die Hayward weint und lacht und trinkt. Mit anderen Worten, sie säuft sich einen an«, fuhr Pierce fort.

»Und damit geht Alvirahs Theorie den Bach hinunter«, sagte Scott. »Wenn Elyse Hayward den Schmuck hätte, würde sie versuchen, ihn loszuwerden. Sich zu betrinken wäre das Letzte, was sie jetzt täte. Walt, haben Sie etwas von Liz gehört?«

»Mrs Meehan versteckt sich auf der Terrasse von Barra Snows Cottage. Liz kann das Innere des Cottages nicht sehen, sondern nur die Vorderseite gegenüber der Terrasse, aber bisher ist nichts passiert.«

»Wie lange ist Liz schon da?«, fragte Scott.

»Etwa eine Viertelstunde.«

Das Walkie-Talkie, das Pierce in der Hand hielt, summte. Er drückte auf einen Knopf und sagte: »Was ist los?« Dann veränderte sich sein Tonfall. Er schaute Min an. »Hilfssheriff Hill möchte wissen, ob Barra Snows Cottage noch einen weiteren Eingang hat.«

»Ja«, sagte Min. »Dieses Cottage hat eine gläserne Schiebetür, die aus dem Hauptschlafzimmer auf die hintere Terrasse führt.«

Scott nahm Pierce das Walkie-Talkie aus der Hand. »Was ist da los?« Er hörte einen Augenblick lang zu und fragte dann: »Tragen Sie immer noch die Zimmermädchenuniform? … Sehr gut … Gehen Sie hinüber zu dem Cottage. Finden Sie irgendeine Ausrede, um hineinzugehen, und melden Sie sich dann wieder bei mir.«

Willy verspürte die vertraute Übelkeit, mit der sein Magen sich immer zusammenkrampfte, wenn er sich um Alvirah sorgte.

Ein paar Sekunden später summte das Walkie-Talkie wieder. Hilfssheriff Hill machte nicht den Versuch, leise zu sprechen, und sie alle konnten sie hören. »Barra Snow und Mrs Meehan sind nicht mehr da. Sie müssen durch die Hintertür gegangen sein. Von da sind es nur ein paar Meter bis in den Wald. Die Snow muss den Wandsafe geöffnet haben. Das Bild, das davor hängt, ist zur Seite geschoben worden.«

»Wir sind unterwegs«, sagte Scott zu ihr. »Versuchen Sie ihre Spur zu finden.«

Willy packte ihn am Arm. »Wo endet dieser Wald?«

»Am Pebble-Beach-Club«, erklärte Min ihm. »Wenn Barra den Schmuck hat, will sie ihn sicher irgendwo im Wald loswerden. Dort wäre er so gut wie unauffindbar. Der Wald ist mehr als dreißig Hektar groß, fast überall ziemlich dicht und an einigen Stellen sogar sumpfig.« Als Min den Ausdruck in Willys Augen sah, fügte sie hastig hinzu: »Alvirah verfolgt sie vielleicht einfach nur. Ich bin sicher, es geht ihr gut.«

Alvirah stolperte durch das dicke Unterholz, gedrängt von der Pistole in ihrem Rücken. Die üppige Vegetation krallte sich an ihren Fußknöcheln fest, und zahllose Insekten schwirrten ihr um den Kopf. Ich ziehe die Moskitos förmlich an, dachte sie. Wenn es nur einen einzigen Moskito auf der Welt gäbe, würde er mich bestimmt finden.

»Gehen Sie schneller«, befahl Barra.

Wenn ich sie doch nur irgendwie ablenken könnte, dachte Alvirah, während sie sich nach etwas umsah, das sie als Keule benutzen konnte, nach irgendetwas, mit dem sie sich hätte verteidigen können.

Beim nächsten Mal stolperte sie mit Absicht und ließ sich auf die Knie fallen. Dann nutzte sie den Augenblick, um wieder zu Atem zu kommen. »Wohin bringen Sie mich?«, fragte sie und schaute zu Barra Snow hinauf.

Es fiel ihr schwer, diese Frau mit den harten Augen und den schmalen Lippen mit der kultivierten, amüsanten Person in Einklang zu bringen, mit der sie während der vergangenen Tage einen Tisch geteilt hatte. Es war, als hätte Barra sich eine Maske übergestülpt. Oder vielleicht, dachte Alvirah, war auch ihr anderes Gesicht die Maske gewesen.

»Sie haben Cotter Hayward getötet, nicht wahr?«, fragte sie. »Sie haben den Schmuck gestohlen?«

Barra Snow richtete die Pistole auf sie. »Stehen Sie auf«, befahl sie. »Es sei denn, Sie wollen schon hier sterben.«

Alvirah beeilte sich, Barras Befehl Folge zu leisten. Sie hatte jedoch die Geistesgegenwart, beim Aufstehen den Rekorder in ihrer Brosche einzuschalten. Dann sorgte sie in der Hoffnung, dass Barra es nicht bemerkte, dafür, dass ihre kleine Schultertasche ihren Arm hinunterglitt; nachdem sie ein paar Schritte gegangen waren, ließ sie sie dann unbemerkt zu Boden fallen.

»So ist es schon besser. Immer schön weitergehen.«

»Schon gut. Schon gut.« Alvirah zog die Füße beim Gehen nach, weil sie hoffte, auf diese Weise eine Spur zu hinterlassen. Es war drückend heiß im Wald, und nicht einmal ein leiser Windhauch durchdrang das dichte Blätterwerk. Sie konnte kaum atmen. Aber was auch geschehen mochte, sie musste unbedingt Barras Geständnis aufnehmen. »Sagen Sie mir eins«, stieß sie atemlos hervor, »haben Sie Cotter getötet?«

»Alvirah, Sie sind so klug, Sie müssen doch mittlerweile selbst die Antwort gefunden haben. Halten Sie einfach den Mund und BEWEGEN SIE SICH!«

Wieder spürte Alvirah die Pistole, diesmal an ihrem Hinterkopf. »So wie ich es sehe, haben Sie die Juwelen gestohlen und versucht, die Sache nach einem Einbruch aussehen zu lassen, indem Sie alles auf den Kopf gestellt haben. Sie müssen wirklich erstaunt gewesen sein, dass Nadine den Diebstahl nicht meldete ... Ich gehe ja schon, so schnell ich kann«, keuchte sie. »Sie brauchen mir dieses Ding nicht dauernd in den Nacken zu halten.«

Dann fuhr sie fort: »Die Frage ist, warum haben Sie Hayward getötet? Er hat sich mit Ihnen auf dem Golfplatz getroffen, nicht wahr? Ich wette, Sie sollten ihm die Juwelen aushändigen. Habe ich Recht?«

»Ja, das haben Sie.«

Klang da Belustigung aus Barra Snows Stimme?, überlegte Alvirah.

Einige Sekunden später wurde der Wald plötzlich lichter, und sie kamen in einen sumpfigen Bereich. Der Schlamm unter Alvirahs Füßen machte leise, glucksende Geräusche. Direkt vor ihnen lag ein Teich, nur schleimiges Wasser und jede Menge Pflanzen. Wir müssen uns langsam dem Grundstück des Pebble-Beach-Clubs nähern, dachte Alvirah. Was hat sie vor?

»Ich wette, er hat Ihnen die Kombination für Nadines Safe gegeben und wollte die Versicherungsprämie kassieren, um Elyse auszuzahlen«, meinte sie.

»Treffer in allen Punkten«, erwiderte Barra. »Sie können jetzt stehen bleiben.«

Alvirah drehte sich um. »Die Sache ist nur, warum haben Sie ihn umgebracht? Haben Sie es getan, weil Elyse erzählt hat, wie geizig er war und dass Nadine ohne einen Penny dastehen würde, wenn sie sich jemals von ihm scheiden ließ? Vielleicht dachten Sie, Sie wären mit dem Schmuck besser dran?« Sie zeigte auf die Tüte mit den Juwelen, die Barra in der Hand hielt.

»Wieder ein Treffer, Alvirah.« Diesmal richtete Barra Snow die Pistole auf Alvirahs Herz. »Und wenn ich gleich erzähle, dass ich gesehen hätte, wie Sie an meinem Cottage vorbei hinter einem Mann herrannten, der aussah wie einer der Caddys vom Pebble-Beach-Club, dann würden sie hier nach dem Mörder suchen und nicht im Hotel. Und ich werde rechtzeitig zu meiner Kosmetikbehandlung zurück sein. Wenn man Sie findet – falls

man Sie finden wird, denn dieser Teich ist sehr tief, und der Schlamm wird Sie wie Treibsand verschlingen –, werde ich schon weit weg sein. Jetzt nehmen Sie diese unechten Juwelen in Ihre klebrigen kleinen Hände. Ich möchte Sie und den Schmuck schnellstens loswerden.«
Während Alvirah gehorchte, trat Barra einen Schritt zurück und zielte abermals mit der Waffe auf Alvirahs Herz.

Während er auf Barras Cottage zulief, gab Scott Weisung, Streifenwagen zu beiden Seiten des Wäldchens zu schicken und die Hilfssheriffs die Suche nach Barra und Alvirah aufnehmen zu lassen. »Sie könnten überall hingegangen sein«, sagte er barsch. »Walt, wir teilen uns auf, bis Hilfe kommt. Min, Sie, der Baron und Willy halten sich da raus.«

Ohne dem Befehl des Sheriffs Beachtung zu schenken, stürzte Willy sich in das Dickicht und rief nach Alvirah. Diese Frau ist eine Mörderin, sagte er sich immer wieder, und sie ist verzweifelt. Wenn sie weiß, dass Alvirah ihr folgt, sollte sie besser schleunigst merken, dass auch andere Leute in der Nähe sind, dass sie nicht mit einem weiteren Mord davonkommen wird.

Willy stellte fest, dass der Sheriff und der Hilfssheriff genau in die entgegengesetzte Richtung gingen wie er, aber seine Instinkte zogen ihn weiter. Vielleicht sollte ich besser in Richtung Meer gehen, dachte Willy, der befürchtete, dass seine Instinkte ihn vielleicht trügen könnten. Vielleicht versucht Barra Snow, Alvirah zum Strand hinunterzulocken.

Dann sah er sie. Alvirahs Handtasche. Er war sicher, dass sie sie absichtlich fallen gelassen hatte. Nun sah er auch eine Stelle, an der das Gras niedergetrampelt war. Ja, das war die richtige Richtung.

Er rannte weiter und erreichte gerade noch rechtzeitig die Lichtung, um zu sehen, was geschah, aber nicht rechtzeitig, um Barra Snow aufzuhalten.

Als Barra abdrückte, sprang Alvirah zur Seite und spürte dann einen scharfen Schmerz, der etwa von der Stelle kam, an der sich ihre Brillantrosette befand. Als sie rückwärts ins Wasser taumelte, dachte sie: Mein Gott, sie hat mich erschossen.

Willy hechtete durch den Schlamm und packte Barras Arm gerade in der Sekunde, als sie die Waffe auf die Stelle richtete, an der Alvirah langsam versank. Der Schuss explodierte in der Luft, Willy riss Barra die Pistole aus der Hand, warf sie ins Wasser, schleuderte Barra zu Boden und sprang in den Teich.

»Ich habe dich, Schatz«, sagte er, als er Alvirahs Kopf über die Wasseroberfläche hob. »Ich habe dich.«

Alvirah spürte einen Schmerz in der Schulter. Die Brosche, dachte sie. Meine Brillantrosette hat die Kugel abgefangen. Sie hatte sich mit ihrem Ausweichmanöver gerettet – und sie hatte unglaubliches Glück gehabt! Durch ihre schnelle Bewegung hatte Barra ihr Ziel verfehlt, und die Kugel hatte die Brosche lediglich gestreift. Sie spürte den Schmerz, den die Wucht des Aufpralls hinterlassen hatte, aber ansonsten, dachte sie verwundert, ist mir nichts passiert. Ich weiß, dass mir nichts passiert ist. Und ich habe nicht einmal den Schmuck verloren.

Es gelang ihr, erst in Ohnmacht zu fallen, nachdem sie die Befriedigung gehabt hatte, zu sehen, wie Scott herbeigerannt kam und Barra Snow festnahm, die sich wie eine Furie seiner zu erwehren versuchte.

»Ich finde, der Anlass rechtfertigt einen Bruch der Hauptregel des Cypress Point«, meinte Helmut, als er das Tranquility-Cottage betrat, ein Zimmermädchen im Gefolge, das ein Tablett mit einer Flasche Champagner und einigen Gläsern trug.

Alvirahs Arm steckte in einer Schlinge. Sie saß behaglich auf einem Sofa und strahlte Min, Scott, Nadine und Bobby glücklich an. Willy, der immer noch bleich vor Sorge um sie war, flatterte wie eine Glucke um sie herum.

»Ich finde, du brauchst jetzt Ruhe, mein Schatz«, sagte er ungefähr zum fünfzehnten Mal.

»Mir geht es bestens«, erwiderte Alvirah, »und ich werde für immer dankbar sein, dass ich mir ›für alle Fälle‹ meine Brosche angesteckt habe. Wenn ich auch beim besten Willen nie gedacht hätte, dass so ein Fall den Versuch, mich zu erschießen, einschließen könnte. Die Brosche ist total zerstört, aber die Aufnahme ist nach wie vor in Ordnung. Ich habe Barra Snow wunderbar in die Falle gelockt.« Bei diesem Gedanken strahlte sie abermals.

Scott Alshorne schüttelte den Kopf. Wieder einmal dankte er im Stillen seinem Schöpfer, dass Alvirah Meehan am anderen Ende des Kontinents lebte. Diese Frau zog Scherereien geradezu an, das stand außer Frage.

Widerstrebend musste er sich jedoch eingestehen, dass Alvirahs Plan mit den Gerüchten über Fußabdrücke am Tatort und den falschen Juwelen unbestreitbar aufgegangen war. Wenn er sich nicht damit einverstanden erklärt hätte, säße Nadine Hayward immer noch im Gefängnis und hielte an ihrer Geschichte fest, sie habe ihren Mann ermordet – nur um ihren Sohn zu schützen. Und Barra Snow würde ihre Koffer packen und nach Hause fahren, einen ermordeten Mann zurücklassen und einer Zukunft entgegensehen, die ihr mit gestohlenen Juwelen im Wert von vier Millionen Dollar sicher einiges geboten hätte.

Er nahm das Glas Champagner, das man ihm anbot, und als Helmut einen Trinkspruch auf Alvirah ausbrachte, stimmte er gern in das allgemeine Lob ihrer Tapferkeit ein. Im Hinblick auf die Zukunft fand er es jedoch an der Zeit, ein paar Worte zu sagen.

»Alvirah, meine liebe Freundin, Sie haben uns wieder einmal den Tag gerettet. Aber ich möchte Sie doch bitten, nicht zu vergessen, dass Sie, wenn Ihnen nicht ein Hilfssheriff gefolgt wäre ...«

»Den *Sie* auf mich angesetzt haben«, unterbrach ihn Alvirah. »Das war sehr clever von Ihnen, Scott.«

»Vielen Dank. Ich möchte Sie darauf hinweisen, dass Sie heute um ein Haar ums Leben gekommen wären, und das alles, weil Sie es versäumt haben, um Hilfe zu bitten, als Sie Barra Snow verfolgten.«

Alvirahs Versuch, betroffen dreinzuschauen, war nicht besonders überzeugend. »Ich werde ganz ehrlich sein«, sagte sie. »Mein Hauptverdacht galt Elyse. Das ergab einfach irgendwie einen Sinn. Und lassen Sie mich Ihnen eins sagen, das Gefühl, das zwischen ihr und Cotter Hayward herrschte, war tatsächlich Hassliebe.«

»Zurückblickend gebe ich Ihnen vollkommen Recht«, sagte Nadine leise. »Anscheinend war eines der Dinge, die Cotter zu mir hinzogen, die Tatsache, dass ich *nicht* Golf spielte. Wenn ich recht informiert bin, dann haben er und Elyse sich dauernd angeschrien und einander Vorwürfe gemacht, was die Spielweise des anderen betraf. Aber nach vier Jahren, glaube ich, hat er sich mit mir gelangweilt und diese Art von Kameradschaft vermisst.«

»Nur dass er sie dann von Barra bekam statt von Elyse«, warf Scott ein. »Als Elyse Hayward erfuhr, was an diesem Nachmittag geschehen war, gab sie zu, dass sie ehrlich geglaubt hatte, Cotter würde sich wieder für sie interessieren. Dann spürte sie, dass da noch irgendjemand anders eine Rolle spielen musste, aber sie hatte nicht erraten, dass es sich dabei um Barra handelte.« Nun wandte Scott sich an Nadine. Er lächelte ein wenig, als er den zutiefst friedlichen Blick in ihren Augen sah und die ungeheure Glückseligkeit, die von ihrem Sohn Bobby ausging. Aber dann zwang er sich, eine strenge Miene aufzusetzen. »Nadine, Sie und Bobby haben füreinander gelogen. Es war sehr leicht, Bobbys Versuch, für Sie in die Bresche zu springen, zu durchschauen, aber bitte führen Sie sich vor Augen, dass Sie vielleicht in der Gaskammer geendet wären, wenn der Richter oder die Geschworenen Ihnen Ihre Geschichte abgekauft hätten. Glücklicherweise hat Alvirah genau das nicht getan, und ich selbst hatte ebenfalls so meine Zweifel.«

Schlaf, Kindchen, schlaf

Das Kalenderblatt zeigte den 20. Dezember, und obwohl Alvirah diesen Tag später als den schrecklichsten Tag ihres Lebens bezeichnete, hätte er für sie gar nicht besser anfangen können.

Um sieben Uhr in der Früh klingelte das Telefon, und sie erhielt die freudige Nachricht, dass Joan Moore O'Brien gerade ihr erstes Kind zur Welt gebracht hatte, ein kleines Mädchen. »Ihr Name ist Marianne«, berichtete Gregg O'Brien glücklich, »sie wiegt dreitausendzweihundert Gramm und ist einfach ein Prachtkind.«

Joan Moore hatte seinerzeit in Queens in ihrem Nebenhaus gewohnt; Alvirah und Willy hatten sie aufwachsen sehen und sich im Laufe der Jahre mit ihr und ihrer Familie befreundet. Wie Alvirah es auszudrücken pflegte: »Ein netteres Mädchen hat es auf der ganzen Welt nie gegeben.«

Sie und Willy hatten den Kontakt zu Joan auch nach ihrem Umzug in die Central Park South in Manhattan aufrechterhalten, und sie waren stolz darauf gewesen, als Joan sie zu ihrer Hochzeit mit Gregg O'Brien, einem gut aussehenden jungen Ingenieur, eingeladen hatte. Jetzt besuchten sie die beiden jungen Leute regelmäßig in ihrer Wohnung in Tribeca und feierten jedes Mal mit ihnen, wenn Gregg wieder einmal eine Sprosse auf der Erfolgsleiter seiner Firma aufgestiegen oder Joan in der Bank befördert worden war. Außerdem teilten sie natürlich die schreckliche Enttäuschung der O'Briens bei den drei Fehlgeburten, die Joan hatte.

»Aber jetzt haben sie endlich, dem Herrn sei Dank, ihr Baby«, krähte Alvirah Willy ins Ohr, während sie warme Waffeln auf seinen Teller häufte. »Weißt du, diesmal hatte ich wirklich das Gefühl, als würde alles gut gehen. Ich habe sogar schon ein paar Geschenke für das Baby gekauft, obwohl ich heute Morgen, bevor wir ins Krankenhaus fahren, erst richtig zuschlagen werde. Schließlich sind wir ja so etwas wie Ersatzgroßeltern.«

Willy lächelte Alvirah an und betrachtete die Frau, mit der er die besten Jahre seines Lebens verbracht hatte, voller Liebe. Ihre blauen Augen strahlten vor Glück, und ihr Teint hatte eine rosige Farbe angenommen. Sie hatte sich gerade gestern erst die Haare gefärbt, sodass sie jetzt wieder in sanftem Rot leuchteten; jede Spur von Grau war entschlossen ausgemerzt worden. In dem Chenille-Bademantel, der sich an die Konturen ihres üppigen Körpers schmiegte, sah sie warm und anziehend aus. Willy lächelte; er fand sie immer noch schön.

»Wir hätten sechs Kinder haben sollen«, sagte er, »und zwanzig Enkelkinder.«

»Nun, der gütige Gott hat sie uns nicht gegeben, aber jetzt bekommen wir sicher jede Menge Spaß mit Joan und Greggs kleinem Mädchen, das wir bestimmt maßlos verwöhnen werden. Ich meine, das ist praktisch unsere Pflicht, da Joan selbst keine Eltern mehr hat.«

Um drei Uhr nachmittags traten sie in die überfüllte Eingangshalle des Empire-Hospitals auf der 23. Straße Ost.

»Ich kann es gar nicht erwarten, das Baby endlich zu sehen«, schwatzte Alvirah begeistert, während sie sich an den Schwestern am Empfang vorbeidrückte; sie war viel zu beschäftigt, um sich mit solchen Kleinigkeiten aufzuhalten.

»Und ich kann es nicht erwarten, die Geschenke endlich abladen zu dürfen«, bemerkte Willy, der sich nach Kräften bemühte, keine der schweren Einkaufstaschen, die er trug, fallen zu lassen. »Warum verpacken die Leute wohl so winzig kleine Strampelhöschen in so riesigen Schachteln?«

»Weil sie noch nie etwas von dem alten Sprichwort gehört haben, dass die besten Dinge in kleinen Päckchen stecken. Oh, sieht die Halle nicht fröhlich aus? Es geht doch nichts über Weihnachtsschmuck. Und so hübsch gemacht.«

»Ich würde einen lebensgroßen Luftballon von Rudolf dem rotnasigen Rentier allerdings nicht unbedingt als hübsch bezeichnen«, meinte Willy, als sie an einem Pappkartonschlitten vorbeikamen, komplett mit aufgeblähtem Nikolaus- und Rentierluftballon.

»Gregg sagte, Joan liegt in Zimmer 1121.« Alvirah blieb einen Augenblick lang stehen. »Da sind die Aufzüge.« Sie zog eine der Einkaufstaschen, die sie an sich presste, ein Stückchen hoch und zeigte den Flur hinunter.

»Sollten wir uns keine Besucherausweise geben lassen?«, fragte Willy.

»Joan meinte, wir sollten einfach schnurstracks durchgehen. Wenn man so aussieht, als wüsste man genau, wo man hin will, kümmert sich hier niemand um die Besucher.«

Sie hatten einen Aufzug um Haaresbreite verpasst und waren nun die einzigen Passagiere, die noch warteten, als sich die Tür zu einem der anderen Aufzüge öffnete. In ihrer Eile wäre Alvirah beinahe mit einer Frau, die mit einem Säugling im Arm aus dem Aufzug kam, zusammengestoßen. Der dicke Schal, den die Frau sich um den Kopf geschlungen hatte, machte ihr Gesicht beinahe unsichtbar. Sie trug eine Skijacke und Jeans.

Mütterlich wie immer, schaute Alvirah voller Bewunderung auf das Baby herunter, das in einen gelben Kapuzenschlafsack gehüllt war. Blaue Augen öffneten sich weit, blickten zu ihr auf und schlossen sich dann wieder. Ein Gähnen bemächtigte sich des hellrosafarbenen Gesichtchens, und kleine Fäuste fuhren durch die Luft.

»Was für ein süßes, kleines Mäuschen«, seufzte Alvirah, als die Frau an ihr vorbeieilte, ohne ihr einen einzigen Blick zu gönnen.

Willy hielt mit den Schultern die Aufzugtür auf. »Komm schon, Schatz«, drängte er sie.

Als der Aufzug nach oben surrte und auf jeder Etage anhielt, um Passagiere aufzunehmen, ging Alvirah kurz der Gedanke durch den Kopf, dass die meisten Krankenhäuser eine junge Mutter mit ihrem Baby mit einem Rollstuhl zum Ausgang brachten, wenn sie entlassen wurden. Nun ja, die Zeiten ändern sich, überlegte sie.

Als sie schließlich vor dem Zimmer Nummer 1121 standen, stürmte Alvirah gleich hinein. Sie ignorierte Joan, die im Bett saß, sowie Gregg, der neben ihr stand, und eilte sofort zu dem kleinen Bettchen an der Wand. »Oh, sie ist nicht da«, jammerte sie.

Gregg lachte. »Marianne hat einen Hörtest. Ich kann mich dafür verbürgen, dass sie ihn mit fliegenden Fahnen bestehen wird. Als ich heute Morgen mit dem Stuhl über den Boden scharrte, ist sie in Joans Armen zusammengezuckt und hat laut losgebrüllt.«

»Na, dann sollte ich meine Aufmerksamkeit wohl besser den stolzen Eltern zuwenden.« Alvirah beugte sich über Joan und presste sie fest an sich. »Ich freue mich ja so für euch«, sagte sie, während die Tränen über ihre vollen Wangen strömten.

»Warum müssen Frauen immer weinen, wenn sie glücklich sind?«, fragte Gregg Willy, der versuchte, die Einkaufstaschen in der Ecke aufzustapeln.

»Undichte Tränenkanäle«, brummte Willy, während er gleichzeitig nach Greggs Hand griff und sie energisch schüttelte. »Ich fange zwar nicht an zu heulen, aber ich freue mich auch schrecklich für euch beide.«

»Wartet erst mal, bis ihr sie zu sehen bekommt«, prahlte Gregg. »Sie ist einfach wunderbar, wie ihre Mama.«

»Sie hat deine Stirn und dein Kinn«, sagte Joan zu ihm.

»Und deine blauen Augen, den Porzellanteint und ...«

»Tut mir Leid, dass ich störe«, unterbrach sie eine freundliche Stimme. Sie drehten sich um und sahen eine lächelnde Krankenschwester in der Tür stehen. »Ich muss mir ihr Baby für ein paar Minuten ausleihen«, sagte sie.

»Oh, es war schon eine andere Krankenschwester da, die sie mitgenommen hat. Gerade vor ein paar Minuten«, sagte Gregg.

Als sie den bestürzten Blick auf dem Gesicht der Schwester sah, wusste Alvirah sofort, dass etwas Schreckliches passiert sein musste.

»Was ist los?«, fragte Joan, die sich aufgesetzt hatte und sich nun mit aschgrauem Gesicht vorbeugte. »Wo ist meine Tochter? Wer hat sie? Was ist hier los?«

Die Krankenschwester rannte aus dem Zimmer, und wenige Augenblicke später schrillte eine Alarmglocke durch das Krankenhaus. Eine eindringliche Stimme verkündete über Lautsprecher: »Code zwölf! Code zwölf!«

Alvirah wusste, was dieser Alarm zu bedeuten hatte. Alle Ausgänge des Krankenhauses wurden verschlossen. Aber sie wusste auch, dass es zu spät war. In ihren Gedanken sah sie wieder die Frau vor sich, die aus dem Aufzug gekommen war, mit dem sie hinaufgefahren waren. Sie hatte Recht gehabt – neugeborene Babys und ihre Mütter verließen das Krankenhaus nicht ohne Begleitung. Alvirah lief aus dem Zimmer, um mit dem Sicherheitspersonal zu reden, während Joan in Greggs Armen zusammenbrach.

Eine Stunde später, also um vier Uhr nachmittags, saß die achtundsiebzigjährige Wanda Brown in einer kleinen, voll gestopften Wohnung auf der 90. Straße West behaglich mit einem Kissen im Rücken auf dem schäbigen Sofa und lächelte ihre Enkelin mit feuchten Augen an. »Was für eine wunderbare Überraschung«, sagte sie, »ein Weihnachtsbesuch. Dass du wirklich den ganzen Weg von Pittsburgh hierher mit deinem neugeborenen Baby gefahren bist! Du hast deine Schwierigkeiten eindeutig überwunden, Vonny.«

»Das denke ich auch, Großmama.« Die Stimme war tonlos. Vonnys Augen, hellbraun und treuherzig, starrten ins Leere.

»So ein hübsches Kind. Ist sie brav?«

»Ich hoffe es.« Vonny presste das Baby in ihren Armen fester an sich.

»Wie heißt sie?«

»Vonny, genau wie ich.«

»Oh, wie hübsch. Als du mir geschrieben hast, du seist schwanger, habe ich gebetet, dass nichts geschehen würde. Kein Mädchen hat es verdient, sein Baby auf diese Weise zu verlieren, und dir ist es sogar zweimal passiert.«

»Ich weiß, Großmama.«

»Obwohl es für dich besser war, dass du von New York weggegangen bist, habe ich dich vermisst, Vonny. Andererseits hat dir der Aufenthalt im Krankenhaus offensichtlich gut getan. Erzähl mir von deinem neuen Ehemann. Kommt er bald nach?«

»Nein, Großmama. Er ist zu beschäftigt. Ich bleibe ein paar Tage hier und fahre dann wieder zurück nach Pittsburgh. Aber bitte, sprich nicht vom Krankenhaus. Ich möchte nicht über das Krankenhaus reden. Und stell keine Fragen. Ich hasse Fragen.«

»Vonny, ich habe nie, niemals zu irgendjemandem ein Wort gesagt. Dafür müsstest du mich eigentlich gut genug kennen. Ich bin jetzt seit fünf Jahren hier, und keiner meiner Nachbarn hat auch nur die geringste Ahnung von dem, was vorgefallen ist. Die Nonnen, die mich besuchen, sind wunderbar, und ich erzähle ihnen immer, was für ein nettes Mädchen du bist. Ich hatte erwähnt, dass du in der Weihnachtszeit dein Baby erwartest, und sie haben alle für dich gebetet.«

»Wie nett von ihnen.« Vonny lächelte kurz. Das Baby in ihren Armen begann leise zu wimmern. »Halt den Mund!«, fuhr sie das Kind an und schüttelte es. »Hast du *verstanden?* Halt den *Mund!*«

»Gib mir das Baby, Vonny«, bat Wanda Brown. »Und du könntest derweil ihre Flasche aufwärmen. Wo sind ihre Kleider?«

»Jemand hat mir im Bus ihren Koffer gestohlen«, sagte Vonny verdrossen. »Auf dem Weg von der Bushaltestelle Port Authority hierher habe ich ein paar Kleinigkeiten in einem Secondhandladen gekauft, aber ich werde ihr wohl noch ein paar andere Sachen besorgen müssen.«

Um elf Uhr abends saßen Willy und Alvirah schweigend nebeneinander im Wohnzimmer ihres Apartments mit Blick auf den Central Park und sahen sich die lokalen CBS-Nachrichten an.

Gleich am Anfang kam ein Bericht über die dreiste Entführung der acht Stunden alten Marianne O'Brien aus dem Empire-Hospital.

Willy spürte, wie Alvirah sich verkrampfte, als der Moderator sagte: »Wahrscheinlich haben Freunde der Familie, Willy und Alvirah Meehan, die gekommen waren, um die stolzen und glücklichen Eltern zu besuchen, die Entführerin gesehen, kurz bevor sie das Krankenhaus verließ.

Mrs Meehans Beschreibung des Säuglings lässt kaum einen Zweifel daran, dass sie das O'Brien-Baby gesehen hat. Unglücklicherweise konnten weder sie noch ihr Mann die Entführerin beschreiben, die sich anscheinend als Krankenschwester verkleidet hatte. Die O'Briens meinen, sie sei etwa dreißig Jahre alt, von mittlerer Größe, blond …«

»Wieso sagen sie nichts von dem gelben Kapuzenschlafsack?«, fragte Willy. »Den hast du doch besonders erwähnt.«

»Wahrscheinlich hält die Polizei diese Information zurück, damit sie echte Zeugen von Schwindlern unterscheiden kann.«

Alvirah drückte Willys Hand und hörte weiter zu, wie der Moderator sagte, die verzweifelte junge Mutter, Joan O'Brien, stehe unter schweren Betäubungsmitteln, und das Krankenhaus habe eine neue Konferenz angekündigt, in der der Vater mit einer Bitte an die Entführerin an die Öffentlichkeit treten wolle.

Plötzlich brach der Nachrichtensprecher mitten im Satz ab. »Wir gehen jetzt live ins Empire-Hospital, um Sie über den neuesten Stand der Dinge zu unterrichten«, sagte er.

Alvirah beugte sich vor und drückte noch einmal Willys Hand.

Nach einer kurzen Pause kam der Reporter, der direkt aus der Eingangshalle des Krankenhauses Bericht erstattete, ins Bild. »Von der Verwaltung hier erfahren wir, dass gerade eben die Uniform einer Krankenhausangestellten und eine blonde Perücke gefunden wurden, und zwar im Abfalleimer des Waschraumes auf der Etage, von der Baby Marianne entführt wurde. Der Waschraum ist eine Einrichtung ausschließlich zur Benutzung des Krankenhauspersonals und kann nur von jemandem betreten werden, der einen bestimmten Code eingibt.« Der Reporter machte eine kleine Kunstpause und sah dann direkt in die Kamera. »Die Verwaltung befürchtet jetzt, dass an dieser Entführung ein Insider beteiligt gewesen sein muss.«

Oder dass die Frau sich im Krankenhaus auskannte, dachte Alvirah. Vielleicht hatte sie dort gearbeitet oder war als Patientin dort gewesen. Oder sie hatte einfach irgendjemanden besucht und dabei die Lage gepeilt und genau aufgepasst, was die Schwestern taten. Sie hatte eine blonde Perücke getragen. Das heißt, wir kennen nicht einmal ihre richtige Haarfarbe. Durch den Schal, den sie sich um den Kopf gewickelt hatte, ist mir das nicht aufgefallen.

Der Nachrichtenbeitrag über die Entführung endete mit der kurzen Ansprache eines Arztes, der erklärte, welche Nahrung der Säugling benötigte, und dem Versprechen eines Polizeikommissars, dass die Entführerin, falls sie das Baby heil zurückbrachte, mit mildernden Umständen und Hilfe rechnen könne. Jeder, der im Besitz irgendwelcher Informationen sei, wurde gebeten, eine Nummer anzurufen, die kurz darauf auf dem Bildschirm gezeigt wurde.

Willy drückte auf die Fernbedienung und stellte den Apparat aus; dann legte er einen Arm um Alvirah, die kopfschüttelnd neben ihm saß. »Du darfst dir keine Vorwürfe machen, mein Schatz. Und vergiss nicht, wenn eine Frau sich so verzweifelt nach einem Baby sehnt, wird sie sich bestimmt gut um Marianne kümmern, bis die Polizei sie findet.«

»O Willy, ich kann aber nicht umhin, mir Vorwürfe zu machen. Ich bin für gewöhnlich so aufmerksam und so empfänglich für Details. Aber ich war so aufgeregt, so begierig darauf, das Baby zu sehen und Joan und Gregg in die Arme zu nehmen. Ich weiß, dass da etwas war, irgendetwas Merkwürdiges, das mir in den Sekunden, in denen ich die Frau gesehen habe, aufgefallen ist.« Sie schüttelte noch einmal den Kopf. »Ich komme einfach nicht darauf.« Dann hielt sie plötzlich die Luft an, und ihre Augen leuchteten auf. »Ich hab's! Ich erinnere mich! Willy, es war der Kapuzenschlafsack, dieser gelbe Kapuzenschlafsack. *Den habe ich schon einmal gesehen!«*

Lange nachdem sie und Willy ins Bett gegangen waren, lag Alvirah noch wach und versuchte, sich daran zu erinnern, wo sie vor dem gestrigen Tag den gelben Kapuzenschlafsack schon einmal gesehen hatte und warum sie zwar irgendetwas mit ihm verband, sich aber nicht daran erinnern konnte, was es war; ausnahmsweise ließ ihr sonst so unfehlbares Gedächtnis sie jetzt im Stich.

Von Joans achtem Schwangerschaftsmonat an hatte Alvirah in dem Wissen, dass das Baby, selbst wenn es zu früh zur Welt käme, wahrscheinlich in Ordnung sein würde, für das Kind eingekauft.

Es hatte solchen Spaß gemacht, all die Winzigkeiten zu betrachten, die Kimonos, Hemdchen, Schlafsäcke, Häubchen und Decken zu erstehen. Ich glaube, ich bin nicht an einem einzigen Schaufenster vorbeigegangen, in dem Babykleider lagen, überlegte Alvirah. Aber wo habe ich diesen Kapuzenschlafsack gesehen oder wenigstens einen ähnlichen?

Nicht eins der Geschenke, die sie und Willy ins Krankenhaus gebracht hatten, war geöffnet worden; sie hatten sie einfach in den Schrank gestopft, der in Joans Zimmer stand. Ich muss alle Sachen durchgehen und eine Liste der Geschäfte machen, in denen ich war, beschloss Alvirah.

Erst nachdem sie diesen Plan geschmiedet hatte, konnte Alvirah sich genügend entspannen, um endlich einzuschlafen. Beim Frühstück erzählte sie Willy, was sie vorhatte. »Die Sache ist die, man sieht heutzutage nicht mehr so viele Kapuzenschlafsäcke wie früher«, erklärte sie ihm. »Die Leute scheinen sie nicht mehr so zu mögen. Und dieser war gelb und hatte auf der Innenseite eine weiße Satinkante, was wirklich ungewöhnlich ist.«

»Weißer Satin klingt teuer«, sagte Willy. »Ich habe ja nicht viel von der Frau gesehen, aber ihre Kleider sahen mehr nach Secondhandshop als nach Haute Couture aus.«

»Das stimmt«, pflichtete Alvirah ihm bei. »Die dunkelblaue Nylonjacke war ziemlich mittelmäßig und die dunkelblaue Jeans von der Art, wie man sie auf dem Schnäppchenständer findet. Ich habe sie mir einfach nicht genau angesehen. Ich wollte nur einen Blick auf das Baby werfen. Aber du hast Recht, ein Kapuzenschlafsack mit Satineinfassung *muss* teuer sein.«

Dann setzte ihr Herz einen entsetzlichen Augenblick lang aus. »Willy, glaubst du, sie hat das Baby entführt, um es jemandem zu verkaufen? Wenn sie das getan hat, haben wir überhaupt keinen Anhaltspunkt, wo Marianne jetzt sein könnte.« Sie schob ihren Stuhl zurück und stand auf. »Ich darf keine Zeit verlieren.«

Trotz des Pappkartonschlittens und der Ballons von Nikolaus und seinem Rentier hatte die Krankenhaushalle die fröhliche Atmosphäre, die Willy und Alvirah am Vortag dort wahrgenommen hatten, völlig verloren. Der Flur, der zu den Aufzügen führte, wurde jetzt von einem

Sicherheitsbeamten überwacht, und niemand durfte ohne Besuchserlaubnis passieren.

Als Alvirah Joan O'Briens Namen nannte, bekam sie die unmissverständliche Auskunft, dass keine Besucher zu ihr durchgelassen würden. Schließlich konnte sie die Schwester am Empfang aber dazu bewegen, bei Gregg anzuklingeln, und von ihm erfuhr sie dann, dass Joan nicht mehr auf der Wöchnerinnenstation lag, sondern in einem anderen Flügel des Krankenhauses. »Ja, die Geschenke sind immer noch im Schrank von Nummer 1121«, sagte er, als Alvirah ihm erklärte, was sie wollte. »Wir treffen uns dort.«

Alvirah war erschrocken, als sie Gregg sah. Er schien über Nacht um zehn Jahre gealtert zu sein. Seine Augen waren blutunterlaufen, und auf seinem Gesicht zeichneten sich um Mund und Augen scharfe Linien ab. Sie war sicher, dass jede Mitleidsbekundung die Sache nur noch verschlimmert hätte; er wusste, was sie empfand.

»Hilf mir, diese Päckchen zu öffnen«, forderte sie ihn mit energischer Stimme auf. »Dann werde ich mir die Etiketten ansehen, um festzustellen, aus welchen Läden die Sachen kamen, und du kannst die Namen aufschreiben.«

Insgesamt waren es zwölf Geschäfte, und die Geschenke rangierten von großen Decken von Saks und Bloomingdale's bis hin zu handgearbeiteten Pullöverchen aus einem Spezialgeschäft auf der Madison Avenue und Kleinigkeiten wie Nachthemdchen und Kimonos aus allen möglichen Läden in Greenwich Village und der Upper West Side.

Als die Liste vollständig war, packte Alvirah die Sachen hastig zusammen und steckte sie in die größten Schachteln. Als sie den Deckel der letzten schloss, kam ein Polizeibeamter ins Zimmer, der nach Gregg suchte. »Wir haben einen Durchbruch in Ihrem Fall erzielt, Mr O'Brien«, sagte er. »Es ist ein Anruf eingegangen. Irgendjemand behauptet, die Frau seines Cousins sei gestern mit einem neugeborenen Baby nach Hause gekommen, das angeblich von ihr wäre. Die Sache ist nur, sie war nicht schwanger.«

Unaussprechliche Hoffnung zeigte sich auf Greggs Gesicht. »Wer ist der Mann? Wer ist er?«

»Er sagte, er stamme aus Long Island und würde wieder anrufen. Er meint, es müsste eine Zwanzigtausend-Dollar-Belohnung dabei rausspringen.«

»Ich stelle das Geld bereit«, sagte Alvirah mit tonloser Stimme, obwohl ihr eine düstere Vorahnung gleichzeitig sagte, dass diese Sache sich als falsche Spur erweisen würde.

»Vonny, das Baby braucht wirklich etwas anzuziehen«, sagte Wanda Brown schüchtern. Es war Mittwochnachmittag, und Vonny war jetzt schon einen ganzen Tag lang bei ihr, ohne die Kleidung des Babys gewechselt zu haben. »Meine Wohnung ist sehr zugig, und du hast nur einen Kimono zum Wechseln. Und für ein Baby von einem Monat ist deine Tochter wirklich klein und sehr zart.«

»Alle meine Babys waren klein«, erwiderte Vonny, während sie die Flasche, die sie in der Hand hielt, betrachtete. »Sie trinkt langsam«, beklagte sie sich.

»Sie ist eingeschlafen. Du musst Geduld haben. Wie *wäre* es, wenn ich sie zu Ende füttere und du einkaufen gehst? Wo hast du die Sachen her, die du für sie gekauft hast, nachdem ihr Koffer verschwunden war?«

»Aus dem Secondhandshop, direkt neben der Port Authority Station. Aber sie hatten da nicht mehr viel für Säuglinge, nur den Kapuzenschlafsack und dieses Zeug hier.« Vonny zeigte auf den Schlafanzug und das Hemdchen, die im Augenblick beide über der Heizung trockneten. »Es hieß, sie bekämen noch mehr Sachen rein. Ich könnte es ja noch einmal versuchen.«

Sie stand auf und legte das schlafende Kind ihrer Großmutter in die Arme. Dann fiel ihr ein, dass sie auch noch die Flasche brauchen würde. »Die Milch ist schon ein bisschen kalt, aber das macht nichts. Und ich möchte nicht, dass du mit ihr rausgehst.«

»Das würde ich niemals tun.« Wanda Brown nahm das Baby entgegen und versuchte ihr Entsetzen über die eiskalte Flasche zu verbergen. Vonny hat die Milch überhaupt nicht angewärmt, dachte sie. Dann zuckte sie zusammen, als ihre Enkelin sich über sie beugte.

»Und vergiss nicht, Großmama, ich möchte nicht, dass irgendwelche Leute hier reinkommen und mit meinem Baby rummachen, solange ich nicht da bin.«

»Vonny, hier kommt nie jemand her außer den Nonnen, die mich ein oder zwei Mal die Woche besuchen. Du würdest sie mögen. Am häufigsten kommen Schwester Cordelia und Schwester Maeve Marie. Sie passen immer auf, dass Leute wie ich genug zu essen haben und dass wir nicht krank werden und dass die Heizung und die Leitungen funktionieren. Vergangenen Monat erst hat Schwester Cordelia ihren Bruder Willy, der von Beruf Installateur ist, hierher geschickt, weil ich ein Loch unter der Küchenspüle hatte und die ganze Wohnung langsam modrig wurde. Was für ein netter Mann! Schwester Maeve Marie kam am Montag kurz vorbei, aber vor Heiligabend werden sie nicht noch mal hereinschauen. Dann bringen sie mir einen Weihnachtskorb. Da ist immer viel zu essen drin, und es wird sicher auch für dich reichen.«

»Bis dahin bin ich mit dem Baby weg.«

»Ja, natürlich. Du möchtest Weihnachten mit deinem Mann verbringen.«

Vonny zog sich ihre blaue Skijacke an. Ihr dunkles Haar fiel ihr wirr über die Schultern. An der Tür sah sie sich noch einmal um. »Ich werde ein paar hübsche Sachen für sie kaufen. Ich liebe mein Baby. Ich habe auch meine anderen Babys geliebt.« Ihr Gesicht verzerrte sich gequält. »Es war nicht meine Schuld.«

»Das weiß ich, mein Kind«, sagte Wanda beschwichtigend.

Sie wartete ein paar Augenblicke, bis Vonny Zeit genug hatte, um aus dem Haus heraus zu sein, dann legte Wanda das Baby auf die Couch und wickelte es in ihren Fransenschal ein. Als das Baby warm eingepackt war, griff sie nach der Flasche und humpelte in die Küche. Ein Baby sollte keine so kalte Milch trinken, dachte sie aufgebracht. Sie goss ein wenig Wasser in einen kleinen Kochtopf, setzte ihn auf den Herd, legte die Flasche hinein und stellte das Gas an. Während sie darauf wartete, dass die Flasche warm wurde, dachte sie voller Sorge über die lange, kalte Busfahrt nach Pittsburgh nach, die Vonny mit ihrem Kind unternehmen wollte. Dann kam ihr plötzlich ein anderer Gedanke. Bei ihrem letzten Besuch hatte Schwester Maeve Marie ihr erzählt, dass die Nonnen einen Secondhandshop auf der 86. Straße eröffnen wollten. Dort konnten die Leute für wenig Geld Kleider kaufen oder bekamen sie, wenn sie mittellos waren, sogar umsonst. Vielleicht sollte sie die Schwestern einmal anrufen und ihnen davon erzählen, dass Vonny den Koffer des Babys verloren hatte. Möglicherweise hatten sie ja ein paar hübsche Babysachen da.

Als die Flasche eine zufrieden stellende Temperatur hatte, humpelte sie zum Sofa zurück. Während sie das Baby fütterte und ihm dabei sanft über die Wange strich, damit es nicht wieder einschlief, dachte Wanda über das Für und Wider eines Anrufs bei Schwester Maeve Marie nach. Nein, überlegte sie, sie würde doch lieber warten. Vielleicht hatte Vonny ja Glück und kam mit ein paar hübschen Babykleidern nach Hause. Und außerdem hatte Vonny gesagt, sie wolle nicht, dass andere Leute ihr Baby sähen. Das galt wahrscheinlich sogar für die Nonnen.

Das Baby trank gut hundert Milliliter. Nicht schlecht, dachte Wanda. Dann lauschte sie aufmerksam. Hatte das Baby da geniest? Oh, ich hoffe, sie bekommt keine Erkältung, dachte sie. Sie ist noch so klein, und es würde Vonny das Herz brechen, wenn ihr etwas zustieße …

Der Fernseher war irgendwie nicht in Ordnung, daher stellte Wanda das Radio an, um die Mittagsnachrichten zu hören. An erster Stelle kam nach wie vor die Sache mit dem verschwundenen O'Brien-Baby. Der Anrufer, der behauptete, seine Cousine hätte das Kind, hatte wieder angerufen, und man hatte ihm zwanzigtausend Dollar Belohnung versprochen. Die Behörden warteten nun darauf, dass er zurückrief und sie die Frage der Geldübergabe klären konnten, damit der Mann die Polizei zu seiner Cousine nach Hause führen konnte.

Wie schrecklich, dachte Wanda, während sie Vonnys schlafendes Baby in den Armen wiegte. Wie *konnte* man nur ein fremdes Kind rauben?

Alvirah verbrachte den Rest des Mittwochs und den ganzen Donnerstag damit, die Geschäfte aufzusuchen, in denen sie Babykleider gekauft hatte.

»Haben Sie einen gelben Kapuzenschlafsack mit weißer Satineinfassung? Oder haben Sie kürzlich einen verkauft?«

Die Antwort lautete jedes Mal nein.

Mehrere Verkäuferinnen erklärten ihr, dass die Nachfrage nach Kapuzenschlafsäcken ziemlich gering geworden sei, vor allem in Gelb. Und eine weiße Satineinfassung wäre auf jeden Fall ziemlich unpraktisch. Der Kapuzenschlafsack müsste doch in die Reinigung gegeben werden, oder?

Ich weiß, dass es gelbe Wolle und weißer Satin war, hatte Alvirah gedacht. Vielleicht habe ich ihn nur in einem Schaufenster gesehen? Mit diesem Gedanken im Kopf ging sie schließlich durch die unmittelbare Nachbarschaft der Geschäfte, in denen sie eingekauft hatte. Vielleicht fand sie im Schaufenster eines anderen Ladens irgendeinen Fingerzeig.

Am späten Nachmittag begann es zu schneien, und mit den feinen Schneeflocken kam ein scharfer, feuchter Wind auf. O Gott, dachte sie, als sie langsam nach Hause ging, wer immer das Baby hat, ich hoffe, er hält es warm und trocken und gibt ihm gut zu essen.

Die Eingangshalle des Hauses in der Central Park South, in dem sie ihre Wohnung hatten, schien sich mit ihrem festlichen Weihnachtsschmuck und ihrer wohligen Wärme über sie lustig zu machen. Als Alvirah endlich wieder in ihre Wohnung kam, machte sie sich eine Tasse Tee, rief im Krankenhaus an und ließ sich zu Gregg durchstellen.

»Ich bin bei Joan«, sagte er. »Sie weigert sich, irgendwelche Beruhigungsmittel zu nehmen. Sie weiß von dem Anruf und der Belohnung. Sie möchte mit dir reden.«

Alvirah hatte das Gefühl, als breche ihr das Herz, während Joan sich mit kaum hörbarer Stimme dafür bedankte, dass sie die Belohnung aufgebracht hatte, und ihr versprach, ihr jeden Cent zurückzuzahlen.

»Vergiss das Geld«, sagte sie und versuchte ihrer Stimme einen zuversichtlichen Klang zu geben. »Ich verlange nur, dass Mariannes zweiter Name Alvirah lautet.« Dann lauschte sie ein paar Herzschläge lang dem Schweigen am anderen Ende der Leitung und fügte hastig hinzu: »Das war nur ein Witz, Joanie. Alvirah ist kein Name für ein Baby, zumindest nicht in unserer Zeit.«

Gerade als sie den Hörer auflegte, kam Willy nach Hause. »Gute Nachrichten?«, fragte er hoffnungsvoll.

»Ich wünschte, ich könnte es glauben. Willy, wenn du wüsstest, dass die Frau deines Cousins einer anderen das Kind weggenommen hat, und man hätte dir die Belohnung, die du verlangt hast, garantiert, warum würdest du dann nicht einfach sofort sagen, wo das Baby ist?«

»Vielleicht hat er Angst, die Frau seines Cousins könnte den Verstand verlieren, wenn man ihr das Baby abnimmt.«

»Er sollte sich besser Sorgen darüber machen, dass dem Kind etwas zustoßen könnte. Die Belohnung gibt es nur, wenn Marianne sicher zu ihren Eltern zurückkehrt. Das weiß er. Denk an meine Worte, Willy, der Anrufer versucht es mit einem faulen Trick. Er sucht nach einer Möglichkeit, an die Belohnung heranzukommen und dann zu verschwinden.«

Willy sah den Kummer in Alvirahs Gesicht und wusste, dass sie sich noch immer die Schuld an der Entführung gab. »Ich war gerade bei Cordelia«, sagte er. »Sie hat, direkt nachdem du aus dem Haus gegangen bist, angerufen. Sie und die Nonnen beten rund um die Uhr, und sie hat alle Leute, die sie kennt, ebenfalls dazu gebracht zu beten.«

Alvirah brachte ein schiefes Lächeln zustande. »Wie ich sie kenne, klingt ihr Gebet wahrscheinlich so: ›Also, jetzt hör mir mal gut zu, lieber Gott …«

»So ungefähr«, stimmte Willy ihr zu. »Nur dass sie im Augenblick außer dem Beten auch arbeiten muss. Ihre Idee mit dem Secondhandshop hat wirklich eingeschlagen. Als ich gestern dort hereingeschaut habe, waren jede Menge Leute da, die ihr gute Kleider in ordentlichem Zustand gebracht haben.«

»Nun, Cordelia lässt sich bestimmt keine abgetragenen Sachen andrehen«, meinte Alvirah. »Und Recht hat sie – nur weil man gerade eine Pechsträhne hat, heißt das ja nicht, dass man sich in Lumpen kleiden muss.«

»Und jetzt hat Cordelia noch ein Schild draußen aufgestellt mit der Bitte um Kinderspielzeug. Sie hat sogar ein paar Freiwillige aufgetrieben, die die Einkäufe der Leute in Weihnachtspapier packen. Sie meint, die Kinder sollten am Weihnachtsmorgen richtige Päckchen bekommen.«

»Das ist mal wieder typisch Cordelia – ein eiserner Wille und ein Herz aus Gold«, sagte Alvirah. Dann konnte sie nicht länger an sich halten und platzte mit ihren ganzen Sorgen heraus: »Willy, ich fühle mich so hilflos, so *verdammt* hilflos. Gebete sind natürlich wichtig, aber ich habe das Gefühl, mehr tun zu müssen. Irgendetwas tun zu müssen … aktiv zu werden. Dieses Warten macht mich völlig verrückt.«

Willy legte seine Arme um sie. »Dann sorg dafür, dass du was zu tun hast. Geh morgen zu Cordelia in den Secondhandladen und hilf ihr bei der Arbeit. Sie hatte ja wahrhaftig schon alle Hände voll zu tun, als du ihr letzte Woche ausgeholfen hast. Und jetzt, zwei Tage vor Weihnachten, ist in dem Laden wahrscheinlich die Hölle los.«

Am Morgen des 23. Dezember erreichte die Spannung in der Einsatzzentrale, die für den Fall, der mittlerweile unter dem Namen ›Entführung des Kapuzenschlafsackbabys‹ bekannt war, ihren Höhepunkt.

Inzwischen bezweifelte das ganze Team ernsthaft den Wert der Geschichte, die der Anrufer erzählt hatte, der angeblich wusste, wo das O'Brien-Baby steckte.

Sie hatten es geschafft, den Anrufer bei den letzten zwei Gesprächen lange genug am Apparat zu halten, um die Gespräche zurückzuverfolgen. Beide kamen aus der Bronx, nicht aus Long Island, und zwar aus Telefonzellen, die nur wenige Häuserblocks voneinander entfernt waren. Jetzt kämmten Undercover-Agenten der Polizei die Gegend zwischen der Fortham Road und Grand Concours durch, wobei sie vor allem die öffentlichen Telefonzellen im Auge behielten, um den mysteriösen Anrufer zu stellen.

Die Experten sahen sich die Sicherheitsvideos an, die am 20. Dezember im Empire-Hospital aufgezeichnet worden waren, wobei sie besonders den Kameras in der Eingangshalle und im Flur vor den Aufzügen ihr Augenmerk schenkten. Das Band, auf dem man vage Alvirah und Willy erkennen konnte, verriet nur wenig über die Frau, die den Säugling bei sich gehabt hatte. Das einzig Auffällige war der Kapuzenschlafsack, und das auch hauptsächlich wegen der weißen Satineinfassung. Man debattierte immer noch darüber, ob Details wie der gelbe Kapuzenschlafsack an die Öffentlichkeit weitergegeben werden sollten oder nicht. Natürlich hatte jeder Polizeibeamte in New York eine Beschreibung davon, aber wie einer der Polizisten meinte: »Sobald der Kidnapper die Beschreibung dieses Kapuzenschlafsacks hört, werden wir das Ding irgendwo im Müll finden. Auf diese Weise besteht wenigstens die Chance, dass die Entführerin das Kind mit dem Schlafsack nach draußen nimmt und einer von uns sie entdeckt.«

Der nächste Anruf des Informanten wurde um zehn Uhr am 23. Dezember erwartet. Während Joan und Gregg O'Brien sich in Erwartung einer Nachricht aneinander festhielten, wurde es zehn Uhr. Elf Uhr. Dann zwölf und immer noch kein Anruf.

Um drei kam der erwartete Anruf dann endlich. Der Mann hatte seine Meinung geändert. »Ich habe all diese Cops gesehen, die mich schnappen wollten«, fauchte er in den Hörer. »Sie werden das Baby nie wiedersehen. Soll die Frau meines Vetters die Kleine doch behalten!«

Er lügt. Alle Polizisten, die mit dem Fall befasst waren, sahen das genauso. Der Mann war von Anfang an ein Betrüger.

Oder vielleicht nicht? Hatten sie die Übergabe verpfuscht? Ein paar Minuten später kamen verzweifelte Bitten über die Medien. Rufen Sie wieder an. Nehmen Sie den Kontakt wieder auf: Niemand wird Fragen stellen. Wenn Sie wegen eines Verbrechens gesucht werden, können Sie mit mildernden Umständen rechnen. Mariannes Eltern stehen am Ende eines Nervenzusammenbruchs. Haben Sie Mitleid mit den jungen Leuten.

Die Babykleider, die Vonny in dem Secondhandshop in der Nähe der Port Authority Station gekauft hatte, waren viel zu groß für den kleinen Säugling.

»Sie waren so gut wie ausverkauft«, sagte sie ärgerlich. Es war nach der Mittagsmahlzeit, und sie versuchte die Ärmel eines Unterhemdchens hochzukrempeln, damit sie ihm nicht über die Hände rutschten. »Halt still!«, fuhr sie den Säugling an.

»Komm, lass mich das machen«, sagte ihre Großmutter nervös. »Vonny, warum gehst du nicht nach unten ins Café und holst dir einen schönen, heißen Kaffee und ein Hörnchen? Du hast nicht gefrühstückt, und ich weiß, wie gern du aufgebackene Hörnchen magst.«

»Ja, vielleicht mache ich das.«

Sobald sich die Tür hinter ihrer Enkelin schloss, humpelte Wanda zum Telefon und wählte die Nummer der Wohnung, in der vier Häuserblocks entfernt Schwester Cordelia und Schwester Maeve Marie zusammen mit vier anderen Nonnen lebten. Die sechs Frauen nannten ihr Zuhause scherzhaft das Minikloster.

Eine der älteren Schwestern war am Apparat. Cordelia und Maeve Marie waren im Secondhandshop, erzählte sie Wanda. Sie hätten ein paar wunderbare Spenden bekommen, die sie so schnell wie möglich durchsehen wollten. O ja, Maeve Marie hatte erzählt, sie hätten einen guten Vorrat an Babykleidern. »Schicken Sie Ihre Enkelin nur rüber. Sie soll sich aussuchen, was sie braucht.«

Aber als Vonny mit ihrem Kaffee und dem Hörnchen zurückkam, konnte Wanda sehen, dass ihre Laune noch schlimmer war als zuvor, also wagte sie es nicht, ihr von dem Secondhandshop zu erzählen. Vonny würde sofort erraten, dass sie, Wanda, mit irgendjemandem über das Baby gesprochen hatte. Vielleicht ist sie morgen ja wieder das nette Mädchen, das sie früher war, dachte Wanda mit einem Seufzer. Sie hatte seit Vonnys Ankunft auf dem Sofa geschlafen, und die kaputten Sprungfedern hatten ihre chronische Arthritis, die ihr das Gehen so schwer machte, noch verschlimmert. Trotzdem hatte sie Vonny mit Freuden ihr Bett überlassen, obwohl es ihr etwas Angst machte, dass sie im selben Bett wie das Baby schlief. Angenommen, sie rollte sich im Schlaf auf den Säugling, so wie ihr es vor sechs Jahren mit dem ersten Kind passiert war. Wanda würde diese schreckliche Nacht im Empire-Hospital nie vergessen, als man ihnen sagte, das Baby sei tot. Oder angenommen, sie bekam wieder einen ihrer Schwindelanfälle und wurde ohnmächtig, während sie das Baby badete und das Baby ertrank. Das war mit dem zweiten Kind in Pittsburgh passiert. Es ist wirklich eine Schande, dass sie so kurze Zeit nach ihrer Entlassung aus der psychiatrischen Klinik ein drittes Kind bekommen hat, dachte Wanda. Ich glaube nicht, dass sie schon so weit ist, dass sie sich wieder um einen Säugling kümmern kann.

Alvirah stellte fest, dass es ihr in gewisser Hinsicht half, eine Beschäftigung zu haben, mit ihren Händen zu arbeiten und unter Menschen zu sein. In anderer Hinsicht jedoch fiel es ihr unglaublich schwer, Baby- und Kinderkleidung zu sortieren und zusammenzufalten, all die kleinen Schneeanzüge und Overalls und T-Shirts und Sweatshirts mit ihren fröhlichen Bildern von Micky Maus, Aschenputtel, der kleinen Meerjungfrau oder Barnie, dem Dinosaurier. All das erinnerte sie mit einem heftigen, scharfen Schmerz daran, dass Gregg und Joan ihre kleine Marianne vielleicht niemals in solchen Kleidern sehen würden.

»Ich beschäftige mich lieber mit den Sachen für Erwachsene«, sagte Alvirah zu Cordelia, nachdem sie eine Stunde lang Babykleidung sortiert hatte.

In die stahlgrauen Augen von Schwester Cordelia trat ein weicher Blick. »Alvirah, warum hast du so wenig Gottvertrauen? Warum betest du nicht lieber, statt dir die ganze Zeit über Vorwürfe zu machen?«

»Ich werde es versuchen.« Und wieder einmal traten Alvirah die Tränen in die Augen, als sie auf den Verkaufstisch zuging, auf dem Frauenkleidung lag. Cordelia hatte Recht. Lieber Gott, dachte sie, diesmal tauge ich als Detektivin wohl nicht viel. Jetzt musst du etwas tun.

Alvirah war normalerweise einem kleinen Schwätzchen nie abgeneigt. Es gab keinen Menschen, den sie nicht auf die eine oder andere Weise interessant fand. Aber heute blieb sie bei den Sortiertischen und stellte mit scharfem Blick fest, welche Röcke zu welchen Jacken gehörten, und sortierte die Kleidungsstücke nach der Größe, bevor sie sie zu den entsprechenden Theken hinüberbrachte. Trotzdem tat es ihr immer wieder gut, wenn Leute hereinkamen, die sich über die schönen Kleider freuten.

Gerade als sie ein Paar neue Teenagerröcke und -tops

auf einen der Tische packte, rief eine Frau: »Die Sachen sehen überhaupt nicht getragen aus. Man könnte meinen, sie sind brandneu! Meine Tochter wird begeistert sein. Ich hätte nicht gedacht, dass ich es mir leisten kann, ihr so schöne Sachen für die Ferien zu kaufen, aber die Preise hier sind wirklich vernünftig. Und die Sachen sind so schön, man könnte meinen, sie kämen direkt von der Fifth Avenue!«

»Ja, das stimmt.«

Alvirah blieb, bis der Laden um acht Uhr schloss. Willy hatte Recht gehabt – die Arbeit hier hatte ihr gut getan. Und doch wurde sie das Gefühl nicht los, dass ihr irgendetwas entgangen war. Und dieses ›irgendetwas‹ nagte an ihr, nagte an ihr den ganzen Weg bis nach Hause.

Willy hatte das Abendessen schon für sie vorbereitet, aber Alvirah stellte fest, dass sie kaum Appetit hatte und nur mit Mühe ein paar Bissen von den gefüllten Schweinekoteletts herunterbringen konnte, die seine Spezialität waren.

»Schätzchen, du wirst mir noch krank werden«, meinte er aufgeregt. »Vielleicht war es doch keine gute Idee, dich heute in den Laden zu schicken.«

»Nein, die Arbeit hat mir gut getan, wirklich. Und Willy, du hättest die Leute mal reden hören sollen, die bei uns eingekauft haben. Eine Frau hat ein paar Sachen für ihre Tochter zusammengestellt und meinte, sie könnten direkt von der Fifth Avenue kommen, so brandneu sähen sie aus.«

Plötzlich legte Alvirah ihre Gabel weg. »O mein Gott«, sagte sie. »Das ist es!«

»Wie meinst du das?«

»Willy, ich war doch letzte Woche auch in dem Secondhandladen. Da habe ich den Kapuzenschlafsack gesehen. Ich bin mir ganz sicher. Ich habe mich zwar die ganze Zeit mit den Herrensachen abgegeben, aber eine der anderen freiwilligen Hilfskräfte stellte Babykleidung zusammen und hielt den Schlafsack hoch, als sie ihn zusammenfaltete.« Alvirah sprang auf, und alle Lethargie fiel von ihr ab. »Willy, die Entführerin muss in Cordelias Laden gewesen sein. Ich rufe sofort die Polizei an.«

Der Weihnachtsmorgen dämmerte, und schwere Wolken ballten sich am Himmel zusammen. Im Wetterbericht hatte es geheißen, dass bis zum Abend fünfzehn Zentimeter Neuschnee fallen würden. Einer weißen Weihnacht stand nichts mehr im Wege.

Für Alvirah war es eine lange und ausgesprochen sorgenvolle Nacht gewesen. Mit den Polizisten, die sich mit Mariannes Entführung beschäftigten, wollte sie sich gleich um acht Uhr morgens, wenn der Laden öffnete, vor dem Secondhandshop treffen. Aber als sie am Abend noch einmal mit Cordelia telefonierte, hatte diese eine ziemlich entmutigende Nachricht für sie. Vergangene Woche hatten sie einige ihrer Kleiderspenden, zu denen auch Babyausstattung gehörte, an verschiedene andere Läden geschickt, die das Kloster unterstützte. Zwei befanden sich in der Bronx und ein weiterer in der Nähe der Port Authority Station in der Stadtmitte von Manhattan. Bevor sie nicht alle Freiwilligen zusammentrommeln konnten, damit diese überlegten, wo die Kleider hingekommen sein mochten, konnte Alvirah nicht sicher sein, ob der Kapuzenschlafsack in der 88. Straße verkauft worden war oder in irgendeinem der anderen Geschäfte.

»Ich werde versuchen, so viele von meinen Freiwilligen zu erreichen wie nur möglich, und sie bitten, morgen früh in den Laden zu kommen«, hatte Cordelia versprochen. »Wollen wir hoffen, dass eine der Frauen sich erinnern kann, was aus dem Kapuzenschlafsack geworden ist. Und du darfst nicht aufhören zu beten, Alvirah. Du hast schon die ersten Antworten bekommen.«

Alvirah hatte während ihrer schlaflosen Stunden viel mit Willy über ihre schwierige Situation gesprochen. »Wenn sich herausstellen sollte, dass der Kapuzenschlafsack in die Bronx gegangen ist, dann besteht eine große Wahrscheinlichkeit, dass der Anrufer echt war und wirklich weiß, wo Marianne ist. Wenn der Schlafsack dagegen in den Laden in der Nähe der Port Authority Station gegangen ist, dann könnte die Frau das Baby einfach entführt haben und dann mit dem Bus Gott weiß wohin gefahren sein.«

Gegen sechs Uhr morgens war Alvirah sich endgültig sicher, die längste Nacht ihres Lebens hinter sich zu haben.

»Ich fahre heute nach Hause, Großmama«, verkündete Vonny, als sie um acht Uhr an diesem Morgen nach Hause kam, in der Hand eine Tüte mit zwei Bechern Kaffee und zwei Hörnchen.

Sie war guter Laune, das konnte Wanda sehen. Allein die Tatsache, dass sie daran gedacht hatte, auch ihrer Großmutter einen Becher Kaffee und ein Hörnchen mitzubringen, war Beweis genug. Vonny konnte so ein liebes Mädchen sein, dachte Wanda. Sie hatte das Baby während der Nacht einmal angeschrien, war dann aber aus dem Schlafzimmer herausgekommen und hatte dem Kind eine Flasche aufgewärmt. Also gewann sie wohl langsam ihre Fassung wieder.

Wanda beschloss, auch auf das Risiko hin, Vonny damit aufzuregen, gegen diesen Plan zu protestieren. »Aber der Wetterbericht ist wirklich nicht gut, und am Weihnachtsabend sind so viele Leute unterwegs.«

Vonny lächelte kurz. »Ich weiß, dass viel los sein wird, aber mir gefällt das. Ich reise gerne, wenn viel los ist.«

Wanda versuchte es noch einmal. »Vonny, ich habe bisher nichts gesagt. Du warst so enttäuscht darüber, dass der Secondhandshop in der Stadt nicht viele Babysachen hatte. Aber weißt du, es gibt noch einen Secondhandshop in der Gegend; meine Freunde, die Nonnen, betreiben ihn.« Sie wagte sich sogar noch einen Schritt weiter. »Als die Schwester mich neulich besuchte, erzählte sie mir, sie hätten wunderhübsche Kleider für Kinder und Säuglinge da. Warum holst du dir nicht ein paar Sachen, bevor du abfährst? Das Baby ist ein bisschen erkältet, und du solltest aufpassen, dass es sich auf der Reise nichts einfängt.«

»Ja, vielleicht mache ich das. Um wie viel Uhr, denkst du, werden diese Nonnen mit deinem Weihnachtskorb vorbeikommen?«

»Nicht vor drei.«

»Ich nehme den Zwei-Uhr-Bus.«

Sie will der Schwester nicht begegnen, dachte Wanda. Vonny war schon immer eine Einzelgängerin.

Um neun Uhr morgens hatten die Polizisten bereits alle freiwilligen Helfer befragt, die Schwester Cordelia hatte zusammentrommeln können, und das Wichtigste war, dass eine der Frauen sich genau daran erinnerte, dass die Schachtel mit dem gelben Kapuzenschlafsack an die Verkaufsstelle in der Nähe der Port Authority Station geschickt worden war.

»Was für ein erbärmliches Pech«, sagte einer der Beamten zu Alvirah. »Wenn er hier verkauft worden wäre, könnten wir hoffen, dass die Entführerin hier in der Nachbarschaft wohnt, wenn er in die Bronx gegangen wäre, wäre immer noch die Hoffnung, dass der Anrufer echt war und nicht nur ein Trittbrettfahrer, der versucht hat, sich eine Belohnung zu ergaunern. Wir werden versuchen, herauszufinden, wer den Kapuzenschlafsack verkauft hat, aber selbst wenn uns das gelingen sollte und wir eine bessere Beschreibung der Frau bekämen, befürchte ich doch, dass sie und das Baby nicht mehr in New York sind.«

»Da bin ich Ihrer Meinung«, erwiderte Alvirah leise. »Aber ich gebe die Hoffnung noch nicht auf. Und ich werde weiter beten. Hat irgendjemand heute mit Gregg gesprochen?«

»Der Inspektor. Ursprünglich sollte Mrs O'Brien heute entlassen werden, aber der Arzt war dagegen. Sie ist so depressiv, dass er Angst vor dem hat, was geschehen könnte, wenn sie nicht wenigstens bis morgen weiter unter Beobachtung steht. Der Heiligabend wird ein schrecklicher Tag für Joan O'Brien werden.«

»Aber Gregg wird bei ihr sein.«

»Der arme Junge ist so erschöpft, dass der Arzt meint, er könnte im Stehen einschlafen.« Der Polizeibeamte nickte, als der Lieutenant ihm ein Signal gab. »So, wir fahren jetzt in die Stadt. Wir halten Sie auf dem Laufenden, Mrs Meehan. Und vielen Dank.«

Ich gehe auch, beschloss Alvirah und sah dann, dass Cordelia auf sie zukam.

»Alvirah, ich hasse es zwar, dich darum zu bitten, aber könntest du nicht bis heute Mittag bleiben? Ich brauche wirklich Hilfe.«

»Kein Problem, Cordelia. Was soll ich tun?«

»Die Babykleider sortieren. Da herrscht schon wieder das reinste Chaos. Gestern Abend sind die verschiedenen Größen durcheinander geraten. Einige Leute sind einfach furchtbar gedankenlos.«

Cordelia zögerte und sagte dann: »Alvirah, nachdem du

gestern Abend angerufen hast, haben wir uns noch über das verschwundene Baby unterhalten, und Schwester Bernadette sagte etwas, das mir seitdem nicht aus dem Kopf gegangen ist. Sie erzählte, dass jemand angerufen hätte, um sich zu erkundigen, ob wir im Secondhandladen auch Babykleider führten. Die Anruferin sagte, ihre Enkelin sei mit ihrem neugeborenen Baby bei ihr zu Besuch, und unterwegs sei ihr der Koffer mit den Babykleidern gestohlen worden.«

»Hat die Anruferin ihren Namen genannt?«, wollte Alvirah wissen.

»Nein. Schwester Bernadette ist sicher, dass sie die Stimme erkannt hat, aber sie kann sie nicht einordnen.« Dann zuckte Cordelia mit den Schultern. »Fangen wir jetzt schon alle an, Gespenster zu sehen?«

Irgendwie gelang es Alvirah, in den nächsten Stunden ein freundliches Gesicht zu machen, während sie Berge von Babykleidung sortierte. Der schlimmste Augenblick war der, in dem sie ganz unten in dem Resthaufen ein winziges gelbes Jäckchen mit einem schmalen, weißen Satinkäntchen an der Kapuze fand. Es erinnerte sie an den Kapuzenschlafsack.

Dann weiteten sich ihre Augen plötzlich. War es möglich?, fragte sie sich. Konnte das Jäckchen zu dem Kapuzenschlafsack gehören? So musste es sein. Ja, jetzt war sie sich ganz sicher! Dieselbe schöne Wollqualität, derselbe Satinbesatz. Die Jacke und der Schlafsack mussten irgendwie auseinander geraten sein, sodass das Jäckchen nicht mit zum Laden an der Port Authority Station gebracht worden war. Sie würde die Jacke der Polizei übergeben. Zumindest kannten sie auf diese Weise die genaue Farbe und Beschaffenheit des Schlafsacks.

»Dürfte ich mir das bitte mal ansehen?«

Alvirah drehte sich um. Vor ihr stand eine Frau von etwa dreißig Jahren. Sie trug eine nichts sagende Skijacke und Jeans. Außerdem lief eine breite weiße Strähne mitten durch ihre dunklen Haare.

Alvirah spürte, wie sich ihr Magen zusammenkrampfte. Die Frau hatte die richtige Größe und das richtige Alter. Und kein Wunder, dass sie eine blonde Perücke und einen Schal getragen hatte. Diese bizarre Frisur wäre jedem sofort aufgefallen. Und man würde sie jederzeit wieder erkennen.

Die Frau sah sie neugierig an. »Haben Sie irgendein Problem?«

Schweigend reichte Alvirah ihr die Jacke. Sie wollte nichts sagen. Sie wollte nicht, dass die Frau ihr zu viel Beachtung schenkte und sie womöglich wieder erkannte. Aber dann warf sie die Jacke plötzlich wieder hin und eilte zur Tür.

O Gott, sie *ist* es, dachte Alvirah. Und sie hat mich wieder erkannt. Ohne sich die Zeit zu nehmen, nach ihrem Mantel zu greifen, lief sie zur Tür, stürzte in ihrer Hast jedoch über eine Spielzeugente, die ein kleiner Junge hinter sich her zog. »Warten Sie!«, rief sie.

Mehrere Hände streckten sich ihr helfend entgegen. Die Mutter des kleinen Jungen versuchte sich zu entschuldigen. Doch Alvirah stürzte an ihnen vorbei und lief auf die Straße. Als sie auf dem Gehsteig ankam, war die Frau bereits einen halben Häuserblock weit entfernt.

»Warten Sie!«, rief Alvirah noch einmal.

Die Frau schaute über ihre Schulter und begann zu laufen.

Einige Passanten warfen Alvirah, die sich durch die überfüllten Straßen zwängte, neugierige Blicke zu. Ungeachtet des kalten Windes und des Schnees, der jetzt vom Himmel fiel, versuchte sie die Frau im Auge zu behalten und hoffte darauf, irgendwo einen Polizisten zu erspähen.

Auf der 88. Straße bog die Frau plötzlich nach links ab. Alvirah holte sie ein, als sie vor einem Wagen stehen blieb, der vor dem Naturkundemuseum parkte.

Der Fahrer des Wagens sprang heraus. »Was ist los, Dorine?«

»Eddie, diese Frau ist verrückt. Sie verfolgt mich.«

Der Mann lief um den Wagen herum und baute sich vor der völlig atemlosen Alvirah auf. »Was wollen Sie?«, fragte er scharf.

Alvirah warf einen Blick auf den Rücksitz des Wagens. Dort saßen ein kleiner Junge und ein Säugling, die beide in Kindersitzen angeschnallt waren. Der Säugling hatte eine Unmenge dunklen Haares. »Ich habe Sie tatsächlich verfolgt«, stieß Alvirah an die junge Frau gewandt hervor, »aber jetzt sehe ich, dass ich mich geirrt habe. Es tut mir Leid. Als Sie diese kleine Jacke in die Hand genommen haben, dachte ich, Sie wären vielleicht jemand anders. Und als Sie sie dann wieder wegwarfen, war ich plötzlich ganz sicher, Sie hätten mich erkannt.«

»Ich habe sie weggelegt, weil ich sehen konnte, dass sie zu klein für mein Baby ist«, sagte sie und zeigte mit dem Kopf auf den Säugling im Wagen. »Und was Sie betrifft, ich habe sie noch nie gesehen, aber so, wie Sie mich angeschaut haben, dachte ich, Sie wären übergeschnappt.« Dann lächelte sie breit. »Hey, hören Sie zu, es ist schon in Ordnung. Heute ist Heiligabend. Da sind alle ein bisschen überdreht, stimmt's?«

Alvirah ging langsam zurück in den Laden. Ich bin bis auf die Knochen durchgefroren, dachte sie. Am besten rufe ich gleich die Polizei an, lasse sie die Jacke abholen und fahre dann nach Hause.

Als sie im Secondhandladen ankam, wehrte sie alle

Fragen, mit denen die anderen freiwilligen Helferinnen sie bombardierten, ungeduldig ab. »Es war nichts. Ich dachte, ich kenne diese Frau.« Dann ging sie zu dem Tisch hinüber, auf dem sie das kleine gelbe Jäckchen liegen gelassen hatte. Es war nicht mehr da.

O nein, dachte sie. Tara, eine freiwillige Helferin von sechzehn oder siebzehn Jahren, sortierte die Kleider auf einem Ständer ganz in der Nähe. »Tara, hast du gesehen, ob jemand gerade eine Säuglingsjacke mit Kapuze aus gelber Wolle gekauft hat?«, fragte Alvirah sie.

»Ja, ist erst drei Minuten her. Ich habe ihr geholfen, noch ein paar andere Sachen auszusuchen, Kleider und Decken und Bettlaken, und dann sah sie plötzlich das Jäckchen. Sie hat sich richtig gefreut. Sie hat nämlich neulich in einem anderen Secondhandshop etwas gefunden, das genau dazu passte. Wahrscheinlich war noch ein Höschen dabei oder so etwas. War das nicht ein Glück?«

Alvirah glaubte, ihre Beine würden unter ihr nachgeben. »Wie hat die Frau ausgesehen?«

Tara zuckte die Achseln. »Das kann ich nicht sagen. Dunkle Haare. Ungefähr Ihre Größe. Ende zwanzig oder so. Sie trug eine dunkelgraue, oder nein, eine dunkelblaue Skijacke. Wenn Sie mich fragen, hätte sie sich mal bei den Frauenkleidern umsehen sollen, wo sie gerade hier war.«

Aber Alvirah hörte nicht länger zu. Einen Augenblick lang dachte sie darüber nach, ob sie sich die Zeit nehmen solle, telefonisch Hilfe herbeizurufen, aber sie wusste, dass es auf jede einzelne Sekunde ankam. Sie zog das junge Mädchen hinter sich her. »Komm mit.«

»Hey, ich sollte doch …«

»Ich habe gesagt, du sollst mitkommen!«

Als sie auf die Tür zuliefen, kam gerade Cordelia aus dem Hinterzimmer. »Alvirah«, rief sie, »was ist passiert?«

Alvirah nahm sich eine Sekunde Zeit, um zu antworten. »Ruf die Polizei. Vor ein paar Minuten war die Entführerin hier.«

Auf der Columbus Avenue wimmelte es nur so von Kauflustigen. Alvirah sah sich hoffnungslos um und blieb stehen. »Du hast gesagt, die Frau hätte noch andere Sachen gekauft. Hatte sie irgendwelche Taschen dabei?«

»Sie hat zwei von unseren großen, weißen Einkaufstüten genommen.«

»Wenn die Taschen schwer sind, wird sie nicht allzu schnell vorankommen«, sagte Alvirah mehr zu sich als zu dem Mädchen.

Tara schien plötzlich zu begreifen, was Alvirahs Reaktion ausgelöst hatte. »Mrs Meehan, glauben Sie, das Jäckchen gehörte zu dem gelben Kapuzenschlafsack, nach dem uns die Cops gefragt haben? Die Tüten waren so schwer, dass ich die Frau fragte, ob sie es denn weit hätte, und sie meinte, nein, nicht so weit, nur die 90. Straße hinauf und dann ein paar Häuserblocks in die andere Richtung.«

Alvirah hätte Tara am liebsten geküsst. Stattdessen fuhr sie sie an: »Jetzt hör mir mal gut zu. Du gehst zurück in den Laden und erzählst alles, was du mir gesagt hast, Schwester Cordelia. Sag ihr, die Cops sollen das ganze Gebiet zwischen hier und der 90. Straße absichern. Sag ihr, wir wären dem Baby mit dem Kapuzenschlafsack auf der Spur!«

Die gute Laune, mit der ihre Enkeltochter Wanda Brown am frühen Morgen eine solche Freude gemacht hatte, hielt nicht lange an. Das Baby hatte nach seiner Zehn-Uhr-Flasche angefangen zu weinen und ließ sich einfach nicht beruhigen. Wanda wagte es nicht, noch einmal auf neue Babykleider zu sprechen zu kommen.

Vonny brummte und fluchte vor sich hin und ging schließlich, um dem schreienden Säugling zu entkommen, von sich aus in den Secondhandladen. Jetzt, als sie die schweren Einkaufstaschen durch die verschneiten Straßen zurück zur Wohnung ihrer Großmutter schleppte, kamen ihr die sieben Häuserblocks von der 86. bis zur 90. Straße und weiter bis zum West End wie endlose Meilen vor.

Während sie ärgerlich einen Schritt vor den anderen setzte, schienen ihre Nerven schließlich bloßzuliegen. »Verdammtes Gör«, sagte sie laut. »Verdammte Nervensäge, genau wie die anderen.«

Als sie nach Hause kam, schrie das Baby immer noch. Wanda, die abgehetzt und müde aussah, hielt es in ihren Armen und wiegte es sanft hin und her.

»Was hat sie denn jetzt schon wieder?«, fauchte Vonny.

»Ich glaube, sie fühlt sich nicht wohl, Vonny«, erwiderte Wanda entschuldigend. »Ich fürchte, sie fühlt sich auch ein bisschen fiebrig an. Ich glaube nicht, dass du heute mit ihr fahren solltest. Ich meine, es wäre ein Fehler.«

Ohne sich um Wandas Bemerkungen zu scheren, ging Vonny auf ihre Großmutter zu und schaute auf das Baby hinab. *»Halt den Mund!«*, schrie sie.

Wanda spürte, wie ihre Kehle trocken wurde. Vonny hatte wieder diesen Blick, dieses wütende Leuchten, diesen sturen, leeren Ausdruck in den Augen. Wanda hatte ihn schon einmal gesehen und wusste, wie gefährlich das sein konnte. Trotzdem musste sie es ihr sagen. »Vonny, mein Kind, kurz nachdem du weggegangen bist, hat Schwester Maeve Marie angerufen. Sie kommt in ein paar Minuten mit dem Weihnachtskorb vorbei. Wegen des schlechten Wetters haben sie schon früher angefangen, die Körbe zu verteilen.«

Vonnys Augen zogen sich zusammen, und ein wütendes Stirnrunzeln verzerrte ihre Züge. »Hast du sie gebeten, früher zu kommen, Großmama?«

»Nein, mein Kind.« Wanda klopfte dem Baby auf den Rücken. »Psst … O Vonny, ich glaube, sie hat sich einen Husten geholt.«

»Wenn ich in Pittsburgh bin, geht es ihr wieder gut.« Vonny stampfte mit den Einkaufstüten ins Nebenzimmer und kam dann sofort zurück. »Ich will nicht mit dieser Nonne reden, und ich will ihr auch nicht meine Tochter zeigen. Gib sie mir her. Ich bringe sie ins Schlafzimmer, bis diese Nonne weg ist.«

Alvirah eilte durch die Straßen, wobei ihre Blicke bei jeder Kreuzung hastig hin und her gingen. Immer wieder hielt sie Passanten an, um sie zu fragen, ob sie eine Frau gesehen hätten, die eine dunkelblaue Skijacke und zwei weiße Einkaufstaschen trug.

An der Ecke Achtundsechzigste und Broadway hatte sie Glück. Ein Zeitungsverkäufer sagte, er habe eine Frau, auf die diese Beschreibung passe, im Zickzackkurs über die Straße laufen sehen. »Sie ist zur West End rüber«, sagte er.

An der Ecke 88. und West End Avenue meinte ein alter Mann, der einen Einkaufswagen hinter sich herzog, jawohl, eine Frau mit weißen Einkaufstüten sei an ihm vorbeigekommen. Er sagte, er erinnere sich an sie, weil sie die Taschen einen Augenblick lang abgesetzt hätte. »Sie hat irgendwas vor sich hin gemurmelt und geflucht«, sagte er missbilligend. »Schöne Festtagsstimmung!«

Die ersten Streifenwagen kamen an, als Alvirah die 89. Straße erreichte. Tara hatte offensichtlich einen hervorragenden Bericht über die Ereignisse abgestattet. »Wir werden das ganze Gebiet durchkämmen«, erklärte ihr ein Sergeant energisch. »Wenn nötig, werden wir jedes einzelne Haus durchsuchen. Warum gehen Sie nicht heim, Mrs Meehan?«

»Ich kann nicht«, sagte Alvirah.

Der Sergeant sah sie mitleidig an. »Sie holen sich noch eine Lungenentzündung. Setzen Sie sich wenigstens in den Streifenwagen, damit Sie es warm haben. Überlassen Sie den Rest uns.«

Gerade in diesem Augenblick kam Schwester Maeve Marie mit einem schweren Korb am Arm die Straße herauf. Ihr kurzer Schleier flatterte im Wind. Wie Schwester Cordelia hatte sie sich dafür entschieden, eine knöchellange Tracht zu tragen. Als sie Alvirah im Gespräch mit dem Polizisten sah, machte sie ein überraschtes Gesicht. So schnell, wie sie konnte, lief sie zu ihnen hinüber. Da sie selbst eine ehemalige Polizistin war, kannte sie den Sergeant und sagte: »Hallo, Tom«, bevor sie weiterfragte: »Alvirah, was ist los?«

Als sie hörte, worum es ging, rief sie: »Die Entführerin des Babys ist hier in der Gegend? Gott sei gelobt!« Sofort gewann die Polizistin in ihr die Oberhand. »Tom, hast du die Gegend abriegeln lassen?«

»Wir sind gerade dabei, Maeve. Wir werden nun von Tür zu Tür gehen und unsere Nachforschungen anstellen. Aber bitte versuch Mrs Meehan dazu zu überreden, im Wagen zu warten. Sie sieht so aus, als könnte sie jeden Augenblick umkippen.«

»So leicht kippt Alvirah nicht um«, sagte Maeve energisch, während gleichzeitig andere Streifenwagen mit quietschenden Bremsen vor dem Häuserblock hielten. »Alvirah, hilf mir, die Körbe zu verteilen. Zu zweit kommen wir schneller voran. Einige der Leute hier würden sicher eher mit uns reden als mit der Polizei. Den Wagen habe ich um die Ecke geparkt.« Sie sah den Sergeant an. »Im Parkverbot.«

Wenigstens hatte sie auf diese Weise etwas zu tun. Sie brauchte nicht untätig herumzusitzen. Und Alvirah wusste, dass Maeve Recht hatte. Aus Angst vor den Konsequenzen wollten alte und kranke Menschen häufig nichts mit der Polizei zu tun haben, selbst wenn sie etwas Entscheidendes wissen sollten. »Gehen wir«, sagte sie.

»Ich habe vier Leute in diesem Block«, erklärte Maeve ihr.

Der erste Korb ging an ein älteres Ehepaar, das seit dem Erntedankfest keinen Fuß mehr vor die Tür gesetzt hatte. Ihre Nachbarin erledigte alle Einkäufe für sie. Alvirah klingelte bei dieser Nachbarin.

Als die Frau an die Tür kam, redete sie frei von der Leber weg. »Nein«, sagte sie, »ich bin die ganze Zeit unterwegs und einem Schwätzchen wahrhaftig nicht abgeneigt. Ich müsste es wissen, wenn es in diesem Gebäude ein neugeborenes Baby gäbe.« Und sie hatte in der Nähe auch niemanden mit einem Baby in einem gelben Kapuzenschlafsack gesehen.

Der zweite Korb war für eine neunzigjährige alte Frau und ihre siebzigjährige Tochter bestimmt, die drei Häuser weiter wohnten. Als Maeve Alvirah vorstellte, wussten sie bereits alles über sie. Willy hatte ihre Toilette repariert. »Was für ein wunderbarer Mann«, schwärmten sie. Unglücklicherweise wussten sie allerdings nichts von einem Baby.

In dem dritten Haus trafen sie eine Frau mit drei Kindern, die lauter kleine Päckchen unter dem Weihnachtsbaum hatten.

»Kommt alles aus dem Secondhandshop«, flüsterte sie ihnen im Vertrauen zu. »Die Kinder brennen schon darauf, ihre Geschenke auspacken zu dürfen.«

Aber auch sie wusste nichts von einer dunkelhaarigen Frau mit einem neugeborenen Baby.

»Das wär's«, sagte Maeve zu Alvirah, während sie mit vereinten Kräften den letzten Korb trugen. »Wanda Brown ist eine unbeschreiblich nette alte Dame. Sie hat eine schwere Arthritis, die ihr schwer zu schaffen macht, und sie hat keine Verwandten außer einer Enkeltochter, die irgendwo in Pennsylvania lebt. Sie spricht nicht viel von ihr, aber anscheinend hat das arme Mädchen schon viel Tragisches erlebt. Sie hatte zwei Kinder, die beide im Säuglingsalter starben.«

Sie wollten gerade das Gebäude an der Ecke West End und 90. Straße betreten, als sie ein Stück die Straße hinunter Polizeibeamte sahen, die von Haus zu Haus gingen. Dann sahen Alvirah und Maeve einander plötzlich an. »Maeve, denken Sie, was ich auch denke?« fragte Alvirah.

»Die Frau, die bei Schwester Bernadette angerufen und sich nach dem Secondhandshop erkundigt hat, hat erzählt, ihre Enkelin habe ein neugeborenes Baby und keine Kleider für das Kind. O gütiger Gott, Alvirah, ich hole Tom.«

Irgendein primitiver Instinkt veranlasste Alvirah, die junge Nonne zurückzuhalten. »Nein! Lassen Sie uns zuerst selbst nachsehen.«

Vonny stand am Fenster und schaute auf die Straße hinunter, wo die Polizisten geschäftig von einem Haus zum anderen liefen. Das Baby lag auf dem Bett; seine Schreie waren jetzt nur noch ein müdes Wimmern. Dann *sah* sie eine Nonne und eine andere Frau zehn Stockwerke weiter unten auf den Eingang zueilen. Gemeinsam trugen sie einen Korb.

Vonny ging ins Wohnzimmer. »Ich glaube, dein Weihnachtskorb kommt, Großmama«, sagte sie mit ausdrucksloser Stimme. »Und vergiss nicht, kein Wort von mir und dem Baby.«

Wanda lächelte schüchtern. »Ganz wie du willst, mein Kind.«

Vonny ging wieder ins Nebenzimmer. Das Baby schlief. Dein Glück, dachte sie.

»Es ist eine Dreizimmerwohnung«, flüsterte Maeve, während sie auf die Klingel drückte und rief: »Ich bin es, Wanda, Schwester Maeve Marie.«

Alvirah nickte. Sie zitterte am ganzen Körper. Bitte, lieber Gott. *Bitte!*

Die Klingel, ein lautes und schrilles Geräusch, hallte durch die Wohnung. Im Schlafzimmer zuckte das erschrockene Kind zusammen und begann zu wimmern. Eine wütende Vonny zerrte eine Socke aus der Schublade, beugte sich über das Bett und riss das Baby hoch.

Wanda Brown ging auf schmerzenden Füßen zur Tür. Mit einem nervösen Lächeln begrüßte sie Schwester Maeve. »Ach, wie freundlich von Ihnen«, seufzte sie.

»Mrs Meehan hilft mir heute bei der Verteilung der Körbe«, erklärte Maeve ihr.

Alvirah ging mit dem Korb voller Lebensmittel an der alten Frau vorbei in die Wohnung. Ihre Blicke flogen durch die kleine Garderobe und das voll gestopfte Wohnzimmer. Aber es war niemand sonst da. Sie konnte auch einen Blick in die Küche werfen. Auf dem Herd stapelten sich die Kochtöpfe, auf dem Tisch die Teller. Aber sie konnte nichts sehen, was auf die Anwesenheit eines Babys hätte schließen lassen.

Die Schlafzimmertür stand einen Spalt weit offen, und durch die schmale Öffnung konnte sie das ungemachte Bett und zwei Seiten des schmalen Zimmers sehen. Es musste leer sein.

Sie musterte das Wohnzimmer. Auch hier gab es nichts, was auf ein Baby schießen ließ.

»Wanda«, fragte Maeve, »waren Sie diejenige, die bei uns angerufen hat, weil ihre Enkelin Kleider für ihr Baby brauchte? Schwester Bernadette meint, sie hätte Ihre Stimme erkannt.«

Wanda erbleichte. Vonny hatte schon immer die unangenehme Angewohnheit gehabt, hinter halb geöffneten Türen zu lauern und zu lauschen; dasselbe tat sie jetzt sicher wieder. Wenn Wanda jetzt ein Wort sagte, würde ihre Enkelin fuchsteufelswild sein. Und Vonny in einem ihrer Wutanfälle …

»O nein«, sagte Wanda mit zitternder Stimme. »Warum sollte ich das tun? Ich habe Vonny seit fast fünf Jahren nicht mehr gesehen. Sie lebt in Pittsburgh.«

Alvirah wusste, dass die scharfe Enttäuschung in Maeves Augen sich in ihren eigenen widerspiegelte.

»Nun, ich wünsche Ihnen jedenfalls frohe Weihnachtstage«, sagte Maeve. »Wir stellen den Korb auf den Küchentisch. Der Truthahn ist immer noch warm, aber vergessen Sie nicht, ihn nach dem Abendessen in den Kühlschrank zu stellen.«

Alvirah hatte plötzlich das überwältigende Gefühl, schnell handeln zu müssen. Ihre Vorahnung, das Baby könnte in Gefahr sein, schien stärker als je zuvor. Sie wollte aus dieser Wohnung heraus, um weiter nach Marianne zu suchen. Also eilte sie mit dem Korb durchs Zimmer und stellte ihn in die Küche. Als sie sich umdrehte, blieb sie mit dem Ärmel ihres Pullovers am Türgriff des Kühlschranks hängen, und die Tür sprang auf. Sie wollte sie gerade wieder schließen, als ihr Blick auf eine halb leere Babyflasche im obersten Regal fiel.

»Sie haben diesen Anruf doch gemacht!«, schrie Alvirah Wanda an, während sie ins Wohnzimmer zurückrannte. »Ihre Enkelin ist hier. Wo ist sie? Was hat sie mit Marianne gemacht?«

Wandas entsetzter Blick in Richtung Schlafzimmer reichte, um Alvirah genau die Antwort zu geben, die sie brauchte. Dicht gefolgt von Maeve stürzte sie zur Tür.

Vonny kam ihr entgegen. Sie hielt das Baby auf Armeslänge von sich entfernt. Der Säugling war mit einer alten Socke geknebelt, und seine Augen traten bereits hervor. »Sie wollen sie haben?«, schrie Vonny. »Hier, nehmen sie sie!«

Alvirah hatte in diesem Sekundenbruchteil gerade noch genug Zeit, die Arme zu heben, das Kind mitten in der Luft aufzufangen und an ihre Brust zu pressen. Eine Sekunde später hatte Maeve Marianne den Knebel aus dem Mund gerissen, und das wunderbare Geschrei eines zornigen Säuglings erfüllte die Wohnung.

Der Krankenwagen jagte mit laut heulender Sirene die 9. Avenue auf das Empire-Hospital zu. Der zuständige Arzt beugte sich über Marianne, die, sachkundig auf der Bahre angebunden, zu ihm aufblickte.

»Sie ist ein zähes kleines Vögelchen«, sagte er mit glücklicher Miene. »Außer einer leichten Erkältung, würde ich sagen, ist sie in bemerkenswert guter Verfassung, wenn man bedenkt, was für ein Abenteuer sie hinter sich hat.«

Alvirah saß neben der Bahre und ließ das Baby nicht aus den Augen. Schwester Marie saß mit strahlendem Gesicht neben ihr.

Alvirah konnte es noch immer nicht glauben, dass wirklich alles vorbei war und Marianne in Sicherheit war. Ihre Hände prickelten noch von dem Gewicht des Babys, das sie mit ihren Armen aufgefangen hatte, und von dem Gefühl dieses flatternden kleinen Herzens unter ihren Fingerspitzen.

Alles, was danach geschehen war, lag hinter einer Art

Nebel. Sie erinnerte sich nur noch an Bruchstücke – an Vonny, die auf ihre Großmutter zulief und schrie, sie habe dem Baby nicht wehtun wollen, sie hätte niemals einem ihrer Babys wehtun wollen; von Maeve, die sich aus dem Fenster lehnte und den Polizeibeamten auf der Straße etwas zurief; die Polizisten, die in die Wohnung gelaufen kamen; die Menschenmenge und die Kameras und die Reporter, die wenige Minuten, nachdem der Krankenwagen vorgefahren war, plötzlich auf der Straße erschienen. Es war ein wirres Durcheinander von Bildern, wie ein verrückter, Schwindel erregender, wunderbarer, glücklicher Traum.

Der Krankenwagen fuhr in die Einfahrt des Hospitals, und sobald er gebremst hatte, rissen wartende Krankenpfleger die Türen auf. Als sich zahlreiche Hände dem Baby entgegenstreckten, stand Maeve auf und sagte entschieden: »Es gibt nur einen Menschen, der dieses Baby seiner Mutter zurückgeben sollte, und das ist Alvirah Meehan.«

Weniger als eine Minute später hielt Alvirah, begleitet vom Klicken der Kameras und dem Applaus der Zuschauer, triumphierend in der Eingangshalle des Empire-Hospitals Einzug. In den Armen hielt sie Marianne, die jetzt behaglich in den gelben Kapuzenschlafsack eingehüllt war. Und wenige Augenblicke später legte sie das kleine Bündel in die sehnsüchtigen Arme einer überglücklichen Joan O'Brien.

»Du hast aber wirklich nicht lange gebraucht, um dich wieder zu fangen«, bemerkte Willy, als er und Alvirah Arm in Arm entlang der Fifth Avenue von der St.-Patricks-Kathedrale nach Hause gingen. Sie hatten gerade dem morgendlichen Weihnachtsgottesdienst beigewohnt, der ihnen in diesem Jahr besonders feierlich erschienen war.

»Ja wahrhaftig«, erwiderte Alvirah kopfschüttelnd. »O Willy, ich habe noch nie ein schöneres Weihnachtsfest erlebt. Während der Messe habe ich für diese Vonny gebetet. Ich weiß, sie ist krank und braucht Hilfe, und sie verdient auch, dass man ihr hilft. Aber eins kann ich dir sagen, als ich ein gutes Wort für dieses Stinktier einlegen wollte, das mit all den Falschmeldungen bei der Polizei angerufen hat, war meine Kehle wie zugeschnürt. Aber da die Cops den Mann aufgespürt haben und ich weiß, dass er für das, was er getan hat, zahlen wird, da dachte ich, dass ich ihn wohl doch auch erwähnen sollte.«

Sie sah sich um. »Ist New York nicht wunderschön mit all dem Schnee und den liebevoll dekorierten Schaufenstern? Morgen früh gehe ich noch einmal für Marianne einkaufen – natürlich erst, nachdem ich für den *Globe* einen Artikel über den Fall des Babys in dem Kapuzenschlafsack geschrieben habe. Aber heute …« Alvirah lächelte. »Heute möchte ich einfach nur von ganzem Herzen das Wunder auskosten.«

»Dass Marianne endlich wohlbehalten zurückgekehrt ist?«

»Dass die Dinge sich so wunderbar gefügt haben, dass sie zu ihren Eltern zurückkehren konnte. Nur durch Zufall habe ich herausgefunden, dass sie in dieser Wohnung war: Mein Ärmel hatte sich in dem Griff der Kühlschranktür verfangen und weil dieser Griff zufällig lose war … Das ist das Wunder, Willy. Wäre der Griff nicht lose gewesen, hätte die Tür sich nicht so leicht geöffnet, und ich hätte diese Babyflasche nicht gesehen …«

Willy lachte. »Mein Schatz, du darfst auf gar keinen Fall vergessen, die Geschichte heute Abend beim Essen Cordelia zu erzählen. Als ich letzte Woche die undichte Leitung in Wanda Browns Küche repariert habe, ist mir aufgefallen, dass der Griff lose war, und ich habe versprochen, zurückzukommen und ihn zu reparieren. Und erst letzte Woche hat Cordelia mich deswegen drangsaliert und mich gefragt, wann ich das endlich erledigen würde. Aber du brauchtest mich ja bei deinen ganzen Einkäufen als Packesel, sodass ich einfach keine Gelegenheit dazu hatte.« Er hielt inne. »Ich verstehe, was du meinst. Ein Wunder.«

Ausgetrickst

An einem Nachmittag im August kamen sie in dem Ferienhaus an, das sie in Dennis, einem Dorf auf Cape Cod, gemietet hatten. Kurz darauf stellte Alvirah Meehan fest, dass mit ihrer Nachbarin, einer erschreckend mageren jungen Frau, schätzungsweise Ende zwanzig, etwas nicht stimmte.

Zunächst schauten sich Alvirah und Willy ein bisschen im Haus um, äußerten sich beifällig über das Himmelbett aus Ahornholz, die rutschfesten Brücken, die freundliche Küche und die frische, aromatische Meeresbrise, dann packten sie ihre teure neue Garderobe aus. Nachdem er die Koffer, ein luxuriöses Set von Vuitton, weggeräumt hatte, schenkte Willy für sich und Alvirah ein kühles Bier ein, das sie im Vorgarten mit Blick auf die Bucht von Cape Cod trinken wollten.

Willy machte es sich auf einem gepolsterten Korbliegestuhl bequem, der für seine rundliche Figur wie geschaffen war, und bemerkte zufrieden, dass sie einen tollen Sonnenuntergang und gottlob endlich etwas Ruhe und Frieden zu erwarten hätten. Vor zwei Jahren hatten sie vierzig Millionen Dollar in der Lotterie des Staates New York gewonnen. Und seitdem war Alvirah ihm wie ein wandelnder Blitzableiter vorgekommen. Als Erstes fuhr sie nach Kalifornien, ins berühmte Cypress Point Spa, und wäre dort um ein Haar ermordet worden. Dann unternahmen sie gemeinsam eine Kreuzfahrt nach Alaska, und auf der wurde ausgerechnet ihr Tischnachbar um die Ecke gebracht. Dennoch war Willy mit der abgeklärten Weisheit seiner 59 Jahre überzeugt davon, dass sie hier auf Cape Cod zumindest die Ruhe finden würden, nach der er bisher vergeblich gesucht hatte. Wenn Alvirah über diesen Urlaub einen Artikel für den *New York Globe* schreiben würde, wäre darin nur vom Wetter und Angeln die Rede.

Alvirah saß am Gartentisch in Reichweite und hörte ihm zu. Wenn sie doch bloß daran gedacht hätte, einen Sonnenhut aufzusetzen! Die Kosmetikerin bei Sassoon hatte sie ausdrücklich davor gewarnt. »Für Ihr Haar ist diese dezente rötliche Tönung jetzt einfach optimal, Mrs Meehan. Da wollen wir uns doch keine hässlichen gelben Strähnen zulegen, nicht wahr?«

Nachdem sie sich von dem Mordanschlag in Cypress Point Spa erholt hatte, konnte sie die dreitausend Dollar für die Abmagerungskur dort glatt abschreiben; die Waage zeigte wieder ihr altes Gewicht an, und ihre Kleidergröße schwankte zwischen 42 und 46. Doch Willy betonte regelmäßig, jetzt wisse er wenigstens, dass er eine Frau in den Armen halte und keinen von diesen halb verhungerten Zombies in den Modejournalen, die Alvirah so begeistert studierte.

In vierzig harmonischen Ehejahren hatte Alvirah die Fähigkeit entwickelt, mit einem Ohr Willys Redefluss liebevoll zu lauschen und das andere zuzuklappen. Als sie den Blick jetzt über die Häuser auf dem grasbewachsenen Sanddamm, der als Deich diente, wandern ließ und dann hinunter zu dem blaugrün schillernden Wasser und dem mit Steinen übersäten Strand, dachte sie beunruhigt, dass Willy vielleicht doch Recht hatte. Sicher, das Kap war wunderschön, und sie hatte sich von jeher gewünscht, es kennen zu lernen; trotzdem konnte es durchaus sein, dass sie hier keinen Stoff für einen Artikel fand, der Charley

Evans, ihrem Chefredakteur, interessant genug erschien für eine Veröffentlichung.

Vor zwei Jahren hatte Charley einen Reporter zu den Meehans geschickt, der sie interviewte, wie man sich denn mit einem Lotteriegewinn von vierzig Millionen Dollar fühle. Was würden sie damit anfangen? Alvirah war Putzfrau, Willy Klempner. Gedachten sie weiterzuarbeiten?

Alvirah hatte dem Reporter unmissverständlich klar gemacht, so dämlich wäre sie nun wahrhaftig nicht. Einen Besen würde sie erst wieder zur Hand nehmen, wenn sie als Hexe auf einen Kostümball ginge. Danach hatte sie all die Dinge aufgezählt, die sie gern tun wollte, und Punkt eins war der Besuch in Cypress Point Spa – wo sie mit all den Berühmtheiten zusammen sein wollte, von denen sie ihr Leben lang gelesen hatte.

Das war der Anlass für Charley Evans, den Chefredakteur vom *Globe,* sie um einen Artikel über ihren Aufenthalt in Cypress Point zu bitten. Er gab ihr eine rosettenförmige Anstecknadel mit eingebautem Mikrophon, sodass sie ihre sämtlichen Gespräche aufzeichnen und das Band abspielen konnte, wenn sie ihren Artikel schrieb.

Beim Gedanken an ihre Brosche musste Alvirah unwillkürlich lächeln.

Sie hatte sich in Cypress Point gehörig in die Nesseln gesetzt, wie Willy das ausdrückte. Sie war dahinter gekommen, was wirklich vor sich ging, und wäre deshalb um ein Haar ermordet worden. Trotzdem hatte sie die ganze Aufregung genossen, und jetzt verband sie mit allen dort eine herzliche Freundschaft, und sie konnte jedes Jahr als Gast nach Cypress Point kommen. Und als Dank für ihre Hilfe bei der Aufklärung des Mordes auf dem Schiff im vorigen Jahr waren sie beide zu einer kostenlosen Kreuzfahrt nach Alaska eingeladen, wann immer sie wollten.

Cape Cod war wunderschön, doch Alvirah wurde den schleichenden Verdacht nicht los, dass dies zu einem ganz normalen Urlaub geraten könnte und daher völlig ungeeignet für eine Veröffentlichung im *Globe* wäre.

Genau in diesem Augenblick schaute sie hinüber zu der Hecke, die ihr Grundstück auf der rechten Seite einzäunte, und bemerkte eine junge Frau, die nebenan am Geländer ihrer Veranda stand und düster auf die Bucht hinunterstarrte.

Es war die Art, wie ihre Hände das Geländer umklammerten – hochgradige Anspannung, dachte Alvirah. ›Sie vibriert ja förmlich.‹ Es war die Art, wie die junge Frau den Kopf wandte, Alvirah direkt in die Augen sah, sich dann wieder wegdrehte. »Sie hat mich nicht mal wahrgenommen«, befand Alvirah. Obwohl die Entfernung zwischen ihnen fünfzehn bis zwanzig Meter betrug, spürte sie den Schmerz und die Verzweiflung, die von der jungen Frau ausstrahlten.

Höchste Zeit, in Erfahrung zu bringen, was da los war. »Ich glaube, ich mach mich mal eben mit unserer Nachbarin bekannt«, teilte sie Willy mit. »Bei der ist irgendwas im Busch.« Sie erhob sich und schlenderte zu der Hecke hinüber. »Hallo«, begann sie mit äußerster Wärme. »Ich hab Sie reinfahren sehen. Wir sind vor zwei Stunden angekommen, da ist es ja wohl an uns, Sie hier zu begrüßen. Ich bin Alvirah Meehan.«

Die junge Frau drehte sich um, und Alvirah empfand sofort tiefes Mitgefühl. Sie muss eine schwere Krankheit hinter sich haben, dachte sie. Diese geisterhafte Blässe, die erschlafften Arm- und Beinmuskeln. »Ich bin hergekommen, weil ich allein sein möchte, ich lege keinen Wert auf Gesellschaft«, erklärte sie ruhig. »Entschuldigen Sie mich bitte.«

Damit hätte sich der Fall vermutlich erledigt, wie Alvirah später feststellte, doch als die junge Frau auf dem Absatz kehrtmachte, stolperte sie über einen Schemel und stürzte auf die Veranda. Alvirah eilte ihr zu Hilfe und lehnte es energisch ab, sie allein ins Haus gehen zu lassen. Und weil sie sich für den Unfall mitverantwortlich fühlte, versorgte sie das rasch anschwellende Handgelenk mit einer Eispackung. Sie überzeugte sich, dass es nur verstaucht war, kochte ihr eine Tasse Tee und erfuhr dabei, dass sie Cynthia Rogers hieß, Lehrerin war und aus Illinois stammte. Diese Mitteilung ließ Alvirah aufhorchen, dann klingelte es bei ihr, und binnen zehn Minuten hatte sie die neue Nachbarin erkannt, wie sie Willy berichtete, als sie eine Stunde später zurückkam. »Von mir aus soll sie sich Cynthia Rogers nennen, aber ihr richtiger Name ist Cynthia Lathem. Vor zwölf Jahren ist sie wegen Mordes an ihrem Stiefvater verurteilt worden. Der war stinkreich. Ich erinnere mich an den Prozess, als wär's gestern gewesen.«

»Du erinnerst dich an alles, als sei's gestern passiert«, kommentierte Willy.

»Stimmt auffallend. Du weißt doch genau, wie ich solche Berichte über Mordfälle immer verschlinge. Die Sache ist jedenfalls hier auf Cape Cod passiert. Cynthia hat geschworen, sie wäre unschuldig, und dauernd von einer Zeugin gesprochen, die bestätigen könnte, dass sie um die Tatzeit außer Hause war; aber die Geschworenen haben ihr die Geschichte nicht abgenommen. Ich frag mich, warum sie zurückgekommen ist. Ich muss im *Globe* anrufen; Charley Evans soll mir alles herschicken, was sie im Archiv darüber haben.« Alvirahs Augen begannen zu blitzen und zu funkeln, als sie fortfuhr: »Vielleicht sucht sie immer noch nach der verschwundenen Zeugin, die ihre Geschichte bestätigen kann. Meine Güte, Willy, das wird 'ne aufregende Zeit, ich spür's in den Knochen!«

Zu Willys Schrecken holte Alvirah aus der obersten Schublade der Frisierkommode die bewusste Brosche mit dem eingebauten Mikrophon und machte sich dann zielstrebig daran, ihren Chefredakteur in New York unter seiner direkten Durchwahlnummer zu erreichen.

An jenem Abend aßen Willy und Alvirah im *Red Pheasant Inn.* Alvirah trug ein beige und blau gemustertes Baumwollkleid, das sie bei Bergdorf Goodman gekauft hatte, das aber, wie sie sich bei Willy beschwerte, an ihr auch nicht viel anders aussah als das damals, kurz vor dem Lotteriegewinn, in einem Ramschladen erstandene Sonderangebot. »Ich bin eben zu dick, daran liegt's«, jammerte sie und bestrich einen warmen Preiselbeermuffin mit Butter. »Also diese Muffins hier schmecken einfach himmlisch. Du, Willy, ich bin richtig froh, dass du dir die gelbe Leinenjacke gekauft hast. Die bringt deine blauen Augen prima zur Geltung, und dein Haar ist auch immer noch so schön voll.«

»Ich komm mir vor wie ein Kanarienvogel mit zwei Zentnern Lebendgewicht«, meinte Willy. »Aber Hauptsache, dir gefällt's.«

Nach dem Abendessen gingen sie ins *Cape Cod Playhouse* und bewunderten Debbie Reynolds in einer neuen Komödie, die nach der Erprobung in der Provinz am Broadway herauskommen sollte. Als sie in der Pause auf dem Rasen vor dem Theater ein Ginger-Ale tranken, verbreitete sich Alvirah über Debbie Reynolds, für die sie von jeher eine Vorliebe hatte, schon seit deren gemeinsamen Auftritten mit Mickey Rooney in Musicals, und über die furchtbare Geschichte, wie Eddie Fisher sie mit den zwei kleinen Kindern hatte sitzen lassen. »Und was hat es ihm gebracht?«, sinnierte Alvirah, als das Ende der Pause signalisiert wurde. »Viel Glück hat er danach nicht mehr gehabt. Wer unrecht handelt, kriegt am Schluss eben doch die Quittung präsentiert.« Dabei musste Alvirah wieder an ihre Nachbarin denken, und sie fragte sich, ob Charley Evans das erbetene Material mit Eilboten abgeschickt hatte. Hoffentlich – sie konnte kaum abwarten, es zu lesen.

Während Alvirah und Willy sich über Debbie Reynolds amüsierten, begann Cynthia Lathem endlich klar zu werden, dass sie tatsächlich frei war, dass zwölf Jahre Haft hinter ihr lagen. Vor zwölf Jahren ... Ihr vorletztes Studienjahr vor der Graduierung an der *Rhode Island School of Design* hatte gerade angefangen, als ihr Stiefvater Stuart Richards im Arbeitszimmer seiner Villa, einem stattlichen Kapitänshaus aus dem 18. Jahrhundert in Dennis, erschossen aufgefunden wurde.

Am Nachmittag war Cynthia auf dem Weg zum Ferienhaus dort vorbeigefahren und von der Straße abgebogen, um es genau zu betrachten. Wer wohnte jetzt wohl in der Villa? Hatte ihre Stiefschwester Lillian das Anwesen verkauft oder es behalten? Es war seit drei Generationen im Familienbesitz, doch sentimental war Lillian Richards noch nie gewesen. Und dann hatte Cynthia Gas gegeben, wie gejagt von den auf sie einstürmenden Erinnerungen an jene grauenhafte Nacht und an die darauf folgenden Tage. Die Anklage. Haft, Verhör, Verhandlungen. Ihre feste Zuversicht zu Anfang: »Ich kann einwandfrei nachweisen, dass ich um 20 Uhr das Haus verlassen habe und erst nach Mitternacht zurückgekommen bin. Ich hatte eine Verabredung.«

Fröstelnd wickelte Cynthia den hellblauen wollenen Morgenmantel enger um den schlanken Körper. Als sie ins Gefängnis ging, hatte sie 57 Kilo gewogen; ihr jetziges Gewicht von knapp 50 Kilo war bei 1,70 Meter Größe entschieden zu wenig. Ihr früher dunkelblondes Haar war in diesen Jahren mittelbraun geworden. Fad, dachte sie beim Bürsten. Die haselnussbraunen Augen, die sie von ihrer Mutter geerbt hatte, blickten teilnahmslos, leer. An jenem letzten Tag hatte Stuart Richards beim Lunch erklärt: »Du siehst deiner Mutter immer ähnlicher. Ich hätte so viel Verstand haben müssen, sie nicht aufzugeben.« Von seinen beiden Ehen hatte die mit ihrer Mutter am längsten gehalten. Als sie heirateten, war Cynthia acht und bei der Scheidung gerade zwölf. Lillian, sein einziges leibliches Kind, zehn Jahre älter als Cynthia, lebte bei ihrer Mutter in New York und kam selten nach Cape Cod.

Cynthia legte die Bürste auf die Frisierkommode. War es ein verrückter Einfall, diese Gegend wieder aufzusuchen? Zwei Wochen aus dem Gefängnis entlassen, kaum genügend Geld für die nächsten sechs Monate, keine Ahnung, was sie mit ihrem Leben anfangen konnte oder sollte. Hatte sie sich die Miete für dieses Haus, für den Wagen überhaupt leisten dürfen? Gab es dafür auch nur den leisesten plausiblen Grund? Was hoffte sie damit zu erreichen?

Eine Stecknadel im Heuhaufen, dachte sie. Als sie in das kleine Wohnzimmer ging, zog sie einen Vergleich zwischen Stuarts prachtvoller Villa und diesem winzigen Häuschen, das ihr freilich nach Jahren der Haft wie ein Palast vorkam. Draußen peitschte der Wind die aufschäumende Brandung in die Bucht. Cynthia trat hinaus auf die Veranda, ohne sonderlich auf das pochende Handgelenk zu achten, kreuzte die Arme über der Brust, zum Schutz gegen die Kälte. Aber dann – frische, reine Luft zu atmen, zu wissen, dass sie kein Mensch daran hindern konnte, bei Tagesanbruch aufzustehen und am Strand spazieren zu gehen wie in ihrer Kindheit, wenn sie Lust hatte. Der Mond, dreiviertelvoll, übergoss das Wasser mit silbrigem mitternachtsblauem Schimmer; an den nicht beschienenen Stellen wirkte es dunkel, unergründlich.

Cynthia blickte unverwandt aufs Meer, während sie an die Nacht dachte, in der Stuart erschossen wurde. In jenem Sommer hatte sie ein paar zusätzliche Kurse an der Universität belegt, weil sie durch viel Arbeit über den plötzlichen Tod ihrer Mutter vor drei Monaten hinwegzukommen hoffte. Stuart hatte sie telefonisch über das Wochenende eingeladen. »Ich war in Europa«, erklärte er. »Deswegen hab ich's eben erst erfahren. Es tut mir so Leid, Cindy.«

Sie war zu ihm gefahren, weil sie wusste, dass Stuart, bei all seiner Schwierigkeit und Egozentrik, ihre Mutter auf seine Weise geliebt hatte, und weil sie das Gefühl brauchte, dass er an ihrem tiefen Schmerz ein wenig Anteil nahm.

Stuart war damals um die sechzig, gut aussehend – weißes Haar, lebhafte blaue Augen, beeindruckendes Profil, straffe Haltung. Ein erfolgreicher Geschäftsmann, der aus einem bescheidenen Erbe zwanzig Millionen Dollar gemacht hatte, ein Mann, der charmant sein konnte, der aber mit seinen Wutausbrüchen Ehefrauen, Freunde und Angestellte verscheuchte.

An jenem Wochenende war es trübe und bewölkt. Stuarts Stimmung entsprach dem Wetter, niedergeschlagen, in sich gekehrt. Seine Haushälterin habe gekündigt, erzählte er, jetzt müsse er sich mit einer Putzfrau behelfen, die vormittags nur ein paar Stunden zum Saubermachen komme.

Am Freitag hatten sie im *Wianno Country Club* zu Abend gegessen. Er wiederholte mehrmals, dass sie ihrer Mutter immer ähnlicher werde. Er erkundigte sich eingehend nach ihren Finanzen. »Deine Mutter war im Umgang mit Geld immer sehr großzügig. Ich wette, sie hat die Abfindung auf den Kopf gehauen.«

So üppig war die Abfindung auch nicht gewesen. Cynthia erinnerte sich an ihren rasch aufschießenden Groll, als sie erwiderte: »Du hast gesagt, es tut dir Leid, sie nicht gehalten zu haben. Da liegst du ganz richtig. Wenn du ihr nicht jeden Cent vorgerechnet hättest, wäre sie nicht weggegangen. Sie liebte dich immer noch, auch nachher.«

Die berüchtigte Zornesröte hatte Stuarts Gesicht übergossen. »Ich hab dich hierher eingeladen, weil ich mich irgendwie für dich verantwortlich fühle, Schätzchen, und weil ich mich mit dir über deine Zukunft unterhalten wollte. Untersteh dich, an mir rumzumäkeln.«

In diesem Moment wurde ihr bewusst, dass jemand um die Hausecke auf die rückwärtige Veranda zukam und sie vermutlich belauscht hatte. Samstagnachmittag. Der Anfang des Albtraums.

Stuart begrüßte den Ankömmling herzlich und machte sie miteinander bekannt. Ned Creighton. »Ich kenne Ned seit seiner Geburt«, erklärte er. »Wie lang ist das jetzt her, Ned?«

»Beinahe dreißig Jahre.« Er lächelte zu Cynthia hinüber. »Wir sind uns schon mal in einem Sommer begegnet, Cynthia. Sie waren da ungefähr zehn. Seitdem haben Sie sich ganz hübsch rausgemacht.« Ein gewinnendes Lächeln.

Sie konnte sich zwar nicht erinnern, entschied aber spontan, das müsse an einem jener seltenen Wochenenden gewesen sein, zu denen Lillian erschienen war. Es überraschte sie, dass sie Ned überhaupt kennen gelernt hatte, da Lillian sie aus Hass nie in irgendetwas einbezog. Als Ned sie später zum Dinner und zu einer Fahrt in seinem neuen Boot einlud, hatte Stuart darauf bestanden, dass sie mitging. »Ich hab einen Haufen Schreibkram zu erledigen. Dinge, die ich morgen mit dir besprechen möchte. Geld. Und mein Testament, zum Beispiel.« Seine Miene hatte sich verdüstert.

Sie und Ned hatten im *Captain's Table* zu Abend gegessen. Er war fröhlich und amüsant. »Ich fand, Sie verdienen was Besseres, als ein Wochenende mit Stuart ohne jede Unterbrechung zu verbringen. Der haut einen doch glatt um, was? Als Kind hab ich aus lauter Angst vor ihm nie den Mund aufgekriegt.« Lachfältchen um die Augen, das sonnengebleichte Haar, das zu den porzellanblauen Augen kontrastierte, der schlanke, muskulöse Körper, den Sporthemd, grüne Leinenjacke und weiße Hose voll zur Geltung brachten, mit einem Wort: der Charme in Person. Er beabsichtigte, eine alte Villa in Barnstable zu kaufen und sie zu einem Lokal umzubauen, erzählte er ihr; die notwendigen Investitionen seien auch schon abgesichert. »Tolle Lage. Könnte ein Volltreffer werden. Vielleicht lade ich Sie nächstes Jahr um diese Zeit dorthin ein und lasse Ihnen ein Essen servieren, wie Sie es nirgends auf Cape Cod finden.«

Er erkundigte sich nach ihren Plänen. »Ich möchte das College abschließen. Stuart hat mein Studium bezahlt. Dazu ist er ja nicht verpflichtet. Ich glaube, er war so großzügig zu mir, weil er immer noch hoffte, meine Mutter zurückzugewinnen, und das geht ja nun nicht mehr. Stuart tut nichts ohne Gegenleistung. Haben Sie seine Bemerkung über Geld und sein Testament mitgekriegt?«

Ned nickte. »Ja. Viel Glück.«

Cynthia erinnerte sich, wie sie lachend festgestellt hatte, dass sie das Kap auf dieser Seite überhaupt nicht kannte. Vom *Captain's Table* waren sie vierzig Minuten zu einem privaten Anlegeplatz in der Gegend vom Cotuit gefahren, eine einsame Stelle hinter einem offenbar unbewohnten Haus.

Ned wies auf das 6,5 Meter lange Motorboot und bemerkte: »In zwei Jahren lade ich Sie zu einem Ausflug auf meine Jacht ein.« Er steuerte so weit hinaus in die Bucht, dass die Küstenlinie kaum noch zu erkennen war. Eine dunkle, bewölkte Nacht mit frischer Brise und Salzgeruch. Weit und breit kein Boot zu erblicken. Ned warf den Anker aus. »Höchste Zeit für einen Umtrunk.«

In den endlosen Stunden ihrer Haft dachte Cynthia immer wieder über diese Nacht nach. Ned, wie er die Champagnerflasche öffnete, ihr gegenübersaß, lächelnd, ihr Glas nachfüllte, sich mit ihr einig war über die Faszination, die Cape Cod auf jeden ausübte. »Es hat mir unheimlich gefehlt«, hatte sie ihm gestanden. Zum ersten Mal seit dem Tod ihrer Mutter fühlte sie sich unbeschwert, erzählte ihm von ihren beruflichen Plänen, dass sie Gebrauchsgrafikerin werden wollte. Er stellte intelligente Fragen. Wo sie sich zu bewerben gedenke? Wahrscheinlich in New York, antwortete sie, es gab ja jetzt keine familiären Bindungen mehr in Boston.

Er erkundigte sich nach ihrem Verhältnis zu Stuart. Zum Zeitpunkt der Scheidung habe sie ihn regelrecht gehasst, erwiderte sie. »Ich war doch erst zwölf. Ich erkannte genau, wie sehr meine Mutter ihn liebte, aber sie konnte eben nicht mit ihm leben. Wenn Sie ihn gut kennen, haben Sie vermutlich auch seine Stimmungsumschwünge mitgekriegt. Er konnte furchtbar despotisch sein. Bei der kleinsten Unordnung bekam er einen Tobsuchtsanfall, brüllte meine Mutter an und warf ihr vor, sie könne eben nicht richtig mit dem Personal umgehen. Sie war wirklich bildschön, aber sobald sie zu einem wichtigen Dinner gingen, erklärte er ihr jedes Mal kurz davor, ihm gefalle ihr Kleid nicht. Und so wurde aus einer glücklichen Frau voller Selbstvertrauen ein Nervenbündel, das schon zu zittern anfing, wenn eine Tür zuknallte. Komischerweise war er zu mir immer sehr freundlich. Er wollte mich sogar adoptieren. Das hat sie nicht zugelassen.«

»Haben Sie ihn in den vergangenen sieben Jahren oft gesehen?«, wollte Ned wissen.

»Nicht oft. Er wohnte den Winter über in New York und war viel auf Reisen. Aber er kam zwei- bis dreimal im Jahr vorbei und holte mich zum Essen ab. Am Telefon sagte er immer: ›Richte bitte deiner Mutter aus, wenn sie uns begleiten möchte, würde ich mich sehr freuen.‹ Das tat sie nie, und ich frage mich manchmal, ob Stuart wirklich daran lag, mich zu sehen, oder ob er nur etwas über sie erfahren wollte. Andererseits war er der Einzige, den ich je als Vater erlebt habe, deshalb freute ich mich auf unser Zusammensein, und zugleich tat er mir irgendwie Leid. Ganz schön verrückt, oder?«

Dann hatte sie gesagt: »Es ist schon reichlich spät, allmählich wird's Zeit für die Rückfahrt.« Doch als Ned zu starten versuchte, sprang der Motor nicht an. »Und das verdammte Funkgerät ist nicht angeschlossen«, murrte er. »Kein Grund zur Aufregung. Ich krieg das schon irgendwie hin.«

Es war kurz vor elf, als der Motor endlich lostuckerte. Cynthia hatte inzwischen einen Mordshunger. Deshalb fragte sie nach dem Anlegen, ob er nicht unterwegs kurz anhalten und einen Hamburger holen könnte.

»Warum machen Sie sich nicht lieber zu Hause was zurecht?«, meinte Ned ungeduldig.

»Weil man eben in Stuarts Küche nicht herummurkst«, antwortete sie lachend.

Er fuhr zu einem einschlägigen Lokal, aus dem ohrenbetäubende Rockmusik drang. »Warten Sie hier im Wagen«, sagte er. Das war ein Befehl, wie Cynthia später klar wurde.

Sie kurbelte das Fenster herunter und beobachtete amüsiert die korpulente Frau im Auto nebenan, die sie nicht bemerkte und ihrem Herzen Luft machte: »Diese

Rotznasen töten einem noch den letzten Nerv mit ihrem Radau. Vierzig Jahre am Kap, und von Tag zu Tag wird's schlimmer mit dem Krach.«

Bei diesen Worten stieß sie ihre Wagentür auf, die seitwärts gegen Neds Buick knallte. Die Frau steckte den Kopf durch das offene Wagenfenster. »Also das tut mir ehrlich Leid. Bei dem ewigen Rock-and-Roll-Getöse möchte ich ja am liebsten jemand umbringen, aber ich lasse meine Wut sicher nicht an fremdem Eigentum aus.« Sie zog den Kopf zurück und untersuchte die Seitenfront von Neds Wagen gründlich. »Nicht mal 'ne Delle. Ehrenwort.«

»Das glaub ich auch«, erwiderte Cynthia. Sie blickte der Frau nach, als sie auf die Tür des Lokals zuging. Mitte bis Ende vierzig, untersetzt, orangerot gefärbtes Haar, Stufenschnitt, Kittelbluse, Lastexhose, energischer, zielstrebiger Gang.

Ned kam sichtlich verärgert zurück, in der Hand eine Schachtel. »Diese verdammten Gören können sich einfach nicht entschließen, was sie bestellen sollen. Falls ihr Spatzenhirn überhaupt so weit reicht.«

Aus irgendeinem Grund entschied Cynthia, ihm nichts von der Begegnung mit der Frau zu erzählen. Die Stimmung war sowieso verflogen. Ned gab ihr die Schachtel mit dem Hamburger und erklärte barsch, er habe keinen Hunger. Für sich hatte er nichts gekauft.

Die Rückfahrt nach Dennis über unbekannte Straßen dauerte fünfundvierzig Minuten. Ned öffnete ihr die Wagentür, als sie vor Stuarts Haus hielten. »Das war toll, Cynthia«, verabschiedete er sich hastig.

Die Unhöflichkeit, sie nicht zur Haustür zu begleiten, konsternierte Cynthia ebenso, wie sie dieser fluchtartige Aufbruch enttäuschte; sie betrat das stille Haus, bemerkte das Licht in Stuarts Arbeitszimmer, klopfte an die einen

Spaltbreit geöffnete Tür und blickte dann hinein. Stuart lag neben seinem Schreibtisch auf den Boden hingestreckt – blutbedeckte Stirn, blutverkrustetes Gesicht, blutgetränkter Teppich. Sie war zu ihm geeilt, in der Annahme, es könnte ein Schlaganfall gewesen sein, der ihn stürzen ließ. Als sie ihm die Hand auf den Kopf legte und das Haar zurückstrich, sah sie die Einschussstelle an der Stirn, dann die Waffe neben seiner Hand, hob sie wie betäubt auf, legte sie auf den Schreibtisch und rief die Polizei an. »Ich glaube, mein Stiefvater Stuart Richards hat Selbstmord begangen.« Die Polizei fand Cynthia neben dem Toten sitzend vor – im Schock.

Als man ihre Darstellung überprüfte, schwor Ned, nach 20 Uhr nicht mehr mit ihr zusammengewesen zu sein. »Ich hab sie direkt vom *Captain's Table* heimgebracht«, erklärte er. »Ihr Stiefvater wollte Familienangelegenheiten mit ihr besprechen.«

Cynthia schüttelte den Kopf. Schluss jetzt mit den Erinnerungen an jene Nacht. Höchste Zeit, die friedliche Stille hier auf sich wirken zu lassen und zu Bett zu gehen. Sie ließ die Fenster weit geöffnet, sodass der aufkommende heftige Nachtwind durch die Räume fegte, die Kopfkissen aufplusterte, sie im Schlaf nötigte, sich fester in die Bettdecke einzuwickeln. Sie wachte zeitig auf und ging zum Strand, spürte den feuchten Sand unter den Füßen und suchte Muscheln, wie sie es als Kind getan hatte. Morgen … Morgen früh würde sie es noch einmal probieren, innerlich aufzutanken und dann mit der Suche zu beginnen, die wahrscheinlich aussichtslos war, der Suche nach dem einzigen Menschen, der wusste, dass sie die Wahrheit gesagt hatte.

Am nächsten Morgen fuhr Willy ins Dorf, um die Zeitungen zu holen, während Alvirah das Frühstück zubereitete.

Er brachte zusätzlich eine Tüte mit ofenfrischen Blaubeer-Muffins mit. »Ich hab rumgefragt«, erzählte er der entzückten Alvirah. »Ich soll zu *Just Desserts* neben der Post gehen, dort gibt's die besten Muffins auf Cape Cod, das hat mir jeder gesagt.«

Sie frühstückten im Vorgarten. Während sie genussvoll das zweite Blaubeer-Muffin verspeiste, beobachtete Alvirah die Frühaufsteher beim Jogging am Strand. »Schau mal, da ist sie!«

»Wer denn?«

»Cynthia Lathem. Sie ist seit wenigstens anderthalb Stunden auf Trab. Ich wette, sie ist halb verhungert.«

Als Cynthia vom Strand heraufkam, wurde sie an den Stufen zu ihrer Terrasse von Alvirah abgefangen, die sich strahlend bei ihr einhakte. »Ich koche den besten Kaffee weit und breit und habe frisch ausgepressten Orangensaft zu bieten. Und warten Sie, bis Sie erst die Blaubeer-Muffins kosten.«

»Ich möchte wirklich nicht ...« Cynthia versuchte einen Rückzieher, wurde aber über den Rasen dirigiert. Willy sprang auf und rückte eine Bank für sie zurecht.

»Wie steht's mit Ihrem Handgelenk?«, erkundigte er sich. »Alvirah war ganz außer sich, dass Sie sich's ausgerechnet bei ihrem Besuch verstaucht haben.«

Cynthia spürte, wie die aufsteigende Verärgerung sich wieder legte, als sie die echte Wärme und Herzlichkeit in beiden Gesichtern entdeckte. Willy – mit seinen runden Wangen, der offenen, freundlichen Miene und dem vollen weißen Schopf – erinnerte sie an Tip O'Neill. Das sagte sie ihm.

Willy strahlte. »Eben in der Bäckerei hat das auch wer festgestellt. Da gibt's nur einen Unterschied – Tip hat als Sprecher des Repräsentantenhauses in der Öffentlichkeit gewirkt, während ich die stillen Örtchen in Ordnung gebracht habe. Ich war mal Klempner, jetzt im Ruhestand.«

Cynthia trank frischen Orangensaft und Kaffee, aß den Muffin und hörte erst ungläubig, dann respektvoll zu, als Alvirah von dem Lotteriegewinn erzählte, von ihrem Aufenthalt in Cypress Point Spa, von ihrer Mitwirkung beim Aufspüren eines Mörders, dann von der Kreuzfahrt nach Alaska und der Entlarvung des Täters, der ihren Tischnachbarn umgebracht hatte.

Sie ließ sich eine zweite Tasse Kaffee nachschenken. »Sie haben mir das doch aus einem bestimmten Grund erzählt, nicht wahr?«, fragte Cynthia. »Sie haben mich gestern wieder erkannt, richtig?«

Alvirah wurde ernst. »Ja.«

Cynthia schob ihren Stuhl zurück. »Sie waren sehr nett und möchten mir sicher helfen, aber das können Sie am besten dadurch tun, dass Sie mich in Ruhe lassen.«

Alvirah folgte der schlanken jugendlichen Gestalt mit den Blicken, als sie den Rasen überquerte. »Sie hat ein bisschen Sonne abgekriegt heut früh«, bemerkte sie. »Steht ihr prima. Ein paar Pfund mehr, und sie ist 'ne richtige Schönheit.«

»Mit Rausfüttern ist da nichts, und die Sonne kannst du ihr auch nicht auf Bestellung liefern«, kommentierte Willy. »Du hast doch gehört, wie sie explodiert ist.«

»Ach, vergiss es. Wenn Charley mir die Prozessunterlagen schickt, lass ich mir schon was einfallen, wie man ihr helfen kann.«

»Großer Gott«, stöhnte Willy. »Ich hätt's wissen müssen. Da wären wir wieder mal so weit.«

»Keine Ahnung, wie Charley so was hinkriegt«, seufzte Alvirah ein paar Stunden später. Die Eilsendung war unmittelbar nach dem Frühstück angekommen. »Er hat alles geschickt, bis auf ein Protokoll der Gerichtsverhandlung, und das beschafft er innerhalb der nächsten zwei Tage.« Sie spitzte den Mund.

Willy ruhte auf dem gepolsterten Liegestuhl, den er sich als Stammplatz erkoren hatte, und war fast fertig mit dem Sportteil der vierten der am Morgen mitgebrachten Zeitungen. »Die Mets muss ich wohl abschreiben«, klagte er.

Alvirah hörte nicht zu. »Willy«, begann sie, und er erkannte am Ton, dass sie ihm eine wichtige Frage stellen wollte. »Glaubst du, das Mädchen ist verrückt?«

Er wusste sofort, wen sie meinte. »Ich finde, sie ist ein nettes Ding. Mir tut sie Leid.«

»Mir auch. Hältst du sie für intelligent?«

»Ein ganz heller Kopf. Das merkt man doch gleich.«

»Du hast Recht. Ich hab jetzt sämtliche Zeitungsartikel über den Fall noch mal gelesen. Nun frag ich dich: Wieso tischt eine intelligente junge Person, auch mit neunzehn, eine derart haarsträubende Lügengeschichte auf, wo sie zur Tatzeit war? Müsste sie nicht entweder übergeschnappt oder dämlich sein, wenn sie darauf setzt, dass ein Fremder ihretwegen lügt?« Alvirah schüttelte den Kopf. »Jemand lügt hier, das ist sonnenklar, aber nicht Cynthia, da bin ich absolut sicher. Also warum ist sie hergekommen?« Sie jubelte jetzt förmlich. »Ich verrat's dir, Willy. Sie möchte immer noch rausfinden, was in der Nacht damals mit Stuart Richards passiert ist. Und sie will ihren Namen reinwaschen.« Alvirah strahlte. »Ist das nicht ein Glück, dass ich gerade hier bin und ihr helfen kann?«

Willy ließ den Sportteil sinken. »Großer Gott«, murmelte er wiederum.

Nach dem ausgiebigen ruhigen Nachtschlaf und dem anschließenden Morgentraining begann sich die Gefühlsstarre zu lösen, in der Cynthia seit dem Schuldspruch der Geschworenen vor zwölf Jahren verharrt hatte. Beim Duschen und Anziehen dachte sie über diese Zeit nach, ein Albtraum, den sie nur dadurch überlebt hatte, dass sie ihre Emotionen quasi einfror. Sie war ein musterhafter Häftling, hatte ganz für sich gelebt, keine Freundschaften geschlossen. Sie hatte jede der angebotenen Ausbildungsmöglichkeiten wahrgenommen, zunächst in der Wäscherei und in der Küche gearbeitet und war dann als Schreibkraft in der Bibliothek und als Hilfslehrerin im Kunstunterricht eingesetzt worden. Und als sie nach einer Weile das Geschehene voll zu realisieren begann, hatte sie zu zeichnen angefangen. Das Gesicht der Frau auf dem Parkplatz. Das Lokal. Neds Motorboot. Jede Einzelheit, die sie ihrem Gedächtnis abringen konnte. Als sie fertig war, hatte sie Bilder von einer Imbissstube, wie man sie überall in den Vereinigten Staaten finden konnte, von einem Boot, das genau dem in jenem Jahr auf den Markt gebrachten Modell glich. Die Frau war ein wenig deutlicher geraten, aber auch nicht nennenswert. Es war dunkel gewesen, und die Begegnung hatte nur sekundenlang gedauert. Trotzdem war die Frau ihre einzige Hoffnung.

Das Resümee des Anklägers in der Schlussverhandlung: »Meine Damen und Herren Geschworenen, Cynthia Lathem kam am 2. August 1976 irgendwann zwischen 20.00 Uhr und 20.30 Uhr in das Haus von Stuart Richards zurück. Sie ging ins Arbeitszimmer ihres Stiefvaters. An jenem Nachmittag hatte Stuart Richards Cynthia mitgeteilt, dass er sein Testament zu ändern gedenke. Ned Creighton hatte dieses Gespräch mitgehört, hatte Cynthia und Stuart streiten hören. Vera Smith, die Kellnerin im *Captain's Table,* hörte Cynthias Äußerung Ned gegenüber, dass sie die Hochschule verlassen müsse, falls ihr Stiefvater sich weigerte, weiter für ihr Studium aufzukommen.

Cynthia Lathem kehrte an jenem Abend aufgebracht und von Ängsten gequält in Richards' Villa zurück. Sie ging ins Arbeitszimmer und bot Stuart Richards die Stirn. Er gehörte zu den Menschen, die sich ein Vergnügen daraus machen, ihre Umgebung aus der Fassung zu bringen. Er hatte sein Testament geändert. Er wäre am Leben geblieben, wenn er seiner Stieftochter mitgeteilt hätte, dass er ihr anstelle von ein paar tausend Dollar die Hälfte seines Vermögens hinterlassen würde. Stattdessen spielte er zu lange Katz und Maus mit ihr. Und ihr aufgespeicherter Groll darüber, wie er ihre Mutter behandelt hatte, die in ihr hochkochende Wut bei dem Gedanken, die Universität verlassen zu müssen, buchstäblich ohne einen Cent ins Leben gestoßen zu werden, lenkten ihre Schritte zu dem Schrank, in dem er eine Waffe aufbewahrte. Die nahm sie heraus und schoss dreimal direkt in die Stirn des Mannes, der sie so liebte, dass er sie als Erbin einsetzte.

Ironie des Schicksals. Eine Tragödie. Aber auch Mord. Cynthia bat Ned Creighton, auszusagen, sie habe den Abend mit ihm auf seinem Motorboot verbracht. Kein Mensch hat die beiden draußen auf dem Boot gesehen. Sie erwähnt eine Imbissstube, bei der sie gehalten hätten, um Hamburger zu kaufen. Aber sie weiß die Adresse nicht. Sie gibt zu, die Lokalität nicht betreten zu haben. Sie redet von einer Unbekannten mit orangerotem Haar, mit der sie auf einem Parkplatz gesprochen habe. Warum hat sich diese Frau nicht gemeldet, bei der enormen Publizität dieses Falles? Sie kennen den Grund. Weil sie nicht existiert. Weil sie, genau wie die Imbissstube und die auf einem Motorboot in der Bucht von Cape Cod verbrachten Stunden, ein reines Fantasieprodukt von Cynthia Lathem ist.«

Cynthia hatte das Prozessprotokoll so oft gelesen, dass

sie das Resümee des Staatsanwalts auswendig konnte. »Aber die Frau hat existiert«, sagte sie laut. »Es gibt sie.« Mit Hilfe der bescheidenen Versicherungssumme, die ihr die Mutter hinterlassen hatte, wollte sie in den nächsten sechs Monaten versuchen, diese Frau ausfindig zu machen. Vielleicht ist sie mittlerweile tot oder nach Kalifornien verzogen, dachte Cynthia, als sie sich das Haar bürstete und es zum Knoten drehte.

Vom Schlafzimmer des Hauses hatte man Aussicht aufs Meer. Cynthia ging zur Schiebetür und öffnete sie. Unten am Strand sah sie Eltern mit Kindern umherwandern. Falls sie jemals ein normales Leben führen wollte, mit Mann und Kind, musste sie ihren Namen reinwaschen.

Jeff Knight. Sie hatte ihn voriges Jahr kennen gelernt, bei den Dreharbeiten für eine Fernsehserie über weibliche Strafgefangene, die er interviewte. Seine Aufforderung, dabei mitzuwirken, hatte sie rundweg abgelehnt. Er ließ nicht locker, sein intelligentes, energisches Gesicht verriet besorgte Anteilnahme. »Verstehen Sie das denn nicht, Cynthia, dieses Programm wird von Millionen Menschen in Neuengland gesehen. Die Frau, der Sie damals nachts kurz begegnet sind, könnte doch zu den Zuschauern gehören.«

Deshalb hatte sie mitgemacht, seine Fragen beantwortet, von der Nacht berichtet, in der Stuart umkam, die Porträtskizze der Frau, mit der sie gesprochen hatte, vor die Kamera gehalten, ebenso die Zeichnung von der Imbissstube. Und niemand hatte sich gemeldet. Lillian gab in New York eine Erklärung ab: Die während des Prozesses gemachten Aussagen beruhten auf Wahrheit, denn dem hätte sie nichts hinzuzufügen. Ned Creighton, jetzt Inhaber vom *Mooncusser,* einem beliebten Restaurant in Barnstable, wiederholte, wie unendlich Leid es ihm um Cynthia täte.

Nach der Sendung erschien Jeff weiterhin regelmäßig an den Besuchstagen. Das allein rettete sie davor, in völlige Verzweiflung zu verfallen, als jedes Echo auf die Serie ausblieb. Er kam jedes Mal in einem etwas nachlässigen Aufzug daher, die Jacke spannte an den breiten Schultern, die wirre dunkelbraune Mähne mit den Stirnlocken, die freundlichen, ausdrucksvollen braunen Augen, die langen Beine, die in dem überfüllten Besuchsraum keinen Platz fanden. Als er sie bat, nach der Entlassung seine Frau zu werden, antwortete sie, daran sei überhaupt nicht zu denken. Er bekam bereits Angebote von den verschiedenen Sendern. Eine überführte Mörderin konnte er da wirklich nicht gebrauchen. Sie durfte seiner Karriere nicht im Weg stehen, er musste sie vergessen.

Aber wenn ich nun nicht des Mordes überführt wäre, dachte Cynthia, als sie sich vom Fenster abwandte. Sie ging hinüber zu der Frisierkommode aus Ahornholz, suchte ihre Geldtasche und eilte nach draußen zu ihrem Mietwagen.

Sie kehrte erst am frühen Abend nach Dennis zurück. Die Enttäuschung über die vergeudeten Stunden trieb ihr Tränen in die Augen. Sie trocknete sie nicht, ließ sie ungehindert die Wangen hinunterrollen. Sie war nach Cotuit gefahren, in der Hauptstraße umhergelaufen, hatte den anscheinend alteingesessenen Inhaber des Buchladens nach einem auf Hamburger spezialisierten Lokal gefragt, das ein Treffpunkt für Teenager war. Wo könnte sie so etwas finden? Achselzucken, dann die Antwort: »Die schießen wie Pilze aus dem Boden und verschwinden ebenso schnell wieder. Ein Bauunternehmer reißt sich ein Grundstück unter den Nagel, stellt ein Einkaufszentrum hin oder sonst was Klotziges, und der Hamburger-Laden fliegt raus.« Danach hatte sie versucht, im Rathaus die Restaurationsbetriebe zu ermitteln, denen 1977 eine Konzession erteilt oder verlängert worden war. Es existierten noch zwei in Frage kommende Lokale, das dritte hatte man entweder umfunktioniert oder abgerissen. Keins davon weckte bei ihr irgendeine Erinnerung. Und natürlich wusste sie nicht einmal genau, ob sie tatsächlich in Cotuit gehalten hatten. Ned könnte auch in diesem Punkt gelogen haben. Und wie erkundigte man sich wohl bei fremden Leuten, ob sie eine Frau in mittleren Jahren mit orangefarbenem Haar und untersetztem Körperbau kennen, die vierzig Jahre am Kap ständig oder den Sommer über gewohnt hatte und Rock-and-Roll-Musik hasste?

In Dennis folgte Cynthia einem Impuls und bog nicht zu ihrem Ferienhaus ab, sondern fuhr wieder an Richards' Villa vorbei. Als sie dort passierte, kam eine schlanke blonde Frau die Treppe hinunter. Selbst auf diese Entfernung erkannte sie Lillian. Cynthia reduzierte auf Schritttempo, beschleunigte jedoch gleich wieder, als Lillian in ihre Richtung blickte, und kehrte um. Beim Aufschließen ihrer Haustür hörte sie das Telefon klingeln. Es läutete zehnmal, ehe es verstummte. Das musste Jeff gewesen sein, und mit ihm wollte sie nicht sprechen. Nach wenigen Minuten schrillte es erneut. Wenn Jeff tatsächlich die Nummer herausgefunden hätte, würde er garantiert nicht lockerlassen, bis er sie erreichte.

Cynthia nahm den Hörer ab. »Hallo!«

»Mein Zeigefinger ist schon lahm vom dauernden Nummerntippen«, erklärte Jeff. »Da hast du dir ja einen sauberen Trick ausgedacht, einfach so von der Bildfläche zu verschwinden.«

»Wie hast du mich denn gefunden?«

»Kein Kunststück. Ich wusste, dass du wie eine Brieftaube Cape Cod ansteuern würdest, und der für dich zuständige Beamte hat's bestätigt.«

Sie sah ihn vor sich – in den Sessel zurückgelehnt, nervös einen Kugelschreiber herumwirbelnd, ernster Augenausdruck, der den leichten Ton Lügen strafte. »Jeff, vergiss mich, bitte. Tu uns beiden den Gefallen.«

»Abgelehnt. Ich versteh dich ja, Cindy. Aber wenn du die Frau nicht finden kannst, mit der du gesprochen hast, besteht keinerlei Hoffnung, deine Unschuld zu beweisen. Und glaub mir, Schatz, ich hab mich wirklich bemüht, sie aufzutreiben. Ich hab dir nie was von den Rechercheuren erzählt, die ich losgeschickt habe, während die Sendung lief. Wenn die sie nicht finden konnten, schaffst du's erst recht nicht. Ich liebe dich, Cindy. Du weißt, dass du unschuldig bist, und ich weiß es auch. Ned Creighton hat gelogen, aber das werden wir nie beweisen können.«

Cindy schloss die Augen. Jeff hatte völlig Recht damit, das war ihr klar.

»Steck's auf, Cindy. Pack deinen Koffer und fahr zurück. Ich hol dich heute Abend Punkt acht zu Hause ab.«

Zu Hause. Das möblierte Zimmer, das sie zusammen mit dem für ihre Überwachung zuständigen Beamten besichtigt und gemietet hatte. *Ich möchte Ihnen meine Freundin vorstellen. Sie ist gerade aus dem Gefängnis entlassen. – Was hat deine Mutter vor der Ehe gemacht? Sie war im Knast?*

»Leb wohl, Jeff.« Cynthia trennte die Verbindung, legte den Hörer nicht auf und drehte dem Telefon den Rücken zu.

Alvirah hatte Cynthias Rückkehr registriert, aber nicht versucht, Kontakt mit ihr aufzunehmen. Willy war nachmittags in einem gemieteten Boot zum Fischen rausgefahren und triumphierend mit zwei Makrelen zurückgekommen. Während seiner Abwesenheit studierte Alvirah Zeitungsausschnitte über den Mordfall Stuart Richards. In Cypress Point Spa hatte sie gelernt, wie nützlich es war, ihre Gedanken und Einfälle auf Band zu sprechen. An diesem Nachmittag blieb ihr Rekorder voll ausgelastet.

»Der springende Punkt in dem ganzen Fall ist: Warum hat Ned Creighton gelogen? Er kannte Cynthia doch kaum. Warum hat er alles so eingefädelt, dass sie als Schuldige da stand? Stuart Richards hatte massenhaft Feinde. Neds Vater hatte früher mal geschäftlich mit Stuart zu tun, und da gab's Krach, aber Ned war damals noch ein Kind. Ned war mit Lillian Richards befreundet. Lillian hat unter Eid ausgesagt, sie habe keine Ahnung davon gehabt, dass ihr Vater sein Testament ändern wollte; ihr sei nur bekannt gewesen, dass sie eine Hälfte des Vermögens erben sollte und das Dartmouth College die andere. Sie habe zwar gewusst, sagte sie, dass er außer sich war, als Dartmouth sich zur Zulassung von Studentinnen entschloss, aber dass er deswegen sein Testament umstoßen und das Dartmouth zugedachte Geld Cynthia vermachen würde, sei ihr neu.«

Alvirah schaltete den Rekorder aus. Bestimmt musste jemand auf den Gedanken gekommen sein, dass Cynthia bei einem Schuldspruch auch ihren Anteil verlieren und Lillian Alleinerbin würde. Lillian hatte kurz nach dem Prozess einen Mann aus New York geheiratet. Seitdem war sie dreimal geschieden worden. Es sah also nicht danach aus, als hätten Ned und sie je was miteinander gehabt. Blieb nur das Restaurant. Wer waren Neds Hintermänner?

Willy kam herein mit den bratfertigen Makrelenfilets. »Immer noch am Ball?«, erkundigte er sich.

»Hm.« Alvirah suchte einen Zeitungsausschnitt heraus. »Orangerotes Haar, untersetzt, Ende vierzig. Die Beschreibung hätte doch vor zwölf Jahren haargenau auf mich gepasst, meinst du nicht?«

»Du weißt, dass ich dich nie untersetzt nennen würde«, protestierte Willy.

»Hab ich auch nicht behauptet. Ich bin gleich wieder da. Ich möchte mit Cynthia reden, hab sie vor ein paar Minuten zurückkommen sehen.«

Am folgenden Nachmittag verfrachtete sie Willy wiederum in ein Mietboot zum Fischen, steckte die rosettenförmige Brosche an ihrem neuen, purpurrot bedruckten Baumwollkleid fest und fuhr mit Cynthia nach Barnstable ins *Mooncusser.* Unterwegs bläute Alvirah ihr ein: »Denken Sie ja daran: Wenn er da ist, müssen Sie ihn mir sofort zeigen. Ich lasse ihn dann nicht mehr aus den Augen. Garantiert erkennt er Sie. Es bleibt ihm gar nichts anderes übrig, er muss an unseren Tisch kommen. Sie wissen doch, was Sie sagen müssen, oder?«

»Klar.« Bestand da eine Möglichkeit? Würde Ned ihnen das abnehmen?

Zu dem Restaurant, einem eindrucksvollen weißen Gebäude im Kolonialstil, gelangte man über eine lange, kurvenreiche Zufahrt. Alvirah taxierte das Haus, das von einem Landschaftsarchitekten meisterhaft gestaltete Grundstück, das sich bis zum Wasser erstreckte. »Sündhaft teuer«, verkündete sie. »So was hat er nicht mit ein paar lumpigen Kröten aufgezogen.«

Die Innenräume waren in Wedgwoodblau und Weiß gehalten. Die Wandgemälde waren erstklassig. Vor dem Lotteriegewinn hatte Alvirah zwanzig Jahre lang jeden Dienstag bei Mrs Rawlings geputzt, und das Haus war ein regelrechtes Museum. Mrs Rawlings gab zu jedem Bild genüsslich ausführliche Kommentare ab, wie viel sie seinerzeit dafür bezahlt hatte und – voller Genugtuung – was es jetzt wert war. Mit etwas Übung könnte ich vermutlich perfekte Museumsführungen veranstalten, dachte Alvirah oft. »Beachten Sie die Kompositionen, die raffinierten Valeurs, die gekonnte Technik, mit der die staubbedeckte Tischplatte unter dem einfallenden Sonnenlicht fluoresziert.« Die ganze Platte von Mrs Rawlings hatte sie bis heute parat.

Sie wusste, wie nervös Cynthia war, und versuchte, sie durch Geschichten über Mrs Rawlings abzulenken, nachdem der Oberkellner sie zu einem Fenstertisch geführt hatte.

Cynthia konnte nicht umhin, ein wenig zu lächeln, als Alvirah ihr mit dramatischem Unterton verkündete, Mrs Rawlings habe bei all ihrem Geld in den zwanzig Jahren zu Weihnachten für sie keine einzige Glückwunschkarte übrig gehabt. »Sie war das geizigste, schäbigste Luder der Welt, aber irgendwie hat sie mir Leid getan. Nach mir hat sie keine Dumme mehr gefunden. Aber wenn meine letzte Stunde gekommen ist, will ich dem lieben Gott vorrechnen, dass ich auf der Habenseite eine Menge Rawlings-Pluspunkte gesammelt habe.«

»Falls das klappen sollte, können Sie sich auch eine Menge Lathem-Punkte gutschreiben.«

»Darauf geh ich jede Wette ein. Lächeln Sie bloß weiter so. Sie müssen aussehen wie die Katze, die eben den Kanarienvogel verspeist hat. Ist er da?«

»Ich hab ihn noch nicht entdeckt.«

»Wenn dieser aufgeblasene Typ mit der Speisekarte anrückt, fragen Sie nach ihm.«

Der Oberkellner näherte sich, höfliche Miene, das obligate Lächeln. »Wünschen Sie etwas zu trinken?«

»Ja. Zwei Gläser Weißwein. Ist Mr Creighton im Hause?«

»So viel ich weiß, bespricht er gerade etwas mit dem Küchenchef.«

»Ich bin eine alte Freundin. Bitten Sie ihn vorbeizuschauen, wenn er Zeit hat.«

»Selbstverständlich.«

»Sie sind die geborene Schauspielerin«, flüsterte Alvirah und hielt sich die Speisekarte vors Gesicht. Sie fand diese Vorsichtsmaßnahme angebracht, weil einem ja immer jemand die Worte von den Lippen ablesen könnte. »Ich bin richtig froh, dass ich Sie morgens zu dem Kleiderkauf überredet hab. Alles, was bei Ihnen im Schrank hing, konnte man vergessen.«

Cynthia trug eine kurze zitronengelbe Leinenjacke zu einem schwarzen Leinenrock; ein gelb-schwarz-weiß gemusterter Seidenschal war schwungvoll an der Schulter verknotet. Außerdem hatte Alvirah sie auch in den Kosmetiksalon begleitet. Cynthias halblanges Haar umrahmte jetzt weich und locker das Gesicht. Ein hellbeige getöntes Make-up überdeckte die unnatürliche Blässe und gab ihren haselnussbraunen Augen wieder Glanz und Farbe.

»Sie sehen einfach umwerfend aus«, bemerkte Alvirah.

Sie selbst hatte sich zu ihrem Kummer einer entgegengesetzten Metamorphose unterzogen, ihr Haar, dieses Meisterwerk von Sassoon, in das alte Orangerot zurückgefärbt und ihm einen ungleichmäßigen, gestuften Schnitt verpasst. Ihre Nägel waren nicht mehr kunstvoll verlängert und unlackiert. Nachdem sie Cynthia beim Aussuchen geholfen hatte, war sie zu dem Ständer mit den Sonderangeboten marschiert, wo das purpurrot bedruckte Baumwollkleid, das sie jetzt trug, aus gutem Grund für ganze zehn Dollar verramscht werden sollte. Da es ihr eine Nummer zu klein war, zeichneten sich sämtliche Fettwülste ab, von denen Willy immer behauptete, damit wolle uns die Natur nur vorsorglich abpolstern gegen den letzten tiefen Absturz.

Als Cynthia gegen die schändliche Verunstaltung von Alvirahs Frisur und Fingernägeln Einspruch erhob, wurde sie kurz abgefertigt: »Sie haben diese Frau, die unauffindbare Zeugin, doch immer gleich beschrieben – pummelig, gefärbtes Haar und Klamotten vom Wühltisch. Ich muss schließlich glaubhaft wirken.«

»Ich habe gesagt, ihre Kleidung sah nicht teuer aus«, korrigierte Cynthia.

»Wortklauberei.«

Cynthias Lächeln schwand dahin. »Er kommt?«, fragte Alvirah, als sie es bemerkte.

Cynthia nickte.

»Lächeln Sie mich an. Los doch. Ganz locker. Zeigen Sie ihm ja nicht, dass Sie nervös sind.«

Cynthia dankte ihr mit einem warmen, herzlichen Lächeln und stützte leger die Ellbogen auf.

Vor ihnen stand ein Mann, Schweißperlen auf der Stirn, trockene Lippen, die er mit der Zunge befeuchtete. »Cynthia, ist das eine Freude, Sie zu sehen.« Er ergriff ihre Hand.

Alvirah musterte ihn eingehend. Kein übler Typ, aber irgendwie quallig. Aufgedunsenes Gesicht, eingesunkene, zusammengekniffene Augen. Er wog gute zwanzig Pfund mehr als auf den Zeitungsfotos. Ausgesprochen attraktiv in jungen Jahren, und danach geht's rapide bergab.

»Freuen Sie sich wirklich, mich zu sehen, Ned?«, erkundigte sich Cynthia, immer noch lächelnd.

»Das ist er«, verkündete Alvirah mit Nachdruck. »Da bin ich hundertprozentig sicher. Er stand direkt vor mir in der Schlange im Lokal. Er ist mir aufgefallen, weil er so stocksauer war, dass die Gören so rumnölten und sich partout nicht entschließen konnten, wie sie denn nun ihren Hamburger haben wollten.«

»Wovon reden Sie eigentlich?«, erkundigte sich Ned Creighton.

»Warum setzen Sie sich denn nicht, Ned?«, fragte Cynthia. »Ich weiß, das Restaurant gehört Ihnen, aber trotzdem fühle ich mich verpflichtet, Sie einzuladen. Schließlich haben Sie mir vor Jahren ein Abendessen spendiert.«

Gut gemacht, dachte Alvirah. »Ich bin ganz sicher, dass Sie das waren an dem Abend damals, auch wenn Sie inzwischen dicker geworden sind«, fuhr sie Creighton an. »So ein himmelschreiender Skandal. Sie mit Ihren Lügen sind schuld, dass diese Frau zwölf Jahre ihres Lebens im Knast hocken musste.«

Cynthias Miene verdüsterte sich. »Zwölf Jahre, sechs Monate und zehn Tage«, verbesserte sie. »Ein volles Jahrzehnt, in dem ich normalerweise wie jeder Twen das College absolviert, den ersten Job bekommen und regelmäßig Verabredungen gehabt hätte.«

Ned Creightons Gesicht wurde hart. »Sie bluffen. Das ist doch nur ein billiger Trick.«

Der Kellner brachte zwei Gläser Wein und stellte sie Alvirah und Cynthia hin. »Und Sie, Mr Creighton?«

»Nichts«, beschied ihm Ned mit finsterem Blick.

»Das ist wirklich ein bezauberndes Restaurant«, bemerkte Cynthia ruhig. »Muss eine schöne Stange Geld gekostet haben. Woher hatten Sie das? Von Lillian? Mein Erbanteil belief sich auf ungefähr zehn Millionen Dollar. Wie viel hat sie Ihnen gegeben?« Sie wartete die Antwort nicht ab. »Ned, diese Frau ist die Zeugin, die ich damals nirgends auftreiben konnte. Sie erinnert sich daran, dass wir in jener Nacht miteinander gesprochen haben. Niemand hat mir geglaubt, als ich von der Frau erzählte, die ihre Wagentür so heftig aufgestoßen hat, dass sie seitwärts gegen Ihr Auto geknallt ist. Aber sie erinnert sich an den Zwischenfall. Und sie erinnert sich auch, dass sie Sie genau gesehen hat. Sie hat ihr Leben lang Tagebuch geführt und noch am gleichen Abend notiert, was auf dem Parkplatz passiert ist.«

Alvirah nickte bestätigend und fixierte dabei Ned. Er kommt ins Schwitzen, dachte sie, aber überzeugt ist er noch nicht. Jetzt war sie wieder an der Reihe. »Tags darauf bin ich abgereist. Ich wohne in Arizona. Mein Mann war krank, schwer krank. Deshalb sind wir nicht mehr ans Kap gefahren. Voriges Jahr hab ich ihn verloren.« Entschuldige, Willy, dachte sie, aber das musste sein. »Vergangene Woche hab ich dann in die Röhre geguckt – na, Sie wissen ja, wie stinklangweilig das Sommerprogramm meistens ist. Ich dachte, mich tritt ein Pferd, wie ich 'ne Wiederholung der Serie über Frauen im Gefängnis sehe und plötzlich ein Bild von mir auf der Mattscheibe erscheint.«

Cynthia griff nach dem Umschlag, den sie neben ihren Stuhl gelegt hatte. »Das ist meine Porträtskizze von der Frau, mit der ich auf dem Parkplatz gesprochen habe.«

Ned Creighton streckte die Hand danach aus.

»Ich halte sie«, sagte Cynthia.

Die Zeichnung zeigte das Gesicht einer Frau, eingerahmt von einem offenen Wagenfenster. Trotz der einigermaßen undeutlichen Züge und des dunklen Hintergrundes war die Ähnlichkeit mit Alvirah frappant.

Cynthia schob ihren Stuhl zurück. Alvirah stand ebenfalls auf. »Die zwölf Jahre können Sie mir nicht zurückgeben. Ich weiß, was Sie jetzt denken. Selbst mit diesem Beweis könnte es passieren, dass eine Jury mir nicht glaubt. Vor zwölf Jahren haben die Geschworenen mir ja auch nicht geglaubt. Aber es wäre immerhin möglich. Und das sollten Sie meiner Meinung nach nicht riskieren, Ned. Ich halte es für besser, wenn Sie das Ganze mit der Person besprechen, die Sie dafür bezahlt hat, mich damals reinzureiten. Und teilen Sie dem oder der Betreffenden mit, dass ich zehn Millionen Dollar verlange. Das ist mein rechtmäßiger Anteil an Stuarts Nachlass.«

»Sie sind ja verrückt.« In Neds Gesicht war keine Spur von Angst mehr, nur noch blanke Wut.

»Tatsächlich? Da bin ich anderer Meinung.« Cynthia langte in ihre Tasche. »Hier ist meine Adresse und Telefonnummer. Alvirah wohnt bei mir. Rufen Sie mich heute bis 19 Uhr an. Wenn ich nichts von Ihnen höre, nehme ich mir einen Anwalt und lasse ein Wiederaufnahmeverfahren beantragen.« Sie warf einen Zehndollarschein auf den Tisch. »Das dürfte reichen für den Wein. Ich lasse mir nichts schenken, auch nicht das Abendessen, das Sie mir damals spendiert haben.«

Sie eilte hinaus, dicht gefolgt von Alvirah, die das lebhafte Stimmengewirr registrierte. Die Leute haben mitgekriegt, dass was im Gange ist, dachte sie. Ausgezeichnet.

Die beiden wechselten kein Wort, bis sie wieder im Wagen saßen. Dann erkundigte sich Cynthia mit schwacher Stimme: »Wie war ich?«

»Fantastisch.«

»Das klappt nicht, Alvirah. Bei einem Vergleich mit der Zeichnung, die Jeff in der Sendung gezeigt hat, entdeckt man doch sofort, was ich alles hinzugefügt habe, damit's Ihnen ähnlich sieht.«

»Für so was bleibt denen gar keine Zeit. Sind Sie sicher, dass Sie gestern Ihre Stiefschwester vor der Villa gesehen haben?«

»Hundertprozentig.«

»Dann dürfte das Gespräch zwischen den beiden in diesem Augenblick stattfinden.«

Cynthia fuhr mechanisch, ohne etwas von diesem strahlenden Nachmittag wahrzunehmen. »Es gab massenhaft Leute, die Stuart verabscheuten. Warum sind Sie so überzeugt davon, dass Lillian in die Geschichte verwickelt ist?«

Alvirah zog den Reißverschluss ihres purpurroten

Baumwollkleides auf. »Meine Güte, ist der Fetzen eng. Ich ersticke ja darin.« Kummervoll fuhr sie sich durch das höchst eigenwillig abgesäbelte Haar. »Wenn die mich bei Sassoon wieder hinkriegen wollen, müssen die ihre gesamte Mannschaft dransetzen. Ich gehe wohl am besten wieder nach Cypress Point Spa zur Generalüberholung. Was haben Sie gefragt? Richtig, Lillian. Sie muss mit drinstecken. Sehen Sie's doch mal von der Seite. Es gab massenhaft Leute, die Ihren Stiefvater nicht ausstehen konnten, aber die hätten doch keinen Ned Creighton nötig, um Sie reinzulegen. Lillian hat von jeher gewusst, dass das Dartmouth College laut Testament die Hälfte des Geldes bekommen sollte. Stimmt's?«

»Ja.« Cynthia bog in die Straße ein, die zu den Ferienhäusern führte.

»Mir ist's schnuppe, wie viele Leute ihren Stiefvater möglicherweise gehasst haben. Lillian war jedenfalls die Einzige, die davon profitierte, wenn Sie zum Sündenbock für diesen Mord gestempelt wurden. Sie kannte Ned. Und der versuchte, Geld aufzutreiben, um ein Restaurant zu eröffnen. Sie muss von ihrem Vater erfahren haben, dass er Ihnen anstelle von Dartmouth die Hälfte seines Vermögens hinterlassen würde. Sie waren ihr von jeher verhasst. Das haben Sie mir selbst gesagt. Also trifft sie ein Abkommen mit Ned. Er lädt Sie zu einem Ausflug in seinem Motorboot ein und täuscht eine Panne vor. Jemand bringt Stuart Richards um. Lillian hatte ein Alibi. Sie war in New York. Wahrscheinlich hat sie jemanden engagiert, der ihren Vater ermorden sollte. Als Sie in der Nacht unbedingt einen Hamburger haben wollten, hätten Sie um ein Haar alles vermasselt. Und Ned wusste nicht, dass Sie mit jemand gesprochen haben. Die beiden müssen ordentlich Schiss gehabt haben, dass diese Zeugin auftauchen könnte.«

»Und wenn ihn nun in der Nacht irgendwer erkannt und ausgesagt hätte, er habe ihn einen Hamburger kaufen sehen?«

»In dem Fall wäre er sofort mit einer plausiblen Erklärung bei der Hand gewesen: Er ist mit seinem Boot rausgefahren, hat sich danach irgendwo einen Hamburger geholt, und Sie haben ihn dann in Ihrer Verzweiflung um ein Alibi angefleht. Aber es ist ja eben niemand aufgekreuzt.«

»Das Ganze hört sich so riskant an«, wandte Cynthia ein.

»Von wegen riskant. Ein Kinderspiel«, korrigierte Alvirah. »Glauben Sie mir, auf dem Gebiet hab ich jede Menge Erfahrungen gesammelt. Sie würden sich wundern, in wie vielen Fällen der Mörder als Hauptleidtragender hinter dem Sarg hergeht.«

Sie waren angelangt. »Was jetzt?«, wollte Cynthia wissen.

»Jetzt gehen wir zu Ihnen und warten auf den Anruf von Ihrer Stiefschwester.« Kopfschüttelnd musterte sie Cynthia. »Sie glauben mir immer noch nicht. Abwarten und Tee trinken. Wie wär's übrigens mit einer schönen Tasse Tee? Ich koche uns welchen. Ein Jammer, dass Creighton aufkreuzte, bevor wir den Lunch bestellen konnten. Die Speisekarte klang vielversprechend.«

Sie aßen Sandwiches mit Thunfischsalat im Vorgarten, als das Telefon klingelte. »Lillian«, erklärte Alvirah lakonisch. Sie folgte Cynthia in die Küche und blieb neben ihr stehen.

»Hallo.« Cynthia meldete sich fast im Flüsterton. Alvirah beobachtete, wie ihr die Farbe aus dem Gesicht wich. »Hallo, Lillian.«

Alvirah presste Cynthias Arm und nickte heftig.

»Ja, Lillian, ich war gerade bei Ned. Nein, ich mache

keine Witze. Ich kann an der Sache nichts Komisches finden. Ja. Ich komme abends vorbei. Bloß keine Umstände mit dem Essen. In deiner Gegenwart schnürt's mir sowieso die Kehle zu. Noch eins, Lillian – ich hab Ned gesagt, was ich verlange. Das ist mein letztes Wort.«

Cynthia legte auf und ließ sich auf einen Stuhl fallen. »Alvirah, Lillian sagt, meine Anschuldigung sei geradezu lachhaft, aber sie wisse genau, dass ihr Vater jeden so weit treiben konnte, bis er die Beherrschung verlor. Sie ist gerissen.«

»Das hilft uns nicht, Ihren Namen reinzuwaschen. Ich gebe Ihnen meine Anstecknadel. Sie müssen sie dazu bringen, klipp und klar zuzugeben, dass Sie mit dem Mord nicht das Geringste zu tun hatten, dass sie Ned veranlasst hat, Ihnen eine Falle zu stellen. Um welche Zeit haben Sie sich angesagt?«

»Acht Uhr. Ned wird auch dort sein.«

»Bestens. Willy begleitet Sie. Er rollt sich im Fond auf dem Boden zusammen, das kann er prima, trotz seines Umfangs. Er ist gelenkig wie 'ne Gummipuppe. Er wird ein Auge auf Sie haben. Dort im Haus versuchen die beiden garantiert keine krummen Touren. Das wäre zu riskant.« Alvirah nahm die rosettenförmige Brosche ab. »Das ist, gleich nach Willy, mein größter Schatz«, erklärte sie. »Ich zeig Ihnen jetzt, wie das funktioniert.«

Den ganzen Nachmittag über bläute sie Cynthia ein, was sie ihrer Stiefschwester sagen sollte. »Sie muss das Geld für das Restaurant gegeben haben. Wahrscheinlich hat sie irgendwelche Investmentgesellschaften vorgeschoben. Hämmern Sie ihr ein, wenn sie nicht berappt, setzen Sie sich mit einem namhaften Wirtschaftsprüfer in Verbindung, der oft im Auftrag der Regierung arbeitet.«

»Sie weiß doch, dass ich kein Geld habe.«

»Sie hat aber keine Ahnung, wer sich sonst noch für

Ihren Fall interessieren könnte. Zum Beispiel der Knabe, der die Sendung über weibliche Sträflinge gemacht hat, stimmt's?«

»Ja. Jeff hat sich dafür interessiert.«

Alvirah kniff die Augen zusammen, riss sie dann weit auf. »Ist da was zwischen Ihnen und Jeff?«

»Sollte ich freigesprochen werden – ja. Andernfalls wird es nie eine Beziehung für mich geben, weder zu Jeff noch zu sonst jemand.«

Um 18 Uhr läutete das Telefon abermals. »Ich geh ran«, sagte Alvirah. »Die sollen ruhig wissen, dass ich hier bei Ihnen bin.« Auf ihr brummiges Hallo folgte ein herzlicher Wortschwall. »Jeff, gerade haben wir von Ihnen gesprochen. Cynthia sitzt neben mir. Meine Güte, ist das eine bildhübsche Person! Sie sollten sie mal sehen in ihrer neuen Aufmachung. Sie hat mir alles über Sie erzählt. Moment, ich geb sie Ihnen.«

Alvirah hörte ungeniert zu, als Cynthia erklärte: »Alvirah hat das Haus nebenan gemietet. Sie hilft mir. Nein, ich komme nicht zurück. Ja, es gibt einen Grund, hier zu bleiben. Vielleicht kriege ich heute Abend den Beweis dafür, dass ich unschuldig bin an Stuart Richards' Tod. Nein, komm nicht her. Ich möchte dich nicht sehen, Jeff, nicht jetzt ... Jeff, ja, ja, ich liebe dich. Ja, wenn ich voll und ganz rehabilitiert bin, werde ich deine Frau.«

Als Cynthia auflegte, war sie den Tränen nahe. »Alvirah, ich wünsche mir nichts so sehr wie ein Leben mit ihm. Wissen Sie, was er eben gesagt hat? Er hat die Bibel zitiert: ›Tod, wo ist dein Stachel! Hölle, wo ist dein Sieg!‹ Ich eile zu dir, und wenn die Welt voll Teufel wär – das kam am Schluss.«

»Ich mag ihn«, stellte Alvirah fest. »Ich kann aus einer Stimme am Telefon genau heraushören, mit was für einem Menschen ich es zu tun habe. Kommt er heute noch? Ich möchte nicht, dass Sie sich aufregen oder sich das Ganze ausreden lassen.«

»Nein. Er muss die Zehn-Uhr-Nachrichten moderieren. Aber ich gehe jede Wette ein, dass er gleich morgen losfährt.«

»Da müssen wir uns was überlegen. Je mehr Leute da mitmischen, desto eher könnten Ned und Lillian den Braten riechen.« Sie schaute aus dem Fenster. »Sehen Sie mal, da kommt Willy. Heiliger Strohsack, er hat schon wieder ein paar von den verdammten Makrelen geangelt. Ich kriege davon Sodbrennen, aber das verrate ich ihm nicht. Deshalb hab ich immer ein Magnesiumpräparat in der Tasche.«

Sie öffnete ihm die Tür, und Willy stapfte freudestrahlend herein. Voller Stolz zeigte er auf die Angelrute, an der zwei einsame Makrelen baumelten. Sein Lächeln erstarb beim Anblick von Alvirahs grellroten Zotteln und dem purpurfarbenen Baumwollkleid, in dem überall die quellenden Fettwülste sichtbar wurden. »Da haut's einen glatt um«, kommentierte er. »Wieso haben die jetzt auf einmal das Geld von der Lotterie zurückverlangt?«

Um 19.30 Uhr, nach dem Abendessen, zu dem Alvirah wohl oder übel Willys heutige magere Ausbeute aufgetischt hatte, stellte sie Cynthia eine Tasse Tee hin. »Sie haben keinen Bissen gegessen«, sagte sie streng. »Sie müssen aber was im Magen haben, sonst können Sie nicht mehr klar denken. Na, haben Sie alles kapiert?«

Cynthia fingerte an der Anstecknadel. »Ich glaube schon. Mir scheint alles klar zu sein.«

»Vergessen Sie nicht, zwischen den beiden ist unter der Hand Geld verschoben worden. Mit welchem Dreh, ist mir piepe, das kann man verfolgen. Wenn sie einwilligen, Sie auszuzahlen, bieten Sie ihnen einen Tauschhandel an:

Sie gehen mit Ihrer Forderung runter und verlangen als Gegenleistung, dass die beiden mit der vollen Wahrheit rausrücken, also ein hieb- und stichfestes Geständnis. Kapiert?«

»Kapiert.«

Um 19.50 Uhr fuhr Cynthia den kurvenreichen Weg hinunter, mit Willy im Fond, der sich auf dem Boden zusammengerollt hatte.

Nach dem strahlend sonnigen Tag hatte es sich abends bewölkt. Alvirah durchquerte das Haus und trat vor die Hintertür. Wind fegte über die Bucht hinweg, peitschte die aufschäumenden Wellen ans Ufer. In der Ferne hörte man Donnergrollen. Die Temperatur war gesunken, plötzlich herrschte im August herbstliche Kühle. Fröstelnd überlegte sie, ob sie sich nebenan einen Pullover holen sollte, ließ es dann aber doch. Falls jemand anrief, wollte sie lieber an Ort und Stelle sein.

Sie goss sich eine zweite Tasse Tee auf und setzte sich, mit dem Rücken zur Haustür, an den Ecktisch, wo sie mit dem ersten Entwurf für den Artikel begann, den sie sicher bald an den *New York Globe* abschicken konnte. *Cynthia Lathem, die mit neunzehn Jahren zu zwölf Jahren Gefängnis verurteilt wurde für einen Mord, den sie nicht begangen hatte, kann jetzt ihre Unschuld beweisen.*

Hinter ihr sagte eine Stimme: »Nun, ich denke nicht, dass es dazu kommen wird.«

Alvirah wirbelte herum und starrte fassungslos in das finstere, wütende Gesicht von Ned Creighton.

Cynthia wartete auf den Verandastufen vor Richards' Villa. Durch die hübsche Mahagonitür hörte sie leisen Glockenschlag. Ihr kam der absurde Gedanke, dass sie ja immer noch einen eigenen Hausschlüssel besaß, und sie fragte sich, ob Lillian wohl das Schloss ausgewechselt hatte.

Die Tür öffnete sich. Lillian stand in der weiträumigen Eingangshalle, die Tiffany-Deckenlampe hob ihre hohen Backenknochen hervor, die großen blauen Augen, das silberblonde Haar. Ein eisiger Schauer durchrann Cynthia vom Scheitel bis zur Sohle. Lillian war in diesen zwölf Jahren zum Ebenbild von Stuart Richards geworden. Kleiner natürlich. Jünger, aber trotzdem äußerlich genauso attraktiv wie er, nur in weiblicher Ausgabe. Und um die Augen der gleiche Zug, der einen Hang zur Grausamkeit andeutete.

»Tritt ein, Cynthia.« Lillians Stimme hatte sich nicht verändert. Klar, wohlerzogen, aber mit diesem vertrauten scharfen, aufgebrachten Unterton, der typisch für Stuart Richards gewesen war.

Stumm folgte sie Lillian durch die Halle. Im Wohnzimmer herrschte gedämpfte Beleuchtung. Hier sah es fast genauso aus, wie sie es in Erinnerung hatte. Die Anordnung der Möbel, die Orientteppiche, das Gemälde über dem Kamin – alles unverändert. Das prunkvolle Speisezimmer links wirkte so unbenutzt wie eh und je. Sie hatten die Mahlzeiten gewöhnlich in dem kleinen Esszimmer neben der Bibliothek eingenommen.

Sie hatte erwartet, dass Lillian sie in die Bibliothek führen würde. Stattdessen ging sie geradewegs in das Arbeitszimmer, in dem Stuart gestorben war. Cynthia verzog den Mund, tastete nach der rosettenförmigen Brosche. Sollte sie auf diese Weise eingeschüchtert werden?

Lillian setzte sich hinter den wuchtigen Schreibtisch.

Cynthia dachte abermals an die Nacht, in der sie hier hereingestürzt war und Stuart auf den Teppich hingestreckt gefunden hatte. Sie spürte, wie ihre Hände feucht wurden, wie ihr der Schweiß auf der Stirn stand. Draußen hörte sie den Wind mit ständig steigender Geschwindigkeit heulen.

Lillian faltete die Hände und blickte zu Cynthia hoch. »Du kannst dich ebenso gut hinsetzen.«

Cynthia biss sich auf die Lippen. Was sie in den nächsten Minuten sagte, würde über ihr weiteres Leben entscheiden. »Meiner Meinung nach bin ich es, die hier die Sitzordnung bestimmen sollte«, erklärte sie. »Dein Vater hat mir dieses Haus hinterlassen. Bei deinem Anruf hast du von einer Regelung gesprochen. Keine faulen Tricks jetzt! Und versuche ja nicht, mich einzuschüchtern. Der Knast hat mir jede Scheu gründlich abgewöhnt, das garantiere ich dir. Wo ist Ned?«

»Der muss jeden Augenblick hier sein. Deine Anschuldigungen ihm gegenüber sind doch einfach verrückt. Und das weißt du auch.«

»Ich dachte, ich bin hergekommen, um über die Regelung meiner Erbansprüche zu reden.«

»Du bist hergekommen, weil du mir Leid tust und weil ich dir eine Chance geben möchte, irgendwo ein neues Leben anzufangen. Ich bin bereit, einen Treuhandfonds einzurichten, aus dem du ein monatliches Einkommen beziehst. Eine andere wäre nicht so großzügig gegenüber der Mörderin ihres Vaters.«

Cynthia fixierte Lillian, registrierte den verächtlichen Augenausdruck, die eisige Ruhe, mit der sie auftrat. Sie musste diese Ruhe erschüttern. Sie ging hinüber zum Fenster und schaute hinaus. Regen trommelte an die Hausmauern. Donnerschläge durchbrachen die Stille im Raum. »Ich frage mich, was Ned wohl getan hätte, um mich vom Haus fern zu halten, wenn es damals so geschüttet hätte wie heute«, sagte sie. »Das Wetter hat ihm geholfen, stimmt's? Warm und bewölkt. Kein Boot in der Nähe. Nur diese eine Zeugin, und die habe ich jetzt gefunden. Hat Ned dir erzählt, dass sie ihn einwandfrei identifiziert hat?«

»Wie viele Leute würden das wohl glauben, dass jemand einen Fremden nach fast dreizehn Jahren wieder erkennen könnte? Ich habe keine Ahnung, wen du für diese Maskerade angeheuert hast, aber ich warne dich: Lass den Blödsinn. Entweder du akzeptierst mein Angebot, oder ich hole die Polizei und lasse dich wegen Hausfriedensbruch verhaften. Vergiss nicht, die bedingte Haftentlassung von Kriminellen kann man mühelos rückgängig machen.«

»Auf Kriminelle trifft das allerdings zu. Aber ich bin keine Kriminelle, und das weißt du.« Cynthia ging zu dem antiken Schrank, zog die oberste Schublade auf. »Mir war bekannt, dass Stuart hier eine Waffe aufbewahrte. Aber dir mit Sicherheit auch. Du hast behauptet, er habe dir gegenüber kein Wort davon verlauten lassen, dass er sein Testament geändert und die Dartmouth zugedachte Hälfte seines Vermögens mir hinterlassen hatte. Doch du hast gelogen. Wenn Stuart mich herzitierte, um mich darüber zu informieren, dann hat er dich garantiert nicht über seine Absichten im Unklaren gelassen.«

»Er hat mir kein Wort gesagt. Ich hatte ihn seit drei Monaten nicht gesehen.«

»Du hast ihn vielleicht nicht gesehen, aber mit ihm gesprochen, oder etwa nicht? Mit der Hälfte für Dartmouth hättest du dich abfinden können, doch der Gedanke, sein Geld mit mir zu teilen, war dir unerträglich. Du hast mich gehasst, weil ich Jahre in diesem Haus gewohnt habe, weil er mich gern hatte. Ihr beide seid deswegen dauernd aneinander geraten. Deinen niederträchtigen Charakter, den hast du von ihm geerbt.«

Lillian stand auf. »Du weißt ja nicht, wovon du sprichst.«

Cynthia knallte die Schublade zu. »O doch, ganz genau. Und jede Tatsache, die mich überführt hat, wird dich überführen. Ich besaß einen Hausschlüssel. Du auch. Es gab keinerlei Kampfspuren. Ich meine nicht, dass du jemand hergeschickt hast, um ihn umzubringen. Ich meine, du hast es selber getan. Stuart hatte einen Alarmknopf an seinem Schreibtisch. Er hat ihn nicht gedrückt. Er wäre nie auf die Idee verfallen, dass seine eigene Tochter ihm etwas antun würde. Warum kam Ned ausgerechnet an jenem Nachmittag hereingeschneit? Du wusstest, dass Stuart mich über das Wochenende eingeladen hatte. Du wusstest, dass er mir zureden würde, mit Ned auszugehen. Stuart hatte gern Gesellschaft, und dann war er auch wieder gern allein. Vielleicht hat Ned dir eins nicht deutlich übermittelt. Die Zeugin, die ich ausfindig gemacht habe, führt Tagebuch. Sie hat es mir gezeigt. Seit ihrem zwanzigsten Lebensjahr trägt sie Abend für Abend alles ein, was tagsüber passiert ist. Irgendeine Manipulation ist demnach mit Sicherheit auszuschließen. Sie hat mich genau beschrieben und Neds Wagen ebenso. Sogar die lärmenden Halbwüchsigen in der Schlange hat sie erwähnt und auch, wie sich alle über sie aufregten.«

Ich dringe zu ihr durch, dachte Cynthia. Lillians Gesicht war bleich, ihre Haltung verkrampft. Cynthia ging ruhig zum Schreibtisch zurück, sodass die rosettenförmige Brosche direkt auf Lillian gerichtet war. »Du hast es schlau eingefädelt, oder?«, fragte sie. »Ned hat erst angefangen, Geld in das Restaurant zu stecken, als ich hinter Gittern saß. Und ich bin sicher, er hatte ein paar angesehene Investoren als Strohmänner vorgeschoben. Aber die Regierung hat heutzutage hervorragende Methoden, um Fällen von Geldwäsche auf die Spur zu kommen. *Dein* Geld, Lillian.«

»Das kannst du nie beweisen.« Doch Lillians Stimme klang schrill.

Mein Gott, wenn ich sie doch bloß dazu bringen kann, es zuzugeben, dachte Cynthia. Sie umklammerte die Schreibtischkante und beugte sich vor. »Möglicherweise nicht. Aber lass es nicht darauf ankommen. Ich werde dir sagen, wie man sich bei Fingerabdrücken und in Handschellen fühlt. Wie einem zumute ist, wenn man neben einem Rechtsanwalt sitzt und hört, wie einen der Staatsanwalt des Mordes anklagt. Was das für ein Gefühl ist, die Gesichter der Geschworenen zu studieren. Lauter normale Durchschnittsbürger. Alt. Jung. Schwarze. Weiße. Gut angezogen. Schäbig. Aber in ihren Händen liegt dein weiteres Leben. Und das wird dir kein bisschen behagen, Lillian. Das Warten. Das vernichtende Beweismaterial, das auf dich weitaus mehr zutrifft als jemals auf mich. Du hast weder das Naturell noch den Schneid, das durchzustehen.«

Lillian erhob sich. »Denk daran, dass hohe Steuern zu zahlen waren, nachdem die Aufstellung sämtlicher Vermögenswerte vorlag. Wie viel verlangst du?«

»Sie hätten in Arizona bleiben sollen«, sagte Ned Creighton, die Waffe auf Alvirahs Brust gerichtet. Sie saß am Ecktisch und erwog ihre Fluchtchancen. Es gab keine. Er hatte ihre Geschichte geschluckt, und jetzt musste er sie umbringen. Alvirah schoss es durch den Kopf, dass sie es ja schon immer gewusst habe, was für eine fabelhafte Schauspielerin in ihr steckte. Sollte sie ihm mitteilen, dass ihr Mann jeden Moment zurückkommen würde? Nein. Im Restaurant hatte sie ihm erzählt, sie sei verwitwet. Wie lange würden Willy und Cynthia ausbleiben? Zu lange. Lillian würde Cynthia nicht weglassen, ehe sie sicher war, dass es keine lebenden Zeugen gab, aber vielleicht fiel ihr irgendwas ein, wenn sie ihn zum Reden brachte. »Wie viel haben Sie für Ihre Rolle bei dem Mord kassiert?«, erkundigte sie sich.

Ned Creighton verzog die schmalen Lippen zu einem spöttischen Lächeln. »Drei Millionen. Reichte gerade, ein erstklassiges Restaurant zu eröffnen.«

Alvirah bedauerte, dass sie ihre rosettenförmige Anstecknadel Cynthia geliehen hatte. Der Beweis. Der eindeutige, klare Beweis, und sie war außerstande, das aufzuzeichnen. Und sollte ihr etwas zustoßen, würde niemand davon erfahren. Falls ich da heil rauskomme, dachte sie, muss ich Charley Evans bitten, mir einen Ersatz zu beschaffen. Diesmal vielleicht eine Zweitbrosche in Silber.

»Stehen Sie auf«, befahl Creighton und schwenkte dabei die Pistole.

Alvirah stieß den Stuhl zurück, stützte die Hände auf den Tisch. Die Zuckerdose stand direkt vor ihr. Sollte sie den Versuch riskieren? Sie konnte zwar gut zielen, aber eine Schusswaffe war in jedem Fall schneller als eine Zuckerdose.

»Gehen Sie ins Wohnzimmer.« Als sie um den Tisch herumkam, schnappte sich Creighton ihre Notizen samt dem angefangenen Artikel und stopfte alles in die Tasche.

Creighton deutete auf den hölzernen Schaukelstuhl neben dem Kamin. »Setzen Sie sich da hin.«

Alvirah ließ sich schwerfällig nieder. Neds Waffe war immer noch auf sie gerichtet. Wenn sie nun den Schaukelstuhl so weit vornüberkippte, dass sie auf ihn katapultiert wurde? Ob sie sich dann auch rechtzeitig absetzen könnte? Creighton langte nach einem schmalen Schlüssel, der am Kaminsims baumelte. Er beugte sich vor, steckte ihn in einen Zylinder, der in einen Ziegel eingelassen war, und drehte ihn um. Aus dem Kamin drang das zischende Geräusch von ausströmendem Gas. Er richtete sich auf, zog aus einer Streichholzschachtel auf dem Kaminsims ein langes Sicherheitszündholz, benutzte die Ziegel als Reibfläche, blies die Flamme aus, warf es dann auf den Rost. »Es wird kalt«, sagte er. »Sie beschlossen, Feuer zu machen, drehten den Gashahn auf, warfen ein Streichholz hinein, aber es klappte nicht. Als Sie sich hinunterbeugten, um das Gas abzudrehen und das Ganze noch mal zu versuchen, verloren Sie das Gleichgewicht und stürzten. Sie schlugen mit dem Kopf auf die steinerne Einfassung und wurden ohnmächtig. So eine nette Frau und so ein schrecklicher Unfall! Cynthia wird außer sich sein.«

Gasgeruch erfüllte den Raum. Alvirah versuchte, den Schaukelstuhl vorzukippen. Sie musste es riskieren, Creighton einen Kopfstoß zu versetzen, damit er die Pistole fallen ließ. Zu spät. Ein Schraubstock schien ihre Schultern zu umklammern. Das Gefühl, vorwärts gezogen zu werden. Ihr Kopf, der seitlich gegen Stein prallte. Als sie das Bewusstsein verlor, nahm Alvirah den widerwärtigen Gasgeruch wahr, der sich in ihren Atemwegen ausbreitete.

»Da kommt Ned«, erklärte Lillian gelassen, als die Türglocke läutete. »Ich mache ihm auf.«

Cynthia wartete. Lillian hatte immer noch nicht das Mindeste zugegeben. Ob sie Ned Creighton dazu bringen konnte, sich selbst zu beschuldigen? Sie fühlte sich wie eine Seiltänzerin, die auf einem schlüpfrigen Seil zentimeterweise einen Abgrund zu überqueren suchte. Wenn es ihr misslang, wäre ihr Leben nicht mehr lebenswert.

Creighton betrat hinter Lillian das Zimmer. »Cynthia.« Ein unpersönliches, aber nicht unfreundliches Nicken. Er zog sich einen Stuhl an den Schreibtisch, auf dem Lillian einen aufgeschlagenen Ordner mit Computerausdrucken deponiert hatte.

»Ich vermittle Cynthia gerade eine Vorstellung davon, wie stark das Vermögen nach Entrichtung der Steuern zusammengeschmolzen ist«, teilte sie Creighton mit. »Danach taxieren wir ihren Anteil.«

»Was immer du Ned bezahlt hast, wird nicht in Abzug gebracht, das stammte ja aus dem mir rechtmäßig zustehenden Geld.« Cynthia bemerkte den wütenden Blick, den er Lillian zuwarf. »Also bitte, unter uns müssen wir drei doch kein Blatt vor den Mund nehmen«, sagte sie barsch.

Lillian konterte kalt: »Ich hab dir doch erklärt, dass ich dich am Nachlass beteiligen wollte. Ich weiß, dass mein Vater die Menschen bis zur Weißglut reizen konnte, sodass sie nicht mehr wussten, was sie taten. Ich tue das, weil ich Mitleid mit dir habe. Hier sind also die Zahlen.«

In den folgenden fünfzehn Minuten zog Lillian eine Aufstellung nach der anderen heraus. »Abzüglich der Steuern und unter Hinzurechnung der Zinserträge würde sich dein Anteil jetzt auf fünf Millionen Dollar belaufen.«

»Und dieses Haus«, warf Cynthia ein. Bestürzt realisierte sie, dass Lillian und Ned von Minute zu Minute sichtlich entspannter wurden. Beide lächelten.

»O nein, das Haus nicht«, protestierte Lillian. »Das würde zu viel Klatsch verursachen. Wir lassen das Haus schätzen, und ich zahle dir dann den Schätzpreis. Vergiss nicht, Cynthia, ich bin überaus großzügig. Mein Vater spielte mit Menschenleben. Er war grausam. Hättest nicht du ihn umgebracht, wäre es jemand anders gewesen. Deshalb tue ich das.«

»Du tust es, weil du nicht in einem Gerichtssaal sitzen und Gefahr laufen willst, wegen Mordes verurteilt zu werden, das ist der wahre Grund.« Mein Gott, es ist sinnlos, dachte Cynthia. Wenn ich sie nicht dazu bringen kann, alles zuzugeben, ist es aus und vorbei. Dann hätten Lillian und Ned morgen Gelegenheit, Alvirah zu überprüfen. »Du kannst das Haus haben«, sagte sie. »Ohne mir etwas dafür zu bezahlen. Gib mir nur die Genugtuung, die Wahrheit zu hören, das Eingeständnis, dass ich mit dem Mord an deinem Vater nichts zu tun hatte.«

Lillian blickte rasch zu Ned, dann auf die Uhr. »Ich meine, um diese Zeit sollten wir dem auch Folge leisten.« Sie fing an zu lachen. »Cynthia, ich bin tatsächlich so wie mein Vater. Ich genieße es, mit Menschen Katz und Maus zu spielen. Mein Vater *hat* angerufen und mich über die Testamentsänderung informiert. Ich konnte mich damit abfinden, dass Dartmouth die Hälfte seines Vermögens bekommt, aber nicht du. Er erzählte mir, dass er dich erwartet – und der Rest war ein Kinderspiel. Meine Mutter war eine wunderbare Frau. Sie hat liebend gern bestätigt, dass ich an dem bewussten Abend bei ihr in New York war. Ned war entzückt, eine stattliche Summe dafür zu erhalten, dass er mit dir einen Bootsausflug unternahm. Du bist klug, Cynthia. Klüger als der Staatsanwalt und seine Leute. Klüger als dieser Trottel von einem Anwalt, der dich verteidigt hat.«

Gott gebe, dass der Rekorder funktioniert, betete Cynthia. »Und klug genug, die Zeugin ausfindig zu machen, die meine Aussage bestätigen konnte«, ergänzte sie.

Lillian und Ned brachen in schallendes Gelächter aus. »Was denn für eine Zeugin?«, fragte Ned.

»Raus hier«, fauchte Lillian. »Verschwinde auf der Stelle. Und lass dich nie wieder blicken.«

Jeff Knight brauste über die Route 6, bemühte sich angestrengt, durch die von einem wahren Wolkenbruch überschwemmte Windschutzscheibe die Schilder zu entziffern. Ausfahrt 8. Er näherte sich seinem Ziel. Der für die Zehn-Uhr-Nachrichten verantwortliche Redakteur hatte sich überraschend verständnisvoll gezeigt. Natürlich nicht ohne Grund. »Fahren Sie los. Wenn Cynthia Lathem sich am Kap aufhält und meint, einen brauchbaren Hinweis für den Tod ihres Stiefvaters zu haben, dann fällt Ihnen ein echter Knüller in den Schoß.«

Jeff war nicht an einem Knüller interessiert. Seine ganze Sorge galt Cynthia. Seine langen, kräftigen Finger umklammerten das Lenkrad. Ihre Adresse nebst Telefonnummer hatte er dem mit der Schutzaufsicht betrauten Beamten entlockt. Cape Cod war ihm durch viele Sommeraufenthalte vertraut, deshalb hatte ihm die Enttäuschung auch so zugesetzt, als er sich vergebens bemühte, Beweise für Cynthias Aussage zu finden. Sein ständiges Feriendomizil war allerdings auch in Eastham, gute achtzig Kilometer von Cotuit entfernt.

Ausfahrt 8. Er bog in die Union Street, fuhr weiter in Richtung Route 6A. Noch ein paar Kilometer. Wieso hatte er dieses Gefühl einer drohenden Katastrophe? Sollte Cynthia tatsächlich einen hilfreichen Hinweis haben, könnte sie in Gefahr schweben.

An der Nobscusset Road musste er scharf bremsen. Ein Wagen übersah das Stoppschild und überquerte die Route 6A in mörderischem Tempo. Verdammter Idiot, dachte Jeff, als er nach links in Richtung Bucht abbog. Er registrierte, dass die ganze Gegend im Dunkeln lag. Stromausfall. Am Ende der Sackgasse bog er links ein. Das Haus musste an diesem Pfad liegen. Nummer sechs. Er fuhr langsam, versuchte, mit Hilfe der Scheinwerfer die Hausnummern an den Briefkästen auszumachen. Zwölf. Acht. Sechs.

Jeff stellte den Wagen in der Auffahrt ab, riss die Tür auf

und rannte durch den prasselnden Regen auf das Haus zu. Er drückte auf die Klingel, bis ihm klar wurde, dass sie ja wegen des Stromausfalls nicht funktionieren konnte. Er hämmerte mehrmals an die Tür. Keine Antwort. Cynthia war nicht zu Hause.

Er machte bereits kehrt, als ihn plötzlich eine begründete Furcht überfiel und er abermals an die Haustür hämmerte, dann am Knauf drehte. Der bewegte sich, er stürmte hinein, begann zu rufen: »Cynthia!« Da bemerkte er den Gasgeruch, hörte das Zischen, mit dem es aus dem Kamin strömte. Als er hinraste, um es abzudrehen, stolperte er über eine reglos auf dem Bauch liegende Gestalt.

Willy rutschte unruhig auf dem Rücksitz von Cynthias Wagen hin und her. Sie war jetzt seit über einer Stunde in der Villa. Der Kerl, der nach ihr gekommen war, verweilte auch schon eine Viertelstunde dort drin. Willy wusste nicht recht, was er tun sollte. Alvirah hatte keine präzisen Instruktionen erteilt. Sie wollte ihn lediglich in greifbarer Nähe haben, um sicherzustellen, dass Cynthia das Haus nicht in irgendeiner Begleitung verließ.

Während er noch mit sich zu Rate ging, hörte er Sirenengeheul. Streifenwagen. Sie kamen näher. Erstaunt beobachtete Willy, wie sie in die lange Zufahrt fuhren und mit ohrenbetäubendem Lärm auf ihn zurasten. Polizisten stürmten aus dem Streifenwagen, sausten die Stufen hinauf und hämmerten an die Tür.

Kurz darauf bog eine Limousine in die Zufahrt ein und hielt hinter den Streifenwagen. Willy sah den Hünen im Trenchcoat mit einem Satz herausspringen und zur Veranda hinaufeilen, immer zwei Stufen auf einmal. Willy erhob sich schwerfällig und wuchtete sich aus dem Wagen.

Er kam gerade im rechten Moment, um Alvirah zu

packen, als sie hinten aus der Limousine wankte. Sogar im Dunkeln konnte er die Schramme auf ihrer Stirn sehen. »Schätzchen, was ist denn passiert?«

»Ich erzähl's dir später. Bring mich rein. Ich möchte das keinesfalls verpassen.«

Im Arbeitszimmer des verstorbenen Stuart Richards erlebte Alvirah ihre Sternstunde. Sie deutete mit dem Finger auf Ned und verkündigte mit aller ihr zu Gebote stehenden Lautstärke: »Er hat eine Pistole auf mich gerichtet. Er hat den Gashahn aufgedreht. Er hat mich mit dem Schädel gegen den Kamin geschmettert. Und mir gesagt, dass Lillian Richards ihm drei Millionen Dollar dafür bezahlt hat, dass er Cynthia mit fingierten Beweisen als Mörderin hinstellte.«

Cynthia starrte ihre Stiefschwester unverwandt an. »Und wenn die Batterien in Alvirahs Rekorder nicht leer sind, habe ich das Schuldgeständnis von beiden auf Band.«

Am nächsten Morgen sorgte Willy für ein spätes Frühstück, das er auf der Terrasse servierte. Der Sturm hatte sich gelegt, und der Himmel war wieder strahlend blau. Möwen stießen herunter und schnappten die an der Oberfläche schwimmenden Fische. Die Bucht war ruhig, und im feuchten Sand bauten Kinder friedlich ihre Strandburgen.

Alvirah, nicht allzu sehr mitgenommen, hatte ihren Artikel beendet und ihn Charley Evans durchtelefoniert. Charley hatte ihr die prachtvollste Brosche mit allen nur denkbaren Verzierungen versprochen, die Juweliere zu bieten hatten, und das eingebaute Mikrophon sollte so empfindlich sein, dass es sogar das Niesen einer Maus im Raum nebenan auffing.

Jetzt kaute sie schmatzend an einem Krapfen mit Schokoladenguss und schlürfte dazu Kaffee. »Da kommt ja Jeff! Ein Jammer, dass er gestern Nacht noch nach Boston zurückfahren musste. Aber war sein Bericht über die Sache heute früh in den Nachrichten nicht einfach fabelhaft? Der bringt's noch mal weit beim Fernsehen, das kannst du mir glauben.«

»Der Junge hat dir das Leben gerettet, Schätzchen«, kommentierte Willy. »Bei mir ist er gut angeschrieben. Ich kann's einfach nicht fassen, dass ich da hinten im Wagen wie ein Schachtelmännchen zusammengerollt war, während du mit dem Kopf neben dem Gasbrenner lagst.«

Sie beobachteten, wie Jeff ausstieg und Cynthia in seine Arme flog.

Alvirah schob ihren Stuhl zurück. »Ich geh mal auf einen Sprung rüber. Eine reine Freude, wie die beiden sich anschauen. So was von verliebt!«

Willy legte ihr sanft, aber energisch die Hand auf die Schulter.

»Alvirah, mein Schatz, sei so lieb und kümmere dich ausnahmsweise wenigstens fünf Minuten mal nur um deine eigenen Angelegenheiten.«

Klempner Willys Meisterstück

Hätte sich Alvirah Meehan in einer Kristallkugel Einblick verschaffen können über den Verlauf der nächsten zehn Tage, dann hätte sie Willy bei der Hand genommen und fluchtartig den grünen Raum verlassen. So aber saß sie seelenruhig da und plauderte mit den übrigen Gästen der Sendung von Phil Donahue. Diesmal standen weder Sexorgien noch ramponierte Ehemänner auf dem Programm, sondern Menschen, die sich ihr Leben durch einen stattlichen Lotteriegewinn verpfuscht hatten. Die Donahue-Show hatte sich mit dem Hilfskomitee für Lotteriegewinner in Verbindung gesetzt und einige der schlimmsten Fälle ausgesucht. Alvirah und Willy sollten dazu das Gegenbeispiel abgeben, hatte ihnen die Reporterin erklärt. »Weiß der Himmel, was sie damit gemeint hat«, lautete Alvirahs Kommentar nach dem ersten Interview.

Für ihren Auftritt hatte sie sich das Haar frisch färben lassen in dem gedämpften Erdbeerrot, das ihr scharf geschnittenes Gesicht weicher erscheinen ließ. Morgens hatte Willy ihr versichert, sie sähe noch haargenau so aus wie damals vor vierzig Jahren, als sie sich beim Tanz am Kolumbustag zum ersten Mal begegnet waren. Baronin Min von Schreiber war von Cypress Point Spa in Pebble Beach nach New York geflogen, um Alvirahs Garderobe für die Sendung auszusuchen. »Vergiss ja nicht zu erwähnen, dass du sofort nach dem Lotteriegewinn als Erstes nach Cypress Point Spa gekommen bist«, schärfte sie

Alvirah ein. »Bei dieser verdammten Rezession blüht das Geschäft nicht gerade.«

Alvirah trug ein hellblaues Seidenkostüm mit weißer Bluse und als Markenzeichen ihre rosettenförmige Anstecknadel.

Wenn sie es doch nur geschafft hätte, die zwanzig Pfund wieder loszuwerden, die sie bei der gemeinsamen Spanienreise im August zugelegt hatte! Und doch wusste Alvirah, dass sie sehr hübsch aussah. Das heißt – für ihre Verhältnisse. Sie machte sich keine Illusionen, dass sie mit ihrem etwas vorspringenden Unterkiefer und dem kompakten Körperbau jemals ausersehen sein würde, an einer Schönheitskonkurrenz teilzunehmen.

Außer ihnen waren zwei weitere Gruppen geladen: drei Mitarbeiter einer Damenwäschefabrik, die vor sechs Jahren zusammen zehn Millionen Dollar gewonnen hatten. Im festen Glauben an ihre Glückssträhne beschlossen sie, das Geld in Rennpferde zu investieren, und nun waren sie pleite. Mit den noch zu erwartenden Schecks mussten sie ihre Schulden bei der Bank und bei Onkel Sam abdecken. Die anderen, ein Ehepaar, hatten mit ihrem Gewinn von sechzehn Millionen Dollar ein Hotel in Vermont gekauft und rackerten sich sieben Tage in der Woche bei dem Versuch ab, die Unkosten zu decken. Was sie erübrigen konnten, wurde für Zeitungsanzeigen verwendet, in der Hoffnung, das Hotel anderweitig zu verscherbeln.

Ein Assistent erschien, um sie ins Aufnahmestudio zu bringen.

Alvirah war mittlerweile an Fernsehauftritte gewöhnt. Sie wusste, dass sie sich ein wenig schräg hinsetzen musste, um etwas schlanker zu wirken. Sie trug keine klobigen Schmuckstücke, um störende Nebengeräusche zu vermeiden. Sie äußerte sich in kurzen, präzisen Sätzen.

Willy dagegen scheute nach wie vor die Öffentlichkeit. Auch wenn Alvirah ihm immer wieder versicherte, wie toll er aussähe und dass die Leute ihn für Tip O'Neill hielten, war er am glücklichsten, wenn er mit einer Zange in der Hand eine undichte Leitung reparierte. Willy war der geborene Klempner.

Donahue begann in seinem üblichen forschen, leicht skeptischen Tonfall. »Können Sie sich vorstellen, dass Sie ein Hilfskomitee benötigen, nachdem Sie etliche Millionen Dollar in der Lotterie gewonnen haben? Können Sie sich vorstellen, dass Sie pleite sind, auch wenn immer noch dicke Schecks bei Ihnen eingehen?«

»Nein«, brüllte das Publikum im Studio sofort pflichtschuldig.

Alvirah zog den Bauch ein, ergriff dann Willys Hände und verschränkte ihre Finger ineinander. Sie wollte nicht, dass er auf dem Bildschirm nervös wirkte, wenn viele ihrer Verwandten und Freunde zuschauten. Schwester Cordelia, Willys älteste Schwester, hatte einen ganzen Haufen im Ruhestand lebender Nonnen ins Kloster eingeladen, damit sie sich die Sendung ansehen konnten.

Drei Männer, die das Programm begierig verfolgten, zählten nicht zu Donahues Stammpublikum. Sammy, Clarence und Tony waren gerade aus dem Hochsicherheitstrakt des Gefängnisses bei Albany entlassen worden, wo sie zwölf Jahre wegen Beteiligung an dem bewaffneten Raubüberfall auf einen Geldtransport gesessen hatten. Zu ihrem Pech blieb ihnen jedoch jede Gelegenheit versagt, die erbeuteten sechshunderttausend Dollar zu verjubeln. Der Fluchtwagen hatte, einen Häuserblock vom Schauplatz des Verbrechens entfernt, eine Reifenpanne.

Nach Begleichung ihrer Schuld an die Gesellschaft suchten sie jetzt einen neuen Weg, reich zu werden. Die Idee, den Angehörigen eines Lotteriegewinners zu entführen, stammte von Clarence. Aus diesem Grund sahen sie sich in ihrem schäbigen Hotelzimmer im Lincoln Arms die Sendung von Donahue an. Tony war mit fünfunddreißig zehn Jahre jünger als die beiden anderen, breitbrüstig, mit muskulösen Armen wie sein Bruder Sammy. Die kleinen Augen verschwanden unter schweren, von Fleischwülsten umrandeten Lidern. Das dicke dunkle Haar war ungekämmt. Er gehorchte seinem Bruder blind, und sein Bruder gehorchte Clarence.

Clarence war das komplette Gegenstück zu den beiden. Klein, drahtig, mit leiser Stimme verbreitete er um sich herum eine eisige Atmosphäre. Die instinktive Angst, die Menschen vor ihm empfanden, war durchaus begründet. Clarence fehlte von Geburt an jedes Gewissen, und wenn er während der Haft im Schlaf geredet hätte, wäre eine Reihe von ungeklärten Mordfällen gelöst worden.

Sammy hatte Clarence gegenüber nie zugegeben, dass Tony in der Nacht vor dem Raubüberfall mit dem Fluchtauto herumkutschiert und durch eine Straße voller Glasscherben gerast war. Dann wäre Tony nicht einmal Zeit geblieben, sein Bedauern darüber auszusprechen, dass er die Reifen nicht überprüft hatte.

Einer der Lotteriegewinner, die in Pferde investiert hatten, jammerte: »Kein Geld der Welt hätte gereicht, diese Klepper satt zu kriegen.« Seine Partner nickten nachdrücklich.

Sammy lachte höhnisch. »Diese Schwachköpfe können ja nicht mal 'n paar lumpige Kröten zusammenkratzen.« Er wollte den Fernseher abschalten.

»Warte doch noch«, fuhr ihn Clarence an.

Alvirah hatte das Wort. »Wir waren nicht an Geld gewohnt«, erklärte sie. »Ich meine, wir haben anständig gelebt. Wir hatten 'ne Dreizimmerwohnung in Flushing, und die behalten wir auch, nur für den Fall, dass der Staat

Pleite macht und uns mitteilt, wir könnten die restlichen Schecks in den Wind schreiben. Aber ich war Putzfrau und Willy Klempner, und wir mussten sparen.«

»Installateure verdienen doch blendend«, wandte Donahue ein.

»Nicht Willy.« Alvirah lächelte. »Er hat wenigstens die Hälfte seiner Zeit damit verbracht, in Pfarrhäusern und Klöstern und bei Leuten, die sich schwer taten, Reparaturen umsonst zu machen. Sie kennen das doch. Es kostet ein Heidengeld, Spülsteine und Toiletten und Badewannen in Schuss zu halten, und Willy fand, das wäre seine Art, anderen das Leben zu erleichtern. Das tut er immer noch.«

»Ja, Sie hatten bestimmt auch ein paar Annehmlichkeiten durch das Geld?«, erkundigte sich Donahue. »Sie sind sehr gut angezogen.«

Alvirah vergaß den werbewirksamen Hinweis auf Cypress Point Spa nicht, als sie erklärte, sie hätten sich in der Tat einige Annehmlichkeiten geleistet. Die Eigentumswohnung in Central Park South. Die vielen Reisen. Spenden für wohltätige Zwecke. Außerdem schrieb sie Artikel für den *New York Globe* und hatte obendrein das Glück, da und dort ein paar Verbrechen aufklären zu können. Der Beruf des Detektivs war von jeher ihr Wunschtraum. »Und dennoch haben wir in den fünf Jahren seither von jedem einzelnen Scheck die Hälfte gespart. Und das ganze Geld liegt auf der Bank.«

Clarence, gefolgt von Sammy und Tony, stimmte in den stürmischen Applaus der Studiogäste ein. Er lächelte jetzt, verkniffen, freudlos. »Zwei Millionen Mäuse im Jahr. Sagen wir mal, die Hälfte geht drauf für Steuern, dann bleibt ihnen also etwas über 'ne Million im Jahr, und davon legen die die Hälfte auf die hohe Kante. Die müssen zwei Millionen auf der Bank haben. Damit hätten wir 'ne Weile ausgesorgt.«

»Schnappen wir sie uns?«, fragte Tony und zeigte auf den Bildschirm.

Clarence musterte ihn mit vernichtendem Blick. »Nein, du Trottel. Schau dir doch die beiden an. Er klammert sich an sie wie an 'nen Rettungsring. Der würde durchdrehen und zu den Bullen rennen. Wir nehmen ihn. Sie kriegt ihre Anweisungen und wird blechen, um ihn wiederzubekommen.« Er sah sich um. »Ich hoffe, Willy genießt das Zusammensein mit uns.«

Tony runzelte die Stirn. »Wir müssen ihm die Augen verbinden. Der darf mich nicht wieder erkennen, bei keiner Gegenüberstellung oder so was.«

Sammy seufzte tief. »Zerbrich dir darüber nicht den Kopf, Tony. Sowie wir die Knete haben, kann Willy Meehan im Hudson nach undichten Stellen suchen.«

Zwei Wochen danach ließ sich Alvirah im Salon von Louis Vincent, um die Ecke von der Wohnung im Central Park South, frisieren. »Seit der Sendung krieg ich jede Menge Post«, erzählte sie Vincent. »Sogar einen Brief vom Präsidenten, können Sie sich das vorstellen? Er hat uns zu unserer vernünftigen Finanzgebarung beglückwünscht. Wir seien ein Musterbeispiel für stetige Vermögensbildung, schreibt er. Ich wünschte, er hätte uns zum Dinner ins Weiße Haus eingeladen. Davon hab ich schon immer geträumt. Na, vielleicht klappt's irgendwann mal.«

»Denken Sie bloß daran, sich dann rechtzeitig bei mir anzumelden«, ermahnte Vincent sie, als er ihrer Frisur den letzten Schliff gab. »Bekommen Sie eine Maniküre?«

Im Nachhinein wusste Alvirah, sie hätte auf diese seltsame innere Stimme hören müssen, die ihr riet, in die Wohnung zurückzukehren. Dann hätte sie Willy noch erwischt, bevor er zu den Männern im Wagen stürzte.

Als der Portier sie eine halbe Stunde später sah, lächelte

er erleichtert. »Mrs Meehan, das muss ein Irrtum gewesen sein. Ihr Mann war völlig außer sich.«

Ungläubig hörte Alvirah zu, als José ihr berichtete, dass Willy in Tränen aufgelöst aus dem Fahrstuhl gerast kam. Alvirah habe unter der Trockenhaube einen Herzanfall gehabt, schrie er, und sei sofort ins Roosevelt-Hospital gebracht worden.

»Draußen wartete ein Typ mit einem schwarzen Cadillac«, erläuterte José. »Er bog in die Auffahrt ein, als ich die Tür öffnete. Der Arzt hat Mr Meehan seinen Privatwagen geschickt.«

»Hört sich komisch an«, sagte Alvirah langsam. »Ich sause gleich rüber zum Krankenhaus.«

»Ich ruf Ihnen ein Taxi«, erbot sich der Portier. Sein Telefon klingelte. Er lächelte entschuldigend, als er den Hörer abnahm. »Zwo-elf Central Park South.« Er lauschte, sagte dann verblüfft: »Es ist für Sie, Mrs Meehan.«

»Für mich?« Alvirah griff zum Telefon und hörte entgeistert auf diese Flüsterstimme: »Alvirah, passen Sie genau auf. Sagen Sie dem Portier, dass es Ihrem Mann bestens geht. Das Ganze war ein Missverständnis. Er wird Sie später treffen. Dann fahren Sie nach oben in Ihre Wohnung und warten auf weitere Anweisungen.«

Willy war entführt worden. Alvirah wusste es. Mein Gott, dachte sie. »Sehr gut«, brachte sie mühsam heraus. »Sagen Sie Willy, ich hole ihn in einer Stunde ab.«

»Sie sind wirklich auf Draht, Mrs Meehan«, flüsterte die Stimme.

Ein Klicken. Alvirah wandte sich zu José.

»Falscher Alarm natürlich. Der arme Willy.« Sie versuchte zu lachen. »Ah … ha … ha …«

José strahlte. »In Puerto Rico hab ich noch nie was davon gehört, dass ein Arzt seinen eigenen Wagen schickt.«

Die Wohnung lag im zweiundzwanzigsten Stock und

hatte eine Terrasse mit Aussicht auf den Central Park. Normalerweise lächelte Alvirah, sobald sie die Tür öffnete. Das Apartment war so hübsch, und sie hatte einen Blick für Möbel, wie sie selber sagte. All die Jahre, in denen sie die Häuser von anderen Leuten putzte, hatten ihr viel über Inneneinrichtung beigebracht.

Doch diesmal blieb die Wirkung aus. Die elfenbeinfarbene Couch und das passende zweisitzige Sofa, Willys tiefer, bequemer Sessel mit dazugehörigem Sitzpolster, der kaminrote und königsblaue Orientteppich, der schwarz lackierte Tisch und die Stühle in der Essecke, die späte Nachmittagssonne, die über die Decke aus buntem Herbstlaub im Park tanzte – nichts vermochte sie zu trösten.

Wozu war all das gut, wenn Willy irgendetwas zustieß? Alvirah wünschte aus tiefstem Herzen, sie hätten nie in der Lotterie gewonnen und wären wieder in Flushing, in ihrer Wohnung über der Schneiderwerkstatt von Orazio Romano. Um diese Zeit würde sie gerade vom Saubermachen bei Mrs O'Keefe zurückkommen und aus Jux zu Willy sagen, Mrs O'Keefe müsse mit einer Grammophonnadel geimpft worden sein. »Sie hält nie die Klappe, Willy, überschreit sogar noch den Staubsauger. Ein Segen, dass sie wenigstens nicht schlampig ist. Sonst würde ich im Leben nicht mit der Arbeit fertig.«

Das Telefon läutete. Alvirah sauste zum Apparat im Wohnzimmer, überlegte es sich dann anders und hastete ins Schlafzimmer. Dort befand sich der Anrufbeantworter. Sie schaltete ihn ein, als sie den Hörer abnahm.

Wiederum die Flüsterstimme. »Alvirah?«

»Ja. Wo ist Willy? Was immer Sie vorhaben, tun Sie ihm ja nichts.« Die Geräusche im Hintergrund hörten sich an wie startende Flugzeuge. War Willy auf einem Flugplatz?

»Wir tun ihm nichts, solange wir das Geld kriegen und solange Sie nicht die Bullen reinziehen. Sie haben sie doch nicht etwa verständigt, oder?«

»Nein. Ich möchte mit Willy sprechen.«

»Gleich. Wie viel Geld haben Sie auf der Bank?«

»Etwas über zwei Millionen Dollar.«

»Sie sind 'ne ehrliche Person, Alvirah. Stimmt ziemlich genau mit unserer Schätzung überein. Wenn Sie Willy zurückhaben wollen, fangen Sie besser schon mal an, was abzuheben.«

»Sie können alles kriegen.«

Ein leises Kichern. »Ich mag Sie, Alvirah. Zwei Millionen sind prima. Lassen Sie sich's bar auszahlen. Und keine Andeutung, dass irgendwas faul ist. Keine markierten Scheine, Baby. Und gehen Sie ja nicht zur Polente. Wir behalten Sie im Auge.«

Der Fluglärm wurde fast ohrenbetäubend. »Ich kann Sie nicht hören«, sagte Alvirah verzweifelt. »Und ich gebe Ihnen keinen müden Cent, bevor ich nicht weiß, dass Willy noch lebt.«

»Reden Sie mit ihm.«

Nach einer Minute sagte eine verängstige Stimme: »Hallo, mein Schatz.«

Unendliche Erleichterung erfüllte Alvirah. Ihr sonst so wacher, erfindungsreicher Verstand, seit Josés Bericht über Willys Einstieg in den ›Arzt-Wagen‹ wie gelähmt, begann jetzt wieder messerscharf zu funktionieren.

»Darling«, kreischte sie, damit seine Entführer es auch hören konnten, »sag diesen Typen, sie sollen gut auf dich Acht geben. Sonst kriegen sie nicht das Schwarze unterm Nagel.«

Willy sah, wie der Boss, Clarence, den Daumen auf die Gabel drückte und die Verbindung unterbrach. »Hast 'ne echt tolle Frau, Willy«, sagte er. Dann schaltete Clarence den Apparat ab, der Fluggeräusche simulierte.

Willy fühlte sich schuldbewusst. Wenn Alvirah wirklich einen Herzanfall gehabt hätte, wäre er von Louis oder Vincent verständigt worden. Das hätte er wissen müssen. Was war er doch für ein Idiot. Er schaute sich um. Eine lausige Räuberhöhle. Als er in den Wagen einstieg, hatte ihm der auf dem Rücksitz versteckte Typ eine Kanone ins Genick gedrückt. »Keinen Muckser, sonst puste ich dich weg.«

In Tuchfühlung mit der Waffe bugsierten sie ihn durch die Halle, dann im wackeligen Fahrstuhl hinauf in diese Bruchbude. Das Hotel war nur einen Häuserblock entfernt vom Lincoln Tunnel. Trotz der fest geschlossenen Fenster verpesteten die Abgase von Bussen, Lastwagen und Autos die Luft unerträglich.

Willy hatte Tony und Sammy rasch eintaxiert. Nicht allzu hell im Kopf. Ihnen könnte er vielleicht irgendwie entwischen. Doch als Clarence auf den Plan trat und mit seiner Warnung an Alvirah herausrückte, den Portier in dem Glauben zu lassen, alles sei in Butter, da verspürte Willy zum ersten Mal richtige Angst. Clarence erinnerte ihn an Nutsy, einen gleichaltrigen Jungen aus Kindertagen. Nutsy pflegte mit seinem Luftgewehr in Vogelnester zu schießen.

Es bestand kein Zweifel, dass Clarence der Boss war. Er rief Alvirah an und sprach mit ihr über das Lösegeld. Er traf die Entscheidung, Willy ans Telefon zu holen. Jetzt befahl er: »Verfrachtet ihn zurück in den Schrank.«

»He, Moment mal«, protestierte Willy. »Ich hab Kohldampf.«

»Wir lassen Hamburger und Fritten kommen«, erklärte Sammy, während er ihn knebelte. »Du kriegst schon was zu futtern.«

Er verschnürte und verknotete Willys Füße und Beine, dann band er ihm die Hände zusammen und schob ihn in den engen Schrank. Die Tür schloss nicht dicht, so dass Willy das leise Gespräch mithören konnte. »Zwei Millionen Mäuse heißt, dass sie zwanzig Banken aufsuchen muss. Die hat auf keiner mehr als hundert Riesen, dafür ist sie viel zu gerissen – schon von wegen Versicherung. Dann muss sie Formulare ausfüllen, die Bank muss das Geld abzählen, also geben wir ihr drei, vier Tage, bis sie alles zusammen hat.«

»Sie braucht vier«, erklärte Clarence. »Bis Freitagabend kriegen wir die Kohle. Wir sagen ihr, dass wir's nachzählen, und dann kann sie Willy abholen.« Er lachte. »Dann schicken wir 'ne Karte und markieren die Stelle, wo der Bagger anfangen soll.«

Alvirah saß in Willys Sessel, starrte blicklos nach draußen, wo die späte Nachmittagssonne die Schatten im Central Park immer länger werden ließ. Als auch die letzten Strahlen verlöscht waren, zündete sie die Lampe an und erhob sich langsam. Es war sinnlos, an all die guten Zeiten zu denken, die sie und Willy in diesen vierzig Jahren verbracht hatten, oder an die Prospekte, die sie noch morgens durchgeblättert hatten, um ihre Wahl zu treffen zwischen einem Kamelritt durch Indien oder einer Ballon-Safari in Westafrika.

Ich hole ihn mir zurück, beschloss sie, wobei sie das Kinn noch etwas angriffslustiger vorstreckte. Zuallererst musste sie sich eine Tasse Tee aufgießen. Als Nächstes sämtliche Kontobücher herausnehmen und die Reihenfolge festlegen, in der sie eine Bank nach der anderen aufsuchen und Geld abheben wollte.

Die Banken lagen über Manhattan und Queens verstreut. In jeder unterhielten sie ein Konto von jeweils hunderttausend Dollar und natürlich die anfallenden

Zinsen, die sie Ende des Jahres abhoben und damit ein neues Konto einrichteten. ›Irgendwelche Spekulationen sind für uns nicht drin‹, darüber waren sie sich einig. Auf die Bank. Versichert, Punktum. Als jemand sie zu überreden versuchte, Wertpapiere mit einer Laufzeit von zehn bis fünfzehn Jahren zu erwerben, hatte Alvirah erwidert: »In unserem Alter kommt nichts in Frage, was sich in zehn Jahren auszahlt.«

Lächelnd erinnerte sie sich an Willys Einwurf: »Und wir kaufen auch keine grünen Bananen.«

Alvirah schluckte einen Riesenkloß im Hals herunter, als sie den Tee trank, und beschloss, am nächsten Morgen in der 75th Street bei der Chase Manhattan anzufangen, dann zur Chemical gegenüber zu gehen, die Park Avenue abzuklappern, von der Citibank an, und dann die Wall Street.

Sie lag die ganze Nacht über wach und grübelte, ob Willy auch nichts geschehen war. Ich werde sie dazu bringen, dass sie mich jeden Abend mit Willy sprechen lassen, bis ich das Geld zusammenhabe, gelobte sie sich. Dann können sie ihm auch nichts tun, bis ich irgendwas ausgeknobelt habe.

Bei Tagesanbruch war sie versucht, die Polizei zu verständigen. Als sie dann um sieben aufstand, verwarf sie den Gedanken. Vielleicht hatten diese Leute einen Spion im Gebäude sitzen, der solche auffälligen Aktivitäten in der Wohnung melden würde. Sie durfte kein Risiko eingehen.

Willy verbrachte die Nacht im Schrank. Sie lockerten die Stricke so weit, dass er ein wenig Bewegungsfreiheit hatte. Eine Decke oder ein Kissen gaben sie ihm allerdings nicht, und sein Kopf lag auf irgendeinem Schuh. Unmöglich, den wegzuschieben. Der Schrank war viel zu voll gestopft mit allem möglichen Krempel. Als er irgendwann eindöste, träumte er, sich an der Außenwand vom Mount Rushmore, direkt unter dem Antlitz von Teddy Roosevelt, zu befinden, festgeklammert mit einer steinernen Halskrause.

Die Banken öffneten erst um neun Uhr. Um 8 Uhr 30 hatte Alvirah in einem Anfall von überschäumender Energie die bereits blitzsaubere Wohnung geputzt. Im Schrank hatte sie eine wurstförmige Plastiktasche ausgegraben, das einzige in Central Park South vorhandene Überbleibsel aus der Zeit, in der sie und Willy mit dem Greyhound Ferienreisen in die Catskill Mountains unternahmen.

Es war ein frischer Oktobermorgen, und Alvirah trug ein hellgrünes Kostüm, das sie sich während einer ihrer Schlankheitskuren gekauft hatte. Der Rockbund klaffte, aber dieses Problem war mit Hilfe einer großen Sicherheitsnadel zu lösen. Automatisch befestigte sie die rosettenförmige Anstecknadel mit dem eingebauten Aufnahmegerät am Revers.

Immer noch zu früh für den Aufbruch. Alvirah bemühte sich, an den positiven Gedanken festzuhalten, dass alles in Butter wäre, sobald das Geld bezahlt war, setzte den Wasserkessel wieder auf und schaltete die Morgennachrichten ein.

Die Schlagzeilen waren diesmal halbwegs zivil. Kein Mafiaboss vor Gericht. Kein spektakulärer Mordfall. Keine Verhaftung von Dealern, die gepanschten Stoff verkauften.

Alvirah nippte an ihrem Tee und wollte gerade abschalten, als der Nachrichtensprecher mitteilte, vom heutigen Tag an könnten die New Yorker das Gerät benutzen, das die Telefonnummer von Anrufern aufzeichnete.

Sie brauchte einen Moment, bis ihr klar wurde, was das bedeutete. Dann sprang Alvirah auf und rannte zum

Materialschrank. Unter den diversen elektronischen Geräten, die sie und Willy mit Begeisterung heimschleppten, befand sich auch eines, das die Telefonnummern von Anrufern aufzeichnete. Beim Kauf hatten sie übersehen, dass es in New York zwecklos war.

Lieber Gott, betete sie, als sie die Schachtel aufriss, den Rekorder entnahm und ihn mit zitternden Fingern gegen den Anrufbeantworter im Schlafzimmer austauschte. Gib, dass sie Willy in New York festhalten. Gib, dass sie von dem Versteck aus anrufen.

Sie musste noch eine Mitteilung auf Band sprechen. »Sie sind mit der Wohnung von Alvirah und Willy Meehan verbunden. Bitte warten Sie den Signalton ab und hinterlassen Sie dann eine Nachricht. Wir rufen Sie baldmöglichst zurück.« Sie hörte die Ansage ab. Ihre Stimme klang verändert, besorgt, angespannt.

Schließlich hatte sie bei einer Schulaufführung in der Bronx einmal einen Preis gewonnen, rief sie sich ins Gedächtnis. Zeig, was du als Schauspielerin kannst, ermahnte sie sich. Sie holte tief Luft und begann von neuem: »Hallo. Sie sind mit der Wohnung ...«

Das klingt schon besser, fand sie beim Abhören der neuen Version. Dann griff sie nach ihrer Schultertasche und machte sich auf den Weg zur Chase Manhattan Bank, um das Lösegeld für Willy zusammenzubringen.

Ich werd noch verrückt, dachte Willy, als er die Arme zu biegen versuchte, die einerseits erstarrt waren und zugleich schmerzten. Seine Beine waren immer noch fest zusammengebunden. Die konnte man vergessen. Um halb neun hörte er leises Klopfen. Vermutlich der so genannte Zimmerservice in dieser Absteige. Sie brachten Schlangenfraß auf Papptellern. Zumindest waren die Hamburger am Vorabend auf diese appetitliche Weise serviert worden.

Egal, der Gedanke an eine Tasse Kaffee und eine Scheibe Toast machte Willy den Mund wässrig.

Kurz darauf öffnete sich die Schranktür. Sammy und Tony glotzten zu ihm herunter. Sammy hielt die Kanone, während Tony den Knebel abnahm. »Na, gut gepennt?« Tonys abstoßendes Lächeln entblößte einen abgebrochenen Eckzahn.

Willy wünschte sich sehnlichst, bloß zwei Minuten die Hände frei zu haben. Die juckte es, Tonys anderen Eckzahn dem ersten anzugleichen und so für Symmetrie zu sorgen. »Geschlafen wie ein Säugling«, log er. Er nickte in Richtung Badezimmer. »Wie wär's damit?«

»Was?« Tony blinzelte, sein zerknautschtes Gesicht glich einer verwirrten Gummipuppe.

»Er muss auf den Topf«, erläuterte Clarence. Er durchquerte den engen Raum und beugte sich über Willy. »Siehste die Kanone?« Er deutete darauf. »Hat 'nen Schalldämpfer. Eine falsche Bewegung und aus der Traum. Sammy hat 'nen sehr nervösen Zeigefinger. Dann sind wir alle stocksauer, weil du uns so viel Mühe gemacht hast. Und die Wut müssen wir dann an deiner Alten auslassen. Kapiert?«

Willy war fest davon überzeugt, dass Clarence es ernst meinte. Tony mochte dämlich sein. Sammy hatte ja vielleicht einen nervösen Zeigefinger, aber ohne Einwilligung von Clarence würde er garantiert nichts unternehmen. Und Clarence war ein Killer. Er bemühte sich um einen ruhigen Tonfall. »Ich hab's kapiert.«

Irgendwie gelang es ihm, zum Badezimmer zu humpeln. Tony lockerte die Handfesseln, sodass er sich etwas Wasser ins Gesicht spritzen konnte. Willy schaute sich angewidert um. Der Fliesenfußboden war brüchig und anscheinend seit Jahren nicht mehr geputzt worden. Auf der Beschichtung von Wanne und Waschbecken hatten sich überall Rostflecken eingefressen. Am schlimmsten war das ständige Tropfen aus Wasserbehälter, Hähnen und Dusche. »Hört sich an wie die Niagarafälle«, bemerkte er zu Tony, der an der Tür stand.

Tony schubste ihn zu dem wackeligen Spieltisch, an dem Sammy und Clarence saßen und der mit Kaffeebechern und Abfällen von irgendwelchen Gepäckverpackungen übersät war. Clarence wies mit einer Kopfbewegung auf den Klappstuhl neben Sammy. »Setz dich dahin.« Dann drehte er sich ruckartig um. »Mach die verdammte Tür zu«, befahl er Tony. »Ich werd wahnsinnig bei dem elenden Getropfe. Hat mich die halbe Nacht nicht schlafen lassen.«

Willy kam eine Idee. Er versuchte, möglichst beiläufig zu klingen. »Ich schätze, wir bleiben 'n paar Tage hier. Wenn ihr mir die richtigen Werkzeuge besorgt, kann ich das für euch reparieren. Ich bin nämlich der beste Klempner, den ihr je entführt habt.«

Alvirah lernte, dass es viel leichter war, Geld in einer Bank zu deponieren, als es wieder herauszubekommen. Als sie ihren Abhebungsschein in der Chase Manhattan vorlegte, bekam der Kassierer Stielaugen. Dann bat er sie, sich zu einem Direktionsassistenten zu bemühen. Fünfzehn Minuten später beteuerte Alvirah immer noch beharrlich, sie sei keineswegs unzufrieden mit dem Kundendienst, nein. Ja, sie wünsche ohne jeden Zweifel eine Barauszahlung. Ja, sie habe verstanden, was ein von der Bank bestätigter Scheck sei. Schließlich fragte sie unverblümt: »Ist es nun mein Geld oder nicht?«

»Natürlich. Selbstverständlich.« Man müsse sie nur bitten, ein paar Formulare auszufüllen – eine Vorschrift bei Barabhebungen über mehr als zehntausend Dollar.

Es wurde kurz vor zwölf, bis Alvirah einem Taxi winken

konnte, das sie die drei Häuserblocks bis zur Wohnung brachte. Sie stopfte das Geld in eine Kommodenschublade und machte sich wieder auf den Weg zur Chemical Bank in der Eighth Avenue.

Abends hatte sie von den benötigten zwei Millionen nur dreihunderttausend zusammenbekommen. Nun saß sie in der Wohnung und starrte auf das Telefon. Es gab eine Möglichkeit, das Verfahren zu beschleunigen. Am nächsten Morgen würde sie bei den restlichen Banken anrufen und ihre Abhebungen ankündigen. Fangt schon mal zu zählen an, Leute …

Um halb sieben klingelte das Telefon. Als Alvirah nach dem Hörer griff, erschien auf dem Anrufbeantworter eine Nummer. Eine wohl bekannte. Die unvergleichliche Schwester Cordelia war am Apparat.

Willy hatte sieben Schwestern, von denen sechs ins Kloster gegangen waren. Die inzwischen verstorbene siebente war die Mutter von Brian, dem Dramatiker, den Alvirah und Willy wie einen Sohn liebten. Brian befand sich derzeit in London. Alvirah hätte sich an ihn um Hilfe gewandt, wenn er in New York gewesen wäre.

Cordelia jedoch gedachte sie kein Wort von Willys Entführung zu sagen. Die würde prompt im Weißen Haus anrufen und vom Präsidenten verlangen, er solle unverzüglich die Army in Marsch setzen, um ihren Bruder zu retten.

Cordelia hörte sich etwas verärgert an. »Alvirah, Willy sollte heute Nachmittag herkommen. Bei einer von den alten Damen, die wir betreuen, muss die Toilette repariert werden. Sieht ihm gar nicht ähnlich, so was zu vergessen. Gib ihn mir mal.«

Alvirah lachte, ein Hahaha, das selbst in ihren Ohren klang wie die Tonkonserven miserabler Fernsehshows. »Cordelia, das muss er glatt verschwitzt haben. Willy ist … er …« Plötzlich kam ihr eine Erleuchtung. »Willy ist in

Washington, er soll sich dazu äußern, wie sich die Installationen in den vom Staat restaurierten Wohnhäusern am preisgünstigsten reparieren lassen. Der Präsident hat gelesen, dass Willy in solchen Sachen genial ist, und nach ihm geschickt.«

»Der Präsident!« Cordelias ungläubiger Ton erweckte in Alvirah den Wunsch, sie hätte besser irgendeinen Kongressabgeordneten zitiert. Ich lüge eben nie, dachte sie wütend. Ich kann's einfach nicht.

»Willy würde nie ohne dich nach Washington fahren«, ereiferte sich Cordelia.

»Sie haben ihn mit dem Wagen abgeholt.« Na, wenigstens das ist wahr, dachte Alvirah.

Sie hörte das lang gedehnte Hm … am anderen Ende der Leitung. Cordelia ließ sich von keinem zum Narren halten. »Na schön, wenn er zurückkommt, sage ihm bitte, er soll gleich mal vorbeischauen.«

Nach zwei Minuten klingelte es wieder. Diesmal erschien keine bekannte Nummer. Das sind SIE, dachte Alvirah. Sie sah ihre Hand zittern, zwang sich, an ihren Schauspielerpreis zu denken, und nahm den Hörer ab. Ihr Hallo kam forsch und zuversichtlich.

»Wir hoffen, Sie haben die Banken abgeklappert, Mrs Meehan.«

»Ja, hab ich. Geben Sie mir Willy.«

»Gleich können Sie mit ihm reden. Freitagabend wollen wir das Geld.«

»Freitagabend! Heute ist Dienstag. Da bleiben mir nur drei Tage. Es dauert 'ne Weile, das Ganze zusammenzukriegen.«

»Halten Sie sich ran. Und jetzt Ihr Hallo an Willy.«

»He, Schatz.« Willys Stimme klang gedämpft. Dann sagte er: »Lasst mich doch reden.«

Alvirah hörte etwas zu Boden fallen. »Okay, Alvirah«,

sagte die Flüsterstimme. »Wir rufen erst wieder am Freitagabend um sieben Uhr an. Dann lassen wir Sie mit Willy reden und sagen Ihnen, wo Sie uns treffen. Vergessen Sie nicht – irgendwelche Mätzchen, und Sie müssen Ihre Klempnerrechnung bezahlen. Willy steht dann für Reparaturen nicht mehr zur Verfügung.«

Ein Klicken. Willy. Willy. Sie umklammerte immer noch den Hörer, starrte die aufgezeichnete Nummer an: 555-7000. Sollte sie zurückrufen? Aber falls sich einer von denen meldete, wüssten sie, dass sie ihnen nachspürte. Also versuchte sie es beim *Globe.* Jim, ihr Chefredakteur, saß noch am Schreibtisch, wie erwartet. Sie erklärte, was sie brauchte.

»Klar, das kann ich für Sie rauskriegen, Alvirah. Sie klingen irgendwie mysteriös. Arbeiten Sie an einem Fall, über den Sie einen Artikel für uns schreiben können?«

»Das weiß ich noch nicht genau.«

Zehn Minuten später rief er zurück. »He, Alvirah, das ist 'n ganz obskures Etablissement, nach dem Sie fahnden. Heißt Lincoln Arms Hotel, in der Ninth Avenue, in der Nähe vom Tunnel. ›Absteige‹ wär noch geprahlt.«

Lincoln Arms Hotel. Alvirah rang sich noch einen Dank an Jim ab, bevor sie den Hörer hinknallte und hinausstürzte.

Vorsichtshalber verließ sie das Gebäude durch die Garage und nahm ein Taxi. Sie wollte dem Fahrer die Adresse des Hotels nennen, überlegte es sich dann anders. Wenn nur einer von Willys Entführern sie entdeckte? Sie ließ sich am Busbahnhof absetzen. Das war nur einen Block vom Lincoln Tunnel entfernt.

Mit Kopftuch und hochgeschlossenem Mantelkragen ging Alvirah am Lincoln Arms Hotel vorbei. Zu ihrem Schrecken stellte sie fest, dass es sich um einen recht umfänglichen Komplex handelte. Sie schaute zu den Fenstern hinauf. Befand sich Willy hinter einem? Das Haus sah aus, als sei es vor dem Bürgerkrieg erbaut worden, aber es hatte mindestens zehn bis zwölf Stockwerke. Wie konnte sie ihn dort jemals finden? Wiederum überlegte sie, ob sie die Polizei rufen solle, und dann erinnerte sie sich wieder an den Fall, in dem eine Ehefrau genau das gemacht hatte; die Bullen wurden am vereinbarten Ort bei der Übergabe des Lösegelds entdeckt, und die Entführer rasten davon. Die Leiche fand man nach drei Wochen.

Alvirah stand an der Seitenfront des Hotels im Dunkeln und betete. Und dann sah sie es. Ein Schild im Fenster. BEDIENUNG GESUCHT. Schichtdienst von 16 bis 24 Uhr. Zimmerkellnerin? Sie musste diesen Job unbedingt kriegen, aber nicht in diesem Aufzug.

Ohne auf die Lastwagen, Autos und Busse zu achten, die auf den Tunnel zurasten, schoss Alvirah auf die Straße, schnappte sich ein Taxi und nannte die Adresse in Flushing.

Vierzig Jahre lang war die alte Wohnung ihr Zuhause gewesen, und sie sah noch genauso aus wie an dem Tag, als sie in der Lotterie gewonnen hatten. Die dunkelgraue Samtcouch mit den tiefen Polstern und dem passenden Sessel, der kleine Teppich in Grün und Orange, den die Dame, bei der sie dienstags putzte, ausrangiert hatte, die Schlafzimmereinrichtung mit Mahagonifurnier, von Willys Mutter mit in die Ehe gebracht.

Im Schrank hingen all die Sachen, die sie damals getragen hatte. Farbenfrohe Baumwollkleider. Lange Hosen und Sweatshirts aus Polyester, Turnschuhe und ebenso hochhackige Schuhe, alles Sonderangebote. Im Spiegelschrank im Badezimmer fand sie die Hennatönung, mit der ihr Haar die gleiche Farbe bekam wie die aufgehende Sonne auf der japanischen Flagge.

Eine Stunde später war keine Spur mehr übrig von der

zur feinen Dame avancierten Lotteriegewinnerin. Leuchtend rote Haarsträhnen umrahmten ein Gesicht, grell geschminkt, wie sie es bevorzugte, bevor Baronin Min ihr beibrachte, dass weniger mehr war. Der alte Lippenstift passte zum flammend roten Haar. Ihre Augen waren farbenprächtig dekoriert. Arbeitshosen, die über dem Gesäß spannten, knöchellange, dicke Wollsocken, abgetragene Turnschuhe, ein Sweatshirt mit Fellbesatz und der bunten Skyline von Manhattan auf dem Rücken machten die Verwandlung komplett.

Alvirah begutachtete das Ergebnis tief befriedigt. Ich sehe genau aus wie jemand, der sich in dem lausigen Hotel um einen Job bewirbt, befand sie. Zögernd ließ sie die rosettenförmige Anstecknadel in der Schublade. Die passte einfach nicht auf das Sweatshirt.

Als sie ihren alten Allwettermantel anzog, fiel ihr ein, dass sie Geld und Schlüssel noch umräumen müsste in die schwarzgrüne Einkaufstasche, die sie immer zu ihren Putzstellen mitgenommen hatte.

Nach vierzig Minuten war sie im Lincoln Arms Hotel. Die schmuddelige Halle bestand aus einem abgenutzten Schreibtisch vor einer mit Briefkästen bestückten Wand sowie vier Sesseln in unterschiedlich ramponiertem Zustand. Der fleckige Teppich war durchlöchert, darunter erkannte man den uralten Linoleumbelag.

Was heißt hier Zimmerkellnerin, dachte Alvirah, die sollten sich nach einer Putzfrau umschauen.

Als sie auf den Schreibtisch zuging, blickte der so genannte Empfangschef auf, ein bleichgesichtiger Typ mit trüben Augen.

»Sie wünschen?«

»Einen Job. Bin 'ne gute Kellnerin.«

Er verzog mehr höhnisch als lächelnd den Mund. »Gut brauchen Sie gar nicht zu sein, nur fix. Wie alt?«

»Fünfzig«, schwindelte Alvirah.

»Wenn Sie fünfzig sind, bin ich zwölf. Scheren Sie sich weg.«

»Ich brauche unbedingt ’nen Job.« Alvirah ließ nicht locker. Sie hatte Herzklopfen, spürte Willys Gegenwart. Sie konnte darauf schwören, dass er irgendwo in diesem Hotel versteckt war. »Geben Sie mir eine Chance. Ich arbeite auch von vier Tagen drei umsonst. Wenn sich nicht bis – sagen wir, Samstag – rausstellt, dass ich die beste Kraft bin, die Sie je gehabt haben, können Sie mich rausschmeißen.«

Er zuckte die Achseln. »Was kann ich da schon groß verlieren? Also kommen Sie morgen, Punkt vier. Wie heißen Sie doch gleich?«

»Tessie«, entgegnete Alvirah unbeirrt. »Tessie Magink.«

Am Mittwochmorgen spürte Willy, wie die Spannung zwischen seinen Entführern wuchs. Clarence verweigerte Sammy rundweg die Erlaubnis, den Raum zu verlassen. Als Sammy sich beschwerte, fuhr Clarence ihn an:

»Nach zwölf Jahren Knast dürfte es dir ja nicht schwer fallen, sesshaft zu bleiben.«

Weit und breit kein Zimmermädchen, das anklopfte, um sauber zu machen. Aber hier war anscheinend sowieso seit einem Jahr nicht mehr geputzt worden, befand Willy. Die drei Feldbetten standen nebeneinander, mit dem Kopfende an der Badezimmerwand. Eine schmale Frisierkommode, von der die Kunststofffolie sich ablöste, ein Schwarzweißfernseher und ein runder Tisch mit vier Stühlen vervollständigten die Einrichtung.

Dienstagabend hatte Willy seine Wärter überredet, ihn im Badezimmer auf dem Fußboden schlafen zu lassen. Dort war mehr Platz als im Schrank, und wenn er sich besser ausstrecken konnte, würde ihm auch das Gehen leichter fallen nach der Übergabe des Lösegeldes. Die Blicke, die sie bei diesem Vorschlag wechselten, entgingen ihm keineswegs. Sie dachten gar nicht daran, ihn laufen zu lassen. Das hieß, ihm blieben etwa achtundvierzig Stunden, einen Fluchtweg aus dieser Mausefalle zu ersinnen.

Um drei Uhr früh, als er Sammy und Tony im Duett schnarchen und Clarence schwer, aber regelmäßig atmen hörte, hatte Willy es geschafft, sich hochzurappeln und zur Toilette zu humpeln. Das Seil, mit dem er am Badewannenhahn festgebunden war, gewährte ihm gerade genügend Spielraum, den Deckel des Wassertanks zu fassen. Mit seinen gefesselten Händen hob er ihn an, legte ihn aufs Waschbecken und langte in das schmutzige, mit Rost durchsetzte Wasser. Binnen weniger Minuten war das Tropfen lauter, häufiger und hartnäckiger geworden.

Das nervtötende, andauernde Glucksen hatte Clarence geweckt. Willy lächelte boshaft in sich hinein, als Clarence geiferte: »Ich werd noch wahnsinnig. Hört sich an wie'n pissendes Kamel.«

Als das Frühstück gebracht wurde, lag Willy bereits wieder gefesselt und geknebelt im Schrank, diesmal mit Sammys Kanone an der Schläfe. Vom Korridor hörte er das leise Krächzen des offenbar alten Mannes, vermutlich der einzige Zimmerkellner. Den alarmieren zu wollen wäre reine Zeitverschwendung.

Am Nachmittag machte sich Clarence daran, die Badezimmertür mit Handtüchern zu verpflastern, doch das penetrante Geräusch rinnenden Wassers ließ sich nicht blockieren. »Ich krieg wieder mal meine grässlichen Kopfschmerzen«, knurrte er und ließ sich auf dem ungemachten Bett nieder. Kurz darauf begann Tony zu pfeifen. Sammy brachte ihn sofort zum Schweigen. »Wenn Clarence einen von seinen Kopfschmerzanfällen kriegt, heißt's aufpassen.«

Tony langweilte sich eindeutig. Seine Frettchenaugen wurden glasig, als er sich vor den Fernseher hockte, die Lautstärke auf ein Minimum drosselte. Willy saß neben ihm, an den Stuhl gefesselt, den Knebel so weit gelockert, dass er durch die fast geschlossenen Lippen sprechen konnte.

Am Tisch spielte Sammy unentwegt Solitär. Am Spätnachmittag hatte Tony genug vom Fernsehen und schaltete ab. »Hast du Kinder?«, fragte er Willy.

Wenn es für ihn irgendeine Hoffnung gab, lebend aus dieser Bruchbude herauszukommen, dann musste er auf Tony setzen. Das war Willy klar. Bemüht, seine teils verkrampften, teils erstarrten Gliedmaßen zu ignorieren, erklärte er Tony, dass ihm und Alvirah zwar Kinder versagt geblieben waren, sie aber seinen Neffen Brian wie ihren eigenen Sohn liebten, vor allem seit dem Heimgang seiner Mutter, Willys Schwester. »Ich hab außerdem noch sechs Schwestern«, erläuterte er. »Alle Nonnen. Cordelia ist die älteste. Am einundzwanzigsten wird sie achtundsechzig.«

Tony fiel die Kinnlade herunter. »Mach Sachen. Als Junge hab ich mich viel auf der Straße rumgetrieben und mir'n paar Kröten damit verdient, dass ich Frauen um ihren Geldbeutel erleichtert hab, du verstehst schon. Aber mit Nonnen bin ich nie Schlitten gefahren, nicht mal auf dem Weg zum Supermarkt, wo sie ja Bares bei sich haben. Und von 'nem guten Reibach hab ich immer zwei Dollar in den Briefkasten vom Kloster geschoben, so 'ne Art Dank.«

Willy tat beeindruckt von Tonys Freigebigkeit.

»Wollt ihr wohl die Klappe halten?«, herrschte Clarence sie an. »Mir platzt der Schädel.«

Willy betete im Stillen, als er sagte: »Ich brauche ja bloß 'nen Franzosen und 'nen Schraubenzieher, dann könnt ich's abdichten.«

Wenn ich nur Hand an den Behälter legen könnte, dachte er. Alles unter Wasser setzen. Sie könnten ihn nicht gut erschießen, wenn Leute angerannt kämen, um die Überschwemmung zu stoppen.

Schwester Cordelia wusste, dass irgendetwas nicht stimmte. Bei aller Liebe zu Willy konnte sie sich nicht vorstellen, dass der Präsident ihn mit einem Privatwagen abholen ließ. Außerdem: Alvirah war immer so offen, dass man in ihr lesen konnte wie in einem offenen Buch. Doch als Cordelia sie am Mittwochabend telefonisch zu erreichen versuchte, meldete sie sich nicht. Und als sie sie dann um halb vier erwischte, schien sie außer Atem zu sein. Sie habe gerade einen anstrengenden Lauf hinter sich, erklärte sie, ohne nähere Angaben zu machen. Natürlich ging es Willy blendend. Warum auch nicht? Am Wochenende wäre er wieder daheim.

Das Kloster befand sich in einer Wohnung in einem alten Haus in der Amsterdam Avenue Ecke 110th Street. Schwester Cordelia lebte dort zusammen mit vier älteren Nonnen und einer einzigen Novizin, der siebenundzwanzigjährigen Schwester Maeve Marie, einer ehemaligen Polizistin, die nach drei Dienstjahren erkannt hatte, wozu sie berufen war.

Nach Beendigung ihres Gesprächs mit Alvirah ließ sich Cordelia schwer auf einen massiven Küchenstuhl sinken. »Maeve, irgendwas stimmt nicht mit Willy«, sagte sie. »Ich spür das genau.«

Das Telefon klingelte abermals. Arturo Morales, Direktor der Bank in Flushing, gleich um die Ecke von Willys und Alvirahs alter Wohnung.

»Schwester«, begann er, »ich belästige Sie höchst ungern, aber ich mache mir Sorgen.«

Cordelia hörte beklommen zu, als Arturo ihr erklärte,

Alvirah habe versucht, hunderttausend Dollar abzuheben. Sie konnten ihr nur zwanzigtausend auszahlen, hatten ihr aber die restliche Summe bis Freitagmorgen versprochen.

Cordelia bedankte sich für die Information, gelobte striktes Stillschweigen darüber, dass er das Bankgeheimnis verletzt hatte, legte auf und herrschte Maeve an: »Los, mach schon. Wir gehen zu Alvirah.«

Alvirah meldete sich pünktlich um vier im Lincoln Arms Hotel zur Stelle. Sie hatte sich in der Hafenbehörde umgezogen. Als sie jetzt vor dem Portier stand, fühlte sie sich in ihrer Verkleidung ganz sicher. Er bedeutete ihr mit einer ruckartigen Kopfbewegung, dass sie den Korridor hinuntergehen müsse bis zu der Tür mit der Aufschrift EINTRITT VERBOTEN.

Die führte in die Küche. Der Chefkoch, ein knochiger Siebziger, der Gabby Hayes, dem Cowboystar der Vierzigerjahre, verblüffend ähnlich sah, bereitete Hamburger zu. Von den Fettspritzern auf dem Bratrost stiegen Rauchwolken zur Decke. Er blickte hoch. »Du bist Tessie?«

Alvirah nickte.

»Okay. Ich bin Hank. Fang schon mal mit Auftragen an.«

Finessen gab es in der Abteilung Zimmerservice nicht. Braune Plastikbecher, wie sie in den Cafeterias der Krankenhäuser zu finden sind, derbe Servietten, Plastikgeschirr, Senf, Ketchup und Gewürze in Probetüten.

Hank schaufelte schwammige Hamburger auf Brötchen. »Schenk den Kaffee ein. Nicht zu voll. Fritten auftun.«

Alvirah gehorchte. »Wie viel Zimmer gibt's hier?«, erkundigte sie sich, während sie die Tabletts herrichtete.

»Hundert.«

»So viele!«

Hank grinste, entblößte dabei ein von Nikotin verfärbtes Gebiss. »Nur vierzig Übernachtungen. Der Stundenbetrieb verlangt keinen Zimmerservice.«

Alvirah überlegte. Vierzig – das ging noch. Ihrer Schätzung nach mussten mindestens zwei Männer an der Entführung beteiligt sein. Ein Fahrer, einer, der Willy im Zaum hielt. Womöglich sogar noch einer, der das erste Telefongespräch führte. Sie musste also auf große Bestellungen achten. Das war wenigstens ein Anfang.

Sie machte sich ans Servieren, von Hank eindringlich ermahnt, sofort zu kassieren. Die Hamburger gingen an die Theke, wo etwa ein Dutzend brutale Typen herumlungerten, denen man nicht im Dunkeln begegnen wollte. Die zweite Bestellung brachte sie dem Empfangschef und dem Hoteldirektor, die in einem stickigen Raum hinter der so genannten Rezeption residierten. Ihre Riesensandwiches gingen auf Kosten des Hauses. Ihr nächstes Tablett mit Cornflakes sowie einem doppelten Whisky nebst Bier bekam ein verlotterter, triefäugiger Rentner. Alvirah war überzeugt, dass ihm die Cornflakes erst nachträglich eingefallen waren.

Danach wurde sie mit einem schweren Tablett zu vier Männern beordert, die im neunten Stock Karten spielten. Eine weitere Runde in der siebenten Etage bestellte Pizzas. Im achten Stock empfing sie ein vierschrötiger Kerl an der Tür mit den Worten: »Ach, Sie sind neu. Ich nehm's schon. Hämmern Sie nicht an die Tür, wenn Sie's abholen kommen. Mein Bruder hat grässliche Kopfschmerzen.« Hinter ihm konnte Alvirah einen Mann erkennen, der auf einem Bett lag, die Augen mit einem Tuch bedeckt. Ein unablässiges Tropfgeräusch im Badezimmer erinnerte sie übermächtig an Willy. Er hätte das im Nu abgedichtet.

Sonst war eindeutig niemand im Raum, und der Typ an der Tür machte den Eindruck, als könne er alles auf dem Tablett spielend allein verputzen.

Die Wünsche nach Zimmerservice hielten Alvirah von sechs bis etwa zehn Uhr in Trab. Aus ihren eigenen Beobachtungen und aus den Erklärungen von Hank, der immer geschwätziger wurde, je mehr er ihre Tüchtigkeit schätzen lernte, konnte sich Alvirah ein klares Bild machen. Es gab zehn Etagen mit jeweils zehn Zimmern. Die ersten sechs Stockwerke waren für Stundengäste reserviert. Die Zimmer in der oberen Etage waren am geräumigsten, alle mit Bad, und zur Vermietung für zumindest einige Tage gedacht.

Bei einem handfesten Hamburger, den sie ihm um zehn zubereitete, erfuhr sie von Hank, dass sich hier jeder unter falschem Namen eintrug. Alle zahlten bar. »Einer kommt her, um seine privaten Postfächer zu leeren. Er publiziert Pornohefte. Ein anderer organisiert Kartenspiele. Viele saufen sich hier einen an, wenn sie eigentlich auf Geschäftsreise sein sollen. In der Preislage. Keine krummen Touren. Mehr so 'ne Art Privatclub.«

Hanks Kopf begann allmählich herabzusinken, nachdem er das dritte Glas Bier geleert hatte. Ein paar Minuten später war er eingeschlafen. Leise schlich Alvirah sich an den Tisch, der zugleich als Arbeitsplatz und Ablagefläche diente. Wenn sie eine Bestellung ausgeführt und abkassiert hatte, musste sie das Geld hier in eine Zigarrenkiste tun. Der Bestellzettel mit Preisangabe kam in die Schachtel daneben. Laut Hanks Erklärung endete der Zimmerservice um Mitternacht, der Portier zählte das Geld nach, kontrollierte die Summe anhand der Quittungen und deponierte es im Safe, der unten im Kühlschrank versteckt war. Die Bestellzettel wurden dann in einen unter dem Tisch befindlichen Karton geworfen. Im Augenblick türmte sich ein ganzer Berg darin.

Wenn ein paar von ihnen fehlten, würde das keinem auffallen. Die neuesten dürften obenauf liegen, kalkulierte Alvirah, fischte einen Stapel heraus und stopfte ihn in ihre voluminöse Tragetasche. Zwischen elf und zwölf brachte sie drei weitere Bestellungen in die Bar. Es war ihr unmöglich, müßig in der schmutzigen Küche herumzustehen, und so machte sich Alvirah ans Putzen, mit dem benebelten Hank als Zuschauer.

In der Hafenbehörde zog sie sich geschwind wieder um, wischte sich die Schminke aus dem Gesicht, wickelte sich einen Turban um das grellrote Haar und landete dann um Viertel nach eins mit dem Taxi in Central Park South. Ramon, der Nachtportier, empfing sie mit der Mitteilung: »Schwester Cordelia war hier. Sie hat 'ne Menge Fragen gestellt, wo Sie sind.«

Cordelia ist kein Dummkopf, musste Alvirah widerwillig zugeben. Doch da begann der Plan Gestalt anzunehmen, in dem Cordelia eine Rolle spielte.

Noch bevor Alvirah ihren erschöpften Körper in das nach Ölen duftende Schaumbad sinken ließ, ordnete sie die schmierigen Bestellzettel. Binnen einer Stunde hatte sie die Möglichkeiten eingeengt. Aus sieben Zimmern kamen regelmäßig große Bestellungen. Sie schob die nagende Furcht weit von sich, dass die Bewohner durchweg Kartenspieler oder sonstige Glücksritter waren und Willy sich jetzt vielleicht schon in Alaska befand. Ihr Instinkt hatte gleich nach Betreten des Hotels gesagt, dass er ganz in der Nähe war.

Es war fast drei Uhr, als sie sich in das Doppelbett legte. Trotz ihrer Müdigkeit konnte sie einfach nicht einschlafen. Schließlich sah sie ihn im Geiste neben sich. »Gute Nacht, mein Schatz«, sagte sie laut und hörte ihn in Gedanken antworten: »Schlaf gut, Liebling.«

Am Donnerstagmorgen waren die Kopfschmerzen so unerträglich geworden, dass sie Clarence den Schädel zu sprengen drohten und er zu schielen anfing. Selbst Tony bemühte sich, ihm nicht in die Quere zu kommen. Er rührte den Fernseher nicht an, sondern begnügte sich damit, neben Willy zu sitzen und ihm heiser flüsternd seine Lebensgeschichte zu erzählen. Er war gerade dabei, wie er als Siebenjähriger entdeckt hatte, dass Ladendiebstahl im Süßwarengeschäft ein Kinderspiel war, als Clarence vom Bett blaffte: »Du sagst, du kannst das verdammte Ding abdichten?«

Willy wollte seine Aufregung nicht allzu deutlich zeigen, aber seine Kehle war wie zugeschnürt, als er heftig nickte.

»Was brauchste?«

»Einen Franzosen«, krächzte Willy durch den Knebel. »Einen Schraubenzieher. Draht.«

»In Ordnung. Du hast's gehört, Sammy. Zieh los und schaff das Zeug her.«

Sammy spielte wieder Solitär. »Ich schick Tony.«

Clarence fuhr hoch. »DU gehst, hab ich gesagt. Dein dämlicher Bruder quatscht doch jeden an und bindet ihm auf die Nase, wohin er geht, warum er's macht, für wen er's besorgt. Hau jetzt ab.«

Sammy zitterte bei dem Tonfall, ihm fiel ein, wie Tony mit dem Fluchtwagen eine Vergnügungsfahrt unternommen hatte. »Sicher, Clarence, klar«, besänftigte er ihn. »Und wo ich schon mal unterwegs bin, könnt ich doch was zu essen mitbringen vom Chinesen, wie wär's? Mal 'ne Abwechslung.«

Die finstere Miene hellte sich sofort auf. »Okay. Und jede Menge Sojasoße, denk dran.«

Schwester Cordelia erschien am Donnerstagmorgen um sieben Uhr. Alvirah war darauf gefasst. Sie war vor einer halben Stunde aufgestanden, in Willys karierten Bademantel geschlüpft, der leicht nach seinem Rasierwasser roch, und hatte eine Kanne Kaffee auf dem Herd. »Was ist los?«, fragte Cordelia schroff.

Bei Kaffee und Gebäck erklärte Alvirah die Lage. »Wenn ich behaupten würde, ich hätte keine Angst, wär' das glatt gelogen, Cordelia«, schloss sie. »Ich hab 'ne Todesangst um Willy. Aber wenn jemand das Haus beobachtet oder womöglich einen Botenjungen als Spitzel angeheuert hat und so erfährt, dass auffällige Typen dort ein und aus gehen, bringen sie Willy um. Er ist in dem Hotel, Cordelia, das schwör ich dir, und ich hab 'nen Plan. Maeve hat doch noch ihren Waffenschein, oder?«

»Ja.« Schwester Cordelias graue Augen fixierten Alvirah mit durchdringendem Blick.

»Und sie steht immer noch gut mit den Typen, die sie in den Knast geschickt hat, stimmt's?«

»Aber sicher. Die lieben sie alle abgöttisch. Du weißt ja, wie sie Willy bei Reparaturen zur Hand gehen, und unseren Kranken bringen sie immer abwechselnd das Essen.«

»Genau darauf will ich hinaus. Sie passen dort prima ins Bild. Ich hätt's gern, dass drei oder vier von ihnen sich morgen Abend im Lincoln Arms einquartieren. Sie sollen 'ne Kartenrunde zusammentrommeln. Das ist dort an der Tagesordnung. Morgen Abend um sieben krieg ich den Anruf, wo ich das Geld deponieren soll. Sie wissen, dass ich erst übergebe, wenn ich mit Willy gesprochen hab. Sie dürfen ihn nicht rausschaffen, deshalb möchte ich, dass Maeves Leute die Ausgänge sichern. Das ist unsere einzige Chance.«

Cordelia starrte finster ins Leere und sagte dann: »Willy hat mir immer geraten, ich soll mich auf deinen sechsten

Sinn verlassen, Alvirah. Ich denke, das sollte ich jetzt wohl besser tun.«

Das chinesische Mahl bot eine willkommene Abwechslung. Nach dem Essen wurde Willy von Clarence ins Bad beordert, um dort das lästige Tropfen zu beseitigen. Sammy begleitete ihn. Willy sank der Mut, als Sammy sagte: »Ich hab keinen Schimmer, wie man so was repariert, aber ich weiß, wie man's nicht macht, also keine krummen Touren.«

Mein großartiger Plan wäre damit ja im Eimer, dachte Willy. Na ja, vielleicht kann ich's so lange rausziehen, bis mir was anderes einfällt. Er begann am Boden des Behälters den in Jahren angesetzten Rost wegzustemmen.

Um zwanzig vor vier stellte Alvirah den Koffer mit ihrer letzten Bankabhebung ab; es blieb kaum noch Zeit, zur Hafenbehörde zu rasen, sich umzuziehen und sich zur Arbeit zu melden. Auf dem Weg durch die Halle vom Lincoln Arms bemerkte sie eine Nonne in Ordenstracht mit ausgesprochen liebem Gesicht. Mit einem Korb in der Hand machte sie geräuschlos die Runde bei den Bargästen. Jeder warf etwas hinein. In der Küche erkundigte sich Alvirah bei Hank nach der Nonne.

»Ach die. Ja. Die lässt's den Kindern in der Gegend zukommen. Für jeden 'n gutes Gefühl, wenn er ihr 'nen Dollar oder auch zwei hinwirft. Irgendwie erhebend, du weißt schon.«

An diesem Abend liefen die Bestellungen nicht so flott wie letzte Nacht. Alvirah schlug Hank vor, die alten Bestellzettel in der Schachtel zu sortieren.

»Warum?« Hank machte ein erstauntes Gesicht.

Alvirah zupfte an ihrem Sweatshirt. Es trug die Aufschrift ICH HAB DIE NACHT MIT BURT REYNOLDS

VERBRACHT; Willy hatte es aus Jux gekauft, als sie das Reynolds-Theater in Florida besuchten. Warum sollte jemand wertlose Zettel sortieren? »Man kann nie wissen«, flüsterte sie.

Die Antwort schien Hank zu genügen.

Die bereits sortierten Zettel ließ sie unter dem Haufen verschwinden, den sie auf den Tisch kippte. Sie wusste bereits, wonach sie suchte. Bestellungen, die seit Montag in gleich bleibender Größenordnung erfolgt waren. Es blieben dieselben vier Zimmer, die sie schon zu Hause in die engere Wahl gezogen hatte.

Um sechs wurde der Betrieb plötzlich lebhaft. Um halb neun hatte sie drei von den vier in Frage kommenden Zimmern beliefert. Zwei waren von den unentwegten Kartenspielern okkupiert. Im dritten wurde jetzt gewürfelt. Sie musste zugeben, dass die Beteiligten alle nicht wie Kidnapper aussahen. Vom Zimmer 802 kam keine telefonische Bestellung. Vielleicht war der Typ mit den grässlichen Kopfschmerzen samt Bruder ausgezogen. Als Alvirah um Mitternacht entmutigt gehen wollte, brummelte Hank: »Mit dir klappt die Arbeit prima. Der Typ von der Tagschicht geht, und die lassen 'nen Jungen einspringen, der vermasselt jede Bestellung.«

Mit einem stummen Dankgebet erbot sich Alvirah unverzüglich, die Frühschicht von sieben bis eins zu übernehmen, zusätzlich zu ihrer üblichen von vier bis zwölf. Dann könnte sie trotzdem noch zu den Banken rasen, die ihr das Geld zwischen Viertel nach zwölf und drei Uhr zugesagt hatten.

»Bin um sieben wieder hier«, versprach sie.

»Ich dito«, jammerte er. »Der Koch von der Tagschicht haut auch ab.«

Im Hinausgehen bemerkte Alvirah ein paar bekannte Gesichter an der Bar. Louie, der sieben Jahre wegen Bankraub gesessen hatte und Träger des schwarzen Karategürtels war; Al, früher Leibwächter bei einem Pfandleiher und vier Jahre im Knast wegen tätlicher Beleidigung; Lefty, spezialisiert auf gestohlene Autos.

Die drei hatten sie bestimmt gesehen, hielten sich jedoch an die Spielregeln und ließen sich nicht das Geringste anmerken.

Willy brachte das Tropfen auf den ursprünglichen Störeffekt zurück, als ihm Clarence gereizt zubrüllte, er solle gefälligst das Hämmern einstellen. »Mit der Lautstärke kann ich's noch mal vierundzwanzig Stunden aushalten.«

Und was dann?, fragte sich Willy. Es gab eine Hoffnung. Sammy ödete es an, ihn zu überwachen, während er am Wasserbehälter herumfummelte. Tags darauf würde er das lässiger handhaben. Nachts stellte Willy sicher, dass seine Dienste auch weiterhin benötigt würden, indem er das Tropfen wieder verstärkte.

Am nächsten Morgen glänzten Sammys Augen fiebrig. Tony schwadronierte von einer alten Freundin, die er aufsuchen wolle, sobald sie das Versteck in Queens bezogen hatten, und keiner verbot ihm den Mund. Also macht's ihnen nichts aus, dass ich zuhöre, dachte Willy.

Als das Frühstück gebracht wurde, fuhr der sicher im Schrank verstaute Willy so jählings hoch, dass Sammys Kanone um ein Haar losgeballert hätte. Er hörte nicht nur einen Tonfall, der ihn an Alvirah erinnerte, sondern ihre unverwechselbare Stimme, die sich erkundigte, ob die Kopfschmerzen des Bruders sich gebessert hätten.

Perplex zischte Sammy ihm ins Ohr: »Bist wohl plemplem?«

Alvirah suchte nach ihm. Willy musste ihr dabei helfen, sich im Badezimmer wieder am Wasserbehälter zu schaffen machen und mit dem Schraubenschlüssel den Takt der Melodie angeben, nach der er damals, vor über vierzig Jahren, zum ersten Mal mit Alvirah getanzt hatte.

Vier Stunden später erhielt er seine Chance, als er, Schraubenschlüssel und Schraubenzieher in der Hand, den zappeligen Sammy neben sich, dem wütenden Befehl von Clarence gehorchte und sich wieder der Aufgabe widmete, zu reparieren und gleichzeitig zu sabotieren.

Er hütete sich, die Sache zu übertreiben, setzte dem protestierenden Sammy plausibel auseinander, dass er doch gar nicht so viel Krach mache und man sich hier bestimmt freuen würde, wenigstens eine ordentliche Toilette zu haben. Er kratzte sich den vier Tage alten Bartwuchs, genierte sich heftig in den zerknitterten Sachen und begann, im Abstand von drei Minuten musikalische Signale auszusenden.

Alvirah hörte sie, als sie in Zimmer 702 Pizzas ablieferte. Dieses Klopfen. Sie bekam weiche Knie und stellte das Tablett auf die schiefe Tischplatte. Der Bewohner des Zimmers, ein gut aussehender Dreißiger, war von einer Sauftour zurückgekehrt. Er zeigte zur Decke.

»Macht Sie das denn nicht auch wahnsinnig? Die renovieren wohl oder so was.«

»Muss in 802 sein«, entschied Alvirah im Gedanken an den Typ auf dem Bett, den Türsteher, das offene Badezimmer. Sie müssen Willy in den Schrank stecken, wenn sie was beim Zimmerservice bestellen. Obwohl ihr Herz unter dem Sweatshirt mit der Aufschrift SEI KEIN UMWELTSÜNDER hämmerte, nahm sie sich die Zeit, den Säufer zu warnen, dass noch mehr Alkohol sein Verderben wäre.

Im Korridor neben der Bar war ein Telefon. Alvirah rief rasch bei Cordelia an und hoffte nur, dass der Portier sie nicht beobachtete. »Um sieben werden sie mich anrufen«, schloss sie.

Um Viertel vor sieben erstarrten die Gäste in der Bar von Lincoln Arms Hotel vor Ehrfurcht beim Anblick von acht zumeist älteren Nonnen in langen Ordensgewändern mit Schleier und Brusttuch, die beim Betreten der Halle leise ein Kirchenlied summten. Der Portier sprang auf und zeigte unmissverständlich auf die Drehtür hinter ihnen. Alvirah, das Tablett auf den Armen, beobachtete Maeve, die als Wortführerin den Portier von oben herab musterte.

»Wir haben die Genehmigung des Eigentümers, in jedem Stockwerk zu singen und um Spenden zu bitten«, teilte sie ihm mit.

»Erzählen Sie keine Märchen.«

Sie flüsterte gedämpft: »Wir haben die Genehmigung von Mr ...«

Er erblasste. »Ihr haltet jetzt gefälligst die Klappe und holt die Piepen raus«, brüllte er zu den Bargästen hinüber. »Die Schwestern hier singen jetzt Lieder für euch.«

»Nein, wir fangen oben an«, korrigierte ihn Maeve. »Wir beenden das Konzert hier.«

Alvirah bildete die schützende Nachhut, als die Nonnenschar unter Führung von Cordelia singend den Fahrstuhl betrat.

Sie fuhren geradewegs in den achten Stock und versammelten sich im Korridor, wo Lefty, Al und Louie bereits warteten. Um Punkt sieben klopfte Alvirah an die Tür. »Zimmerservice«, rief sie.

»Wir haben nichts bestellt«, knurrte eine Stimme.

»Doch, irgendjemand war's und ich muss kassieren«, beharrte sie lautstark.

Sie hörte Schlurfen. Eine Tür schlug zu. Der Schrank. Sie versteckten Willy. Die Zimmertür öffnete sich einen Spalt breit. Ein nervöser Tony gab Anweisungen: »Lassen Sie das Tablett draußen. Wie viel?«

Alvirah klemmte den Fuß fest zwischen die Tür, als fromme Klänge im Korridor erschallten. Die ältesten Nonnen tauchten hinter Alvirah auf. Clarence hatte das Telefon in der Hand. »Ruhe da draußen«, schrie er.

»He, so redet man doch nicht mit den Schwestern«, protestierte Tony. Er trat ehrerbietig beiseite, um sie Einzug halten zu lassen.

Schwester Maeve bildete die Nachhut, die Hände in den weiten Ärmeln ihres Gewandes gefaltet. Blitzschnell postierte sie sich im Rücken von Clarence, zog die Rechte mit einem Ruck heraus und hielt ihm die Waffe an die Schläfe. In dem knappen, entschiedenen Ton, der sie als Polizistin ausgezeichnet hatte, flüsterte sie: »Keine Bewegung, oder ich schieße.«

Tony öffnete den Mund zum Warnschrei, der jedoch von etlichen lauten Hallelujas erstickt wurde, während Louie ihn mit Karateschlägen bewusstlos machte. Danach brachte er Clarence mit einem gezielten Hieb ins Genick zum Schweigen, der ihn neben Tony zu Boden gehen ließ.

Lefty und Al scheuchten die zögernde Schwester Cordelia mitsamt ihrer betagten Gefolgschaft auf den sicheren Korridor. Höchste Zeit, Willy zu retten. Louies Hand holte zum Schlag aus. Schwester Maeve zielte mit der Waffe. Alvirah riss die Schranktür auf, während sie lauthals brüllte: »Zimmerservice.«

Sammy stand neben Willy, bohrte ihm die Kanone ins Genick.

»Raus mit euch«, fauchte er. »Lassen Sie die Waffe fallen, Lady.«

Maeve zögerte, gehorchte dann.

Sammy entsicherte den Revolver.

Er sitzt in der Falle, und er ist verzweifelt, dachte Alvirah in panischer Aufregung. Er wird meinen Willy umbringen. Sie zwang sich zu einem ruhigen Ton. »Ich hab vor dem Hotel einen Wagen stehen«, sagte sie zu ihm. »Da sind zwei Millionen Dollar drin. Nehmen Sie Willy und mich mit. Sie können das Geld überprüfen, wegfahren und uns dann irgendwo rauslassen.« Sie wandte sich an Louie und Maeve: »Versucht ja nicht, uns aufzuhalten, damit er Willy nichts tut. Raus mit euch!« Sie hielt den Atem an und fixierte Willys Aufseher, zwang sich, ihrer Sache sicher zu erscheinen.

Sammy zögerte kurz. Alvirah sah, wie er seine Waffe auf die Tür richtete. »Dort geht's besser«, fuhr er sie an. »Bind ihm die Füße los, Lady.«

Gehorsam kniete sie sich hin und zerrte an den Knoten. Als sie den letzten löste, blickte sie kurz auf. Die Waffe war immer noch auf die Tür gerichtet. Alvirah erinnerte sich, wie sie immer die Schulter unter das Klavier von Mrs O'Keefe geschoben und es hochgewuchtet hatte, um den Teppich glatt zu ziehen. Eins, zwei, drei. Sie schnellte in die Höhe wie ein Pfeil, rammte ihre Schulter in Sammys Rechte. Als er die Waffe fallen ließ, drückte er ab. Die Kugel ließ Farbbrocken aus der abblätternden Decke spritzen.

Willy nahm mit seinen gefesselten Händen Sammy in die Zange und umarmte ihn stürmisch, bis die anderen zurückgerannt kamen.

Wie im Traum schaute Alvirah zu, als Lefty, Al und Louie ihren Willy von sämtlichen Stricken befreiten und dann die Entführer fest verschnürten. Sie hörte, wie Maeve die 911 wählte und sagte: »Officer Maeve O'Reilly, ich meine ... Schwester Maeve Marie meldet einen Fall von Kidnapping, Mordversuch sowie Festnahme der Täter.«

Alvirah fühlte Willys Arme, die sie umschlossen. »He, Schatz«, flüsterte er.

Vor lauter Freude brachte sie kein Wort über die Lippen. Sie blickten sich nur an. Sie betrachtete seine blutunterlaufenen Augen, die Bartstoppeln, das glanzlose Haar. Er musterte ihr grelles Make-up und das Sweatshirt mit der albernen Aufschrift. »Du bist einfach großartig, Liebling«, erklärte er begeistert. »Tut mir Leid, dass ich aussehe wie einer von den Smith Brothers.«

Alvirah rieb ihre Wange an seiner. Die Tränen der Erleichterung, die ihr in die Kehle stiegen, waren wie weggeblasen, als sie zu lachen begann. »Ach, Schätzchen«, rief sie, »für mich wirst du immer wie Tip O'Neill aussehen.«

Die Leiche im Schrank

Wenn Alvirah Meehan an jenem Augustabend gewusst hätte, was sie in ihrer neuen Luxuswohnung in Central Park South erwartete, wäre sie niemals aus dem Flugzeug ausgestiegen. Doch diesmal gab ihr die bewährte innere Stimme auch nicht das leiseste Alarmsignal.

Auch wenn sie und Willy nach dem Lotteriegewinn das Reisefieber gepackt hatte, kehrte Alvirah immer gern nach New York zurück. Die Wolkenkratzer, deren Umrisse sich gegen die Wolken abhoben, und die Lichter der Brücke, die den East River überspannte, boten einen herzerwärmenden Anblick.

Willy tätschelte ihre Hand, und Alvirah drehte sich liebevoll lächelnd zu ihm um. Er sieht einfach fabelhaft aus in der neuen blauen Leinenjacke, die genau zu seiner Augenfarbe passt, dachte sie. Mit diesen Augen und dem dichten weißen Haarschopf konnte Willy ohne weiteres als Doppelgänger von Tip O'Neill passieren.

Alvirah strich das rotbraune Haar glatt, das Dale in London kürzlich getönt und gestylt hatte. Als Dale hörte, dass Alvirah sechzig war, rang er nach Luft. »Sie machen Witze«, stammelte er.

An ihrem Revers funkelte die rosettenförmige Ansteckнadel mit dem eingebauten Mikrophon. Damit zeichnete Alvirah Gespräche auf, die sie für ihre Arbeit im *New York Globe* gebrauchen konnte. »Diese Reise war wundervoll«, bemerkte sie, »aber kein Erlebnis, über das ich schreiben könnte. Die Story, wie die Queen zum Tee im Stafford Court Hotel erschien und die Katze des Direktors auf ihre Corgis losging, musste ja schon als Knüller herhalten.«

»Ich bin richtig froh, dass wir 'nen hübschen, ruhigen Urlaub hatten«, entgegnete Willy. »Von der Sorte, wo du unbedingt Verbrechen aufklären musst und dabei beinahe abgemurkst wirst, kann ich nicht mehr viel verkraften.«

Die Stewardess von British Airways kontrollierte auf ihrem Rundgang durch die Erste-Klasse-Kabine, ob sich die Passagiere angeschnallt hatten. »Ich hab mich wirklich gern mit Ihnen unterhalten«, erklärte sie. Willy hatte erzählt, dass er Klempner und Alvirah Putzfrau gewesen waren, bevor sie in der Lotterie vierzig Millionen gewannen. »Meine Güte«, sagte sie jetzt zu Alvirah, »ich kann's einfach nicht glauben, dass Sie mal Reinemachefrau waren.«

Erfreulich bald nach der Landung saßen sie in einem Taxi, ihr Gepäck, ein exklusives Set von Vuitton, stapelte sich im Kofferraum. New York war heiß, schwül und stickig, wie immer im August. Das Taxi glich einer Sauna, und Alvirah sehnte den Augenblick herbei, in dem sie die neue Wohnung in Central Park South betreten konnte, wo es natürlich herrlich kühl war. Ihre alte Dreizimmerwohnung in Flushing wollten sie beibehalten, immerhin hatten sie dort dreißig Jahre gelebt, bevor der Lotteriegewinn alles veränderte. Man könnte ja nie wissen, argumentierte Willy, ob New York nicht eines Tages Pleite gehen und den Gewinnern mitteilen würde, sie sollten die restlichen Schecks in den Wind schreiben. Für den Fall der Fälle behielten sie die Wohnung bei und einen Notgroschen in der Citizens of Flushing Bank.

Als das Taxi vor dem Wohnhaus hielt, öffnete ihnen der Pförtner, in Rot und Gold mit wuchtigem schwarzem Pelzhut, die Tür. »Sie müssen ja zerfließen«, meinte Alvirah. »Man fragt sich, wozu die Sie so ausstaffieren, bevor sie mit den Renovierungen fertig sind.«

Das Gebäude wurde einer kompletten Instandsetzung unterzogen. Als sie die Wohnung im Frühjahr kauften, hatte ihnen der Immobilienmakler versichert, die Renovierung wäre innerhalb von Wochen abgeschlossen. Die Gerüste in der Halle widerlegten diesen ungezügelten Optimismus eindeutig.

Vor den Fahrstühlen trafen sie auf ein Ehepaar, einen hochgewachsenen Fünfziger und eine schlanke Frau im weißseidenen Abendkostüm; sie macht ein Gesicht wie jemand, dem beim Öffnen des Kühlschranks der Geruch nach faulen Eiern in die Nase steigt, fand Alvirah. Die beiden kenne ich doch, dachte sie und begann ihr phänomenales Gedächtnis zu durchforschen. Er war Carleton Rumson, der legendäre Broadway-Produzent, und sie seine Frau Victoria, eine ehemalige Schauspielerin, vor dreißig Jahren Zweite bei der Wahl zur Miss America.

»Mr Rumson!« Mit einem Lächeln, das ihre etwas vorspringende, scharfe Kinnpartie weicher machte, streckte sie ihm die Hand entgegen. »Ich bin Alvirah Meehan. Wir haben uns in Cypress Point Spa in Pebble Beach kennen gelernt. Was für eine nette Überraschung! Das ist mein Mann, Willy. Wohnen Sie hier?«

Rumson lächelte dünn. »Wir unterhalten eine Zweitwohnung für den Bedarfsfall.« Er nickte Willy zu, stellte dann widerwillig seine Frau vor. Die Fahrstuhltür öffnete sich, als Victoria Rumson sie mit einem Lidzucken zur Kenntnis nahm.

Kalt wie 'ne Hundeschnauze, dachte Alvirah, während sie das makellose, wenngleich hochmütige Profil registrierte, das hellblonde, zu einem straffen Nackenknoten gesteckte Haar. Die langjährige Lektüre von *People, US, National Enquirer* und Klatschspalten hatte Alvirah zur unerschöpflichen Informationsquelle über die Reichen und Berühmten programmiert.

Sie hielten gerade im vierunddreißigsten Stock, als Alvirah intime Details zu Rumson einfielen. Er war als Casanova berühmt. Das Geschick, mit dem seine Frau seine Eskapaden übersah, hatte ihr den Spitznamen ›einäugige Vicky‹ eingetragen.

»Mr Rumson«, begann Alvirah, »Willys Neffe, Brian McCormack, ist ein fabelhafter Dramatiker. Er hat gerade sein zweites Stück fertig. Ich würde es Ihnen zu gern zu lesen geben.«

Rumson blickte verärgert drein. »Mein Büro steht im Telefonbuch«, sagte er.

»Brians erstes Stück läuft zurzeit Off-Broadway.« Alvirah ließ nicht locker. »Ein Kritiker hat geschrieben, er wär'n junger Neil Simon.«

»Komm schon, Schatz«, drängte Willy. »Du hältst die Leute auf.«

Plötzlich schmolz die eisige Starre in Victoria Rumsons Gesicht dahin. »Darling«, sagte sie, »ich hab schon von Brian McCormack gehört. Warum liest du das Stück denn nicht hier? Wenn du dir's ins Büro schicken lässt, geht's doch bloß unter.«

»Das ist wirklich nett von Ihnen, Victoria«, entgegnete Alvirah herzlich. »Morgen kriegen Sie's.«

Auf dem Weg vom Fahrstuhl zur Wohnung fragte Willy: »Meinst du nicht, Schätzchen, dass du'n bisschen zu stark auf die Tube gedrückt hast?«

»Keine Spur«, erwiderte Alvirah. »Wer nicht wagt, der nicht gewinnt. Wenn ich Brian bei seiner Karriere helfen kann, ist mir jedes Mittel recht.«

Ihre Wohnung bot einen umfassenden Blick auf den Central Park. Beim Hereinkommen dachte Alvirah jedes Mal daran, dass sie noch vor nicht allzu langer Zeit das Haus von Mrs Chester Lollop in Little Neck, bei der sie jeden Donnerstag putzte, für ein Schlösschen gehalten hatte. Die letzten paar Jahre hatten ihr erst richtig die Augen geöffnet!

Sie hatten die Wohnung komplett möbliert von einem Börsenmakler erworben, der wegen irgendwelcher Manipulationen unter Anklage stand. Er hatte sie gerade von einem Designer einrichten lassen, dem absoluten Hit in Manhattan, wie er ihnen versicherte. Insgeheim bezweifelte Alvirah das mittlerweile ernsthaft. Wohnzimmer, Esszimmer und Küche waren ganz in Weiß gehalten. Es gab niedrige weiße Sofas, aus denen sie sich hochwuchten musste, dicke weiße Teppiche, auf denen der kleinste Fleck zu sehen war, weiße Tische und Schränke und Marmor und Geräte. An der Terrassentür klebte ein großes gedrucktes Schild.

Eine Gebäudeinspektion hat ergeben, dass diese Wohnung zu den wenigen gehört, bei denen an Geländer sowie Einfassung der Terrasse bedenkliche Konstruktionsmängel festgestellt wurden. Ihre Terrasse kann ohne jedes Risiko normal genutzt werden, doch vermeiden Sie es, sich auf das Geländer zu stützen oder dies anderen zu gestatten. Die Reparaturarbeiten werden so schnell wie möglich ausgeführt.

Alvirah zuckte die Achseln. »So schlau bin in ja nun von allein, mich auf kein Geländer zu stützen, Risiko hin oder her.«

Willy lächelte verzagt. Er litt unter einer heillosen Höhenangst und hatte die Terrasse noch nie betreten. Beim Kauf der Wohnung hatte er erklärt: »Du magst 'ne Terrasse. Ich hab gern festen Boden unter den Füßen.«

Willy ging in die Küche, um den Kessel aufzusetzen.

Alvirah öffnete die Terrassentür und trat hinaus. Die schwüle Luft schlug ihr glühend heiß ins Gesicht, doch das machte ihr nichts aus. Es hatte seinen besonderen Reiz, da draußen zu stehen, über den Park hinweg auf die festlich leuchtenden geschmückten Bäume um die *Tavern on the Green* zu schauen, die endlose Kette der Autoscheinwerfer, die Pferdekutschen im Hintergrund.

Wie gut, dass wir wieder daheim sind, dachte sie abermals, als sie hineinging und das Wohnzimmer inspizierte, mit sachkundigem Blick den Wirkungsgrad des wöchentlichen Reinigungsdienstes einschätzte, der am Vortag fällig gewesen wäre. Zu ihrem Erstaunen entdeckte sie auf der Glasplatte des Couchtisches überall Fingerspuren. Automatisch griff sie nach einem Taschentuch und rubbelte sie weg. Dann stellte sie fest, dass neben der Terrassentür die Vorhangschlaufe verschwunden war. Hoffentlich ist sie nicht im Staubsauger gelandet, dachte sie. Wenigstens war *ich* eine gute Putzfrau. Sie erinnerte sich an die Worte der Stewardess im Flugzeug.

»He, Alvirah«, rief Willy. »Hat Brian 'ne Nachricht hinterlassen? Sieht so aus, als hätte er jemanden erwartet.«

Brian, Willys Neffe, war das einzige Kind seiner ältesten Schwester, Madelaine. Von Willys sieben Schwestern waren sechs ins Kloster gegangen. Madelaine hatte als Vierzigerin geheiratet und in den Wechseljahren noch ein Baby zur Welt gebracht, Brian, inzwischen sechsundzwanzig. Er war in Nebraska aufgewachsen, hatte für eine dortige Repertoirebühne Stücke geschrieben und war nach New York gekommen, als Madelaine vor zwei Jahren starb. Brian mit seinem mageren, empfindsamen Gesicht, dem widerspenstigen rotblonden Haar und dem scheuen Lächeln weckte in Alvirah all ihre unverbrauchten mütterlichen Instinkte. »Mehr könnte ich ihn auch nicht lieben, wenn ich ihn neun Monate unter dem Herzen getragen hätte«, sagte sie oft zu Willy.

Als sie im Juni nach England abflogen, hatte Brian gerade den ersten Entwurf für sein neues Stück fertig und hatte ihr Angebot, ihm den Wohnungsschlüssel zu überlassen, mit Freuden akzeptiert. »Dort schreibt sich's viel leichter als hier in meiner Bude«, bemerkte er dankbar. Er wohnte in einem Mietshaus ohne Fahrstuhl, mit lauter geräuschvollen Familien als Nachbarn.

Alvirah ging in die Küche, blickte sich um. Zwei Champagnergläser und eine Flasche Champagner in einem Weinkühler standen auf einem silbernen Tablett. Der Champagner, ein Geschenk des Maklers, der den Wohnungskauf gehandhabt hatte, kostete fünfhundert Dollar je Flasche und gehörte zu den Lieblingssorten der Queen, wie er mehrfach betonte.

Willy wirkte beunruhigt. »Das ist doch dieses sündteure Gesöff, stimmt's? An so was geht Brian nicht ran, ausgeschlossen. Da ist irgendwas nicht koscher.« Alvirah wollte ihn beschwichtigen, unterließ es dann doch. Irgendetwas stimmte nicht, und ihr Riecher sagte ihr, dass sich Ärger zusammenbraute.

Die Türglocke läutete. Ein reumütiger Gepäckträger brachte ihre Koffer. »Entschuldigung, dass es so lange gedauert hat, Mr Meehan. Seit die Umbauten im Gange sind, benutzen so viele Bewohner den Lastenaufzug, dass die Angestellten Schlange stehen müssen.« Auf Willys Bitte brachte er das Gepäck ins Schlafzimmer, verabschiedete sich dann lächelnd, die Fünfdollarnote in der geschlossenen Hand.

Willy und Alvirah saßen in der Küche bei einer Kanne Tee. Willy starrte unverwandt auf den Champagner. »Ich ruf mal bei Brian an«, entschied er.

»Der wird noch im Theater sein«, meinte Alvirah,

schloss die Augen, konzentrierte sich und gab ihm die Nummer der Kasse.

Willy wählte, lauschte, legte dann auf. »Da läuft eine Tonbanddurchsage«, erklärte er. »Brians Stück ist abgesetzt. Sie geben bekannt, wie man die Rückerstattung für die Billetts kriegt.«

»Der arme Junge«, flüsterte Alvirah. »Versuch's mal in seiner Wohnung.«

»Nur der Anrufbeantworter«, verkündete er gleich darauf. »Ich hinterlasse ihm 'ne Nachricht.«

Alvirah merkte plötzlich, wie erschöpft sie war. Beim Abräumen machte sie sich klar, dass es fünf Uhr früh, englischer Zeit, war, sie also ein Recht darauf hatte, ihre sämtlichen Knochen schmerzhaft zu spüren. Sie stellte die Teetassen in den Geschirrspüler, zögerte, spülte dann die unbenutzten Champagnergläser aus und deponierte sie ebenfalls in der Maschine. Ihre Freundin, die Baronin Min von Schreiber – ihr gehörte Cypress Point Spa, wohin Alvirah sich nach dem Lotteriegewinn zwecks gründlicher Regeneration begeben hatte –, pflegte ihr einzuschärfen, dass man teure Weine nicht stehend aufbewahren dürfe. Mit einem feuchten Schwamm rieb sie die ungeöffnete Flasche kräftig ab, ebenso das silberne Tablett und den Weinkühler und verstaute alles. Sie löschte das Licht und ging ins Schlafzimmer.

Willy hatte angefangen auszupacken. Alvirah mochte das Schlafzimmer, das für den Börsenmakler, einen Junggesellen, eingerichtet worden war: ein überbreites Bett, ein dreiteiliger Toilettentisch, geräumige Nachttische, auf denen man Bücher, Lesebrillen und Salben für Alvirahs rheumatische Knie unterbringen konnte, und bequeme Sessel am Fenster. Das Dekor jedoch bestärkte sie in der Überzeugung, dass der Designer seine Berufung zum Trendsetter prägenden Kindheitseindrücken in der Arktis verdanken musste. Weiße Bettdecke. Weiße Vorhänge. Weißer Teppich.

Der Gepäckträger hatte Alvirahs Kleidersack auf dem Bett deponiert. Sie öffnete ihn und begann die Kostüme und Kleider herauszunehmen. Baronin von Schreiber flehte sie ständig an, ja nicht allein einkaufen zu gehen. »Du bist das geborene Opfer für Verkäuferinnen, die Anweisung haben, die Fehlgriffe des Einkäufers loszuschlagen, Alvirah«, argumentierte Min. »Sie wittern dein Kommen, während du noch im Fahrstuhl bist. Ich bin oft genug in New York. Du besuchst Cypress Point Spa mehrmals im Jahr. Ich werde mit dir einkaufen gehen.«

Alvirah fragte sich, ob Min das Schottenkostüm in Orange und Pink gutheißen würde, von dem die Verkäuferin bei Harrod's so geschwärmt hatte. Mit Sicherheit nicht …

Die Arme voller Kleider, öffnete sie die Tür zum Wandschrank, blickte nach unten und stieß einen Schrei aus. Auf dem Teppichboden, zwischen Alvirahs aufgereihten Maßschuhen, Größe 42, extra weit, lag die Leiche einer schlanken jungen Frau: starrende grüne Augen, von blonden Locken umrahmtes Gesicht, Zunge ein wenig herausgestreckt und um den Hals die fehlende Vorhangschlaufe.

»Großer Gott!«, ächzte Alvirah, als ihr die Kleider aus den Armen fielen.

»Was ist denn los, Schatz?«, erkundigte sich Willy, der zu ihr eilte. »Ach, du lieber Himmel«, flüsterte er. »Wer zum Teufel ist das?«

»Es ist … Es ist … du weißt schon. Die Schauspielerin. Die Hauptdarstellerin in Brians Stück. Von der er so begeistert ist.« Alvirah kniff die Augen zu, erleichtert, nicht in das starre, wächserne Gesicht der Leiche zu ihren Füßen sehen zu müssen. »Fiona ist das. Fiona Winters.«

Willy führte Alvirah sicher zu der niedrigen Couch im Wohnzimmer, auf der sie immer glaubte, ihre Knie müssten sich gleich ins Kinn bohren. Als er die Nummer 911 wählte, zwang sie sich, klar zu denken. Man brauchte keine Leuchte zu sein, um zu wissen, dass diese Sache sehr übel für Brian aussehen könnte, ich muss also mein Gedächtnis anstrengen, mich möglichst an alles erinnern, was ich von dem Mädchen weiß. Sie war so gemein zu Brian. Hatten sie Streit?

Willy durchquerte das Zimmer, setzte sich neben sie, ergriff ihre Hand. »Es kommt alles in Ordnung, Schatz«, tröstete er sie. »Die Polizei ist in ein paar Minuten hier.«

»Ruf doch mal bei Brian an«, meinte Alvirah.

»Gute Idee.« Willy wählte rasch die Nummer. »Bloß wieder das verdammte Ding. Ich hinterlasse noch 'ne Nachricht. Ruh dich 'n bisschen aus.«

Alvirah nickte, schloss die Augen und konzentrierte sich sofort auf den Abend im vergangenen April, als Brians Stück Premiere hatte.

Das Theater war gerappelt voll. Brian verschaffte ihnen Plätze in der ersten Reihe, Mitte, und Alvirah trug ihr neues Kleid, schwarz und silbern, mit Ziermünzen benäht. Das Stück, *Gratwanderungen,* spielte in Nebraska und handelte von einem Familientreffen. Fiona Winters spielte die Vertreterin der Schickeria, die ihre unbedarfte angeheiratete Verwandtschaft unsäglich anödet, und das sehr glaubhaft, wie Alvirah zugeben musste. Die Darstellerin der zweiten Hauptrolle gefiel ihr wesentlich besser. Emmy Laker hatte leuchtend rotes Haar, blaue Augen und lieferte mit einer Mischung aus Komik und Nachdenklichkeit eine perfekte Charakterstudie.

Die Darsteller erhielten stehende Ovationen, und Alvirah platzte fast vor Stolz, als der Ruf nach dem Autor ertönte und Brian auf die Bühne kam. Ihm wurde ein Blumenstrauß überreicht, er beugte sich über die Rampe und gab ihn weiter an Alvirah, die zu weinen begann.

Die Premierenfeier fand im Obergeschoss von Gallagher's Steak House statt. Brian platzierte Alvirah und Fiona Winters neben sich. Willy und Emmy Laker saßen gegenüber. Alvirah brauchte nicht lange, um die Lage zu peilen. Brian wachte über Fiona Winters wie ein liebeskranker Vollidiot. Sie strafte ihn mit Verachtung und ließ die anderen wissen, dass sie aus allerbesten Kreisen stammte: »Die Familie war entsetzt, als ich nach Foxcroft beschloss, zum Theater zu gehen.« Dann eröffnete sie Willy und Brian, die sich gerade an einer gemischten Bratenplatte, einer Spezialität des Hauses, delektierten, dass sie zur Risikogruppe der vom Herzinfarkt Bedrohten gehörten. Sie selber esse kein Fleisch.

Die hat jeden von uns in die Pfanne gehauen, erinnerte sich Alvirah. Mich fragte sie, ob ich die Putzarbeit vermisse. Dann erklärte sie mir, dass Brian unbedingt lernen müsse, sich anzuziehen, sie wunderte sich, dass wir mit unserem Einkommen ihm da nicht unter die Arme griffen. Und als diese reizende Emmy Laker meinte, Brian habe über wichtigere Dinge nachzudenken als über seine Garderobe, fuhr sie ihr heftig über den Mund.

Auf dem Heimweg war sie sich mit Willy völlig einig, dass Brian noch viel lernen müsse, wenn er nicht merkte, was für eine miese Type Fiona war. »Ich hätt's gern, wenn er mit Emmy Laker zusammen wär«, hatte Willy verkündet. »Wenn er den Verstand, den er mitbekommen hat, benutzen würde, dann wüsste er, dass sie ganz versessen auf ihn ist. Und dass Fiona kein unbeschriebenes Blatt ist. Sie muss gut und gern acht Jahre älter sein als er.«

Es läutete Sturm. Du lieber Himmel, dachte Alvirah, wenn ich doch nur eine Chance hätte, mit Brian zu reden.

Die nächsten Stunden verstrichen, blieben irgendwie nebelhaft. Als ihr Kopf etwas klarer wurde, merkte Alvirah, dass sie die verschiedenen Sparten von Gesetzeshütern, die in der Wohnung herumwimmelten, sehr wohl auseinander zu halten vermochte. Da waren zunächst die Polizisten in Uniform. Dann Kriminalbeamte, Fotografen, Leichenbeschauer. Sie und Willy saßen stumm nebeneinander und beobachteten alles.

Ihre Aussagen hatten die ersten beiden Polizisten aufgenommen. Um drei Uhr früh öffnete sich die Schlafzimmertür. »Schau nicht hin, Schatz«, sagte Willy. Doch Alvirah konnte den Blick nicht von der Tragbahre wenden, die zwei Männer mit düsterem Gesicht herausbrachten. Wenigstens war der Körper von Fiona Winters zugedeckt. Ruhe in Frieden, betete Alvirah, als sie das zerzauste blonde Haar und die hervorstehenden Lippen wiedersah. Sie war kein angenehmer Mensch, dachte sie, aber den Tod hat sie bestimmt nicht verdient.

Jemand ließ sich ihnen gegenüber nieder, ein langbeiniger Vierziger, der sich als Detective Mr Rooney vorstellte. »Ich habe Ihre Artikel im *Globe* gelesen, Mrs Meehan, und zwar mit dem größten Vergnügen«, sagte er zu Alvirah.

Willy lächelte verständnisvoll, doch Alvirah ließ sich nicht hinters Licht führen. Sie wusste, dass Mr Rooney ihr Honig ums Maul schmierte, um ihr Vertrauen zu gewinnen. Sie suchte fieberhaft nach Möglichkeiten, Brian zu schützen. Automatisch schaltete sie das Mikrophon in der rosettenförmigen Anstecknadel ein. So konnte sie später alles Gesagte noch einmal durchgehen.

Rooney zog seine Notizen zu Rate. »Wie Sie zuvor ausgesagt haben, sind Sie gerade erst von einem Auslandsurlaub zurückgekehrt und gegen elf Uhr eingetroffen. Kurz darauf fanden Sie das Opfer, Fiona Winters. Sie erkannten

Miss Winters, weil sie in dem Stück Ihres Neffen, Brian McCormack, die Hauptrolle spielte.«

Alvirah nickte. Sie merkte, dass Willy etwas sagen wollte, und legte ihm warnend die Hand auf den Arm. »Das ist richtig.«

»Soviel ich verstanden habe, sind Sie Miss Winters nur einmal persönlich begegnet«, fuhr Rooney fort. »Wie erklären Sie es sich, dass sie in Ihrem Wandschrank ihr Ende fand?«

»Keine Ahnung«, entgegnete Alvirah.

»Wer hatte einen Schlüssel zu dieser Wohnung?«

Wieder spitzte Willy den Mund. Diesmal kniff ihn Alvirah in den Arm. »Schlüssel zu dieser Wohnung«, wiederholte sie nachdenklich. »Lassen Sie mich überlegen. Der Reinigungsdienst Eins-Zwei-Drei hat einen. Nein, eigentlich nicht direkt. Die holen sich einen beim Portier und geben ihn dort wieder ab, wenn sie fertig sind. Meine Freundin Maude hat einen Schlüssel. Sie kam am Muttertag übers Wochenende in die Stadt, weil sie mit ihrem Sohn und seiner Frau ins Theater gehen wollte. Die beiden haben 'ne Katze, und Maude ist allergisch gegen Katzen, da hat sie auf unserer Couch geschlafen. Dann hat Willys Schwester, Schwester Patricia, 'nen Schlüssel. Und dann ...«

»Hat Ihr Neffe Brian McCormack einen Schlüssel, Mrs Meehan?«, unterbrach Rooney.

Alvirah biss sich auf die Lippen.

»Brian McCormack hat einen Schlüssel.« Diesmal sprach Rooney mit leicht erhobener Stimme. »Dem Portier zufolge hat er diese Wohnung während Ihrer Abwesenheit häufig benutzt. Übrigens liegt der Zeitpunkt des Todes nach Schätzung des Leichenbeschauers gestern zwischen 11 und 15 Uhr, wobei eine exakte Festlegung vor der Autopsie natürlich unmöglich ist.« Sein Ton wurde nachdenklich. »Zu erfahren, wo Brian McCormack in dieser Zeit war, dürfte aufschlussreich sein.«

Sie wurden informiert, dass sie nicht in der Wohnung bleiben könnten, bevor die Spurensuche Fingerabdrücke und sonstige Hinweise sichergestellt hätte. »Es ist alles so, wie Sie es vorgefunden haben?«, fragte Rooney.

»Außer …«, begann Willy.

»Außer, dass wir eine Kanne Tee aufgebrüht haben«, fiel ihm Alvirah ins Wort. Von den Gläsern und dem Champagner kann ich ihnen immer noch erzählen, aber zurücknehmen kann ich nichts, dachte sie. Dieser Kriminalbeamte wird herausfinden, dass Brian verrückt nach Fiona war, und es als im Affekt begangenes Verbrechen einstufen. In diese Theorie muss sich dann alles einfügen.

Rooney klappte seinen Notizblock zu. »Wie ich höre, stellt die Verwaltung eine möblierte Wohnung zur Verfügung, in der Sie übernachten können.«

Fünfzehn Minuten später lag Alvirah im Bett und kuschelte sich dankbar an den bereits eingedösten Willy. Bei aller Müdigkeit war es gar nicht so einfach, sich in einem fremden Bett zu entspannen. Das Ganze könnte sehr übel für Brian aussehen, dachte sie. Es muss eine Erklärung geben. Brian hätte sich niemals an einer Flasche Champagner zu fünfhundert Dollar vergriffen und Fiona Winters bestimmt nicht umgebracht. Aber wie hat sie in meinem Wandschrank ihr Ende gefunden?

Trotz der kurzen Nacht waren Alvirah und Willy um sieben wieder auf den Beinen. Der Schock, den sie beide erlitten hatten, ebbte ab, und nun setzten die Sorgen um Brian ein. »Kein Grund zur Aufregung«, meinte Alvirah ohne innere Überzeugung. »Wenn wir mit ihm sprechen, wird sich alles aufklären, da bin ich sicher. Mal sehen, ob wir wieder in unsere Wohnung reinkönnen.«

Sie zogen sich rasch an und eilten nach draußen. Carleton Rumson stand an den Fahrstühlen. Seine sonst rosige Gesichtsfarbe war fahl; dunkle Augensäcke machten ihn zehn Jahre älter. Wieder schaltete Alvirah automatisch das Mikrophon in ihrer Anstecknadel ein.

»Haben Sie schon von dem grässlichen Mord in unserer Wohnung gehört, Mr Rumson?«, erkundigte sie sich.

Er drückte heftig auf den Fahrstuhlknopf. »Ja, allerdings. Freunde im Haus haben uns angerufen. Schrecklich für die junge Dame, schrecklich auch für Sie.«

Der Lift kam. Als sie drin waren, sagte Rumson: »Mrs Meehan, meine Frau hat mich noch mal an das Stück Ihres Neffen erinnert. Wir fliegen morgen früh nach Mexiko. Ich würde es furchtbar gern heute lesen.«

Alvirah fiel das Kinn herunter. »Oh, das ist wirklich fabelhaft von Ihrer Frau, dass sie deswegen so hinter Ihnen her ist. Wir schicken's Ihnen bestimmt rauf.«

Als sie und Willy auf ihrer Etage ausstiegen, sagte sie: »Das könnte für Brian der große Durchbruch sein. Vorausgesetzt, dass ...« Sie hielt abrupt inne.

Vor ihrer Wohnungstür hielt ein Polizist Wache. Drinnen hatte die Spurensuche ihrerseits überall Spuren hinterlassen. Und gegenüber von Rooney saß Brian, verwirrt, hilflos. Er sprang auf. »Tut mir Leid, Tante Alvirah. Das ist ja schrecklich für euch.«

Für Alvirah sah er wie ein Zehnjähriger aus. Sein T-Shirt und die Khakihose waren zerknittert; bei einer Flucht aus einem brennenden Gebäude hätte er auch nicht schlimmer aussehen können.

Alvirah strich ihm das rotblonde Haar aus der Stirn, während Willy fürsorglich seine Hand ergriff. »Bist du okay?«, fragte er.

Brian lächelte gequält. »Ich denke schon.«

Rooney unterbrach: »Mr McCormack ist eben gekommen, und ich wollte ihn davon in Kenntnis setzen, dass er im Fall Fiona Winters als tatverdächtig gilt und das Recht auf einen Anwalt hat.«

»Soll das ein Witz sein?«, fragte Brian ungläubig.

»Ich mache keine Witze, mein Wort darauf.« Rooney zog ein Blatt aus der Brusttasche, las Brian seine Rechte vor und gab es ihm dann. »Lassen Sie mich bitte wissen, ob Sie das in allen Punkten verstanden haben.« Mit einem Blick auf Alvirah und Willy sagte er: »Unsere Leute sind fertig. Sie können jetzt in der Wohnung bleiben. Mr McCormacks Aussage nehme ich im Präsidium auf.«

»Du sagst kein Wort, Brian, bis wir dir einen Anwalt besorgt haben«, befahl Willy.

Brian schüttelte den Kopf. »Ich habe nichts zu verbergen, Onkel Willy. Ich brauche keinen Anwalt.«

Alvirah gab Brian einen Kuss. »Sobald du's hinter dir hast, kommst du gleich wieder her.«

Der Zustand der Wohnung gab ihr einiges zu tun. Sie schickte Willy mit einer langen Einkaufsliste los, schärfte ihm ein, den Lastenaufzug zu benutzen und so den Reportern zu entwischen.

Während sie sich mit Staubsauger, Schrubber, Mopp und Staubtuch betätigte, realisierte sie mit wachsender Furcht, dass Polizisten die obligate Rechtsbelehrung, den Miranda Act, nur dann verlesen, wenn sie einen wohl begründeten Tatverdacht haben.

Am schwersten fiel es ihr, den Teppichboden im Wandschrank zu saugen. Sie meinte, die weit aufgerissenen Augen von Fiona Winters wieder emporstarren zu sehen. Das brachte sie auf einen Gedanken. Wenn Fiona von jemandem erwürgt worden war, der sich von hinten angeschlichen hatte, dann wäre sie nicht auf dem Rücken liegend, mit nach oben gewandtem Gesicht gefunden worden.

Alvirah stellte den Staubsauger aus. Sie dachte über die Fingerabdrücke auf dem Couchtisch nach. Wenn Fiona Winters auf der Couch gesessen, sich vielleicht etwas vorgebeugt hatte, während ihr Mörder auf der Rückseite stand, ihr die Vorhangschlaufe um den Hals legte und dann zudrehte, wäre da ihre Hand nicht automatisch zurückgezogen worden und hätte die Fingerabdrücke auf der Glasplatte hinterlassen? »Du lieber Himmel«, flüsterte Alvirah, »ich wette, ich hab Beweismittel vernichtet.«

Als sie ihre Anstecknadel am Revers befestigte, läutete das Telefon. Baronin Min von Schreiber rief von Cypress Point Spa in Pebble Beach, Kalifornien, an, nachdem sie die Nachrichten gehört hatte. »Was hat sich diese grässliche Person bloß dabei gedacht, sich ausgerechnet in deinem Wandschrank umbringen zu lassen?«, fragte Min.

»Glaub mir, Min, ich bin ihr nur einmal begegnet, als wir uns Brians Stück angesehen haben. Brian wird jetzt eben von der Polizei vernommen. Ich bin ganz krank vor Angst. Sie halten ihn für den Täter.«

»Du irrst dich, Alvirah. Du hast Fiona Winters hier bei uns getroffen.«

»Ausgeschlossen«, widersprach Alvirah energisch. »Die war so 'ne Nervensäge, die kann man gar nicht vergessen!«

Pause. »Ich überlege gerade. Du hast Recht. Sie war zu einer anderen Zeit hier und hat mit ihrem Begleiter das Wochenende im Bungalow verbracht. Die beiden haben sich sogar die Mahlzeiten dort servieren lassen. Sie hat alles versucht, diesen Produzenten zu ködern. Ein dicker Fisch – Carleton Rumson. Du erinnerst dich doch an ihn, Alvirah? Du hast ihn einmal kennen gelernt, als er allein hier war.«

Als Carleton Rumson mittags zurückkam, umlagerten ihn die Reporter und bestürmten ihn mit Fragen.

»Ja, Miss Winters hat in mehreren meiner Produktionen mitgewirkt. Nein, ich hatte keine Ahnung, dass sie sich im Hause aufhielt. Wenn Sie mich jetzt entschuldigen wollen, ich muss …«

Es gelang ihm, sich einen Weg durch die Menge zu bahnen. Hatte er tags zuvor etwas in dieser Wohnung angefasst? Fingerabdrücke hinterlassen? Bei diesem Gedanken durchrieselte es ihn eiskalt.

Alvirah durchquerte das Wohnzimmer und trat auf die Terrasse. Die Luftfeuchtigkeit näherte sich dem Sättigungsgrad. Im Park regte sich kein Blatt. Trotzdem seufzte Alvirah befriedigt auf. Wie kann jemand, der in New York geboren ist, es lange woanders aushalten?, fragte sie sich.

Willy brachte vom Einkaufen auch die Zeitungen mit. Eine Schlagzeile lautete *Mord in Central Park South;* eine andere *Lotteriegewinnerin findet Leiche.*

Alvirah las die Schauerberichte genau. »Ich hab nicht geschrien und bin auch nicht in Ohnmacht gefallen«, spottete sie. »Wo haben die denn diese Schnapsidee her?«

»Laut *Post* hast du gerade die sagenhafte neue Garderobe aufgehängt, die du dir in London zugelegt hast«, sagte Willy.

»Von wegen sagenhafte neue Garderobe! Das einzige teure Stück, das ich gekauft habe, war das Schottenkostüm in Orange und Pink – und da weiß ich schon jetzt, Min schafft's, dass ich es verschenke.«

Es gab Artikel über die Vorgeschichte von Fiona Winters: der Bruch mit ihrer noblen Familie, als sie zur Bühne ging. Ihre zwiespältige Karriere. Sie hatte einen Tony gewonnen, galt aber als extrem schwierig in der Zusammenarbeit, was sie eine Reihe von Traumrollen gekostet hatte. Ihr Zerwürfnis mit dem Dramatiker Brian McCormack, als sie abrupt aus seinem Stück *Gratwanderungen* ausstieg, das daraufhin abgesetzt werden musste.

»Das Motiv«, bemerkte Alvirah tonlos. »Ab morgen wird der Fall in den Zeitungen verhandelt und Brian dann schuldig gesprochen.«

Um halb eins kam Brian zurück. Nach einem Blick in sein aschfahles Gesicht befahl Alvirah, er solle sich hinsetzen. »Ich mache dir eine Kanne Tee und einen Hamburger«, erklärte sie. »Du siehst aus, als ob du jeden Augenblick umkippst.«

»Ich denke, ein Schluck Scotch wäre besser für ihn«, meinte Willy.

Brian brachte ein mattes Lächeln zustande. »Ich glaube, du hast Recht, Onkel Willy.« Bei Hamburgern und Fritten berichtete er, wie alles verlaufen war. »Ich habe nicht erwartet, dass sie mich wieder gehen lassen, das schwör ich euch. Die sind felsenfest davon überzeugt, dass ich sie umgebracht habe.«

»Ist's dir recht, wenn ich mein Mikrophon einschalte?«, fragte Alvirah. Sie machte sich an der Anstecknadel zu schaffen. »So, jetzt sagst du uns genau, was du ihnen erzählt hast.«

Brian runzelte die Stirn. »Eine Menge über meine persönliche Beziehung zu Fiona. Ich hatte die Nase voll von ihr und ihrem ganzen Gehabe und war dabei, mich in Emmy zu verlieben. Ich habe ihnen erzählt, dass es mir den Rest gegeben hat, wie sie ihre Rolle hinschmiss und die Aufführung platzen ließ.«

»Aber wie ist sie denn in meinen Wandschrank gekommen?«, fragte Alvirah. »Du musst sie doch in die Wohnung reingelassen haben.«

»Stimmt. Ich hab viel hier gearbeitet. Ihr solltet zurückkommen, und da hab ich vorgestern mein Zeug weggebracht. Gestern rief dann Fiona an, sie wär wieder in New York und würde gleich mal bei mir vorbeischauen. Aus Versehen habe ich meine Notizen für die Endfassung samt dem Korrekturexemplar hier zurückgelassen. Ich sagte ihr, es wäre Zeitverschwendung, ich wolle mir gerade hier meine Notizen holen, mich dann den ganzen Tag an die Schreibmaschine setzen und die Tür nicht aufmachen. Wie ich herkam, fand ich sie unten in der Halle vor. Ich wollte keine Szene und nahm sie mit nach oben.«

»Was wollte sie denn?«, erkundigten sich Alvirah und Willy.

»Nichts Besonderes. Bloß die Hauptrolle in *Nächte in Nebraska.*«

»Nachdem sie im ersten Stück alles hingeschmissen hat!«

»Sie hat die Schau ihres Lebens abgezogen. Mich angefleht, ihr zu verzeihen. Sie wäre ein Vollidiot gewesen. Mit ihrer Rolle im Film wurde im Schneideraum kurzer Prozess gemacht, und die schlechte Presse über den Theaterskandal hatte ihr geschadet. Sie wollte wissen, ob *Nächte in Nebraska* schon fertig wäre. Ich bin auch nur ein Mensch. Hab damit angegeben, gesagt, es würde wohl 'ne Weile dauern, den geeigneten Produzenten zu finden, aber wenn ich den hätte, würde es ein Bombenerfolg.«

»Hatte sie's mal gelesen?«, fragte Alvirah.

Brian betrachtete die Teeblätter in seiner Tasse. »Zum Wahrsagen taugen die nicht viel«, meinte er. »Sie wusste, worum sich's handelt und dass 'ne tolle weibliche Hauptrolle drin ist.«

»Und die hast du ihr bestimmt nicht versprochen?«, bohrte Alvirah.

Brian schüttelte den Kopf. »Tante Alvirah, ich weiß, sie hat mich zum Narren gehalten, aber dass sie mir solchen Schwachsinn zutraut, das konnte ich einfach nicht glauben. Sie bat mich, ein Abkommen zu treffen. Sie hätte Verbindung zu einem der wichtigsten Produzenten am Broadway. Wenn sie's ihm geben könnte und er's nähme, dann wollte sie die Diane spielen – die Beth, meine ich.«

»Wer ist das?«, erkundigte sich Willy.

»Die weibliche Hauptrolle. Vergangene Nacht habe ich den Namen in der Endfassung geändert. Ich sagte Fiona, sie mache wohl Witze, aber wenn sie das zuwege brächte, würde ich's mir vielleicht überlegen. Dann habe ich meine Notizen zusammengepackt und versucht, sie rauszukomplimentieren. Sie hätte 'nen Vorsprechtermin im Lincoln Center und würde gern 'ne Stunde hier bleiben, sagte sie. Sie würde sich auch nicht von der Stelle rühren. Schließlich fand ich, es wäre wahrscheinlich gar nichts dabei, wenn ich sie da lasse und mich an die Arbeit machen kann. Gesehen habe ich sie zum letzten Mal gegen zwölf, und da saß sie dort auf der Couch.«

»Wusste sie, dass du eine Kopie des neuen Stücks hier hattest?«, fragte Alvirah.

»Klar. Ich hab's aus der Schreibtischschublade genommen, als ich die Notizen holte.« Er zeigte in Richtung Diele.

»Es liegt jetzt in der Schublade dort.«

Alvirah stand auf, eilte in die Diele und öffnete die Schublade. Sie war leer, wie sie erwartet hatte.

Emmy Laker hockte regungslos in dem riesigen Clubsessel in ihrer Atelierwohnung auf der West Side. Seitdem sie in den Sieben-Uhr-Nachrichten von Fionas Tod erfahren hatte, versuchte sie Brian zu erreichen. War er verhaftet worden? Verzweifelt starrte sie auf das Gepäck in der Zimmerecke. Fionas Gepäck.

Tags zuvor hatte es um neun Uhr morgens geläutet. Als sie die Tür aufmachte, rauschte Fiona herein. »Wie kannst du's nur aushalten, in einem Haus ohne Fahrstuhl zu wohnen?«, fragte sie. »Zum Glück war gerade ein Botenjunge auf Tour und hat mir das Zeug raufgetragen.« Sie stellte ihre Koffer ab und griff zur Zigarette.

»Ich bin mit der Frühmaschine gekommen. War 'ne Kateridee, den Job zu akzeptieren. Ich hab dem Regisseur die Meinung gegeigt, und er hat mich gefeuert. Hab versucht, Brian zu erreichen. Hast du 'ne Ahnung, wo er steckt?«

Bei der Erinnerung wallte Wut auf in Emmy. »Ich habe sie gehasst«, sagte sie laut. Sie sah Fiona so deutlich vor sich, als wäre sie noch im Zimmer, ihr zerzaustes blondes Haar, der hautenge einteilige Hosenanzug, der ihre makellose Figur voll zur Geltung brachte, die Katzenaugen, frech und anmaßend.

Sie war fest davon überzeugt, dass sie wieder in Brians Leben treten konnte, auch wenn sie ihn noch so schlecht behandelt hatte, dachte Emmy, und erinnerte sich an all die Monate, in denen sie beim Anblick von Brian und Fiona Höllenqualen ausgestanden hatte. Wäre es wieder dazu gekommen? Tags zuvor hatte sie es für denkbar gehalten.

Fiona rief ununterbrochen bei Brian an, bis sie ihn endlich erreichte. Als sie den Hörer auflegte, sagte sie: »Hast du was dagegen, wenn ich meine Koffer hier lasse? Er ist auf dem Weg zum Traumschloss einer Putzfrau. Ich werd ihn abfangen.« Dann zuckte sie die Achseln. »Er ist so 'n verdammter Spießer, dabei sind erstaunlich viele Leute an der Westküste über ihn im Bilde. Ich muss schon sagen, nach allem, was ich über *Nächte in Nebraska* gehört habe, sind da sämtliche Voraussetzungen für 'nen richtigen Knüller drin – und ich hab vor, die Hauptrolle zu spielen.«

Emmy erhob sich. Ihr Körper fühlte sich steif an und

schmerzte. Die uralte Klimaanlage ratterte und keuchte, aber trotzdem war es heiß und feucht im Zimmer. Eine kalte Dusche und eine Tasse Kaffee, dachte sie. Vielleicht bekomme ich dann einen klaren Kopf. Sie wollte Brian sehen. Sie wollte ihn in die Arme schließen. Es tut mir kein bisschen Leid, dass Fiona tot ist, gestand sie sich ein, aber wie kannst du erwarten, Brian, dass du ungestraft davonkommst?

Sie hatte sich gerade ein T-Shirt zum Baumwollrock übergestreift und ihr langes, leuchtend rotes Haar zu einem Nackenknoten gedreht, als es an der Haustür klingelte. Über die Sprechanlage teilte der Kriminalbeamte Rooney mit, er sei unterwegs nach oben.

»Allmählich ergibt das Sinn«, sagte Alvirah. »Hast du irgendetwas ausgelassen, Brian? Zum Beispiel, ob du die Flasche Champagner, Hausmarke der Queen, gestern in den silbernen Weinkühler gestellt hast?«

Brian war konsterniert. »Warum sollte ich das tun?«

»Das hab ich ja auch nicht angenommen. Meine Güte, so 'ne unglaubliche Geschichte. Fiona hat nicht hier rumgelungert, weil sie zum Vorsprechen musste. Ich gehe jede Wette ein, dass sie Carleton Rumson angerufen und hergebeten hat. Deshalb standen die Gläser und der Champagner hier. Sie gab ihm das Manuskript, und dann sind sie sich in die Haare geraten, wer weiß, warum. Ich hab nämlich meine kleinen grauen Zellen mobilisiert. Fahr jetzt nach Hause, Brian, und hol die Endfassung von deinem Stück. Ich hab mit Carleton Rumson, dem Produzenten, darüber gesprochen, er möchte sich's heute ansehen.«

»Carleton Rumson!«, rief Brian. »Der ist doch am Broadway die Nummer eins und am schwersten zu erreichen. Du musst zaubern können!«

»Ich erzähle dir das später. Er verreist mit seiner Frau, deshalb lass uns das Eisen schmieden, solange es heiß ist.«

Brian schaute zum Telefon hinüber. »Ich müsste Emmy anrufen. Sie hat das mit Fiona inzwischen bestimmt erfahren.« Er wählte die Nummer, wartete, sagte dann enttäuscht: »Sie ist anscheinend nicht zu Hause.«

Emmy war sicher, dass der Anruf von Brian kam, machte aber keine Anstalten, den Hörer abzunehmen. Der magere Mann mit dem finsteren Gesicht ihr gegenüber hatte sie gerade gebeten, genau zu schildern, was sie am Vortag getan hatte. Emmy wählte ihre Worte sorgfältig. »Ich bin vormittags gegen elf zum Jogging gegangen. Gegen halb zwei bin ich zurückgekommen und den Rest des Tages zu Hause geblieben.«

»Allein?«

»Ja.«

»Haben Sie Fiona Winters gestern gesehen?«

Emmys Blick glitt in die Ecke, wo die Koffer gestapelt waren. »Ich ...« Sie hielt inne.

»Miss Laker, ich muss Sie wohl darauf aufmerksam machen, dass es zu Ihrem Vorteil ist, wenn Sie ganz wahrheitsgemäß antworten.« Rooney zog seine Aufzeichnungen zu Rate. »Fiona Winters kam mit einer Maschine aus Los Angeles, die etwa um 7 Uhr 30 landete. Sie nahm sich ein Taxi und fuhr hierher. Ein Botenjunge, der sie erkannte, half ihr mit dem Gepäck. Sie erzählte ihm, dass Sie sich nicht gerade freuen würden, sie zu sehen, weil Sie hinter ihrem Freund her seien. Als Miss Winters ging, folgten Sie ihr. Ein Pförtner von Central Park South hat Sie erkannt. Sie saßen auf einer Bank gegenüber, beobachteten das Haus annähernd zwei Stunden lang und betraten es dann durch den Lieferanteneingang, den die

Maler abgesichert und offen gelassen hatten.« Rooney beugte sich vor. Sein Ton wurde vertraulich. »Sie fuhren nach oben zu der Wohnung der Meehans, stimmt's? War Miss Winters schon tot?«

Emmy starrte ihre Hände an. Brian neckte sie immer damit, dass sie so klein wären. »Aber kräftig«, lachte er, wenn sie miteinander rangen. Brian. Was sie auch sagte, sie würde ihm schaden. Sie blickte Rooney an. »Ich möchte mit einem Anwalt sprechen.«

Rooney stand auf. »Das ist selbstverständlich Ihr gutes Recht. Ich möchte Sie jedoch daran erinnern, dass Sie sich mitschuldig machen können, wenn Brian McCormack seine ehemalige Geliebte tatsächlich ermordet hat und Sie Beweise zurückhalten. Und damit tun Sie ihm keinen Gefallen, das versichere ich Ihnen.«

Als Brian in seine Wohnung kam, fand er eine Nachricht von Emmy auf dem Anrufbeantworter vor. »Ruf mich an, Brian. Bitte.« Mit fliegenden Fingern wählte er ihre Nummer.

»Hallo«, flüsterte sie.

»Emmy, was ist los? Ich hab's schon mal versucht, aber da warst du nicht zu Hause.«

»Ich war hier. Ein Kriminalbeamter hat mich besucht. Ich muss dich unbedingt sehen, Brian.«

»Nimm dir ein Taxi und komm in die Wohnung meiner Tante. Ich bin auf dem Weg dorthin.«

»Ich möchte allein mit dir reden. Es geht um Fiona. Sie war gestern hier bei mir. Ich bin ihr gefolgt.«

Brian schnürte es die Kehle zu. »Kein Wort mehr am Telefon.«

Um vier Uhr nachmittags läutete es stürmisch. Alvirah sprang auf. »Brian hat seinen Schlüssel vergessen«, erklärte sie Willy. »Ich hab ihn auf dem Tisch in der Diele gesehen.«

Doch vor der Tür stand Carleton Rumson. »Mrs Meehan, bitte entschuldigen Sie die Störung.« Damit trat er ein. »Ich erwähnte einem meiner Assistenten gegenüber, dass ich mir das Stück Ihres Neffen mal anschauen will. Er hat offenbar den Erstling gesehen und sehr gut gefunden.« Rumson ließ sich im Wohnzimmer nieder, trommelte nervös auf der Glasplatte des Couchtisches herum.

»Kann ich Ihnen etwas zu trinken anbieten?«, erkundigte sich Willy. »Vielleicht ein Bier?«

»Aber Willy«, tadelte ihn Alvirah. »Ich bin sicher, Mr Rumson trinkt nur erstklassigen Champagner. Hab ich wohl in *People* gelesen.«

»Stimmt genau, aber nicht jetzt, vielen Dank.« Rumsons Miene war durchaus freundlich, doch Alvirah registrierte das heftige Pulsieren an seiner Kehle. »Wo kann ich Ihren Neffen erreichen?«

»Er muss jeden Augenblick hier sein. Ich rufe Sie dann sofort an.«

»Ich lese sehr schnell. Wenn Sie mir das Manuskript heraufschicken würden, könnten er und ich uns ungefähr eine Stunde später zusammensetzen.«

Nachdem Rumson sich verabschiedet hatte, fragte Alvirah: »Was meinst du, Willy?«

»Dass er für 'nen Starproduzenten ein ziemliches Nervenbündel ist. Ich kann Leute nicht ausstehen, die auf Tischen rumtrommeln. Macht mich ganz kribbelig.«

»Ihn hat's kribbelig gemacht, dass er hier nicht zum Zuge gekommen ist.« Alvirah lächelte geheimnisvoll.

Eine knappe Minute später klingelte es abermals. Alvirah eilte zur Tür. Emmy Laker, rote Haarsträhnen hatten sich aus dem Nackenknoten gelöst, eine riesige Sonnenbrille verdeckte das halbe Gesicht, das T-Shirt klebte an ihrem schlanken Oberkörper.

»Der Mann, der eben gegangen ist …«, stammelte Emmy. »Wer war das?«

»Carleton Rumson, der Produzent«, erwiderte Alvirah rasch. »Wieso?«

»Weil …« Emmy nahm die Brille ab, sie hatte ganz verschwollene Augen.

Alvirah legte ihr beide Hände auf die Schultern. »Was ist los, Emmy?«

»Ich weiß nicht, was ich tun soll«, sagte Emmy. »Ich weiß wirklich nicht, was ich tun soll.«

Carleton Rumson kehrte in seine Wohnung zurück, Schweißperlen auf der Stirn. Diese Alvirah Meehan war kein Dummkopf. Der Seitenhieb mit dem Champagner war keine Höflichkeitsfloskel. Wie viel ahnte sie?

Victoria stand auf der Terrasse, die Hände locker auf das Geländer gelegt. »Zum Donnerwetter, hast du die Anschläge nicht gelesen, die überall kleben?«, fragte er. »Ein kräftiger Stoß, und das Geländer ist futsch.«

Victoria trug weiße Hosen und einen weißen Pullover. Ein wahrer Jammer, dass irgendjemand einmal in einer Modekolumne geschrieben hatte, eine hellblonde Schönheit wie Victoria Rumson sollte nie etwas anderes als Weiß tragen, dachte er missmutig. Victoria hatte diesen Rat wörtlich genommen.

Sie entgegnete ruhig: »Das kenne ich, immer wenn dich etwas aus dem Gleichgewicht bringt, wirst du mir gegenüber ausfallend. Wusstest du, dass Fiona Winters sich hier im Haus aufgehalten hat? Vielleicht auf deine Bitte hin.«

»Vic, ich habe Fiona seit fast zwei Jahren nicht mehr gesehen. Wenn du mir nicht glaubst, ist das eben Pech.«

»Solange du sie nicht gestern gesehen hast, Darling.

Wie ich höre, stellt die Polizei eine Menge Fragen. Dabei wird unweigerlich herauskommen, dass ihr beide, sie und du, 'ne Story abgegeben habt, wie's die Journalisten nennen. Bist du Brian McCormack auf der Spur geblieben? Ich hab da wieder mal den gewissen Riecher.«

Rumson räusperte sich. »Diese Alvirah Meehan will McCormack veranlassen, mir das Stück zu bringen. Sobald ich's gelesen habe, gehe ich runter und treffe ihn.«

»Lass es mich auch lesen. Dann könnte ich mitkommen. Ich würde brennend gern sehen, wie eine Putzfrau eingerichtet ist.« Sie hakte ihren Mann unter. »Mein armer Darling. Warum bist du so nervös?«

Als Brian, sein Stück unter dem Arm, in die Wohnung stürzte, lag Emmy unter einer leichten Decke auf der Couch. Alvirah machte die Tür hinter ihm zu und beobachtete, wie er sich neben Emmy hinkniete und sie in die Arme schloss. »Ich geh nach hinten und lass euch ungestört reden.«

Willy war im Schlafzimmer und breitete Kleidungsstücke aus. »Welche Jacke, Schatz?« Er hielt zwei Sportsakkos hoch.

Alvirah runzelte die Stirn. »Du möchtest nett aussehen, wenn Pete seine Pensionierung feiert, aber es soll nicht angeberisch wirken. Zieh die blaue Jacke an und dazu das weiße Sporthemd.«

»Ich lass dich trotzdem ungern allein heute Abend«, protestierte Willy.

»Du darfst bei Petes Dinner nicht fehlen«, erklärte Alvirah bestimmt. »Und wenn's zu sehr rundgeht, Willy, dann musst du mir versprechen, dass du nicht nach Hause fährst, sondern in der alten Wohnung übernachtest. Du weißt doch, wie du loslegen kannst, wenn du mit den Brüdern zusammen bist.«

Willy lächelte verdattert. »Du meinst, wenn ich ›Danny Boy‹ öfter als zweimal singe, ist das 'n Alarmzeichen für mich.«

»Genau.«

»Schatz, ich bin so kaputt von der Reise und dem Schreck letzte Nacht, dass ich ebenso gern bei Pete ein paar Bierchen kippen und dann heimkommen würde.«

»Das wäre unfreundlich. Pete ist auf unserer Party zum Lotteriegewinn bis zum Morgen geblieben, als der Verkehr auf der Schnellstraße schon voll im Gange war. Jetzt müssen wir mit den jungen Leuten reden.«

Im Wohnzimmer saßen Emmy und Brian Hand in Hand nebeneinander. »Habt ihr zwei schon alles geklärt?«, erkundigte sich Alvirah.

»Nicht direkt«, sagte Brian. »Als Emmy es ablehnte, Rooneys Fragen zu beantworten, hat er ihr offenbar heftig zugesetzt.«

Alvirah schaltete ihr Mikrophon ein. »Ich muss alles wissen, was er von Ihnen gewollt hat.«

Emmy berichtete zögernd. Ihre Stimme wurde ruhiger, und ihre Sicherheit kehrte zurück, als sie sagte: »Man wird dich anklagen, Brian. Er will mich dazu bringen, Dinge zu äußern, die dir schaden.«

»Du meinst, du beschützt mich.« Brian machte ein erstauntes Gesicht. »Das ist nicht notwendig. Ich habe nichts getan. Ich dachte …«

»Du dachtest, Emmy sitzt in der Klemme«, ergänzte Alvirah. Sie ließ sich mit Willy auf der gegenüberliegenden Seite der Couch nieder und musterte die beiden. Ihr wurde klar, dass Brian und Emmy direkt vor der Stelle saßen, wo die Tischplatte mit Fingerabdrücken übersät gewesen war. Der Vorhang befand sich etwas mehr rechts. Wer immer auf dieser Couch saß, hatte die Schlaufe genau im Blickfeld gehabt. »Ich werde euch beiden jetzt was erzählen«, verkündete sie. »Jeder von euch denkt, der andere könnte vielleicht was damit zu tun haben – und ihr irrt euch beide. Hast du irgendetwas verschwiegen über deine gestrige Begegnung mit Fiona Winters, Brian?«

»Nicht das Geringste«, erwiderte er.

»Gut. Jetzt sind Sie dran, Emmy.«

Emmy ging zum Fenster hinüber. »Ich mag diese Aussicht.« Sie wandte sich zu Alvirah und Willy. »Als Fiona gestern meine Wohnung verließ, um sich mit Brian zu treffen, habe ich wohl etwas durchgedreht. Er ist ja so auf sie fixiert gewesen. Fiona gehört – gehörte zu den Frauen, die nur mit dem Finger zu schnippen brauchen. Ich hatte Angst, dass Brian wieder mit ihr anbändelt.«

»Niemals …«, protestierte Brian.

»Du hältst den Mund«, kommandierte Alvirah.

»Ich habe lange auf der Parkbank gesessen«, fuhr Emmy fort. »Ich sah Brian weggehen. Als Fiona nicht runterkam, dachte ich zuerst, vielleicht hat Brian ihr gesagt, sie solle warten. Endlich entschloss ich mich zur Auseinandersetzung mit ihr. Ich fuhr mit dem Lastenaufzug nach oben, weil ich von niemandem gesehen werden wollte. Ich läutete an der Wohnungstür, wartete, läutete noch mal und ging dann.«

»Das ist alles?«, fragte Brian. »Warum hattest du Angst, das Rooney zu erzählen?«

»Weil sie dachte, als sie von Fionas Tod erfuhr, dass du sie da bereits umgebracht hattest und sie deshalb nicht mehr aufmachen konnte.« Alvirah beugte sich vor. »Warum haben Sie sich vorhin nach Carleton Rumson erkundigt, Emmy? Sie haben ihn gestern gesehen, stimmt's?«

»Als ich den Korridor entlanglief, ging er vor mir zum Personenaufzug. Er kam mir bekannt vor, erkannt habe ich ihn aber erst, als ich ihn eben wiedersah.«

Alvirah stand auf. »Ich denke, wir sollten Mr Rumson

anrufen und ihn bitten herunterzukommen, und ich denke, wir sollten Rooney ebenfalls telefonisch herbitten. Aber zuerst gibst du Willy dein Stück, Brian, damit er's den Rumsons raufbringt. Mal überlegen. Jetzt ist's kurz vor fünf. Rumson soll anrufen, wenn er's gelesen hat und es zurückbringen kann, sag ihm das bitte, Willy.«

Der Summer der Sprechanlage ertönte. Willy meldete sich. »Rooney ist unten. Er sucht dich, Brian.«

Rooney gab sich kalt und unpersönlich. »Mr McCormack, ich muss Sie bitten, mich zwecks weiterer Vernehmung aufs Revier zu begleiten. Über Ihre Rechte sind Sie informiert worden. Ich wiederhole, dass alles, was Sie sagen, gegen Sie verwendet werden kann.«

»Er wird nirgendwohin gehen«, erklärte Alvirah energisch. »Ich hab Ihnen allerhand mitzuteilen, Mr Rooney.«

Zwei Stunden später, kurz vor sieben, rief Carleton Rumson an. Alvirah und Willy hatten Rooney von dem Champagner und den Gläsern, von den Fingerabdrücken auf dem Couchtisch und von Emmys Begegnung mit Carleton Rumson berichtet, aber nichts davon machte sonderlichen Eindruck, wie Alvirah feststellte. Er sperrt sich gegen alles, was nicht zu seiner Theorie über Brian passt, dachte sie.

Ein paar Minuten darauf sah Alvirah zu ihrem Erstaunen beide Rumsons hereinkommen. Victoria Rumson lächelte herzlich. Als sie mit Brian bekannt gemacht wurde, ergriff sie seine Hände und sagte: »Sie sind ein junger Neil Simon. Ich habe Ihr Stück gelesen. Gratuliere.«

Als Rooney vorgestellt wurde, verfärbte sich Carleton Rumsons Gesicht aschgrau. Er wandte sich stammelnd an Brian: »Tut mir furchtbar Leid, dass ich ausgerechnet jetzt störe. Ich mach's ganz kurz. Ihr Stück ist großartig. Ich möchte eine Option darauf. Bitte veranlassen Sie

Ihren Agenten, dass er sich morgen mit meinem Büro in Verbindung setzt.«

Victoria Rumson stand an der Terrassentür. »Sie waren so gescheit, die Aussicht nicht zu verdecken«, lobte sie Alvirah. »Mein Dekorateur hat auf Gardinen und Vorhängen bestanden und dadurch das Panorama auf Postkartenformat reduziert.«

Kein Zweifel, sie hat auf Charme geschaltet, dachte Alvirah.

»Wir sollten wohl alle besser Platz nehmen«, schlug Rooney vor. Und dann: »Mr Rumson, Sie kannten Fiona Winters.«

Sie habe Rooney vielleicht doch unterschätzt, vermutete Alvirah. Er beugte sich vor, in seinem Gesicht spiegelte sich gespannte Aufmerksamkeit.

»Miss Winters hat vor ein paar Jahren in mehreren meiner Produktionen mitgewirkt«, erklärte Rumson.

Er saß auf einer Couch neben seiner Frau. Alvirah bemerkte, dass er nervös zu ihr herüberblickte.

»Was vor Jahren war, interessiert mich nicht«, erklärte Rooney. »Mich interessiert, was gestern passiert ist. Haben Sie sie gesehen?«

»Nein.« Für Alvirah hörte sich das gezwungen an; Rumson befand sich in der Defensive. »Hat sie Sie aus dieser Wohnung angerufen?«, fragte sie.

»Ich stelle hier die Fragen, Mrs Meehan, wenn Sie nichts dagegen haben.«

»Reden Sie nicht in dem Ton mit meiner Frau«, ereiferte sich Willy.

»Ich meinte ja bloß, wenn sie von hier aus telefoniert hat, gibt's davon 'ne Aufzeichnung, und da wollte ich vermeiden, dass Mr Rumson durch 'ne Lüge ins Gedränge kommt.«

Victoria Rumson tätschelte den Arm ihres Mannes.

»Ich glaube, du willst meine Gefühle schonen, Darling. Falls diese unmögliche Person dich wieder belästigt hat, nimm bitte keine Rücksicht auf mich und sag genau, was sie von dir wollte.«

Vor ihren Augen schien Rumson sichtbar zu altern. Als er zu sprechen begann, klang seine Stimme matt, erschöpft. »Wie ich Ihnen bereits sagte, hat Fiona Winters in mehreren meiner Produktionen gespielt. Sie …«

»Sie hatte auch eine persönliche Beziehung mit Ihnen«, warf Alvirah ein. »Sie haben sie häufig mitgebracht nach Cypress Point Spa.«

»Ich habe seit mehreren Jahren nicht mit Fiona Winters zu tun gehabt. Ja, sie hat gestern gegen Mittag angerufen. Sie hatte ein Stück an der Hand, das sie mir zu lesen geben wollte. Es erfüllte sämtliche Voraussetzungen für einen Kassenschlager, versicherte sie mir, und sie wolle die Hauptrolle spielen. Ich erwartete ein Ferngespräch aus Europa und willigte ein, sie in etwa einer Stunde hier unten aufzusuchen.«

»Das bedeutet, sie hat angerufen, nachdem Brian gegangen war«, triumphierte Alvirah. »Deshalb standen die Gläser und der Champagner bereit. Sie waren für Sie bestimmt.«

»Sind Sie in diese Wohnung gekommen, Mr Rumson?«, fragte Rooney.

Wieder zögerte Rumson.

»Ist schon in Ordnung, Darling«, redete ihm Victoria Rumson sanft zu.

Ohne Rooney dabei anzublicken, verkündete Alvirah: »Emmy hat Sie hier auf dem Korridor kurz nach eins gesehen.«

Rumson sprang auf. »Mrs Meehan, ich verbitte mir alle weiteren Anspielungen! Ich befürchtete, Fiona würde mich nicht in Ruhe lassen, wenn ich nicht reinen Tisch machte. Also kam ich her und klingelte. Es rührte sich nichts. Die Tür war nicht richtig zu, ich stieß sie auf und rief nach ihr. Wenn ich schon mal da war, wollte ich's auch hinter mich bringen.«

»Haben Sie die Wohnung betreten?«, fragte Rooney.

»Ja. Ich durchquerte dieses Zimmer, steckte den Kopf in die Küche und warf einen Blick ins Schlafzimmer. Sie war nirgends zu sehen. Ich hoffte, sie hätte sich das mit dem Treffen anders überlegt, und war erleichtert, das kann ich Ihnen versichern. Als ich dann heute früh die Nachrichten hörte, hatte ich nur einen Gedanken – vielleicht lag ihre Leiche in dem Wandschrank, während ich unten war, und dann würde ich ins Kreuzfeuer geraten.« Und an seine Frau gewandt: »Im Kreuzfeuer stehe ich ja wohl schon, aber ich schwöre, das ist die Wahrheit.«

Victoria berührte seine Hand. »Ausgeschlossen, dass man dich da hineinzieht. Wie konnte diese unverschämte Person nur auf die Idee kommen, sie würde die Hauptrolle in *Nächte in Nebraska* spielen.« Victoria wandte sich an Emmy. »Jemand in Ihrem Alter sollte die Diane spielen.«

»Wird sie auch«, erklärte Brian. »Ich hab's ihr bloß noch nicht gesagt.«

Rooney klappte seinen Notizblock zu. »Mr Rumson, ich muss sie bitten, mich ins Präsidium zu begleiten. Von Ihnen, Miss Laker, hätte ich ebenfalls gern eine komplette Aussage. Mit Ihnen, Mr McCormack, müssen wir uns nochmals unterhalten, und ich rate Ihnen dringend, sich einen Anwalt zu nehmen.«

»Einen Augenblick bitte«, sagte Alvirah ungehalten. »Ich kann feststellen, dass Sie Mr Rumson mehr Glauben schenken als Brian.« Da geht die Option auf das Stück flöten, aber das ist wichtiger, dachte sie. »Sie meinen damit, dass Brian möglicherweise aufbrechen wollte, sich dann entschloss, zurückzukommen und Fiona zu sagen, sie solle verschwinden, und sie schließlich umgebracht hat. Ich erkläre Ihnen jetzt, wie's meiner Meinung nach gelaufen ist. Rumson tauchte hier auf und kriegte Krach mit Fiona. Er erwürgte sie, war aber schlau genug, das Manuskript mitzunehmen, das sie ihm zeigte.«

»Das ist von A bis Z falsch«, konterte Rumson gereizt.

»Ich wünsche hier keine weiteren Erörterungen«, ordnete Rooney an. »Miss Laker, Mr Rumson, Mr McCormack, unten wartet ein Wagen.«

Als sich die Tür hinter ihnen schloss, nahm Willy Alvirah in die Arme. »Schätzchen, ich lass die Party bei Pete sausen. Du bist fix und fertig und darfst einfach nicht allein bleiben.«

Alvirah drückte ihn an sich. »Nein, kommt gar nicht in Frage. Ich habe alles aufgezeichnet. Ich muss das Band abhören, und das mache ich besser allein. Du amüsierst dich inzwischen gut.«

»Ich weiß schon – wenn ich ›Danny Boy‹ öfter als zweimal singe, soll ich in der alten Bude übernachten.«

Die Wohnung erschien unheimlich still, nachdem Willy gegangen war. Alvirah entschied sich für ein warmes Bad, das würde ihren steifen Körper lockern und den Kopf klar machen.

Danach zog sie ihr Lieblingsnachthemd an und Willys gestreiften Bademantel. Sie stellte den teuren Kassettenrekorder, den ihr der Chefredakteur vom *New York Globe* gekauft hatte, auf den Esszimmertisch, nahm die winzige Kassette aus der Rosette, legte sie ein und drückte die Rücklauftaste. Für den Fall, dass sie ihre Gedanken laut artikulieren wollte, schob sie eine neue Kassette hinten in die Brosche, die sie am Bademantel befestigte. Sie saß da, hörte sich ihre Gespräche mit Brian an, mit Rooney, mit Emmy, mit den Rumsons.

Was war es, das sie an Carleton Rumson so heftig irritierte? Systematisch ließ sie die erste Begegnung mit den Rumsons Revue passieren. An jenem Abend war er ganz schön frostig, aber als wir am nächsten Morgen mit ihm zusammenprallten, hatte sich sein Ton gründlich verändert, er erinnerte mich sogar, dass er das neue Stück gleich lesen wollte. Brians Worte fielen ihr ein, dass niemand an Carleton Rumson herankommen könne.

Das ist's, dachte sie. Er wusste bereits, wie gut das Stück ist. Er konnte nicht zugeben, dass er es schon gelesen hatte. Abwarten, bis ich Rooney davon überzeugt habe …

Das Telefon läutete. Verdutzt eilte Alvirah an den Apparat. Emmy. »Mrs Meehan«, flüsterte sie, »sie vernehmen Brian und Mr Rumson immer noch, aber ich weiß, sie halten Brian für schuldig.«

»Ich hab gerade alles ausgetüftelt«, jubelte Alvirah. »Wie gut konnten Sie Carleton Rumson gestern im Flur sehen? «

»Recht gut.«

»Dann konnten Sie doch auch sehen, dass er das Manuskript bei sich trug, stimmt's? Ich meine, wenn er die Wahrheit gesagt hat, dass er nur runtergegangen ist, um Fiona die Leviten zu lesen, dann hätte er das Manuskript garantiert nicht mitgenommen. Aber wenn sie sich darüber unterhalten hatten und er darin gelesen hat, bevor er sie umbrachte, dann hätte er's eingesackt. Emmy, ich glaub, ich hab den Fall gelöst.«

Emmys Stimme war kaum vernehmbar. »Mrs Meehan, ich schwöre, Carleton Rumson hat nichts bei sich getragen, als ich ihn sah. Was ist, wenn mir Rooney nun diese Frage stellt? Mit einer wahrheitsgemäßen Antwort würde ich doch Brian schaden.«

»Sie müssen die Wahrheit sagen«, erwiderte Alvirah bekümmert. »Keine Sorge, mein Gehirn arbeitet immer noch auf Hochtouren.« Sie legte auf, schaltete den Kassettenrekorder wieder ein und begann die Bänder nochmals abzuspielen. Sie hörte ihre Gespräche mit Brian mehrfach ab. Er hatte ihr doch etwas erzählt, das ihr anscheinend entgangen war …

Schließlich stand sie auf, weil sie fand, dass ein wenig frische Luft nicht schaden könnte. Frisch ist die New Yorker Luft ja nun nicht gerade, dachte sie, als sie die Terrassentür öffnete und hinaustrat. Diesmal ging sie geradewegs zur Brüstung und legte die Finger auf das Geländer. Wenn Willy hier wäre, würde er 'nen Koller kriegen, dachte sie, aber ich werde mich nicht aufstützen. Der Blick über den Park hat nur so etwas Beruhigendes. Ich glaube, der Tag, an dem Mama als Sechzehnjährige eine Schlittenfahrt durch den Park gemacht hat, zählte zu ihren schönsten Erinnerungen. Immer wieder hat sie davon gesprochen. Ihre Freundin Beth hatte sich das zum Geburtstag gewünscht.

Beth!

Beth!

Das ist es, dachte Alvirah. Wieder hörte sie Brian sagen, Fiona Winters wolle die Rolle der Diane spielen. Dann verbesserte er sich – ich meine, die Beth. Willy erkundigte sich, wer das sei, und Brian antwortete, so hieße die weibliche Hauptdarstellerin in seinem neuen Stück, er habe den Namen in der Endfassung geändert. Alvirah schaltete ihr Mikrofon ein und räusperte sich. Sie sollte das Ganze lieber festhalten. Dann könnte sie auf ihre unmittelbare Reaktion zurückgreifen, wenn sie den Artikel für den *Globe* schrieb. »Es war nicht Rumson, der Fiona Winters umbrachte«, sagte sie kategorisch. »Es war seine Frau, die ›einäugige Vicky‹. Sie war es, die Rumson drängte, das Stück zu lesen. Sie war es, die sagte, Emmy sollte die Diane spielen. Sie wusste nicht, dass Brian den Namen geändert hatte. Sie muss mitgehört haben, als Fiona ihren Mann anrief. Sie kam, während er auf seine Gespräche aus Europa wartete. Sie wollte nicht, dass Fiona sich abermals an Rumson heranmachte, brachte sie um, nahm dann das Manuskript an sich. Sie hat die Kopie gelesen, nicht die Endfassung.«

»Wie überaus scharfsinnig, Mrs Meehan.«

Die Stimme klang unmittelbar hinter ihr. Alvirah spürte kräftige Hände an ihrem Kreuz. Sie versuchte sich umzudrehen und fühlte, wie ihr Körper gegen Brüstung und Geländer gedrückt wurde. Wie ist Victoria Rumson hier hereingekommen, überlegte sie, dann fiel ihr blitzartig ein, dass Brians Schlüssel auf dem Tisch gelegen hatte. Mit voller Kraft versuchte sie, sich auf ihre Angreiferin zu werfen, doch da traf sie ein Schlag seitlich am Hals und betäubte sie. Sie wurde herumgewirbelt und sackte am Geländer zusammen. Aus weiter Ferne nahm sie ein knirschendes, splitterndes Geräusch wahr und Willys Schreckensrufe.

Willy war nicht so lange geblieben, um auch nur einen Refrain von ›Danny Boy‹ zu singen. Nach dem Dinner, ein paar Gläschen Bier und der Gratulationscour bei Pete hatte ihn eine innere Stimme gedrängt, nach Hause zu gehen. Als er die Wohnung betrat und die kämpfenden Gestalten an der Terrassenbrüstung sah, erstarrte er vor Entsetzen. Unter lauten Rufen nach Alvirah stürzte er durch das Zimmer.

»Komm rein, Schatz«, flehte er, »komm zurück.« Dann wurde ihm klar, was die andere Frau tat. Er betrat die Terrasse, sah, wie sich ein Mauerteil löste und niederfiel, sodass neben Alvirah jetzt eine gähnende Lücke klaffte. Willy ging den zweiten Schritt darauf zu und kippte um.

Beth! Diane! Während der ganzen Taxifahrt vom Polizeirevier nach Central Park South balancierte Emmy auf der

Sitzkante. Sie hatte dort gewartet, bis ihre Aussage getippt vorlag, in verzweifelter Angst um Brian; sie erinnerte sich, wie er sie angeschaut hatte, als er Victoria Rumson erzählte, dass sie die Hauptrolle in seinem neuen Stück spielen würde. An der Diane liegt mir nichts, wenn nur mit Brian alles in Ordnung ist, dachte sie. Nicht Diane, sondern Beth. Brian hatte den Namen geändert. Dann hörte sie Victoria Rumson sagen: »Sie sollten die Rolle der Diane spielen.« Damit passte alles ins Bild. Victoria Rumson, von rasender Eifersucht erfüllt, Victoria, die ihren Mann vor ein paar Jahren beinahe an Fiona verloren hätte …

Emmy war aufgesprungen und aus dem Revier davongestürzt. Sie musste mit Alvirah sprechen, bevor sie ein Wort zu den Polizisten sagte. Sie hörte einen Polizisten hinter sich herrufen, reagierte jedoch nicht, als sie dem Taxi winkte.

In Central Park South angekommen, raste sie zum Fahrstuhl. Als sie den Flur entlangging, hörte sie Willy schreien. Die Tür war offen. Sie sah Willy die Terrasse betreten und umfallen. Sie sah die Silhouetten von zwei Frauen und erkannte, was sich da abspielte.

Wie ein geölter Blitz raste Emmy auf die Terrasse. Sie fand sich Alvirah gegenüber, die über dem Abgrund hing. Ihre rechte Hand umklammerte den noch vorhandenen Teil des Geländers. Victoria Rumson schlug mit beiden Fäusten auf diese Hand ein.

Emmy packte Victorias Arme und drehte sie ihr auf dem Rücken zusammen. Victorias wütendes Wehgeschrei übertönte das Krachen, mit dem die Terrassenmauer auf die Straße stürzte. Emmy stieß sie beiseite und konnte die Kordel von Alvirahs Bademantel packen. Alvirah schwankte. Ihre Pantoffel rutschten nach hinten weg. Ihr Körper schwebte 34 Etagen über dem Gehsteig. Mit äußerster

Kraftanstrengung zerrte Emmy sie zurück, und sie fielen zusammen auf den bewusstlos daliegenden Willy.

Alvirah und Willy schliefen bis Mittag. Als sie endlich aufwachten, bestand Willy darauf, dass Alvirah liegen blieb. Er ging in die Küche, kam nach fünfzehn Minuten zurück mit einem Krug Orangensaft, einer Kanne Tee und einem Teller Toast. Nach der zweiten Tasse Tee war Alvirahs gewohnter Optimismus zurückgekehrt. »Junge, Junge, war das ein Segen, dass Rooney gleich nach Emmy reingeplatzt kam und sich Victoria Rumson geschnappt hat, bevor sie fliehen konnte. Und weißt du, was ich denke, Willy?«

»Ich weiß nie, was ich denken soll, Schatz«, seufzte Willy.

»Einer der Gründe, weshalb Carleton Rumson nie 'ne Scheidung verlangt hat, ist das Geld – er wollte keine Vermögensteilung. Wenn die einäugige Vicky im Kittchen sitzt, braucht er sich darüber keine Gedanken mehr zu machen. Und ich gehe jede Wette ein, dass er Brians Stück trotzdem herausbringt.«

Nach kurzer Pause fuhr Alvirah fort: »Und noch was, Willy. Ich möchte, dass du mit Brian sprichst und ihm sagst, er soll diese reizende Emmy lieber heiraten, bevor sie ihm ein anderer wegschnappt.« Sie strahlte. »Ich hab auch genau das richtige Hochzeitsgeschenk für die beiden, jede Menge weißer Möbel.«

Es klingelte. Willy schlüpfte mit einiger Mühe in seinen Morgenrock und eilte zur Tür. Als er aufmachte, kamen Brian und Emmy hereinspaziert. Nach einem Blick in ihre freudestrahlenden Gesichter und auf die fest ineinander verschlungenen Hände meinte Willy: »Ich hoffe nur, dass Weiß eure Lieblingsfarbe ist.«

Und tot bist du

Danksagung

Als Kind litt ich häufig an Asthmaanfällen. Aber meine Belohnung nach einer Nacht, in der ich qualvoll nach Atem gerungen hatte, war ein Vormittag im Bett mit Büchern und dem Radio.

Regelmäßig lauschte ich den Hörspielen, die mich durch spannende Fortsetzungsgeschichten in eine Zauberwelt der Abenteuer entführten.

Meine Lieblingssendung hieß *Our Gal Sunday.* Ihr Einleitungssatz lautete ungefähr so: »Diese Geschichte stellt die Frage, ob Sunday, ein Mädchen aus einer Bergarbeiterstadt im Westen, als Frau von Lord Henry Brinthrop, einem der reichsten und attraktivsten Männer Englands, glücklich werden kann.«

Ich schwärmte wahnsinnig für Lord Henry und hielt ihn und Sunday für ein Paar, das großartig zusammenpasste. Ja, sie konnte mit ihm glücklich werden. Allerdings war das auch keine große Kunst.

Als ich selber ein Detektivpaar erfinden wollte, fielen mir Lord Henry und Sunday ein, und ich überlegte mir Folgendes: »Was ist, wenn Henry ein ehemaliger Präsident der Vereinigten Staaten wäre? Intelligent, sympathisch, reich und einfach zum Verlieben? Und Sunday wäre eine attraktive, kluge, junge Kongressabgeordnete?« Ergebnis waren diese Geschichten, und ich hoffe, dass Ihnen das Lesen Vergnügen bereiten wird.

Ohne die Hilfe, die Unterstützung, die Ermutigung

und das Wissen meines langjährigen Lektors Michael Korda und seines Cheflektors Chuck Adams wäre meine Idee wahrscheinlich nie verwirklicht worden. Ich danke euch, meine Freunde – und ich liebe euch. Außerdem bedanke ich mich herzlich bei Gypsy da Silvia, meiner unvergleichlichen Korrektorin, die personifizierte Geduld.

Richard McGann von der Wachfirma Vance Security in Washington D. C. und ehemaliger Geheimagent war mein unverzichtbarer Fachberater in der Frage, wie der Personenschutz aussieht, den ein ehemaliger Präsident und seine Frau in Anspruch nehmen können. Detective Sergeant Kevin J. Valentine von der Polizei in Bernardsville, New Jersey, erklärte mir ausführlich, welche Schritte normalerweise beim Auffinden eines offenbar ausgesetzten Kindes erfolgen. Vielen Dank, Dick, vielen Dank, Kevin.

Und zu guter Letzt möchte ich wie immer meiner Familie und meinen Freunden danken, die mich anfeuern, je näher der Abgabetermin rückt. Stets haben sie Verständnis für den Tunnelblick, den ich entwickle, wenn ich bis über die Ohren in meine Geschichte versunken bin. Ihr seid die Allergrößten!

Für John in Liebe
und à *tout jamais*

Verbrechen aus Leidenschaft

»Hütet euch vor dem Zorn des Geduldigen«, stellte Henry Parker Britland IV. bedrückt fest, während er ein Foto seines früheren Außenministers betrachtete. Soeben hatte er erfahren, dass sein enger Freund und politischer Verbündeter des Mordes an seiner Geliebten Arabella Young beschuldigt wurde.

»Dann denkst du also, der arme Tommy hat es getan?«, fragte Sandra O'Brien Britland seufzend und bestrich ein ofenfrisches, noch warmes Brötchen mit hausgemachter Marmelade.

Es war noch früh am Morgen. Die Britlands lagen im Bett in Drumdoe, ihrem Landsitz in Bernardsville, New Jersey. Die *Washington Post,* das *Wall Street Journal,* die *New York Times,* die Londoner *Times,* der *Osservatore Romano* und die *Paris Review,* alle in verschiedenen Stadien der Lektüre, lagen überall herum, einige auf der geblümten, seidenweichen Bettdecke, andere auf dem Boden. Vor dem Ehepaar standen zwei identische Frühstückstabletts, jedes mit einer Rose in einer schmalen Silbervase geschmückt.

»Eigentlich nicht«, antwortete Henry nach einer Weile und schüttelte nachdenklich den Kopf. »Ich kann es einfach nicht glauben. Tom war immer so selbstbeherrscht. Deshalb war er auch ein so guter Außenminister. Doch seit Constances Tod – während meiner zweiten Amtszeit – hat er sich ziemlich verändert. Es war offensichtlich, dass er sich wahnsinnig in Arabella verliebt hat. Es war ebenso offensichtlich, dass er viel von seiner Selbstbeherrschung verlor. Ich werde nie vergessen, wie er sich verplapperte und Arabella in Lady Thatchers Gegenwart ›Mausezähnchen‹ nannte.«

»Schade, dass ich dich damals noch nicht kannte«, sagte Sandra bedauernd. »Natürlich war ich politisch nicht immer mit dir einer Meinung, aber ich hielt dich für einen ausgezeichneten Präsidenten. Aber, wer weiß, bei deiner ersten Vereidigung vor neun Jahren hättest du mich bestimmt schrecklich langweilig gefunden. Als Jurastudentin hat man bestimmt keine Chance beim Präsidenten der Vereinigten Staaten. Vielleicht hätte ich dich mit meinem Aussehen beeindrucken können – ernst genommen hättest du mich bestimmt nicht. Erst als ich Kongressabgeordnete wurde, hast du Respekt vor mir gekriegt.«

Liebevoll sah Henry die Frau an, mit der er seit acht Monaten verheiratet war. Ihr weizenblondes Haar war zerzaust, und ihre leuchtend blauen Augen blickten gleichzeitig klug, liebevoll, geistesgegenwärtig und schalkhaft. Manchmal gesellte sich kindliches Staunen dazu. Lächelnd dachte er an ihre erste Begegnung. Er hatte sie gefragt, ob sie noch an den Nikolaus glaube.

Es war der Abend vor der Amtseinführung seines Nachfolgers gewesen, und Henry hatte für alle neuen Kongressabgeordneten eine Cocktailparty im Weißen Haus gegeben.

»Ich glaube an das, was der Nikolaus symbolisiert, Sir«, hatte Sandra geantwortet. »Sie etwa nicht?«

Später, als die Gäste sich verabschiedeten, hatte er sie gebeten, zum Abendessen zu bleiben.

»Es tut mir Leid«, hatte sie geantwortet. »Ich bin mit meinen Eltern verabredet und möchte sie nicht versetzen.«

Während Henry an seinem letzten Abend im Weißen

Haus allein beim Essen saß, erinnerte er sich an all die Frauen, die in den letzten acht Jahren seinetwegen bereitwillig sämtliche Verabredungen abgesagt hatten. Ihm wurde klar, dass er der Frau seiner Träume begegnet war. Sechs Wochen später fand die Hochzeit statt.

Der Medienrummel schien gar nicht mehr aufhören zu wollen. Die Ehe zwischen dem begehrtesten Junggesellen des Landes – dem vierundvierzigjährigen ehemaligen Präsidenten – und der schönen, zwölf Jahre jüngeren Kongressabgeordneten brachte die Journalisten schier um den Verstand. Seit Jahren hatte keine Hochzeit die Öffentlichkeit derart beschäftigt.

Dass Sandras Vater Lokführer bei der New Jersey Central Railroad war, dass sie sich ihr Studium am St. Peter's College und an der juristischen Fakultät von Fordham selbst verdient hatte, dass sie sieben Jahre lang als Pflichtverteidigerin gearbeitet und dann einem langjährigen Abgeordneten aus Jersey City in einem erdrutschartigen Wahlsieg das Amt abgejagt hatte – das alles machte sie zu einem Vorbild für ihre Geschlechtsgenossinnen und zum Liebling der Presse.

Da Henry einer der zwei beliebtesten Präsidenten dieses Jahrhunderts und Besitzer eines beträchtlichen Vermögens war und außerdem wie immer wieder ganz oben auf der Liste der attraktivsten Männer Amerikas stand, galt auch er als nachahmenswertes Vorbild und wurde gleichzeitig von anderen Männern beneidet, die sich fragten, warum die Götter ihn so offensichtlich bevorzugten.

»Lord Henry Brinthrop heiratet Gal Sunday« hatte die Schlagzeile einer Zeitung an ihrem Hochzeitstag gelautet, eine Anspielung auf die früher höchst beliebte Hörspielserie, die jahrelang an jedem Werktag gesendet worden war. »Kann ein Mädchen aus einer Bergarbeiterstadt im Westen mit Lord Henry Brinthrop, einem der reichsten und attraktivsten Männer Englands, glücklich werden?« war ihre zentrale Frage gewesen.

Über kurz oder lang wurde Sandra von allen, auch von ihrem Ehemann Sunday genannt. Zuerst verabscheute sie diesen Spitznamen, gewöhnte sich aber an ihn, als Henry ihr erklärte, dass er für ihn noch eine andere Doppelbedeutung habe. Für ihn sei sie »a Sunday kind of Love«, eine Zeile aus einem seiner Lieblingslieder. »Er passt einfach zu dir«, fügte er hinzu.

Als Sunday an diesem Morgen ihren Mann betrachtete, dachte sie an die vergangenen ungetrübten Monate und Tage. Nun aber lag aufrichtige Besorgnis in Henrys Blick, und sie nahm seine Hand. »Du bist besorgt um Tommy, das sehe ich dir an. Was können wir tun, um ihm zu helfen?«

»Ich fürchte, nicht viel. Natürlich werde ich mich erkundigen, ob sein Verteidiger fähig ist. Aber ganz gleich, welchen Anwalt er sich nimmt, es sieht schwarz für ihn aus. Überleg mal. Es handelt sich um ein besonders brutales Verbrechen, und es scheint alles darauf hinzuweisen, dass Tommy der Täter ist. Die Frau wurde von drei Schüssen getroffen, die aus Tommys Pistole stammen. Und zwar in Tommys Bibliothek, kurz nachdem er in Gegenwart anderer geäußert hatte, wie sehr er unter der Trennung litte.«

Sunday griff nach einer der Zeitungen und musterte das Foto des strahlenden Thomas Shipman. Er hatte den Arm um die hinreißende Dreißigjährige gelegt, mit der er sich über den Tod seiner Frau hinweggetröstet hatte. »Wie alt ist Tommy eigentlich?«, fragte Sunday.

»Weiß nicht genau. So um die fünfundsechzig.«

Sie betrachteten beide das Bild. Tommy war ein durchtrainierter, schlanker Mann mit ergrautem, schütterem Haar und dem Gesicht eines Wissenschaftlers. Arabella Youngs hochtoupiertes Haar, ihr hübsches Puppengesicht und ihre vollbusige Figur hätten hingegen besser auf die Titelseite des *Playboy* gepasst.

»Sie könnte seine Tochter sein«, stellte Sunday fest.

»Dasselbe sagt man wahrscheinlich auch über uns«, entgegnete Henry leichthin und zwang sich zu einem Lächeln.

»Ach, hör auf damit, Henry«, protestierte Sunday und nahm seine Hand. »Und tu bloß nicht so, als würde dich das alles nicht berühren. Wir sind zwar noch nicht lang verheiratet, aber ich kenne dich inzwischen zu gut, um mich von dir täuschen zu lassen.«

»Du hast Recht, ich mache mir Sorgen«, antwortete Henry leise. »Wenn ich mich an die letzten Jahre erinnere, kann ich mir gar nicht vorstellen, wie ich es ohne Tommy geschafft hätte. Bei meiner Wahl zum Präsidenten hatte ich erst eine Legislaturperiode im Senat hinter mir und war noch ziemlich unerfahren. Ihm habe ich es zu verdanken, dass ich die ersten Monate durchhielt, ohne in ein Fettnäpfchen zu treten. Als ich mich entschlossen hatte, die Sowjets zu einer Konfrontation zu zwingen, hat mir Tommy auf seine ruhige, bedächtige Art bewiesen, dass ich im Begriff war, einen Fehler zu machen. Und dann hat er es in der Öffentlichkeit so dargestellt, als sei es allein meine Idee gewesen, einen sanfteren Kurs zu fahren. Tommy ist Staatsmann mit Leib und Seele und außerdem durch und durch ein Gentleman: ehrlich, klug und loyal.«

»Aber er hätte bemerken müssen, dass sich alle Welt über seine Beziehung zu Arabella und seine Vernarrtheit in sie lustig machte. Und als sie ihn schließlich verlassen wollte, ist er durchgedreht«, wandte Sunday ein. »So siehst du doch die Sache, oder?«

Henry seufzte. »Vielleicht hat er vorübergehend den Verstand verloren.« Er stellte sein Frühstückstablett auf den Nachttisch. »Wie dem auch sei: Er war immer für mich da, und ich werde zu ihm halten. Man hat ihn auf Kaution freigelassen. Ich werde ihn besuchen.«

Rasch schob Sunday das Tablett weg und konnte gerade noch verhindern, dass sich der Inhalt der halb vollen Kaffeetasse auf die Steppdecke ergoss. »Ich komme mit«, sagte sie. »Gib mir nur zehn Minuten im Whirlpool, dann bin ich fertig.«

Henry sah zu, wie seine Frau die langen Beine über die Bettkante schwang. »Der Whirlpool ist eine ausgezeichnete Idee. Ich komme mit«, sagte er begeistert.

Thomas Acker Shipman hatte versucht, nicht auf die Armee von Reportern zu achten, die vor dem Haus in der Einfahrt ihr Lager aufgeschlagen hatte. Als er mit seinem Anwalt ankam, blickte er einfach starr geradeaus und stürmte vom Auto ins Haus, ohne auf die ihm zugebrüllten Fragen einzugehen. Doch nachdem sich die Tür hinter ihm geschlossen hatte, kamen ihm die Ereignisse des Tages erst richtig zu Bewusstsein, und er ließ die Schultern hängen. »Ich glaube, jetzt brauche ich einen Scotch«, sagte er leise.

Leonard Hart, sein Verteidiger, musterte ihn mitfühlend. »Ich würde sagen, den haben Sie sich verdient«, meinte er. »Ich möchte Ihnen noch einmal versichern, dass wir eine Abmachung mit der Staatsanwaltschaft treffen können, wenn Sie darauf bestehen. Allerdings muss ich Sie dringend darauf hinweisen, dass wir erfolgreich auf Unzurechnungsfähigkeit plädieren könnten. Mir wäre am liebsten, wenn Sie sich mit einem Prozess einverstanden erklärten. Die Situation ist so eindeutig, dass die Geschworenen auf jeden Fall Verständnis mit Ihnen hätten. Sie waren in tiefer Trauer um Ihre verstorbene Frau und fanden Trost bei einer attraktiven jungen Frau, die sich erst reich von Ihnen beschenken ließ und Sie dann fallen gelassen hat. Es ist ein klassisches Liebesdrama, und ich bin überzeugt, dass wir mit vorübergehender Unzurechnungsfähigkeit durchkommen.«

Hart begeisterte sich immer mehr für sein Thema, und sein Ton wurde leidenschaftlicher, als wende er sich bereits an die Geschworenen. »Sie haben Ms Young gebeten, zu Ihnen zu kommen, um noch einmal über alles zu reden. Sie hat Sie verhöhnt, und daraus entstand ein Streit. Plötzlich verloren Sie den Kopf und gerieten in blinde Wut, sodass Sie sich nicht mehr an Einzelheiten erinnern können. Sie schossen auf sie. Normalerweise ist die Waffe eingeschlossen. An diesem Abend hatten Sie sie aus dem Schrank geholt, weil Sie an Selbstmord dachten.«

Als der Anwalt innehielt, sah der ehemalige Außenminister ihn erstaunt an. »Denken Sie wirklich, dass es sich so abgespielt hat?«, fragte er in das Schweigen hinein.

Hart schien überrascht über die Frage. »Aber selbstverständlich«, antwortete er. »Wir müssen allerdings noch einige Punkte klären, die ich nicht ganz verstehe. Beispielsweise brauchen wir eine Erklärung dafür, warum Sie Ms Young blutend auf dem Boden zurückließen, nach oben zu Bett gingen und so fest schliefen, dass Sie nicht einmal Ihre Haushälterin schreien hörten, als diese am nächsten Morgen die Leiche entdeckte. Doch angesichts dessen, was ich bisher weiß, können wir vor Gericht sagen, dass Sie unter Schock standen.«

»Wirklich?«, fragte Shipman erschöpft. »Aber ich stand nicht unter Schock. Nachdem ich diesen Cocktail getrunken hatte, wurde mir auf einmal entsetzlich schwindelig. Ich kann mich kaum daran erinnern, was Arabella und ich zueinander gesagt haben, geschweige denn, dass ich auf sie geschossen habe.«

Ein gequälter Ausdruck huschte über das Gesicht des Anwalts. »Tom, ich muss Sie bitten, Derartiges niemandem gegenüber zu äußern. Wollen Sie mir das versprechen? Und ich möchte Ihnen den Vorschlag machen, in Zukunft ein wenig vorsichtiger mit dem Scotch umzugehen. Offenbar tut er Ihnen nicht gut.«

Thomas Shipman stand hinter den Vorhängen und blickte seinem beleibten Anwalt nach, der versuchte, den Ansturm der Reporter abzuwehren. Wie ein einsamer Christ, auf den Löwen losgelassen werden, dachte er. Nur dass die Raubtiere es in diesem Fall nicht auf das Blut des Rechtsanwalts Hart abgesehen hatten, sondern auf sein eigenes. Nur fühlte er sich keineswegs zum Märtyrer berufen.

Zum Glück hatte er Lillian West, seine Haushälterin, erreicht und sie gebeten, heute nicht zu kommen. Schon am vergangenen Abend, als er die Anklageschrift erhalten hatte, hatte er gewusst, dass die Journalisten bald sein Haus umlagern würden. Fernsehkameras würden verfolgen, wie er in Handschellen abgeführt wurde. Und nach der erkennungsdienstlichen Behandlung und der Entscheidung des Haftrichters würden dieselben Kameras seine wenig triumphale Rückkehr nach Hause festhalten. Der Weg vom Auto zur Haustür war wie ein Spießrutenlauf gewesen. Das alles wollte er seiner Haushälterin ersparen.

Allerdings kam er sich in dem stillen, verlassenen Haus ziemlich einsam vor. Er erinnerte sich, wie er und Constance das Anwesen vor dreißig Jahren gekauft hatten. Sie waren von Manhattan hierhergefahren, hatten im Bird and Bottle in der Nähe des Bear Mountain zu Mittag gegessen und wollten dann in die Stadt zurückkehren. Spontan hatten sie beschlossen, den Weg durch die malerischen Straßen von Tarrytown zu nehmen, und dort hatten sie das Schild mit der Aufschrift ›zu verkaufen‹ entdeckt. Es stand vor einem Haus aus der Jahrhundertwende, das den Blick auf den Hudson und die Palisade freigab.

Und wir haben die nächsten achtundzwanzig Jahre, zwei Monate und zehn Tage glücklich hier gelebt, dachte Shipman. »Ach, Constance, wenn es doch noch einmal achtundzwanzig Jahre hätten sein können«, seufzte er auf dem Weg in die Küche. Er beschloss, dass ihm Kaffee jetzt besser tun würde als Scotch.

Das Haus war für beide immer etwas Besonderes gewesen. Selbst während seiner Zeit als Außenminister, als er viel hatte reisen müssen, hatten sie es geschafft, hin und wieder ein gemeinsames Wochenende hier zu verbringen und die Seele baumeln zu lassen. Dann, eines Morgens vor zwei Jahren, hatte Constance gesagt: »Tom, ich fühle mich nicht wohl.« Und wenige Minuten später war sie tot.

Zwanzig Stunden Arbeit am Tag hatten ihm geholfen, seine Trauer ein wenig zu betäuben. Gott sei Dank, dass ich meinen Posten hatte, um mich abzulenken, dachte er und lächelte, als ihm der Spitzname einfiel, den ihm die Presse verpasst hatte: ›Der fliegende Minister‹. Aber es war nicht nur Beschäftigungstherapie. Henry und ich haben viel Gutes bewirkt. Wir haben Washington und das ganze Land in einem besseren Zustand hinterlassen, als unsere Vorgänger es uns übergeben hatten.

In der Küche maß er sorgfältig Kaffeepulver und Wasser für vier Tassen ab. Na also, ich komme allein zurecht, schoss es ihm durch den Kopf. Zu dumm, dass ich mich nach Constances Tod nicht darauf besonnen habe. Doch dann habe ich Arabella kennen gelernt. So tröstend, so verführerisch. Und jetzt ist sie tot.

Er erinnerte sich an den Abend vor zwei Tagen. Was hatten sie in der Bibliothek zueinander gesagt? Undeutlich fiel ihm ein, dass er wütend auf sie gewesen war. Aber hatte ihn sein Zorn tatsächlich dazu getrieben, eine so schreckliche Gewalttat zu begehen? Und wie hatte er sie blutend auf dem Fußboden liegen lassen und sich ins Bett legen können? Er schüttelte den Kopf. Ihm war das alles unbegreiflich.

Das Telefon klingelte. Aber Shipman starrte es nur an. Als das Läuten aufhörte, nahm er den Hörer ab und legte ihn neben den Apparat.

Nachdem der Kaffee fertig war, schenkte er sich eine Tasse ein und trug sie mit zitternder Hand ins Wohnzimmer. Normalerweise hätte er sich in die Bibliothek in seinen großen Ledersessel gesetzt. Aber nicht heute. Er fragte sich, ob er es jemals wieder schaffen würde, diesen Raum zu betreten.

Gerade hatte er sich niedergelassen, als er von draußen Geschrei hörte. Zwar campierten die Reporter noch immer vor seinem Haus, aber er konnte sich nicht vorstellen, was wohl der Anlass für einen solchen Radau sein mochte. Doch noch ehe er die Vorhänge beiseite geschoben hatte, um nach draußen zu spähen, hatte er den Grund erraten.

Der ehemalige Präsident der Vereinigten Staaten war eingetroffen, um seinem Freund beizustehen.

Mit aller Kraft bahnten die Leibwächter den Britlands einen Weg durch die Reporter und Kameraleute. Henry legte schützend den Arm um seine Frau, blieb stehen und bekundete seine Bereitschaft, einen kurzen Kommentar abzugeben: »In unserem großartigen Land gilt ein Mann so lange als unschuldig, bis ihm seine Schuld nachgewiesen wurde. Thomas Shipman war ein ausgezeichneter

Außenminister, und er wird immer mein guter Freund bleiben. Sunday und ich sind heute hier, um ihn zu unterstützen.«

Mit diesen Worten wandte sich der ehemalige Präsident um und schritt in Richtung Veranda, ohne die Fragen zu beachten, die auf ihn einprasselten. Als das Paar die oberste Stufe erreicht hatte, öffnete Tom Shipman die Tür, und die Besucher traten rasch ein.

Als sich die Tür hinter den Britlands geschlossen hatte und Thomas Shipman die Arme seines Freundes um sich spürte, brach er endlich in Tränen aus.

Da Sunday spürte, dass die beiden Männer erst einmal unter vier Augen sein wollten, ging sie in die Küche und bestand trotz Shipmans Protesten darauf, das Mittagessen zuzubereiten. Shipman schlug zwar mehrmals vor, seine Haushälterin anzurufen, aber Sunday versicherte ihm, sie werde auch allein zurechtkommen. »Wenn du erst einmal etwas im Magen hast, wirst du dich besser fühlen«, sagte sie. »Also unterhaltet euch in Ruhe und kommt dann zu mir in die Küche. Sicher hast du alles da, was man für ein Omelett braucht. In ein paar Minuten ist das Essen fertig.«

Shipman brauchte nicht lang, um sich wieder zu fassen. Henry Britlands bloße Gegenwart gab ihm – wenigstens für den Moment – das Gefühl, sich allen Schwierigkeiten stellen zu können. Als die beiden Männer die Küche betraten, war Sunday noch mit dem Omelett beschäftigt. Ihre raschen, sicheren Bewegungen in der Küche erinnerten Shipman an einen Tag vor nicht allzu langer Zeit in Palm Beach. Damals hatte er einer anderen Frau beim Anmachen eines Salates zugesehen und von einer Zukunft geträumt, die es nun nicht mehr geben würde.

Als er aus dem Fenster blickte, fiel ihm auf, dass die

Jalousie nicht heruntergelassen war. Nur zu leicht konnte ein Reporter sich ums Haus schleichen und ein Foto von ihnen dreien schießen. Rasch zog er die Jalousie zu.

Dann wandte er sich mit einem traurigen Lächeln zu Henry und Sunday um. »Wisst ihr, dass ich mich vor kurzem überreden ließ, eine elektronische Schließvorrichtung in die Vorhänge der anderen Zimmer einbauen zu lassen, damit man sie mit einer Zeitschaltuhr oder einer Fernbedienung zuziehen kann? Aber ich hätte nie gedacht, dass ich so etwas einmal in der Küche brauchen könnte. Ich bin ein miserabler Koch, und Arabella hatte auch wenig hausfraulichen Ehrgeiz.«

Kopfschüttelnd hielt er inne. »Nun ja, das spielt ja jetzt keine Rolle mehr. Und außerdem hatte ich noch nie was für die verdammten Dinger übrig. Der Vorhang in der Bibliothek funktioniert noch immer nicht richtig. Wenn man ihn auf- oder zumachen will, gibt es einen lauten Knall, als ob jemand eine Pistole abfeuert. Ein komischer Zufall, findet ihr nicht? Immerhin wurde ja vor weniger als achtundvierzig Stunden wirklich in diesem Raum geschossen. Habt ihr schon mal was von bösen Omen gehört? Man könnte sagen …«

Er hielt inne, und für einen Moment war nichts zu hören als das Klappern der Küchengeräte. Shipman ging zum Küchentisch und setzte sich Henry gegenüber. Er musste daran denken, wie oft sie im Oval Office so zusammen am Tisch gesessen hatten. Er sah Henry in die Augen. »Mr President, ich …«

»Schon gut, Tommy. Ich bin es, Henry.«

»In Ordnung, Henry. Ich dachte gerade, wir sind doch beide Anwälte …«

»Sunday ebenfalls«, erinnerte ihn Henry. »Vergiss das nicht. Sie war jahrelang Pflichtverteidigerin, bevor sie für den Kongress kandidierte.«

Shipman lächelte schwach. »Dann schlage ich vor, dass sie als unsere Beraterin fungiert.« Er drehte sich zu ihr um. »Sunday, hattest du jemals einen Mandanten zu verteidigen, der zur Tatzeit sturzbetrunken war, dreimal auf seine … äh … Freundin schoss, sie blutend auf dem Boden liegen ließ und sich nach oben ins Bett schleppte, um seinen Rausch auszuschlafen?«

Sunday antwortete, ohne vom Herd aufzublicken: »Nicht ganz, aber so ähnlich. Ich habe einige Leute vertreten, die derart unter Drogen standen, dass sie sich nicht einmal erinnern konnten, das Verbrechen begangen zu haben. Normalerweise gab es jedoch Zeugen, die unter Eid gegen sie aussagten. Es waren ziemlich schwierige Fälle.«

»Und natürlich wurden die Angeklagten schuldig gesprochen?«, fragte Shipman.

Sunday sah ihn niedergeschlagen an. »Sie wurden verurteilt«, gab sie zu.

»Genau. Mein Anwalt, Len Hart, ist ein netter und kompetenter Bursche, der will, dass ich auf vorübergehende Unzurechnungsfähigkeit plädiere und mich schuldig bekenne. Ich hingegen glaube, dass ich nur dann eine Chance habe, um die Todesstrafe herumzukommen, wenn ich eine Abmachung mit der Staatsanwaltschaft treffe.«

Henry und Sunday betrachteten ihren Freund, der weitersprach und starr geradeaus blickte. »Ihr wisst«, fuhr Shipman fort, »dass ich einer jungen Frau das Leben genommen habe, der sonst noch fünfzig weitere Jahre auf diesem Planeten vergönnt gewesen wären. Im Gefängnis würde ich wohl nicht länger als fünf oder zehn Jahre durchhalten. Doch durch diese Haft, ganz gleich wie lange sie dauert, könnte ich vielleicht einen Teil dieser schrecklichen Schuld abbüßen, ehe ich vor meinen Schöpfer treten muss.«

Die drei schwiegen, während Sunday letzte Hand an das Mittagessen legte. Sie machte den Salat an, goss gequirlte Eier in eine erhitzte Pfanne, fügte gehackte Tomaten, Frühlingszwiebeln und Schinken hinzu, faltete das brutzelnde Omelett zusammen und drehte es schließlich um. Als sie das erste Omelett auf einen angewärmten Teller legte, war der Toast schon fertig. Sie stellte den Teller vor Shipman hin. »Iss das«, ordnete sie an.

Zwanzig Minuten später schob Shipman das letzte Salatblatt auf einen Rest Toast, betrachtete den leeren Teller und meinte: »Es ist Verschwendung, Henry, dass du nicht nur einen französischen Koch beschäftigst, sondern auch noch eine Ehefrau hast, die kocht wie eine Göttin.«

»Vielen Dank«, entgegnete Sunday fröhlich. »Das Kochen habe ich gelernt, als ich während meines Studiums in Fordham in einer Imbissstube gearbeitet habe.«

Mit einem geistesabwesenden Lächeln betrachtete Shipman seinen leeren Teller. »Ein bewundernswertes Talent, das Arabella eindeutig fehlte.« Langsam schüttelte er den Kopf. »Kaum zu glauben, wie dumm ich gewesen bin.«

Sunday tätschelte seinen Kopf und sagte leise: »Tommy, ganz sicher gibt es entlastende Faktoren, die zu deinen Gunsten sprechen. Du hast unserem Land so viele Jahre gedient und dich für so viele wohltätige Projekte engagiert. Das Gericht wird dem allen Rechnung tragen und ein mildes Urteil sprechen – vorausgesetzt, dass es überhaupt dazu kommt. Außerdem werden Henry und ich dich nach Kräften unterstützen und dir zur Seite stehen, ganz gleich, was auch geschieht.«

Henry Britland klopfte Shipman herzlich auf die Schulter. »Richtig, alter Junge, wir sind für dich da. Du musst uns nur sagen, was du brauchst. Aber bevor wir etwas unternehmen können, müssen wir wissen, was wirklich hier passiert ist. Wie wir gehört haben, hat Arabella sich von dir getrennt. Warum war sie dann an diesem Abend hier?«

Shipman schwieg eine Weile. »Sie hat einfach vorbeigeschaut«, antwortete er ausweichend.

»Du hast sie also nicht erwartet?«, wollte Sunday wissen.

Er zögerte. »Ah ... nein ... nein, eigentlich nicht.«

Henry beugte sich vor. »Okay, Tom, doch wie Will Rogers immer sagt: ›Ich weiß nur, was in der Zeitung steht.‹ Und in den Medienberichten heißt es eben, du hättest Arabella am selben Tag angerufen und sie um ein Gespräch angefleht. Deshalb ist sie abends so gegen neun zu dir gekommen.«

»Stimmt«, erwiderte Shipman ohne weitere Erklärung.

Henry und Sunday wechselten besorgte Blicke. Ganz offensichtlich verheimlichte Tommy ihnen etwas.

»Was ist mit der Pistole?«, fragte Henry. »Offen gesagt, war ich verwundert, dass du überhaupt eine besitzt, vor allem noch eine, die unter deinem Namen registriert ist. Du warst doch immer so ein leidenschaftlicher Verfechter des Schusswaffenverbots und ein eingefleischter Gegner der Waffenlobby. Wo hast du sie aufbewahrt?«

»Um ehrlich zu sein, hatte ich sie total vergessen«, entgegnete Shipman tonlos. »Ich habe sie kurz nach unserem Umzug angeschafft und hatte sie jahrelang hinten im Safe liegen. Zufällig bin ich kürzlich wieder auf sie gestoßen, als ich hörte, dass die Polizei eine Tauschaktion unter dem Motto ›Waffen gegen Spielzeug‹ veranstaltet. Aus diesem Grund habe ich sie herausgenommen und mit der Munition daneben auf den Tisch in der Bibliothek gelegt. Am nächsten Morgen wollte ich sie bei der Polizei abgeben. Und bei der Polizei ist sie ja auch gelandet, nur nicht so, wie ich geplant hatte.«

Sunday wusste, dass sie und Henry dasselbe dachten. Die Lage wurde immer schlimmer: Tommy hatte nicht nur auf Arabella geschossen, sondern auch nach ihrer Ankunft die Pistole geladen.

»Tom, was hast du gemacht, bevor Arabella kam?«, fragte Henry.

Die beiden sahen, wie Shipman überlegte, ehe er antwortete. »Ich bin bei der jährlichen Aktionärsversammlung von American Micro gewesen, hatte einen anstrengenden Tag hinter mir und litt zu allem Überfluss an einer grässlichen Erkältung. Lillian West, meine Haushälterin, servierte mir um halb acht das Essen. Ich aß nur wenig und ging dann direkt nach oben, weil ich mich immer noch nicht wohl fühlte. Ich hatte sogar Schüttelfrost. Deshalb stellte ich mich eine Weile unter die heiße Dusche und legte mich ins Bett. Da ich schon seit einigen Nächten schlecht schlief, nahm ich eine Schlaftablette. Ich schlummerte tief und fest, als Lillian mich weckte und sagte, dass Arabella mich unten erwartete.«

»Also bist du wieder runtergegangen?«

»Ja. Ich weiß noch, dass Lillian gerade dabei war, zu gehen. Arabella saß in der Bibliothek.«

»Hast du dich gefreut, sie zu sehen?«

Shipman zögerte einen Augenblick. »Nein. Ich war wegen der Schlaftablette noch ganz benommen und konnte kaum die Augen offen halten. Außerdem ärgerte es mich, dass sie so aus heiterem Himmel bei mir hereinplatzte, da sie nie auf meine Anrufe reagiert hatte. Wie ihr wisst, habe ich eine Bar in der Bibliothek. Arabella hatte es sich schon gemütlich gemacht und für uns beide einen Martini gemixt.«

»Tom, wie konntest du nur einen Martini trinken, nachdem du eine Schlaftablette genommen hattest?«, fragte Henry.

»Weil ich ein Vollidiot bin«, schimpfte Shipman. »Und weil mir Arabellas lautes Lachen und ihre schrille Stimme so auf die Nerven fielen, dass ich einen ordentlichen Schluck brauchte, um nicht durchzudrehen.«

Henry und Sunday starrten ihren Freund entgeistert an. »Wir dachten, du wärst verrückt nach ihr gewesen«, sagte Henry schließlich.

»Ja, das war ich auch, am Anfang wenigstens, aber schließlich habe ich die Beziehung gelöst«, erwiderte Shipman. »Allerdings hielt ich es als Gentleman für meine Pflicht, zu verbreiten, dieser Schritt sei von ihr ausgegangen. Angesichts unseres großen Altersunterschieds klang das ja auch wahrscheinlich. In Wahrheit jedoch war ich endlich – oder anscheinend nur vorübergehend – zur Vernunft gekommen.«

»Warum hast du sie dann angerufen?«, fragte Sunday. »Ich begreife das nicht ganz.«

»Weil sie sich angewöhnt hatte, mich mitten in der Nacht, manchmal sogar stündlich, telefonisch zu belästigen. Normalerweise legte sie sofort auf, wenn ich mich meldete, aber ich wusste genau, dass sie es war. Deshalb rief ich sie an, um sie zur Rede zu stellen. Aber ich habe sie ganz sicher nicht gebeten, zu mir zu kommen.«

»Tommy, warum hast du der Polizei nichts davon erzählt?«, fragte Sunday. »Nach dem, was die Medien verbreiten, halten alle es für ein Verbrechen aus Leidenschaft.«

Tom Shipman schüttelte bedrückt den Kopf. »Weil es das meiner Ansicht nach letztlich auch war. In dieser letzten Nacht hat Arabella verkündet, sie werde sich mit einer Boulevardzeitung in Verbindung setzen. Sie wollte ihr eine Story über die Orgien verkaufen, die wir beide angeblich während deiner Präsidentschaft gefeiert haben.«

»Aber das ist doch lächerlich!«, entrüstete sich Henry.

»Erpressung«, meinte Sunday leise.

»Genau. Also wird die Wahrheit wohl kaum zu meiner Entlastung beitragen.« Wieder schüttelte Shipman den Kopf. »Nein, das wird sie nicht. Und obwohl ich unschuldig bin, hat es wenigstens etwas Würdevolles an sich, wenn ich für den Mord bestraft werde. Ich bewahre ihre Würde und vielleicht auch ein Stück von meiner.«

Sunday bestand darauf, die Küche aufzuräumen, während Henry mit Tommy nach oben ging, damit dieser sich ausruhte. »Tommy, mir wäre es lieber, wenn jemand hier bei dir bliebe, bis die Sache ausgestanden ist«, sagte der ehemalige Präsident. »Ich lasse dich nur ungern allein.«

»Ach, mach dir keine Sorgen, Henry. Ich komme schon klar. Außerdem fühle ich mich nach eurem Besuch nicht mehr so einsam.«

Allerdings konnten die Beschwichtigungen seines Freundes Henrys Befürchtungen nicht zerstreuen. Während Shipman zur Toilette ging, grübelte er nach. Constance und Tom hatten keine Kinder. Die meisten ihrer Freunde waren inzwischen Rentner und weggezogen, größtenteils nach Florida. Plötzlich wurde Henry von seinem Piepser, den er immer bei sich trug, aus seinen Gedanken gerissen. Er griff sofort zum Funktelefon und rief zurück. Es war Jack Collins. Leiter des Leibwächterteams, das der Geheimdienst zu seinem Schutz abgestellt hatte. »Entschuldigen Sie die Störung, Mr President, aber eine Nachbarin möchte Mr Shipman unbedingt etwas ausrichten. Sie sagt, eine gute Freundin, die Gräfin Condazzi, die in Palm Beach lebt, habe vergeblich versucht, ihn zu erreichen. Offenbar ist der Anrufbeantworter nicht eingeschaltet, sodass sie ihm auch keine Nachricht hinterlassen konnte. Sie macht sich Sorgen und besteht darauf, dass Mr Shipman informiert wird und sie zurückruft.«

»Danke, Jack. Ich gebe Mr Shipman Bescheid. Sunday und ich möchten bald gehen.«

»In Ordnung, Sir. Wir sind bereit.«

Gräfin Condazzi, dachte Henry. Das ist ja interessant! Wer könnte das wohl sein?

Seine Neugier steigerte sich, als Thomas Acker Shipmans Augen bei dieser Botschaft aufleuchteten und ein Lächeln um seine Lippen spielte. »Also hat Betsy angerufen«, meinte er. »Wie nett von ihr.« Aber seine Freude verflog ebenso rasch, wie sie gekommen war. »Könntest du meiner Nachbarin sagen, dass ich keine Telefonate entgegennehme«, erklärte er. »In meiner momentanen Lage möchte ich eigentlich mit niemandem sprechen außer mit meinem Anwalt.«

Ein paar Minuten später wurden Henry und Sunday an den Reportern vorbeigeschleust. Genau in diesem Moment fuhr ein Lexus neben ihnen in die Auffahrt, und eine Frau sprang heraus. Weil die Reporter vom Aufbruch des prominenten Paars abgelenkt waren, erreichte sie ungehindert das Haus, schloss auf und ging hinein.

»Das muss die Haushälterin sein«, sagte Sunday, die bemerkt hatte, dass die etwa fünfzigjährige Frau schlicht gekleidet war und das Haar zu einem Kranz aufgesteckt trug. »Wenigstens sieht sie so aus, und wer sonst sollte einen Schlüssel haben? Jetzt ist Tom zumindest nicht mehr allein.«

»Offenbar bezahlt er sie gut«, stellte Henry fest. »Das ist ein teures Auto.«

Auf der Heimfahrt erzählte er Sunday von der geheimnisvollen Gräfin aus Palm Beach. Sunday schwieg zwar, aber Henry erkannte an ihrem schräg gehaltenen Kopf und der gerunzelten Stirn, dass sie besorgt war und angestrengt nachdachte.

Ihr Auto war ein unauffälliger, acht Jahre alter Chevrolet, einer der speziell ausgestatteten Gebrauchtwagen, die Henry zur Verfügung standen. Er erleichterte es ihnen, sich unbeobachtet zu bewegen. Wie immer wurden sie von zwei Geheimagenten begleitet, einer saß hinterm Steuer, der andere spähte vom Beifahrersitz wachsam nach draußen. Zwischen den Vordersitzen und der Rückbank befand sich eine dicke Trennscheibe, sodass Henry und Sunday sich unbelauscht unterhalten konnten.

Endlich brach Sunday das für sie ungewöhnlich lange Schweigen und sagte: »Henry, an diesem Fall ist was faul. Schon die Zeitungsberichte kamen mir verdächtig vor, und nach unserem Gespräch mit Tommy bin ich sicher, dass etwas nicht stimmt.«

Henry nickte. »Da bin ich ganz deiner Meinung. Zuerst glaubte ich, dass er das grausige Verbrechen einfach verdrängt hat.« Kopfschüttelnd hielt er inne. »Inzwischen ist mir jedoch klar, dass es anders sein muss. Tommy weiß tatsächlich nicht, was vorgefallen ist. Und das alles passt so gar nicht zu ihm«, fügte er hinzu. »Auch wenn Tommy noch so provoziert wurde, sei es durch Erpressung oder sonst etwas, kann ich mir nicht vorstellen, dass er – selbst unter dem Einfluss einer Schlaftablette und eines Martinis – derart die Beherrschung verliert und eine Frau ermordet. Als ich ihn heute sah, habe ich die Bestätigung bekommen, dass die Theorie der Polizei einfach nicht schlüssig ist. Du kanntest ihn zwar damals nicht, aber er hat Constance angebetet. Doch als sie dann starb, war seine Fassung bemerkenswert.« Wieder hielt er inne und schüttelte den Kopf. »Nein, Tommy ist kein Mensch, der so leicht in Rage gerät, auch wenn man ihn noch so sehr reizt.«

»Seine Haltung nach dem Tod seiner Frau mag durchaus bemerkenswert gewesen sein, aber dass er sich bis über beide Ohren in Arabella verliebt hat, als Connie noch kaum unter der Erde lag, sagt auch etwas über ihn aus. Da musst du mir Recht geben.«

»Schon. Vielleicht war es aus Kummer? Oder Verdrängung?«

»Genau«, entgegnete Sunday. »Natürlich kommt es öfter vor, dass sich Menschen kurz nach einem schweren Verlust verlieben und dass diese Beziehung tatsächlich hält. Aber meistens klappt es nicht.«

»Wahrscheinlich hast du Recht. Dass Tommy Arabella nie geheiratet hat, obwohl er ihr einen Verlobungsring schenkte – wann war das, vor zwei Jahren? –, das weist darauf hin, dass er das kurz darauf bereits für einen Fehler hielt.«

»Und all das hat sich abgespielt, bevor ich auf der Bildfläche erschien«, überlegte Sunday. »Allerdings habe ich mich durch die Skandalpresse auf dem Laufenden gehalten. Damals machten alle ein riesiges Theater, weil sich der ehemalige Außenminister in eine etwas schrille PR-Frau verliebt hatte, die halb so alt war wie er. Ich erinnere mich an zwei Fotos von ihm, die nebeneinander abgedruckt wurden. Auf dem einen schmuste er in aller Öffentlichkeit mit Arabella, das andere war von der Beerdigung seiner Frau. Anscheinend hatte der Fotograf ihn in einem schwachen Moment erwischt. Kein Mensch, der so sehr trauert, kann nur wenige Monate später derart glücklich sein. Wie sie sich schon anzog! Sie passte einfach nicht zu Tommy.«

Sunday bemerkte, dass ihr Mann eine Augenbraue hochzog. »Jetzt tu bloß nicht so. Ich weiß genau, dass du die Klatschblätter von vorne bis hinten liest, nachdem ich mit ihnen fertig bin. Und sag mir die Wahrheit: Was hast du von Arabella gehalten?«

»Um ehrlich zu sein, habe ich so wenig wie möglich über sie nachgedacht.«

»Du antwortest nicht auf meine Frage.«

»Ich bemühe mich, nicht schlecht über Tote zu sprechen.« Er hielt inne. »Aber wenn du es unbedingt wissen willst: Ich fand sie angeberisch, vulgär und anstrengend. Sie war einigermaßen intelligent, doch sie redete unentwegt wie ein Wasserfall, sodass ihr Verstand mit ihrem Mund nicht ganz Schritt halten konnte. Und wenn sie lachte, bekam ich jedes Mal Angst, der Kronleuchter könnte zerspringen.«

»Nun, das stimmt völlig mit dem überein, was ich über sie gelesen habe«, stellte Sunday fest. Sie schwieg kurz und drehte sich dann wieder zu ihrem Mann um. »Henry, glaubst du, sie hat schon einmal jemanden erpresst, wenn sie es auch bei Tommy versucht hat? Kann es sein, dass Tommy durch die Schlaftablette und den Martini das Bewusstsein verloren hat und eine dritte Person hereinkam, ohne dass er es bemerkte? Vielleicht hat dieser Jemand Arabella ja verfolgt und plötzlich eine Gelegenheit gesehen, sie loszuwerden und die Schuld auf den armen Tommy abzuwälzen.«

»Und dann hat er Tommy nach oben getragen und ihn in sein Bettchen gelegt?« Wieder zog Henry die Augenbraue hoch.

Wortlos saßen sie da, während das Auto in die Auffahrt zum Garden State Parkway einbog. Sunday blickte aus dem Fenster. Die Spätnachmittagssonne ließ die kupferfarbenen, goldenen und leuchtend roten Blätter der Bäume schimmern. »Ich liebe den Herbst«, sagte sie nachdenklich. »Und es tut mir weh, dass Tommy im Herbst seines Lebens so etwas durchmachen muss.« Sie überlegte. »Okay, dann stellen wir uns einmal ein anderes Szenario vor. Du kennst Tommy gut. Ist es möglich, dass er zwar wütend und erbost war, aber zu sehr unter dem Einfluss von Schlaftabletten und Alkohol stand, um noch klar denken zu können? Versetze dich mal in seine Lage: Was hättest du getan?«

»Ich hätte genauso gehandelt, wie Tommy und wir es immer machten, wenn wir uns auf Gipfeltreffen ähnlich angeschlagen fühlten. Sobald uns klar wurde, dass wir erschöpft oder verärgert waren und nicht mehr vernünftig urteilen konnten, gingen wir zu Bett.«

Sunday nahm Henrys Hand. »Genau darauf wollte ich hinaus. Was ist, wenn Tommy stinksauer die Treppe hinaufgetorkelt ist und Arabella unten zurückgelassen hat? Und jemand, der wusste, wohin sie wollte, hat sie tatsächlich verfolgt. Wir müssen herausfinden, mit wem Arabella den frühen Abend verbracht hat. Und wir müssen mit Tommys Haushälterin reden. Sie ist kurz nach Arabellas Ankunft gegangen. Vielleicht ist ihr auf der Straße ein geparktes Auto aufgefallen. Außerdem wäre da noch diese Gräfin aus Palm Beach, die Tommy so dringend sprechen wollte. Wir sollten uns mit ihr in Verbindung setzen. Wahrscheinlich hilft uns das nicht weiter, aber man kann ja nie wissen, ob sie nicht doch etwas zu erzählen hat.«

»Einverstanden«, meinte Henry bewundernd. »Wie immer denken wir ganz ähnlich, nur dass du mir schon einen Schritt voraus bist. Ich bin noch gar nicht auf den Gedanken gekommen, mich mit der Gräfin zu unterhalten.« Er legte den Arm um Sunday und zog sie an sich. »Komm her. Ist dir klar, dass ich dich seit zehn nach elf heute Morgen nicht mehr geküsst habe?«, fragte er zärtlich.

Sunday strich ihm mit dem Zeigefinger über die Lippen. »Dann liebst du also nicht nur meinen messerscharfen Verstand?«

»Genau erfasst.« Henry küsste sie auf die Fingerspitze und zog dann ihre Hand weg, um ihren Mund ungehindert erreichen zu können.

Doch Sunday machte sich los. »Da wäre noch etwas, Henry. Du musst dafür sorgen, dass Tommy sich nicht auf einen Schuldhandel mit der Staatsanwaltschaft einlässt, bevor wir Gelegenheit hatten, ihm zu helfen.«

»Und wie soll ich das bitte anstellen?«

»Indem du es ihm befiehlst, natürlich.«

»Liebling, ich bin nicht mehr Präsident.«

»In Tommys Augen schon.«

»Gut, ich versuche es. Aber jetzt gebe ich *dir* einen Befehl: Hör auf zu reden.«

Die Geheimagenten sahen in den Rückspiegel und grinsten einander zu.

Am nächsten Tag stand Henry bei Morgengrauen auf, um mit seinem Gutsverwalter einen Ausritt auf seinem tausend Hektar großen Besitz zu unternehmen. Um halb neun saßen Sunday und er im Frühstückszimmer, von wo aus man einen guten Blick auf den englischen Garten hinter dem Haus hatte. Das Zimmer war passend zur Aussicht mit Pflanzenbildern und einer breit gestreiften Tapete aus belgischem Leinen ausgestattet. Das erweckte den Eindruck, als sei das Zimmer stets mit Blumen geschmückt.

»Vergiss nicht, dass die Sitzungsperiode des Kongresses nächste Woche beginnt«, sagte Sunday bei der zweiten Tasse Kaffee. »Wenn ich Tommy helfen will, muss ich sofort damit anfangen. Ich schlage vor, dass ich zuerst so viel wie möglich über Arabella in Erfahrung bringe. Hat Marvin alle Hintergrundinformationen besorgt, um die wir ihn gebeten haben?«

Mit Marvin meinte Sunday Marvin Klein, Henrys Büroleiter, dessen Arbeitsplatz in der ehemaligen Remise des Gutes untergebracht war. Marvin, der einen Sinn für skurrilen Humor hatte, bezeichnete sich als Stabschef der

Exilregierung – denn nach Henry Britlands zweiter Amtszeit hatten viele Bürger gefordert, das Gesetz zu ändern, demzufolge ein amerikanischer Präsident nur einmal wiedergewählt werden konnte. Laut einer Meinungsumfrage befürworteten achtzig Prozent der Wähler eine Ergänzung des Gesetzes dahingehend, dass es in Zukunft nur noch untersagt sein sollte, mehr als zwei *aufeinander folgende* Legislaturperioden zu amtieren. Offenbar wollte die Mehrheit der Amerikaner Henry Parker Britland IV. wieder im Weißen Haus sehen.

»Ich habe den Bericht hier«, sagte Henry. »Und ich habe ihn auch schon gelesen. Anscheinend hat Arabella es geschafft, den Großteil ihrer Vergangenheit zu vertuschen. Zu den pikanteren Details, mit denen Marvins Informanten aufwarten konnten, gehört, dass sie schon einmal verheiratet war. Nach der Scheidung hat sie ihren Ex ausgezogen bis aufs Hemd. Später hatte sie eine lose Beziehung zu einem Mann namens Alfred Barker, der einige Zeit wegen Manipulation von Sportergebnissen im Gefängnis verbracht hat.«

»Wirklich? Ist er inzwischen frei?«

»Er ist nicht nur frei, mein Schatz, sondern war auch mit Arabella kurz vor ihrem Tod beim Abendessen.«

Sunday blieb der Mund offen stehen. »Liebling, wie hat Marvin das bloß herausgefunden?«

»Das frage ich mich auch immer. Aber ich weiß nur, dass er eben seine Quellen hat. Alfred Barker wohnt offenbar in Yonkers, was, wie du wahrscheinlich weißt, nicht weit von Tarrytown ist. Arabellas Ex-Mann ist mittlerweile wieder glücklich verheiratet und lebt nicht mehr in dieser Gegend.«

»Und Marvin hat das alles über Nacht rausgekriegt?«, fragte Sunday mit aufgeregt leuchtenden Augen.

Henry nickte, während Sims, der Butler, ihm Kaffee

nachschenkte. »Danke, Sims. Und nicht nur das«, fuhr er fort. »Er hat auch in Erfahrung gebracht, dass Alfred Barker Arabella seltsamerweise noch immer sehr gern hatte. Erst vor kurzem hat er sich gegenüber Freunden damit gebrüstet, sie würde wieder zu ihm zurückkommen, da sie den alten Bock ja jetzt losgeworden sei.«

»Was macht Barker beruflich?«, wollte Sunday wissen.

»Offiziell besitzt er einen Laden für Sanitärbedarf. Doch Marvins Informanten berichten, dass dieser nur als Tarnung für seine krummen Geschäfte diene. Am interessantesten fand ich jedoch den Hinweis, dass unser Mr Barker angeblich zu Gewalttätigkeiten neigt, wenn er sich hintergangen fühlt.«

Nachdenklich runzelte Sunday die Stirn. »Hmmm. Also könnte es sich folgendermaßen abgespielt haben: Er geht mit Arabella kurz vor ihrem Überraschungsbesuch bei Tommy zum Essen. Da er es nicht mag, wenn man ihn hinters Licht führt, ist er wahrscheinlich auch sehr eifersüchtig. Und er ist äußerst reizbar.« Sie sah ihren Mann an. »Denkst du das Gleiche wie ich?«

»Genau.«

»Ich wusste doch, dass wir es mit einem Verbrechen aus Leidenschaft zu tun haben!«, sprach Sunday rasch weiter. »Nur dass die Leidenschaft nicht auf Tommys Seite lag. Gut, dann spreche ich heute mit Barker und mit Tommys Haushälterin. Wie hieß sie noch mal?«

»Dora, glaube ich«, antwortete Henry. Doch dann verbesserte er sich: »Nein, das war die Haushälterin, die früher bei ihnen gearbeitet hat. Eine beeindruckende alte Dame. Tommy sagt, sie sei kurz nach Constances Tod in Rente gegangen. Wenn ich mich recht erinnere, ist ihr Name Lillian West. Das muss die Frau sein, die wir gestern kurz gesehen haben.«

»Richtig. Die mit den Zöpfen und dem Lexus«, ergänzte Sunday. »Also befasse ich mich mit Barker und der Haushälterin. Und was tust du?«

»Ich fliege nach Palm Beach und treffe mich mit dieser Gräfin Condazzi. Zum Abendessen bin ich zurück. Aber du musst mir versprechen, vorsichtig zu sein, Liebling. Vergiss nicht, dass Alfred Barker ein zwielichtiger Mann ist. Ich möchte nicht, dass du deinen Leibwächtern entwischst.«

»Abgemacht.«

»Das meine ich ernst, Sunday«, sagte Henry in dem ruhigen, ernsten Ton, mit dem er immer die Mitglieder seines Kabinetts in Angst und Schrecken versetzt hatte.

»Hach, bist du ein harter Kerl«, spöttelte Sunday grinsend. »Okay, ich gebe dir mein Ehrenwort. Ich werde mich keinen Meter von ihnen wegwagen. Und dir wünsche ich einen guten Flug.« Sie küsste ihn auf den Scheitel und verließ, vor sich hin summend, das Frühstückszimmer.

Vier Stunden später erreichte Henry, der seinen Privatjet selbst nach West Palm Beach geflogen hatte, die im spanischen Stil erbaute Villa der Gräfin Condazzi. »Warten Sie bitte draußen«, wies er seine Leibwächter an.

Die Gräfin, eine zierliche, schlanke, hübsche Frau mit versonnenen, grauen Augen war etwa Mitte sechzig. Sie begrüßte Henry herzlich und kam dann ohne Umschweife auf den Punkt. »Ich bin ja so froh, dass Sie sich bei mir gemeldet haben, Mr President«, sagte sie. »In der Zeitung habe ich gelesen, in welchen Schwierigkeiten Tommy steckt, und ich wollte unbedingt mit ihm sprechen. Ich weiß, was er durchmacht, doch er reagiert einfach nicht auf meine Anrufe. Hören Sie, ich bin felsenfest davon überzeugt, dass Tommy dieses Verbrechen nicht begangen haben kann. Wir sind seid unserer Kindheit eng befreundet und waren zusammen in der Schule und auf dem College. In all dieser Zeit hat Tommy niemals die Beherrschung verloren. Unsere Mitschüler konnten sich noch so frech und ausgelassen aufführen, wie zum Beispiel bei unserer Abschlussfeier, und sogar wenn er etwas getrunken hatte, er war immer ein Gentleman. Er hat sich rührend um mich gekümmert und mich nach der Feier nach Hause gebracht. Nein, Tommy wäre niemals zu einer solchen Tat fähig.«

»Genauso sehe ich es auch«, stimmte Henry zu. »Also sind Sie und er zusammen aufgewachsen?«

»Wir wohnten in Rye in derselben Straße. Während des Studiums waren wir ein Paar. Aber dann lernte er Constance kennen, und ich begegnete Eduardo Condazzi, der aus Spanien stammte. Ein Jahr nach unserer Hochzeit starb Eduardos älterer Bruder, und er erbte den Titel und die Weingüter der Familie. Wir zogen nach Spanien. Als ich Eduardo vor drei Jahren verlor, fand ich es an der Zeit, in meine Heimat zurückzukehren. Mein Sohn ist jetzt Graf und lebt auf unserem Gut. Und dann, nach all diesen Jahren, lief mir zufällig Tommy über den Weg, der übers Wochenende ein paar Freunde zum Golfspielen besuchte. Es war so schön, ihn wiederzusehen.«

Und die Liebe ist wieder erwacht, dachte Henry. »Gräfin …«

»Betsy«, verbesserte sie ihn streng.

»Gut, Betsy, ich möchte nicht um den heißen Brei herumreden: Haben Sie Ihre Beziehung zu Tommy wieder aufgenommen?«

»Ja und nein«, antwortete Betsy nachdenklich. »Ich habe ihm gesagt, wie froh ich sei, ihn wiederzusehen, und ich glaube, ihm ging es genauso. Aber wissen Sie, ich vermute, Tommy hat sich nie Zeit gelassen, sich mit seiner Trauer über Constances Tod auseinander zu setzen.

Wir haben viel darüber gesprochen. Für mich war es offensichtlich, dass er sich durch seine Affäre mit Arabella Young nur vor der Trauerarbeit drücken wollte. Ich riet ihm, sich von ihr zu trennen und sich sechs Monate oder ein Jahr zu gönnen, um mit seinen Gefühlen ins Reine zu kommen. Danach sollte er mich anrufen und mit mir zu einem Ball gehen.«

Henry musterte Betsy Condazzis Gesicht, ihr trauriges Lächeln und ihren wehmütigen Blick. »War er einverstanden?«, wollte er wissen.

»Nicht ganz. Er meinte, er werde sein Haus verkaufen und nach Florida ziehen. Und es werde keine sechs Monate dauern, bis er mich ganz groß ausführen würde.«

Henry wartete eine Weile mit seiner nächsten Frage: »Wie hätten Sie reagiert, wenn sich Arabella Young mit der Geschichte, dass Tommy und ich während meiner Amtszeit und noch vor dem Tod seiner Frau wilde Orgien gefeiert hätten, an die Klatschpresse gewandt hätte?«

»Mir wäre sofort klar gewesen, dass das nicht stimmt«, entgegnete sie. »Und Tommy kennt mich gut genug, um zu wissen, dass er mit meiner Unterstützung rechnen kann.«

Auf dem Rückflug nach Newark überließ Henry seinem Piloten das Steuer. Er war tief in Gedanken versunken. Immer mehr erhärtete sich sein Verdacht, dass Tommy als Sündenbock herhalten sollte. Sein Freund hatte auf ein zweites Glück hoffen können und deshalb überhaupt keinen Grund gehabt, diesen Mord zu begehen. Nein, es ergab einfach keinen Sinn. Er konnte Arabella Young nicht getötet haben. Doch wie sollten Sunday und er das beweisen? Henry fragte sich, ob Sunday bei der Suche nach einem Mordmotiv wohl mehr Glück gehabt hatte.

Alfred Barker war mit Sicherheit kein Mensch, den man auf Anhieb sympathisch fand, überlegte Sunday, als sie ihm im Büro seines Ladens für Sanitärbedarf gegenübersaß.

Er war Mitte vierzig, breitschultrig und gedrungen, mit hängenden Augenlidern, fahler Haut und grau meliertem Haar. Letzteres hatte er sich kunstvoll über den Schädel gekämmt. Seine Brust unter dem offen stehenden Hemd war hingegen umso dichter beharrt. Ansonsten fiel Sunday noch die gezackte Narbe auf, die über den Rücken seiner rechten Hand verlief.

Für einen Moment kam Sunday erleichtert Henrys schlanker, muskulöser Körper, sein angenehmes Äußeres, sein berühmtes markantes Kinn und die hellbraunen Augen in den Sinn, die so viel sagen und auch so unergründlich blicken konnten. Und obwohl sie oft auf die allgegenwärtigen Leibwächter schimpfte (schließlich war sie ja nie First Lady gewesen, wozu also das Ganze?), war sie jetzt, in diesem schäbigen Zimmer und in Gegenwart dieses feindselig wirkenden Mannes, froh über die Geheimagenten vor der angelehnten Tür.

Sie hatte sich als Sandra O'Brien vorgestellt, und Alfred Barker schöpfte anscheinend nicht den leisesten Verdacht, dass ihr vollständiger Name O'Brien Britland lautete.

»Und warum wollen Sie mit mir über Arabella reden?«, fragte Barker und zündete sich eine Zigarre an.

»Zuerst wollte ich Ihnen sagen, wie Leid mir Arabellas Tod tut«, meinte Sunday mit aufrichtiger Miene. »Ich weiß, dass Sie einander sehr nahe standen. Aber wissen Sie, ich bin mit Mr Shipman bekannt.« Nach einer kurzen Pause fuhr sie fort. »Mein Mann und er haben früher zusammengearbeitet. Und offenbar gibt es widersprüchliche Aussagen darüber, ob die Trennung nun von Mr Shipman oder von Ms Young ausging.«

»Was spielt das jetzt noch für eine Rolle? Arabella hatte den alten Bock eben satt«, antwortete Barker. »Sie ist schon immer auf mich gestanden.«

»Trotzdem hat sie sich mit Mr Shipman verlobt«, widersprach Sunday.

»Schon, doch ich wusste, dass das nicht lange dauern würde. Er hatte nichts weiter zu bieten als eine dicke Brieftasche. Hören Sie, Arabella hat mit achtzehn einen Trottel geheiratet, der so dämlich war, dass man ihn jeden Morgen an seinen eigenen Namen erinnern musste. Arabella war schlau. Sie ist bei diesem Idioten geblieben, weil seine Familie Kies hatte. Drei oder vier Jahre hat sie durchgehalten, hat sich von ihm ein Studium und die Zahnarztrechnungen bezahlen lassen und gewartet, bis sein reicher Onkel gestorben war. Nachdem er das Geld geerbt hatte, hat sie Schluss mit ihm gemacht und ihn bei der Scheidung ausgenommen wie eine Weihnachtsgans.«

Alfred Barker hielt noch einmal ein Streichholz an seine Zigarre und pustete Rauch aus. »Sie war wirklich mit allen Wassern gewaschen. Ein Naturtalent.«

»Und danach hat sie eine Beziehung mit Ihnen angefangen«, bohrte Sunday nach.

»Genau. Doch dann hatte ich ein kleines Missverständnis mit Vater Staat und landete für eine Weile im Knast. Sie hat sich einen Job bei einer schicken PR-Agentur besorgt, und als sie vor ein paar Jahren die Gelegenheit bekam, sich ins Büro nach Washington versetzen zu lassen, hat sie sofort zugegriffen.«

Barker zog heftig an seiner Zigarre und hustete dann laut. »Arabella war einfach nicht zu bremsen. Nicht, dass ich das je versucht hätte. Als ich im letzten Frühling rauskam, rief sie mich ständig an und erzählte mir von diesem Blödmann. Shipman war offenbar eine gute Partie. Er schenkte ihr Schmuck, und sie lernte durch ihn wichtige Leute kennen.« Barker beugte sich vor. »Auch den damaligen Präsidenten der Vereinigten Staaten, Henry Parker Britland IV.«, meinte er mit vielsagender Miene.

Dann lehnte er sich zurück und sah Sunday vorwurfsvoll an. »Wie viele Leute in diesem Land kriegen je die Chance, mit dem amerikanischen Präsidenten an einem Tisch zu sitzen? Sie etwa?«

»Nein, nicht mit dem Präsidenten«, antwortete Sunday wahrheitsgemäß. Sie erinnerte sich an ihren ersten Abend im Weißen Haus, als sie Henrys Essenseinladung abgelehnt hatte.

»Verstehen Sie, was ich meine?«, schloss Barker triumphierend.

»Also gut. Offenbar hat Außenminister Shipman Arabella ausgezeichnete Kontakte vermittelt. Aber Mr Shipman behauptet, er selbst habe die Beziehung beendet, nicht Arabella.«

»Na und?«

»Warum sollte er sie dann umbringen?«

Barker lief rot an und schlug mit der Faust auf den Tisch. »Ich habe Arabella gewarnt, ihm nicht mit dieser Klatschgeschichte zu kommen. Ich sagte, diesmal würde sie sich übernehmen. Doch da so was bereits früher geklappt hatte, wollte sie nicht auf mich hören.«

»Sie ist schon einmal damit durchgekommen?«, rief Sunday aus. Das entsprach genau ihrer Vermutung. »Wen hat sie noch zu erpressen versucht?«

»Ach, einen Typen aus ihrem Büro. Seinen Namen kenne ich nicht. Kleine Fische. Aber sich mit einem Kerl von Shipmans Kaliber anzulegen ist keine gute Idee. Wissen Sie noch, was er mit Castro gemacht hat?«

»Wie viel hat sie Ihnen von ihren Erpressungsaktionen erzählt?«

»Kaum etwas. Und außer mit mir hat sie mit niemandem darüber geredet. Ich habe sie angefleht, die Finger davon zu lassen, aber sie war scharf auf das Geld.« Tränen stiegen unvermutet in Alfred Barkers Augen. »Ich hatte sie wirklich sehr gern. Warum musste sie bloß so stur sein? Sie hat nicht auf mich gehört.«

Gedankenverloren hielt er inne. »Ich habe sie gewarnt und ihr sogar ein Zitat gezeigt.«

Unwillkürlich schreckte Sunday hoch.

»Ich mag Zitate«, fuhr Barker fort. »Ich lese sie zum Spaß und um die Dinge besser zu verstehen, wenn Sie wissen, was ich meine.«

Sunday nickte. »Mein Mann hat Zitate auch sehr gern. Er sagt, man könne viel daraus lernen.«

»Sie haben den Nagel auf den Kopf getroffen! Was macht Ihr Mann denn beruflich?«

»Im Moment ist er arbeitslos«, antwortete Sunday mit gesenktem Kopf.

»Das ist aber ein Jammer! Kennt er sich mit Sanitärinstallationen aus?«

»Nicht besonders.«

»Und mit Pferdewetten?«

Traurig schüttelte Sunday den Kopf. »Nein, er bleibt meistens zu Hause. Er liest viel und befasst sich vor allem mit Zitaten«, sagte sie, um das Gespräch wieder zum ursprünglichen Thema zu bringen.

»Genau. Das, was ich Arabella vorgelesen hatte, passte so gut, dass es schon fast unheimlich war. Sie konnte nämlich einfach nicht die Klappe halten. Und als ich auf das Zitat stieß, habe ich es ihr gleich gezeigt. Ich habe ihr immer gesagt, dass ihr loses Mundwerk sie mal in Schwierigkeiten bringen würde, und so ist es ja auch gekommen.«

Barker durchwühlte die oberste Schublade seines Schreibtisches und zog ein zerfleddertes Stück Papier heraus. »Hier ist es. Lesen Sie.« Die Seite, die er Sunday zuschob, stammte offenbar aus einer Zitatensammlung. Ein Absatz war rot eingekreist.

Hier ruht Arabella Young
in der Gruft, der kalten,
im schönen Monat Mai
hat sie endlich den Mund gehalten.

»Es ist die Inschrift eines alten englischen Grabsteins. Ist das zu fassen? Abgesehen vom Monat passt alles.« Mit einem tiefen Seufzer lehnte sich Barker zurück. »Ich werde Arabella furchtbar vermissen. Es war schön mit ihr.«

»Sie waren doch am Abend vor ihrem Tod mit ihr beim Essen.«

»Ja.«

»Haben Sie sie zu Shipmans Haus gefahren?«

»Nein. Ich habe ihr gesagt, sie soll die Finger davon lassen, aber sie hat sich geweigert. Also habe ich sie in ein Taxi gesetzt. Für den Heimweg wollte sie sich sein Auto ausleihen.« Barker schüttelte den Kopf. »Allerdings hatte sie nicht vor, ihm die Kiste zurückzugeben. Sie war überzeugt, er würde ihr jeden Wunsch erfüllen, damit sie bloß nicht mit der Klatschpresse sprach.« Er schwieg eine Weile. »Aber er hat sie umgelegt.«

Mit wutverzerrtem Gesicht stand Barker auf. »Hoffentlich kommt er auf den elektrischen Stuhl!«

Sunday erhob sich ebenfalls. »In New York erfolgen Hinrichtungen zwar mit der Todesspritze, doch ich verstehe, worauf Sie hinauswollen. Sagen Sie mal, Mr Barker, was haben Sie gemacht, nachdem Arabella im Taxi weggefahren war?«

»Wissen Sie, eigentlich hatte ich damit gerechnet, dass man mich das fragt, aber die Bullen wollten nicht mal mit mir reden. Weil sie Arabellas Mörder nämlich schon haben. Nachdem ich Arabella zum Taxi begleitet hatte, bin ich zu meiner Mutter gefahren. Ich war mit ihr im Kino. Das mache ich einmal im Monat. Um Viertel vor neun war ich bei ihr, und um zwei Minuten vor neun stand ich in der Schlange an der Kinokasse. Der Kartenverkäufer kennt mich. Und im Zuschauerraum saß eine Frau neben mir, mit der Mama befreundet ist. Sie kann bezeugen, dass ich während des ganzen Films nicht ein einziges Mal rausgegangen bin. Also kann ich Arabella nicht ermordet haben. Aber ich weiß, wer es war! «

Barker schlug so heftig mit der Faust auf den Tisch, dass eine leere Limoflasche zu Boden fiel. »Wenn Sie Shipman helfen wollen, hängen Sie ein paar nette Bilder in seiner Zelle auf.«

Auf einmal standen Sundays Leibwächter hinter ihr und sahen Barker finster an. »Ich würde in Gegenwart dieser Dame nicht so fest auf den Tisch hauen«, sagte einer von ihnen mit eisiger Stimme.

Zum ersten Mal, seit Sunday in diesem Büro saß, erlebte sie, dass Alfred Barker die Worte fehlten.

Thomas Acker Shipman war nicht sehr erfreut über den Anruf von Marvin Klein, Henry Britlands Büroleiter. Dieser teilte ihm mit, der Präsident erwarte von ihm, dass er die Abmachung mit der Staatsanwaltschaft noch etwas hinausschiebe. Was sollte das bringen, fragte sich Shipman, der sich ärgerte, dass er weiter warten musste. Er musste ins Gefängnis, dessen war er sich sicher, also wollte er es hinter sich bringen. Außerdem fühlte er sich in diesem Haus sowieso allmählich wie im Knast. Wenn der Schuldhandel mit der Staatsanwaltschaft erst einmal unter Dach und Fach war, würden die Medien bestimmt das Interesse an ihm verlieren und sich auf das nächste arme Schwein stürzen. Ein Fünfundsechzigjähriger, der zu zehn oder fünfzehn Jahren Haft verurteilt wurde, war kein heißes Thema für eine längere Zeit.

Sie bleiben nur an mir dran, dachte er, als er aus dem Fenster blickte und die Reportermeute vor seinem Haus sah, weil sie noch nicht wissen, ob es überhaupt zu einem Prozess kommen wird. Wenn das erst einmal klar ist und feststeht, dass ich die bittere Pille brav schlucken werde, lassen sie mich vielleicht in Ruhe.

Lillian West, seine Haushälterin, war pünktlich um acht erschienen. Er hatte gehofft, sie abwimmeln zu können, indem er einfach die Sicherheitskette vorlegte, doch das hatte ihre Entschlossenheit nur gesteigert. Als es ihr nicht gelungen war, die Tür zu öffnen, hatte sie Sturm geklingelt und nach ihm gerufen, bis er sie hereinlassen musste. »Sie brauchen jemanden, der sich um Sie kümmert, ob es Ihnen nun passt oder nicht«, hatte sie entschlossen verkündet. Seinen Einspruch, er habe verhindern wollen, dass die Medien sich auch in ihr Privatleben einmischten, hatte sie energisch abgetan. Und auch seinen Wunsch, allein zu sein, hatte sie ignoriert.

Also hatte sie sich ihren täglichen Pflichten gewidmet, Zimmer geputzt, die er nie wieder bewohnen würde, und Mahlzeiten zubereitet, auf die er keinen Appetit hatte.

Shipman beobachtete, wie sie im Haus umherging. Lillian war eine gut aussehende Frau, eine ausgezeichnete Haushälterin und eine großartige Köchin. Doch ihr Hang, ihre Mitmenschen herumzukommandieren, ließ ihn manchmal wehmütig an Dora denken. Zwanzig Jahre lang hatte sie für ihn und Connie gearbeitet. Und obwohl der Frühstücksspeck manchmal angebrannt war, war Dora dennoch die angenehmere Hausgenossin gewesen.

Außerdem war Dora noch eine Hausangestellte der alten Schule gewesen, während Lillian ihre gesellschaftliche Gleichberechtigung betonte. Aber er würde für die kurze

Zeit, die ihm noch in diesem Haus vergönnt war, Lillians besitzergreifende Art wohl noch ertragen können. Er entschied, das Beste daraus zu machen und das köstliche Essen und den korrekt dekantierten Wein zu genießen.

Da Shipman klar geworden war, dass er sich nicht völlig von der Außenwelt abkapseln konnte und für seinen Anwalt erreichbar sein musste, hatte er den Anrufbeantworter wieder eingeschaltet. Allerdings ging er nur an den Apparat, nachdem er abgehört hatte, wer dran war. Als er nun Sundays Stimme vernahm, hob er erfreut ab.

»Tommy, ich war gerade in Yonkers und sitze jetzt im Auto, um zu dir zu fahren«, erklärte sie. »Ich wollte mit deiner Haushälterin sprechen. Ist sie heute da? Oder weißt du, wo ich sie erreichen kann?«

»Lillian ist hier.«

»Ausgezeichnet. Lass sie bloß nicht gehen, bevor ich sie gesehen habe. In etwa einer Stunde bin ich bei dir.«

»Ich kann mir nicht vorstellen, dass sie dir etwas anderes erzählt als der Polizei.«

»Tommy, ich habe mich gerade mit Arabellas Freund unterhalten. Er wusste von dem Plan, dich zu erpressen. Und angeblich hat Arabella so etwas auch früher schon in mindestens einem anderen Fall versucht. Wir müssen herausfinden, wer ihr letztes Opfer war. Es ist durchaus möglich, dass jemand Arabella zu deinem Haus gefolgt ist. Und wir hoffen, dass Lillian auf dem Nachhauseweg etwas aufgefallen ist – ein Auto vielleicht –, das ihr damals unbedeutend vorkam, sich aber als wichtig erweisen könnte. Die Polizei hat sich nie nach anderen möglichen Verdächtigen umgesehen. Da Henry und ich von deiner Unschuld überzeugt sind, werden wir eben die Detektivarbeit übernehmen. Also, Kopf hoch! Es ist noch nicht aller Tage Abend.«

Als Shipman auflegte und sich umdrehte, sah er Lillian

West in der Tür zum Arbeitszimmer stehen. Offenbar hatte sie das Telefonat belauscht. Aber er lächelte ihr trotzdem freundlich zu. »Mrs Britland wird in Kürze hier sein und möchte mit Ihnen sprechen«, sagte er. »Sie und der Präsident sind der Ansicht, dass ich Arabella nicht ermordet habe, und werden deshalb Nachforschungen anstellen. Sie haben eine Theorie, die mir vielleicht weiterhelfen könnte, und darüber möchte Mr Britland mit Ihnen reden.«

»Das ist ja wundervoll«, entgegnete Lillian West kühl. »Ich kann es kaum erwarten.«

Als Nächstes rief Sunday Henry im Flugzeug an. Sie tauschten ihre Ergebnisse aus, und nachdem Sunday von Arabellas Gepflogenheit, ihre Liebhaber zu erpressen, berichtet hatte, fügte sie warnend hinzu: »Allerdings haben wir ein Problem: Ganz gleich, wer Arabella umbringen wollte, es wird schwierig werden, zu beweisen, dass diese Person unbemerkt in Tommys Haus spazierte, die zufällig herumliegende Pistole lud und dann abdrückte.«

»Schwierig vielleicht, aber nicht unmöglich«, erwiderte Henry beruhigend. »Ich werde Marvin sofort damit beauftragen, bei Arabellas letztem Arbeitgeber Erkundigungen einzuziehen. Möglicherweise findet er heraus, ob sie mit einem Kollegen eine Affäre hatte.«

Nachdem Henry sich von Sunday verabschiedet hatte, lehnte er sich zurück und dachte über die Neuigkeiten aus Arabellas Vergangenheit nach. Er hatte ein unbehagliches Gefühl, das er sich jedoch nicht erklären konnte. Aber eine Vorahnung warnte ihn, dass etwas im Argen lag.

Er machte es sich in dem Drehsessel bequem – abgesehen vom Pilotensitz war dies sein Lieblingsplatz an Bord. Es musste etwas gewesen sein, das Sunday gesagt hatte, überlegte er. Deshalb ließ er das Gespräch noch einmal Revue passieren. Natürlich, schoss es ihm durch den

Kopf, als er bei Sundays Befürchtungen wegen der schwierigen Beweislage angelangt war: Wie sollte man belegen, dass ein Fremder in Tommys Haus eingedrungen war und die Pistole geladen und abgefeuert hatte?

Und genau da lag der springende Punkt. Es musste gar kein Fremder gewesen sein. Denn es gab einen Menschen, der die Tat hätte verüben können und der wusste, dass Tommy sich nicht wohl fühlte und todmüde war. Außerdem hatte diese Person Arabella gesehen, ja, sie sogar selbst hereingelassen: die Haushälterin!

Sie arbeitete noch nicht lange für Tommy, und es war durchaus möglich, dass er sich nicht über sie informiert hatte. Wahrscheinlich wusste er so gut wie nichts über sie.

Rasch rief Henry die Gräfin Condazzi an. Bitte, lass sie zu Hause sein, schickte er ein Stoßgebet zum Himmel. Als er ihre Stimme hörte, kam er ohne Umschweife auf sein Anliegen zu sprechen: »Betsy, hat Tommy Ihnen je etwas über seine neue Haushälterin erzählt?«

Sie zögerte kurz. »Ja, aber nur im Scherz.«

»Was meinen Sie damit?«

»Ach, Sie wissen ja, wie es ist«, entgegnete sie. »Es gibt so viele allein stehende Frauen zwischen fünfzig und sechzig und so wenige Männer, die noch zu haben sind. Bei meinem letzten Telefonat mit Tommy – das war am Morgen des Tages, an dem das arme Mädchen ermordet wurde – sagte ich, dass eine Menge meiner Freundinnen verwitwet oder geschieden seien. Bestimmt würden sie vor Eifersucht platzen, und wenn er nach Florida käme, würden sie sich an ihn hängen wie die Kletten. Er antwortete, er habe vor, einen großen Bogen um unverheiratete Frauen zu machen, mit Ausnahme von mir natürlich. Außerdem hätte er gerade ein unangenehmes Erlebnis in dieser Richtung hinter sich.« Sie hielt inne. »Offenbar hatte er seiner Haushälterin an diesem Vormittag mitgeteilt, er wolle sein Haus verkaufen und nach Palm Beach ziehen. Er vertraute ihr an, er habe sich von Arabella getrennt, weil er eine Frau kennen gelernt habe, die ihm etwas bedeute. Als er später noch einmal über dieses Gespräch nachdachte und sich an ihre Reaktion erinnerte, wurde ihm klar, dass die Haushälterin ihn missverstanden haben könnte. Vielleicht hat sie sich eingebildet, sie selbst sei diese Frau. Deshalb hat er ihr klipp und klar gesagt, er werde sie nach Verkauf des Hauses nicht mehr brauchen und sie auch nicht nach Florida mitnehmen. Zuerst schien sie erschrocken, aber dann hat sie ihm die kalte Schulter gezeigt.« Wieder hielt die Gräfin inne und schnappte dann entsetzt nach Luft. »Mein Gott, Sie glauben doch nicht etwa, dass sie Tommy in diese furchtbare Lage gebracht hat!«

»Ich fürchte, allmählich erhärtet sich dieser Eindruck, Betsy«, erwiderte Henry. »Ich melde mich wieder bei Ihnen. Jetzt muss ich erst mal meinen Mitarbeiter auf die Sache ansetzen.« Er unterbrach die Verbindung und wählte Marvin Kleins Nummer. »Hallo, Marvin«, meinte er. »Ich habe einen Verdacht, was Lillian West, Mr Shipmans Haushälterin betrifft. Sie müssen sie sofort auf Herz und Nieren überprüfen.«

Eigentlich verstieß Marvin Klein nur ungern gegen das Gesetz, indem er in geschützte Computerdateien einbrach, doch wenn sein Chef »sofort« sagte, musste die Angelegenheit dringend sein.

Er brauchte nur wenige Minuten, um ein Dossier über die sechsundfünfzigjährige Lillian West zusammenzustellen. Sie hatte eine ganze Reihe von Verstößen gegen die Straßenverkehrsordnung auf dem Kerbholz. Doch noch wichtiger war ihr beruflicher Lebenslauf. Beim Lesen bildeten sich tiefe Falten auf Marvins Stirn. West hatte studiert, den Magister gemacht und an verschiedenen Hochschulen Hauswirtschaft unterrichtet, zuletzt am Wren College in New Hampshire. Vor sechs Jahren hatte sie gekündigt und eine Stelle als Haushälterin angenommen.

Seitdem war sie bei vier verschiedenen Familien tätig gewesen. Ihre Zeugnisse, die vor allem ihre Pünktlichkeit, Zuverlässigkeit und Kochkünste hervorhoben, waren verhältnismäßig gut. Marvin beschloss, ihre Arbeitgeber selbst unter die Lupe zu nehmen.

Eine knappe halbe Stunde nach Henrys Anruf meldete sich Marvin wieder bei dem ehemaligen Präsidenten, der sich noch immer im Flugzeug befand. »Sir, in den Akten steht, dass Lillian West zwar an einigen Colleges unterrichtet hat, aber immer wieder Schwierigkeiten mit ihren Vorgesetzten bekam. Vor sechs Jahren hat sie die Lehrtätigkeit aufgegeben und bei einem Witwer in Vermont als Haushälterin gearbeitet. Er starb zehn Monate später, offenbar war es ein Herzinfarkt. Danach wurde sie Haushälterin bei einem geschiedenen Manager, der leider ebenfalls noch im selben Jahr starb. Ihr letzter Arbeitgeber vor Außenminister Shipman war ein achtzigjähriger Millionär. Er hat ihr zwar gekündigt, ihr aber dennoch ein gutes Zeugnis ausgestellt. Ich habe mit ihm gesprochen. Er sagte, Ms West sei zwar eine ausgezeichnete Haushälterin und Köchin, nehme sich aber zu viel heraus und habe kein Verständnis für den traditionellen Umgang zwischen dem Herrn des Hauses und einer Angestellten. Er habe beschlossen, ihr zu kündigen, als ihm klar geworden sei, dass sie sich in den Kopf gesetzt hatte, ihn zu heiraten. Kurz darauf hat er sie vor die Tür gesetzt.«

»Wie steht es um die Gesundheit dieses Mannes?«, fragte Henry leise. Lillian Wests bewegtes Leben gab Anlass zu den schlimmsten Vermutungen.

»Ich habe mich danach erkundigt, Sir. Er antwortete, inzwischen fühle er sich wieder pudelwohl. Allerdings habe er während der letzten Wochen, in denen Ms West bei ihm war, an ungewöhnlicher Müdigkeit gelitten. Die Ärzte seien nicht in der Lage gewesen, eine Diagnose zu stellen, und schließlich sei er an einer Lungenentzündung erkrankt.«

Auch Tommy hatte eine schwere Erkältung und starke Müdigkeit erwähnt. Henry umklammerte das Telefon. »Gut gemacht, Marvin. Vielen Dank.«

»Sir, ich befürchte, das ist noch nicht alles. In den Akten heißt es weiterhin, dass Ms West Hobbyjägerin ist und offenbar gut mit Waffen umgehen kann. Außerdem habe ich mit dem Direktor des Wren Colleges gesprochen, wo sie zuletzt unterrichtete. Er erzählte mir, Ms West sei die Kündigung nahe gelegt worden. Sie habe Symptome einer psychischen Erkrankung gezeigt, sich aber geweigert, einen Therapeuten aufzusuchen.«

Nachdem Henry das Telefonat mit seinem Assistenten beendet hatte, befiel ihn Angst. Sunday befand sich auf dem Weg zu Lillian West und hatte keine Ahnung von dem, was Marvin herausgefunden hatte. Möglicherweise würde sie die Haushälterin unwissentlich warnen, wenn sie von ihrem Verdacht sprach, ein anderer als Shipman könnte Arabella auf dem Gewissen haben. Schwer zu sagen, wie Lillian West darauf reagieren würde. Henrys Hand hatte bei Gipfeltreffen nie gezittert. Doch jetzt schaffte er es kaum, die Nummer von Sundays Autotelefon einzutippen.

Sicherheitsbeamter Art Dowling meldete sich. »Wir sind jetzt vor Mr Shipmans Haus, Sir. Mrs Britland ist drinnen.«

»Holen Sie sie raus«, befahl Henry. »Sagen Sie ihr, ich muss mit ihr sprechen.«

»Wird gemacht, Sir.«

Kurz darauf war Dowling wieder am Apparat. »Sieht aus, als hätten wir ein Problem, Sir. Wir haben mehrmals geläutet, aber niemand macht auf.«

Sunday und Tommy saßen nebeneinander auf der Ledercouch in der Bibliothek und blickten starr in die Mündung eines Revolvers. Lillian West thronte ihnen aufrecht und reglos gegenüber und hielt die Waffe auf sie gerichtet. Das Schrillen der Türglocke schien sie nicht weiter zu stören.

»Bestimmt ist das Ihre Palastwache«, spöttelte sie.

Die Frau ist wahnsinnig, dachte Sunday, während sie der Haushälterin in die Augen sah. Sie ist verrückt und völlig verzweifelt. Sie weiß, dass sie nichts mehr zu verlieren hat. Und sie ist übergeschnappt genug, um uns zu erschießen.

Sunday überlegte, was Art Dowling und Clint Carr, ihre Leibwächter, wohl unternehmen würden, wenn niemand öffnete. Wahrscheinlich würden sie die Tür aufbrechen. Und wenn sie das tun, würde Lillian Tommy und sie ganz sicher töten. Sundays Angst wuchs.

»Sie haben alles«, sagte Lillian West mit leiser, zorniger Stimme zu Sunday und fixierte die Gefangene mit den Augen. »Sie sind schön, Sie sind jung, Sie haben einen interessanten Beruf und einen reichen, gut aussehenden Mann. Hoffentlich hatten Sie eine schöne Zeit mit ihm.«

»Ja«, antwortete Sunday. »Er ist ein wundervoller Mensch und Ehemann, und ich möchte noch lange mit ihm zusammenbleiben.«

»Da haben Sie Pech gehabt, und daran sind Sie selbst schuld. Nichts wäre passiert, wenn Sie sich nicht eingemischt hätten. Welche Rolle spielt es schon, ob er« – Lillian West warf einen kurzen Blick auf Tommy – »ins Gefängnis wandert? Er ist die Mühe nicht wert, denn er ist ein schlechter Mensch, der mich belogen und betrogen hat. Er hat versprochen, mich nach Florida mitzunehmen. Er wollte mich heiraten.« Wieder hielt sie inne und funkelte den ehemaligen Außenminister wütend an. »Natürlich ist er nicht so reich wie die anderen, aber es genügt für ein angenehmes Leben. Das weiß ich, weil ich seine sämtlichen Papiere durchgesehen habe.« Ein Lächeln umspielte ihre Lippen. »Und er ist auch netter als die anderen. Das hat mir besonders gut gefallen. Wir wären sehr glücklich geworden.«

»Lillian, ich habe Sie nicht belogen«, wandte Tommy ruhig ein. »Wenn Sie sich genau an das erinnern, was ich zu Ihnen gesagt habe, werden Sie mir Recht geben. Aber ich mag Sie, und ich glaube, dass Sie Hilfe brauchen. Ich werde mich darum kümmern. Und ich verspreche Ihnen, dass Sunday und ich alles Menschenmögliche für Sie tun werden.«

»Wollen Sie mir wieder eine Stelle als Haushälterin vermitteln?«, zischte Lillian. »Putzen, kochen, einkaufen. Nein, danke! Ich habe mich für diese Plackerei entschieden, anstatt weitere dumme Gören zu unterrichten, weil ich hoffte, jemand würde endlich meine Qualitäten erkennen und für mich sorgen wollen. Aber so ist es nicht gekommen. Ich habe andere bedient, und sie haben mich behandelt wie ein Stück Dreck.« Wieder sah sie Tommy an. »Zuerst dachte ich, dass Sie anders wären, doch ich habe mich geirrt. Sie sind genauso.«

Während dieses Wortwechsels war das Läuten an der Tür verstummt. Sunday wusste, dass die Leibwächter nun nach einem Weg suchen würden, ins Haus einzudringen, und sie zweifelte nicht daran, dass es ihnen gelingen würde. Doch plötzlich erstarrte sie. Als Lillian West sie hereingelassen hatte, hatte sie die Alarmanlage wieder eingeschaltet. »Damit sich keine Reporter hereinschleichen«, hatte sie erklärt.

Wenn Art oder Clint versuchen, ein Fenster zu öffnen, geht die Alarmanlage los, überlegte Sunday. Dann ist es aus mit Tommy und mir. Sie spürte Tommys Hand auf ihrer. Er dachte dasselbe, wurde ihr klar. Mein Gott, was sollen wir jetzt bloß tun? ›Dem Tod ins Auge sehen‹ – diese Redewendung hatte Sunday schon oft gehört, aber bis jetzt war sie für sie nur eine Phrase gewesen. Henry, schoss es ihr durch den Kopf, Henry! Bitte lass nicht zu, dass diese Frau uns die Zukunft raubt.

Tommy umfasste fest ihre Hand. Mit dem Zeigefinger trommelte er auf ihren Handrücken. Offenbar waren es Morsezeichen. Was wollte er ihr damit sagen?

Henry blieb am Apparat, um mit den Leibwächtern vor Tommy Shipmans Haus in Verbindung zu bleiben. Während Agent Dowling sich vorsichtig ums Haus pirschte, sprach er am Mobiltelefon mit dem ehemaligen Präsidenten. »Sir, alle Vorhänge sind zugezogen. Wir haben die Polizei alarmiert. Sie sollte jeden Moment hier sein. Clint klettert gerade hinter dem Haus auf einen Baum, dessen Äste nah an die Fenster heranreichen. Vielleicht können wir so unbemerkt eindringen. Das Problem ist allerdings, dass wir nicht wissen, ob sie sich überhaupt im Haus befinden.«

Mein Gott, dachte Henry. Es würde mindestens eine Stunde dauern, die Ausrüstung herbeizuschaffen, mit deren Hilfe man Bewegungen innerhalb des Hauses überwachen konnte. Aber dazu haben wir keine Zeit mehr. Er sah Sundays Gesicht vor sich. *Sunday! Sunday!* Es durfte ihr einfach nichts geschehen! Am liebsten hätte er das Flugzeug angeschoben, damit es schneller flog, und das

Haus von der Armee stürmen lassen. Warum war er nicht vor Ort? Jetzt! Er schüttelte den Kopf. Noch nie hatte er sich so hilflos gefühlt. Dann hörte er Dowling lauthals fluchen.

»Was ist los, Art?«, rief er. »Was ist passiert?«

»Sir, die Vorhänge im rechten Zimmer des Erdgeschosses wurden eben aufgezogen. Und ich bin sicher, dass drinnen geschossen wurde.«

»Die dumme Kuh hat mir das perfekte Alibi verschafft«, sagte Lillian West. »Ich wusste, dass mir nicht mehr viel Zeit blieb und dass ich nicht mehr die Möglichkeit hatte, Sie ganz langsam umzubringen, wie es eigentlich mein Plan war. Aber die neue Entwicklung passte mir ganz gut in den Kram. So konnte ich nicht nur Sie bestrafen, sondern auch dieses grässliche Weibsstück.«

»Dann haben Sie Arabella wirklich getötet!«, rief Tommy aus.

»Natürlich«, entgegnete Lillian ungeduldig. »Und es war ein Kinderspiel. Ich bin nämlich an diesem Abend nicht gegangen. Nachdem ich die Frau in die Bibliothek geführt, Sie aufgeweckt und mich verabschiedet hatte, habe ich die Tür geschlossen und mich in der Garderobe versteckt. Ich habe jedes Wort mitgehört, und ich wusste, dass die Pistole und Munition bereitlagen. Als Sie nach oben torkelten, war mir klar, dass Sie jeden Moment das Bewusstsein verlieren würden.« Mit einem bösartigen Lächeln auf den Lippen hielt sie inne. »Meine Schlaftabletten wirken viel besser als die, die Sie sonst nehmen. Sie enthalten spezielle Zutaten.« Wieder lächelte sie. »Und außerdem einige interessante Viren. Warum, glauben Sie, ist Ihre Erkältung seitdem so viel besser geworden? Weil Sie mich nicht hereingelassen haben und ich Ihnen Ihre Tabletten nicht geben konnte. Andernfalls hätten Sie inzwischen bestimmt eine Lungenentzündung.«

»Sie haben Tommy vergiftet!«, entsetzte sich Sunday.

Lillian sah die junge Frau empört an. »Ich habe ihn bestraft«, antwortete sie im Brustton der Überzeugung. Dann wandte sie sich wieder an Shipman. »Als Sie oben angekommen waren, ging ich wieder in die Bibliothek. Arabella wühlte in Ihrem Schreibtisch herum, und es war ihr zunächst sehr peinlich, dass ich sie dabei ertappte. Sie behauptete, sie suche nach Ihren Autoschlüsseln. Da Sie sich nicht wohl fühlten, hätten Sie ihr angeboten, Ihr Auto zu nehmen. Am nächsten Morgen wollte sie es wieder zurückbringen. Darauf fragte sie mich, warum ich noch hier sei, da ich mich doch bereits verabschiedet hatte. Ich erklärte, ich hätte Ihnen versprochen, Ihre alte Pistole bei der Polizei abzugeben, sie jedoch versehentlich liegen gelassen. Das arme Dummerchen stand da und sah zu, wie ich die Waffe nahm und lud. Ihre letzten Worte waren: ›Ist es nicht gefährlich, das Ding zu laden? Mr Shipman wird bestimmt nicht damit einverstanden sein.‹«

Lillian West brach in ein lautes, schrilles Gelächter aus, sodass ihr die Tränen in die Augen traten. Doch obwohl sie am ganzen Leib bebte, blieb die Waffe auf Sunday und Tommy gerichtet.

Jetzt bringt sie uns gleich um, dachte Sunday.

»›Ist es nicht gefährlich, das Ding zu laden?‹«, äffte West Arabellas letzte Worte nach, wobei sie vor lauter Lachen kaum einen Ton herausbrachte. »›Mr Shipman wird bestimmt nicht damit einverstanden sein!‹«

»Hätten Sie etwas dagegen, die Vorhänge aufzumachen?«, fragte Shipman. »Ich möchte wenigstens noch einmal die Sonne sehen.«

Lillian West lächelte kalt. »Warum dieser Aufwand? Sie sind doch sowieso bald im Himmel.«

Die Vorhänge!, fiel es Sunday wie Schuppen von den Augen. Das hatte Tommy ihr mitteilen wollen! Als er gestern die Jalousie in der Küche heruntergelassen hatte, hatte er von der elektronischen Vorrichtung gesprochen, mit der man die Vorhänge in der Bibliothek öffnen und schließen konnte. Da sie defekt war, klang es wie ein Pistolenschuss, wenn man sie benutzte. Die Fernbedienung lag auf der Armlehne der Couch. Sie musste sie in die Hände bekommen. Das war ihre einzige Hoffnung.

Sunday drückte Tommys Hand, um ihm zu bedeuten, dass sie ihn endlich verstanden hatte. Dann schickte sie ein Stoßgebet zum Himmel, griff nach der Fernbedienung und drückte blitzschnell den Knopf, mit dem man die Vorhänge öffnete.

Wie erwartet ließ der scharfe Knall Lillian West herumfahren. Gleichzeitig sprangen Tommy und Sunday auf. Tommy stürzte sich auf Lillian West, während Sunday ihr auf die Hand schlug, mit der sie gerade abdrücken wollte. Ein Schuss fiel. Sunday spürte einen brennenden Schmerz im linken Arm, achtete aber nicht darauf. Da es ihr nicht gelang, der Frau die Waffe zu entreißen, warf sie sich auf sie und trat den Stuhl unter ihr weg, sodass alle drei in einem Knäuel zu Boden stürzten. In diesem Augenblick verriet ihnen das Geräusch splitternden Glases, dass die Leibwächter endlich ins Haus eingedrungen waren.

Zehn Minuten später sprach Sunday, die ihre Fleischwunde am Arm inzwischen fest mit einem Taschentuch umwickelt hatte, am Telefon mit einem völlig erschütterten Ex-Präsidenten der Vereinigten Staaten.

»Mir ist nichts passiert«, sagte sie wohl zum fünfzehnten Mal. »Wirklich, es geht mir gut und Tommy auch. Lillian West wurde in eine Zwangsjacke gesteckt und wird gerade abtransportiert. Also hör auf, dir Sorgen zu machen. Wir haben alles im Griff.«

»Sie hätte dich töten können«, meinte Henry, ebenfalls nicht zum ersten Mal. Er brachte es nicht über sich, aufzulegen, er musste unbedingt die Stimme seiner Frau hören. Sie war dem Tod nur um Haaresbreite entronnen, und der Gedanke, dass er sie fast für immer verloren hätte, war ihm unerträglich.

»Aber ich lebe noch!«, verkündete Sunday. »Außerdem hatten wir beide Recht, Henry. Es war eindeutig ein Verbrechen aus Leidenschaft. Nur, dass wir ein wenig spät darauf gekommen sind, um wessen Leidenschaft es sich handelte.«

First Lady vermisst

»Das Oval Office ist am Apparat, Mr President.«

Henry Parker Britland IV. seufzte. »Er wird es wohl nie lernen«, dachte er. Marvin Klein, seit vielen Jahren seine rechte Hand, konnte es sich einfach nicht angewöhnen, den augenblicklichen Amtsinhaber beim Namen zu nennen, sondern bezeichnete ihn hartnäckig als ›Oval Office‹.

Als der Anruf kam, saß Henry an seinem Schreibtisch in der Bibliothek von Drumdoe, seinem Landsitz in New Jersey. Die winterliche Spätnachmittagssonne fiel durch die hohen Bleiglasfenster und brachte die auf Hochglanz polierten Möbel im gotischen Stil zum Schimmern. Eigentlich hatte Henry an seinen Memoiren arbeiten wollen, allerdings plötzlich bemerken müssen, dass er in einen Tagtraum versunken war. Sunday, die Frau, mit der er seit knapp einem Jahr verheiratet war, befand sich in ihrer Eigenschaft als Kongressabgeordnete in Washington, und Henry erschienen die drei Tage bis zu ihrer Rückkehr wie eine Ewigkeit.

Wie immer vermisste er sie sehnsüchtig. Sunday – ein einzelner Mensch konnte doch unmöglich so schön, klug, witzig und einfühlsam sein. Manchmal glaubte er fast, er habe sie nur geträumt: Sunday, die schlanke, blonde Kongressabgeordnete, mit der er aus einer Laune heraus an seinem letzten Abend im Weißen Haus einen Flirt angefangen hatte. Lächelnd erinnerte er sich an ihre gelassene, fast tadelnde Reaktion.

»Äh, das Oval Office, Mr President«, riss ihn Kleins beharrliche Stimme aus seinen Fantasien.

Henry griff zum Hörer. »Mr President«, begrüßte er seinen Amtsnachfolger freundlich.

Er stellte sich vor, wie Desmond Ogilvey, der bei seinen Freunden nur Des hieß, an seinem Schreibtisch saß. Des wirkte mit seinem weißen Haarschopf, der hageren Figur, der aufrechten Haltung und dem nüchternen, dunkelblauen Geschäftsanzug wie ein Wissenschaftler.

Henry wusste, dass Des nie vergessen hatte, wie ihn sein Vorgänger vor neun Jahren aus einem Dasein als relativ unbekannter Kongressabgeordneter aus Wyoming herausgeholt und zum Vizepräsidenten gemacht hatte. Die Medien hatten diese Entscheidung anfangs kritisiert und sie als Vabanquespiel bezeichnet.

»Sie mögen es vielleicht so sehen«, hatte Henry ruhig widersprochen, »aber schließlich sitzt dieser Mann schon seit zwanzig Jahren im Kongress und war an der Verabschiedung wichtiger Gesetze beteiligt. Wenn die amerikanischen Wähler mir ihre Stimme geben, kann ich, falls mir etwas zustoßen sollte, ruhigen Gewissens vor meinen Schöpfer treten. Denn ich bin überzeugt, dass sich dieses Land, das ich so sehr liebe, dann in den fähigsten Händen befindet.«

Als Henry bemerkte, dass das Schweigen am anderen Ende ungewöhnlich lange dauerte, fragte er: »Des?«

»Mr President«, antwortete Desmond Ogilvey, doch seine Stimme klang nicht so fröhlich wie sonst.

Henry wurde klar, dass Ogilvey nicht zum Plaudern aufgelegt war, und kam sofort auf den Punkt: »Gibt es ein Problem, Des?«

Wieder eine Pause. »Es geht um Sunday, Henry. Es tut mir so Leid«, sagte Des schließlich.

»Sunday!« Henry stockte der Atem. Er fühlte sich, als

wäre sein Herz stehen geblieben, und er saß da wie versteinert.

»Henry, ich weiß nicht, wie ich es ausdrücken soll. Die Lage ist ziemlich ernst. Sunday ist verschwunden. Ihre Leibwächter und die Eskorte wurden bewusstlos in ihren Wagen aufgefunden. Offenbar hat man sie unter Betäubungsmittel gesetzt. Als die Beamten wieder zu sich kamen, war Sunday weg.«

»Ist das Motiv schon bekannt?« Henry zwang sich, ruhig durchzuatmen. Er bemerkte, dass Marvin ihn anstarrte. Gleichzeitig drückte er auf den Knopf der Gegensprechanlage, die ihn mit den Leibwächtern draußen vor dem Haus verband.

»Wir glauben, schon. Kurz darauf ging in der Telefonzentrale des Finanzministeriums ein Anruf ein. Der Mann behauptete, Sunday in seiner Gewalt zu haben oder zumindest zu wissen, wo sie sich befindet. Sie können uns bestätigen, ob er die Wahrheit sagt: Hat Sunday einen großen Bluterguss am rechten Oberarm, dicht unterhalb der Schulter?«

Henry nickte. »Ja«, flüsterte er dann.

»Also stimmt es. Offenbar hat sie die Verletzung ihren Mitarbeitern gegenüber nicht erwähnt, denn alle bestätigen, sie wüssten nichts davon.«

»Als wir letzten Sonnabend ausgeritten sind, wurde sie abgeworfen«, erklärte Henry. Er dachte an die Angst, die ihn in diesem Augenblick ergriffen hatte. Doch verglichen mit der lähmenden Sorge, die er nun empfand, war das eine Kleinigkeit gewesen. Inzwischen hatten sich die fünf Leibwächter um seinen Schreibtisch versammelt. Er nickte Jack Collins, dem Leiter der Einheit, zu und bedeutete ihm mitzuhören. Der zweite Apparat stand auf dem Tisch neben dem dunkelroten Ledersofa.

»Collins ist jetzt am Nebenanschluss«, sagte Henry.

»Sunday lernt gerade reiten. Nach dem Sturz hat sie gewitzelt, sie dürfe niemandem davon erzählen. Sonst würde die Klatschpresse noch behaupten, dass ich meine Frau schlage.« Ihm fiel auf, dass er abschweifte. Er musste sich konzentrieren. »Des, wie viel Geld verlangen sie? Ich werde bedingungslos auf alle Forderungen eingehen.«

»Leider kommt es ihnen nicht auf Geld an, Henry. Sie drohen, wir könnten den Atlantik nach Sundays Leiche absuchen, wenn Claudus Jovunet nicht bis morgen Abend auf freiem Fuß ist.«

Der Name Claudus Jovunet war Henry Britland gut bekannt. Der Mann war ein außergewöhnlich skrupelloser Terrorist, ein ehemaliger Söldner, der gegen Bezahlung Mordanschläge verübte. Zuletzt hatte er einen Firmenjet der Uranus Oil in die Luft gesprengt, was schließlich zu seiner Verhaftung geführt hatte. Zweiundzwanzig Topmanager des Unternehmens waren bei dieser Tragödie ums Leben gekommen. Nach fünfzehn Jahren als Terrorist war Jovunet endlich angeklagt und zu mehrfachen lebenslänglichen Freiheitsstrafen verurteilt worden, die er nun im Bundesgefängnis in Marion, Ohio, verbüßte. Henry hatte zwar keinen Anteil an seiner Ergreifung gehabt, hatte es aber als besondere Genugtuung empfunden, dass es während seiner Amtszeit geschehen war.

»Welche Bedingungen stellen die Entführer?«, wollte er nun wissen. Noch während er diese Frage stellte, fühlte er lähmende Angst aufsteigen: Des würde es möglicherweise nicht zulassen, dass sich die Regierung der Vereinigten Staaten dem Druck eines Terrorkommandos beugte.

»Die Anweisung lautet, Jovunet in das neue Überschallflugzeug zu setzen. Wie Sie wissen, wird es zurzeit hier auf dem National Airport in Washington ausgestellt und wartet auf seinen Jungfernflug. Die Terroristen verlangen, dass sich außer ihm nur die beiden Piloten an

Bord befinden dürfen. Dazu fordern sie Proviant. Ich zitiere: ›Den Kaviar könnt ihr weglassen.‹ Sie geben uns – und das ist wieder ein Zitat – ihr ›Ehrenwort‹, dass die Piloten nach der Landung über Funk durchsagen können, wo Sunday sich befindet. ›Lebend und unversehrt‹, hieß es wörtlich.«

»Ehrenwort«, höhnte Henry. *Ach, Sunday, Sunday!*

Als er Jack Collins einen Blick zuwarf, formte dieser mit den Lippen das Wort »Waffen«.

»Welche Waffen wollen sie, Des?«, fragte er.

»Seltsamerweise keine. Wenn wir diesen Leuten glauben können …«

»Und können wir?«, unterbrach ihn Henry.

Des seufzte. »Uns bleibt nichts anderes übrig, Henry.«

»Was haben Sie vor?« Henry hielt den Atem an. Er fürchtete sich vor der Antwort.

»Henry, Jerry ist hier«, antwortete Des. Jerry war Jeremy Thomas, der Finanzminister.

Henry fiel ihm ins Wort. »Des, wie viel Zeit können wir gewinnen, indem wir so tun, als gingen wir auf ihre Bedingungen ein?«

»Um fünf Uhr wird eine weitere Nachricht bei einem der Ministerien erfolgen. Wir glauben, wir können die Entführer mindestens bis Donnerstagnachmittag vertrösten. Zum Glück hat die *Washington Post* heute Morgen einen Artikel gebracht, in dem es heißt, an der Maschine müssten vor dem Jungfernflug am Freitag noch einige kleine Reparaturen vorgenommen werden.« Er hielt inne. »Und um Sie zu beruhigen: Wir haben vor, die Forderung der Terroristen zu erfüllen.«

Henry zitterte am ganzen Leib und atmete erleichtert auf. Er sah auf die Uhr. Es war Mittwochnachmittag, vier Uhr. Mit ein wenig Glück hatten sie noch vierundzwanzig Stunden. »Ich komme sofort, Des«, sagte er.

Tom Wyman, der stellvertretende Leiter der Einheit, brach das Schweigen, das dem Telefonat folgte. »Der Helikopter wartet, Sir. Und das Flugzeug ist startklar.«

Eine Weile fühlte sich Sunday so durcheinander und verwirrt, dass ihr beinahe ihr eigener Name nicht mehr einfiel. Wo bin ich, fragte sie sich, während ihr allmählich klar wurde, dass etwas Schreckliches passiert sein musste. Dann spürte sie, dass sie gefesselt war. Arme und Beine schmerzten und waren fast abgestorben. Als sie sich zu bewegen versuchte, kam ihr plötzlich ein Bild in den Sinn: Handtücher und Bettlaken, die auf dem Dach des Hauses ihrer Großmutter im Wind flatterten. *Wäscheleine,* schoss es ihr durch den Kopf. Das raue Seil, das ihr die Haut abschürfte, fühlte sich an wie eine altmodische Wäscheleine.

Ihr brummte noch immer der Schädel, und sie hatte einen eigenartigen Druck im Kopf. Sie zwang sich, die Augen zu öffnen, konnte aber nichts sehen. Nach dem ersten Schrecken stellte sie fest, dass man ihr etwas übers Gesicht gestülpt hatte. Der dicke, kratzige Stoff juckte auf der Haut und ließ ihre Wangen glühen.

Aber sonst fror sie. Besonders an den Armen. Als sie sich leicht bewegte, bemerkte sie, dass ihre Jacke fehlte. Außerdem grub sich das Seil schmerzhaft in den Bluterguss, den sie sich bei ihrem Sturz von Applebey zugezogen hatte.

Sunday überschlug ihre Lage: Erstens habe ich ein Stück Rupfen oder Leinen über dem Kopf. Zweitens bin ich zusammengeschnürt wie ein Paket. Drittens befinde ich mich irgendwo in einem kalten Raum. Aber wo bin ich? Und was ist passiert? Sie konnte sich an nichts erinnern. Hatte es einen Unfall gegeben? War sie in einem Operationssaal und während des Eingriffs aufgewacht?

Doch dann fiel es ihr wieder ein: Es war etwas im Auto geschehen!

Genau! Im Auto – aber was?

Sie zermarterte sich das Hirn und ließ den Tag noch einmal Revue passieren. Die Sitzung im Kongress war um drei Uhr nachmittags zu Ende gewesen. Art und Leo hatten sie wie immer an der Garderobe erwartet. Anders als sonst war sie nicht noch einmal in ihr Büro zurückgekehrt, weil sie zu einem Empfang in der französischen Botschaft eingeladen war und sich vorher noch zu Hause umziehen wollte. Deshalb war sie ins Auto gestiegen. Und dann?

Sunday unterdrückte das Wimmern, das in ihr aufstieg. Sie war immer so stolz darauf gewesen, keine Heulsuse zu sein. Auf einmal musste sie an den Tag denken, als sie mit neun Jahren an einer Stange im Schulhof geturnt hatte und dabei abgerutscht war. Der Boden war immer näher gekommen, und dann war sie mit der Stirn auf dem mit Kies bedeckten Beton aufgeschlagen. Damals hatte sie nicht geweint, und jetzt würde sie es auch nicht tun. Allerdings waren an jenem Tag ein paar Jungen um sie herumgestanden, und sie wäre lieber gestorben, als vor ihnen auch nur eine Träne zu vergießen. Und nun war sie ganz allein.

Nein, du darfst dich nicht kleinkriegen lassen, schalt sie sich. Streng lieber deinen Grips an. Wann war der Unfall geschehen? Sie ging die Autofahrt im Geiste durch. Art hatte ihr die hintere Autotür aufgehalten und gewartet, bis sie eingestiegen war. Dann hatte er neben Leo, der hinter dem Steuer saß, auf dem Vordersitz Platz genommen. Sie hatte Larry und Bill zugewinkt, die ihnen in einem zweiten Wagen folgten.

Es hatte zwar aufgehört zu schneien, aber die Straßen waren noch immer matschig und glatt. Sie waren an ein paar Auffahrunfällen vorbeigekommen. Obwohl es noch früh war, wurde es draußen schon dunkel. Deshalb hatte Sunday das Licht eingeschaltet und die Notizen durchgelesen, die sie sich während der Rede des Vorsitzenden gemacht hatte. Und plötzlich hatte es einen Knall gegeben, fast wie eine Explosion. Ja, das musste es gewesen sein, eine Explosion!

Sie hatte aufgeblickt. Sie hatten das Kennedy Center bereits passiert und waren fast am Watergate Hotel. Sunday erinnerte sich an Arts Gesicht. Er sah sich durch das Rückfenster nach der Eskorte um. »Tritt aufs Gas, Leo!«, rief er. Doch dann war seine Stimme immer leiser geworden. Sunday wusste nicht, ob er verstummt war oder ob sie nichts mehr gehört hatte, denn auf einmal hatte sie sich entsetzlich schwach gefühlt.

Sie hatte versucht, sich aufzusetzen. Plötzlich hielt der Wagen an. Die Tür auf der Fahrerseite ging auf. Den Rest hatte sie vergessen.

Inzwischen war ihr klar, dass sie sich nicht in einem Krankenhaus befand. Es war kein Unfall passiert. Nein, alles war sorgfältig geplant. Sie war entführt worden.

Aber von wem? Und warum?

Jedenfalls saß sie in einem feuchtkalten Raum, in dem sie sich wegen der Stoffhülle über ihrem Kopf nicht umsehen konnte. Sie schüttelte den Kopf. Um die Benommenheit zu vertreiben. Die Wirkung des Betäubungsmittels, mit dem die Entführer sie außer Gefecht gesetzt hatten, ließ allmählich nach, aber sie hatte rasende Kopfschmerzen. Man hatte sie fest an einen Stuhl gefesselt, der offenbar aus Holz bestand. War sie allein? Sie war nicht sicher. Sie spürte jemanden ganz in ihrer Nähe. Vielleicht wurde sie beobachtet.

Auf einmal fielen ihr Art und Leo ein, ihre Leibwächter. Waren sie auch hier? Was war mit ihnen geschehen?

Sunday wusste, dass die Agenten alles tun würden, um sie zu beschützen. Lieber Gott, hoffentlich sind sie nicht getötet worden, schickte sie ein Stoßgebet zum Himmel.

Henry! Sicher war er außer sich vor Sorge. Oder wusste er noch gar nichts von ihrem Verschwinden? Wie lange war es her? Seit ihrer Entführung konnten ein paar Minuten oder auch einige Tage verstrichen sein. Aus welchem Grund war sie nur verschleppt worden? Wenn es um Geld ginge, würde Henry die geforderte Summe gewiss bezahlen. Sunday ahnte allerdings, dass Geld nicht das Thema war.

Sie erstarrte. Es war wirklich noch eine Person im Raum! Sie hörte Atemzüge, die immer näher kamen. Jemand beugte sich über sie. Dicke Finger betasteten aufdringlich den dicken Stoff über ihrem Gesicht, strichen ihren Hals entlang und packten sie am Haar.

Eine leise, heisere Stimme flüsterte kaum verständlich: »Alle suchen nach Ihnen, genau wie ich es mir dachte. Ihr Mann. Der Präsident. Der Geheimdienst. Inzwischen schnüffeln sie überall herum. Doch sie sind wie blinde Mäuse und haben keine Chance, Sie zu finden. Wenigstens nicht, bis die Flut kommt. Und dann ist es zu spät.«

Auf dem Flug nach Washington sprach Henry kein Wort. Er saß allein in seinem Privatabteil der Maschine und zwang sich, alles, was er über Sundays Entführung wusste, noch einmal genau zu durchdenken. Was konnte man aus den Fakten schließen? Er musste sich zusammenreißen und die Lage nüchtern analysieren, wie er es während seiner Amtszeit in so vielen Krisensituationen getan hatte. Er durfte sich nicht von seinen Gefühlen leiten lassen, sondern nur von seinem Verstand – kalt und präzise wie ein Chirurg.

Doch dann fiel Henry bedrückt ein, dass kein Chirurg

jemals seine eigene Frau operieren würde, außer im absoluten Notfall, da die persönliche Betroffenheit seine Urteilsfähigkeit trüben konnte.

Eine Gedichtzeile fiel ihm ein: »Diese sterblichen Hände lagen wie Musik um deine Kehle, um der Liebe willen. Doch die Musik der Seele ist so zart und nicht zu fassen …« Er hatte keine Ahnung, von wem diese Worte stammten, aber er war überzeugt, dass sie ihm eine Antwort auf seine Frage geben konnten.

Er dachte daran, wie Sunday oft einschlief, während er manchmal noch stundenlang im Bett die Zeitungen studierte. Hin und wieder döste sie sogar ein, wenn er ihr vorlas oder einen besonders ärgerlichen Artikel zitierte.

Erst letzten Sonntagabend hatte er ihr unbedingt etwas erzählen wollen, aber festgestellt, dass sie bereits schlief. Er hatte ihr den Hals gestreichelt und gehofft, sie würde vielleicht wieder aufwachen, um ihm zuzuhören.

Aber sie hatte nur geseufzt und sich umgedreht. Ihre Hände waren unter dem Kopf verschränkt, das blonde Haar lag ausgebreitet auf dem Kissen. Sie sah so wunderschön aus, dass er sie fast eine halbe Stunde lang wie verzaubert betrachtet hatte.

Am nächsten Morgen vor ihrem Abflug nach Washington hatten sie zusammen gefrühstückt. Henry hatte sie wegen ihres schläfrigen Desinteresses gehänselt. Lachend hatte sie geantwortet, sie habe schon immer einen guten Schlaf gehabt. Wahrscheinlich liege das an ihrem guten Gewissen. Also hätten seine Einschlafschwierigkeiten vermutlich ihre Gründe, hatte sie mit einem spitzbübischen Grinsen hinzugefügt.

Er hatte gewitzelt, das alles sei ganz allein ihre Schuld. Er sei eben so verrückt nach ihr, dass es ihm wie Zeitverschwendung vorkäme, in ihrer Gegenwart auch nur ein

Auge zuzutun. »Keine Sorge, wir haben doch noch so viele Jahre vor uns«, hatte sie lächelnd gesagt.

Henry schüttelte den Kopf. Hatte das Schicksal es anders gewollt? *Oh, Sunday, werde ich dich je wiedersehen?*, dachte er bedrückt und wurde überwältigt von seinen Gefühlen.

Schluss damit, schalt er sich. Wenn du herumhockst wie ein Trauerkloß, bekommst du sie auch nicht zurück. Er drückte einen Knopf auf seiner Armlehne. Wenige Minuten später saßen ihm Marvin und Jack gegenüber.

Am liebsten hätte er es gesehen, wenn Marvin Klein in New Jersey geblieben wäre, falls die Entführer dort anriefen. Aber Marvin hatte ihn so lange angefleht, ihn mitzunehmen, bis er schließlich nachgegeben hatte. »Ich muss bei Ihnen sein, Sir«, hatte Marvin widersprochen. »Sims wird sich ums Telefon kümmern und uns jeden Anruf sofort weitergeben.«

»Sie wissen, dass Sie sich auf mich verlassen können, Sir«, hatte Sims gesagt, der seit Henrys zehntem Geburtstag vor vierunddreißig Jahren in Drumdoe als Butler fungierte. Obwohl Tränen in seinen Augen funkelten, war seine Stimme ruhig gewesen wie immer. Henry wusste, dass Sims Sunday sehr gern hatte.

Inzwischen war er froh, dass er Marvin mitgenommen hatte. Marvin war ein logisch denkender, vernünftiger Mensch, und genau das hatte Henry in diesem Augenblick bitter nötig. Nach seiner Wahl in den Senat vor fünfzehn Jahren hatte er Marvin – damals noch ein junger Praktikant – wegen dieser Qualitäten eingestellt.

»Die Entführer haben sich nicht mehr gemeldet, Sir«, erklärte Marvin, ohne dass Henry ihn danach gefragt hätte. »Die Telefonistin im Finanzministerium, die den bisher einzigen Anruf entgegennahm, hat sich zum Glück sofort an ihren höchsten Vorgesetzten gewandt. Deshalb konnte bis jetzt verhindert werden, dass der Vorfall an die Öffentlichkeit dringt.«

Jack Collins, Chef von Henrys Leibwächtern, hätte auch als Profi-Footballer durchgehen können. Er war ein Bär von einem Mann, der sich durch nichts so leicht aus der Ruhe bringen ließ. Aber jetzt, da es um Sunday ging, verlor auch er seinen Gleichmut. Als er die bislang bekannten Fakten für Henry zusammenfasste, waren ihm Zorn und Entrüstung deutlich anzuhören.

»Für die Entführung selbst gibt es keine Zeugen, Sir. Offenbar hatte man an Sundays ... ich meine, Mrs Britlands Auto und auch an den Wagen der Eskorte einen Sprengsatz angebracht, der mit einem Nervengasbehälter verbunden war. Vermutlich wurde die Explosion mit einer Fernbedienung ausgelöst. Die Entführer waren dann sehr rasch zur Stelle. Obwohl es mitten am Nachmittag geschah, hat niemand das Verbrechen beobachtet. Allerdings hatten viele Büros und Läden wegen des starken Schneefalls früher geschlossen, und es waren nicht viele Autos unterwegs.«

»Kann es sein, dass Sunday bei der Explosion verletzt wurde?«, fragte Henry.

»Wahrscheinlich nicht. Man glaubt, dass sie wie Art und Leo durch das Nervengas das Bewusstsein verlor. Die Explosion selbst war nicht so heftig. Nachdem der Sprengsatz losgegangen war, sind die Autos stehen geblieben, da das Gas die Insassen der beiden Fahrzeuge außer Gefecht gesetzt hat. Unsere Jungs wissen nur noch, dass ihnen schwindlig wurde und dass sie dann umgekippt sind.«

»Aber wie ist es möglich, dass jemand Zugang zu den Autos hatte, um die Gasbomben anzubringen? Werden die Fahrzeuge denn nicht bewacht?«

»Das wissen wir auch noch nicht genau, Sir. Es handelt

sich um einen Sprengsatz von ziemlich einfacher Bauart – mit ein paar Teilen aus einem Elektronikfachmarkt könnte jeder so ein Ding basteln. Mit dem Gas ist es natürlich etwas anderes. Es wird gerade analysiert, und wir haben noch keine Ahnung, woher es stammt. Sicher wurden die Sprengsätze am Unterboden der Autos angebracht, während sie auf dem bewachten Parkplatz des Capitols standen. Zum Befestigen diente ein simpler Magnet.«

»Und niemand hat etwas gesehen?«, fragte Henry.

»Bis jetzt konnten wir noch keine Zeugen auftreiben. Inzwischen haben wir erfahren, dass in der Wohnung eines Wachmanns eingebrochen wurde. Seine Uniform wurde gestohlen. Problematisch war wahrscheinlich auch, dass Mrs Britlands Auto so alltäglich aussieht. Es erregte keine Aufmerksamkeit, als es weiterfuhr«, erklärte der Geheimagent. »Wer zur Unfallstelle kam, kümmerte sich sofort um den anderen Wagen mit den beiden bewusstlosen Leibwächtern.«

Henry wusste, dass Sundays Auto mit den zwei anderen betäubten Leibwächtern in der Nähe des Lincoln Memorials gefunden worden war. Natürlich interessierte sich niemand für ein Fahrzeug, das aussah, als hätte man es bei einer Zwangsversteigerung erstanden. Dieser Trick war seine Idee gewesen. Keine Limousine, hatte er gesagt. Viel zu auffällig. Deshalb hatte er für Sunday einen gewöhnlichen Mittelklassewagen nach dem neuesten Stand der Technik ausrüsten lassen, der von außen wirkte wie eine alte Familienkutsche.

Warum musste ich bloß so clever sein und solche Spielchen treiben, dachte er. Ich hielt mich für wahnsinnig schlau. Ein folgenschwerer Fehler, eine Limousine am Straßenrand hätte sicher Aufmerksamkeit erregt.

Allerdings hatte sich Sunday genau so ein Auto gewünscht. Sie hätte sich geweigert, in einer Limousine bei ihren Eltern vorzufahren. Erschrocken fiel Henry ein, dass er Sundays Familie noch gar nicht informiert hatte. Daran führte kein Weg vorbei, beschloss er. Sie müssen es erfahren, und sie sollen es von mir hören. »Verbinden Sie mich mit Sundays Eltern«, wies er Klein an.

Es war eines der schwierigsten Telefonate seines Lebens, doch danach war ihm klar, woher Sunday ihre Courage hatte.

Das Läuten des Telefons riss ihn aus seinen Grübeleien. Henry schob Marvins ausgestreckte Hand weg und hob selbst ab. Es war Desmond Ogilvey, der ohne Präliminarien losredete: »Tut mir Leid, Henry, aber Sundays Entführer hat sich beim Sender CBS gemeldet. Dan Rather hat sich eben nach weiteren Informationen erkundigt. Da er über sämtliche Details Bescheid weiß, hat er eindeutig mit dem Täter gesprochen. Wir haben ihn gebeten, die Story noch nicht zu veröffentlichen, und er war einverstanden. Allerdings hat er uns gewarnt. Wenn irgendwo etwas durchsickert, kann er nicht länger warten.«

»Der Entführer hat es aber offenbar auf Publicity abgesehen. Sonst hätte er nicht Dan Rather angerufen«, widersprach Henry.

»Rather sagt, nein. Der Mann habe gemeint, er wolle ›die Integrität der Medien auf die Probe stellen‹ – was immer das heißen soll.«

»Wann kam der Anruf?«

»Vor knapp zehn Minuten. Ich habe mich umgehend mit Ihnen in Verbindung gesetzt. Wo sind Sie jetzt?«

»Wir landen gleich auf dem National Airport.«

»Kommen Sie sofort zu mir. Eine Polizeieskorte erwartet Sie.«

Zwanzig Minuten später standen Henry, Marvin Klein und Jack Collins vor der Tür des Oval Office. Des Ogilvey saß an seinem Schreibtisch. Hinter ihm an der Wand prangte das Präsidentensiegel. Der Finanzminister, der Justizminister und die Leiter von FBI und CIA hatten sich um den Präsidenten versammelt. Als Henry hereinkam, sprangen sie auf.

Es war zwanzig vor sechs. »Die Entführer haben sich wieder gemeldet, Henry«, sagte der Präsident. »Anscheinend macht es ihnen Spaß, Katz und Maus mit uns zu spielen. Sie haben noch einmal bei Rather angerufen und verlangt, dass ihre Forderungen im Fernsehen verlesen werden. Außerdem haben sie einen Beweis geliefert, dass Sunday sich tatsächlich in ihrer Gewalt befindet.«

Kurz wandte er den Blick ab und sah Henry dann direkt in die Augen. »Sundays Brieftasche und eine Locke ihres Haares wurden in einem versiegelten Plastikumschlag beim Delta-Schalter im National Airport abgegeben.« Desmond Ogilvey senkte die Stimme. »Henry, die Haare in dem Umschlag waren mit Meerwasser durchtränkt.«

Als Sunday spürte, wie ihr der Sack vom Kopf gezogen wurde, holte sie zuerst tief Luft und schlug dann die Augen auf, um den Entführer zu sehen. Allerdings war es dämmrig im Raum, und sie konnte nicht viel erkennen. Der Mann trug eine Art Mönchskutte, dessen Kapuze den Großteil seines Gesichtes verbarg.

Dann löste er die Stricke, mit denen sie an den Stuhl gefesselt war, ließ ihre Knöchel jedoch zusammengebunden. Er zog sie hoch, und da er ihr die Stiefel abgenommen hatte, spürte sie den kalten Betonboden unter ihren Füßen. Sunday stellte fest, dass der Mann sie um etwa zehn Zentimeter überragte. Seine dunkelgrauen Augen hatte einen verschlagenen, bösen Ausdruck, doch am meisten Angst machte Sunday ihr schlaues Funkeln. Sie bemerkte, wie stark seine Hände und Arme waren, als er sie herumdrehte und sagte: »Vermutlich möchten Sie die Toilette benutzen.«

Während sie voranstolperte, versuchte sie, ihre Lage zu beurteilen. Offenbar befand sie sich in einem Keller. Es war kalt, und es herrschte der stickige Modergeruch, wie er in Kellerräumen oft hängen bleibt. Der Boden war rissig und uneben. Außer dem Stuhl gab es noch einen tragbaren Fernseher mit Zimmerantenne.

Der Mann packte sie fest am Arm und führte sie durch den dunklen Raum. Sunday zuckte zusammen, als sie sich an einem vorstehenden Betonstück den Fuß anstieß. Sie wurde durch einen schmalen Flur gebracht, der an einer Treppe mündete. Dahinter befand sich eine Kammer, und durch die offene Tür konnte Sunday eine Toilette und ein Waschbecken erkennen.

»Meinetwegen dürfen Sie die Tür schließen, aber machen Sie keine Dummheiten«, sagte der Mann. »Ich warte draußen. Natürlich habe ich Sie durchsucht, als ich Sie herbrachte. Ich weiß, dass Frauen oft eine Waffe oder Reizgas bei sich haben.«

»Ich bin unbewaffnet«, antwortete sie.

»Das ist mir bekannt«, entgegnete er ruhig. »Vielleicht ist Ihnen noch nicht aufgefallen, dass ich Ihnen den Schmuck abgenommen habe. Ich muss sagen, es hat mich überrascht, dass bis auf den goldenen Ehering nichts Wertvolles dabei war. Ich hätte gedacht, ein wohlhabender Mann wie unser ehemaliger Präsident wäre großzügiger zu seiner hübschen jungen Frau.«

Sunday fiel der über Generationen vererbte Familienschmuck der Britlands ein, der nun ihr gehörte. »Mein Mann und ich halten nicht viel von Protz und Prunk«, erwiderte sie. Zu ihrer Erleichterung war sie bis auf die Muskelkrämpfe in Armen und Beinen unversehrt. Der

Gedanke, welche Ängste Henry wohl jetzt ausstand, machte sie wütend und verlieh ihr neuen Mut.

Sie betrat die winzige Toilettenkabine und spritzte sich Wasser ins Gesicht. Aus dem Heißwasserhahn kam nur ein dünnes Rinnsal, das sich jedoch unglaublich wohltuend auf ihrer Haut anfühlte. Von der Decke baumelte eine nackte Glühbirne – wahrscheinlich nicht mehr als fünfundzwanzig Watt, dachte sie. Das Licht reichte gerade, dass sie im abgestoßenen, beschlagenen Spiegel erkennen konnte, wie bleich und mitgenommen sie aussah. Sie wollte sich schon abwenden, als sie bemerkte, dass sich etwas an ihrem Äußeren verändert hatte. Was war es?

Es dauerte einen Moment, bis ihr klar wurde, dass der Entführer ihr an der linken Seite ungeschickt eine Haarsträhne abgeschnitten hatte.

Warum hat er das getan?, fragte sie sich.

Das Frösteln, das Sunday überfiel, hatte nichts mit dem kalten Raum zu tun. Ihr Entführer wirkte absolut seltsam, schien fast wie ein Roboter darauf programmiert, Anweisungen präzise auszuführen. Nur, dass er anscheinend von niemandem Befehle erhielt. Wer war er, und was versprach er sich von ihrer Entführung?

Es klopfte. »Ich würde vorschlagen, dass Sie sich beeilen, Frau Abgeordnete. Gleich kommt eine Sendung, die Sie bestimmt interessieren wird.«

Sunday stieß die verbeulte Tür auf. Der Mann in der Mönchskutte bot ihr fast höflich den Arm. »Ich will nicht, dass Sie hinfallen«, sagte er.

Als Sunday mühsam durch den Keller schlurfte, glaubte sie den Duft gebratenen Specks zu riechen. Hielt sich jemand oben im Haus auf? Sie hatten den Stuhl erreicht, und der Mann drückte sie herunter.

Dann fesselte er sie geschickt wieder an das Möbelstück, ließ allerdings diesmal ihre Arme frei. »Es ist halb sieben«, meinte er. »Bestimmt haben Sie Hunger. Aber zuerst möchte ich, dass Sie sich Dan Rathers Sendung ansehen. Ihnen zuliebe hoffe ich, dass er meine Anweisungen befolgt hat.«

Die CBS-Abendnachrichten begannen. Mit bedrückter Miene moderierte Rather die Titelstory an: »Die Kongressabgeordnete Sandra O'Brien Britland aus New Jersey, weithin bekannt als Sunday und Ehefrau des ehemaligen Präsidenten Henry Parker Britland ist entführt worden. Die Kidnapper verlangen die Freilassung des Terroristen Claudus Jovunet, der für Anschläge im In- und Ausland verantwortlich gemacht wird. Die Forderung lautet, Jovunet mit dem neuen Überschallflugzeug, nur mit den beiden Piloten bemannt, an einen noch unbekannten Ort zu fliegen. Die Entführer drohen, Ms Britland andernfalls in den Atlantik zu werfen. Ich habe mit Henry Britland gesprochen, der sich zurzeit bei seinem Amtsnachfolger Desmond Ogilvey im Oval Office aufhält. Er hat mir versichert, dass die Bedingungen erfüllt würden. Die Regierung der Vereinigten Staaten wird alles tun, um Ms Britland zu retten.«

Der Entführer lächelte. »Gewiss werden sie noch weiter über Sie berichten. Ich lasse den Fernseher laufen, während ich Ihr Essen hole. Viel Spaß.«

Sunday wandte sich dem Apparat zu. »Wir schalten um ins Weiße Haus, wo sich Henry Britland persönlich an die Entführer seiner Frau wenden wird«, sagte Rather.

Kurz darauf musste Sunday hilflos die Trauer und Angst im Gesicht ihres Mannes ansehen. Offenbar hatte sich die Lautstärke geändert, und sie beugte sich vor, um ihn zu verstehen.

Dann wurde Henrys verzweifelte Bitte von Gesang übertönt. Es klang wie zwei Stimmen, die eines Mannes und die einer alten Frau. Sunday konnte die Worte kaum ausmachen. »... blinde Mäuse ...«, hörte sie und erkannte das Lied.

»Und sie folgten alle der Farmersfrau«, ergänzte sie im Geiste.

Doch der gesungene Text lautete anders. Die Stimmen wurden lauter und näherten sich von der Treppe her.

»... und sie folgten der Präsidentenfrau, doch die war ertrunken im Meer, so blau ...«

Das Lied verstummte plötzlich, und sie hörte die Stimme ihres Entführers. »Das war sehr hübsch. Und jetzt geh wieder nach oben.«

Kurz darauf stand er mit einem kleinen Tablett vor ihr.

»Hunger?«, fragte er freundlich. »Mutter ist zwar keine besonders gute Köchin, aber sie gibt sich Mühe.«

Henry musste die Tränen unterdrücken, als er sich von der Kamera abwandte. Im sonst so unruhigen Presseraum war es unnatürlich still, und man konnte den Anwesenden ihr Mitgefühl deutlich ansehen.

Jack Collins musterte Henry voller Anteilnahme. Er fragte sich, ob sie alle hier im Raum wohl dasselbe dachten: Auch wenn Henry Parker Britland IV. einer der sympathischsten, klügsten, reichsten und charismatischsten Männer der Welt war, würde das Leben für ihn ohne Sunday den Sinn verlieren.

»Ich bin noch nie einem Mann begegnet, der so an seiner Frau hängt«, hörte Collins einen jungen Assistenten flüstern. Wie Recht du hast, dachte Jack. Gott hilf ihm, dass er diese Sache übersteht.

Präsident Ogilvey nahm Henry beim Arm. »Gehen wir ins Kabinettszimmer«, schlug er vor.

Ärgerlich wischte sich Henry die Tränen aus den Augen. Ich muss mich zusammennehmen, dachte er. Wenn ich mich nicht konzentriere und meinen Verstand benutze, werde ich Sunday nicht zurückbekommen. Und dann gibt es in meinem Leben keine Freude mehr.

Im Kabinettszimmer setzten sich die beiden Männer wie so oft während Henrys Amtszeit an den langen Tisch. Auch das ganze Kabinett, der oberste Stabschef und die Leiter von FBI und CIA hatten sich dort versammelt.

Präsident Ogilvey erteilte Henry das Wort: »Wir alle wissen, warum wir hier sind. Henry, übernehmen Sie.«

»Ich danke Ihnen dafür, dass Sie gekommen sind«, begann Henry entschlossen. »Ich kann Ihnen versichern, dass ich weiß, was in Ihnen vorgeht. Und ich danke Ihnen für Ihr Verständnis. Was den Aktionsplan betrifft, möchte ich Ihnen sagen, wie gerührt ich bin, dass der Präsident einverstanden ist, meine Frau gegen Jovunet auszutauschen. Außerdem ist mir klar, dass wir Jovunet sofort nach diesem Austausch wieder festnehmen müssen. Die Regierung der Vereinigten Staaten darf sich Terroristen und Geiselnehmern nicht beugen.«

Ein Assistent kam auf Zehenspitzen in den Konferenzraum und flüsterte dem Präsidenten etwas ins Ohr. Ogilvey hob den Kopf. »Henry, der britische Premierminister ist am Telefon. Er empfindet das tiefste Mitgefühl mit Ihnen und bietet uns seine Hilfe an.«

Henry nickte. Er musste an Sunday und seinen Besuch in London denken. Sie hatten im Claridge's übernachtet, und die Königin hatte sie zum Essen nach Schloss Windsor eingeladen. Er war so stolz auf Sunday gewesen, sie war die charmanteste und schönste Frau unter den Anwesenden. Sie waren so glücklich gewesen …

Auf einmal bemerkte Henry, dass Des immer noch mit ihm sprach. »Henry, Ihre Majestät möchte persönlich mit Ihnen reden. Der Premierminister sagt, die Königin sei sehr erschüttert. Sie wünsche sich eine Tochter wie Sunday.«

Henry nahm den hingehaltenen Telefonhörer, und kurz darauf vernahm er die Stimme der britischen Monarchin.

»Eure Majestät«, begann er.

Ein anderer Assistent flüsterte Präsident Ogilvey etwas zu: »Sir, wir haben den Staatschefs von Ägypten und Syrien versichert, dass Sie sie zurückrufen werden. Beide sagen, dass Ihnen nicht bekannt ist, dass terroristische Organisationen in ihren Ländern etwas mit der Entführung zu tun haben könnten. Außerdem bieten sie an, uns Elitetruppen zur Verfügung zu stellen, um Mrs Britland zu befreien. Selbst Saddam Hussein lässt mitteilen, er sei empört und wisse nicht, wer hinter diesem Anschlag steckt. Er hat uns versprochen, Jovunet – sofern er in den Irak käme – noch auf dem Flughafen enthaupten zu lassen, wenn Sunday bei dessen Landung noch nicht wohlbehalten zurück sei.«

»Auch andere Staatsoberhäupter haben sich gemeldet«, fuhr der Assistent fort. »Präsident Rafsanjani meinte, man dürfe aus Jovunets Bemerkung über den Kaviar keine voreiligen Schlüsse ziehen. Der Iran hat nichts mit diesem schändlichen Verbrechen zu tun. Bis jetzt scheint kein Land hinter Jovunet zu stehen, und es hat sich noch niemand bereit erklärt, ihn aufzunehmen.«

Ogilvey warf Henry einen Blick zu. Die Zeit wurde allmählich knapp.

Henry beendete gerade sein Gespräch mit der Königin. »Ich bin Ihnen für Ihre Besorgnis sehr dankbar, Majestät, und ich hoffe, dass Sunday und ich bald wieder die Ehre haben werden, mit Ihnen zu dinieren.«

Nachdem Henry das Telefon einem Assistenten übergeben hatte, sah er seinen Nachfolger an. »Des, ich weiß, was ich tun muss. Ich werde auf der Stelle mit Jovunet reden. Dann bringen wir ihn im Flugzeug vom Marion-Gefängnis hierher. Er ist die treibende Kraft hinter diesem Zwischenfall. Vielleicht bekomme ich aus ihm heraus, wer die Entführung geplant hat.«

»Eine ausgezeichnete Idee«, meinte der FBI-Direktor ernst. »Soweit ich weiß, kann Ihnen beim Verhandeln niemand das Wasser reichen, Sir.« Als er bemerkte, wie unpassend es war, in diesem Raum Vergleiche zwischen dem früheren und dem augenblicklichen Amtsinhaber zu ziehen, hielt er hüstelnd die Hand vor den Mund.

Der Speck war angebrannt und verkohlt, und der kalte, trockene Toast erinnerte Sunday an die miserablen Kochkünste ihrer Großmutter. Oma hatte darauf bestanden, einen altmodischen Toaster zu benutzen und gewartet, bis eine Rauchwolke darauf hinwies, dass der Toast gewendet werden musste. Wenn eine Seite zu stark verbrannt war, hatte sie das Schwarze über dem Waschbecken abgekratzt und die Überreste stolz auf einen Teller gelegt.

Aber Sunday hatte Hunger. Das Essen war zwar abscheulich, doch es machte wenigstens satt. Immerhin war der Tee sehr stark, genau so, wie sie ihn mochte. Dank des Getränks wurde ihr Kopf klarer. Sie fühlte sich nicht mehr wie in einem Traum, und ihr wurde bewusst, in was für einer gefährlichen Lage sie steckte. Es war weder ein Albtraum noch ein schlechter Witz. Der Mann in der Mönchskutte hatte es – entweder allein oder mit einigen Komplizen – geschafft, ihr Auto zu manipulieren, obwohl es stets auf dem bewachten Parkplatz stand. Darüber hinaus war es ihm gelungen, ihre erfahrenen Leibwächter außer Gefecht zu setzen und sie selbst zu entführen. Offenbar war er sehr kühn und intelligent.

Das Verbrechen war vermutlich kurz nach drei Uhr nachmittags geschehen. Dan Rathers Sendung war um halb sieben, also musste es inzwischen gegen sieben Uhr sein. Das hieß, dass sie etwa ein oder zwei Stunden bewusstlos gewesen war. Aber wo befand sie sich? Wie weit entfernt war dieser Keller vom Tatort? Sunday überlegte, dass sie sich noch in der Nähe von Washington befinden musste. Wenn man die Witterungsbedingungen in Betracht zog, konnte ihr Entführer in dieser Zeit keine allzu große Strecke zurückgelegt haben.

Aber wo bin ich? Und was ist das für ein Gebäude? Hat er mich in sein Haus gebracht? Das konnte durchaus sein. Wie viele Leute sind an dieser Entführung beteiligt? Bis jetzt hatte Sunday nur den Mann in der Mönchskutte gesehen und die Stimme einer offenbar älteren Frau gehört. Doch das bedeutete noch lange nicht, dass es keine weiteren Komplizen gab. Es war zwar möglich, aber unwahrscheinlich, dass der Mann sie allein entführt hatte. Allerdings war er ziemlich kräftig und hätte sie auch allein aus dem Auto heben und in seinen Wagen laden können.

Und dann fiel ihr die wichtigste Frage von allen ein: *Was werden sie mit mir machen?*

Sie betrachtete das Tablett mit der Tasse und dem Teller, das noch auf ihrem Schoß stand. Wie gerne hätte sie sich hinuntergebeugt und es auf den Boden gestellt. Der dumpfe Schmerz in ihrer Schulter wurde schlimmer, was sicher auch daran lag, dass sie mit einer Wäscheleine in einem feuchtkalten Keller an einen Stuhl gefesselt war. Bestimmt hatte sie bei dem Sturz von Applebey doch mehr als einen bloßen Bluterguss davongetragen. Warum hatte sie die Verletzung bloß nicht röntgen lassen? Vielleicht handelte es sich ja um einen Haarriss im Knochen …

Moment mal, dachte sie. Ich mache mir Sorgen um

meine Schulter, obwohl ich vielleicht gar nicht mehr lang genug leben werde, dass sie abheilen kann. Die Entführer werden mich nicht freilassen, ehe Jovunet an seinem Zielort eingetroffen ist. Und selbst wenn er in Freiheit ist, heißt das noch lange nicht, dass ich gerettet bin.

»Frau Abgeordnete.«

Sundays Kopf fuhr herum. Der Entführer stand in der Tür. Sie hatte ihn nicht kommen hören. Wie lange beobachtete er sie wohl schon?

»Eine kleine Mahlzeit wirkt Wunder«, sagte er amüsiert. »Besonders nach dem Medikament, das ich Ihnen verabreichen musste. Möglicherweise haben Sie leichte Kopfschmerzen, aber keine Angst, sie sind bald vorbei.«

Als er sich näherte und ihr fast zärtlich die Hände auf die Schultern legte, zuckte sie zusammen. »Sie haben sehr schönes Haar«, stellte er fest. »Hoffentlich muss ich nicht noch mehr abschneiden, um Ihren Mann und seine Freunde zu überzeugen, dass ich es todernst meine. Und jetzt nehme ich Ihnen das Tablett ab.«

Er stellte es auf den Fernseher. »Hände auf den Rücken«, befahl er.

Sunday blieb nichts anderes übrig.

»Ich werde die Knoten nicht zu fest zuziehen«, sagte er. »Und melden Sie sich, wenn Ihnen die Beine einschlafen. Schließlich wäre es unangenehm, wenn ich Sie zum Übergabeort tragen müsste, nachdem unser Mann wohlbehalten sein Ziel erreicht hat.«

»Warten Sie«, unterbrach ihn Sunday. »Sie haben noch meine Jacke, und es ist kalt hier. Darf ich sie anziehen?«

Es war, als hätte er sie nicht gehört, denn er fuhr einfach fort, sie zu fesseln. Sunday biss die Zähne zusammen, als ihr ein scharfer Schmerz durch die Schulter schoss.

Trotz des Dämmerlichts hatte der Entführer ihre Reaktion offenbar bemerkt. »Ich möchte Ihnen keine unnötigen Schmerzen zufügen«, meinte er. »Ich lockere die Fesseln ein wenig. Und Sie haben Recht, es ist ziemlich kalt hier unten. Ich werde Sie in eine Decke einwickeln.«

Dann bückte er sich und hob etwas vom Boden auf. Sunday unterdrückte den Widerspruch, der ihr auf der Zunge lag. Es war der schmutzige Sack, der beim Aufwachen über ihren Kopf gestülpt war. Der Mann behandelte sie zwar seltsam höflich, aber sie traute ihm nicht. Etwas stimmte daran nicht, und sie hatte das unbehagliche Gefühl, dass er nur mit ihr spielte. Sie befürchtete, dass ein schreckliches Schicksal sie erwartete. Beim Gedanken an den muffigen Sack über ihrem Gesicht hätte sie am liebsten geschrien, aber sie beherrschte sich. Sie gönnte diesem Mann nicht die Genugtuung, sie jammern zu sehen.

Stattdessen fragte sie so ruhig wie möglich: »Warum ist das nötig? Hier gibt es sowieso nicht viel zu sehen, und es ist niemand da, zu dem ich Blickkontakt aufnehmen könnte.«

Offenbar fand der Entführer das amüsant, denn er verzog den Mund zu einem zynischen Lächeln. Er hatte kräftige, unregelmäßige Zähne. »Vielleicht macht es mir einfach Spaß, Sie zu verwirren«, neckte er. »Das passiert nämlich, wenn man jemandem die Augen verbindet.«

Das Licht der nackten Glühbirne fiel auf seine Hände. Und bevor der Sack über Sundays Kopf glitt und sie nichts mehr sehen konnte, bemerkte sie den großen goldenen Siegelring des Mannes. Das Schmuckstück hatte nichts Außergewöhnliches an sich – bis auf ein kleines Loch in der Mitte, so als ob der Stein herausgefallen wäre.

Sie zwang sich, ruhig durchzuatmen, als ihr der Sack auf die Schultern fiel. In ihrem ersten Semester war sie wegen der Klaustrophobie, die sie von ihrem Vater geerbt hatte, in Therapie gewesen.

Sunday versuchte, sich die Sitzungen ins Gedächtnis zu rufen, aber sie konnte sich nicht auf die Übungen konzentrieren. Ständig musste sie an den Ring denken.

Sie hatte ihn schon einmal gesehen. Aber wo?

Um halb zehn Uhr abends gingen Henry und Jack Collins, flankiert von vier Justizbeamten, einen langen, schäbigen Flur entlang. Er führte zu dem kleinen Besucherraum, der dem gefährlichsten Insassen von Marion vorbehalten war.

Marion war ein Bundesgefängnis für Schwerverbrecher. Henry hatte das unheimliche Gefühl, dass die Schreie ihrer Opfer von den dicken, undurchdringlichen Mauern des Gebäudes widerhallten.

Sunday ist Claudus Jovunets Opfer, dachte Henry. Und ich ebenfalls. Die Wachen blieben an einer Stahltür stehen, die sich öffnete, nachdem einer von ihnen eine Zahlenkombination in die Schließvorrichtung eingetippt hatte.

Jovunet saß an einem eisernen Tisch. Henry kannte ihn von den Fotos, die die Zeitungen nach seiner Verhaftung abgedruckt hatten. Außerdem hatte er das Interview mit ihm in *60 Minutes* gesehen, wo er prahlerisch und arrogant aufgetreten war. Glücklicherweise hatte der schlagfertige Moderator Lesley Stahl Jovunet keine Chance gelassen, sich mit seinen Taten zu brüsten. Heute trug Jovunet schäbige Gefängniskleidung, ein himmelweiter Unterschied zu dem geckenhaften Stil, den er in Freiheit bevorzugt hatte. Trotz der Ketten an Händen und Füßen strahlte er Ruhe und Gelassenheit aus. Und merkwürdigerweise machte er irgendwie den Eindruck, als hätte er alles im Griff.

Sein Mondgesicht zeigte bereits die ersten Ansätze von Hängebacken, seine hellblauen Augen funkelten fröhlich, und seine schmalen, rosigen Lippen waren zu einem Dauerlächeln verzogen. Henry fühlte sich auf Anhieb von ihm abgestoßen.

Während des Flugs nach Ohio hatte Henry eine Zusammenfassung von Jovunets umfangreicher Akte gelesen. Niemand wusste genau, woher er stammte. Inzwischen war er sechsundfünfzig und behauptete, in Jugoslawien geboren zu sein. Er beherrschte fünf Sprachen fließend. Als Jugendlicher hatte er Waffen nach Afrika geschmuggelt und später in verschiedenen Ländern als Auftragskiller gearbeitet. Er hatte keine Freunde und besaß die Fähigkeit, sein Äußeres so zu verändern, dass er nicht wiederzuerkennen war. Auf manchen Fotos wirkte er rundlich, auf manchen durchtrainiert, auf manchen wie ein einfacher Farmarbeiter und auf anderen wiederum aristokratisch elegant.

Nur seine Liebe zu Designerkleidung hatte er nie verleugnen können, und sie war ihm schließlich zum Verhängnis geworden – man hatte ihn bei einer Calvin-Klein-Modenschau verhaftet.

Bei Henrys Anblick riss Jovunet die Augen auf. »Mr President!«, rief er aus und vollführte eine großartige Verbeugung, soweit die Ketten es zuließen. »Was für eine schöne Überraschung. Verzeihen Sie, dass ich nicht aufstehe, aber unter den gegebenen Umständen ist mir diese Respektsbezeugung leider nicht möglich.«

»Halten Sie den Mund«, entgegnete Henry ruhig. Seine Hände waren zu Fäusten geballt. Am liebsten hätte er auf Jovunets grinsendes Gesicht eingeprügelt und ihn so lange gewürgt, bis er verriet, wo Sunday gefangen gehalten wurde.

Jovunet seufzte. »Und dabei wollte ich nur höflich sein.

Gut, ich gebe mich geschlagen. Was möchten Sie wissen? Mir ist klar, dass viele meiner vergangenen Aktivitäten sogar den Augen Ihrer aufdringlichen Medien verborgen geblieben sind. Da es sich offenbar nicht um einen Freundschaftsbesuch handelt, brauchen Sie vermutlich meine Unterstützung, die ich Ihnen natürlich gerne zur Verfügung stelle – vorausgesetzt, es springt etwas für mich heraus.«

»Sie bekommen, was Sie verlangt haben. Das neue Überschallflugzeug wird Sie ungehindert an einen Ort Ihrer Wahl bringen. Außerdem werden wir all Ihre weiteren Forderungen erfüllen. Allerdings nur, wenn der Austausch nach unseren Bedingungen erfolgt.«

Ein verwirrter Ausdruck huschte über Jovunets Gesicht. »Machen Sie Witze?«, fragte er. Dann wurde seine Miene nachdenklich. »Gut, Mr President. Und wie genau lauten Ihre Bedingungen?«

Henry spürte, wie Jack Collins' kräftige Hand fest seinen Arm umfasste. Bis jetzt hatte Collins ihn noch nie berührt. Er will mir sagen, dass ich mich zusammennehmen soll, dachte er. Und er hat Recht.

»Ich bin ausgebildeter Pilot und kann das Überschallflugzeug fliegen. Ich und nur ich allein werde Sie an Ihr Ziel bringen. Sie werden die Maschine nicht verlassen, bis meine Frau frei ist und wohlbehalten meinen Leuten übergeben wurde. Anderenfalls wird das Flugzeug mit uns beiden an Bord in die Luft gesprengt. Ist das klar?«

Jovunet saß eine Weile schweigend da und überlegte. »Ach, die Macht der Liebe«, sagte er schließlich kopfschüttelnd.

Henry starrte den Mann an und bemerkte, dass die Mundwinkel seines Gegenübers zuckten. Ungläubig wurde ihm klar, dass Jovunet ihn auslachte. Und mir bleibt nichts anderes übrig, als ihn anzubetteln und zu hoffen, dass er einverstanden ist, dachte er. Angewidert sah er Schweißperlen auf Jovunets Stirn. Und dabei war es doch ziemlich kühl im Raum.

Wo wurde Sunday festgehalten?, fragte er sich. In einer Zelle wie dieser hier? Den ganzen Tag war es bitterkalt gewesen. Musste sie frieren?

Henry zwang sich, sich auf den Mann zu konzentrieren, der ihm gegenübersaß. Anscheinend dachte Jovunet über die gestellten Bedingungen nach.

»Da wäre noch etwas«, sagte Jovunet schließlich langsam.

Henry wartete ab.

»Ebenso wie Sie möchte ich nicht, dass Ihrer Frau etwas zustößt. Ich hatte zwar noch nie die Ehre, sie kennen zu lernen, aber wie jeder in unserem schönen Land habe ich die Presseberichte über Ihre Traumhochzeit verfolgt. Wenn die Medien Recht haben, muss sie eine bewundernswerte Person sein. Allerdings ist Ihnen sicher bewusst, dass die Möglichkeiten eines Menschen in meiner Lage begrenzt sind. Darf ich fragen, um welche Zeit wir abfliegen?«

Henry war klar, wie viel davon abhing, dass Jovunet ihm glaubte. »Bevor meine Frau heute Nachmittag entführt wurde, berichtete die *Washington Post,* dass vor dem geplanten Jungfernflug der Maschine am Freitagvormittag noch einige kleinere Reparaturen vorgenommen werden müssten. Das wird den ganzen morgigen Tag in Anspruch nehmen. Anstelle des Jungfernflugs werde ich am Freitagmorgen um zehn starten.«

Jovunet betrachtete ihn nachsichtig. »Überlegen Sie mal, wie viele Kameras, Abhörgeräte und Satellitenchips Sie während dieser kleinen Reparaturarbeiten einbauen können«, meinte er mit einem Seufzer. »Aber das spielt ja eigentlich keine Rolle.« Sein Lächeln verschwand. »Ich bestehe darauf, sofort nach Washington verlegt zu werden. Sie werden mich in einem gesicherten Haus unterbringen, von denen Sie ja einige in der Gegend haben, nicht etwa in einem Gefängnis. Von dieser Art Unterkunft habe ich nämlich inzwischen die Nase voll.«

»Genau das war auch unsere Absicht«, entgegnete Henry kühl. »Während Ihres Aufenthalts in dem Haus werden Sie auf Video aufgenommen – Sie werden Ihre Komplizen warnen, dass meiner Frau kein Haar gekrümmt werden darf. Wir verlangen unsererseits einen Videofilm, auf dem wir sehen können, dass sie wohlauf ist. Das Ultimatum läuft morgen Nachmittag um drei ab.«

Jovunet nickte geistesabwesend und warf dann einen abfälligen Blick auf seine Gefängnisuniform. »Da wäre noch eine Kleinigkeit. Wie Sie sicherlich wissen, habe ich eine Schwäche für elegante Kleidung. Da meine sorgfältig zusammengestellte Ausstattung inzwischen verschollen ist, verlange ich eine komplette neue Garderobe. Vor allem angesichts dessen, dass der Ort, an den ich mich begeben werde, nicht gerade für seine Modesalons bekannt ist. Besonders bevorzuge ich Calvin Klein und Giorgio Armani. Die Sachen müssen aus ihrer letzten Kollektion stammen. Außerdem brauche ich einige gute Schneider, die besagte Kleidungsstücke bis Freitagvormittag nach meinen Vorgaben ändern. Bevor Sie gehen, können Sie sich bei der Gefängnisverwaltung über meine genauen Maße informieren. Meine neue Garderobe soll in einem Vuitton-Koffer und dazu passenden Reisetaschen zum Flugzeug gebracht werden.« Er hielt inne und sah Henry an. Ein Lächeln spielte um seine Lippen. »Habe ich mich klar genug ausgedrückt?«

Bevor Henry Gelegenheit zu einer Antwort hatte, grinste Jovunet breit. »Das sollte Sie eigentlich nicht überraschen. Oder haben Sie vergessen, unter welchen Umständen ich das letzte Mal festgenommen wurde? Die Calvin-Klein-Modenschau?« Er lachte auf. »Wie peinlich! Und dabei war die Show nicht einmal interessant. All die Unterwäsche: Manchmal glaube ich, der liebe Calvin lässt langsam nach.«

Henry ertrug es nicht mehr. Keine zehn Sekunden länger hielt er es in ein und demselben Raum mit diesem Mann aus! »Wir sehen uns morgen in Washington«, sagte er. Beim Hinausgehen spürte er Collins' Atem im Nacken. Er fürchtet, ich könnte diesen Kerl umbringen, dachte Henry. Während die Stahltür sich hinter ihnen schloss, hörten sie, wie Jovunet ihnen noch eine letzte Forderung nachrief: »Ach, und vergessen Sie den Dom Pérignon und den Kaviar nicht, Mr President. Viel Kaviar. Selbst in einem Überschallflugzeug wird es eine lange Reise.«

Jetzt musste Jack Collins Henry tatsächlich festhalten, um ihn daran zu hindern, sich auf den Gefangenen zu stürzen. Glücklicherweise fiel in diesem Augenblick die Tür zu, sodass Claudus Jovunet nicht mehr zu sehen und zu hören war. »Mr President«, beteuerte Collins. »Wenn etwas schief geht, kaufe ich mir den Kerl.«

Aber Henry war in Gedanken woanders. »Kaviar?«, sagte er. »Das mit dem Kaviar muss irgendeine Bedeutung haben. Ist schon bekannt, in welchem Land er Zuflucht suchen will?«

Nachts wurde Sunday von einem grellen Lichtblitz, der den Sack über ihrem Kopf durchdrang, aus einem unruhigen Schlaf gerissen.

»Ich mache nur ein Foto von Ihnen«, sagte der Entführer leise. »Sie sehen so schrecklich verkrampft und hilflos aus. Großartig. Bestimmt bricht es Ihrem Mann das Herz, wenn er sieht, in welcher Lage Sie sich befinden.«

Er nahm ihr den Sack ab. »Nur noch eins, dann können Sie weiterschlafen.«

Sunday blinzelte, um die hellen Punkte zu verscheuchen, die ihr nach dem zweiten Lichtblitz vor den Augen tanzten. Sie bemerkte, dass die Glühbirne an der Decke irgendwann in der Nacht abgeschaltet worden war. Als der Mann sie nun wieder anknipste, blendete sie sogar deren schwacher Schein. Sundays Vorsatz, Ruhe zu bewahren, verflog. Wütend funkelte sie den Entführer an. »Eins sage ich Ihnen: Falls ich hier jemals lebend rauskomme, sollten Sie besser bei Ihrem Terroristenfreund im Flugzeug sitzen. Und wenn Sie verhaftet werden, sorge ich persönlich dafür, dass Sie in dem allerstrengsten Gefängnis landen, das wir finden können.«

Wieder ein greller Lichtblitz.

»Tut mir Leid. War keine Absicht. Aber Ihr Mann soll sehen, wie verstört Sie sind«, sagte er.

Irrtum, dachte Sunday. Ich bin nicht verstört, sondern stinksauer. Erst kürzlich hatte Henry eine Kostprobe ihres Temperaments bekommen, als sie ihm einen Vortrag über die Unmenschlichkeit der Fuchsjagd gehalten hatte. Wenn sie so richtig in Wut geriet, musste man sich warm anziehen.

Falls Henry das letzte Foto bekommt, wird er wissen, dass ich noch nicht am Ende bin, beruhigte sich Sunday.

»Offenbar setzt Ihr Mann Himmel und Hölle in Bewegung, um Sie zu retten«, sprach der Entführer weiter. »Im Radio und im Fernsehen heißt es, dass Claudus Jovunet in die Gegend von Washington gebracht wird. Um elf Uhr vormittags wird man Videoaufnahmen von ihm senden. Außerdem verlangt man ein Videoband von Ihnen. Man will sichergehen, dass Sie wohlauf sind.«

Er betrachtete die Polaroidbilder. »Sehr gut. Diese hier

gemeinsam mit einer Tonbandkassette dürften Ihren Mann und die Regierung davon überzeugen, dass Sie unversehrt und am Leben sind, wenn man Ihre Lage auch nicht als angenehm bezeichnen kann.«

Als er ihr wieder den rauen Sack über den Kopf stülpte, schloss sie die Augen. Sie überlegte fieberhaft. Wenn sie Henry jemals wiedersehen wollte, musste sie sich selbst helfen. Sie ahnte, dass der Entführer mit ihr und Henry Katz und Maus spielte und dass dieses Spiel mit ihrem Tod enden würde. Er schien überhaupt nicht an Politik interessiert. Er gab weder die sonst bei solchen Entführungen üblichen Hasstiraden gegen die Regierung von sich, noch versuchte er, sein Handeln und sein Ziel, Jovunet freizulassen, irgendwie zu rechtfertigen. Ja, er spielte Katz und Maus, und die Rolle der Maus gefiel Sunday gar nicht.

Aber was sollte sie tun? Gefesselt und mit verbundenen Augen blieben ihr nur wenige Möglichkeiten. Doch mochte ihre körperliche Beweglichkeit auch eingeschränkt sein, ihr Gehirn konnte niemand in Fesseln legen. Wieder fiel ihr der Ring am Finger des Entführers ein. Ganz bestimmt hatte sie ihn schon einmal gesehen. Aber wo? Und wann? An der Hand dieses Mannes oder bei jemand anderem?

Nacheinander stellte sie sich alle Menschen vor, die als Besitzer des Rings in Frage kamen. Mitarbeiter des Kongresses? Lächerlich. Außerdem schien das Ereignis, an das sie dachte, länger zurückzuliegen. Lieferanten? Jemand vom Hauspersonal in New Jersey? Nein. Ich kenne Henry erst seit knapp einem Jahr, überlegte Sunday. Und all seine Mitarbeiter sind schon seit Ewigkeiten bei ihm.

Aber wer dann?

Irgendwann werde ich dahinter kommen, schwor sie sich.

Du musst dich beeilen, warnte eine innere Stimme. Die Zeit wird knapp.

Werde ich das hier überstehen?, schoss es ihr durch den Kopf. Werde ich Henry wiedersehen? Kurz wurde Sunday von Verzweiflung überwältigt. Wie gerne wäre sie jetzt mit Henry zu Hause in Drumdoe. In einem provençalischen Kochbuch hatte sie ein wunderbares Rezept für Knoblauchhuhn gefunden, das sie am Wochenende hatte ausprobieren wollen. Seit sie als Studentin in einem Imbiss gejobbt hatte, war sie eine begeisterte Köchin und hatte sogar einige Kochkurse besucht. Und wenn Henrys langjähriger Koch seinen freien Abend hatte, übernahm sie das Kommando am Herd.

Außerdem wurde sie heute Morgen auf einer Ausschusssitzung erwartet. Das Gesetz über die Gesundheitsfürsorge für Kinder illegaler Einwanderer sollte noch einmal erörtert werden. Es versetzte Sunday in Rage, dass ausgerechnet der Mann, der die medizinische Versorgung dieser Kinder abgeschafft sehen wollte, ständig Fotos seiner Enkel herumzeigte. Daraus hatte Sunday ihm eigentlich einen Strick drehen wollen.

Aber zuerst musste sie fliehen oder zumindest etwas zu ihrer Flucht beitragen. Gott hilft denen, die sich selbst helfen, sagte sie sich. Das war der Wahlspruch ihres Vaters.

Und Gott möge denen helfen, die erwischt wurden! Das war ihr häufig durch den Kopf gegangen, als sie früher versucht hatte, ihre Mandanten freizubekommen. Sie holte tief Luft.

Jetzt hab ich's, überlegte sie. Ich habe diesen Ring nicht in Drumdoe oder in Washington gesehen, sondern vor vielen Jahren, als ich Pflichtverteidigerin war. Einer meiner Mandanten hat ihn getragen.

Doch welcher? Welcher der vielen hundert Angeklagten, die sie in diesen sieben Jahren vertreten hatte, war der Besitzer des dicken Siegelrings mit dem Loch in der Mitte?

Inzwischen war sie hellwach und ging im Geiste die verschiedenen Fälle durch. Nachdem sie sich den letzten ins Gedächtnis gerufen hatte, schüttelte sie den Kopf. Sie war überzeugt, dass sie ihren Entführer nie verteidigt hatte. Aber was den Ring betraf, war sie sich absolut sicher. Vielleicht war es nicht der identische Ring gewesen. Handelte es sich möglicherweise um das Erkennungszeichen einer Terroristengruppe? Doch ich hatte nie einen Fall, in dem es um Terrorismus ging. Wieder fiel ihr ein, wie unpolitisch ihr der Mann vorkam. Gut, also ist er kein Terrorist, und er war nie einer meiner Mandanten, dachte sie. Wer ist er bloß?

Wo hat Sunday wohl die letzte Nacht verbracht?, fragte sich Henry, als er am nächsten Morgen um elf das Kabinettszimmer des Weißen Hauses betrat. Sofort fiel ihm auf, dass die Stimmung noch gedrückter war als am Vortag. Außer Des Ogilvey, dem gesamten Kabinett und den Leitern von CIA und FBI waren zwei weitere Männer anwesend: der Führer der Mehrheit im Senat und der Sprecher des Repräsentantenhauses. Immer auf der Suche nach Publicity, schoss es ihm durch den Kopf. Henry hielt von beiden Politikern nicht besonders viel.

In der Nacht hatte es ein wenig geschneit, und im Wetterbericht hieß es, dass kurz vor dem Wochenende, wahrscheinlich am Freitag, ein heftiges Unwetter erwartet wurde. Bitte, lieber Gott, mach, dass wir starten können, betete Henry. Je länger sich Sunday in der Gewalt der Entführer befindet, desto höher liegt die Wahrscheinlichkeit, dass etwas schief geht.

Er erinnerte sich an das gestrige Gespräch mit Jovunet,

den er von ganzem Herzen verabscheute. Warum die widersprüchlichen Aussagen über den Kaviar?, fragte er sich wieder. Es war zwar nur eine Kleinigkeit, konnte aber durchaus von Bedeutung sein. Henry war von dem gesicherten Haus, wo sich Jovunet – umringt von Schneidern – vergnügt an Champagner und Beluga-Kaviar gütlich tat, direkt in das Kabinettszimmer geeilt. Dass Sundays Entführer ausdrücklich Anweisung gegeben hatten, den Kaviar zu streichen, ergab keinen Sinn – außer diese Botschaft hatte eine verborgene Bedeutung. Er schüttelte den Kopf. Trotz seiner jahrelangen Erfahrung waren ihm solche Spielchen neu. Offenbar gab es keine Regeln, und es konnte alles Mögliche geschehen.

Henry bemerkte, dass er schon vor seinem Platz stand und alle ihn erwartungsvoll ansahen. »Mr President«, sagte er. »Entschuldigen Sie die Verspätung.«

Desmond Ogilvey, sonst das Sinnbild der Geduld, der sich durch nichts aus der Ruhe bringen ließ, entgegnete gereizt: »Henry, ich sage Ihnen das in Gegenwart derer, die es sicher rasch an die Presse weitergeben werden …« Er hielt inne und warf dem Sprecher des Repräsentantenhauses einen finsteren Blick zu, »… lassen Sie mir gegenüber die Formalitäten, außer Sie wollen scherzen. Von Jugend an hatte ich großen Respekt für die Regierung und die Politik. Doch was ich über das Präsidentenamt weiß, habe ich von Ihnen gelernt.«

Und von Sunday habe ich gelernt, was Glück bedeutet, dachte Henry.

Desmond Ogilvey faltete die Hände vor sich auf dem Konferenztisch – es war genau die Pose, die die Karikaturisten der Nation liebten. »Ich glaube, wir alle sind, was die Situation betrifft, auf dem Laufenden«, begann er. »Die Überschallmaschine wird gerade mit den besten technischen Gerätschaften ausgerüstet. Natürlich ist das Ziel,

Jovunet zu überwachen, damit wir über all seine Aktivitäten informiert sind. Wenn alles nach Plan geht und Jovunet vielleicht in einem Dschungel landet, werden wir nicht nur genau wissen, auf welchem Baum er sitzt, sondern auch auf welchem Ast. Ihn zu orten sollte kein Problem darstellen.«

Ogilvey schlug mit der Hand auf den Tisch. »Eine Schwierigkeit ist damit allerdings noch nicht aus der Welt geschafft. Trotz aller Unkenrufe waren unsere Superdetektive wieder einmal auf Zack: In sämtlichen Geheimdienstberichten heißt es einstimmig, dass kein Land – weder unsere Verbündeten noch unsere Gegner – bereit ist, Jovunet Zuflucht zu gewähren. Ganz im Gegenteil: Die meisten sagen, sie würden das Flugzeug lieber explodieren sehen als zuzulassen, dass dieser Mann auch nur einen Fuß auf ihr Staatsgebiet setzt. Leider müssen wir daraus den Schluss ziehen, dass sich in irgendeinem Land eine unerwartete Revolution zusammenbraut, die die dortige Regierung stürzen und eine Gefährdung der internationalen Sicherheit bedeuten könnte.«

Bedrückt hörte Henry zu. Er fühlte sich, als sehe er hilflos zu, wie Sunday durch einen reißenden Strom schwamm.

»Deshalb«, fuhr Desmond Ogilvey fort, »müssen wir davon ausgehen, dass irgendwo ein nationaler Notstand droht und dass in einem Land ein Aufstand ausbrechen könnte, dessen Warnsignale uns entgangen sind.« Als er dem Direktor des CIA bei den letzten Worten einen Blick zuwarf, erbleichte dieser sichtlich. Dann schaute Ogilvey zu seinem Vorgänger und verkündete: »Ich weiß nicht, wie ich es Ihnen sagen soll, doch Ihre Frau, die hoch geschätzte Kongressabgeordnete aus New Jersey, befindet sich offensichtlich in den Händen eines unbekannten Feindes. Ich befürchte, uns bleibt nur übrig zu warten, bis sich die Geiselnehmer zu erkennen geben.«

Henry sprang auf. »Des, ich muss mir den Text ansehen, den Jovunet auf Video verlesen will.«

Als er den Raum verlassen wollte, hielt Ogilvey ihn zurück. »Henry«, schwor er. »Wir haben alle uns zur Verfügung stehenden Mittel mobilisiert, um sie zu befreien.«

Aber es wird nichts nützen, dachte Henry. Wir haben zwar keine andere Wahl, aber irgendetwas sagt mir, dass wir einen entsetzlichen Fehler machen.

Er fing an überzuschnappen. Sunday stellte fest, dass sich das Verhalten ihres Entführers allmählich änderte. Sie hörte, wie er oben auf der Treppe die Frau anschrie, die er Mutter nannte. War sie wirklich seine Mutter, oder gehörte es auch nur zum Spiel? Genauso wie die Mönchskutte, dachte sie. Die Verkleidung sieht aus, als hätte er sie vom Kostümverleih.

Der Lärm hatte sie aufgeweckt, und sie fragte sich, wie spät es wohl sein mochte. Seit er sie fotografiert hatte, waren bestimmt einige Stunden vergangen. Hatte Henry die Bilder schon erhalten? Würde er die Wut in ihrem Gesicht erkennen und wissen, dass sie immer noch um ihre Freiheit kämpfte? Dass sie noch lange nicht bereit war, aufzugeben?

Sie zwang sich, nicht auf die grässlichen Schmerzen in Schulter und Oberarm zu achten. Warum war der Arm nicht einfach eingeschlafen wie ihre Beine, sodass sie nichts spürte? Ich habe keine Durchblutung mehr, überlegte sie. Wenn Henry hier wäre, würde er …

Sie schüttelte den Kopf. Daran durfte sie nicht denken. Die Vorstellung, wie Henry die Fesseln durchschnitt, sie in seine Arme hob, ihr sanft die schmerzenden Beine massierte, bis das Blut wieder zu fließen begann … all das war im Augenblick nicht mehr als ein schöner Traum, und sie riskierte, die Fassung zu verlieren, wenn sie ihm weiter nachhing. Sie musste stark sein und den Kampf auf Leben und Tod aufnehmen. Und falls sie unterliegen sollte, würde sie ihrem Gegner zuvor noch so viel Schaden wie möglich zufügen.

Bei ihrer geistigen Parade der Fälle, die sie in sieben Jahren bearbeitet hatte, war sie mittlerweile im vierten Jahr angelangt. Nur die wichtigsten Fälle, verbesserte sie sich. Halbstarke, die sich mit dem Rausschmeißer einer Kaschemme angelegt hatten, gehörten nicht auf diese Liste.

Zum Glück habe ich ein ausgezeichnetes Gedächtnis, beruhigte sich Sunday, während sie den Kopf schüttelte, um den rauen Sack zu lösen, der ihr an der Stirn klebte. Mutter sagte immer, ich sei darin wie ihre Tante Kate. »Sie hat eine gute Beobachtungsgabe, und ihr entging nichts«, hatte Mom Henry erklärt, als sie ihn in die Familiengeschichte einweihte. »Und neugierig war sie auch noch. Ich werde nie vergessen, wie Kate mich gefragt hat, ob ich ihr etwas zu erzählen hätte. Damit meinte sie, ob ich in anderen Umständen sei. Mein Gott, ich war noch keine Woche mit Sunday schwanger, und ich hatte nicht vor, damit hausieren zu gehen. Meiner Ansicht nach …«

Sunday hatte den Satz für sie beendet: »Deiner Ansicht nach gehört es sich nicht, wenn eine Frau ihren Zustand bekannt gibt, bevor sie nicht mindestens im vierten Monat ist. Vielleicht hatte deine Tante Kate eine schmutzige Fantasie. Ich habe gehört, das liegt in der Familie.«

Aber ich bin wie die alte Tante Kate, hielt Sunday sich vor Augen, ein aufmerksamer Mensch, dem es auf jedes Detail ankommt. Und dieser Ring ist eindeutig eine Einzelheit, die mir im Gerichtssaal aufgefallen ist.

Das Geräusch von Schritten riss sie aus ihren Gedanken. Ein ängstlicher Schauder durchfuhr sie. Sie wusste nicht, was schlimmer war: Wenn der Entführer sich leise an sie heranschlich, oder wenn er sein Kommen mit lauten Schritten ankündigte.

Offenbar war es Morgen. Sunday bemerkte, dass sie Hunger hatte. Würde er ihr etwas zu essen geben? Er hatte eine Kassette erwähnt. Wann würde er sie aufnehmen?

Die Schritte schlurften über den Betonboden. Dann wurde Sunday der Sack abgenommen. Vor ihr stand die in eine Kutte gekleidete Gestalt. Der Mann streckte die Hand aus und schaltete die Glühbirne ein, sodass Sunday von dem Licht geblendet wurde. Als sich ihre Augen an die Helligkeit gewöhnt hatten, sah sie den Entführer an und versuchte wieder, sein Gesicht zu erkennen. Obwohl es im Schatten der Kapuze lag, starrte sie darauf und zermarterte sich das Hirn. War sie ihm schon einmal begegnet? Tief liegende Augen, knochige Züge, vermutlich über fünfzig. »Mutter hätte besser aufpassen sollen«, sagte er verärgert. »Sie hat die Milch über Nacht draußen stehen lassen, und jetzt ist sie sauer. Ich fürchte, Sie werden mit trockenen Frühstücksflocken und schwarzem Kaffee vorlieb nehmen müssen. Aber zuerst bringe ich Sie zur Toilette.« Er ging um den Stuhl herum und fing an, ihre Fesseln zu lösen.

Mutter hätte besser aufpassen sollen …

Diese Stimme. Dieser Tonfall. Das habe ich schon einmal gehört, dachte Sunday, zu mir hat er dasselbe gesagt – er hat gesagt, ich hätte besser aufpassen sollen.

Langsam entstand ein Bild vor ihrem geistigen Auge wie ein Foto im Entwicklungsbad. Es war im Gerichtssaal geschehen. Damals hatte sie Wallace ›Turnschuh‹ Klint verteidigt, einen Angeklagten aus der langen Reihe von armen Schluckern, die sie in ihren ersten Jahren als Anwältin vertreten hatte. Sunday hatte sich entschlossen, Pflichtverteidigerin zu werden, weil sie fest daran glaubte, dass jeder Mensch das Recht auf eine faire Verhandlung hatte. Und das bedeutete natürlich, dass jeder einen Anwalt brauchte. Dem Fall Klint hatte sie wenig abgewinnen können. Der Mann war zwar des Mordes angeklagt gewesen, doch sie hatte die Geschworenen überzeugt, ihn nur für Totschlag zu verurteilen. Das bedeutete, dass er zwanzig Jahre später als Sechzigjähriger entlassen werden würde.

Der Prozess hatte nicht sehr lange gedauert, wahrscheinlich auch deshalb, weil die Staatsanwaltschaft nicht viel vorzuweisen hatte. Sunday erinnerte sich, dass Klints älterer Bruder der Verhandlung einige Tage beigewohnt hatte. Wieder sah sie den Entführer an. Kein Wunder, dass ich ihn nicht erkannt habe, dachte sie, wobei sie sich bemühte, sich nichts anmerken zu lassen. Damals hatte Klints Bruder langes, strähniges Haar und einen Bart und wirkte wie ein alternder Hippie. Richtig, er hatte sich als Revolutionär gebärdet, und sie erinnerte sich deshalb so genau daran, weil sie erwogen hatte, ihn als Zeugen aufzurufen. Doch sie war zu dem Schluss gekommen, dass er ihrem Mandanten eher schaden würde.

Sunday rief sich den Tag ihres Gesprächs ins Gedächtnis. Sie hatte den Gerichtssaal verlassen, und er war ihr gefolgt, als sie den Flur entlang auf die Aufzüge zuging. Er hatte ihr die Hand auf die Schulter gelegt, und sein Ring war ihr sofort aufgefallen.

Er hatte gesagt, das Urteil bedeute für seine Mutter den Tod. Sie würde den Tag, an dem ›Turnschuh‹ freikam, nicht mehr erleben. *Und dann hat er mir vorgeworfen, ich hätte besser aufpassen sollen,* dachte sie.

Damals klang das nicht wie eine Drohung. Sunday hatte den Kerl einfach für einen Idioten gehalten, denn eigentlich hätte er ihr die Füße küssen sollen, weil sie seinen ungeratenen Bruder vor der Todesstrafe bewahrt hatte. Ihr hatte ›Turnschuh‹ es zu verdanken, dass er stattdessen im Gefängnis von New Jersey Nummernschilder für Autos anfertigen durfte.

Also war dieser Mann sein älterer Bruder. Und die Frau oben musste die Mutter sein. Aber er durfte auf keinen Fall bemerken, dass sie ihn durchschaut hatte.

Doch als sie versuchte, die Einzelheiten zu einem Bild zusammenzufügen, ergaben sie einfach keinen Sinn. Was hatte ›Turnschuh‹ Klints Bruder mit dem internationalen Terrorismus zu tun? Ihre Entführung war offenbar professionell geplant gewesen, der Mann vor ihr wirkte hingegen eher wie ein geistig verwirrter Einzelgänger.

Endlich hatte sie die Arme frei, zog sie vor die Brust und massierte sie.

Der Entführer lockerte ihre Fußfesseln. Als sie aufstand, gaben ihre Beine nach. Wieder grübelte Sunday nach. Sein Name? Wie hieß er? Es hatte doch in den Gerichtsakten gestanden. Ein ungewöhnlicher Vorname, der mit einem ›W‹ anfing.

Warfield … Woolsey … Wexler? Genau!

Wexler Klint. Sie musste einen Freudenruf unterdrücken.

»Moment, ich helfe Ihnen.« Wexler Klint legte ihr den Arm um die Taille. Sie zwang sich, nicht zusammenzuzucken, als er ihre Hüfte berührte. Er führte sie zur Toilette, brachte sie danach zurück und fesselte sie erneut an den Stuhl. Ihre Hände ließ er frei, bis sie das so genannte Frühstück verzehrt hatte – trockene Getreideflocken und schwarzen Kaffee.

Reglos stand er daneben und sah ihr beim Essen zu. Als sie fertig war, nahm er das Tablett an sich und fesselte ihr dann sorgfältig die Hände auf dem Rücken. Er schaltete den Fernseher ein. »So vergeht die Zeit schneller«, sagte er leise. »Jovunets Ansprache kommt um elf.« Ein Lächeln huschte über sein Gesicht. »Sie sind noch immer die Titelstory, und ich vermute, dass sich die Medien noch eine Weile für Sie interessieren werden. Denken Sie nur, Sie haben jetzt einen Platz in der Geschichte, und das haben Sie nur mir zu verdanken.«

Sunday antwortete nicht. Sie war zu sehr damit beschäftigt zuzusehen, wie Henry eilig zu einem wartenden Helikopter auf dem Rasen vor dem Weißen Haus gebracht wurde.

Die Stimme eines Nachrichtensprechers sagte: »Dem Vernehmen nach wird sich der erschütterte ehemalige Präsident zu einer Einrichtung des Geheimdienstes begeben, wo Claudus Jovunet festgehalten wird. Wie wir erfahren haben, wurden die Pläne geändert. Anstelle einer Aufzeichnung wird Jovunets Ansprache live ausgestrahlt. Die Entführer der Abgeordneten Britland sollen wissen, dass ihre Forderungen in allen Punkten erfüllt werden.«

Sunday beobachtete, wie Henry sich dem Helikopter näherte. Er stieg die Stufen hinauf, doch bevor er die Kabine betrat, drehte er sich noch einmal zu den Kameras um. Man reichte ihm ein Mikrofon.

»Beten Sie für sie«, sagte er.

Sundays Entführer seufzte auf. »Ein hübscher Einfall. Aber es wird Ihnen nichts nützen.«

»Mr Jovunet, wir müssen Ihnen jetzt das Mikrophon anstecken«, meinte Sydney Green, Medienbeauftragter des Weißen Hauses, ungeduldig.

Sie befanden sich in Arlington, Virginia, in der Nähe von Washington. Das reizende Haus mit den weißen Säulen, das auf einem großen, eingezäunten Grundstück stand, wirkte wie das Heim eines Industriebosses, der gern zurückgezogen lebte. In Wirklichkeit jedoch handelte es sich um ein gesichertes Haus, in dem wichtige politische Überläufer untergebracht wurden.

In dem elegant möblierten Zimmer drängten sich CIA-Agenten und Fernsehtechniker mit ernsten Mienen.

Claudus Jovunet stand in einem Nebenraum, der vom Wohnzimmer abging. Er bedachte den forschen Medienbeauftragten mit einer wegwerfenden Handbewegung. »Augenblick noch, wie Sie sehen, bin ich anderweitig beschäftigt.« Dann wandte er sich wieder dem Schneider zu, der gerade den Ärmel eines Dinnerjacketts absteckte. »Bedauerlicherweise hat selbst ein Meister seines Faches, wie Sie es sind, nicht bemerkt, dass der linke Ärmel einen Zentimeter länger ist als der rechte.«

»Das ist mir sehr wohl aufgefallen. Schon mein Vater und mein Großvater waren in diesem Beruf tätig.«

Trotz der Stecknadeln in seinem Mund gelang es dem Schneider, der Jovunet zu Füßen kniete, einen eisigen Ton anzuschlagen.

Jovunet nickte beifällig. »Ein Mann muss von seinen Fähigkeiten überzeugt sein. Ich bin sicher, dass ich bei Ihnen in guten Händen bin.« Als er dem Kellner zunickte, schenkte dieser eisgekühlten, schäumenden Dom Pérignon in sein Glas.

»Stellen Sie das Glas weg und setzen Sie sich, oder ich erwürge Sie mit bloßen Händen«, sagte Henry Britland mit gefährlich ruhiger Stimme.

Jovunet zuckte die Achseln. »Ihr Wunsch ist mir Befehl.« Er folgte der Aufforderung und wandte sich an den Schneider: »Ich denke, angesichts der knappen Zeit muss diese letzte Anprobe wohl für die Abendgarderobe genügen. Die Straßenanzüge und die Freizeitkleidung werden wohl kaum mehr als ein paar Stunden in Anspruch nehmen. Danach müssen wir noch die passenden Accessoires auswählen. Wie ich sehe, haben Sie einige dieser wundervoll frechen Belois-Krawatten mitgebracht.«

Liebevoll nahm er eine der Krawatten zur Hand, die ausgebreitet auf einem langen Tisch lagen, und hielt sie Henry hin. »Sieht eigentlich aus wie mit Fingerfarben gemalt, aber so chic.«

Als er Henrys Miene bemerkte, legte er die Krawatte rasch wieder weg. »Gut, also zum Interview.«

»Wir müssen jetzt die Kassette aufnehmen. Wahrscheinlich macht sich Ihr Mann schon große Sorgen, glauben Sie nicht?«, fragte Wexler Klint.

Sunday versuchte, nicht an den schmerzerfüllten Ausdruck in Henrys Augen zu denken. Bemüht ruhig hatte er Claudus Jovunets Ansprache noch ein paar Worte zugefügt. Dieser hatte bestätigt, er habe die Zusage der amerikanischen Regierung, man werde ihn in dem neuen Überschallflugzeug an einen Ort seiner Wahl bringen. Der ehemalige Präsident werde die Maschine steuern. Sobald Sandra O'Brien Britland in Sicherheit sei, dürfe er das Flugzeug verlassen. Falls die Entführer einen Fehler machten, würde das seinen Tod zur Folge haben.

Danach hatte Henry die Bedingungen ergänzt: »Ich muss betonen, dass Claudus Jovunets Flug in die Freiheit erst nach Erhalt des Videobandes starten wird. Ich verlange eine Bestätigung, dass meine Frau unversehrt und am Leben ist. Der Abflug erfolgt nur, wenn sich das Video bis drei Uhr heute Nachmittag in unserem Besitz befindet.«

Klint schaltete den Fernseher ab und drehte sich zu Sunday um. Er hatte ein Mikrophon in der Hand, das mit einem alten Kassettenrekorder verbunden war. Er hielt ihr das Mikrophon dicht an die Lippen und meinte lächelnd: »Sagen Sie etwas Persönliches, das Ihren Mann überzeugen wird, dass Sie ihn und Jovunet eben im Fernsehen gesehen haben. Bitten Sie ihn, die Bedingungen unbedingt zu erfüllen, und erklären Sie ihm, dass jeder faule Trick Sie das Leben kosten wird. Überlegen Sie sich Ihre Worte ganz genau. Ich möchte nicht von vorne anfangen.«

Sunday hatte sich intensiv überlegt, was sie sagen sollte, allerdings bevor sie die Identität ihres Entführers entdeckt hatte. Sie wusste zwar noch nicht, was für ein Spiel Klint spielte, aber sie war sicher, dass er nicht die Absicht hatte, sie freizulassen. Ihr Verstand arbeitete fieberhaft, und sie holte tief Luft. Wenn sie Henry jemals wiedersehen wollte, dufte sie jetzt keinen Fehler machen.

Sie begann zu schluchzen. »Ich glaube, ich kann das nicht«, piepste sie mit Kleinmädchenstimme. »Wenn ich meinen Mann sehe, vermisse ich ihn so sehr. Ich halte es hier nicht mehr aus. Ich will bei ihm sein.«

Trotz des Dämmerlichts in dem dunklen Keller erkannte sie, dass der Kassettenrekorder bereits lief. Also seufzte sie schicksalsergeben. »Gut, Sie haben befohlen, ich soll sagen, dass ich ihn eben im Fernsehen gesehen habe.« Mit tränenerstickter Stimme hielt sie inne. Sie hatte genau den richtigen Ton getroffen und klang wie die Heulsuse in ihrer ehemaligen Schulklasse, die mindestens einmal am Tag in Tränen ausgebrochen war.

»Natürlich habe ich ihn gesehen!«, jammerte sie. »Und ich konnte nur daran denken, dass du mir immer versprochen hast, mich zu beschützen, Henry. Deshalb weiß ich, du wirst nicht zulassen, dass mir etwas geschieht. Du wirst mich doch verteidigen, damit ich wieder nach Hause kommen kann? Ich habe bemerkt, dass du dieselben schwarzen englischen Slipper anhattest wie damals, als du mir das erste Mal Drumdoe zeigtest, Henry. Weißt du noch, Liebling? Ach, ich erinnere mich an so vieles, und ich fühle mich dir so nah. Ich brauche dich so sehr. Ich…« Ihre Stimme erstarb in einem Schluchzen.

Sie schüttelte den Kopf und blickte zu Klint auf. Es war ihr sogar gelungen, ein paar Tränen zu vergießen. »Okay, es geht schon wieder. Wollen Sie weitermachen?«

Er lächelte sie an. »Nein, eigentlich sind wir schon fertig. Sie dürfen sich ausruhen. Ich muss kurz weg. Aber brennen Sie mir ja nicht durch«, sagte er kichernd und stülpte ihr wieder den Sack über den Kopf.

»Sie werden mich doch freilassen, wenn Jovunet wohlbehalten gelandet ist? Ich weiß, dass Henry und die Regierung ihre Zusagen einhalten werden.« Sie biss sich auf die Zunge: Sie hatte mit normaler Stimme gesprochen.

Allerdings schien das Klint nicht aufgefallen zu sein. Aber anstatt ihr zu antworten, trällerte er: »Drei blinde Mäuse, sieh, wie sie laufen.« Als er den Sack über ihrem Kopf zurechtrückte, strich er ihr über den Hals, näherte den Mund ihrem Ohr und flüsterte: »Sie wissen sicher, wer die drei blinden Mäuse sind. Nein? Dann werde ich es Ihnen erklären: Die erste ist Ihr Mann; die zweite die gesamte amerikanische Regierung und die dritte …« Er hielt inne. »Die dritte ist Claudus Jovunet.«

Von dem Haus in Arlington flog Henry direkt ins Weiße Haus, wo im Vortragssaal eine Kommandozentrale eingerichtet worden war. Mit einem leichten Kopfschütteln bedeutete ihm der CIA-Direktor, dass es keine neuen Entwicklungen gegeben hatte. Bis jetzt hatten sich alle Versuche, die Herkunft der in den Autos angebrachten Sprengsätze zu ermitteln, als vergeblich erwiesen. Man war zwar überzeugt, dass Sunday sich noch in der Umgebung von Washington befand, hatte aber keinen genauen Hinweis. Wegen des schlechten Wetters waren kaum Passanten unterwegs gewesen, und offenbar hatte niemand etwas Verdächtiges bemerkt. Allerdings hatte man inzwischen in der Nähe der Stelle, wo Sundays Wagen gehalten hatte, einige Fußspuren entdeckt. Obwohl es keine Gewissheit gab, deutete einiges darauf hin, dass sie von dem Entführer stammten. Man hatte Gipsabdrücke angefertigt, die zurzeit überprüft wurden.

Im Weißen Haus angekommen, begab sich Henry mit Jack Collins und Marvin Klein in das Kabinettszimmer, wo er zum vierten Mal Sundays Vater in New Jersey anrief.

Nachdem er aufgelegt hatte, sagte er tonlos: »Sundays Mutter, die Tanten, Onkel und Cousinen sind in der Kirche. Ihr Vater sagte, seine kleine Tochter sei schlau genug, um sogar eine ganze Horde Terroristen auszutricksen. Und dann hat er angefangen zu weinen.«

»Sie müssen etwas essen, Sir«, meinte Klein und drückte auf einen Knopf unter dem Tisch.

»Jovunet hat es jedenfalls nicht den Appetit verschlagen«, bemerkte Collins mit finsterer Miene. »Unsere Jungs berichten, er hätte inzwischen mehr Champagner und Kaviar verdrückt als sämtliche russischen Überläufer, die wir bis jetzt bei uns hatten. Und nun verlangt er, der Küchenchef des Le Lion d'Or solle persönlich sein Abendessen zubereiten.«

»Ich frage mich, warum er sich so voll stopfen muss«, sagte Henry gereizt. »Bestimmt wartet nach seiner Ankunft ein Begrüßungsmahl auf unseren Helden.« Er hielt inne. »Wissen wir mittlerweile, wohin er will?«

»Noch nicht«, erwiderte Klein. »Vielleicht hat das Oval Office Recht und irgendwo braut sich ein Putsch zusammen, nach dem ihn die neue Regierung mit offenen Armen aufnehmen wird. Aber bis jetzt hat ihm noch keiner ein neues Zuhause angeboten. Hoffentlich passiert es bald. Die Zeit wird knapp.«

Kurz vor drei Uhr kehrten die Kabinettsmitglieder und die übrigen Mitarbeiter in das Kabinettszimmer zurück. Präsident Ogilvey und der Außenminister trafen als letzte ein. »Kein Staat auf dieser Welt bekennt sich dazu, Jovunets Befreiung vorbereitet zu haben«, verkündete der Außenminister düster.

Das von Henry gestellte Ultimatum um drei kam und verstrich, während die Männer schweigend warteten. Zehn Minuten nach drei meldete sich der Sprecher der NBC-Nachrichten, Tom Brokaw, telefonisch im Weißen Haus und verlangte dringend, den ehemaligen Präsidenten zu sprechen. »Stellen Sie durch«, befahl Henry barsch. Die Brokaws waren schon häufig in Drumdoe zu Gast gewesen.

Brokaw hatte Neuigkeiten: »Sir, vor ein paar Minuten bekam ich einen Anruf von einem angeblichen Mitglied des so genannten Kommandos zur Befreiung und Verteidigung von Claudus Jovunet. Zuerst hielt ich es für einen schlechten Scherz, doch die Informationen unseres Büros in Washington bestätigen die Echtheit des Anrufs. Wie von diesem Kommando angekündigt, wurde ein kleines Päckchen, in braunes Papier gewickelt und an Sie adressiert, am Boden der ersten Sitzreihe der St. Matthew's Kathedrale gefunden. Wir wissen, dass viele Leute versuchen, aus einer solchen Tragödie Nutzen zu ziehen, aber offenbar stammt es wirklich von den Entführern. Auf dem Päckchen steht außerdem eine Telefonnummer, die ich Ihnen gern diktieren möchte.«

»Das ist die Nummer unserer Villa in der Provence«, sagte Henry, nachdem er sie gehört hatte. »Sie ist nur wenigen Menschen bekannt, aber natürlich ist sie in dem Buch eingetragen, das Sunday in ihrer Handtasche aufbewahrt. Wo ist das Päckchen jetzt?«

»Ich habe unseren Sicherheitsdienst bereits angewiesen, es Ihnen zu überbringen, für den Fall, dass es tatsächlich echt ist«, antwortete Brokaw. »Es müsste jeden Moment bei Ihnen sein.«

»Tom, Sie sind ein wahrer Freund. Danke, dass Sie es nicht geöffnet haben«, meinte Henry ernst. Er erhob sich und reichte das Telefon Marvin Klein, der hinter ihm stand.

»Mr Brokaw«, sagte Klein, »Sie wissen, dass Präsident Britland tief in Ihrer Schuld steht. Selbstverständlich werden wir Sie sofort informieren, sobald in dieser Tragödie neue Entwicklungen eintreten.«

Ungeduldig wartete Henry an der Tür auf das Päckchen. Endlich setzen sie sich mit uns in Verbindung und signalisieren, dass sie zur Zusammenarbeit bereit sind, dachte er voller Hoffnung.

»Es ist eine Tonbandkassette, Sir«, verkündete Collins, als er hereinkam. »Außerdem befindet sich in dem Päckchen noch ein Foto.«

Die undurchdringliche Miene, die Henry bei Gipfeltreffen so gute Dienste geleistet hatte, fiel beim Anblick des Bildes in sich zusammen. Er konnte es nicht ertragen, Sunday in einem finsteren Loch an einen Stuhl gefesselt zu sehen. Entsetzt bemerkte er, wie fest ihre Arme zurückgebunden waren. Bestimmt bereitete ihre Schulter ihr Höllenqualen.

Als er jedoch ihren Gesichtsausdruck erkannte, schöpfte er etwas Mut. Natürlich war es allein schon ein Trost zu wissen, dass sie noch am Leben war. Aber etwas in ihrem Blick ließ ihn hoffen. Auch wenn ihre Lage noch so misslich war, sie hatte nicht aufgegeben und kämpfte weiter. Nur selten hatte Henry sie so wütend erlebt wie auf diesem Foto.

Er hob den Kopf. »Ich möchte mir das Band anhören.«

Mit geschlossenen Augen lauschte er, wie seine Frau ihn schluchzend anflehte, sie zu retten.

Nachdem die Kassette durchgelaufen war, bat er darum, sie noch einmal abzuspielen.

Noch zweimal hörte er zu und betrachtete dann die anderen Männer, denen die Tränen in den Augen standen. »Begreifen Sie denn nicht?«, fragte er ungeduldig. »Sunday will uns etwas mitteilen. Der Text enthält eine geheime Botschaft. Ich erinnere mich noch gut an den Tag, als ich mit ihr das erste Mal in Drumdoe war. Wir trugen beide Freizeitkleidung. Ich hatte keine englischen Slipper an, sondern Turnschuhe. Das hat etwas zu bedeuten.«

»Aber Henry«, wandte der Präsident ein. »Sie ist offensichtlich verwirrt.«

»Sie spielt nur Theater«, entgegnete Henry mit dem Brustton der Überzeugung. »Ich kenne doch mein Mädchen. Und wenn man Sunday Daumenschrauben anlegte, würde sie nicht so herumjammern.« Er breitete resigniert die Arme aus. »Allerdings komme ich einfach nicht dahinter, was sie uns sagen möchte. Bestimmt ist es irgendein Hinweis oder ein Code. Was in Gottes Namen soll es bloß heißen?«

War es Donnerstagnacht oder schon Freitagmorgen? Sunday wusste es nicht genau. Sie döste noch, als sie spürte, wie ihre Handfesseln gelöst wurden.

»Ich habe mir gerade die CNN-Nachrichten angeschaut«, flüsterte Wexler Klint. »Sie haben eine Riesenreportage über Sie gebracht. Ich wusste ja gar nicht, dass Sie in der High School Bademeisterin waren. Wer weiß? Vielleicht wird Ihnen das noch gute Dienste leisten.« Er hielt inne und fesselte ihr wieder die Hände, diesmal jedoch vor der Brust. »Vielleicht aber auch nicht. Jedenfalls machen wir jetzt eine Spazierfahrt.«

Beim Sprechen nahm er ihr den Sack ab. Sunday fühlte, wie er ihr ein Tuch um den Mund band, das ihren ärgerlichen Protest erstickte. Dann glitt der Sack wieder über ihr Gesicht, Klint schnitt ihre Fußfesseln durch. Dabei ritzte er ihr rechtes Bein, und ein Rinnsal von Blut lief ihr warm über die Haut. Absichtlich rieb Sunday das Bein an einer Sprosse des Stuhls. Kilroy war hier, dachte sie, als ihr eine Anekdote ihres Vaters einfiel: Im Krieg hatten die GIs diesen Satz an Gebäude in den Kampfgebieten geschrieben.

Hysterisches Lachen stieg in ihr auf.

Allmählich schnappst du über, sagte sie sich. Beruhige dich.

Aber was hatte er mit ihr vor?

Sie wurde hochgehoben und auf den rauen Betonboden gelegt. Durch den Sack über ihrem Gesicht stieg ihr der widerwärtige Modergeruch in die Nase. Sie wurde in etwas eingewickelt – vermutlich in die Decke, die Klint vorhin über sie geworfen hatte. Wann war das gewesen? überlegte sie. Vor Stunden? Vor Tagen? So sehr sie sich auch bemühte, es nachzuvollziehen, sie musste zu ihrer Enttäuschung feststellen, dass sie völlig die Orientierung verloren hatte. Wenn sie überleben wollte, musste sie sich zusammennehmen.

Plötzlich spürte sie, dass sie emporgehoben wurde. Sie hatte Recht gehabt: Ihr Entführer war sehr stark und hielt sie in den Armen, als bemerke er ihr Gewicht gar nicht. Ihre Füße stießen gegen den Stuhl und streiften dann die Wand entlang. Brachte er sie nach oben?

Aber er wandte sich nach rechts, nicht nach links, und sie hörte, wie er einen Riegel zurückschob. Ein eisiger Windstoß fuhr durch die dünne Decke. Sie gingen nach draußen. Ein Motor dröhnte.

»Ich fürchte, der Kofferraum ist nicht sehr bequem«, sagte Klint. »Doch er muss genügen. Gefängniszellen sind schließlich auch ziemlich ungemütlich. Angesichts der Straßenverhältnisse wird unsere Fahrt etwa fünf Stunden dauern. Aber keine Angst. Wir kommen noch früh genug, um das Drama am National Airport mitzuerleben.«

Sunday spannte die Muskeln an, als er sie in den Kofferraum des Wagens warf. Er rückte sie zurecht, bis sie zusammengerollt dalag. Als sie die Beine ausstrecken wollte, stieß sie auf Widerstand. Dann wurde ihr die Decke abgenommen und so ausgebreitet, dass sie ihren ganzen Körper verhüllte. Der Sack presste sich gegen ihre Nase, der Knoten des Tuches grub sich in ihren Hinterkopf, und heftige Schmerzen schossen ihr durch die Schulter. Sie konnte sich nicht erinnern, sich jemals so elend gefühlt zu haben.

Dann fühlte sie, dass Gegenstände auf ihr abgelegt wurden. Offenbar räumte Klint den Kofferraum um, damit niemand sie entdeckte. Allerdings ging er leise und vorsichtig zu Werk, als befürchte er, jemand könne ihn hören. Wo waren sie?, fragte sich Sunday. Vielleicht in einem Stadtviertel, wo die Nachbarn sie vom Fenster aus beobachten konnten. Sie hörte einen Hund bellen. Lieber Gott, betete sie, lass jemanden dieses Auto sehen.

Dann schloss sich der Kofferraumdeckel fast lautlos. Und kurz darauf sagte Sunday ein schmerzhafter Ruck, dass die nächste Phase ihrer Entführung begonnen hatte.

»Sir, wie Sie wissen, handelt es sich bei ihren italienischen Milano-Turnschuhen um eine teure Marke, die die finanziellen Mittel des Durchschnittskunden übersteigen.« Am Freitagmorgen um fünf erstattete Conrad White, Chefanalyst des CIA, Henry Britland über die neuesten Untersuchungsergebnisse Bericht. Es ging darum herauszufinden, was Sunday mit ihrer falschen Anspielung auf die Schuhe, die Henry bei ihrem ersten Besuch in Drumdoe getragen hatte, gemeint haben könnte. Mit zunehmender Gereiztheit hörte Henry zu. White hatte eine Art, als gebe er einem besonders begriffsstutzigen Schüler Nachhilfestunden: Hier ist unser Problem. So lauten unsere Fragen. Das sind die möglichen Antworten.

Nur, dass du vollkommen falsch liegst, dachte Henry. Er blinzelte, um das schmerzhafte Brennen in seinen Augen zu lindern.

White bemerkte es. »Wenn ich mir den Hinweis erlauben darf, Sir, aber ein paar Stunden Schlaf wären vor der langen Reise sicher empfehlenswert.«

»Sie dürfen sich überhaupt nichts erlauben«, fauchte Henry. »Kommen Sie lieber endlich zur Sache. Bis jetzt haben Sie mir nicht mehr gesagt, als dass ich keine englischen Slipper anhatte und dass Turnschuhe der Marke Milano offenbar aus Italien stammen. Meinen Sie etwa, wir sollen die Entführer in Italien suchen?«

»Oder bei einer der Verbrecherorganisationen, die unseren italienischen Freunden momentan zu schaffen machen«, verbesserte White. »Möglicherweise bei der Mafia. Oder sogar wahrscheinlich bei der Mafia. Schließlich sind diese Leute seit jeher für Geiselnahme und Mord bekannt. Oh, entschuldigen Sie, Sir, ich wollte damit nicht andeuten …«

Aber Henry hörte ihm schon gar nicht mehr zu, sondern drehte sich zu Jack Collins und Marvin Klein um. »Ins Ostzimmer«, sagte er knapp.

Er ging voran ins Erdgeschoss und wandte sich dann nach links in einen prächtig ausgestatteten Raum, wo Porträts von George und Martha Washington wohlwollend von den Wänden auf ihn hinunterblickten. Warum hatte er sich ausgerechnet dieses Zimmer ausgesucht?, fragte er sich, während er sich in dem Sessel niederließ, der während seiner Zeit als Bewohner dieses Hauses an der Pennsylvania Avenue 1600 sein Lieblingsplatz gewesen war. Anscheinend war er einem Instinkt gefolgt.

Lag es an der wundervollen Party, die Des und Roberta einige Wochen nach der Hochzeit für ihn und Sunday veranstaltet hatten? In diesem Raum waren die Cocktails serviert worden, das Essen war im großen Esszimmer serviert worden und später hatte es hier noch ein kurzes Konzert gegeben. Henry erinnerte sich an jenen Abend. Sunday trug ein langärmeliges, eisblaues Etuikleid aus Satin und die Diamantkette, die sein Großvater einem Maharadscha abgekauft hatte. Sie sah ausgesprochen gut aus.

Ein Lächeln umspielte Henrys Lippen. Er dachte daran, wie sehr alle bedauert hatten, dass Sunday und er nicht schon acht Jahre früher ein Paar geworden waren. Sie hätte sich so gut zur First Lady geeignet.

Das hat der britische Botschafter zu uns beiden gesagt, überlegte Henry. Und dann fügte er noch etwas hinzu, Sunday antwortete, und wir alle lachten.

Du musst dich erinnern, flüsterte eine innere Stimme.

Henry beugte sich vor und verschränkte die Finger ineinander. Vielleicht hatte White doch Recht: Er war müde, und seine Fantasie ging mit ihm durch. Dann aber schüttelte er den Kopf. Nein, es war wichtig, das wusste er ganz genau. Welche Worte waren bei diesem Gespräch gefallen? Sundays Botschaft auf dem Tonband spielte darauf an. *Deshalb habe ich mich instinktiv in dieses Zimmer gesetzt,* dachte er voll neuer Hoffnung.

Er bemerkte, dass Collins und Klein in respektvollem Abstand warteten, und forderte sie auf, sich ihm gegenüberzusetzen. »Ich überlege einfach vor mich hin und lasse meine Gedanken schweifen«, erklärte er. »Jetzt sind Sie dran. Sagen Sie einfach, was Ihnen gerade einfällt.« Diese Anweisung war für die beiden Männer nichts Neues, so waren sie schon immer vorgegangen, wenn es ein Problem zu lösen galt.

Collins ergriff das Wort: »Sir, es ist etwas faul im Staate Dänemark.«

Henry spürte, wie sein Puls schneller schlug. Er ahnte, dass sie zu dritt die Antwort finden würden. »Schießen Sie los.«

»Die Leute vom CIA verschwenden ihre Zeit – und was noch schlimmer ist, sie verschwenden unsere. Die Mafia steckt bis über beide Ohren in Schwierigkeiten. Niemals würde sie sich mit der Regierung der Vereinigten Staaten anlegen, indem sie die Frau eines ehemaligen Präsidenten entführt. Außerdem schwören sämtliche Terroristengruppen – neue wie alte – Stein und Bein, dass sie nichts mit der Sache zu tun haben.

Kein Mensch hat je von einem Kommando zur Befreiung und Verteidigung von Claudus Jovunet gehört. Und darüber hinaus haben wir keine terroristische Vereinigung ausmachen können, in deren Namen das Wort ›Verteidigung‹ überhaupt vorkommt.«

Verteidigung … verteidigen …

Die Erinnerung traf Henry wie ein Blitz. Es war hier in diesem Zimmer gewesen, unter den Porträts des Ehepaares Washington. Nachdem der britische Botschafter Sunday gesagt hatte, was für ein Jammer es sei, dass sie und Präsident Britland einander nicht schon früher kennen gelernt hätten. Und Sunday hatte geantwortet: »Damals hätte Henry mich wahrscheinlich keines Blickes gewürdigt. Als er zum ersten Mal gewählt wurde, war ich Jurastudentin im vierten Semester. Bei seiner Wiederwahl vier Jahre später arbeitete ich als Pflichtverteidigerin und setzte mich für meine Mandanten ein. Einige von ihnen konnte man wirklich bedauern, andere hingegen waren leider keine allzu rechtschaffenen Bürger …«

Und ich versprach ihr, sie vor verärgerten Mandanten zu beschützen, die sie nicht freigekriegt hat.

Mit aufgeregt gerötetem Gesicht sprang Henry auf. »Jetzt hab ich's!«, rief er aus und wandte sich zu seinen beiden überraschten Begleitern um. »Sunday versucht, mir mitzuteilen, dass einer der Mandanten, die sie als Pflichtverteidigerin vertreten hat, an der Sache beteiligt ist! Los! Wir haben nicht viel Zeit!«

Sunday wusste, dass sie die beneidenswerte Gabe hatte, unter fast allen Bedingungen einschlafen zu können. Sie hoffte nur, dass sich diese Fähigkeit diesmal nicht als verhängnisvoll erweisen würde. Doch da die holprige Fahrt ihr unerträgliche Schmerzen in der Schulter verursachte, hatte sie dennoch versucht, sich durch die Yogaübungen zu entspannen, die sie vor einigen Jahren in einem Kurs gelernt hatte. Und schließlich war sie tatsächlich eingedöst.

Allerdings verlor sie dadurch restlos ihr Zeitgefühl. Wie lange waren sie wohl schon unterwegs?, fragte sie sich. Und wohin fuhren sie? Klint hatte den National Airport erwähnt, aber wenn sich das Haus, in dem sie gefangen gehalten worden war, tatsächlich in der Nähe von Washington befand, hätten sie den Flughafen schon längst erreicht. Nein, ihr Ziel war viel weiter entfernt.

Sunday konnte zwar nichts sehen, aber sie hörte zu ihrer Erleichterung das Geräusch anderer Autos. Das bedeutete, dass sie wenigstens auf einer Hauptstraße fuhren. Würde es etwas nützen, mit den Füßen gegen den Kofferraumdeckel zu trampeln? Nein, außer sie hielten irgendwo an einer Tankstelle. Doch wenn sie eine solche Gelegenheit abwarten wollte, musste sie wach bleiben, die Ohren spitzen und die Schmerzen ertragen.

Kurz darauf spürte sie, dass der Wagen langsamer wurde. Sunday wälzte sich herum und zog die Beine an, um gegen den Kofferraumdeckel zu treten. Aber das Auto hatte kaum angehalten, als es auch schon wieder losfuhr.

Eine Mautstation! Doch auf welcher Autobahn? In welchem Bundesstaat? Wohin wollte Klint?

Sehr viel später erhielt sie die Antwort. Als Klint den Kofferraum öffnete und sie heraushob, stieg ihr selbst durch den Sack und die Decke der Geruch von Seeluft in die Nase.

Ich wusste gar nicht, dass Sie in der High School Bademeisterin waren. Wer weiß? Vielleicht leistet Ihnen das noch gute Dienste, hatte Klint vor ein paar Stunden gesagt. Dann traf es sie wie der Blitz: Er hatte vor, sie zu ertränken!

Während Sunday weggetragen wurde, begann sie, lauthals zu beten: »Vergib mir, Gott, wenn ich mich benachteiligt gefühlt habe. Die meisten Menschen erleben nicht einmal eine Stunde des Glücks, das mir mit Henry vergönnt war. Bitte beschütze ihn. Und achte auch auf Mutter und Vater. Niemand war so gut zu mir wie sie.«

Sie spürte, wie Klint ihr Gewicht auf einen Arm verlagerte. Dann hörte sie einen Schlüssel klirren. Eine Tür öffnete sich quietschend. Sie wurde auf einen Stuhl gesetzt.

Der stechende Schmerz in ihrer Schulter hatte zwar nicht aufgehört, war aber ohne Bedeutung. Nichts spielte mehr eine Rolle als der Aufschub, der ihr noch gewährt worden war. Sunday änderte ihr Gebet: »Bitte, lieber Gott«, flehte sie lautlos. »Mach, dass der fantasiebegabte Mann, den ich geheiratet habe, logisch genug denkt, um meine Nachricht zu verstehen. Sag ihm, dass ›verteidigen‹ ›Pflichtverteidigerin‹ bedeutet, und dass er ›Slipper‹ mit ›Turnschuhen‹ vertauschen muss. Und dann lass ihn daraus auf ›Turnschuh‹ Klint und seinen verrückten Bruder schließen.«

Es hatte über eine Stunde gedauert – wertvolle Zeit, die sie eigentlich nicht hatten –, um die Hinweise zusammenzusetzen, die Sunday Henry gegeben hatte. Doch mit der vereinten Hilfe von CIA und FBI hatten sie trotz der sehr vagen Andeutungen herausfinden können, welchen ihrer zwielichtigen Mandanten Sunday vielleicht gemeint hatte. Da sie das Wort ›verteidigen‹ benutzt hatte, hatte man die vielen Mandanten überprüft, die sie als Pflichtverteidigerin vertreten hatte. Die Anspielung auf Henrys Schuhe war am schwierigsten zu enträtseln gewesen. Erst durch einen Umkehrschluss war ihnen klar geworden, dass sie mit den Gucci-Slippern, die er an jenem Tag *nicht* getragen hatte, seine Turnschuhe meinte. Und so waren sie endlich darauf gekommen, von welchem ihrer zahlreichen Klienten sie sprach: ›Turnschuh‹ Klint.

Henry stürmte in das Zimmer, in dem Claudus Jovunet laut schnarchend ein Nickerchen hielt. »Wachen Sie auf, Sie mieses Schwein! Jetzt ist Schluss mit den Spielchen. Jetzt reden Sie endlich, aber dalli!«

Jovunet öffnete ein Auge und griff automatisch unter sein Kopfkissen.

»Da ist keine Kanone«, zischte Jack Collins mit zusammengebissenen Zähnen. »Die Zeiten sind vorbei, Sie Mistkerl.« Er zerrte Jovunet aus dem Bett und stieß ihn gegen die Wand. »Wir wollen Antworten hören. Und zwar auf der Stelle.«

Jovunet blinzelte und strich sich schläfrig den gestreiften Calvin-Klein-Pyjama glatt. »Also sind Sie im Bilde«, seufzte er. »Nun denn, ich hätte alles getan, um diesen wundervollen Tag noch zu erleben.«

Marvin Klein schaltete die Deckenbeleuchtung an. »Raus mit der Sprache«, befahl er. »Wohin sollte Sie das Überschallflugzeug bringen?«

Jovunet kratzte sich am Kinn, starrte die drei Männer

nacheinander an und zuckte die Achseln. »Keine Ahnung.«

Henry schob Collins zur Seite. »Wer hat meine Frau entführt?«, fragte er.

Jovunet ließ sich auf die Bettkante sinken und rieb sich die Stirn. »Der Brandy war eindeutig ein Fehler«, stöhnte er. »Aber einem Rémy Martin VSOP habe ich noch nie widerstehen können. Und der Kellner war gestern Abend überaus großzügig damit.« Er blickte Henry in die Augen und war mit einem Mal hellwach. »Sie wissen genauso gut wie ich, dass niemand auch nur einen Penny ausgeben würde, um mich aus dem Gefängnis zu holen«, beteuerte er. »In den letzten fünfunddreißig Jahren habe ich so ziemlich alle Länder und politischen Organisationen ausgetrickst. Ich bin nicht besonders stolz darauf, aber damit habe ich mir eben meinen Lebensunterhalt verdient.« Er hielt inne und sah von einem Mann zum anderen. »Um ehrlich zu sein, Mr President, hätte ich Ihnen morgen kein Ziel nennen können, wenn wir tatsächlich in dieses Flugzeug gestiegen wären. Niemand will mich. Ich habe keinen Schimmer, welches Spiel hier mit Ihnen gespielt wird, denn ich bin überall unerwünscht – außer im Gefängnis natürlich. Und ich bin mir dessen bewusst, dass ich es als Dauergast in Marion um einiges besser habe als irgendwo sonst auf der Welt. Der Tag in der Freiheit hat mir großen Spaß gemacht: Vor allem der Kaviar war ein Traum. Ich habe meine Chance in vollen Zügen ausgenützt, weil ich wusste, dass es nicht lange dauern würde. Mir war klar, dass Sie mir bald auf die Schliche kommen, und das ist ja jetzt auch geschehen.«

Ungläubig starrte Henry den Mann an. Er sagt die Wahrheit, dachte er entmutigt. »Okay, Jovunet, haben Sie schon mal den Namen ›Turnschuh‹ Klint gehört?«

»›Turnschuh‹ Klint?« Jovunet war ehrlich überrascht. »Da klingelt bei mir nichts. Sollte ich den kennen?«

»Wir haben Anlass zu der Vermutung, dass er an der Entführung meiner Frau beteiligt ist – er oder vielmehr sein älterer Bruder Wexler Klint, da ›Turnschuh‹ Klint zurzeit eine Gefängnisstrafe absitzt. Wir glauben, dass sich sein Bruder dafür an meiner Frau rächen will.«

Jovunet schüttelte den Kopf. »Tut mir Leid, dass ich Sie enttäuschen muss, Gentlemen. Obwohl mir in meinem Leben viele zwielichtige Gestalten begegnet sind, waren Ihr Mr ›Turnschuh‹ Klint und sein Bruder leider nicht dabei.«

Ein paar Stunden später, als die Sonne bereits versuchte, die dichte Wolkendecke zu durchdringen, war die Stimmung in der Kommandozentrale zum Zerreißen gespannt.

Der Präsident trug seine liebste Freizeitkleidung: Jeans und ein Jeanshemd. Soeben war er aus seiner Privatwohnung zwei Stockwerke höher gekommen und stand nun neben Henry, der versucht hatte, durch heiß-kalte Wechselbäder wieder klar im Kopf zu werden. Ein Mann vom Geheimdienst hatte aus Henrys Wohnung im Watergate-Hotel die Fliegerausrüstung, einen Rollkragenpullover und Hosen geholt. Außerdem hatte sich Henry zum ersten Mal seit zwei Tagen rasiert, ein Zugeständnis an die Nebensächlichkeiten des Alltags, zu dem er sich nur entschlossen hatte, weil er sich einredete, dass sie Sunday heute noch finden würden. Und er wollte ihr bei ihrem Wiedersehen nicht schmuddelig und ungepflegt gegenübertreten.

Agent Conrad White, der Vertreter der Mafia-Theorie, hatte inzwischen Verstärkung von einem anderen CIA-Analysten bekommen. Die beiden Männer erörterten gerade leise die weitere Vorgehensweise, als sie Henry näher kommen sahen.

White, der weiterhin von einer Beteiligung der Mafia überzeugt war, wandte sich dem ehemaligen Präsidenten zu. »Sir«, sagte er ernst. »›Turnschuh‹ Klint hatte Verbindungen zur Mafia. Er war ein Kleinkrimineller, der ab und zu etwas für sie erledigte. Ich bin überzeugt, dass auch sein Bruder für die Mafia gearbeitet hat. Möglicherweise war Wexler Klint ihnen zu unzuverlässig. Wexlers Akte, die wir uns auf Ihre Anweisung hin vom Jugendgericht kommen ließen, hat uns eine Menge gebracht. Als Jugendlicher ist er einige Male mit dem Gesetz in Konflikt geraten. Außerdem hat er in den späten Sechzigern mit den Hippies sympathisiert und wurde eine Zeit lang der Mitgliedschaft in einer radikalen Untergrundgruppe verdächtigt. Allerdings sind wir der Ansicht, dass er wegen seiner mangelnden Collegeausbildung dort wohl nicht anerkannt wurde, weshalb er auch nie offiziell aufgenommen worden ist. Der letzte Punkt auf der Liste ist der aufschlussreichste: Ein Mann, der behauptete, dem SDL anzugehören – das war eine der gewalttätigsten Studentenvereinigungen –, hinterließ damals einen Brief am Ticketschalter der Pan Am im Newark Airport. Darin drohte er, den Bürgermeister von Hackensack, New Jersey, zu entführen. Es wurde gegen Wexler Klint ermittelt, doch der Fall blieb ungelöst.

Danach erscheint Klints Name – abgesehen von einem gelegentlichen Strafzettel und einigen Verwarnungen wegen Erregung öffentlichen Ärgernisses – nicht mehr in den Polizeiakten. Wir wissen, dass er bei verschiedenen Arbeitgebern tätig war. Sein IQ grenzt ans Geniale. Das zusammen mit der Tatsache, dass er auch in einer Fabrik arbeitete, wo er Chemikalien zur Herstellung von Deodorants zusammenmischte, und dass er später in einer

Autowerkstatt beschäftigt war, bringt uns zu der Vermutung …«

»Warum erzählen Sie mir das alles?«, fragte ein sichtlich ungeduldiger Henry Britland mit gefährlich ruhiger Stimme. »Das interessiert doch überhaupt nicht. Wir wissen, wer unser Mann ist.«

»Aber Sir«, unterbrach White. »Wir müssen doch …«

»Sie müssen mir helfen, meine Frau zu finden. Wenn Sie das geschafft haben, können Sie analysieren, so viel Sie wollen. Habe ich mich klar genug ausgedrückt? Ich will kein psychologisches Profil, sondern einen Aktionsplan.« Er hielt inne und näherte sein Gesicht bedrohlich dem des überraschten CIA-Mannes. »Haben Sie sich auf eine gemeinsame Strategie geeinigt?«

Der zweite Analyst, der während Whites Erklärung geschwiegen hatte, antwortete: »Trotz allen Mitgefühls für die missliche Lage von Mrs Britland und für Ihre Besorgnis, fürchte ich, dass wir nicht mehr tun können, als Ihnen eine möglichst präzise Einschätzung von Klints Denkweise und seinem voraussichtlichen Handeln zu liefern.« Er wies mit dem Kopf auf White. »Mein Kollege und ich sind der Ansicht, wir sollten in den Medien bekannt geben, dass wir nach Wexler Klint fahnden. Außerdem sollte die Regierung ihm faire Behandlung zusichern, falls er sich stellt und Ihre Frau unversehrt freilässt.«

»Sind Sie sich beide darin einig?«, fragte Henry.

White ergriff wieder das Wort: »Mit der Einschätzung, dass zwischen den Brüdern Klint meiner Meinung nach enge Familienbande bestehen. Ein zusätzlicher Anreiz könnte dadurch geschaffen werden, dass man den beiden das Recht einräumt, einander im Gefängnis zu besuchen.«

Schweigen entstand, während Henry den Mann ungläubig anstarrte.

Dann wandte er sich mit einem angewiderten Blick ab und ging zu seinem Nachfolger hinüber, der sich mit einigen Mitarbeitern unterhielt. »Des, wir müssen etwas unternehmen. Ich habe das scheußliche Gefühl, dass uns kaum noch Zeit bleibt. Es ist schon einige Stunden her, dass wir das letzte Mal von diesem Dreckskerl gehört haben. Wir können nicht wissen, wo Sunday sich inzwischen befindet.« Er wandte sich zu Marvin Klein. »Marv, ist Klints Adresse mittlerweile bekannt?«

»Noch nicht, Sir. Unsere Leute bearbeiten gerade ›Turnschuh‹ im Staatsgefängnis in Trenton. Aber er behauptet steif und fest, er wisse nicht, wo sein Bruder wohnt. Er sagt, er hätte seit dem letzten Verhandlungstag keinen Kontakt mehr mit ihm. Leider glauben die Beamten, dass er die Wahrheit sagt.«

»Wir wissen nur, dass die Familie nicht mehr in Hoboken lebt, wo sie wohnte, als ›Turnschuh‹ verurteilt wurde«, ergänzte Jack Collins. »Wir haben das Haus gefunden. Doch das Viertel wird luxussaniert, sodass sie sich die Miete offenbar nicht mehr leisten konnten. ›Turnschuh‹ hat uns verraten, seine Mutter habe eine kranke Schwester in der Nähe von Washington, die ein Eigenheim besitzt. Er vermutet, dass sie zu ihr gezogen ist. Über seinen Bruder erzählt er, er habe immer größere Pläne geschmiedet, wie er sich an der Regierung für alle möglichen eingebildeten Ungerechtigkeiten rächen könnte. Er träumte anscheinend davon, etwas zu tun, wodurch er in die Geschichte eingehen würde. Seine Mutter sei schon immer leicht übergeschnappt gewesen, und er meint, sein Bruder könnte nach ihr geraten sein.« Collins schüttelte den Kopf. »Jedenfalls überprüfen wir die Gegend von Washington und sehen nach, ob die Adresse der Schwester irgendwo verzeichnet ist.«

Da ertönte ein Freudenschrei von der anderen Seite des

Raums: »Sir, wir haben das Haus der Schwester entdeckt. Offenbar ist sie vor kurzem gestorben, aber wir denken, dass die Mutter der Klint-Brüder noch dort wohnt – und Wexler Klint wahrscheinlich auch.«

»Dann also los!«, rief Henry. »Ich wette, wir werden Sunday dort finden.«

Zwanzig Minuten später stand ein enttäuschter Henry Britland im Keller eines verfallenen Hauses in Georgetown. In der Hand hielt er Sundays Jacke. Am Stuhl, auf dem das Bild von ihr geknipst worden war, hingen die Überreste der Stricke. Er sah zu, wie der Beamte, der den Raum fotografierte, plötzlich innehielt und sich neben den Stuhl kauerte.

»Was ist?«, fragte Henry.

Der Beamte zögerte. »Ich fürchte, es handelt sich um Blut, Sir.«

Verzweifelt stellte Henry sich vor, was wohl passiert war: Beim achtlosen Durchschneiden der Stricke hatte der Entführer Sunday die Haut aufgeritzt. Vor Wut zitternd wandte er sich ab. Ich werde den Kerl eigenhändig umbringen, schwor er sich. Wenn ich ihn in die Finger kriege, ermorde ich ihn.

Jack Collins untersuchte den Blutfleck. »Ich würde mir darüber keine allzu großen Sorgen machen, Sir. Es hat kaum geblutet, und die Verletzung ist wahrscheinlich nicht tief. Es sieht fast so aus, als hätte sie das Blut absichtlich an den Stuhl gerieben.« Er stand auf. »Sir, es ist neun Uhr. Was wollen Sie tun?«

Henry knetete die Tweedjacke in den Händen, die noch immer nach Sundays Lieblingsparfüm roch. »Ich möchte mit der Mutter sprechen.«

»Aus der werden Sie nicht viel rausbekommen, Sir. Sie ist völlig verängstigt und verwirrt und sagt nur, ihr Sohn habe eine Dame mitgebracht, sie aber nicht in den Keller gelassen, um sie ihr vorzustellen.«

Die alte Frau saß auf einer abgenutzten Couch im kleinen Wohnzimmer des winzigen Reihenhauses. Ihr Gesicht hatte einen geistesabwesenden, traurigen Ausdruck, und sie wiegte sich leise summend hin und her.

Henry nahm neben ihr Platz und ergriff ihre magere Hand. Arm oder reich, dachte er. Das spielt alles keine Rolle, wenn der Verstand nachlässt. Seine Großmutter hatte an Alzheimer gelitten.

Henry erinnerte sich, wie er mit ihr gesprochen hatte. »Das ist aber ein hübsches Lied, das Sie da singen«, sagte er. »Es heißt ›Drei blinde Mäuse‹, richtig? Warum singen Sie das?«

Sie sah ihn an. »Alle sind böse auf mich«, antwortete sie.

»Niemand ist Ihnen böse«, erwiderte Henry beruhigend. Er spürte, wie ihre Hand sich entspannte.

»Ich habe die Milch schlecht werden lassen. Mein Sohn hat gesagt, ich soll mitsingen. Aber dann ist er böse geworden. Ich habe die Milch schlecht werden lassen.«

»Das ist doch nicht so schlimm. Er hätte sich nicht gleich aufzuregen brauchen«, meinte Henry. »Wo ist Ihr Sohn denn jetzt?«

»Er hat gesagt, er geht mit seiner Bekannten zum Schwimmen.«

Angst schnürte Henry die Kehle zu. Der Umschlag mit Sundays von Meerwasser durchweichtem Haar. Warum war ihm das nicht früher eingefallen? »Wann ist er mit ihr zum Schwimmen gefahren?«

»Sie gehen schwimmen, wenn das Flugzeug weg ist. Ich wollte mit, aber er hat gesagt, es ist zu weit. Ist New Jersey weit weg? Ich bin nämlich von da.«

»New Jersey«, wiederholte Henry. »Wissen Sie, wo genau?«

»Ja. Doch es ist zu weit.« Sie hielt inne und betrachtete ihre Hände. »Ist es weit nach Long Branch? Mir hat es dort immer gut gefallen. Das Haus hier mag ich lieber als das in Hoboken. Es lag am Meer. Wenn das Flugzeug weg ist, gehen sie schwimmen.« Sie schloss die Augen und fing wieder an zu summen.

Henry tätschelte der Frau die Hand und stand auf. »Seien Sie nett zu ihr«, wies er den Beamten vor der Tür an. »Am besten setzen Sie sich zu ihr, sprechen mit ihr und hören ihr zu.«

Um zehn vor zehn verfolgten Fernsehkameras aus sicherer Entfernung, wie zwölf Geheimdienstmänner Henry Parker Britland, den ehemaligen Präsidenten der Vereinigten Staaten, und den Terroristen Claudus Jovunet über das Rollfeld zum wartenden Überschallflugzeug eskortierten.

Die Beamten blieben an der Treppe stehen, während Britland und Jovunet in die Maschine stiegen. Dann schloss sich die Tür hinter ihnen.

»Jovunet hat der Regierung mitgeteilt, er werde sein Ziel erst nach dem Brunch bekannt geben«, informierte Dan Rather die Zuschauer. »Er hat Austern in der Schale, ein Kaviaromelett, Chateaubriand mit Spargel, eine Kuchenauswahl und passende Jahrgangsweine bestellt. Als Digestif verlangt er einen guten Portwein. Der Küchenchef des Le Lion d'Or ist bereits vor einer Weile zugestiegen, um das Menü vorzubereiten. Selbstverständlich wird er die Maschine verlassen, wenn er die Mahlzeit serviert hat. Danach wird der ehemalige Präsident seinen Flugplan durchgeben und starten.

Unseres Wissens nach haben sich die Entführer, die Mr Britlands Frau, die Kongressabgeordnete Sandra O'Brien Britland, in ihrer Gewalt haben, nicht mehr gemeldet. Aus eingeweihten Kreisen heißt es jedoch, Mrs Britland werde erst freigelassen, wenn das Flugzeug seinen bislang noch unbekannten Zielort erreicht hat. Deshalb«, fuhr Rather fort, »nimmt das Drama weiter seinen Lauf. Einer unserer Zuschauer hat uns einen Amateurfilm zur Verfügung gestellt, der die Abgeordnete Britland bei einem Ballettabend in der vierten Klasse zeigt und den wir Ihnen jetzt gern vorführen möchten.«

Ach, du meine Güte, dachte Sunday, als sie sah, wie sie als kleines Mädchen mit einem grünen Ballettröckchen und einem funkelnden Zauberstab in der Hand auf der Bühne herumhüpfte. Das muss ein Witz sein!

Klint hatte ihr unterwegs den Sack nicht abgenommen. Jetzt vermutete Sunday, dass sie sich wieder in einem Keller befanden, wenn auch in einem noch baufälligeren als dem ersten. Klint hatte den Fernseher mitgebracht und ihn angestellt.

Der Eisenstuhl, an den sie gefesselt war, hatte scharfe, rostige Kanten, aber Sunday kümmerte sich nicht darum. Inzwischen spielte nur noch eine Rolle, dass Henry ihre Nachricht verstanden hatte. Sie war überzeugt, dass nicht er in Overall und Fliegerjacke in die Maschine gestiegen war, sondern der Beamte, der ihn schon öfter gedoubelt hatte. Hin und wieder war es eben praktisch gewesen, die Leute glauben zu machen, dass der Präsident selbst in dem Helikopter auf dem Weg nach Camp David saß.

Das Gerede von Jovunets Brunch war sicher auch nur eine Verzögerungstaktik. Schöpfte Wexler Klint schon Verdacht? Sie warf einen vorsichtigen Blick zum anderen Ende des Raums, wo er auf einer modrigen Matratze saß. Die Mönchskutte hatte er mit einem Taucheranzug vertauscht, und er zupfte ungeduldig an dem eng anliegenden Kleidungsstück.

Sunday drängte die aufsteigende Angst zurück. Wenn

Henry meine Hinweise verstanden und meine alten Akten durchgesehen hat, ist er bestimmt auf ›Turnschuh‹ gestoßen, versuchte sie sich zu beruhigen. Gewiss sucht er nach mir. Ansonsten säße er ja in diesem Flugzeug.

Etwa fünfundsiebzig Kilometer entfernt kreiste Henrys Privathubschrauber über Long Branch, New Jersey. Dutzende von Beamten durchkämmten jedes Grundstück am Meer Zentimeter um Zentimeter. Andere klingelten bei den Anwohnern und überprüften alle leer stehenden Häuser.

»Sir, wenn sie hier ist, entdecken wir sie«, sagte Marvin Klein wohl zum fünften Mal innerhalb der letzten dreißig Minuten.

»Aber wenn die arme alte Frau Recht hat, warum gibt es dann keinerlei Hinweis darauf, dass sie jemals hier gewohnt haben? In den Grundbüchern von Long Branch oder der Nachbargemeinden findet sich keine Eintragung auf den Namen Klint«, meinte Henry verzweifelt. »Vielleicht hat sie sich das alles nur eingebildet.«

Die Zeit läuft ab, die Zeit läuft ab, raunte eine innere Stimme. *Und wer sagt uns, dass wir keiner falschen Spur folgen?* Inzwischen hat Klint Sunday vielleicht schon zu einem Strand in North Carolina geschafft. Möglicherweise hat das Haus der Familie ja gar nicht gehört, sondern sie wohnten nur zur Miete. Oder sie haben einen falschen Namen benutzt. Wir haben einfach nicht die Zeit, sämtliche Alternativen durchzugehen.

»Verbinden Sie mich mit dem Staatsgefängnis in Trenton«, wies er Klein an. »Ich möchte noch einmal mit ›Turnschuh‹ sprechen.«

Da Stunde um Stunde verging, ohne dass etwas geschah, waren die Nachrichtensprecher gezwungen, die wenigen Informationen über die Krise ständig zu wiederholen. Die Kamera blieb auf das Überschallflugzeug gerichtet, das auf einer weit entfernten Startbahn wartete.

»Da es jetzt fast zwölf ist, hat Jovunet seine Mahlzeit vermutlich beendet«, teilte Tom Brokaw den Zuschauern mit. »Jeden Moment wird der Küchenchef die Maschine verlassen.« Allerdings verschwieg er, dass er wie viele andere erfahrene Journalisten allmählich vermutete, es handle sich nur um eine Verzögerungstaktik.

»Wenn der Vogel nicht bis halb eins startet, werden Sie keine Gelegenheit mehr haben, Ihrem Mann zum Abschied nachzuwinken«, schimpfte Wexler Klint. »Ich habe die Nase voll, und allmählich glaube ich, dass die mich austricksen wollen.« Er stand auf, ging zur Tür und spähte hinaus. »Es bewölkt sich wieder. Und ein Wind kommt auf. Aber das kann mir nur recht sein. Bei diesem Wetter treibt sich wenigstens niemand am Strand rum.«

Er verließ den Raum, kehrte mit einem altmodischen Wecker zurück, zog das laut tickende Uhrwerk auf und stellte die richtige Zeit ein. Nachdem er die Uhr vor Sundays Stuhl auf dem Boden deponiert hatte, sah er sie lächelnd an. »Um halb eins gehen wir beide baden.«

Claudus Jovunet verzehrte den letzten Rest des mitgebrachten Kaviars. Selbstverständlich befand sich kein Küchenchef an Bord, sondern nur das Double des Präsidenten und einige FBI-Agenten, von denen sich einer als Koch verkleidet hatte, um die Medien zu täuschen.

Trotzdem hatte Jovunet die Überreste des gestrigen Festmahls sichtlich genossen. »Ach ja, wie ich das gute Leben vermissen werde!«, seufzte er. Sehnsüchtig sah er sich in der elegant ausgestatteten Kabine um, bis sein Blick auf die Vuitton-Koffer mit seiner neuen Garderobe fiel. Um die Tarnung komplett zu machen, war ihm die

Bitte gewährt worden, die Sachen mit in die Maschine zu nehmen.

»Glauben Sie, dass ich zum Dank für meine Mitarbeit die Belois-Krawatten behalten darf, wenn ich wieder in Marion bin?«, fragte er Henrys Double.

»Mr President, ich würde Ihnen ja gerne helfen, wenn ich könnte«, jammerte ›Turnschuh‹ Klint. »Die Wachen hier sind nämlich derzeit nicht besonders umgänglich, falls Sie verstehen, was ich meine.« Er hielt inne. »Hören Sie, ich erzähle Ihnen alles, was ich weiß: Als Wex auf die Welt kam, war Mama dreiundvierzig, ich wurde zwei Jahre später geboren. Keine Ahnung, was mit unserem Vater war. Ich habe ihn nie kennen gelernt, und Mama hat nie von ihm geredet. Wahrscheinlich ist er kurz nach meiner Geburt abgehauen.«

»Ihre Familiengeschichte ist mir bekannt«, sagte Henry. Er musste unbedingt mehr in Erfahrung bringen.

»Ich möchte es aber noch mal wiederholen, weil es nicht Mamas Schuld war. Wex und ich sind irgendwie in schlechte Gesellschaft geraten, obwohl Mama alles versucht hat. Sie hat uns gezwungen, in die Schule zu gehen. Wex hatte eine Zeit lang sogar ein paar Freunde, die auf dem College waren. Wir beide waren wirklich kluge Kerlchen, doch wir hatten nie eine Chance.«

»Mich interessiert nur, ob Ihre Mutter je ein Haus in Long Branch, New Jersey, besessen hat«, zischte Henry.

»Hören Sie, Mama ist fast neunzig. Lassen Sie sie in Ruhe. Sie hat nicht mal mitgekriegt, ob ich in den Knast oder auf eine Kreuzfahrt gegangen bin. Sie ist nicht mehr ganz richtig im Kopf – genauso wie mein Bruder, allerdings liegt es bei dem nicht am Alter. Der hat einfach nur 'ne Schraube locker.«

»Hören Sie auf damit!«, schrie Henry. »Das ist mir egal.

Ich will lediglich wissen, ob Ihr Bruder vielleicht einen Unterschlupf in Long Beach hat.«

»Vorhin haben Sie Long Branch gesagt. Was meinen Sie jetzt genau?«, fragte ›Turnschuh‹. »Ja, wir sind früher wirklich öfter nach Long Beach Island gefahren. Wex und Mama hat es dort sehr gut gefallen. Ich hab nachgedacht. Wex schwafelte immer davon, dass die Leute eines Tages seinen Namen kennen würden. Ständig brütete er irgendwelchen Schwachsinn aus, um in die Geschichte einzugehen. Einmal hat er Ärger gekriegt, weil er gedroht hat, den Bürgermeister von Hackensack zu entführen … Obious Good hieß der Typ, das ist vielleicht ein Name. Wex fand ihn einfach zum Schießen.«

Aber Henry hörte schon gar nicht mehr zu. *Long Beach Island.* Möglicherweise war Mrs Klint ja auch ein Versprecher unterlaufen. Doch bei ihr hatte das wenigstens triftige Gründe.

Long Beach Island lag nur etwa fünfundsiebzig Kilometer südlich von Long Branch. Allerdings war die Zeit so knapp, dass es genauso gut auch tausend hätten sein können.

Auf einen Zettel kritzelte er eine Botschaft für Marvin Klein: »Long Beach Island. Obie Good überprüfen.«

Zehn Sekunden später schwenkte die gesamte Helikopterstaffel nach Süden und raste in Richtung Long Beach Island davon. Es war achtundzwanzig Minuten nach zwölf.

Auf einem Bildschirm hinter Dan Rather war eine Aufnahme des Überschallflugzeugs zu sehen, das offensichtlich immer noch auf der Startbahn stand. Rings herum war alles ruhig. Rather ordnete einige Papiere und blickte dann nach rechts, als ob er auf eine Anweisung wartete. Nachdem er sich wieder der Kamera zugewandt hatte, sagte er: »Unseren letzten Informationen nach wurde der Flugplan durchgegeben. Allerdings wird sich der Start durch einen unerwarteten Motorschaden noch ein wenig verzögern. Präsident Desmond Ogilvey wird nun eine persönliche Bitte an die Entführer der Abgeordneten Britland richten. Er ersucht sie dringend um Geduld, da das Bodenpersonal Zeit braucht, um die technischen Probleme zu beheben.«

Nur der Fernseher beleuchtete den feuchten Kellerraum an der Küste von New Jersey. Die Stimme von Präsident Ogilvey hallte dumpf von den Wänden wider. Doch niemand hörte ihn dort.

T. S. Eliot schrieb, dass die Welt nicht mit einem Knall, sondern mit einem Wimmern untergehen würde. Dieser Gedanke schoss Sunday durch den Kopf, als Wexler Klint sie über den Strand zum bedrohlichen grauen Ozean schleppte. Aber lieber will ich sterben, als jetzt um Gnade zu flehen! Ihre Arme waren vor der Brust gefesselt, ihre Füße so locker zusammengebunden, dass sie in kleinen Schritten durch den Sand humpeln konnte. Wexler Klint trug inzwischen außer dem Taucheranzug noch eine Taucherbrille und eine Sauerstoffflasche. Mit einer Hand zerrte er sie zum Wasser.

Bestimmt ist es bitterkalt, überlegte Sunday. Selbst wenn ich ihm davonschwimmen könnte, hätte ich keine Chance. Ich würde erfrieren und an Hypothermie sterben – oder heißt es Hydrothermie? Ach, Henry, ich wollte mit meinem Leben etwas Sinnvolles anfangen, notleidenden Menschen helfen und eine glückliche Ehe mit dir führen. Es hätte so schön werden können. Und jetzt ist es für immer vorbei.

Nun hatten sie das Ufer erreicht, und Sunday spürte das eisige Wasser an ihren Füßen.

Oh, Gott, es ist so kalt, dachte sie in heller Angst.

Eine Welle schlug gegen ihre Knie.

Schon als kleines Mädchen habe ich das Meer geliebt, erinnerte sie sich und stellte sich vor, wie sie damals jubelnd auf das Wasser zugelaufen war. Mama sagte immer, sie müsste eigentlich auch am Hinterkopf Augen haben, um mich am Strand nicht zu verlieren. Jetzt könnte ich es gut gebrauchen, dass sie auf mich aufpasst. Lebe wohl, Mama. Lebe wohl, Papa.

Mittlerweile stand sie bis zur Taille in der schäumenden Brandung. Die Strömung zerrte an ihren Füßen. »Henry, ich liebe dich«, sagte sie leise.

Mit leerem, kaltem Blick zerrte Klint Sunday tiefer und tiefer ins Wasser. Allerdings verhinderten die enge Kapuze des Taucheranzugs auf seinem Kopf und die dröhnende Brandung, dass er das leise Motorengeräusch hörte. Es näherte sich von Norden her und wurde ständig lauter.

Wexler Klint hatte vor, Sunday ins Meer hinauszuschleppen, sie zu ertränken und sie treiben zu lassen, bis die reißende Strömung sie erfasste. Vielleicht würde ihre Leiche in einigen Tagen oder Monaten irgendwo angeschwemmt werden, aber das spielte für ihn keine Rolle. Ihm kam es nur darauf an, sie zu töten. Es kümmerte ihn nicht einmal, ob man ihn für diese Tat festnehmen würde. Er wollte ein Zeichen setzen und in die Geschichte eingehen.

»Sir, sehen Sie, da unten links!«

Henry eilte zur anderen Seite des Helikopters. Durch sein Fernglas konnte er etwa zwanzig Meter vor der Küste eine Gestalt erkennen. Er stellte das Fernglas stärker ein: Es war ein Mann, und er schien etwas unter Wasser zu drücken. Allerdings war die Sicht zu schlecht. Es konnte sich genauso gut um einen einsamen Fischer handeln, der mit einer Beute kämpfte. Die Zeit war zu knapp, um einer falschen Fährte zu folgen.

Sie näherten sich, und Henry stellte noch einmal sein Glas ein. Dann sah er es! Blondes Haar in den tosenden Wellen! Sunday!, dachte er. Das muss Sunday sein! »Sinkflug!«, rief er.

Der Helikopter zog abwärts.

Klint umklammerte Sunday so fest, dass es ihr nicht gelang, den Kopf über Wasser zu halten, so sehr sie sich auch bemühte. *Lebe wohl, Henry.*

Doch dann hörte Klint das Dröhnen des herannahenden Helikopters, blickte auf und verstand, was da vor sich ging. Verzweifelt schlang er Sunday den Arm um den Hals und presste sie unter Wasser. Die Zeit reichte noch, um sie zu töten. Auch wenn er erwischt wurde, würde er in die Geschichte eingehen. Er würde es diesen Schweinen zeigen, die er von ganzem Herzen hasste.

Diesen Schweinen in Washington.

Das waren Wexler Klints letzte Gedanken. Als er einige Minuten später aufwachte, befand er sich bereits in Polizeigewahrsam.

Henry stürzte in die Fluten. Mit einer Hand packte er Sunday, mit der anderen riss er Klint die Taucherbrille ab und drückte ihm die Kehle zu. Hoffentlich ersäuft er, dachte Henry. Inzwischen hatten weitere Helikopter die Verstärkung abgesetzt.

»Mein Liebling«, sagte Henry immer wieder vor sich hin, während er, seine Frau im Schlepptau, durch die Brandung schwamm.

»Henry, mein Schatz«, flüsterte Sunday zitternd und legte ihm die Arme um den Hals. »Wage es nicht, mich zu küssen, bevor ich mir die Zähne geputzt habe.«

In seinem ganzen Leben hatte Henry Parker Britland IV. bisher nur selten jemandem den Mund verboten, doch nun stand er kurz davor. Außerdem konnte er die Tränen kaum unterdrücken. Am Strand angekommen, ließ er sich in den Sand fallen und nahm seine geliebte Sunday in die Arme. Ohne auf ihre Bitte zu achten, küsste er sie auf die Lippen und flüsterte: »Sag jetzt nichts mehr, Liebling.«

Das Geheimnis der Columbia

New York Times, 8. November

Der ehemalige Präsident Henry Parker Britland IV. hat die Jacht Columbia *zurückgekauft, die sich früher im Besitz seiner Familie befand. Die* Columbia *wurde im Auftrag der Britlands gebaut und erlebte 1940 ihren Stapellauf. 1964 wurde sie an den mittlerweile verstorbenen Hodgins Weatherby veräußert. Kurz davor war das Schiff Schauplatz des geheimnisvollen und bis heute ungeklärten Verschwindens von Costa Barrias Premierminister Garcia del Rio.*

In den letzten drei Jahrzehnten hat die Jacht den Ruf eines Geisterschiffes erworben, was einerseits auf die Tragödie um Mr del Rio und andererseits auf das ziemlich exzentrische und zuweilen umstrittene Verhalten ihres letzten Besitzers zurückgeführt wird.

Die Columbia, *die als weitaus luxuriöser gilt als die frühere offizielle Präsidentenjacht* Sequoia, *war auch beliebtes Urlaubsdomizil der ehemaligen Präsidenten Franklin D. Roosevelt und Gerald Ford.*

Im Edwardian Room des Plaza Hotels in Manhattan befolgte Congor Reuthers, ein magerer, muskulöser Mann Mitte fünfzig, mit zitternder Stimme die Anweisung, diesen Artikel laut vorzulesen. Als er fertig war, blickte er ängstlich zu seiner Arbeitgeberin auf.

Sie saßen an einem Fenstertisch, von dem aus der Central Park zu sehen war. Der Hufschlag der Kutschpferde drang gedämpft in den mit dezenter Eleganz möblierten Raum. Während Reuthers auf eine Antwort wartete, musste er kurz an seine erste Fuchsjagd denken. Als junger Bursche hatte er sich immer gefragt, wie sich der Fuchs wohl fühlte, wenn er in der Falle saß. Nun wusste er es.

Allerdings hatte er mit dieser Reaktion gerechnet. Seine Arbeitgeberin stellte langsam die Kaffeetasse ab.

Selbst die porzellanblauen Kontaktlinsen konnten die lodernde Wut in den von Natur aus schwarzen Augen nicht verbergen. Wie gewöhnlich reiste Angelica inkognito. Zurzeit gab sie sich als Lady Roth-Jones aus und trug die blauen Linsen, eine streng frisierte dunkelblonde Perücke, ein Tweedkostüm und Slipper.

Als sie Reuthers wütend anstarrte, senkte dieser den Blick. »Es tut mir Leid.« Ihre Stimme klang ruhig. »Ich hätte eigentlich eine intelligentere Antwort erwartet. Wo war Carlos?«

»An Ort und Stelle, wie befohlen.«

»Und warum hat er dann nicht mitgesteigert und die Jacht gekauft?«

»Er befürchtete, einer der Geheimagenten könnte ihn erkennen. Niemand hat vermutet, dass Britland dort sein und uns Konkurrenz machen würde. Carlos ließ sofort Roberto holen, damit der sich an der Versteigerung beteiligte, doch als er endlich die Sicherheitskontrollen passiert hatte, hatte Britland das Eingangsangebot bereits verdreifacht. Und eine Sekunde später gehörte die Jacht ihm. Der Erlös soll wohltätigen Zwecken zufließen …«

Angelica sah ihn eine Weile schweigend an. »Was hat Britland mit der Jacht vor?«, fragte sie dann.

Um diese Antwort hätte Reuthers sich gerne gedrückt. »Er will sie sofort in seinen privaten Bootshafen in Boca

Raton, Florida, schaffen. Wie du weißt, hat er einmal Architektur studiert, und es heißt, dass er plant, sie selbst umzugestalten. Dann möchte er die Jacht der Regierung schenken, damit sie wieder dem Empfang von Staatsgästen dient. Zusätzlich will er eine beträchtliche Summe für die Wartung des Schiffes spenden.«

»Wir wissen, was das bedeutet.«

Reuthers nickte bedrückt.

»Nun nützen mir Carlos und Roberto nichts mehr.« Die Finger, die vorhin die zarte Porzellantasse gehalten hatten, umklammerten nun fest die Tischkante.

»Aber …« Reuthers unterdrückte den Protest, der ihm auf der Zunge lag.

»Aber?«, wiederholte sein Gegenüber spöttisch. »Pass lieber auf, dass du nicht bald das Schicksal deiner Freunde teilst. Was nützt du mir jetzt noch? Du hättest wissen müssen, dass Britland die *Columbia* ersteigern will.« Sie bedachte Reuthers mit einem eisigen Blick, der diesen fast das Blut in den Adern gefrieren ließ. »Und jetzt geh mir aus den Augen!«

»Henry, Liebling, ich kann es immer noch nicht glauben«, seufzte Sunday. Sie lehnte an der Reling der *Columbia* und hielt Ausschau nach Belle Maris, dem direkt am Meer gelegenen Anwesen der Britlands in Florida.

»Meine Schönste, meine Liebste, meine Teuerste, das größte Geschenk des Himmels, täglich mir zur Freude«, schoss es Henry Parker Britland IV. durch den Kopf, als er von seinem Liegestuhl aufblickte. Er studierte die Konstruktionspläne der *Columbia.* Seit Sundays Entführung kamen ihm diese zärtlichen Worte von Milton öfter in den Sinn.

»Warum kannst du es nicht glauben?«, erkundigte er sich liebevoll. »Als ich neun war, habe ich ein Buch über die *Columbia* gelesen. Schon damals habe ich mich gefragt, wie es wohl war, als Präsident Roosevelt und Winston Churchill darauf den Potomac hinunterfuhren, und mir ausgemalt, worüber sie wohl gesprochen haben. Präsident Truman hat seinen Gästen etwas auf dem Klavier vorgespielt, wenn er und Bess an Bord eine Party veranstalteten. Auch die Kennedys und die Johnsons hatten eine Schwäche für dieses Schiff. Wusstest du übrigens, dass Präsident Ford auf dem Oberdeck seinen Golf-Abschlag geübt hat?«

»Einmal hat er den Kapitän erwischt«, ergänzte Henry trocken. »Alle witzelten, die Crew hätte eine Gefahrenzulage erhalten, sobald Präsident Ford die Golfschläger auspackte.«

Sunday lächelte. »Ich hätte mir denken können, dass du die Geschichte der *Columbia* kennst. Du bist ja praktisch an Bord aufgewachsen.« Ihre Miene wurde ernst. »Und ich weiß auch, dass du die Nacht, als Premierminister del Rio verschwand, nie vergessen hast. Ich verstehe dich. Dieses Geheimnis wirft noch immer seine Schatten.«

»Damals war ich zwölf«, antwortete Henry. »Und ich war der Letzte, der mit ihm gesprochen hat, bevor er an Deck ging, um eine Zigarette zu rauchen. Ich hielt ihn für den nettesten Mann, dem ich je begegnet war. Er fragte mich sogar, ob ich ihn begleiten wolle.«

Sunday bemerkte den niedergeschlagenen Ausdruck in den Augen ihres Mannes. Sie ging zu ihm hinüber und setzte sich auf die Armlehne seines Liegestuhls.

Nachdem Henry ein wenig beiseite gerutscht war, um ihr Platz zu machen, nahm er ihre Hand. »Da ich Einzelkind war und keine Vettern und Cousinen hatte, hat mich mein Vater bei jeder Gelegenheit mitgenommen. Ich war sogar dabei, als er zur Blütezeit der Monarchie im Iran den Schah besuchte.«

Sunday konnte nicht genug von den Abenteuern bekommen, die Henry als Junge und als junger Mann erlebt hatte. Welch himmelweiter Unterschied zu der Kindheit einer Lokführertochter in Jersey City.

Doch obwohl sie gerne gewusst hätte, was er während des Besuchs beim Schah erlebt hatte, wollte sie lieber mehr über die Vorfälle an Bord der *Columbia* in jener Nacht hören. »Ich wusste gar nicht, dass du als Letzter mit Premierminister del Rio gesprochen hast«, sagte sie leise.

»Beim Abendessen herrschte eine lockere Atmosphäre«, erzählte Henry. »Der Premierminister sprach von Vaters Vorhaben, durch seine Baufirma einige Brücken, Tunnel und Straßen in Costa Barria errichten zu lassen. Die Hälfte der Kosten wollte er dem Land schenken und damit der Wirtschaft zu einem dramatischen Aufschwung verhelfen. Jedem im Raum war klar, dass dieser Boom eine Sicherung von del Rios Machtposition zur Folge gehabt hätte. So wäre es mit Sicherheit unmöglich gewesen, dass Costa Barria wieder zu einer Diktatur wird.«

»Gewiss waren del Rio und seine Parteifreunde sehr glücklich darüber«, meinte Sunday. »Hältst du es dennoch für möglich, dass er Selbstmord begangen hat?« Als sie das Stirnrunzeln ihres Mannes bemerkte, fügte sie hinzu: »Henry, Liebling, ich weiß, wie schwer es dir fällt, darüber zu reden. Du kannst es mir ruhig sagen, wenn ich verschwinden soll.«

Henry lächelte. »Schatz, in diesem Fall müsstest du ziemlich weit zur Küste schwimmen. Übrigens weiß ich, dass du im Kongress für eine Fortsetzung der Wirtschaftshilfe für Costa Barria gestimmt hast – auch wenn du es bis jetzt noch nicht erwähntest.«

»Mir ist klar, dass du es für richtiger gehalten hättest, weiter Druck auf dieses Land auszuüben«, verteidigte sich

Sunday. »Doch man kann eine Insel mit acht Millionen Einwohnern nicht einfach ignorieren, insbesondere dann nicht, wenn die meisten von ihnen in Armut leben und unsere Unterstützung dringend brauchen.«

»Bobby Kennedy hat etwas ganz Ähnliches gesagt, als es um die Öffnung Chinas zum Westen ging. Das war 1968, um genau zu sein«, entgegnete Henry. »Was del Rio betraf, war er ein guter Freund meines Vaters, und er besuchte uns häufig. Ich bin stolz darauf, dass er mich offenbar mochte. Und da ich mir Mühe gab, mir so viel Wissen wie möglich über sein Land und die politische Lage anzueignen, machte er sich einen Spaß daraus, meine Kenntnisse auf die Probe zu stellen. Am letzten Tag waren wir zusammen im Swimmingpool gewesen. Trotz des schönen Wetters schien er bedrückt. Und dann sagte er etwas Merkwürdiges. In ziemlich feierlichem Ton erzählte er mir, dass ihm aus irgendeinem Grund ständig Cäsars letzte Worte im Kopf herumgingen.«

»Auch du, mein Sohn Brutus? Warum sollte er so etwas sagen?«

»Keine Ahnung. Natürlich schwebte er ständig in Gefahr, durch ein Attentat ums Leben zu kommen. Aber auf der *Columbia* fühlte er sich sicher. Allerdings weiß ich, dass er gelegentlich unter Depressionen litt, und inzwischen denke ich, dass die dauernde Angst an jenem Abend ihren Tribut gefordert hat.«

»Durchaus möglich«, stimmte Sunday zu.

»Wie ich schon erwähnt habe, verlief das Abendessen recht angenehm. Es endete um Viertel nach zehn. Madame del Rio zog sich sofort zurück, doch der Premierminister blieb noch, um ein wenig zu plaudern. Als ich gerade den Speisesaal verlassen wollte, stand er plötzlich neben mir und bat mich, ihn an Deck zu begleiten. Ich antwortete, meine Mutter erwarte um halb elf meinen Anruf. Mutter hatte gerade ihre alte Freundin, Königin Juliane der Niederlande, zu Besuch, die sich für eine Woche in New York aufhielt. Als ich jedoch del Rios Gesicht sah, wurde mir klar, dass er trotz seiner leutseligen Art sehr beunruhigt war. Deshalb sagte ich, meine Mutter würde sich geehrt fühlen, wenn ich seiner Aufforderung Folge leistete.«

»Dann brauchst du dir keine Vorwürfe zu machen«, entgegnete Sunday.

Henry blickte an ihr vorbei aufs Meer hinaus. »Er tätschelte mir die Schulter und erwiderte, ich dürfe meine Mutter nicht enttäuschen. Vielleicht sei diese Entscheidung das Beste für uns beide. Er meinte, er wolle allein sein, da er über eine wichtige Angelegenheit nachdenken müsse. Dann umarmte er mich, zog dabei verstohlen einen Umschlag aus der Tasche und steckte ihn mir zu. Flüsternd bat er mich, das Kuvert eine Weile für ihn aufzubewahren.

Also ging ich hinunter in meine Kabine, rief meine Mutter an und berichtete ihr von dem Abend. Morgens wurde ich von Madame del Rios verzweifelten Schreien geweckt. Und da wusste ich, dass ich die Tragödie hätte verhindern können.«

»Möglicherweise hättest du auch del Rios Schicksal geteilt, wenn du versucht hättest, ihn zu retten«, widersprach Sunday. »Es wäre typisch für dich, wenn du ihm nachgesprungen wärst. Glaubst du, ein zwölfjähriger Junge – selbst einer, wie du es warst – hätte irgendetwas ausrichten können? Du gehst zu streng mit dir ins Gericht.«

Henry schüttelte den Kopf. »Wahrscheinlich hast du Recht. Aber ich muss immer wieder an jenen Abend denken. Vielleicht war ich Zeuge eines merkwürdigen Vorfalls, den ich damals bloß nicht verstand.«

»Jetzt ist es aber gut, Henry«, schimpfte Sunday. »Du warst ein zwölfjähriger Junge und kein Anwalt.«

»Nein«, protestierte Henry. »Du weißt nämlich nicht, Liebling, dass mein Vater mich damals bat, alles aufzuschreiben, was mir an jenem Abend aufgefallen war, so wie ich es mit allen wichtigen Begebenheiten tat. Als Tagebuch benutzte ich einen Schnellhefter, damit ich die Kapitel später dem Inhalt nach neu ordnen konnte. Genauso verfahre ich heute, wenn ich an meinen Memoiren arbeite.«

»Mein Tagebuch war ein Spiralblock«, sagte Sunday.

»Ich würde es gern einmal lesen.«

»Nur über meine Leiche. Aber was hast du eben gemeint?«

»Nach meinem Telefonat mit Mutter zwang ich mich, alles in sämtlichen Einzelheiten niederzuschreiben, obwohl ich ziemlich müde war. Ich ließ das Tagebuch auf dem Tisch liegen und legte den Umschlag des Premierministers darauf. In der Nacht, während ich schlief, verschwanden die letzten Seiten und auch der Umschlag.«

Sunday sah ihn ungläubig an.

»Soll das heißen, dass sich jemand in deine Kabine geschlichen und den Umschlag und deine Aufzeichnungen gestohlen hat?«

»Ja.«

»Dann, lieber Henry, fällt mir dazu nur eines ein: Bei der Sache steckt mehr dahinter.«

»Sie sind da, Sims!«, rief Marvin Klein, der am Fenster des Salons von Belle Maris stand und beobachtete, wie die elegante Jacht vor Anker ging.

Würdevoll schritt Sims durch den Raum, wo er die Blumen auf dem Couchtisch neu angeordnet hatte. »Ausgezeichnet«, sagte er erfreut. »Und alles ist zu ihrem Empfang bereit. Ist die *Columbia* nicht ein wunderschönes Schiff? Ich bin auch einige Male an Bord gewesen.« Er seufzte. »Das war vor diesem schrecklichen Zwischenfall.«

»Sie waren in jener Nacht auf der *Columbia?«*, meinte Marvin erstaunt.

»Ja. Ich war seit knapp zwei Jahren bei der Familie beschäftigt. Mr Henry Parker Britland III. war so freundlich, meine Liebe zum Detail zu bemerken. Deshalb nahm er mich zu besonderen Anlässen immer auf die Jacht mit, so auch an diesem Wochenende. Der Präsident war damals noch ein kleiner Junge, aber ich weiß noch, wie sehr ihn das Verschwinden des Premierministers erschütterte. In seinem jugendlichen Überschwang versuchte er herauszufinden, was sich abgespielt hatte, doch sein Vater befahl ihm, die Angelegenheit ruhen zu lassen.«

Sims' nachdenkliche Miene verflog, und ein Lächeln huschte über seine Lippen, als er sah, wie Henry und Sunday das Beiboot bestiegen. »Ich freue mich, sagen zu können, dass die gedünsteten Krebse einfach ein Gedicht sind«, meinte er zu Klein. »Der Präsident wird bestimmt zufrieden sein.«

»Ganz sicher«, stimmte Marvin zu. »Nur noch eine Frage, Sims: Sie haben erzählt, das Verschwinden des Premierministers wurde nicht mehr weiter untersucht. Aber es haben doch sicher umfangreiche Ermittlungen stattgefunden?«

»In der Tat, besonders angesichts des Umstandes, dass die Leiche nie entdeckt wurde. Doch man konnte niemandem Vorwürfe machen. Alle möglichen Sicherheitsvorkehrungen waren getroffen worden. Wie Sie sehen werden, liegt die größte Suite ein halbes Stockwerk über den anderen und verfügt über ein eigenes Deck. Mr Britland hatte diese Räumlichkeiten an jenem Wochenende dem Premierminister zugeteilt. Außerdem standen die Leibwächter des Ministers am Fuß der Treppe, die zur Suite führt. Natürlich war die Jacht vor dem Ablegen gründlich durchsucht worden. Jeder an Bord, einschließlich der Mannschaft und des Personals, war über jeden Verdacht erhaben, und der Premierminister hatte vier seiner eigenen Leibwächter mitgebracht.«

»Und seine Frau war auch mit von der Partie?«

»Ja. Sie hatten erst vor kurzem geheiratet, und er reiste nie ohne sie.«

»Wie ich gehört habe, hat sie sich zu einer ziemlichen Xanthippe entwickelt«, merkte Klein an.

»Richtig. Sie wurde Garcia del Rios Nachfolgerin im Amt. Mr Henry Parker Britland III. rechnete zwar nicht damit, dass sie ihre Position würde halten können, aber sie nützte geschickt die Liebe des Volkes zu ihrem verschwundenen Gatten aus. Nach einer Weile war sie unangreifbar. Die Opposition machte sie mit der Behauptung mundtot, die Feinde ihres Mannes hätten ihn in den Tod getrieben. Inzwischen kann man sie mit Fug und Recht als Diktatorin bezeichnen.«

Marvin Klein verzog nachdenklich das Gesicht. »Ich habe sie vor sieben Jahren kennen gelernt, als Präsident Britland eine Konferenz der mittelamerikanischen Staaten besuchte. Damals war sie gerade fünfzig geworden und noch immer eine Schönheit. Präsident Britland nannte sie scherzhaft ›Madame Castro‹. Doch er fügte immer dazu, dass ihr Leben ohne den Tod ihres Mannes sicher völlig anders verlaufen wäre.«

Sims seufzte. »Und das ist einer der Gründe, warum Präsident Britland sich weiterhin Vorwürfe macht. Gewiss denkt er, er hätte den Tod des Premierministers verhindern können, wenn er ihn in jener Nacht an Deck begleitet hätte.«

»Soweit ich informiert bin, fürchtete der Premierminister immer wieder, dass er einem Attentat zum Opfer fallen würde.«

»Das erinnert einen fast an Lincoln«, stellte Sims fest. »Vielleicht ist er seinen Feinden zuvorgekommen, indem er sich selbst das Leben nahm. Das glaubt zumindest der Präsident. Wer weiß? Aber jetzt müssen Sie mich entschuldigen, Mr Klein. Ich habe noch eine Menge zu erledigen. Das Boot mit dem Präsidenten und Mrs Britland legt jeden Moment an.«

Congor Reuthers nahm sich ein Zimmer im Boca Raton Hotel. Jeder hätte ihn für einen begeisterten Golfspieler auf Urlaubsreise gehalten. Er trug eine hellblaue, lässige Leinenjacke über gut geschnittenen weißen Jeans. Eine abgenützt aussehende Golftasche lehnte an seinem Koffer. Und zur Abrundung hatte er eine lederne Fototasche über der Schulter hängen, die jedoch anstelle einer Kamera ein brandneues Mobiltelefon mit großer Reichweite enthielt.

Die Golftasche und die schicken Schläger waren zwar echt, dienten Reuther allerdings nur als Requisiten, damit ihm jeder seine Rolle als Tourist abnahm. Sie hatten einst einem Industrieboss aus Costa Barria gehört, der leider den Fehler begangen hatte, Madame del Rio öffentlich zu kritisieren. Bei seiner Flucht von der Insel hatte er das Sportgerät zusammen mit seiner restlichen irdischen Habe zurücklassen müssen.

Reuthers bemerkte, dass der Mann an der Rezeption mit ihm sprach. Was wollte der Kerl bloß von ihm?, fragte er sich gereizt. Er schwafelte irgendetwas von Golf.

»Ja, ja«, sagte er rasch. »Ich freue mich schon auf ein paar Sätze Golf. Ein wunderschönes Spiel.«

Ohne seinen Versprecher zu bemerken, drehte er sich hoch erhobenen Hauptes um und folgte dem Pagen zu der

Suite, die er zum Stützpunkt seiner Operation machen wollte. Sein Auftrag lautete, die *Columbia* zu durchsuchen.

Um vier Uhr läutete das Telefon.

Der Anrufer nannte sich Lenny Wallace, war aber auch als Len Pagan bekannt. Sein wirklicher Name lautete allerdings Lorenzo Esperanza. Reuthers hatte ihn als Spitzel in die Mannschaft der *Columbia* eingeschleust.

Zufrieden dachte Reuthers an das Mondgesicht, das unschuldige Lächeln, den Bartflaum, die Sommersprossen und die abstehenden Ohren des Mannes. Len ähnelte dem jungen Mickey Rooney. In Wahrheit jedoch war Len ein kaltblütiger Killer.

»Es wird nicht leicht werden«, meinte Len mit gedehnter Stimme.

Reuthers biss sich auf die Unterlippe und dachte daran, dass der störrische Auftragsmörder zu Premierministerin Angelica del Rios Günstlingen gehörte. Doch dann fiel ihm ein, dass sie Versager unnachgiebig zu bestrafen pflegte. »Warum nicht?«, zischte er.

»Weil Präsident Britlands Frau ihre neugierige Nase in alles hineinsteckt. Außerdem stellt sie jede Menge Fragen darüber, was in jener Nacht passiert ist.«

Reuthers' Handflächen wurden feucht. »Was fragt sie denn so?«, wollte er wissen.

»Ich habe getan, als müsse ich etwas im Speisesaal sauber machen, während die Britlands sich unterhielten. Dabei habe ich gehört, dass sie über das Essen mit del Rio sprachen. Mrs Britland erkundigte sich, auf welchem Platz jeder gesessen habe.«

»Vergessen Sie nicht, dass Henry Britland damals erst zwölf war«, protestierte Reuthers. »Unmöglich, dass er sich jetzt noch an etwas Wichtiges erinnert.«

»Und dann sagte sie, sie hätte ihn – das heißt ihren

Mann – noch nie so oft das Wort ›müde‹ benutzen hören. ›Du warst *müde,* dein Vater war *müde.* Was gab es denn bei euch zum Abendessen? Valium?‹, so waren ihre Worte.«

Reuthers schloss die Augen, ohne auf den prächtigen Sonnenuntergang draußen zu achten. Sein schlimmster Albtraum wurde wahr. Die Lage war allmählich brenzlig. »Sie müssen diese Papiere finden«, befahl er.

»Moment mal, auf diesem Schiff wimmelt es von Geheimagenten. Ich habe höchstens einen Versuch. Hoffentlich stimmt Ihre Information. Sind Sie sicher, dass Sie die Papiere in Kabine A versteckt haben?«

»Natürlich. Sie unverschämter Mistkerl«, fauchte Reuthers.

Als er an jene Nacht dachte, erschauderte er. Nachdem er die Jacke des Premierministers durchwühlt hatte, war ihm klar geworden, dass dieser den Umschlag nicht mehr bei sich trug. Ich wusste, dass der Junge zuletzt mit ihm gesprochen hatte. Bestimmt hatte der Premierminister ihm den Umschlag zugesteckt. Also musste ich in der Dunkelheit seine Kabine finden. Das Kind schlief in Kabine A, aber wegen meines miserablen Orientierungssinns öffnete ich zuerst die falsche Tür. Was wäre passiert, wenn Kabine B bewohnt gewesen wäre?

Bei dem Gedanken, wie er in die Kabine des Jungen geschlichen war, brach Reuthers noch heute der kalte Schweiß aus. Er hatte gebetet, der Steward würde nicht zurückkommen und herumschnüffeln, weil das Flurlicht ausgeschaltet war. Mit einer kleinen Taschenlampe ausgerüstet, hatte er sich zum Schreibtisch vorgetastet und del Rios Umschlag an sich genommen. Rein zufällig hatte er einen Blick in das offene Tagebuch geworfen. Als er bemerkte, was da geschrieben stand, hatte er die letzten Seiten herausgerissen.

Dann hatte er gesehen, wie sich der Türknauf drehte.

Der Junge bewegte sich. Reuthers hatte sich rasch im Schrank versteckt. Er saß in der Falle und suchte in der Dunkelheit nach einem Ausweg. Doch dann hatte er ein Loch in der Wand entdeckt. Aus Angst, ertappt zu werden, hatte er die Tagebuchseiten und den Umschlag hineingestopft.

Jemand hatte die Kabine betreten. Die Person trat ans Bett, drehte sich wieder um und verließ den Raum. Doch als Reuthers die Papiere aus dem Loch holen wollte, konnte er sie nicht mehr erreichen. Fast eine Stunde lang hatte er sich abgemüht, die Hand in das Loch zu zwängen. Seine Finger hatten den Umschlag zwar berührt, ihn aber nicht greifen können. Und dann hatte Madame del Rio wie verabredet Alarm geschlagen. Ich hatte meine liebe Not, aus dem Zimmer zu fliehen, bevor der Junge aufwachte, erinnerte er sich. Sie hat gekreischt wie eine Wahnsinnige. Am nächsten Tag hatte er erfahren, dass in alle Kabinen Safes eingebaut werden sollten. Deshalb auch das Loch in der Schrankwand.

»Es wird ein ziemliches Problem«, sagte Len. »Britlands Leibwächter sind nicht von gestern. Die haben Augen im Hinterkopf. Ihr Chef hat mich schon zur Schnecke gemacht, weil ich im Speisesaal war, während die Britlands dort saßen.«

»Das geht mich nichts an«, schimpfte Reuthers. »Lassen Sie es mich mal so ausdrücken: Wenn Sie die Papiere unbemerkt holen können, wird Ihnen unsere Auftraggeberin zu großem Dank verpflichtet sein. Vermasseln Sie die Sache, machen Ihre alte Mutter und Ihre acht Schwestern Bekanntschaft mit dem Jenseits.«

»Nicht meine Mutter und Tanten«, jammerte Len.

»Dann würde ich vorschlagen, dass Sie alles tun, um diese Papiere zu besorgen, kapiert? Das Loch befand sich in der Wand, weil der Safe noch am nächsten Tag eingebaut werden sollte. Die Renovierungsarbeiten könnten die Papiere wieder zu Tage fördern. Brechen sie die Täfelung an der Rückwand des Schrankes von Kabine A auf. Da sind sie drin! Mir ist es egal, wie Sie das anstellen wollen, aber tun Sie es! Und wehe, wenn etwas schief läuft!«

»Henry, wie hat dein Vater reagiert, als du ihm von den verschwundenen Papieren erzählt hast?«, fragte Sunday beim Champagner im verglasten Salon der *Columbia.*

Der Salon war ein halbrunder Raum im hinteren Teil der Jacht, der zehn Personen bequem Platz bot. Viele politischen Würdenträger hatten sich, wie Henry erklärte, gern hierher zurückgezogen, um Gespräche zu führen, zu lesen oder einfach den Himmel zu betrachten.

»Ich fürchte, mein Vater hat sich nicht sehr dafür interessiert. Schließlich wurde der Premierminister vermisst. Außerdem hatte del Rio die Angewohnheit, auf Menükarten oder Redenentwürfen herumzumalen. Mein Vater dachte, er habe mir vielleicht zum Scherz eine solche Zeichnung zugesteckt.«

»Und die Seiten aus deinem Tagebuch?«

»Er meinte, ich solle den Eintrag eben noch einmal schreiben, wenn ich mich besser fühlte. Beim Aufwachen hatte ich nämlich Kopfschmerzen – vermutlich eine Grippe –, und natürlich war die Hölle los. Hubschrauber, Boote und Taucher durchkämmten alles nach der Leiche.«

»Glaubst du, dass del Rio dir irgendeine Kritzelei gegeben hat?«

»Nein.«

»Wurde nach deinen verlorenen Papieren gesucht?«

»Um Vater nicht Unrecht zu tun: ja. Auf seine Anweisung hin sah Sims sich persönlich in meiner Kabine um. Er wollte sich vergewissern, ob ich den Umschlag und das

Tagebuch nicht irgendwo anders hatte liegen lassen. Aber er fand nichts.«

»Und da du deine Eintragung in einen Schnellhefter gemacht hattest, konntest du auch nicht beweisen, dass wirklich Seiten herausgerissen worden waren.«

»Genau.« Er hielt inne und blickte seine Frau liebevoll an. Dann sagte er lächelnd: »Wenn deine Wähler dich jetzt sehen könnten, würden sie dir nie mehr ihre Stimme geben. Du siehst aus wie zwölf.«

Sunday trug einen langen, geblümten Wickelrock, ein ärmelloses weißes T-Shirt und Sandalen. Sie zog eine Augenbraue hoch. »Vielleicht würde mich im Moment niemand für eine Kongressabgeordnete halten«, entgegnete sie würdevoll, »aber ich möchte eines klarstellen: Ich frage dich all das nicht aus kindlicher Neugier oder weil ich weiß, wie sehr dir diese Nacht noch zu schaffen macht. Ich teile deine Meinung über Madame del Rio, und ich möchte, dass Costa Barria eine wirklich demokratische und freiheitliche Regierung bekommt. Doch es würde zu lange dauern, die Bevölkerung gegen diese Frau aufzuhetzen. Wenn nichts Drastisches geschieht, wird sie die nächsten Wahlen wieder gewinnen. Das ist so gut wie sicher.«

»Richtig.«

»Und es macht mich wütend, dass einer von Garcia del Rios Leuten möglicherweise seinen Abschiedsbrief aus deiner Kabine gestohlen hat, während du schliefst – falls es ein Abschiedsbrief war. Vielleicht wäre sonst alles anders gekommen.«

»Ich kann den Gedanken nicht ertragen, dass ich dem Premierminister das Leben hätte retten können, wenn ich mit ihm an Deck gegangen wäre. Ich habe die *Columbia* gekauft, weil sie, abgesehen von diesem Zwischenfall, eine große, ruhmreiche Geschichte hat, und ich möchte, dass der Makel in Vergessenheit gerät.«

Leise kam Sims mit einem Tablett voller Käsegebäck herein, das er Sunday hinhielt. Nachdem sie eines genommen hatte, fragte sie: »Sie waren doch schon früher auf dieser Jacht, Sims?«

»Ja, Madam.«

»Welchen Eindruck macht sie auf Sie?«

Sims runzelte die Stirn. »Sie befindet sich in sehr gutem Zustand, Madam. Aber wenn ich mir die Bemerkung erlauben darf, empfinde ich es als ziemlich erschütternd, dass sich nichts hier verändert hat. Die Tapeten, die Bettwäsche, die Polster, die Vorhänge, alles ist noch genau wie früher. Mr Hodgins Weatherby hat die Jacht in den zweiunddreißig Jahren, die er sie besaß, offenbar wie einen Schrein behandelt.«

Henry kicherte. »Das kann ich erklären. Weatherby hatte für die Schifffahrt nichts übrig und wurde schon bei der kleinsten Welle seekrank. Er hat ein Vermögen dafür bezahlt, seinen Hafen auszubaggern, damit er vom Dock aus direkt an Bord gehen konnte. Außer ihm, seinem Hellseher und dem Personal durfte niemand das Schiff betreten. Hier war sein Stammplatz« – Henry klopfte auf die Armlehne seines Sessels und zeigte dann auf Sunday – »und der Hellseher saß dort.

Übrigens war dein Platz auch der von Winston Churchill, Liebling. Vater erzählte, als Franklin D. Roosevelt das Schiff benutzte, um mit Churchill segeln zu gehen, habe der britische Premierminister sofort diesen Sessel angesteuert. Weatherby behauptete, durch Vermittlung des Hellsehers Gespräche mit Churchill, Roosevelt, de Gaulle, Eisenhower und noch ein paar anderen geführt zu haben. Allerdings weigerte er sich, auch nur ein Wort mit Stalin zu wechseln.«

»Für ihn war die Jacht wohl nicht mehr als eine Art Gartenlaube«, stellte Sunday fest. »Ich kann verstehen, warum seine Familie den Erlös für sie nach seinem Tod wohltätigen Zwecken gespendet hat.«

»Ich auch. Aber deshalb ist auch das alte Gerücht wieder aufgelebt, dass hier Gespenster umgehen. Offenbar war der Hellseher ein guter Schauspieler.«

Es klopfte an der Tür, und Marvin Klein betrat zögernd den Raum. »Mr President, ich störe Sie nur ungern, aber der Außenminister ist am Telefon.«

»Tony?«, fragte Henry. »Es muss etwas passiert sein.« Er nahm das Telefon von Klein entgegen und flüsterte dann: »Gehen Sie nicht weg, Sims. Ich möchte auch ein Stück von dem Käsegebäck.«

Nachdem er hastig eines verzehrt hatte, sprach er in den Hörer: »Hallo, Tony. Ranger hält dich wohl ganz schön auf Trab.«

Ranger war der Geheimdienstcode für das Staatsoberhaupt.

Außenminister Anthony Pryor war von Henrys Nachfolger, Präsident Desmond Ogilvey, ins höchste Ministeramt erhoben worden. Da Pryor und Henry seit ihrer Studienzeit in Harvard befreundet waren, sparten sie sich in ihren Gesprächen die Förmlichkeiten. »Ich schufte wie ein Pferd, Henry, aber das weißt du ja. Hör mal, du hast doch die *Columbia* zurückgekauft, und wir hoffen, dass du uns bei einem Problem helfen kannst. Einer von Miguel Alessos Leuten wird dich anrufen. Alesso möchte dich sehen, und Ranger will, dass du dich mit ihm triffst.«

»Alesso? Das ist doch der Gegenkandidat der Premierministerin von Costa Barria.«

»Genau. Er hält sich inkognito in Miami auf. Er schwört, dass Angelica del Rio vor zweiunddreißig Jahren die Ermordung ihres Mannes geplant habe. Angeblich haben ihre Leute versucht, die *Columbia* bei der Auktion zu ersteigern, aber du hast sie überboten.«

»Woher weiß er das?«, fragte Henry ruhig.

»Weil sich die Witwe eines der Kerle, die die Ersteigerung letzte Woche vermasselt haben, bei ihm gemeldet hat. Nun glaubt Ranger, dass du der richtige Mann bist, um zu überprüfen, ob Alessos Geschichte hieb- und stichfest ist. Wenn du denkst, dass sie stimmt, wissen wir, welche Haltung wir zu den kommenden Wahlen einnehmen sollen. Selbst nach zweiunddreißig Jahren gilt Garcia del Rio in seinem Land praktisch als Heiliger. Vergiss nicht, dass Angelica del Rio zu einem Staatsbesuch erwartet wird. Sie hat versprochen, die Menschenrechte zu achten und Dissidenten freizulassen. Ranger möchte verhindern, dass er wie ein Idiot dasteht, falls es wirklich Beweise für ihre Beteiligung an dem Mordanschlag gibt.«

»Glaubst du, Des hält das Ganze für eine Taktik, damit wir Premierministerin del Rio kurz vor der Wahl unsere Unterstützung entziehen?«

»Du hast's erfasst. Mein Gott, Henry, diese kleinen Länder können einen in den Wahnsinn treiben.«

»Darin unterscheiden sie sich nicht von den großen«, erwiderte Henry. »Natürlich treffe ich mich mit Alesso. Morgenvormittag hier auf der *Columbia.*«

»Ausgezeichnet. Wir kümmern uns darum.«

Henry reichte Marvin Klein das Telefon und sah Sunday an. »Liebling«, sagte er, »es könnte sein, dass du wie immer Recht hast.«

»Womit?«

»Was Garcia del Rios Tod angeht.«

Inzwischen hatte Congor Reuthers gelernt, dass auch ein Revolverheld hin und wieder eine anständige Mahlzeit braucht. Es war Montag, und Lenny hatte ihm mitteilen lassen, dass die Britlands am Mittwochmorgen nach Washington fliegen wollten. Die Kongressabgeordnete Sandra O'Brien Britland wurde zur letzten Debatte zum Thema Wirtschaftshilfe für Costa Barria auf dem Capitol Hill erwartet. Nach Abreise der Britlands würden alle nicht mehr benötigten Mitglieder der Mannschaft – auch Lenny – entlassen werden. Und das bedeutete, dass die Zeit knapp wurde. Lenny musste morgen Kabine A durchsuchen.

Im Augenblick konnte Reuthers allerdings nichts weiter tun, als zum Essen zu gehen. Da er eine Schwäche für das Restaurant im Turm des Boca Raton Hotels hatte, beschloss er, sein Abendessen dort einzunehmen. Ein paar Martinis und ein Hummer würden seine Lebensgeister bestimmt wieder wecken. Also griff er zum Telefon, wählte die Nummer des Restaurants und bestellte in herrischem Ton einen Fenstertisch mit Blick auf den Kanal.

Doch als er zum Empfang kam, musste er zu seiner Empörung feststellen, dass der gewünschte Tisch schon besetzt war. Vor die Wahl gestellt, wütend hinauszustürmen oder sich mit der neuen Situation abzufinden, überließ er seinem Magen die Entscheidung.

»Gewiss werden Sie Verständnis dafür haben, dass wir unsere Platzreservierungen umstellen mussten«, meinte der *Maître d'hôtel* mit einem verlegenen Grinsen, während er Reuthers zu einem Tisch führte, von dem aus man das Wasser nur in dem bereit gestellten Krug bewundern konnte. »Sie sehen ja, warum wir einige Tische freilassen mussten«, flüsterte er, wobei er zum Fenster wies.

Reuthers blieb fast das Herz stehen. Denn dort an einem Tisch saß, ganz allein, sonnengebräunt und lächelnd, das beliebteste Paar der Vereinigten Staaten: der ehemalige Präsident und seine Frau, die Kongressabgeordnete.

Reuthers griff in seine Tasche, wo sich, verborgen in einem Zigarettenetui, sein Abhörgerät befand. Mit einer beiläufigen Bewegung klappte er das Etui auf und stellte es auf den Tisch, sodass die Öffnung in Richtung der Britlands zeigte. Dann kratzte er sich am Kopf und setzte dabei den kleinen Ohrhörer ein. Sofort hörte er Henry Parker Britlands IV. Stimme: »Das Treffen mit Alesso morgen wird sicher interessant.«

Alesso!, dachte Reuthers. Warum will Britland ihn treffen?

Er legte die Hand übers Ohr, um es gegen das Stimmengewirr von den anderen Tischen abzuschirmen. Doch da bemerkte er, dass ihn jemand ansprach.

»Es tut mir Leid, Sir, aber das Rauchen ist hier nicht gestattet.« Als Reuthers aufblickte, sah er das missbilligende Gesicht des Oberkellners vor sich. Dabei verpasste er den Rest von Sundays nächstem Satz: »Alesso bringt Beweise ...«

»Ich rauche doch gar nicht«, widersprach Reuthers. Der Oberkellner betrachtete tadelnd das offene Zigarettenetui.

»Ich lege es nur auf den Tisch, um meine Willenskraft auf die Probe zu stellen«, erklärte Reuthers barsch.

»Wenn Sie erlauben, Sir ...« Der Oberkellner schob das Zigarettenetui zwischen die Blumenvase und den Brotkorb, den ein Kollege soeben gebracht hatte. »Jetzt können Sie es in Ruhe anschauen, ohne dass die anderen Gäste es bemerken und glauben, dass Sie hier rauchen dürfen. Vergessen Sie nicht, dass Sie vielleicht nicht der Einzige sind, der es sich abgewöhnen will. Haben Sie übrigens schon mal daran gedacht, es mit Nikotinkaugummi zu versuchen? Das wirkt Wunder.«

»Hau ab, du Idiot. Britland sieht dich an.«

Als Reuthers die vertraute, zornige Stimme hörte, fuhr er zusammen.

»Vielleicht erkennt er dich wieder, du Schwachkopf!«

Reuthers drehte sich um und ließ die Augen ängstlich

durch den Raum schweifen. Wie hatte sich Angelica wohl heute verkleidet? Wenn sie hierher gekommen war, anstatt von New York aus direkt nach Costa Barria zurückzukehren, musste sie ziemlich besorgt sein. Er entdeckte eine grauhaarige Dame, die allein an einem Tisch saß. Das war sie! Die einsame Wilma, eines von Angelicas vielen Alter Egos. Als er den Kopf zu den Tischen am Fenster wandte, traf sich sein Blick mit dem des ehemaligen Präsidenten. Seit ihrer letzten Begegnung waren zweiunddreißig Jahre vergangen. Reuthers hatte als einer von Garcia del Rios Leibwächtern an der verhängnisvollen Bootspartie teilgenommen. Offiziell war er mit seinen Kollegen wegen Pflichtverletzung hingerichtet worden, weil er den Premierminister nicht richtig beschützt hatte.

Würde Britland ihn nach all den Jahren wieder erkennen? Da er es nicht darauf ankommen lassen wollte, drehte er sich um und kehrte Britland den Rücken zu. »Ich werde heute doch nicht hier essen«, sagte er knapp und eilte aus dem Restaurant.

Er stand schon am Aufzug, als der Oberkellner ihn einholte. »Sie haben Ihr Etui vergessen, Sir«, meinte er.

Jack Collins, der Chef der Personenschutzeinheit von Henry Britland, rutschte unruhig auf seinem Stuhl hin und her. Er saß einen Tisch neben dem ehemaligen Präsidenten, und seine innere Stimme, die ihn meistens vor Gefahr warnte, gellte ihm regelrecht in den Ohren. Irgendetwas war hier faul! Besorgt sah er sich um und beobachtete aufmerksam die anderen Gäste. Die meisten waren offensichtlich wohlhabend – viele ältere Ehepaare und einige Familien mit kleinen Kindern, alle sonnengebräunt und guter Laune. Ein paar Geschäftsleute tauschten Anekdoten aus.

Wahrscheinlich sind sie auf einem Golfausflug, den sie ihrer Firma auf die Spesenrechnung setzen, überlegte Collins mit einem Anflug von Neid.

Er bemerkte, wie ein Mann mit kerzengerader Haltung aus dem Restaurant eilte und dabei fast mit vier eleganten älteren Damen zusammenstieß. Er wirkte sehr verärgert. Collins beobachtete, dass der *Maître d'hôtel* die Damen an einen Tisch im hinteren Teil des Restaurants, genau zwischen die Familien mit den Kleinkindern führte. Er konnte ihre unzufriedenen Gesichter verstehen. In Begleitung eines Mannes wäre ihnen das sicherlich nicht passiert, dachte er.

Eine Frau an einem kleinen Fenstertisch fiel ihm auf. Sie blickte nachdenklich aufs Meer hinaus. Graues Haar, Runzeln, schlichte Sonnenbrille, wehmütige Miene – sie sah aus, als hätte sie vor kurzem einen Trauerfall durchgemacht.

Collins' Blick schweifte weiter die Tische entlang. Irgendetwas stimmte nicht, und er konnte sich des unangenehmen Gefühls nicht erwehren. Deshalb war er sehr erleichtert, dass sich die Britlands eine Stunde später zum Aufbruch entschlossen.

Als sie den Empfang passierten, winkte Henry Collins zu sich. »Jack«, sagte er. »Da war ein Mann im Speisesaal, der plötzlich hinausrannte, ohne etwas zu essen. Haben Sie ihn bemerkt? Etwas an ihm kam mir bekannt vor. Nehmen Sie ihn mal unter die Lupe.«

Collins nickte. Er schickte seine vier Kollegen mit den Britlands voraus und holte am Empfang einige Erkundigungen ein.

Als er nach einer Stunde in Belle Maris eintraf, hatte er schon dafür gesorgt, dass der Hotelgast, der sich unter dem Namen Norman Ballinger eingetragen hatte, rund um die Uhr beschattet wurde. Grund dafür waren der Bericht des Oberkellners über das offene Zigarettenetui und die Bemerkung des Rezeptionisten, der Mann habe »ein paar Sätze Golf« spielen wollen. Jetzt verstand Collins, warum er so ein schlechtes Gefühl gehabt hatte.

Kaum hatte er das Haus betreten, als sich auch schon sein Piepser meldete. »Sie sind auf einer heißen Spur, Jack«, informierte ihn die Zentrale. »Ballinger heißt in Wirklichkeit Congor Reuthers und ist Angelica del Rios rechte Hand. Er verkehrt zwar nicht offiziell in Politikerkreisen, aber es heißt, dass er sich Angelicas Wohlwollen sichert, indem er ihr sämtliche Probleme aus dem Weg schafft.«

»Was tut er im Boca Raton?«, fragte Collins.

»Wir vermuten, er weiß, dass Alesso hier ist. Wahrscheinlich will er herausfinden, was er vorhat. Wir lassen ihn zwar beobachten, aber seien Sie vorsichtig. Reuthers macht sich nicht selbst die Hände schmutzig. Vielleicht hat er Verstärkung mitgebracht.«

Collins legte auf. Warum wurde er nur das Gefühl nicht los, dass Henry Parker Britland besser die Finger von der *Columbia* hätte lassen sollen?

Am Dienstagmorgen musste Lenny Wallace die unangenehme Entdeckung machen, dass die Sicherheitsvorkehrungen auf der *Columbia* verschärft worden waren.

Um sieben Uhr rief er Reuthers an und erfuhr, dass Miguel Alesso, der Oppositionsführer, der bei den Wahlen in der nächsten Woche gegen die Premierministerin antreten würde, mit Präsident Britland auf der Jacht zum Mittagessen verabredet war.

»Sie müssen die Papiere holen«, befahl Reuthers. »Die Premierministerin ist persönlich in die Angelegenheit verwickelt. Es darf einfach nicht schief gehen.«

Dann wies er Lenny an, sich unter einem Vorwand in den Speisesaal zu schleichen, um das Gespräch beim Mittagessen zu belauschen.

Lenny hatte schwer an sich halten müssen. Reuthers musste schon ganz schön blöde sein, zu glauben, dass ein einfacher Matrose so mir nichts, dir nichts, in einen Raum spazieren konnte, in dem eine Unterredung auf höchster Ebene stattfand. Dazu hätte er mindestens eine Tarnkappe gebraucht. Doch dann dachte er an seine Mutter und die Tanten und schwieg.

Allerdings wies er Reuthers darauf hin, dass Jack Collins, der oberste Leibwächter, ebenfalls an Bord sein würde. Und der bekäme sogar mit, wenn jemand auf dem Schiff nur nieste.

Aber Reuthers sprach nur eine letzte Warnung aus: »Sie sollten wissen, dass Ihre Mutter und Ihre Tanten vorübergehend unter Hausarrest stehen. Also tun Sie, was Sie für richtig halten.«

Um Punkt zwölf stand Lenny, ein Fernglas vor den Augen, auf dem Mannschaftsdeck. Eine Limousine fuhr vor, zwei Männer und eine Frau stiegen aus und kletterten ins Beiboot: die Britlands und der Oppositionsführer von Costa Barria, Miguel Alesso.

Plötzlich kam Lenny eine neue Idee: Alesso war bei der Bevölkerung ziemlich beliebt. Die Leute gerieten außer Rand und Band, wenn er in der Öffentlichkeit auftrat. Was ist, dachte er, wenn ich die Papiere nicht finde? Ich könnte mich einfach verdrücken. Und wenn er durch einen verrückten Zufall die Wahlen gewinnt, könnte ich mich mit ihm in Verbindung setzen und ihm von meinem Auftrag erzählen. Und dann sage ich ihm, was hinter der Sache steckt. Vielleicht belohnt er mich ja.

Aber nein, das würde niemals klappen. Lenny wusste das genau. Bis die Wahlen vorbei waren, würde es zu spät für seine Mutter und seine Tanten sein, diese wunderbaren Frauen, die man überall als die ABC-Schwestern kannte, Mama, die Älteste, hieß Antonella, die zweite Bianca, die dritte Concetta, bis hin zur Jüngsten, die Iona gerufen wurde.

Von neuem Pflichtgefühl beseelt, wischte sich Lorenzo Esperanza, alias Lenny Wallace, die Tränen aus den Augen.

Er strahlt Aufrichtigkeit aus, dachte Sunday. Sie saß mit Henry und Miguel Alesso im Salon. Henry hatte Alesso Sir Winstons Lieblingssessel angeboten.

»Normalerweise komme ich nicht mit so wichtigen Persönlichkeiten in Berührung«, sagte Alesso lächelnd. »Obwohl man die missliche Lage meines Landes mit der englischen Situation während des Zweiten Weltkriegs durchaus vergleichen könnte.«

Sunday wusste, dass Alesso vor kurzem erst dreißig geworden war. Doch seine ernste, gesetzte Art, das grau melierte dunkle Haar und der kluge, traurige Ausdruck in seinen haselnussbraunen Augen ließ ihn mindestens zehn Jahre älter erscheinen.

Nun beugte er sich mit eindringlicher Miene vor. »Angelica del Rio hat die Ermordung eines wahrhaft großen Mannes geplant und ausgeführt«, verkündete er leidenschaftlich. »Wie Ihnen gewiss bekannt ist, Sir, war ihr Vater Kommandeur der Armee von Costa Barria. Den Premierminister hat sie auf Anordnung ihres Vaters geheiratet. Ich bin sicher, dass sie von Anfang an vorhatte, ihn zu beseitigen. Schon damals war sie eine außergewöhnlich attraktive, anziehende Frau. Und, wie es so schön heißt, ist ein Mann eben ein Mann ...«

Bedrückt zuckte er die Achseln. »Sie hat seine Leibwächter gegen die Gauner ausgetauscht, die ihn verraten haben. Zu ihren gehörte auch ein entfernter Vetter von ihr, ein Engländer namens Congor Reuthers.

Inzwischen habe ich erfahren, dass Angelica ihrem Mann, Ihrem Vater und auch Ihnen ein Betäubungsmittel verabreicht hat. Es befand sich in der Nachspeise, die ihr persönlicher Koch zubereitete. Als Garcia del Rio das Bewusstsein verloren hatte, beschwerten seine Leibwächter, angeführt von Reuthers, seinen Körper mit Gewichten und warfen ihn über Bord. Wahrscheinlich ist er bis auf den Meeresgrund gesunken.

Die Leibwächter rechneten mit einer Belohnung. Und die bekamen sie auch. Nachdem sie mit der trauernden Witwe nach Costa Barria zurückgekehrt waren, wurden sie wegen Pflichtverletzung hingerichtet – mit Ausnahme von Reuthers natürlich.«

»Ich verstehe noch immer nicht, warum sie sich ausgerechnet jene Nacht und unsere Jacht ausgesucht hat«, meinte Henry.

Sunday betrachtete ihren Mann. Er saß kerzengerade auf dem Kapitänsstuhl, das Kinn in die linke Hand gestützt und den Blick forschend auf Alesso gerichtet. Fast konnte sie die Klänge der Präsidentenhymne hören.

»Angelica hatte einen Anruf von ihrem Vater, dem General, erhalten, der ihr mitteilte, ihr Mann sei über die Mordpläne im Bilde und wisse, dass seine Leibwächter daran beteiligt seien. Außerdem erzählte er ihr, del Rio habe herausgefunden, dass sie Millionen von Dollar aus den von ihr geleiteten Wohltätigkeitsorganisationen abgezweigt hatte. Del Rio plante, seine Frau nach der Ankunft in Costa Barria verhaften zu lassen. Also hatte sie keine andere Wahl, als sofort zuzuschlagen.«

Klingt logisch, dachte Sunday.

»Eigentlich sollte Angelicas Vater die Regierung übernehmen. Aber der General erlitt in der darauf folgenden

Woche einen Herzinfarkt. Deshalb ergriff Angelica die Gelegenheit beim Schopf. Sie regierte das Land, bis die Amtszeit ihres Mannes abgelaufen war. Und indem sie sich die Liebe des Volkes zu Garcia del Rio zunutze machte, gelang es ihr auch danach, die Macht zu behalten.«

»Welche Beweise haben Sie dafür?«, fragte Henry. »Sie hatten doch Beweise erwähnt.«

Alesso zuckte die Achseln. »Der Beweis befindet sich in dem Umschlag, den Garcia del Rio Ihnen zugesteckt hat, als Sie zwölf Jahre alt waren.«

»Und woher wissen Sie all das?«, erkundigte sich der ehemalige Präsident.

»Einer der Leibwächter versuchte, einen Gefängnisaufseher zu bestechen, um der Hinrichtung zu entgehen«, antwortete Alesso. »Er berichtete dem Aufseher alles über den Mord an del Rio und sagte, Reuthers habe die Leiche des Premierministers nach einem Umschlag durchsucht, bevor sie über Bord geworfen wurde. Der Umschlag enthielt del Rios Anklage gegen seine Frau. Sie hatte sie zwar gelesen, es aber nicht geschafft, sie vor dem Essen aus seiner Jacke zu nehmen.«

»Und warum ist das alles nie bekannt geworden?«, fragte Sunday.

Alesso bedachte sie mit einem erstaunten Blick. »Der Gefängnisaufseher hätte sein eigenes Todesurteil unterschrieben, wenn er zugegeben hätte, dass er über die Hintergründe des Mordes am Premierminister informiert war«, entgegnete er. »Doch als er älter wurde, trank er gern einmal ein Gläschen Wein über den Durst, wie Männer es manchmal eben so tun. Und mit der Zeit fing er an, zu viel zu reden. Schließlich ist er verschwunden.«

»Und nun, all diese Jahre später, löst sich endlich das Rätsel«, meinte Henry nachdenklich.

»Nein, Sir«, verbesserte ihn Alesso. »Das Rätsel ist erst gelöst, wenn wir die Papiere finden, falls sie überhaupt noch existieren. Aber im Augenblick kann ich Sie nur bitten, meine Kandidatur zu unterstützen. Und Sie, Abgeordnete Britland, flehe ich an, einer Wirtschaftshilfe für mein Volk nicht zuzustimmen, solange Angelica del Rio an der Macht ist. Wer sie fördert, leistet der Unterdrückung Vorschub.«

Sunday konnte seinem eindringlichen Blick nicht standhalten. Sie wandte sich ab, damit er ihr die Unentschlossenheit nicht anmerkte.

»Und Sie, Sir«, meinte Alesso zu Henry, »bitte ich, den Präsidenten der Vereinigten Staaten dazu zu drängen, den Staatsempfang für Angelica del Rio abzusagen. Eine große Nation wie die Ihre darf nicht zum Unterstützer einer Tyrannin werden.«

Lenny wusste, dass er keine Chance hatte, das Oberdeck zu erreichen, solange die Unterredung andauerte. Allerdings erfuhr er, dass die Britlands nach dem Essen nach Belle Maris zurückkehren und von dort aus am frühen Morgen nach Washington abreisen wollten. Das bedeutete, dass der allgegenwärtige Geheimdienst die Villa und nicht die Jacht bewachen würde.

Lennys Dienst endete um fünf Uhr nachmittags, und es hätte merkwürdig ausgesehen, wenn er danach nicht sofort nach Hause ging. Aber während er das Deck aus Teakholz schrubbte, hatte er einen Einfall: Von einem Menschen, der Lebensmittelvergiftung hatte, würde niemand verlangen, dass er sein Bett verließ.

Eine Stunde später sprach er beim Obersteward vor. Schweißperlen glänzten auf seiner Stirn, seine Augenlider standen auf Halbmast, und er litt augenscheinlich unter Gleichgewichtsstörungen.

»Ich hab was Falsches gegessen«, stöhnte er und hielt sich den Bauch.

Nach zehn Minuten lag er in seinem Bett in der Mannschaftsunterkunft und sammelte seinen Mut, um sich hinauf zu Kabine A zu schleichen. Doch er musste warten, bis es dunkel wurde und die Geheimdienstmänner von Bord waren.

Die kommenden Ereignisse werfen bereits ihre Schatten, dachte Henry am Abend, als er einen Espresso trank.

Er und Sunday saßen auf Belle Maris' blumengeschmückter Terrasse. Kerzen flackerten, und der Vollmond tauchte die *Columbia* in ein prächtiges, aber auch unheimliches Licht.

»Du bist so still, Liebling«, stellte Sunday fest, während sie Sims mit einem Kopfnicken bedeutete, ihr noch einen Espresso einzuschenken.

»Nach dieser Menge Kaffee wirst nicht einmal du schlafen können«, warnte Henry.

»Du kennst mich doch, Henry. Ich würde sogar auf einem Lattenzaun einschlafen. Das muss wohl an meinem ruhigen Gewissen liegen.« Sie nahm einen Schluck und schnalzte mit den Lippen. »Wie heißt es so schön: Das ist ein Kaffee, in dem der Löffel stehen bleibt.«

Dann wurde ihre Miene ernst. »Henry, glaubst du Alessos Geschichte?«

»Ja, und zwar aus verschiedenen Gründen. Gestern Abend im Restaurant habe ich mir den Mann, der mir so bekannt vorkam, ziemlich genau ansehen können. Und wie du weißt, hatte ich Recht. Ich bin ihm wirklich schon einmal begegnet. Er ist Angelica del Rios rechte Hand. Er war in jener Nacht vor zweiunddreißig Jahren auf der *Columbia.* Während del Rio mir den Umschlag zusteckte, befand er sich ganz in unserer Nähe. Also hat er bestimmt geschlossen, dass ich die Papiere haben musste, als er sie bei del Rio nicht fand. Nun, da Alesso die Wahrheit entdeckt hat, wird Reuthers Himmel und Hölle in Bewegung setzen, um den Umschlag zurückzubekommen. Wenn es etwas nützen würde, die Jacht in ihre Bestandteile zu zerlegen, würde ich es tun. Doch sie befand sich mehr als dreißig Jahre lang nicht in unserem Besitz. Vielleicht hat ja ein Zimmermädchen den Umschlag entdeckt und ihn weggeworfen.«

»Wirst du Des vorschlagen, den Staatsempfang für Madame del Rio abzusagen?«, wollte Sunday wissen.

»Staatsbesuche sagt man nicht so einfach ab, Liebling, außer wenn schwerwiegende Gründe dafür sprechen. Wenn Madame del Rio die Wahlen am nächsten Dienstag gewinnt und die Menschenrechtsdeklaration unterschreibt, wird sich keiner mehr für die Vorwürfe ihres geschlagenen Gegenkandidaten interessieren. Ohne Beweise wird sie niemand für glaubhaft halten. Und wie es im Augenblick aussieht, hat Alesso keine Chance, ihr den Wahlsieg abzujagen.«

Sunday starrte hinüber zur *Columbia.* »Weißt du was, Henry? Ich würde gern noch eine Nacht auf der Jacht verbringen. Ich schlafe so gern an Bord. Oder hast du etwas dagegen?«

Henry lächelte. »Ich nehme an, dass du mich dabeihaben willst. Und mir würde es auch Spaß machen, mich ein wenig vom Meer wiegen zu lassen, Liebling. Natürlich tun wir das. Vielleicht gibt die *Columbia* uns auch ihre Geheimnisse preis?«

Bevor Lenny um neun seine Kabine verließ, richtete er sein Bett so her, dass es aussah, als läge er darin. Er hatte die vielen Schiffe rings um die *Columbia* beobachtet. Zufrieden hielt er sich vor Augen, dass sie lediglich Unbefugte am Betreten des Schiffes hindern konnten – er aber war schon hier!

Er stand nun kurz davor, seinen Auftrag zu erfüllen, und seine Nerven waren zum Zerreißen gespannt. Am gefährlichsten würde es sein, in Kabine A einzudringen. Wenn er erst einmal drinnen war, gab es keine Probleme mehr. Schließlich hatte niemand einen Grund, heute Nacht noch das Schiff zu durchsuchen.

Allerdings würde es schwierig sein, einen Teil der dicken Eichentäfelung herauszubrechen, ohne dabei Lärm zu machen. Reuthers hatte gesagt, er habe den Umschlag und die Tagebuchseiten in das für den Safe bestimmte Loch fallen lassen. Deshalb mussten sie auf dem Boden gelandet sein, und Lenny würde sie sicher hinter der Täfelung finden.

Also wäre es am sinnvollsten, unten anzufangen, überlegte er. Wenn die Papiere zwischen den Wänden stecken geblieben waren, war es sicher leichter, nach oben als nach unten zu tasten.

Mit einer Säge, einem kleinen Hammer und einem Bohrer bewaffnet, die er aus dem Werkzeugraum gestohlen hatte, schlich er sich vorsichtig aus der Mannschaftsunterkunft.

Auf den ersten beiden Decks war niemand. Offenbar befanden sich die Wachen am Hafen oder in den Booten. Auf dem Oberdeck wäre Lenny fast einem Geheimdienstmann in die Arme gelaufen. Er stand am Fuß der Treppe, die zur Suite der Britlands führte.

Personalverschwendung, dachte Lenny. Die beiden sind doch im Haus. Allerdings war ihm der Schrecken in alle Glieder gefahren. *Befanden sich die Britlands wirklich in der Villa?*

Drei bange Minuten später hatte er Kabine A erreicht. Er wagte nicht, Licht zu machen. Doch zum Glück war die Nacht klar, und der Vollmond beleuchtete den ganzen Raum. Die Kabine war etwa zwanzigmal so groß wie der Verschlag, der ihm zugeteilt worden war. Sie enthielt ein Doppelbett mit Kopfbrett, einen eingebauten Schreibtisch und ebensolche Kommoden, ein Sofa und Stühle. Alles war so befestigt, dass auch bei rauer See niemand gefährdet wurde.

Der Schrank war ziemlich geräumig. Lenny schlüpfte hinein und schloss die Tür. Dann erst knipste er die Taschenlampe an. Der Safe war in die hintere Wand eingelassen. Er war rund wie ein Bullauge, auf die Tür war ein ruhiges Meer aufgemalt. Das altmodische Kombinationsschloss ähnelte einem Kompass und fesselte Lennys Aufmerksamkeit.

Während er mit den Fingern darüber strich, überlegte er, dass kein Schmuckstück, das man in diesen Safe einschließen konnte, so wertvoll war wie die Papiere, die sich darunter in der Täfelung verbargen.

Er setzte sich auf den Boden und klopfte gegen das Holz, um festzustellen, wie dick es war. Ziemlich dick, sagte er sich. Verdammt dick! Um dieses Schiff zu bauen, hatten eine Menge Bäume dran glauben müssen. Lenny machte sich auf eine lange Nacht gefasst. Mit einer großen Axt und einer elektrischen Säge wäre es sicher in kurzer Zeit geschafft gewesen – aber er hätte damit sämtliche Wachen und Seeleute an Bord alarmiert, und das kam nicht in Frage. Vorsichtig fing er an, ein paar Zentimeter oberhalb des Bodens ein Loch zu bohren.

Alle fünfzehn Minuten legte er eine kleine Ruhepause ein. Als er etwa zwei Stunden später seine schmerzenden Arme reckte, glaubte er, ein leises Klicken zu hören. Er schaltete die Taschenlampe aus und öffnete die Tür einen Spalt weit. Vor Schrecken fielen ihm fast die Augen aus dem Kopf.

In dem stillen Raum stand, mit dem Rücken zu ihm und nur von der Schreibtischlampe erleuchtet, eine schlanke Gestalt im Nachthemd. Kongressabgeordnete Sandra O'Brien Britland schüttelte die Bettdecke auf. Während Lenny entgeistert zusah, kletterte sie ins Bett und knipste das Licht aus.

Henry hat mal wieder Recht, dachte Sunday seufzend, als sie versuchte, es sich im Bett gemütlich zu machen. Ihr Mann schlief tief und fest in ihrer Suite ein Deck höher. Zu viel Kaffee. Ihre Gedanken überschlugen sich. Doch das konnte nicht nur am Koffein liegen. Irgendetwas, das Henry ihr über jene Nacht vor zweiunddreißig Jahren in dieser Kabine erzählt hatte, wollte ihr einfach nicht aus dem Kopf. Was war es nur gewesen?

Wenn man diese Papiere nur finden könnte, überlegte sie. Falls Alessos Bericht stimmt, hat eine Frau auf dieser Jacht ihren Mann ermordet, und das Beweisstück ist wahrscheinlich vom Schreibtisch in diesem Raum entwendet worden.

An Schlaf war nicht mehr zu denken. Sonst war Henry immer derjenige, der noch stundenlang las, wenn sie schon längst eingeschlafen war. Heute Nacht jedoch war er sofort eingedöst.

Da das so selten geschah, hatte Sunday beschlossen, sich leise ins Wohnzimmer zu schleichen, anstatt sich herumzuwälzen und ihn möglicherweise zu wecken. Dann aber war ihr die Idee gekommen, hinunter in diese Kabine zu gehen.

Henry hatte ihr etwas Wichtiges erzählt, was sich in del Rios Todesnacht ereignet hatte. Aber was? Sicher handelte es sich um eine scheinbare Belanglosigkeit, die damals niemand aufgefallen war.

Vielleicht würde es ihr einfallen, wenn sie die Nacht in dieser Kabine verbrachte. Zuvor hatte sie Henry noch einen Zettel geschrieben und ihn auf ihr Kopfkissen gelegt. Er macht sich zu viele Sorgen um mich, hatte sie dabei gedacht und den Drang unterdrückt, ihm die Decke über die Schultern zu ziehen. Er wäre dadurch nur wach geworden und hätte sie möglicherweise zurückgehalten.

Art, der Leibwächter am Fuß der Treppe, war überrascht gewesen, sie zu sehen, aber als sie ihm erklärt hatte, wohin sie wollte, hatte er bloß genickt.

Hoffentlich glaubt er jetzt nicht, Henry und ich hätten uns gestritten, schmunzelte sie. Ein Streit zwischen ihnen war einfach unvorstellbar. Hin und wieder führen wir vielleicht eine heftige Diskussion, doch dabei geht es nur um Inhalte. Wir liegen uns nie in den Haaren.

Sunday gab den Versuch einzuschlafen auf und knipste das Licht wieder an. Sie setzte sich, strich sich das Haar aus dem Gesicht und schüttelte die Kissen in ihrem Rücken auf. Sims hatte gesagt, die Einrichtung des Schiffes sei seit damals nicht verändert worden. Sie stellte sich vor, wie Henry am Tisch saß und einen detaillierten Bericht schrieb, obwohl er, wie er ihr erzählt hatte, so müde war, dass er kaum die Augen offen halten konnte.

Ich frage mich, ob man, wenn man sehr müde ist, nicht ganz automatisch schreibt, ohne dabei viel nachzudenken, überlegte Sunday. Aber das brachte sie auch nicht weiter.

Sie beschloss, es noch einmal mit dem Schlafen zu versuchen, und machte das Licht wieder aus. Es war so still!

Henry sagt, er könne sich nicht mehr richtig an jene Nacht erinnern. Es seien vielmehr unzusammenhängende Eindrücke: Jemand, der durch den Raum schleicht und sich über sein Bett beugt. Wir wissen, dass sein Vater noch einmal nach ihm gesehen hat. Ist noch jemand da gewesen?

Hat er mir sonst etwas erzählt, das ich vergessen habe? Warum habe ich so ein merkwürdiges Gefühl?

Die Stille wurde durch ein Knarzen unterbrochen, als das Schiff heftiger zu schaukeln begann. Dann ertönte ein weiteres Knarzen, diesmal jedoch ganz in der Nähe, Sunday blickte zur Schranktür.

Sie hörte, wie etwas den Boden entlangglitt. Das Geräusch kam offenbar aus dem Inneren des Schrankes. Es klang, als wäre jemand darin. Sunday war sich ganz sicher.

Vorsichtig streckte sie die Hand nach dem Alarmknopf auf dem Nachttisch aus, aber in diesem Moment öffnete sich die Tür der Kabine. Das Licht ging an, und sie sah das besorgte Gesicht ihres Mannes.

Der Mensch, der sich im Schrank versteckt hat, hat sicher nicht mit mir gerechnet. Er sucht etwas, dachte sie.

»Sunday!«, rief Henry aus. »Wie konntest du nur ...«

»Ach, Liebling«, unterbrach sie ihn mit unnatürlich hoher Stimme. »Ich komme sofort wieder nach oben. Hier kann ich auch nicht einschlafen.«

»Ich habe dir ja gesagt, du sollst nicht so viel Kaffee trinken«, meinte Henry tadelnd.

»Ich weiß, Henry, du hast immer Recht. Deshalb bist du auch zum Präsidenten gewählt worden.«

Sunday sprang aus dem Bett, griff nach ihrem Morgenmantel und stieß Henry buchstäblich aus der Kabine. Die Tür fiel mit einem deutlichen Klicken ins Schloss.

Auf dem Flur legte sie ihm die Hand auf den Mund, als er gerade zu der Frage ansetzte, was zum Teufel hier los war.

»Ich habe unseren Mann erwischt«, flüsterte sie. »Er ist da drinnen im Schrank. Als du hereinkamst, hatte ich ihn eben bemerkt. Ich wette zehn zu eins, dass er die Papiere sucht, die damals verschwunden sind. Sicher sind sie irgendwo im Schrank. Wir warten, bis er sie für uns gefunden hat.«

Eine Stunde später sägte Lenny noch immer an dem stetig größer werdenen Loch in der Rückwand des Schrankes von Kabine A. »Reuthers hat sich das bestimmt nur eingebildet«, schimpfte er vor sich hin. Allmählich machte sich Panik in ihm breit. Die Papiere waren einfach nicht da!

Mama! Meine Tanten! Tia Bianca, tia Concetta, tia Desdemona, tia Eugenia, tia Florina, tia Georgina, tia Helena, tia Iona …

Tränen der Hilflosigkeit liefen ihm die Wangen hinab. Die Papiere existierten nicht, und man würde ihm dafür die Schuld geben. Er musste einen Weg finden, seinen eigenen Hals und den seiner Familie zu retten. Aber jetzt war es dringend an der Zeit, in sein Bett zurückzukehren.

Er verließ den Schrank, machte die Tür hinter sich zu, schlich auf Zehenspitzen durch den Raum und öffnete vorsichtig die Kabinentür, dann blieb er angewurzelt stehen.

Er blickte in die kalten Augen des obersten Leibwächters Jack Collins.

»Was haben Sie hier verloren?«, fragte Collins drohend. Während zwei andere Agenten Lennys Arme festhielten.

Da Collins darauf bestanden hatte, mussten Henry und Sunday, bewacht von vier kräftigen Beamten, am anderen Ende des Flurs warten. Als Collins ein Zeichen gab, trat einer von ihnen beiseite. »Wenn Sie möchten, Mr President …«, sagte er.

Collins stieß Lenny zurück in die Kabine. »Offenbar hat er etwas gesucht, Sir«, erklärte er und zeigte auf die aufgestemmte Rückwand des Schrankes. »Er arbeitet als

Hilfsmatrose. Wir hätten ihn gründlicher überprüfen sollen.«

»Schon gut«, unterbrach Henry. »Hat er die fehlenden Papiere gefunden?«

»Er hat keine Papiere bei sich, Sir.«

Lenny wusste, dass er nur eine Chance hatte, wenn er mit diesen Männern eine Abmachung traf, und zwar schnell. »Ich erzähle Ihnen alles, was Sie wollen«, flehte er. »Aber nur, wenn Sie verhindern, dass sie meiner Mama und meinen Tanten etwas antun.«

»Wir werden uns bemühen«, versicherte Henry. »Reden Sie.«

»Mr President. Ihr Morgenmantel, Sir«, ließ sich da Sims vernehmen, der plötzlich in der Tür stand.

Dieser Mann sieht sogar im Nachthemd würdevoll aus, dachte Sunday. Sims trug einen Morgenmantel über dem Schlafanzug, und dazu schwarze Seidensocken und schwarze Slipper.

»Einen Moment, Sims.« Henry fixierte Lenny mit den Augen. »Ich sagte, reden Sie!«

»... und so hat Reuthers rausgekriegt, dass Sie das Boot auseinander nehmen wollen, um es zu renovieren. Und er weiß auch, dass es für Angelica del Rio aus ist, wenn Sie den Umschlag und die Seiten Ihres Tagebuchs finden. Das Volk würde sie lynchen. Er hat behauptet, die Papiere steckten hinter der Schrankwand unterhalb des Safes. Aber das stimmt nicht. Vielleicht haben sie sich auch in Luft aufgelöst. Jedenfalls sind sie nicht da.«

Sunday sah ihrem Mann an, dass er genauso enttäuscht war wie sie.

»Ihr Morgenmantel, Sir«, drängte Sims. »Sie werden sich zu Tode erkälten.« Plötzlich fuhr er zusammen. »Oh, mein Gott, das ist wie ein *déjà vu!* Es erinnert mich an diese schreckliche Nacht vor zweiunddreißig Jahren. Nach dem Verschwinden des Premierministers brachte ich Ihnen Ihren Morgenmantel und begleitete Sie in die Suite Ihres Vaters …«

»Moment mal!«, rief Sunday aus. »Was haben Sie eben gesagt?«

»Ich sagte, ich brachte Mr Henry – so nannte ich ihn damals – seinen Morgenmantel und dann …«

»Genau das meine ich«, unterbrach Sunday. »Sie haben ihm seinen Morgenmantel *gebracht*. Warum war er nicht in seiner Kabine?«

Sims runzelte die Stirn. Dann erhellte sich seine Miene.

»Natürlich, so muss es gewesen sein. Ich hatte Ihnen persönlich Milch und Kekse serviert, Sir, und mich vergewissert, dass alles in Ordnung war. Dabei bemerkte ich ein höchst unangenehmes Tropfen aus der Nasszelle von Kabine A und beschloss deshalb, Sie für eine Nacht in Kabine B zu verlegen.«

Wieder runzelte Sims nachdenklich die Stirn. »Ja, jetzt erinnere ich mich ganz genau. Ich breitete Ihren Pyjama in Kabine B aus, deckte das Bett auf und stellte die Milch und die Kekse dort bereit. Da ich wusste, dass Sie wahrscheinlich noch etwas in Ihr Tagebuch schreiben würden, holte ich dieses und auch einen Stift, und legte beides auf den Schreibtisch in Kabine B.«

»Aber natürlich!«, rief Henry aus. »Die Tür stand offen, Sie waren da, und in meiner Benommenheit fiel mir gar nicht auf, dass ich mich inzwischen in Kabine B befand.«

Sunday wandte sich an Jack Collins. »Jack, nehmen wir eine Axt und brechen wir die Rückwand des Schrankes nebenan auf.«

Eine Viertelstunde später blickte der ehemalige Präsident der Vereinigten Staaten von den vergilbten Seiten auf, die er gerade studiert hatte. »Es ist alles da«, meinte er bewegt. »Jack, holen Sie mir das Spezialtelefon. Ich muss sofort mit Präsident Ogilvey sprechen.«

Kurz darauf hatte Henry seinen Amtsnachfolger am Apparat und las ihm die letzten Worte von Garcia del Rio vor:

Schweren Herzens ordne ich die Verhaftung meiner Frau, Señora Angelica del Rio, und ihres Vaters, Generalissimo José Imperate, wegen des Vorwurfs des Verrats und der Unterschlagung an.

Ich habe erfahren, dass am nächsten Dienstag ein Attentat auf mich verübt werden soll. Der Informant ist nicht sicher, ob es auf der Fahrt vom Palast zum Kongress oder später bei dem Bankett geschehen wird, das ich für die führenden Politiker meiner Partei gebe. Der neue Koch, den meine Frau eingestellt hat, plant vielleicht, uns alle zu vergiften. Außerdem haben meine Frau und ihr Vater vermutlich für meine Wehrlosigkeit gesorgt, indem sie die guten und ehrlichen Männer, die mich schon seit Jahren bewachen, unter verschiedenen Vorwänden entlassen haben. Sie wurden durch bezahlte Mörder ersetzt. Als ihr Anführer fungiert ein Mann, von dem ich weiß, dass er ein entfernter Verwandter von Angelica ist. Er heißt Congor Reuthers und wuchs in England auf.

Weiterhin klage ich meine Frau des Verbrechens der Unterschlagung an. Sie hat den Wohltätigkeitsorganisationen, denen sie vorsteht, viele Millionen Dollar gestohlen, die für die Armen unseres Landes bestimmt waren. Die folgende Liste von Konten in der Schweiz soll meine Behauptung beweisen.

»Da steht es schwarz auf weiß, Des«, meinte Henry abschließend. »In meinem Tagebucheintrag heißt es, dass Garcia del Rio heimlich seinen Teller mit dem seiner Frau vertauschte, als mein Vater aufstand, um seine Rede zu halten. Wahrscheinlich war er immer wachsam, obwohl er nicht damit rechnete, in dieser Nacht vergiftet zu werden. Außerdem war mir aufgefallen, dass die *Crème brûlée* irgendwie nach Medizin schmeckte. Madames persönlicher Koch, der sie überallhin begleitete, hatte sie zubereitet. Vermutlich wurde uns allen ein Betäubungsmittel verabreicht, damit niemand del Rio zu Hilfe kommen konnte. Ich bemerkte, dass Madame del Rio ihre Nachspeise nicht anrührte. Doch da sie darauf bestand, kostete ihr Mann einen Löffel voll von ihrem Teller.«

Seufzend hielt Henry inne. »Offenbar wurde er überwältigt, obwohl er kaum etwas davon zu sich genommen hatte. Und nun, mein Freund, sind Sie dran.«

Er reichte Jack Collins das Telefon und drehte sich zu Sunday um. »Es ist vorbei, Liebling.«

»Es ist wirklich ein Glück«, sagte Sunday gerührt, als sie und Henry eine Woche später zusahen, wie der neu gewählte Premierminister Miguel Alesso in Costa Barria dem jubelnden Volk zuwinkte.

»Er wird sein Land gut regieren«, stimmte Henry zu. »Und er wird Garcia del Rios Traum verwirklichen – Menschenrechte, Demokratie, eine gesunde Wirtschaft und Bildung für alle.«

Sie saßen in der Bibliothek in Drumdoe vor dem Fernseher, wo nach den Elf-Uhr-Nachrichten eine Sondersendung über die Wahlen lief.

Sunday griff nach Henrys Hand. »Bist du jetzt überzeugt, dass du nichts hättest tun können, selbst wenn du in jener Nacht mit del Rio an Deck gegangen wärst?«

»Ja«, stimmte Henry zu. »Ich bin nur froh, dass er im letzten Moment einer spontanen Eingebung gefolgt ist und mir den Umschlag zugesteckt hat. Ansonsten hätten wir die Wahrheit nie erfahren.«

»Wenigstens müssen Angelica und ihr Cousin jetzt für ihre Verbrechen bezahlen«, sagte Sunday. »Ich glaube, lebenslängliche Haft wird der Dame gar nicht schmecken.«

»Da bin ich ganz sicher.« Henry lächelte. »Sollen wir noch einmal mit der *Columbia* rausfahren, bevor die Renovierungsarbeiten anfangen?«

»Das wäre schön«, antwortete Sunday.

»Aber diesmal bleibst du bei mir in der Kabine. Ich mag es nicht, wenn ich mitten in der Nacht nach dir suchen muss.«

»Ich werde mich nicht von der Stelle rühren. Schließlich weiß man nie, was man in den Schränken auf einer Jacht so alles findet«, entgegnete Sunday mit einem Lächeln.

Fröhliche Weihnachten – Joyeux Noël

»Legt Holz nach, schürt das Feuer ein,
doch mag es noch so friern und schnein,
wird unsre Weihnacht fröhlich sein.«

Die Kongressabgeordnete Sandra O'Brien Britland blickte auf und betrachtete ihren Mann, den ehemaligen Präsidenten der Vereinigten Staaten, der gerade dieses Gedicht zitierte. Er stand an der Tür ihres gemütlichen Arbeitszimmers in Drumdoe, dem Landsitz der Britlands in Bernardsville, New Jersey.

Sie lächelte ihm liebevoll zu. Selbst in Rollkragenpullover, Jeans und abgetragenen Stiefeletten wirkte Henry Parker Britland IV. wie ein Gentleman vom Scheitel bis zur Sohle. Nur an den nachdenklichen Stirnfalten und den grauen Strähnen im dunkelbraunen Haar war zu erkennen, dass er bald seinen fünfundvierzigsten Geburtstag feiern würde.

»Heute wird also Tennyson zitiert«, stellte sie fest und stand von der Couch auf, wo sie gewaltige Aktenstapel und Gesetzesentwürfe studiert hatte. »Darf ich annehmen, dass mein Traumprinz etwas im Schilde führt?«

»Das war nicht Tennyson, Liebling, sondern Walter Scott. Und wenn du mich noch einmal Traumprinz nennst, hänge ich dich an den Daumen auf.«

»Die Zeitschrift *People* hat dich jetzt schon zum fünften Mal hintereinander zum Mann des Jahres gewählt. Wenn das so weitergeht, werden sie dich zum Ehrenadonis wählen und dich aufs Altenteil schicken, damit andere auch mal eine Chance haben.«

Als Sunday Henrys gespielt drohende Miene bemerkte, fügte sie hastig hinzu: »Schon gut, war nur ein Witz.«

»Ihre Säge, Mr President.« Sims erschien, eine blitzende, neue Säge auf den ausgebreiteten Handflächen. Er überreichte Henry das Werkzeug so ehrfürchtig, als wären es die Kronjuwelen gewesen.

»Was hast du denn vor, um Himmels willen!«, rief Sunday aus.

»Was denkst du, Liebling?«, entgegnete Henry und musterte die Säge eingehend. »Gut, Sims. Ich glaube, damit müsste es ausgezeichnet klappen.«

»Willst du mich in zwei Teile zersägen?«, fragte Sunday.

»Orson Welles und Rita Hayworth hatten mit diesem Trick auf der Bühne ja ziemlichen Erfolg. Nein, nein, Schatz, du und ich, wir gehen jetzt in den Wald. Als ich heute Morgen ausritt, habe ich einen wunderbaren Baum entdeckt, der sich großartig für unseren ersten Weihnachtsbaum eignet. Er steht am nördlichen Ende des Grundstücks hinter dem See.«

»Möchtest du ihn etwa selbst fällen?«, protestierte Sunday. »Henry, du brauchst mir nicht bei allem zu beweisen, dass du der Größte bist.«

Henry unterbrach sie mit einer Handbewegung. »Keine Widerrede. Ich habe dich vor ein paar Wochen sagen hören, eine deiner schönsten Kindheitserinnerungen sei, als du mit deinem Vater den Weihnachtsbaum kaufen gegangen bist. Dann habt ihr ihn nach Hause getragen und ihn zurechtgestutzt. Und dieses Jahr fangen du und ich mit unserer eigenen Familientradition an.«

Sunday schob sich eine störrische Haarlocke hinters Ohr. »Du meinst es tatsächlich ernst.«

»Da kannst du Gift drauf nehmen. Wir werden durch den Schnee in die Wälder stapfen, den Baum fällen und ihn gemeinsam zurückschleppen.«

Henry strahlte über beide Backen. »Morgen ist Heiligabend. Wenn wir es heute schaffen, den Baum aufzustellen, können wir ihn sofort zurechtschneiden. Sims holt die Schachteln mit dem Christbaumschmuck aus dem Abstellraum, und du kannst dir aussuchen, was dir gefällt.«

»Wir haben eine ziemlich große Auswahl, Madam«, verkündete Sims. »Im letzten Jahr haben wir wie immer die Dekorationsfirma Lanning beauftragt, die den Baum in Blau und Silber geschmückt hat. Wunderschön! Das Jahr davor hatten wir weißes Dekor. Es kam auch sehr gut an.«

»Lanning hat bestimmt einen Herzanfall gekriegt, als er erfuhr, dass du ihn dieses Jahr nicht brauchst«, meinte Sunday, legte Akten und Notizblock weg und stand auf. Sie ging auf Henry zu und legte die Arme um ihn. »Ich durchschaue dich. Du tust das nur für mich.«

Er umschloss ihre Wangen mit den Händen. »Die vergangenen Wochen waren schwer für dich. Ich finde, Weihnachten sollte genau so werden, wie du es dir wünschst. Die Hausangestellten haben alle frei, bis auf Sims. Die Leibwächter sind zu Hause bei ihren Familien. Nur du und ich und Sims.«

Sunday musste einen Kloß im Hals hinunterschlucken. Ihre Mutter hatte sich vor einigen Wochen einer dreifachen Bypass-Operation unterziehen müssen. Nun erholte sie sich in der Villa der Britlands auf den Bahamas und wurde von Sundays Vater gepflegt. Allerdings hatte ihr Leben eine Weile am seidenen Faden gehangen, und die Angst, ihre Mutter zu verlieren, hatte Sunday sehr mitgenommen.

»Wenn Sie damit einverstanden sind, dass ich bleibe, Madam …«, sagte Sims so würdevoll wie immer.

»Sims, dieses Haus ist nun seit über dreißig Jahren Ihr Heim«, antwortete Sunday. »Natürlich möchten wir Sie dabeihaben.«

Dann deutete sie auf die Säge. »Ich dachte immer, Holzfäller benützen Äxte.«

»Die Axt darfst du tragen«, entgegnete Henry. »Es ist kalt draußen. Zieh den Skianzug an.«

Jacques streckte vorsichtig den Kopf hinter dem dicken Stamm einer hundertjährigen Eiche hervor. Der große Mann fällte einen Baum. Die Dame lachte und versuchte offenbar, ihm zu helfen, während der andere Mann, der aussah wie *Grand-père,* wartend daneben stand.

Jacques wollte nicht entdeckt werden. Vielleicht würden sie ihn zu Lily zurückbringen, und sie machte ihm Angst. Er fürchtete sich vor ihr, seit sie gekommen war, um auf ihn aufzupassen, als *Maman* und Richard weggefahren waren.

Maman und Richard hatten letzte Woche geheiratet. Jacques mochte seinen neuen Papa sehr. Doch dann hatte Lily ihm gesagt, *Maman* und Richard hätten angerufen. Sie wollten ihn nicht mehr haben und hätten sie gebeten, ihn mitzunehmen. Also waren sie in Lilys Auto gestiegen und lange gefahren, Jacques erinnerte sich, dass er eingeschlafen war, als ihn ein lauter Knall weckte. Das Auto drehte sich im Kreis und kam von der Straße ab. Als die Tür neben ihm aufsprang, war er davongelaufen.

Warum schickte *Maman* ihn nicht zu *Grand-père,* wenn sie ihn loswerden wollte? *Grand-père* war heute Morgen nach Paris zurückgekehrt. Vor seiner Abfahrt hatte er Jacques noch versichert, wie glücklich er in Richards neuem Haus in Darien sein würde. *Grand-père* hatte versprochen, Jacques dürfe im nächsten Sommer eine Woche bei ihm in seiner Villa in Aix-en-Provence verbringen. Bis dahin wollte er Jacques viele Nachrichten per Computer schicken.

Jacques wurde zwar bald sechs, und *Maman* nannte ihn immer ›mein kleiner Mann‹, aber jetzt verstand er die Welt nicht mehr. Er wusste nur, dass *Maman* und Richard ihn nicht mehr lieb hatten und dass er auf keinen Fall bei Lily bleiben wollte. Wenn er nur mit *Grande-père* sprechen könnte! Sicher würde er kommen und ihn abholen. Aber was war, wenn *Grand-père* ihm befahl, Lily zu gehorchen? Also war es am besten, mit niemandem zu reden, dachte Jacques.

Der riesige Baum fiel mit einem Krachen um. Der große Mann, die Dame und der Mann, der wie *Grand-père* aussah, jubelten, packten den Baum und schleppten ihn weg.

Jacques folgte ihnen lautlos.

»Ein Prachtexemplar, Sir«, stellte Sims fest. »Aber vielleicht könnte er etwas gerader stehen.«

»Er steckt nicht richtig im Ständer«, bemerkte Sunday. »Der Stamm hat sich verkantet, deshalb sieht er so schief aus.«

Sie saß im Schneidersitz auf dem Boden der Bibliothek und durchsuchte die Schachteln mit dem ordentlich verpackten Christbaumschmuck. »Doch wenn man bedenkt, wie viel Kraft es euch beide gekostet hat, den Baum überhaupt in den Ständer zu kriegen, würde ich vorschlagen, dass ihr ihn so stehen lasst. Es ist schon in Ordnung so.«

»Genau das hatte ich auch vor«, entgegnete Henry. »Für welche Farbe hast du dich entschieden?«

»Für gar keine«, antwortete Sunday. »Ich hänge einfach

alles durcheinander auf, dann wird es so richtig heimelig. Bunte Lichter, Lametta. Schade, dass du keinen alten, abgenützten Christbaumschmuck aus deiner Kindheit mehr hast.«

»Ich habe noch was Besseres: alten, abgenützten Christbaumschmuck aus *deiner* Kindheit«, meinte Henry. »Vor seiner Abreise nach Nassau hat dein Vater ihn mir gebracht.«

»Ich hole die Schachtel«, erbot sich Sims. »Vielleicht möchten Madam beim Schmücken des Baumes ein Glas Champagner trinken?«

»Eine gute Idee«, stimmte Henry zu und rieb sich die wund gescheuerten Hände. »Ein Schluck Schampus wäre doch jetzt genau das Richtige, Liebling.«

Aber Sunday antwortete nicht, sondern starrte am Baum vorbei aus dem Fenster. »Henry«, sagte sie leise, »bitte halte mich jetzt nicht für übergeschnappt, aber ich glaube, ich habe eben am Fenster ein Kindergesicht gesehen.«

Richard Dalton warf einen kurzen Blick auf die Frau, mit der er jetzt seit sieben Tagen verheiratet war. Dann bog er vom Merrit Parkway in Connecticut in die Straße ein, die nach Darien führte. »Ich bin dir noch richtige Flitterwochen schuldig, Giselle«, meinte er auf Französisch.

Giselle DuBois Dalton schob die Hand unter den Ellenbogen ihres Mannes. Ihr Englisch hatte einen starken französischen Akzent. »Vergiss nicht, Richard, von jetzt an darfst du nur noch Englisch mit mir sprechen. Und mach dir keine Gedanken. Die Flitterwochen können wir nachholen. Du weißt ja, dass ich Jacques nicht länger als ein paar Stunden mit einem fremden Babysitter allein lassen möchte. Er ist so schüchtern.«

»Das Mädchen spricht ausgezeichnet Französisch,

Liebling, und das war dir doch so wichtig. Die Agentur hat es uns wärmstens empfohlen.«

»Trotzdem.« Giselle klang besorgt. »Alles war so überstürzt.«

Das stimmte, dachte Dalton. Giselle und er hatten eigentlich erst im Mai heiraten wollen. Aber sie hatten die Hochzeit vorverlegen müssen, als ihm der Posten des Direktors von All-Flay, eines Limonadenherstellers mit Niederlassungen auf der ganzen Welt, angeboten worden war. Davor war er Geschäftsführer von Collette gewesen, All-Flays wichtigstem französischem Konkurrenten. Giselle und er waren sich einig gewesen, dass er als Vierunddreißigjähriger eine solche Position nicht ablehnen durfte, vor allem nicht, da schon der Vertragsabschluss mit einem beträchtlichen Bonus verbunden war. Also hatten sie vergangene Woche geheiratet und waren einige Tage später in das Haus gezogen, das die Firma für sie in Darien angemietet hatte.

Am Freitagabend war überraschend Lily, die neue Haushälterin, aufgetaucht, obwohl es geheißen hatte, dass sie erst nach Weihnachten würde anfangen können. Deshalb hatte Louis, Giselles Vater, sie am Samstagmorgen gedrängt, anstelle von Flitterwochen wenigstens ein Wochenende in New York zu verbringen. Am Montag hatte Richard dort noch ein Geschäftsessen. »Ich bleibe bis Montagmittag hier bei Jacques. Und die wenigen Stunden, bis ihr nach dem Geschäftsessen wieder zurück seid, kann Lily ja auf ihn aufpassen.«

Allerdings hatte das Geschäftsessen länger gedauert als erwartet. Und Richard spürte, dass Giselles Anspannung wuchs, je mehr sie sich dem Haus in Darien näherten.

Er verstand ihre Besorgnis. Sie war mit vierundzwanzig Witwe geworden und hatte in der PR-Abteilung von Collette gearbeitet, um ihren kleinen Sohn zu ernähren. Dort hatten sie sich vor einem Jahr kennen gelernt.

Anfangs war es nicht leicht gewesen, Giselle hatte ständig Angst um Jacques und befürchtete, dass ein Stiefvater ihn vielleicht ablehnen könnte.

Eigentlich hatten sie in Paris bleiben wollen. Doch dann hatten sie innerhalb weniger Wochen ihre Hochzeitspläne umwerfen und umziehen müssen. Richard wusste, dass Giselle sich Gedanken darüber machte, ob die vielen Veränderungen – ein neuer Vater und ein neues Zuhause – Jacques nicht überforderten. Außerdem sprach er noch kaum ein Wort Englisch.

»Home, sweet Home«, meinte Richard vergnügt, während der Wagen die lange Auffahrt hinaufrollte.

Giselle riss die Beifahrertür auf, noch bevor das Auto richtig stand.

»Das Haus ist so dunkel«, sagte sie. »Warum hat Lily kein Licht gemacht?«

Richards scherzhafte Antwort, Lily sei offenbar von der geizigen Sorte, erstarb ihm auf den Lippen. Das Haus wirkte so verlassen, dass sogar er es als bedrohlich empfand. Obwohl die Sonne schon fast untergegangen war, brannte in keinem Zimmer Licht.

An der Vordertür holte er Giselle ein. Sie suchte in ihrer Handtasche nach dem Schlüssel. »Ich habe ihn schon, Liebling«, kam er ihr zuvor.

Auch die Vorhalle lag in Finsternis.

»Jacques!«, rief Giselle. »Jacques!«

Richard schaltete das Licht ein. Auf dem Flurtisch lag ein Blatt Papier. Darauf stand: *»N'appelez pas la police. Attendez nos instructions avant de rien faire.«*

Rufen Sie nicht die Polizei. Unternehmen Sie nichts, bevor Sie unsere Anweisungen erhalten haben.

»Miss LaMonte, wie fühlen Sie sich?«

Als sie die Augen aufschlug, sah sie, wie sich ein Polizist besorgt über sie beugte. Was war geschehen? Doch dann fiel es ihr wieder ein. Ein Reifen des Wagens war geplatzt, und sie hatte die Kontrolle über das Fahrzeug verloren. Das Auto war von der Straße abgekommen und die Böschung hinuntergerollt. Dabei war sie mit dem Kopf gegen das Lenkrad geprallt.

Der Junge. Jacques. Hatte er sie verraten? Wie sollte sie das alles erklären? Jetzt würde man sie bestimmt ins Gefängnis sperren.

Sie spürte eine Hand auf ihrer Schulter und bemerkte, dass ein Arzt auf der anderen Seite des Bettes stand.

»Immer mit der Ruhe«, meinte er beschwichtigend. »Sie sind in der Notaufnahme des Morristown General Hospital. Außer einem kräftigen Schlag auf den Kopf ist Ihnen nichts passiert. Wir haben versucht, Ihre Familie zu benachrichtigen, aber wir haben noch niemanden erreicht.«

Ihre Familie? Natürlich! Sie hatten immer noch das Visitenkartenetui bei sich, das Pete zusammen mit dem Führerschein, der Zulassung, dem Versicherungsnachweis und den Kreditkarten der wirklichen Lily LaMonte gestohlen hatte.

Trotz der pochenden Kopfschmerzen log Betty Rouche so geschickt wie eh und je. »Das ist eigentlich ein Glück, denn ich wollte Weihnachten ohnehin mit meiner Familie verbringen und möchte sie nur ungern mit so einem Anruf ängstigen.«

Was sollte sie weiter sagen: Wo wollte sie ihre Familie treffen? *Und wo war der Junge?*

»Waren Sie allein im Auto?«

Undeutlich erinnerte sich Betty, dass sich die Beifahrertür geöffnet hatte. Sicher war das Kind weggelaufen. »Ja«, flüsterte sie.

»Ihr Wagen wurde zur nächsten Tankstelle geschleppt, aber ich fürchte, es werden einige Reparaturen auf Sie zukommen«, erklärte der Polizist. »Möglicherweise ist es sogar ein Totalschaden.«

Sie musste unbedingt verschwinden. Betty sah den Arzt an. »Ich bitte meinen Bruder, sich um das Auto zu kümmern. Darf ich jetzt gehen?«

»Einverstanden. Aber überanstrengen Sie sich nicht, und suchen Sie nächste Woche Ihren Hausarzt auf.«

Mit einem aufmunternden Lächeln verließ der Arzt den Raum.

»Zuerst müssen Sie noch den Unfallbericht unterschreiben«, meinte der Polizist. »Werden Sie abgeholt?«

»Ja, danke. Ich rufe meinen Bruder gleich an.«

»Gut, dann viel Glück. Es hätte schlimmer ausgehen können. Ein geplatzter Reifen, und das ohne Airbag ...«

Zehn Minuten später saß Betty in einem Taxi und fuhr zur nächsten Autovermietung. Kurz darauf befand sie sich auf dem Weg nach New York. Eigentlich hatte sie vorgehabt, den Jungen ins Haus ihres Cousins Pete in Somerville zu schaffen. Aber jetzt würde sie auf keinen Fall dorthin fahren.

Nachdem sie die Stadt hinter sich gelassen hatte, hielt sie an einer Tankstelle, um zu telefonieren. Jetzt, wo die Gefahr vorbei war, musste sie unbedingt ihre Wut darüber loswerden, dass Pete sie zu diesem verrückten Plan überredet hatte.

»Es ist ein Kinderspiel«, hatte er gesagt. »So eine Chance bekommt man nur einmal im Leben.« Pete war bei der Personalvermittlung »Erste Wahl« in Darien angestellt. Er nannte sich zwar Trainee, aber Betty wusste, dass er hauptsächlich damit beschäftigt war, Botengänge zu erledigen und den Rasen vor den Mietshäusern zu mähen, die von seinem Arbeitgeber verwaltet wurden.

Pete war wie sie zweiunddreißig. Sie waren Tür an Tür aufgewachsen und im Laufe der Jahre einige Male gemeinsam in Schwierigkeiten geraten. Noch heute lachten sie darüber, wie sie in ihrer High School alles beschmiert und verwüstet hatten – die Schuld an diesem Streich hatten sie Mitschülern in die Schuhe geschoben.

Aber sie hätte wissen müssen, dass Pete sich mit diesem Vorhaben übernahm. »Hör zu«, hatte er gemeint. »Ich habe im Büro alles über das Ehepaar mit dem Kind erfahren. Der Typ heißt Richard Dalton. Er hat gerade einen Scheck über sechs Millionen Dollar bei der Bank eingereicht, sein Bonus für einen Vertragsabschluss. Ich habe sogar schon in der Villa gearbeitet, in die sie einziehen wollen. Vor sechs Monaten hat dort ein anderer Manager gewohnt. Und ich kenne Lily LaMonte. Unsere Agentur hat sie schon an andere Stellen vermittelt, und sie ist die Einzige, die sich für diesen Job eignet. Sie brauchen nämlich ein Kindermädchen, das fließend Französisch spricht. Und ich weiß, dass sie über Weihnachten nach New Mexico fahren will. Also springst du für sie ein. Wenn die Eltern weg sind, nimmst du das Kind und bringst es in mein Haus in Somerville. Ich kümmere mich um die Lösegeldübergabe und so weiter. Es wird ganz simpel. Und dann können wir uns eine Million Dollar teilen.«

»Und wenn sie die Bullen rufen?«

»Das werden sie schön bleiben lassen. Außerdem braucht uns das nicht zu stören. Niemand kennt dich. Und wer sollte mich verdächtigen? Wir tun dem Kind ja nicht weh. Außerdem kann ich beobachten, was weiter passiert, denn ich bin zum Schneeschaufeln vor der Villa eingeteilt, und es soll weiterschneien. Ich werde es als Erster wissen, wenn sich die Bullen dort blicken lassen. Ich rufe Dalton an und sage ihm, er soll das Geld morgen Abend in seinen Briefkasten legen. Dann ist der Junge

Weihnachten wieder zu Hause. Und wenn er die Polizei verständigt, hört er nie wieder von uns.«

»Und was machen wir mit dem Kind, falls er sich tatsächlich an die Polizei wendet?«

»Dasselbe, was wir sowieso vorhatten, nachdem wir das Geld kriegen. Egal, wie es läuft, du setzt den Jungen einfach in einer Kirche in New York ab. Ihre Gebete werden erhört werden.«

Für Betty klang das so, als würden sie wieder die Schule verwüsten, ohne dabei erwischt zu werden. Pete und sie würden es nie übers Herz bringen, dem Kleinen etwas zu tun – ebenso wenig, wie sie auch nur im Traum daran gedacht hätten, die Schule niederzubrennen.

Pete meldete sich nervös. »Du hättest schon vor Stunden in Somerville sein sollen.«

»Das wäre ich auch, wenn du dich darum gekümmert hättest, dass deine Schrottlaube anständige Reifen hat«, zischte Betty.

»Was soll das heißen?«

Während sie ihm berichtete, was geschehen war, wurde ihre Stimme immer lauter.

Er unterbrach sie. »Jetzt sei still und hör mir zu. Die Sache ist abgeblasen. Vergiss das Geld. Kein Kontakt mehr mit der Familie. Wo ist das Kind?«

»Keine Ahnung. Ich bin im Krankenhaus aufgewacht. Offenbar ist der Junge weggelaufen, bevor die Polizei mich fand.«

»Wenn er redet, wird man dich mit der Entführung in Verbindung bringen. Weiß jemand, dass du ein anderes Auto gemietet hast?«

»Nur der Taxifahrer.«

»Okay. Lass den Wagen irgendwo stehen und verdrück dich. Vergiss nicht, niemand kann uns die Schuld am Verschwinden des Jungen in die Schuhe schieben.«

»Dein Wort in Gottes Ohr«, schimpfte Betty und knallte den Hörer hin.

»Sir, bis jetzt ist noch kein Kind als vermisst gemeldet«, sagte der Polizist zu Henry. »Aber ich bringe den Jungen ins Revier: Wenn ihn niemand abholt, wird sich das Jugendamt um ihn kümmern. Aber wahrscheinlich gibt es irgendwo zwei sehr besorgte Eltern, die schon nach ihm suchen.«

Sie saßen in der Bibliothek in Drumdoe. Mitten im Raum erhob sich der riesige, noch immer ungeschmückte und leicht schiefe Christbaum. Seit Sunday Jacques' Gesicht am Fenster gesehen hatte, hatte sich niemand mehr um den Baum gekümmert. Als der Junge bemerkt hatte, dass er entdeckt worden war, hatte er versucht davonzulaufen. Aber Henry hatte ihn erwischt. Da er auf ihre behutsamen Fragen beharrlich schwieg, hatte Henry die Polizei verständigt, während Sunday dem Jungen die Winterjacke auszog. Sanft hatte sie ihm die steif gefrorenen Finger massiert und dabei ständig auf ihn eingeredet. Sie hatte gehofft, sein Vertrauen gewinnen zu können, denn der ängstliche Blick in seinen blaugrünen Augen ging ihr bis ins Mark.

Nun kauerte der Polizist vor dem Kind. »Er muss fünf oder sechs Jahre alt sein, meinen Sie nicht, Sir? Der Sohn meiner Schwester ist etwa in diesem Alter und ungefähr genauso groß.« Der Polizist lächelte Jacques an. »Ich bin Polizist, und ich werde dir helfen, deine Mama und deinen Papa wiederzufinden. Bestimmt suchen sie überall nach dir. Wir fahren jetzt mit meinem Auto in ein Haus, wo sie dich abholen können. Einverstanden?«

Als er den Jungen an der Schulter fasste und ihn zu sich zog, wich dieser mit angstverzerrtem Gesicht zurück.

Er presste sich an Sunday und klammerte sich schutzsuchend mit beiden Händen an ihren Rock.

»Er fürchtet sich zu Tode«, sagte Sunday. Sie kniete sich neben den zitternden Jacques und legte den Arm um ihn. »Officer, können Sie ihn nicht einfach hier lassen? Sicher melden sich seine Eltern bald. Während wir warten, kann er uns helfen, den Baum zu schmücken. Magst du, Kleiner?«

Sunday spürte, wie der Junge sich an sie schmiegte. »Magst du?«, wiederholte sie. Als das Kind nicht antwortete, meinte sie: »Vielleicht ist er taub.«

»Oder stumm«, stimmte Henry zu. »Officer, ich glaube, meine Frau hat Recht. Hier ist er in Sicherheit und sitzt im warmen Zimmer. Er kann mit uns zu Abend essen, und bis dahin haben Sie gewiss herausgefunden, wie er heißt und wer seine Eltern sind.«

»Ich fürchte, das geht nicht, Sir. Wir müssen ihn ins Revier mitnehmen, denn wir brauchen ein Foto von ihm und seine genaue Personenbeschreibung für die Suchmeldung, die wir herausgeben wollen. Und dann ist es Sache des Jugendamtes zu entscheiden, ob er bei Ihnen bleiben darf, bis seine Eltern kommen.«

Maman hatte ihm schon vor langer Zeit beigebracht, dass er sich, wenn er einmal verloren ging, an einen *gendarme* wenden und ihm seinen Namen, seine Adresse und seine Telefonnummer geben sollte. Jacques war sicher, dass dieser Mann ein *gendarme* war, aber *Maman* und Richard hatten ihn Lily überlassen, und er wollte sie niemals wiedersehen.

Die Dame erinnerte ihn an *Maman.* Sie hatte dieselbe Haarfarbe und lächelte auch genauso. Und sie war nett. Nicht so wie Lily, die nie lächelte und ihn gezwungen hatte, die unbequemen, engen Sachen anzuziehen, die er jetzt trug. Jacques war müde und hungrig und hatte große Angst. Er wollte zurück nach Paris zu *Maman* und *Grand-père,* wo ihm nichts passieren konnte.

Bald war *la Fête de Noël.* Im letzten Jahr hatte Richard ihm eine Spielzeugeisenbahn mitgebracht. Jacques wusste noch genau, wie sie zusammen die Schienen verlegt und den Bahnhof, die Brücken und die kleinen Häuser entlang der Strecke aufgestellt hatten. Richard hatte versprochen, die Eisenbahn im neuen Haus wieder aufzubauen. Aber Richard hatte ihn angelogen.

Jacques spürte, wie ihn jemand hochhob. Sie würden ihn zurück zu Lily bringen. In Todesangst schlug er die Hände vors Gesicht.

Als Lily zwei Stunden später noch immer nicht erschienen war und der *gendarme* ihn wieder zu dem großen Haus fuhr, ließ Jacques' Angst allmählich nach. Er wusste, dass Lily nicht in diesem Haus war. Hier war er in Sicherheit. Tränen der Erleichterung liefen ihm die Wangen hinab. Die Tür ging auf, und der Mann, der aussah wie *Grand-père,* führte ihn in das Zimmer, wo der Weihnachtsbaum stand. Der große Mann und die Dame waren auch da.

»Das Kind wurde untersucht«, erklärte der Polizist Henry und Sunday. »Der Arzt sagt, er sei kerngesund und mache keinen verwahrlosten Eindruck. Er hat zwar noch kein Wort gesprochen und wollte auch nichts essen, aber man kann noch nicht sagen, ob er krank oder nur verängstigt ist. Wir haben sein Foto und seine Personenbeschreibung über Fernschreiber durchgegeben. Bestimmt werden sich seine Eltern bald melden. Das Jugendamt erlaubt, dass er bis dahin bei Ihnen bleibt.«

Jacques verstand nicht, was der *gendarme* sagte, aber die Dame, die aussah wie *Maman,* ging in die Knie und legte den Arm um ihn. Jacques spürte, dass sie nett war, und in ihrer Nähe fühlte er sich geborgen – fast so wie damals, als *Maman* ihn noch lieb gehabt hatte. Der dicke Kloß in seinem Hals löste sich allmählich auf.

Sunday spürte, dass er zitterte. »Wein ruhig«, murmelte sie und streichelte sein weiches, braunes Haar.

Hilflos sah Richard Dalton seine Frau an, deren Blick starr auf das Telefon gerichtet war. Offenbar stand Giselle unter Schock. Ihre Pupillen waren geweitet, ihre Augen blickten stumpf. Als die Stunden verstrichen und Jacques Entführer sich nicht meldeten, wurde die innere Stimme in Richard immer drängender: Er musste die Polizei verständigen. Doch Giselle wurde bei diesem Vorschlag fast hysterisch. *»Non, non, non,* das darfst du auf keinen Fall! Dann werden sie ihn töten. Wir müssen tun, was sie verlangen, und auf Anweisungen warten.«

Er hätte bemerken müssen, dass etwas nicht stimmte, als die Frau so plötzlich vor der Tür stand, sagte sich Richard. Schließlich hatte ihm die Personalvermittlung eindeutig mitgeteilt, dass das Kindermädchen über Weihnachten verreist sei und erst am 27. Dezember ihren Dienst antreten könne. Wir hätten noch einmal nachfragen sollen, dachte er. Es wäre so einfach gewesen, die Agentur anzurufen und sich eine Bestätigung zu holen. Aber woher hatte die Frau, die sich Lily LaMonte nannte, gewusst, dass die Familie ein Kindermädchen suchte? Anscheinend war alles sorgfältig geplant gewesen: Sie sollte Jacques bei der erstbesten Gelegenheit entführen. Giselles Vater hatte sie überzeugt, der Frau zu glauben, und sie gedrängt, übers Wochenende nach New York zu fahren. Er würde entsetzt sein, wenn er erfuhr, dass Jacques etwas zugestoßen war. Nein, es war nicht seine Schuld, überlegte Richard. Wir selbst hätten Jacques dieser Frau anvertraut, da wir heute zu dem Geschäftsessen mussten. Er schüttelte den Kopf. Es war jedenfalls zu spät, sich Vorwürfe zu machen.

Aber er musste etwas unternehmen. Die Untätigkeit trieb ihn in den Wahnsinn. Sicher ging es nur um Geld, und sie würden Jacques morgen zurückbekommen.

Morgen.

An Heiligabend.

Er seufzte. Möglicherweise würde es auch länger dauern. Immerhin war allgemein bekannt, dass er eine beträchtliche Summe als Bonus erhalten hatte. Gewiss hatten es die Entführer auf die sechs Millionen Dollar abgesehen. Doch sicher erwartete niemand, dass er eine derart gewaltige Summe von einer Minute auf die andere lockermachen konnte. Aus dem Geldautomaten konnte er höchstens ein paar Hunderter herausholen.

Der oder die Kidnapper planten deshalb wahrscheinlich, Jacques über Nacht festzuhalten. Wenn sie morgen Vormittag anriefen, konnte er das Geld in bar abheben. Aber wie viel wollten sie? Welche Summe würden sie fordern? Falls es sich um einen Millionenbetrag handelte, würde die Transaktion einige Tage in Anspruch nehmen. Keine Bank hatte eine solche Menge Bargeld auf Lager. Und eine Abhebung dieser Größenordnung würde unweigerlich Fragen nach sich ziehen.

Inzwischen weinte Giselle. Tränen liefen ihr die Wangen hinab. Lautlos flüsterte sie den Namen ihres Sohnes vor sich hin: *Jacques. Jacques.*

Es ist alles meine Schuld, dachte Richard. Giselle und Jacques haben mich in dieses Land begleitet, und es hat ihnen nur Unglück gebracht. Er hielt das Herumsitzen nicht mehr aus, und ihm fiel sein Versprechen an Jacques ein, seine Modelleisenbahn noch vor Weihnachten aufzubauen. Richard sah sich um. Die Schachteln standen in einer Ecke des Wohnzimmers.

Richard stand auf, öffnete die erste Schachtel und holte einen Schienenstrang heraus. Als Jacques vor einem Jahr die bunt eingewickelten Kartons in *Grand-pères* Haus ausgepackt hatte, hatte Richard ihm erklärt, der Weihnachtsmann habe sein Geschenk schon früher gebracht, damit sie alles gemeinsam aufstellen konnten. Nachdem Schienen, Züge, Brücken und Häuser standen, hatte Richard dem Jungen den Schalter gezeigt.

»Damit bringt man ihn zum Fahren«, hatte er erklärt. »Versuch es mal.«

Als Jacques den Hebel umlegte, waren die Lichter in den kleinen Häusern angegangen, der Zug pfiff, die Schranken senkten sich. Dann hatte Jacques den Hebel vorsichtig weiter heruntergedrückt. Die antike Lionel-Lokomotive mit den sechs Waggons ruckte kurz und schoss dann vorwärts.

Der ehrfürchtige Ausdruck auf Jacques' Gesicht war unbeschreiblich gewesen.

Halt durch, Jacques, schickte Richard ein Stoßgebet zum Himmel. Ich baue dir deine Eisenbahn zusammen, und du wirst zurückkommen, damit wir gemeinsam damit spielen können.

Das Telefon läutete. Richard sprang auf und griff zum Hörer, bevor Giselle abnehmen konnte. »Richard Dalton«, meldete er sich rasch.

Eine leise, heisere, offenbar verstellte Stimme fragte: »Wie viel Bargeld haben Sie im Haus?«

Richard überlegte rasch. »Etwa zweitausend Dollar.«

Pete Schuler hatte es sich anders überlegt. Vielleicht gab es ja doch noch etwas zu holen.

»Haben Sie die Polizei informiert?«

»Nein, ich schwöre.«

»Gut. Legen Sie das Geld sofort in Ihren Briefkasten. Und wehe, wenn Sie aus dem Fenster schauen. Kapiert?«

»Ja, ja, wir tun alles, was Sie verlangen. Wie geht es Jacques? Ich möchte mit ihm sprechen.«

»Das können Sie noch früh genug. Wenn Sie das Geld rauslegen, wie ich gesagt habe, kann der Kleine morgen mit Ihnen den Weihnachtsbaum schmücken.«

»Sorgen Sie gut für ihn. Es darf ihm nichts zustoßen.«

»Keine Angst. Aber vergessen Sie nicht: Ein Polizist in der Nähe des Hauses, und wir bringen ihn nach Südamerika und lassen ihn dort adoptieren. Verstanden?«

Wenigstens hatten sie nicht gedroht, ihn umzubringen, dachte Richard. Dann hörte er ein Klicken. Er legte auf und nahm Giselle in die Arme. »Wir bekommen ihn morgen zurück«, sagte er.

Das Fenster des mittleren Schlafzimmers im ersten Stock befand sich über dem Briefkasten. Richard bezog dort Posten und spähte durch eine Lücke zwischen den Vorhängen. Neben ihm stand das Telefon, das eine lange Schnur hatte. Er wusste, dass Giselle die Anweisungen des Anrufers mit der heiseren Stimme vielleicht nicht verstehen würde. Außerdem war sie kurz vor einem Zusammenbruch. Trotzdem war es ihm gelungen, sie dazu zu bringen, sich auszuruhen. In eine Decke gewickelt, lag sie auf dem Bett neben dem Fenster. Zusätzlich hatte Richard seine Kamera so eingestellt, dass sie auch bei schlechten Lichtverhältnissen scharfe Fotos schoss.

Während Richard sich auf eine lange Nachtwache einrichtete, wurde ihm bedrückt klar, dass er den Mann wohl kaum würde sehen können, wenn er kam, um das Geld zu holen. Die Straße war unbeleuchtet, und dunkle Wolken ballten sich am Himmel zusammen. Falls er Glück hatte, erkannte er vielleicht die Automarke. Ich sollte doch die Polizei anrufen, dachte er. Möglicherweise ist das unsere einzige Gelegenheit, die Entführer bis zu ihrem Versteck zu verfolgen.

Er seufzte. Aber wenn er die Polizei verständigte und etwas schief lief, würde er sich das nie verzeihen. Und auch Giselle würde ihm nicht vergeben.

Er erinnerte sich an die Klavierstunden, die er auf Wunsch seiner Mutter mit neun Jahren hatte nehmen müssen. Eines der wenigen Lieder, die er schließlich hatte einigermaßen fehlerfrei spielen können, war »Abends, wenn ich schlafen geh«. Manchmal hatte sich seine Mutter neben ihn auf die Klavierbank gesetzt und mitgesungen, während er spielte:

Abends, wenn ich schlafen geh,
Vierzehn Englein um mich stehn …

Bitte lass die Engel auch unseren kleinen Jungen beschützen, betete Richard leise und hörte dabei Giselles leises Schluchzen.

Das Essen war schlicht: Salat, Baguette und Spaghetti mit einer Sauce aus Tomaten und Basilikum. Der Junge saß zwischen Henry und Sunday am Tisch im kleinen Speisezimmer. Er breitete zwar die Serviette auf seinem Schoß aus, reagierte aber nicht, als Sims ihm den Brotkorb hinhielt, und rührte keinen Bissen an.

»Aber er muss doch Hunger haben«, sagte Henry. »Es ist fast halb acht.« Er schob eine Gabel Nudeln in den Mund und lächelte Jacques zu. »Hmmmmm köstlich.«

Jacques erwiderte ernst seinen Blick und senkte dann den Kopf.

»Vielleicht möchte er lieber ein Brot mit Erdnussbutter und Marmelade«, schlug Sims vor. »Das aßen Sie als Kind doch auch immer am liebsten, Sir.«

»Beachten wir ihn einfach nicht und schauen wir, was

dann passiert«, meinte Sunday. »Bestimmt ist er völlig verängstigt. Aber ich stimme dir zu, dass er hungrig sein muss. Wenn er nicht bald zu essen anfängt, bekommt er eben etwas anderes. Sims, versuchen wir es mal mit dem Erdnussbutterbrot. Und statt der Milch geben wir ihm Cola.«

Sie wickelte die Spaghetti um die Gabel. »Henry, findest du es nicht auch komisch, dass noch niemand das Kind bei der Polizei als vermisst gemeldet hat? Wenn er in der Nähe wohnt, müssen seine Eltern doch schon bemerkt haben, dass er weg ist. Und normale Eltern würden in so einem Fall die Polizei rufen. Die Frage lautet, wie er überhaupt hierher gekommen ist. Glaubst du, jemand hat ihn absichtlich vor unserer Tür ausgesetzt?«

»Unwahrscheinlich«, meinte Henry. »Dieser Jemand müsste ein Hellseher sein. Wie konnte er wissen, dass wir den Leibwächtern ein paar Tage freigegeben haben? Denn die hätten ihn schon am Tor abgefangen und befragt. Bestimmt ist der Kleine aus irgendeinem Grund, den ich auch nicht nachvollziehen kann, einfach noch nicht vermisst worden.«

Sunday warf einen raschen Blick auf Jacques und sah dann Henry an. »Nicht hinschauen«, flüsterte sie. »Aber ein gewisser junger Mann hat beschlossen, endlich etwas zu sich zu nehmen.«

Während der restlichen Mahlzeit plauderte sie mit Henry, wobei beide taten, als wäre Jacques nicht vorhanden. Der Junge leerte seinen Teller Spaghetti, verschlang den Salat und trank das Glas Cola aus.

Sunday bemerkte, dass er den Brotkorb betrachtete, den er jedoch nicht erreichen konnte. Mit einer beiläufigen Bewegung schob sie ihn näher an Jacques heran. »Weißt du, was mir auffällt, Henry?«, fragte sie. »Er wollte ein

Stück Brot, konnte aber nicht fragen und hat auch nicht einfach danach gegrapscht. Eines ist klar, Henry: Dieses Kind hat ausgezeichnete Tischmanieren.«

Nach dem Essen gingen sie wieder in die Bibliothek, um den Baum fertig zu schmücken. Als Sunday auf den letzten Karton mit Christbaumschmuck zeigte, reichte Jacques ihr die einzelnen Stücke. Sunday bemerkte, wie vorsichtig er sie von den Pappschablonen löste. Das macht er sicher nicht zum ersten Mal, dachte sie. Nach einer Weile jedoch sah sie, dass ihm die Augen zufielen.

Als die Schachtel leer war und das letzte Stück am Baum hing, sagte sie: »Ich glaube, da muss jemand ins Bett. Wo bringen wir ihn unter?«

»Liebling, in diesem Haus gibt es mindestens sechzehn Schlafzimmer.«

»Schon, aber wo hast du denn geschlafen, als du klein warst?«

»Im Kinderzimmer.«

»Und das Kindermädchen war nebenan?«

»Natürlich.«

»Genau das meine ich.«

Sims stapelte die Kartons. »Sims, wir legen unseren kleinen Freund am besten auf das Sofa in unserem Vorzimmer«, schlug Sunday vor. »Wenn wir die Schlafzimmertür offen lassen, kann er uns sehen und hören.«

»Gut, Madam. Und was ist mit einem Nachthemd?«

»Eins von Henrys T-Shirts wird genügen.«

Später in der Nacht wurde Sunday von leisen Geräuschen aus dem Nebenzimmer geweckt. Sofort sprang sie auf und lief hinüber.

Jacques stand am Fenster und blickte zum Himmel hinauf. Sunday bemerkte ein leises Dröhnen. Ein Flugzeug flog über sie hinweg. Wahrscheinlich hat er es gehört, dachte sie. Was mag es nur für ihn bedeuten?

Am Weihnachtstag war das Wetter sonnig und kalt. Eine dünne Neuschneedecke glitzerte auf den bereits weißen Wiesen und Feldern. Henry, Sunday und Jacques machten einen Morgenspaziergang.

»Liebling, du weißt, dass wir ihn nicht für immer behalten können«, sagte Henry. Als ein Hirsch durch den Wald sprang, lief Jacques voran, um ihn zu beobachten.

»Das ist mir klar, Liebling.«

»Du hattest Recht, ihn im Nebenzimmer schlafen zu lassen. Allmählich mache ich mir Gedanken darüber, wie es werden wird, wenn wir einmal selbst Kinder haben. Werden die dann alle dort auf dem Sofa übernachten?«

Sunday lachte. »Bestimmt nicht, aber auch nicht in einem anderen Flügel des Hauses. Hast du deine Weihnachtsbotschaft fürs Internet fertig?«

»Ja. So viele Leute aus der ganzen Welt haben uns dieses Jahr geschrieben, und ich finde, wir müssen uns unbedingt dafür bedanken und ihnen unsere guten Wünsche übermitteln.«

»Richtig.« Plötzlich änderte sich Sundays Tonfall. »Henry, schau!«

Jacques war auf einmal stehen geblieben und blickte sehnsüchtig zum Himmel empor.

Über ihren Köpfen hörten sie das leise Dröhnen eines Flugzeugs. »Henry«, meinte Sunday nachdenklich, »wieder ein Hinweis. Meiner Ansicht nach ist der Kleine vor kurzem in einem Flugzeug gewesen.«

Obwohl Pete Schuler inzwischen zweitausenddreihundertdreiunddreißig Dollar in der Tasche hatte, war ihm nicht wohl in seiner Haut. Dieser unverhoffte Reichtum bedeutete zwar, dass er den restlichen Winter freinehmen und zum Skilaufen gehen konnte, aber einige Fragen ließen ihn einfach nicht los.

Wo war der Junge? Warum war er noch nicht zurück? Seine dämliche Cousine Betty hatte ihn irgendwo in New Jersey verloren. Weshalb aber hatte ihn noch kein netter, besorgter Bürger gefunden und ihn der Polizei übergeben? Und wenn das Kind einen Unfall gehabt hatte? Je länger er darüber nachgrübelte, desto mulmiger wurde ihm.

Inzwischen war Betty in New York bei einer Freundin untergeschlüpft, die eine Bruchbude im East Village bewohnte. Pete wählte die Nummer. Betty nahm sofort ab. Ihre Stimme klang gepresst. »Ist der Junge wieder zu Hause?«, wollte sie wissen.

»Nein. Wo zum Teufel hast du ihn verloren?«

»In Bernardsville. So hieß das Kaff. Glaubst du, er ist überfahren worden?«

»Bin ich Hellseher? Schließlich bist du ja schuld, dass er weg ist.« Nachdenklich hielt Pete inne. »Ich bin ziemlich sicher, dass die Eltern nicht die Polizei verständigt haben.« Dass er um ein ordentliches Sümmchen reicher war, wollte er Betty lieber nicht verraten. »Aber wir müssen rauskriegen, was passiert ist. Nur für den Fall, dass sie schon nach ihm suchen, fährst du jetzt mit dem Bus nach New Jersey, rufst die Polizei in Bernardsville an und fragst, ob ein fünfjähriger Junge abgegeben wurde. Kapiert?«

»Und was soll das bringen? Denkst du, die erzählen mir was?«, widersprach Betty. *Warum habe ich mich nur darauf eingelassen? Wenn dem Jungen etwas zustößt, kriege ich lebenslänglich.*

»Tu es einfach, und zwar sofort! Aber pass auf. Wenn

sie das Kind gefunden haben, werden sie versuchen, dich auszuquetschen.«

Um zwei Uhr rief Betty zurück. »Ich weiß nicht, ob sie den Kleinen haben«, berichtete sie. »Sie wollten, dass ich ihn beschreibe. Ich habe schnell aufgelegt.«

»Das war ganz schön blöd von dir«, schimpfte Pete und hängte ein. Wenn die Daltons noch nicht die Polizei informiert haben, würden sie es sicher bald tun, falls sie nichts mehr von ihm hörten. Er fuhr zu einer Tankstelle in Southport und schloss die Tür der Telefonzelle hinter sich. Er würde den nächsten Schritt machen müssen.

Schon beim ersten Läuten wurde abgehoben: »Richard Dalton.«

»Es hat eine Verzögerung gegeben«, sagte Schuler in derselben verstellten Stimme wie am Vortag. Dabei hielt er ein Taschentuch über die Sprechmuschel, wie er es im Film gesehen hatte. »Nur keine Panik. Kapiert? Keine Panik!«

Richard Dalton hörte ein Klicken. Der Anrufer hatte aufgelegt. Etwas hat nicht geklappt, dachte er. Ihm wurde klar, dass das Geld zu Fuß abgeholt worden war. Deshalb hatte er niemanden gesehen. Die ganze Nacht lang hatte er am Fenster gestanden und auf ein Auto gewartet. Aber es war keines gekommen. Aber am Morgen war das Geld trotzdem verschwunden gewesen. Er hatte nicht bemerkt, dass es jemand aus dem Briefkasten genommen hatte.

Wieder läutete das Telefon. Dalton griff nach dem Hörer, meldete sich, hörte eine Weile zu und hielt dann die Hand über die Muschel. »Dein Vater«, sagte er zu Giselle. »Er möchte mit Jacques sprechen.«

»Erzähl ihm, Jacques und ich wären unterwegs, um noch letzte Weihnachtseinkäufe zu machen«, flüsterte Giselle. Sorge und Angst standen ihr ins Gesicht geschrieben. Richard konnte es kaum ertragen, ihr in die Augen zu blicken.

»Louis, sie sind beim Einkaufen«, erklärte er. »Wir rufen dich morgen bestimmt an.«

Nachdem er aufgelegt hatte, kreischte Giselle: »Sag ihm, dass Jacques und ich Weihnachtseinkäufe machen!«

Als sie ohnmächtig zu Boden fiel, traf ihr Kopf zufällig den Schalter der Modelleisenbahn. Die Lichter sprangen an, die Schranken senkten sich, und die Lokomotive setzte sich keuchend in Bewegung.

Dalton stellte den Mechanismus ab und nahm seine Frau in die Arme.

Um fünf Uhr rief der Polizeichef von Bernardsville Henry an. »Mr President«, sagte er. »In der gesamten Umgebung werden Flugblätter mit einer Beschreibung des Jungen verteilt. Auch das örtliche FBI-Büro und die Polizei in allen fünfzig Bundesstaaten verfügen über sein Foto. Außerdem haben wir uns mit der Bundeszentrale für Vermisste und missbrauchte Kinder in Verbindung gesetzt. Bis jetzt ohne Ergebnis. Der einzige Hinweis ist ein merkwürdiger Anruf, der heute bei uns einging. Eine Frau fragte, ob ein fünfjähriger Junge bei uns abgegeben worden sei. Inzwischen sieht es aus, als wäre der Kleine ausgesetzt worden. Hat er schon etwas gesagt?«

»Kein Wort«, erwiderte Henry.

»Dann ist es wohl das Beste, wenn wir ihn wieder übernehmen. Er muss im Krankenhaus gründlich untersucht werden, um festzustellen, ob er wirklich stumm ist oder ob er vielleicht einen Schock erlitten hat.«

»Augenblick bitte.«

Sunday hatte Sims zu Toys-R-Us geschickt, und der Butler war mit Geschenken beladen zurückgekehrt. Die meisten waren noch verpackt, aber ein paar hatten sie schon geöffnet. Darunter befand sich ein großer Karton mit zusammensteckbaren Plastikbausteinen, aus denen Sunday und Jacques einen kunstvollen Turm bauten. Als Henry die Worte des Polizeichefs wiederholte, machte Sunday ein enttäuschtes Gesicht. »Henry, heute ist Weihnachten. Man darf dem Kleinen doch nicht zumuten, dass er diesen Tag im Krankenhaus verbringt.«

»Aber wir können ihn nicht für immer behalten, Liebling.«

»Sag ihnen, sie müssen ihn noch bis Donnerstag bei uns lassen. Er soll wenigstens noch Weihnachten feiern können. Hier fühlt er sich wohl, das merkt man doch genau. Und noch etwas, Henry. Sims hat auch ein paar Sachen zum Anziehen für ihn gekauft. Das, was er anhatte, sieht zwar nagelneu aus, passt ihm aber nicht. Irgendetwas ist da faul. Ich glaube nicht, dass er ausgesetzt wurde. Seine Familie hat sicherlich keine Ahnung, wo er steckt. Erzähl das der Polizei.«

Jacques verstand nicht, was die nette Dame, die *Maman* ein bisschen ähnlich sah, gesagt hatte. Er wusste nur, dass er gern mit ihr zusammen war, und auch mit dem freundlichen großen Mann und dem alten Herrn, der ihn an *Grand-père* erinnerte. Vielleicht würden sie ihn behalten, wenn er ganz brav war. Aber noch lieber wollte er nach Hause zu *Maman* und Richard. Warum hatten sie ihn weggeschickt? Plötzlich konnte er die Tränen nicht mehr unterdrücken. Er legte den Baustein weg, den er oben auf den Turm hatte stecken wollen, und fing an, leise und verzweifelt zu weinen. Auch die nette Dame, die ihn in die Arme nahm, war machtlos dagegen.

Beim Abendessen brachte er keinen Bissen herunter. Obwohl er es versuchte, blieb ihm das Essen im Halse stecken. Später gingen sie wieder in das Zimmer, wo der Weihnachtsbaum stand. Aber Jacques dachte nur an die

Modelleisenbahn, die Richard und er im neuen Haus in Darien hatten zusammenbauen wollen.

Sunday wusste, was in Henry vorging. Sie konnten dem kleinen Jungen nicht helfen. Er trauerte lautlos und einsam, und dagegen konnten alle Spielzeuge der Welt nichts ausrichten. Vielleicht gehörte er wirklich in ein Krankenhaus, wo Fachleute ihn betreuen würden.

Sunday fühlte sich genauso hilflos wie vor einigen Wochen, als sie, Henry und ihr Vater auf das Ergebnis der Operation an ihrer Mutter gewartet hatten.

»Was überlegst du, Liebling?«, fragte Henry leise.

»Dass sich ab morgen die Ärzte um ihn kümmern sollten. Du hattest Recht. Wir tun ihm keinen Gefallen, indem wir ihn hier behalten. «

»Das finde ich auch.«

»Ich fühle mich überhaupt nicht wie an Weihnachten«, sagte Sunday leise. »Ein verlassenes Kind … ich fasse es nicht, dass niemand nach ihm sucht. Stell dir mal vor, wie es uns gehen würde, wenn unser kleiner Junge verschwunden wäre.«

Henry wollte schon antworten, doch dann neigte er plötzlich den Kopf. »Hör mal, die Sternsinger kommen.«

Er öffnete das Fenster. Kalte Luft wehte herein, und die Sternsinger näherten sich dem Haus. Sie sangen »God Rest You, Merry Gentlemen«.

Und fürchtet euch nicht, dachte Sunday. Leise summte sie mit, als die Sänger »Stille Nacht« anstimmten.

Während sie das nächste Lied sangen, spendeten sie und Henry begeistert Beifall.

Da trat der Vorsänger ans Fenster. »Mr President«, sagte er. »Wir haben für Sie ein besonderes Lied einstudiert, weil wir gehört haben, dass Sie es in Ihrer Schulzeit am liebsten hatten.«

Er schlug die Stimmgabel an, und sie fingen leise an zu singen.

Un flambeau, Jeannette Isabelle,
Un flambeau, courrons au berceau.
C'est Jésus, bonnes gens du hameau
Le Christ est né …

Sunday hörte hinter sich ein Geräusch. Jacques, der bis dahin zusammengekauert auf dem Sofa gesessen hatte, fuhr plötzlich hoch und riss die Augen auf. Lautlos murmelte er den Text des Liedes mit.

»Henry«, meinte Sunday. »Schau mal. Siehst du, was ich sehe?«

Henry wandte sich um. »Was ist, Liebling?«

»So schau doch!«

Unauffällig beobachtete Henry Jacques. »Er kennt das Lied.« Henry ging zum Sofa und nahm den kleinen Jungen in die Arme.

»Noch einmal, bitte«, forderte er die Sänger auf. Doch als sie das Lied wiederholten, presste Jacques nur die Lippen zusammen.

Nachdem die Sternsinger fort waren, wandte sich Henry auf Französisch an den kleinen Jungen: *»Comment t'appelles-tu? Où habites-tu?«*

Aber Jacques schloss wortlos die Augen.

Achselzuckend blickte Henry Sunday an. »Ich bin mit meinem Latein am Ende. Er antwortet nicht, aber ich glaube, er hat die Fragen verstanden.«

Sunday musterte Jacques nachdenklich. »Henry, dir ist bestimmt aufgefallen, wie fasziniert unser kleiner Freund war, als heute Morgen ein Flugzeug über uns hinweggeflogen ist.«

»Du hast mich darauf hingewiesen.«

»Und letzte Nacht ist dasselbe passiert. Was ist, wenn dieser Junge aus einem anderen Land stammt? Dann wäre es kein Wunder, dass niemand ihn als vermisst gemeldet hat. Sims hat doch eins der Flugblätter mit seiner Beschreibung mitgebracht.«

»Ja.«

»Henry, du wolltest doch deine Weihnachtsgrüße über Internet versenden.«

»Wie jedes Jahr. Um Mitternacht.«

»Dann tu mir bitte einen Gefallen.« Sunday zeigte auf Jacques. »Gib dieses Jahr auch das Flugblatt ein und wende dich besonders an die Menschen in Frankreich und in anderen französisch sprechenden Ländern. Und von jetzt an unterhalten wir uns nur noch auf Französisch. Vielleicht bringt es uns ja nicht weiter, aber wir müssen nach jedem Strohhalm greifen.«

In Paris war es Viertel vor sechs Uhr morgens, als Louis de Coyes, eine Kaffeetasse in der Hand, in sein Arbeitszimmer ging und den Computer einschaltete. Er freute sich nicht besonders darauf, den Weihnachtstag allein zu verbringen. Aber wenigstens war er am Abend bei Freunden zum Essen eingeladen. Ohne Jacques und Giselle war das Haus einsam. Doch Louis gefiel der Mann, der seine Tochter geheiratet hatte. Richard Dalton war ein Schwiegersohn, wie ihn sich jeder Vater wünschte.

Außerdem würden sie ihn sicher häufig besuchen. Sie hatten versprochen, dass er Jacques weiter Unterricht im Gebrauch des Internets geben konnte. Bald würde sein Enkel in der Lage sein, selbständig über E-Mail Nachrichten zu schicken. Jetzt musste es an der Ostküste der Vereinigten Staaten fast Mitternacht sein, und Louis wollte die Weihnachtsbotschaft von Henry Parker Britland IV. an seine Freunde lesen. Louis hatte den ehemaligen Präsidenten bei einem Empfang in der amerikanischen Botschaft in Paris kennen gelernt und war von seiner Schlagfertigkeit und seiner offenen Art sehr beeindruckt gewesen.

Fünf Minuten später betrachtete Louis de Coyes entgeistert das Foto seines Enkels und las, dass der ehemalige Präsident per Internet die Eltern des Kindes suchte.

Richard Dalton wollte sich schon wieder eine Ausrede einfallen lassen, warum Giselle nicht ans Telefon kommen konnte. Doch als er den Grund des Anrufs erfuhr, flüsterte er nur: »Oh, mein Gott, Louis, oh, mein Gott.«

Um zwei Uhr morgens erwarteten Henry und Sunday Jacques' Eltern. Der Junge schlief tief und fest oben auf dem Sofa.

Jacques hatte einen Traum, aber diesmal war es ein wunderschöner. *Maman* küsste ihn und flüsterte: *»Mon petit Jacques, mon Jacques, je t'aime, je t'aime.«*

Jacques spürte, wie er hochgehoben und in eine Decke gewickelt wurde. Richard umarmte ihn fest. »Jetzt fahren wir nach Hause, mein Kleiner.«

In seinem Traum saß Jacques auf dem Schoß seiner Mutter in einem Auto und schlief, an sie gekuschelt, friedlich wieder ein.

Als er aufwachte, öffnete er langsam die Augen, und gleich stellte sich das traurige Gefühl ein. Aber er lag ja gar nicht auf dem Sofa in dem großen Haus, sondern in seinem eigenen Bett! Wie war er hierher gekommen? Hatte er doch nicht geträumt? Hatten *Maman* und Richard ihn abgeholt, weil sie ihn lieb hatten?

»Maman! Richard!«, rief Jacques aufgeregt, sprang aus dem Bett und rannte den Flur entlang.

»Wir sind hier unten«, antwortete *Maman*. Und dann

hörte Jacques noch ein Geräusch: Das Rattern seiner Eisenbahn und das Pfeifen, das ankündigte, dass sich gleich die Schranken senken würden. Schnell wie der Blitz sauste er die Treppe hinab.

»Viel Schlaf haben wir gestern nicht abbekommen«, stellte Henry fest, als er mit Sunday von der Kirche nach Hause fuhr.

»Das kannst du laut sagen«, stimmte Sunday vergnügt zu. »Henry, ich werde das kleine Kerlchen vermissen.«

»Ich auch. Aber ich rechne fest damit, dass wir über kurz oder lang selbst ein Kind haben werden – oder sogar zwei.«

»Das wäre schön. Aber ist es nicht erschreckend, wie oft unser Leben am seidenen Faden hängt? Als zum Beispiel der Anruf kam, dass meine Mutter …«

»Inzwischen geht es ihr wieder gut.«

»Ja, doch sie hätte genauso gut sterben können. Und was ist mit dem kleinen Jacques? Stell dir vor, die Frau hätte nicht mitten in der Stadt einen Unfall gehabt. Vielleicht wäre sie in Panik geraten und hätte ihm etwas angetan. Hoffentlich wird sie bald gefasst. Jederzeit kann das Schicksal zuschlagen.«

»Das ist richtig«, stimmte Henry ernst zu. »Bei manchen geschieht es früher, bei anderen später. Aber mach dir keine Sorgen. Die Polizei findet die Frau und ihren Komplizen sicherlich bald. Die beiden haben sich offenbar sehr ungeschickt dabei angestellt, ihre Spuren zu verwischen.«

Sie fuhren durchs Tor von Drumdoe und die lange Straße zum Haus entlang. Henry parkte vor dem Eingang. Anscheinend hatte Sims hinter dem Fenster auf sie gewartet, denn die Tür ging auf, als sie noch auf der Veranda standen.

»Der kleine Jacques ist am Apparat, Sir. Seine Mutter erzählt, er hätte den ganzen Vormittag mit seiner Eisenbahn gespielt. Er möchte Ihnen danken, weil Sie so nett zu ihm waren.« Sims strahlte übers ganze Gesicht. »Und er will Ihnen *Joyeux Noël* wünschen.«

Während Henry zum Telefon eilte, grinste Sunday Sims an. »Ihre französische Aussprache ist fast so miserabel wie meine«, sagte sie.

Träum süß,
kleine Schwester

Die Stimme im Keller

Als sie ankamen, war es dunkel. Mike steuerte den Wagen von der schmutzigen Straße in die lange Zufahrt und hielt vor dem kleinen Landhaus. Die Grundstücksmaklerin hatte versprochen, Heizung und Beleuchtung einzuschalten. Stromvergeudung war offenbar nicht ihre Sache.

Über der Tür entsandte eine Spezialbirne für Insektenschutz einen fahlen gelblichen Strahl, der im gleichmäßigen Nieselregen vibrierte. Die Fenster mit den kleinen Scheiben waren in dem schwachen Lichtschein, der durch einen Vorhangspalt drang, kaum auszumachen.

Mike streckte sich. Vierzehn Stunden am Steuer während der letzten drei Tage – kein Wunder, dass sein langer, muskulöser Körper völlig verkrampft war. Er strich sich das dunkelbraune Haar aus der Stirn und wünschte, er hätte sich vor der Abfahrt in New York die Zeit genommen, sich die Haare schneiden zu lassen. Laurie zog ihn auf, als sie zu wachsen anfingen. »Du siehst aus wie ein dreißigjähriger Kaiser, Lockenköpfchen«, stellte sie fest. »Dir fehlt nur noch 'ne Toga und ein Lorbeerkranz, dann bist du komplett.«

Vor etwa einer Stunde war sie eingeschlafen. Ihr Kopf lag in seinem Schoß. Unschlüssig schaute er hinunter, es widerstrebte ihm, sie zu wecken. Zwar konnte er ihr Profil kaum erkennen, doch er wusste, dass im Schlaf die verkniffene Mundpartie und der Ausdruck panischen Schreckens aus ihrem Gesicht verschwanden.

Vor vier Monaten hatte der ständig wiederkehrende Albtraum begonnen, dieser Horror, der sie gellend aufschreien ließ: »Nein, ich komme nicht mit euch. Ich will nicht mit euch singen.«

Er rüttelte sie wach. »Ist ja schon gut, Liebes. Alles in Ordnung.«

Ihre Schreie verebbten zu verängstigtem Schluchzen. »Ich weiß nicht, wer sie sind, aber sie wollen mich, Mike. Ich kann ihre Gesichter nicht erkennen, aber sie drängen sich alle dicht zusammen und winken mir zu.«

Er war mit ihr zum Psychiater gegangen, der sofort eine intensive Behandlung begann. Doch die Albträume gingen weiter, unvermindert. Sie hatten eine begabte vierundzwanzigjährige Sängerin, die gerade als Solistin in ihrem ersten Musical am Broadway aufgetreten war, in ein zitterndes Wrack verwandelt, das nach Einbruch der Dunkelheit nicht allein sein konnte.

Der Psychiater hatte einen Urlaub vorgeschlagen. Mike erzählte ihm von den Sommern, die er im Haus seiner Großmutter am Oshbee Lake, fünfundsechzig Kilometer von Milwaukee, verbracht hatte. »Meine Großmutter ist im vergangenen September gestorben«, hatte er erklärt. »Das Haus steht zum Verkauf. Laurie ist nie dort gewesen, und sie liebt Wasser.«

Der Arzt war einverstanden. »Aber geben Sie Acht auf sie«, warnte er. »Sie ist schwer deprimiert. Ich bin sicher, diese Albträume sind eine Reaktion auf ihre Kindheitserlebnisse, aber sie erdrücken sie.«

Laurie hatte die Gelegenheit wegzufahren freudig begrüßt. Mike war Juniorpartner in der Anwaltskanzlei seines Vaters. »Nimm dir so viel Zeit, wie du brauchst«, meinte der. »Hauptsache, es hilft Laurie.«

Ich erinnere mich hier an strahlende Helle, dachte Mike, als er das in Dunkelheit getauchte Haus mit wachsendem Schrecken betrachtete. Ich erinnere mich, wie sich das Wasser anfühlte, wenn ich hineinsprang, an die warme Sonne auf meinem Gesicht, an den Wind, wie er die Segel füllte und das Boot über den See gleiten ließ.

Es war Ende Juni, hätte aber genauso gut Anfang März sein können. Dem Radio zufolge dauerte der Kälteeinbruch in Wisconsin seit drei Tagen an. Hoffentlich ist genügend Kohle da, um die Heizung in Gang zu halten, dachte Mike, andernfalls verliert diese Maklerin den Auftrag.

Er musste Laurie wecken. Sie auch nur für eine Minute allein im Wagen zu lassen wäre schlimmer. »Wir sind da, Liebes«, sagte er, seine Stimme täuschte Heiterkeit vor.

Laurie regte sich. Er fühlte, wie sie sich versteifte, dann entspannte, als er sie fest in die Arme schloss. »Es ist so dunkel«, flüsterte sie.

»Wir gehen rein und machen Licht.«

Er erinnerte sich an den ständigen Ärger mit dem Schloss. Man musste die Tür kräftig anziehen, bevor man den Schlüssel herumdrehen konnte. In einer Steckdose in der kleinen Diele war eine Nachtbeleuchtung angeschlossen. Das Haus war zwar nicht warm, aber auch nicht so eiskalt, wie er befürchtet hatte.

Rasch knipste Mike das Licht im Flur an. Die Tapete mit den Efeuranken wirkte verblichen und verschmutzt. Das Haus war in den fünf Sommern, die seine Großmutter im Pflegeheim verbrachte, vermietet worden. Mike erinnerte sich, wie sauber und warm und anheimelnd es war, solange sie hier wohnte.

Lauries Schweigen war vielsagend. Den Arm um sie gelegt, führte er sie ins Wohnzimmer. Die samtbezogenen Polstermöbel, in denen er es sich mit einem Buch bequem zu machen pflegte, standen noch auf ihrem Platz, wirkten aber, wie die Tapete, schmuddelig und schäbig.

Mike runzelte besorgt die Stirn. »Tut mir Leid, Schatz. War eine Schnapsidee, hierher zu kommen. Möchtest du in ein Motel gehen? Wir sind an zwei recht ordentlich aussehenden vorbeigefahren.«

Laurie lächelte ihn an. »Ich möchte hier bleiben, Mike. Ich möchte, dass du mich an all den wunderbaren Sommern teilhaben lässt, die du hier verbracht hast. Ich möchte deine Großmutter als meine reklamieren. Dann komme ich vielleicht über all das hinweg, was mit mir geschieht.«

Laurie war von ihrer Großmutter erzogen worden, die an schwerer Angstneurose litt. Sie hatte versucht, Laurie Angst vor der Dunkelheit einzuflößen, Angst vor Fremden, Angst vor Flugzeugen und Autos, Angst vor Tieren. Als Laurie und Mike sich vor zwei Jahren kennen lernten, hatte sie ihn schockiert und amüsiert mit der Litanei haarsträubender Geschichten, die ihre Großmutter ihr tagtäglich vorgesetzt hatte.

»Wie hast du dich nur so normal entwickelt, so heiter und vergnügt?«, fragte Mike sie dann jedes Mal.

»Hätte ich mich von ihr irrenhausreif machen lassen, wär's aus und vorbei gewesen mit mir.« Doch die letzten vier Monate hatten gezeigt, dass Laurie letztlich nicht ohne psychischen Schaden davongekommen war, der geheilt werden musste.

Jetzt lächelte Mike ihr zu, betrachtete liebevoll die leuchtenden meergrünen Augen, die dichten dunklen Wimpern, die Schatten warfen auf ihre porzellanweiße Haut, die kastanienbraunen Locken, die das ovale Gesicht anmutig umrahmten.

»Du bist so verdammt hübsch«, sagte er, »und natürlich erzähl ich dir alles über Großmama. Du kanntest sie ja nur, als sie schon krank und gebrechlich war. Ich werde dir Geschichten auftischen von unserem gemeinsamen Angeln bei Sturm, vom Joggen rund um den See und wie sie mich da angebrüllt hat, Schritt zu halten, vom Wettschwimmen, bei dem ich sie mit sechzig zum ersten Mal schlagen konnte.«

Laurie nahm sein Gesicht in die Hände. »Hilf mir, so zu sein wie sie.«

Gemeinsam brachten sie die Koffer und die Lebensmittel herein, die sie unterwegs gekauft hatten. Mike ging in den Keller hinunter. Er schnitt eine Grimasse, als er einen Blick in den 1,20 m breiten und 1,80 m langen Bretterverschlag neben dem Heizkessel warf, in dem die Kohlen lagerten; er befand sich direkt unter dem Fenster, das beim Entladen des Kippers für die Rutsche geöffnet wurde. Mike erinnerte sich, wie er als Achtjähriger seiner Großmutter geholfen hatte, einige Bretter des Verschlages zu ersetzen. Jetzt wirkten sie durchweg morsch.

»Auch im Sommer wird es nachts manchmal kalt, aber wir werden's immer hübsch warm haben, Mike«, sagte seine Großmutter oft, wenn er ihr helfen durfte, Kohlen in den alten, schwarz gewordenen Heizkessel zu schaufeln.

Mike entsann sich noch genau, dass sich die blanken schwarzen Eierbriketts früher immer zu Bergen türmten. Jetzt war der Verschlag fast leer. Der Vorrat reichte gerade noch für zwei bis drei Tage. Er griff zur Schaufel.

Der Heizkessel funktionierte noch, kam geräuschvoll auf Touren, was rasch im ganzen Haus zu hören war. Die Röhren klapperten und rasselten, als Heißluft zischend nach oben entwich.

In der Küche hatte Laurie die Lebensmittel ausgepackt und mit der Zubereitung eines Salates begonnen. Mike grillte ein Steak. Sie machten eine Flasche Bordeaux auf und aßen nebeneinander an dem alten Emailtisch, im vertraulichen Schulterschluss.

Als sie die Treppe zum Schlafzimmer hinaufgingen, entdeckte Mike den Zettel, den die Maklerin auf dem Flurtisch hinterlassen hatte. »Hoffe, Sie finden alles in Ordnung vor. Tut mir Leid wegen des Wetters. Kohlenlieferung am Freitag.«

Sie entschieden sich für das Zimmer seiner Großmutter. »Sie hat dieses Messingbett geliebt«, erklärte Mike. »Keine einzige Nacht, in der sie nicht wie ein Baby darin geschlafen hätte, behauptete sie immer.«

»Hoffen wir, dass es mir genauso geht.« Laurie seufzte. Im Wäscheschrank lagen saubere Laken, aber sie fühlten sich feucht und klamm an. Die Sprungfedermatratzen rochen muffig. »Wärme mich«, flüsterte Laurie erschaudernd, als sie sich zudeckten.

»Mit Vergnügen.«

Sie hielten sich fest umschlungen, als sie einschliefen. Um drei Uhr begann Laurie zu schreien, ein durchdringender, wehklagender Schrei, der durchs ganze Haus hallte. »Geht weg. Weg mit euch. Ich will nicht. Nein, ich will nicht.«

Es dämmerte bereits, als sie aufhörte zu schluchzen. »Sie kommen näher«, sagte sie zu Mike. »Sie kommen immer näher.«

Der Regen hielt den ganzen Tag über an. Das Außenthermometer zeigte drei Grad Celsius. Den Vormittag verbrachten sie lesend, jeder auf einer Samtcouch zusammengerollt. Mike beobachtete, wie Laurie sich allmählich entspannte. Als sie nach dem Lunch in tiefen Schlaf fiel, ging er in die Küche und rief den Psychiater an.

»Ihr Gefühl, dass sie näher kommen, kann ein gutes Zeichen sein«, meinte der Arzt. »Möglicherweise befindet sie sich unmittelbar vor der Bewusstseinsschwelle. Ich bin überzeugt, dass die Wurzel dieser Albträume in den Ammenmärchen zu suchen ist, die Lauries Großmutter ihr erzählte. Wenn wir genau definieren können, welches diese Angst ausgelöst hat, sind wir in der Lage, sie davon und von allen anderen zu befreien. Beobachten Sie sorgfältig, aber denken Sie daran – sie ist stark und kräftig und will gesund werden. Damit ist die Sache schon halb gewonnen.«

Als Laurie aufwachte, beschlossen sie, sich das Inventar des Hauses anzusehen. »Dad hat gesagt, wir können alles haben, was wir wollen«, erinnerte Mike sie. »Zwei Tische sind antik, und die Kaminuhr ist ein wahres Prachtstück.« Ein Wandschrank im Flur diente als Speicher. Sie begannen ihn auszuräumen und die Sachen ins Wohnzimmer zu schaffen. Laurie, in Jeans und Pullover, das Haar zum Pferdeschwanz aufgebunden, sah wie achtzehn aus und gewann Spaß an der Durchsicht. »Die hiesigen Maler waren ziemlich lausig«, lachte sie, »aber die Rahmen sind toll. Kannst du sie dir nicht genau bei uns an der Wand vorstellen?«

Im vorigen Jahr hatte Mikes Familie ihnen eine Mansarde in Greenwich Village als Hochzeitsgeschenk gekauft. Bis vor vier Monaten waren sie in ihrer Freizeit ständig auf der Suche nach günstigen Gelegenheiten, grasten Auktionen und Trödler ab. Seit Beginn der Albträume hatte Laurie das Interesse verloren, die Wohnung weiter einzurichten. Mike drückte die Daumen. Vielleicht war sie wirklich auf dem Weg der Besserung.

Auf dem obersten Fach entdeckte er hinter zusammengerollten Quiltdecken ein Grammophon. »Mein Gott, das hatte ich ja völlig vergessen«, sagte er. »Ein echter Fund. Sieh mal. Hier ist auch noch ein Stapel alter Platten.«

Er merkte nicht, dass Laurie plötzlich verstummte, als er die Staubschicht abwischte und den Deckel öffnete. Auf der Innenseite befand sich das Markenzeichen von Edison, ein Hund, der lauschend vor einem Trichter sitzt, und die Inschrift *His Master's Voice.* »Es ist sogar 'ne Nadel dran«, stellte Mike fest. Rasch legte er eine Platte auf den Teller, betätigte die Kurbel, drückte den Hebel und beobachtete, wie die Platte sich zu drehen begann. Behutsam setzte er den Tonarm mit der dünnen Nadel in die erste Rille.

Die Platte war zerkratzt. Hohe Männerstimmen sangen, es hörte sich beinahe wie Falsett an. Das Ganze lief viel zu schnell und nicht synchron. »Ich kann den Text nicht verstehen«, sagte Mike. »Kennst du das Stück?«

»Es ist ›Chinatown‹«, erwiderte Laurie. »Hör zu.« Sie begann mitzusingen, übernahm mit ihrem bezaubernden Sopran die Führung. *Das Herz kennt keine andre Welt und findet nirgends Ruh.* Ihre Stimme brach. Keuchend schrie sie: *»Stell das ab, Mike! Stell's sofort ab!«* Sie hielt sich die Ohren zu, sank in die Knie, totenblass.

Mike riss die Nadel mit einem Ruck von der Platte. »Was ist denn los, Schatz?«

»Ich weiß es nicht. Ich weiß es einfach nicht.«

Bei Tagesanbruch saßen sie in der Küche und tranken Kaffee. »Es fällt mir wieder ein, Mike«, sagte Laurie. »Ich war noch klein. Meine Großmutter hatte auch so ein Grammophon. Und die gleiche Platte. Ich fragte sie, wo denn die Leute sind, die da singen. Ich dachte, sie müssten sich irgendwo im Haus verstecken. Sie nahm mich mit in den Keller und zeigte auf den Verschlag mit den Kohlen. Von dort kämen die Stimmen, sagte sie. Die Leute, die das Lied sangen, wären im Kohlenkeller, das könnte sie mir schwören.«

Mike stellte die Kaffeetasse hin. »Großer Gott!«

»Danach bin ich nie wieder in den Keller runtergegangen. Ich hatte Angst. Dann zogen wir um in eine Wohnung, und sie verschenkte das Grammophon. Deswegen hab ich das Ganze wohl vergessen.« In Lauries Augen leuchtete Hoffnung auf. »Mike, vielleicht hat diese alte Angst mich aus irgendeinem Grund eingeholt. Zu Ende der Spielzeit war ich so erschöpft. Unmittelbar danach fingen die Albträume an. Mike, die Platte ist vor 'ner Ewigkeit aufgenommen worden. Die Sänger sind mittlerweile wahrscheinlich alle tot. Und ich habe wahrhaftig gelernt, wie das mit der Tontechnik läuft. Vielleicht kommt doch alles wieder in Ordnung.«

»Darauf kannst du jede Wette eingehen.« Mike stand auf und ergriff ihre Hand. »Bist du bereit, die Probe aufs Exempel zu machen? Unten ist ein Kohlenkeller. Ich möchte gern, dass du mit mir runterkommst und dir den Verschlag ansiehst.«

Lauries Augen blickten angstvoll, dann biss sie sich auf die Lippen. »Lass uns gehen«, sagte sie.

Mike beobachtete Lauries Gesicht, als sie sich im Keller umschaute. Dabei wurde ihm klar, wie verwahrlost er war. Die einsame Glühbirne, die an der Decke baumelte. Die vor Feuchtigkeit glänzenden Hohlziegelwände. Der Zementstaub vom Fußboden, der an ihren Hausschuhen haften blieb. Die Betonstufen, über die man zu den beiden Metalltüren gelangte, die auf den Hinterhof führten. Der verrostete Riegel, mit dem sie verschlossen waren, sah aus, als wäre er jahrelang nicht mehr zurückgeschoben worden.

Der Verschlag grenzte an den Heizkessel an der Vorderseite des Hauses. Mike spürte, wie sich Lauries Nägel in seine Handfläche gruben, als sie ihn ansteuerten.

»Wir haben praktisch keine Kohlen mehr«, erklärte er.

»Ein wahres Glück, dass heute welche geliefert werden sollen. Sag mir, Schatz, was siehst du hier?«

»Einen Verschlag. Bestenfalls ungefähr zehn Schaufeln Kohle. Ein Fenster. Ich erinnere mich, wie sie damals die Rutsche des Lieferwagens durchs Fenster geschoben haben und die Kohlen dann herunterpolterten. Ich hab immer darüber nachgedacht, ob das den Sängern nicht furchtbar wehtut, wenn alles auf sie herunterprasselt.« Laurie versuchte zu lachen. »Keinerlei Anzeichen, dass hier irgendjemand wohnt. Also auch kein Grund mehr für Albträume, so Gott will.«

Hand in Hand gingen sie wieder nach oben. Laurie gähnte. »Ich bin so müde, Mike. Und du Ärmster hast meinetwegen seit Monaten keine ruhige Nacht mehr gehabt. Warum legen wir uns nicht einfach wieder zu Bett und verschlafen den Tag? Ich gehe jede Wette ein, dass ich nicht durch einen Traum aufwache.«

Ihr Kopf ruhte auf seiner Brust, seine Arme hielten sie umfangen. »Träum süß, Liebes«, flüsterte er.

»Diesmal bestimmt, das verspreche ich. Ich liebe dich, Mike. Hab Dank für alles.«

Die geräuschvoll durch die Rutsche in den Keller polternden Kohlen weckten Mike. Er blinzelte. Hinter den Vorhängen strömte Licht herein. Automatisch warf er einen Blick auf die Uhr. Kurz vor drei. Meine Güte, er musste wirklich übermüdet gewesen sein. Laurie war bereits aufgestanden. Er zog lange Khakihosen an, dazu Turnschuhe, lauschte nach Geräuschen aus dem Badezimmer. Nichts zu hören. Lauries Morgenrock und die Slipper lagen auf dem Sessel. Sie musste bereits angezogen sein. Plötzlich von panischer Angst erfasst, zerrte sich Mike ein Sweatshirt über den Kopf.

Das Wohnzimmer. Das Esszimmer. Die Küche. Ihre Kaffeetassen standen noch auf dem Tisch, die Stühle zurückgeschoben, wie sie sie hinterlassen hatten. Mike schnürte es die Kehle zu. Das laute Prasseln von Kohle ebbte ab. *Die Kohle.* Vielleicht. Er nahm zwei Stufen auf einmal. Kohlenstaub wogte durch den Keller. Im Verschlag türmten sich blanke schwarze Eierbriketts. Er hörte das Fenster zuschnappen. Er starrte hinunter auf die Fußspuren am Boden. Die Abdrücke von seinen Turnschuhen. Daneben die anderen, die er und Laurie morgens mit ihren Hausschuhen hinterlassen hatten.

Und dann sah er, Schritt für Schritt, den Abdruck von Lauries bloßen Füßen, die Abdrücke dieser hoch gewölbten, schlanken, zartknochigen Füße. Bis zum Bretterverschlag. Keinerlei Anzeichen, dass sie zur Treppe zurückgekehrt war.

Es läutete, das schrille, hohe, beharrliche Klingeln, das ihn immer geärgert und seine Großmutter amüsiert hatte. Mike raste die Treppe hinauf. Laurie … Lass es Laurie sein …

Der Fahrer des Lieferwagens mit einer Rechnung in der Hand. »Quittieren Sie bitte den Empfang, Sir.«

Die Kohlenlieferung. Mike packte den Mann am Arm. »Haben Sie in den Verschlag geschaut, bevor Sie die Kohlen runterschütteten?«

Blassblaue Augen in einem freundlichen, vom Wetter gegerbten Gesicht musterten ihn mit offenem, wenn auch etwas verdutztem Blick. »Na klar hab ich reingeschaut, um mich zu vergewissern, wie viel Sie brauchen. Das bisschen, was noch da war, hätte Ihnen nicht mal für den ganzen Tag gereicht. Der Regen hat ja aufgehört, aber es bleibt weiter ganz schön kalt.«

Mike bemühte sich, ruhig zu klingen. »Hätten Sie's gesehen, wenn jemand in dem Verschlag gewesen wäre? Ich meine, es ist doch ziemlich dunkel im Keller. Hätten Sie's bemerkt, wenn da drin eine schlanke junge Frau vielleicht ohnmächtig geworden wäre?« Er konnte die Gedanken des Mannes lesen. Er hält mich für betrunken oder drogensüchtig. »Verflucht!«, schrie Mike. »Meine Frau ist verschwunden. Meine Frau ist spurlos verschwunden!«

Die Suche nach Laurie ging über Tage. Mike beteiligte sich fieberhaft daran. Er durchkämmte jeden Zentimeter der dicht bewaldeten Umgebung des Hauses. Er kauerte zitternd auf Deck, als sie den See absuchten. Er stand misstrauisch dabei, als die gerade gelieferten Kohlen aus dem Verschlag auf den Kellerboden geschaufelt wurden.

Umringt von Polizisten, deren Namen und Gesichter spurlos an ihm vorüberglitten, sprach er mit Lauries Arzt. Ungläubig, fast tonlos berichtete er ihm von Lauries Angst vor den Stimmen im Kohlenkeller. Als er geendet hatte, unterhielt sich der Polizeichef mit dem Arzt. Er legte auf, packte Mike bei der Schulter. »Wir suchen weiter.«

Vier Tage später fand ein Taucher Lauries Leiche im See. Tod durch Ertrinken. Sie war im Nachthemd. An der Haut und im Haar hingen noch Reste von Kohlenstaub. Der Polizeichef bemühte sich vergebens, die unbegreifliche Tragik dieses Todes zu mildern. »Deshalb endeten die Fußspuren am Verschlag. Sie muss hineingeraten und aus dem Fenster geklettert sein. Es ist ziemlich breit, und sie war schlank. Ich hab noch mal mit ihrem Arzt gesprochen. Vermutlich hätte sie schon früher Selbstmord begangen, wenn Sie nicht da gewesen wären. Furchtbar, was Menschen ihren Kindern antun. Ihr Arzt sagte, ihre Großmutter hat sie mit blödsinnigen Ammenmärchen von klein auf so traktiert, dass sie vor Angst wie gelähmt war.«

»Sie hat darüber mit mir gesprochen. Sie wollte es schaffen.« Mike hörte sich protestieren, hörte sich die Vorkehrungen für Lauries Einäscherung treffen.

Als er am nächsten Morgen seine Sachen packte, kam

die Immobilienmaklerin vorbei, eine praktisch gekleidete weißhaarige Frau mit magerem Gesicht, die das Mitgefühl in ihren Augen auch nicht hinter einem betont energischen Auftreten verstecken konnte. »Wir haben einen Käufer für das Haus«, sagte sie. »Ich werde veranlassen, dass Ihnen alles, was Sie behalten wollen, zugeschickt wird.«

Die Uhr. Die antiken Tische. Die Bilder, über die Laurie gelacht hatte, samt den wunderschönen Rahmen. Mike versuchte sich auszumalen, allein ihre Mansarde in Greenwich Village zu betreten, und konnte es nicht.

»Was ist mit dem Grammophon?«, fragte die Maklerin. »Eine echte Rarität.«

Mike hatte es in den Wandschrank zurückgestellt. Jetzt holte er es heraus, hatte Lauries Schrecken wieder vor Augen, hörte sie ›Chinatown‹ intonieren, sich mit den Falsettstimmen auf der alten Platte vereinen. »Ich weiß nicht, ob ich's haben möchte«, erklärte er.

Die Maklerin machte ein missbilligendes Gesicht. »Das ist ein Objekt für Sammler. Ich muss mich verabschieden. Geben Sie mir deswegen Bescheid.«

Mike blickte ihrem Wagen nach, bis er in der kurvenreichen Zufahrt verschwand. *Laurie, ich brauche dich.* Er öffnete den Deckel des Grammophons, wie er es vor fünf Tagen gemacht hatte, vor einer Ewigkeit. Er betätigte die Kurbel, suchte die Platte mit ›Chinatown‹, legte sie auf, drückte die Abspieltaste. Er beobachtete, wie der Plattenteller sich zu drehen begann, löste den Tonarm und setzte die Nadel in der Einlaufrille auf.

›Chinatown, my Chinatown ...‹

Mike fühlte, wie sein Körper erkaltete. *Nein! Nein!* Atemlos, wie gelähmt starrte er auf die rotierende Platte.

»... Das Herz kennt keine andre Welt und findet nirgends Ruh ...«

Über den kratzigen Falsettstimmen der längst vergessenen Sänger erhob sich Lauries strahlender Sopran, erfüllte den Raum mit seiner herzzerreißenden, wehmütigen Schönheit.

Da haben wir die Bescherung

Die Menschen träumen nur allzu oft von weißen Weihnachten, aber es ist anzunehmen, dass sich die meisten genauso gern mit grünen Weihnachten zufrieden gäben. Wer hat noch nie davon geträumt, dass er den Haupttreffer in der Lotterie macht? Und wer, wenn nicht die gütige, großzügige Bestseller-Autorin Mary Higgins Clark, hätte je daran gedacht, den Traum eines glücklichen Spielers wahr werden zu lassen? Aber einen Lotteriegewinn zu kassieren ist genauso, als wünsche man sich von einem Kobold Gold – man darf sich keinen einzigen Augenblick lang ablenken lassen, sonst könnte es geschehen, dass sich das weihnachtliche Grün in Giftsumach verwandelt.*

Dies alles wäre nie geschehen, wenn Wilma Bean nicht ihre Schwester Dorothy in Philadelphia besucht hätte. Dann hätte Ernie gewusst, dass Wilma die Ziehung im Fernsehen verfolgen würde, wäre um Mitternacht von seiner Arbeit als Wachmann im Kaufen-Sie-Hier-Einkaufszentrum in Paramus nach Hause gerast, und sie hätten zusammen gefeiert. *Zwei Millionen Dollar!* Das war ihr Gewinn in der Weihnachts-Sonderlotterie.

Weil Wilma jedoch ihrer Schwester Dorothy in Philadelphia einen vorweihnachtlichen Besuch abstattete, kehrte Ernie im Glückskleeblatt-Wasserloch auf einen

* Eine Pflanze, deren Berührung einen brennenden, hartnäckigen Ausschlag verursacht.

oder zwei Drinks ein und beschloss dann den Abend in der sechs Häuserblocks von seiner Wohnung entfernten Harmonie-Bar. Dort nickte er Lou, dem Besitzer und Barmann, glücklich zu, schlang seine dicken, sechzig Jahre alten Beine um den Fuß des Barhockers und dachte verträumt darüber nach, wie Wilma und er den plötzlichen Geldsegen ausgeben würden.

Genau in diesem Augenblick erblickten Ernies blassblaue Augen Loretta Thistlebottom, die auf einem Barhocker in der Ecke an der Wand lehnte und sich mit einer Hand an einem Bierkrug und mit der anderen an einer Marlboro festhielt. Loretta war eine sehr attraktive Frau. Heute Abend fielen ihre glänzenden blonden Haare in einer Innenrolle auf ihre Schultern herab, der rosa Lippenstift bildete die passende Ergänzung zu ihren großen, violett umrahmten Augen, und ihr üppiger Busen hob und senkte sich aufreizend gleichmäßig.

Ernie beobachtete Loretta mit beinahe unpersönlicher Bewunderung. Es war allgemein bekannt, dass Lorettas Mann, Jimbo Potters, ein vierschrötiger Lastwagenfahrer, sehr stolz darauf war, dass Loretta in ihrer Jugend als Tänzerin gearbeitet hatte; außerdem war er extrem eifersüchtig. Es hieß, dass er Loretta nicht nur einmal verprügelt habe, wenn sie zu anderen Männern zu freundlich war.

Doch da Lou, der Barmann, Jimbos Vetter war, hatte dieser nichts dagegen, wenn Loretta in den Nächten, in denen er mit einem Ferntransport unterwegs war, in der Bar saß. Das Lokal war schließlich ein beliebter Treffpunkt. Eine Menge Ehefrauen kamen mit ihren Freundinnen hierher, und Loretta meinte: »Jimbo kann nicht erwarten, dass ich allein in die Röhre gucke oder auf Tupperware-Partys gehe, wenn er Knoblauchknollen oder Bananen spazieren fährt. Da ich aus einer berühmten

Künstlerfamilie stamme, brauche ich Menschen um mich.«

Lorettas bevorzugtes Gesprächsthema war ihre Karriere im Showgeschäft; sie wurde im Lauf der Jahre immer großartiger. Das war auch der Grund, warum Loretta – obwohl sie Mrs Jimbo Potters hieß – stets ihren Künstlernamen Thistlebottom verwendete, wenn sie von sich sprach.

In dem spärlichen Licht, das die Kugellampe – eine Tiffany-Imitation – auf die verschrammte Theke warf, bewunderte der schweigsame Ernie Loretta wortlos. Sie musste bereits Mitte fünfzig sein, hatte aber noch immer eine sehr, sehr gute Figur. Trotzdem beschäftigte er sich nicht weiter mit ihr. Das Lotterie-Gewinnlos, das er mit einer Sicherheitsnadel an seinem Unterhemd befestigt hatte, erwärmte seine Herzgegend. Es war, als glühe dort ein Feuer. Zwei Millionen Dollar! Das waren mit Zinsen zwanzig Jahre lang hunderttausend Dollar jährlich. Und so viel würden sie bis weit in das einundzwanzigste Jahrhundert beziehen. Vielleicht wären sie dann sogar in der Lage, mit dem Reisebüro Cook auf den Mond zu fliegen.

Ernie versuchte, sich Wilmas Gesichtsausdruck vorzustellen, wenn sie von dem Gewinn erfuhr. Wilmas Schwester Dorothy besaß keinen Fernsehapparat und hörte nur selten Radio, deshalb wusste Wilma in Philadelphia noch nicht, dass sie reich war. In dem Augenblick, in dem Ernie die gute Nachricht in seinem Kofferradio gehört hatte, war er eine Sekunde lang in Versuchung gewesen, zum Telefon zu stürzen und Wilma anzurufen, hatte aber sofort erkannt, dass es so keinen Spaß machen würde. Erst als er daran dachte, dass Wilma am nächsten Tag nach Hause kommen würde, lächelte er glücklich, sodass sein rundes Gesicht wie ein fröhlicher Pfannkuchen aussah. Er würde sie am Bahnhof in Newark abholen. Sie würde ihn fragen, wie nahe sie an einen Gewinn herangekommen wären. »Haben wir zwei von den Zahlen richtig? Oder drei?« Er würde behaupten, dass sie nicht einmal eine Zahl richtig hatten. Wenn sie dann nach Hause kamen, würde ihre Strumpfhose auf dem Kaminsims hängen, wie damals, als sie jung verheiratet waren. Früher hatte Wilma Strümpfe und Strumpfbänder getragen. Jetzt trug sie Strumpfhosen in Übergröße, musste sich also bis zur Zehenspitze durcharbeiten, um das Los herauszuholen. »Such nur«, wollte er sagen, »du wirst überrascht sein.« Er konnte sich genau vorstellen, wie sie ihn jubelnd umarmen würde.

Als er Wilma vor vierzig Jahren geheiratet hatte, war sie ein verdammt niedliches junges Mädchen gewesen. Doch war ihr Gesicht noch immer hübsch, und ihr weiches, weißblondes Haar war naturgewellt. Sie war kein Revuegirl wie Loretta, aber er mochte sie, wie sie war. Manchmal war sie schlecht gelaunt, weil er gelegentlich mit den Jungs einen hob, aber für gewöhnlich war Wilma ein prima Kerl. Was das für ein Weihnachten dieses Jahr werden würde! Vielleicht würde er mit ihr zu Fred, dem Pelzhändler, gehen und ihr einen Lammfellmantel oder so was kaufen.

Ernie bestellte seinen vierten Seven and Seven, während er darüber nachdachte, was für ein Vergnügen es sein würde, seine Großzügigkeit zur Schau zu stellen. Doch seine Aufmerksamkeit wurde abgelenkt, weil Loretta Thistlebottom mit einem eigentümlichen Ritual beschäftigt war. Alle paar Minuten legte sie die Zigarette in ihrer rechten Hand in den Aschenbecher, stellte den Bierkrug in ihrer linken Hand auf die Theke und kratzte die Handfläche, die Finger und den Rücken der rechten Hand kräftig mit den langen, spitzen Fingernägeln der Linken.

Ernie bemerkte, dass die rechte Hand entzündet, hochrot und mit kleinen, gemein aussehenden Blasen bedeckt war.

Es wurde spät, und die Gäste brachen allmählich auf. Das Paar, das neben Ernie im rechten Winkel zu Loretta gesessen hatte, machte sich ebenfalls auf den Weg. Loretta sah, dass Ernie sie beobachtete, und zuckte mit den Schultern. »Giftsumach«, erklärte sie. »Würdest du glauben, dass es im Dezember Giftsumach gibt? Jimbos idiotische Schwester findet, dass sie gärtnerische Begabung besitzt, und hat ihren armen Trottel von Ehemann dazu gebracht, neben ihrer Küche ein Treibhaus aufzustellen. Und was wächst in ihm? Unkraut und Giftsumach. Das ist eine Meisterleistung.« Loretta hob noch einmal die Schultern und holte sich ihr Bier und ihre Zigarette wieder. »Wie geht es eigentlich dir, Ernie? Gibt es etwas Neues?«

Ernie war vorsichtig. »Nicht viel.«

Loretta seufzte. »Bei mir auch nicht. Immer das gleiche alte Lied. Jimbo und ich sparen, damit wir nächstes Jahr, wenn er in Pension geht, von hier fortziehen können. Alle behaupten, dass in Fort Lauderdale wirklich was los ist. Jimbo bekommt von den Jahren, in denen er den Sattelschlepper gefahren hat, Hämorrhoiden. Ich rechne ihm immer wieder vor, wie viel ich als Aushilfskellnerin verdienen könnte, aber er will nicht, dass jemand mit mir flirtet.« Loretta rieb ihre Hand an der Theke und schüttelte den Kopf. »Kannst du dir vorstellen, dass Jimbo nach fünfundzwanzig Ehejahren noch immer glaubt, dass jeder Mann auf der Welt auf mich scharf ist? Natürlich schmeichelt es mir, aber es kann einen auch ganz schön nerven.« Sie seufzte tief. »Jimbo ist der leidenschaftlichste Mann, den ich je gekannt habe, und das will was heißen. Aber wie meine Mutter immer gesagt hat, ist eine gute Nummer im Bett noch besser, wenn zwischen Federn und Matratze eine volle Brieftasche liegt.«

»Das hat deine Mutter gesagt?« Diese Lebensweisheit stimmte Ernie nachdenklich. Er nahm seinen vierten Seagrams mit Seven-Up in Angriff.

Loretta nickte. »Sie war immer gut gelaunt, aber sie nahm sich auch kein Blatt vor den Mund. Hol's der Teufel. Vielleicht gewinne ich eines Tages in der Lotterie.«

Die Versuchung war zu groß. Ernie glitt so rasch, wie es seinem dicken Körper möglich war, über die beiden freien Barhocker. »Zu schade, dass du nicht mein Glück hast«, flüsterte er.

Während Lou, der Barmann, »Letzte Bestellung, Leute!« brüllte, klopfte sich Ernie genau über seinem Herzen auf die massive Brust.

»Wie man so sagt, Loretta, sind manche auserwählt. Bei der Weihnachts-Sonderziehung gab es sechzehn Gewinnlose. Eines von ihnen ist mit einer Sicherheitsnadel an meiner Unterwäsche befestigt.« Ernie fiel auf, dass seine Zunge sich schwer anfühlte. Seine Stimme sank zu einem verstohlenen Flüstern herab. *»Zwei Millionen Dollar.* Was sagst du dazu?«

Loretta ließ ihre Zigarette fallen und auf der Kummer gewohnten Theke unbeachtet weiterglimmen. *»Du machst Witze!«*

»Mach ich nicht!« Jetzt strengte ihn das Sprechen wirklich an. »Wilma und ich setzen immer die gleiche Zahl, 1-9-4-7-5-2. 1947, weil es das Jahr war, in dem ich von der High School abging. Zweiundfünfzig, das Jahr, in dem Wee Willie (Wee = winzig) zur Welt kam.« Sein triumphierendes Lächeln ließ keinen Zweifel daran aufkommen, dass er die Wahrheit sagte. »Das Verrückte daran ist, dass Wilma es noch gar nicht weiß. Sie ist bei ihrer Schwester Dorothy auf Besuch und kommt erst morgen zurück.« Ernie suchte seine Brieftasche und verlangte gleichzeitig die Rechnung. Als er schwankte, weil der Fußboden plötzlich schief schien, kam Lou hinter der Theke hervor und beobachtete ihn. »Du wartest hier, Ernie«, befahl er. »Du bist blau. Sobald ich dichtgemacht habe, fahre ich dich nach Hause. Du musst deinen Wagen stehen lassen.«

Ernie machte sich beleidigt auf den Weg zur Tür. Lou deutete doch tatsächlich an, dass er betrunken war. Der Kerl hatte Nerven. Ernie öffnete die Tür zur Damentoilette und bemerkte seinen Irrtum erst, als er sich in der Kabine befand.

Loretta glitt vom Barhocker und sagte schnell: »Ich setze ihn ab, Lou. Er wohnt nur zwei Häuserblocks von mir entfernt.«

Lou runzelte die Stirn. »Jimbo wird nicht damit einverstanden sein.«

»Dann erzähl es ihm nicht.« Sie sahen zu, wie Ernie unsicher aus der Damentoilette herausschwankte. »Glaubst du wirklich, dass er einen Annäherungsversuch unternehmen wird?«, fragte sie verächtlich.

Lou gelangte zu einem Entschluss. »Du tust mir damit einen Gefallen. *Aber erzähl es Jimbo nicht.*«

Loretta stieß ihr widerliches Ha-ha-Gebrüll aus. »Glaubst du, dass ich meine neuen Jacketkronen riskiere? Ich muss sie noch ein Jahr lang abstottern.«

Ernie vernahm undeutlich irgendwo hinter sich Stimmen und Gelächter. Er fühlte sich plötzlich elend. Das bunte Muster des verfliesten Bodens begann zu tanzen, sodass sich wirbelnde Punkte vor seinen Augen drehten und ihm übel wurde. Jemand packte seinen Arm. »Ich werde dich absetzen, Ernie.« Durch das Dröhnen in seinen Ohren erkannte er Lorettas Stimme.

»Verdammt nett von dir, Loretta«, murmelte er. »Wahrscheinlich habe ich zu ausgiebig gefeiert.« Ihm wurde undeutlich bewusst, dass Lou etwas von einem Weihnachtsdrink auf Kosten des Hauses sagte, nachdem er seinen Wagen geholt hatte.

In Lorettas altem Bonneville Pontiac lehnte er den Kopf an die Rücklehne und schloss die Augen. Erst als Loretta ihn wachrüttelte, merkte er, dass sie seine Auffahrt erreicht hatten. »Gib mir deinen Schlüssel, Ernie. Ich helfe dir ins Haus.«

Sie legte sich seinen Arm über die Schultern und stützte ihn den Weg entlang. Ernie hörte, wie der Schlüssel im Schloss gedreht wurde, und fühlte, wie sich seine Füße durch das Wohnzimmer und den kurzen Korridor bewegten.

»Welches?«

»Welches?« Ernie konnte seine Zunge nicht dazu bringen, sich zu bewegen.

»Welches Schlafzimmer?«, wiederholte Loretta gereizt. »Komm schon, Ernie, du bist keine Feder. Ach, vergiss es. Es muss das andere sein. Dieses hier ist mit den Vogelstatuen voll gestopft, die deine Tochter produziert. Du könntest sie nicht einmal als Preis in einer Klapsmühle verschenken, Mann. *So* verrückt ist kein Mensch.«

Ernie nahm es Loretta instinktiv übel, dass sie seine Tochter Wilma Jr., Wee Willie, wie er sie nannte, heruntermachte. Sie würde einmal eine berühmte Bildhauerin sein. Seit sie 1968 das Studium abgebrochen hatte, wohnte sie in New Mexiko und verdiente ihren Lebensunterhalt, indem sie abends als Kellnerin bei McDonald's arbeitete. Tagsüber fertigte sie Tonwaren an und meißelte Vögel.

Ernie spürte, dass man ihn umdrehte und ihm einen Schubs versetzte. Seine Knie gaben nach, und er hörte das vertraute Quietschen der Bettfedern. Dankbar seufzend streckte er sich aus und war hinüber.

Wilma Bean und ihre Schwester Dorothy hatten einen angenehmen Tag verbracht. Wilma war achtundfünfzig und von Zeit zu Zeit gern mit der dreiundsechzigjährigen Dorothy zusammen. Die Schwierigkeit bestand darin, dass Dorothy sehr überheblich war und ständig an Ernie und Wee Willie etwas auszusetzen hatte, und das vertrug Wilma auf die Dauer nicht. Aber Dorothy tat ihr Leid. Ihr Mann hatte sie vor zehn Jahren verlassen und lebte jetzt mit seiner zweiten Frau, einer Karate-Lehrerin, in Saus und Braus. Mit ihrer Schwiegertochter vertrug Dorothy sich nicht. Dorothy arbeitete noch immer stundenweise in einem Versicherungsbüro als Schadenssachverständige. Sie erzählte Wilma oft: »Gefälschte Schadensansprüche haben bei mir keine Chance.«

Nur wenige Menschen glaubten, dass sie Schwestern waren. Dorothy sah, wie Ernie es ausdrückte, wie eine Eins aus – gerade hinauf und gerade herunter; sie hatte schütteres graues Haar, das sie im Nacken zu einem strengen Knoten aufgesteckt trug. Tatsächlich war Dorothy immer noch neidisch, weil Wilma die Hübschere gewesen war; auch jetzt war sie zwar rundlich, hatte aber keine Falten und hatte sich auch sonst kaum verändert. Abgesehen davon fand Wilma, dass Blut dicker ist als Wasser und dass einmal in vier Monaten ein Wochenende in Philadelphia, vor allem zur Weihnachtszeit, noch immer Vergnügen bereitete.

Am Nachmittag des Tages, an dem die Lotterie-Ziehung stattfand, holte Dorothy ihre Schwester Wilma vom Bahnhof ab. Sie aßen beim Burger King einen späten Lunch und fuhren dann durch die Gegend, in der Grace Kelly aufgewachsen war. Beide waren sie begeisterte Fans von ihr gewesen. Nachdem sie sich darauf geeinigt hatten, dass Prinz Albert heiraten sollte, dass Prinzessin Caroline ruhiger geworden war und sich benahm, wie es sich gehörte, und dass Prinzessin Stephanie in ein Kloster gesperrt werden sollte, bis sie vernünftig würde, gingen sie ins Kino und anschließend in Dorothys Wohnung.

Dort erwartete sie ein gebratenes Huhn; sie tratschten beim Essen und dann bis spät in die Nacht hinein.

Dorothy beschwerte sich bei Wilma darüber, dass ihre Schwiegertochter keine Ahnung habe, wie man ein Kind erzieht, und zu eigensinnig wäre, um nützliche Ratschläge zu befolgen.

»Du hast wenigstens Enkel«, seufzte Wilma. »Bei Wee Willie läuten noch lange keine Hochzeitsglocken. Sie will unbedingt als Bildhauerin Karriere machen.«

»Ausgerechnet als Bildhauerin?«, fuhr Dorothy sie an.

»Wenn wir uns nur einen guten Lehrer leisten könnten«, seufzte Wilma und versuchte, den Seitenhieb zu überhören.

»Ernie sollte Willie nicht auch noch ermutigen«, meinte Dorothy schonungslos. »Sag ihm, er soll kein solches Theater um das Zeug machen, das sie nach Hause schickt. Bei euch sieht es aus wie in einem von einem Irren entworfenen Vogelhaus. Wie geht es Ernie? Du hältst ihn hoffentlich von Bars fern. Hör auf mich: Er hat die Anlagen zum Alkoholiker. All diese geplatzten Äderchen auf seiner Nase.«

Wilma dachte an die übergroßen Weihnachtspakete von Wee Willie, die vor einigen Tagen eingetroffen waren. *Erst zu Weihnachten öffnen,* stand auf ihnen, und im Begleitbrief hatte sie geschrieben: »Warte, bis du sie siehst, Mutter. Ich bin jetzt bei Pfauen und Papageien.« Wilma dachte auch an die kürzliche Weihnachtsfeier im Kaufen-Sie-Hier-Einkaufszentrum, bei der Ernie zu viel getrunken und eine Kellnerin in die Kehrseite gezwickt hatte.

Obwohl Dorothy damit Recht hatte, dass Ernie dem

Alkohol nicht widerstehen konnte, ärgerte sich Wilma darüber, dass sie ihr die Wahrheit so schonungslos unter die Nase rieb. »Ernie wird vielleicht unvernünftig, wenn er ein oder zwei Gläschen zu viel getrunken hat, aber in Bezug auf Wee Willie irrst du dich. Sie hat wirklich Talent, und wenn ich zu Geld komme, werde ich ihr helfen, das zu beweisen.«

Dorothy schenkte sich noch eine Tasse Tee ein. »Du vergeudest offenbar immer noch dein Geld für Lotterielose.«

»Klar«, antwortete Wilma fröhlich; sie musste sich bemühen, ihre gute Laune zu retten. »Heute Abend ist die Weihnachtsziehung. Wenn ich zu Hause wäre, würde ich vor dem Apparat sitzen und beten.«

»Die Zahlenkombination, die du ständig spielst, ist lächerlich. 1-9-4-7-5-2. Ich kann verstehen, dass eine Frau das Jahr wählt, im dem ihr Kind zur Welt kam, aber das Jahr, in dem Ernie von der High School abging? Das ist kindisch.«

Wilma hatte Dorothy nie erzählt, dass Ernie sechs Jahre gebraucht hatte, um sich durch die High School zu kämpfen, und dass seine Familie nach dem Examen den ganzen Block zur Feier eingeladen hatte. »Die schönste Party, auf der ich jemals war«, erzählte er Wilma immer wieder und strahlte noch bei der Erinnerung. »Sogar der Bürgermeister ist gekommen.«

Außerdem mochte Wilma diese Zahlenkombination. Sie war davon überzeugt, dass sie und Ernie eines Tages mit ihr viel Geld gewinnen würden. Nachdem sie Dorothy gute Nacht gesagt und vor Anstrengung keuchend die Couch zurechtgemacht hatte, auf der sie bei ihrem Besuch schlief, dachte sie darüber nach, dass Dorothy von Mal zu Mal bissiger wurde. Sie redete ihrem Gesprächspartner ein Loch in den Bauch, und es war kein Wunder, dass ihre Schwiegertochter sie als ›unerträgliche Nervensäge‹ bezeichnete.

Am nächsten Tag stieg Wilma zu Mittag in Newark aus dem Zug. Ernie sollte sie abholen. Als sie zu ihrem Treffpunkt beim Haupteingang der Station kam, erblickte sie zu ihrem Schrecken aber statt Ernie ihren Nachbarn Ben Gump.

Sie lief auf ihn zu; ihr üppiger Körper war vor Spannung verkrampft. »Ist etwas geschehen? Wo ist Ernie?«

Bens hageres Gesicht verzog sich zu einem Lächeln. »Nein, es ist alles in Ordnung, Wilma. Ernie ist mit einem Anflug von Grippe oder etwas Ähnlichem aufgewacht und hat mich gebeten, dich abzuholen. Ich habe ja nichts zu tun und kann den ganzen Tag lang zusehen, wie das Gras wächst.« Er lachte herzlich über diesen Witz, der seit seiner Pensionierung sein Markenzeichen war.

»Grippe«, spottete Wilma. »Ich fresse sofort einen Besen …«

Ernie war ein ruhiger Mann, und Wilma hatte sich auf die friedliche Heimfahrt gefreut. Beim Frühstück hatte Dorothy, die ihre Zuhörerin verlor, nonstop gesprochen, ein Wasserfall von bissigen Bemerkungen, und Wilma hatte Kopfschmerzen bekommen.

Um sich durch Bens Schneckentempo und seine langatmigen Geschichten nicht aus der Ruhe bringen zu lassen, konzentrierte sie sich auf den angenehm aufregenden Augenblick, wenn sie sofort nach ihrer Ankunft die Lotterieergebnisse in der Zeitung aufschlagen würde. 1-9-4-7-5-2, 1-9-4-7-5-2, summte sie vor sich hin. Natürlich war das dumm, die Ziehung war ja vorbei – aber sie hatte trotzdem ein gutes Gefühl. Ernie hätte sie bestimmt angerufen, wenn sie gewonnen hätten, aber selbst wenn sie nur in die Nähe gekommen waren, vielleicht drei oder vier der sechs Zahlen erraten hatten, wusste sie, dass sie von nun an Glück haben würden.

Sie stellte fest, dass der Wagen nicht in der Auffahrt stand und erriet den Grund. Wahrscheinlich parkte er vor der Harmonie-Bar. Sie schaffte es, Ben Gump an der Tür abzuschütteln, indem sie ihm überschwänglich dafür dankte, dass er sie abgeholt hatte, aber die deutlichen Hinweise auf eine Tasse heißen, starken Kaffee überhörte. Dann ging sie direkt ins Schlafzimmer. Wie sie erwartet hatte, lag Ernie im Bett. Er hatte sich die Decke bis zur Nasenspitze hinaufgezogen, doch ein einziger Blick genügte ihr, um festzustellen, dass er einen ausgewachsenen Kater hatte. »Wenn die Katze aus dem Haus ist, tanzen die Mäuse auf dem Tisch«, seufzte sie. »Hoffentlich fühlt sich dein Kopf wie ein Fesselballon an.«

In ihrem Ärger stieß sie gegen den einen Meter großen Pelikan, den Wee Willie zum Erntedankfest geschickt hatte und der auf einem Tisch neben der Schlafzimmertür stand. Bei seinem Sturz riss er eine Tonvase mit, ein Frühwerk von Wee Willie, und dazu das Christfestarrangement aus Weihnachtssternen und blühenden Blumen, das Wilma kunstvoll gebastelt hatte.

Als Wilma die Scherben der Vase zusammengefegt, das Arrangement wiederhergestellt und den Pelikan, dem jetzt ein Stück eines Flügels fehlte, auf den Tisch zurückgestellt hatte, war sie mit ihrer Geduld am Ende. Aber der Gedanke an den magischen Augenblick, in dem sie nachsah und feststellte, wie nahe sie dem Gewinn gekommen waren – vielleicht waren sie diesmal sogar sehr nahe drangewesen –, brachte ihre übliche gute Laune zurück. Sie machte sich eine Tasse Kaffee und Zimttoast zurecht, setzte sich an den Küchentisch und schlug die Zeitung auf. *Sechzehn glückliche Gewinner teilen sich den Zweiunddreißig-Millionen-Dollar-Preis,* lautete die Schlagzeile.

Sechzehn glückliche Gewinner. Wenn sie nur einer von ihnen wäre! Wilma legte die Hand über die Zahlenreihe. Sie wollte eine Zahl nach der anderen aufdecken – das erhöhte die Spannung.

1-9-4-7-5

Wilma holte tief Luft. Ihr Kopf hämmerte. Die Spannung war beinahe unerträglich, als sie die Hand wegzog.

Bei ihrem Aufschrei und dem Geräusch des umfallenden Küchenstuhls setzte sich Ernie kerzengerade im Bett auf. Das Jüngste Gericht stand bevor.

Wilma stürzte mit strahlendem Gesicht herein. »Warum hast du es mir nicht erzählt, Ernie? *Gib mir das Los!*«

Ernies Kopf sank herab. Seine Stimme war ein heiseres Flüstern. »Ich habe es verloren.«

Loretta hatte gewusst, dass es unvermeidlich war. Trotzdem rief der Anblick von Wilma Bean, die mit dem verlegenen, niedergeschlagenen Ernie im Schlepptau den schneebestäubten Betonweg heraufkam, bei ihr einen Augenblick lang Panik hervor. »Vergiss es«, sagte sie sich. »Sie haben keinerlei Beweise. Ich habe meine Spur vollkommen verwischt«, redete sie sich noch einmal ein, während Wilma und Ernie zwischen den beiden immergrünen Büschen, die Loretta mit Dutzenden von Weihnachtskerzen geschmückt hatte, die Stufen zu der Veranda hinaufstiegen. Loretta hatte sich ihre Geschichte genau zurechtgelegt. Sie hatte Ernie bis zu seiner Haustür begleitet. Jeder, der wusste, wie eifersüchtig Big Jimbo war, würde verstehen, dass Loretta die Schwelle zum Heim eines anderen Mannes nur dann überschritt, wenn seine Frau zu Hause war.

Wenn Wilma sich nach dem Los erkundigte, würde Loretta fragen: »Was für ein Los?« Ernie hatte ihr gegenüber *nichts* von einem Los erwähnt. Er war in seinem Zustand gar nicht fähig gewesen, vernünftig zu sprechen. Frag Lou. Ernie war nach ein paar Drinks blau gewesen. Wahrscheinlich war er schon vorher irgendwo eingekehrt.

Hatte Loretta ein Los für die Weihnachts-Sonderziehung gekauft? Natürlich hatte sie etliche Lose gekauft. Willst du sie sehen? Immer, wenn sie daran dachte, nahm sie ein paar Lose mit. Nie im gleichen Geschäft. Im Spirituosenladen, im Papiergeschäft – wie es der Zufall wollte. Und immer nahm sie die Zahlen, die ihr auf Anhieb einfielen.

Loretta kratzte heftig ihre rechte Hand. Der verdammte Giftsumach. Sie hatte das Gewinnlos 1-9-4-7-5-2 sicher in der Zuckerschale ihres besten Services versteckt. Man hatte ein Jahr Zeit, um seinen Gewinn anzufordern. Knapp bevor das Jahr zu Ende war, würde sie ›zufällig‹ darüber stolpern. Mochten Wilma und Ernie doch heulen, dass es das ihre war.

Es klingelte. Loretta fuhr sich über das leuchtende Goldhaar, das sie zu einer Windstoßfrisur aufgetürmt hatte, schob die Achselpolster ihres flitterbesetzten Pullovers zurecht und lief in den winzigen Vorraum. Als sie die Tür öffnete, setzte sie ein strahlendes Lächeln auf, achtete aber gleichzeitig darauf, nicht zu sehr zu lächeln. Ihr Gesicht war eine ihrer ständigen Sorgen, weil das Gesicht ihrer Mutter im Alter von sechzig Jahren wie zerknittertes Seidenpapier ausgesehen hatte. »Was für eine reizende Überraschung – Wilma, Ernie«, sprudelte sie hervor. »Kommt herein, kommt doch herein.«

Sie übersah großzügig, dass weder Wilma noch Ernie ihr antworteten, dass keiner sich die Mühe machte, sich auf der eigens zu diesem Zweck im Vorzimmer liegenden Fußmatte den Schnee von den Schuhen abzustreifen, dass sie die Begrüßung weder lächelnd noch herzlich erwiderten.

Wilma lehnte es ab, sich zu setzen, eine Tasse Tee oder eine Bloody Mary zu trinken. Sie sagte klar und deutlich, weshalb sie gekommen waren. Ernie hatte ein Zwei-Millionen-Lotterielos besessen. Er hatte Loretta in der Harmonie-Bar davon erzählt. Loretta hatte ihn von der Harmonie nach Hause gefahren und in sein Zimmer gebracht. Ernie war umgekippt – und das Los war weg.

Bevor Loretta hauptberuflich Revuegirl wurde, hatte sie 1945 in der Sonny Tufts-Schule für Thespisjünger Theaterspielen gelernt. Sie stützte sich auf diese lang zurückliegende Erfahrung, während sie Wilma und Ernie ihre gut einstudierte Szene ehrlich und ernsthaft vorspielte. Ernie hatte ihr nie auch nur ein Wort von einem Gewinnlos gesagt. Sie hatte ihn nur deshalb nach Hause gefahren, weil sie ihm und Lou einen Gefallen erweisen wollte. Lou wollte noch zusperren, und er war außerdem ein solcher Zwerg, dass er mit Ernie nicht um die Wagenschlüssel kämpfen konnte. »Du hast dich wenigstens bereit erklärt, mich fahren zu lassen«, erklärte sie Ernie entrüstet. »Indem ich dich in meinem Wagen schnarchen ließ, habe ich mein Leben aufs Spiel gesetzt.« Sie wandte sich an Wilma, um von Frau zu Frau mit ihr zu sprechen: »Du weißt doch, wie eifersüchtig Jimbo, dieser dumme Kerl, auf mich ist. Als wäre ich noch sechzehn. Ich würde auf keinen Fall dein Haus betreten, Wilma, wenn du nicht da bist. In der Harmonie warst du wirklich schnell hinüber, Ernie. Frag doch Lou. Bist du zuerst in einem anderen Lokal eingekehrt und hast dort vielleicht jemandem von dem Los erzählt?«

Als Loretta den Zweifel und die Verwirrung auf den Gesichtern der beiden sah, beglückwünschte sie sich. Einige Minuten später gingen sie. »Hoffentlich findet ihr es. Ich werde darum beten«, versprach sie fromm. Sie wollte ihnen nicht die Hand geben und erzählte Wilma vom Treibhaus ihrer dummen Schwägerin und ihrer Giftsumach-Zucht. »Kommt auf einen Weihnachtsdrink zu uns«, drängte sie. »Jimbo wird am Heiligen Abend gegen vier Uhr nach Hause kommen.«

Als sie zu Hause niedergeschlagen bei einer Tasse Tee saßen, erklärte Wilma: »Sie lügt. Ich weiß, dass sie lügt, aber wer kann es beweisen? Fünfzehn Gewinner haben sich bereits gemeldet. Einer fehlt und hat ein Jahr Zeit, den Gewinn zu beanspruchen.« Sie merkte gar nicht, dass ihr Tränen der Enttäuschung über die Wangen liefen. »Sie erzählt jedem, der es hören will, dass sie ihre Lose in den verschiedensten Geschäften kauft. Das wird sie auch während der nächsten einundfünfzig Wochen tun, und dann wird sie das Los finden, das sie vollkommen vergessen hatte.«

Ernie beobachtete seine Frau verzweifelt und stumm. Es kam nicht häufig vor, dass Wilma weinte. Als ihr Gesicht fleckig wurde und ihre Nase anfing zu laufen, hielt er ihr sein rotes, großes Taschentuch hin. Seine plötzliche Bewegung brachte einen Keramik-Kolibri aus dem Gleichgewicht, der von der Anrichte hinter Ernie auf den Boden fiel. Der Schnabel des Kolibris zersplitterte auf den Fliesen aus Marmorimitation in der Frühstücksnische der Küche, und Wilma begann wieder zu jammern.

»Ich hatte gehofft, dass Wee Willie in der Lage sein würde, den Posten bei McDonald's aufzugeben, zu studieren und nur noch Vögel herzustellen«, schluchzte sie. »Und jetzt ist dieser Traum geplatzt.«

Um ganz sicher zu sein, ging sie zum Glückskleeblatt in der Nähe des Kaufen-Sie-Hier-Einkaufszentrums in Paramus: Der Barmann bestätigte, dass Ernie am vergangenen Abend gegen Mitternacht dort gewesen war, zwei oder drei Drinks konsumiert, aber mit niemandem gesprochen hatte. »Er hat nur dagesessen und gegrinst wie ein Kater, der den Kanarienvogel gefressen hat.«

Nach dem Abendessen, das keiner von ihnen anrührte, untersuchte Wilma sorgfältig Ernies Unterhemd, an dem noch die Sicherheitsnadel hing. »Sie hat sich nicht einmal die Mühe gemacht, die Nadel herauszuziehen«, stellte sie erbittert fest. »Sie hat einfach hineingegriffen und es losgerissen.«

»Können wir sie vielleicht verklagen?«, schlug Ernie vorsichtig vor. Ihm wurde immer klarer, wie ungeheuer dumm er gewesen war. Er hatte sich betrunken, hatte Loretta sein Herz ausgeschüttet.

Wilma war zu müde, um zu antworten. Sie öffnete den Koffer, den sie noch nicht ausgepackt hatte, und nahm ihr Flanellnachthemd heraus. »Natürlich können wir sie verklagen«, meinte sie sarkastisch, »dafür, dass sie zu schnell denkt, wenn sie es mit einem Blödmann zu tun hat. Jetzt schalte das Licht ab, geh zu Bett und höre auf, dich zu kratzen. Du machst mich wahnsinnig.«

Ernie rieb sich ungefähr dort die Brust, wo sich das Herz befindet. »Etwas juckt«, jammerte er.

Als Wilma die Augen schloss, klingelte es irgendwo in ihrem Hinterkopf. Sie war so erschöpft, dass sie beinahe sofort einschlief, aber in ihren Träumen schwebten Lotterielose wie Schneeflocken durch die Luft. Von Zeit zu Zeit rissen sie Ernies ruhelose Bewegungen aus dem Schlaf. Normalerweise rührte er sich genauso wenig wie ein Bär während des Winterschlafs.

Der Weihnachtsmorgen dämmerte grau und trostlos herauf. Wilma schleppte sich im Haus herum und legte lustlos Geschenke unter den Baum. Die beiden Pakete von Wee Willie. Hätten sie das Gewinnlos nicht verloren, hätten sie Wee Willie anrufen und sie auffordern können, über Weihnachten nach Hause zu kommen. Vielleicht wäre sie ja gar nicht gekommen ... Wee Willie mochte die Mittelklasse-Haushalte im Vorstadtmilieu nicht. In diesem Fall hätte Ernie seinen Job an den Nagel hängen können, und sie hätten Wee Willie demnächst in Arizona besucht. Und Wilma wäre in der Lage gewesen, den Fernsehapparat mit dem Achtzig-Zentimeter-Bildschirm zu kaufen, der sie vergangene Woche bei Trader Horn so beeindruckt hatte. Wenn sie sich vorstellte, dass sie J. R. achtzig Zentimeter groß sah ...

Schon gut. Verschüttete Milch. Nein, verschütteter *Alkohol.* Ernie hatte ihr erzählt, dass er vorgehabt hatte, das Lotterielos in ihre Strumpfhose zu stecken und das Ganze auf den Kaminsims zu hängen. Wilma versuchte, nicht daran zu denken, wie aufregend das gewesen wäre.

Ernie war seinen Kater noch immer nicht los und hatte sich schon den zweiten Tag krank gemeldet, aber Wilma ging trotzdem nicht gerade freundlich mit ihm um. Sie setzte ihm genau auseinander, was er mit seinem Brummschädel tun konnte.

An Nachmittag ging Ernie in das Schlafzimmer und schloss die Tür hinter sich. Nach einer Weile wurde Wilma besorgt und folgte ihm. Ernie saß auf dem Bettrand, hatte das Hemd ausgezogen und kratzte sich kläglich die Brust. »Mir geht's gut«, erklärte er mit der Leidensmiene, die ihm nun scheinbar zur Gewohnheit wurde. »Es juckt nur so verdammt.«

Wilma war zwar etwas erleichtert, weil er keine Möglichkeit gefunden hatte, Selbstmord zu begehen, fragte aber gereizt: »Was juckt denn so schrecklich? Es ist noch nicht Zeit für deine Allergien. Ich höre den ganzen Sommer über nichts anderes.«

Dann betrachtete sie die entzündete Haut genauer. »Um Himmels willen, das kommt von Giftsumach. Wo hast du das her?«

Giftsumach.

Sie starrten einander an.

Wilma holte Ernies Unterhemd von der Kommode. Sie hatte es dort liegen gelassen; die Sicherheitsnadel steckte noch in ihm, und das Papierfetzchen daran war ein stummer, feindseliger Beweis für seine Dummheit. »Zieh es an«, befahl sie.

»Aber …«

»Zieh es an!«

Es war sofort klar, dass sich das Zentrum des Giftsumachs genau dort befand, wo das Los versteckt gewesen war.

»Dieses verlogene Miststück.« Wilma schob das Kinn vor und richtete sich auf. »Sie hat doch gesagt, dass Big Jimbo gegen vier Uhr nach Hause kommen wird?«

»Ich glaube schon.«

»Gut. Es gibt nichts Besseres als ein Empfangskomitee.«

Um fünfzehn Uhr dreißig fuhren sie vor Lorettas Haus vor und parkten. Wie erwartet, war Jimbos achtachsiger Sattelschlepper noch nicht da. »Wir bleiben einige Minuten sitzen und bringen die Betrügerin aus der Ruhe«, entschied Wilma.

Sie sahen zu, wie die Rollos im Vorderfenster von Lorettas Haus sprunghaft zu zucken begannen. Drei Minuten vor vier deutete Ernie nervös nach vorn. »Dort. Bei der Ampel. Das ist Jimbos Laster.«

»Gehen wir«, befahl Wilma.

Loretta öffnete die Tür wieder mit strahlendem Lächeln. Wilma stellte mit grimmiger Befriedigung fest, dass das Lächeln diesmal aber sehr, sehr verkrampft wirkte.

»Ernie. Wilma. Wie nett. Ihr seid tatsächlich auf einen Weihnachtsdrink vorbeigekommen.«

»Ich werde den Weihnachtsdrink später zu mir nehmen«, erklärte Wilma. »Um zu feiern, dass wir unser Los wiederhaben. Wie geht es deinem Giftsumach-Ausschlag, Loretta?«

»Der wird langsam besser. Aber mir gefällt dein Ton nicht, Wilma.«

»Nein, wirklich?« Wilma ging an dem Raumteiler mit der schwarz-rot karierten Tapete vorbei und zog das Rollo hoch. »Sieh mal an. Da ist ja Big Jimbo. Ihr beiden Turteltäubchen könnt es wahrscheinlich nicht mehr erwarten, zu schnäbeln. Er wird vermutlich richtig wütend werden, wenn ich ihm erzähle, dass ich dich wegen Ehebruch verklage, weil du es mit meinem Mann getrieben hast.«

»Ich habe was?« Lorettas sorgfältig aufgetragener purpurroter Lippenstift wirkte intensiver, weil ihr Gesicht kalkweiß wurde.

»Du hast mich sehr gut verstanden. Ich habe Beweise dafür. Ernie, zieh dein Hemd aus. Zeig dieser Verführerin von Ehemännern deinen Ausschlag.«

»Ausschlag?«, stöhnte Loretta.

»Giftsumach, genau wie deiner. Hat auf seiner Brust begonnen, als du die Hand unter seine Unterwäsche schobst, um zu dem Los zu gelangen. Komm schon. Leugne es! Sag Jimbo, dass du nichts von einem Los weißt, dass du und Ernie nur ein kleines Techtelmechtel hattet.«

»Du lügst. Verschwinde von hier. Knöpf das Hemd nicht auf, Ernie.« Loretta packte fieberhaft Ernies Hände.

»Was für ein großer Mann dein Jimbo ist«, stellte Wilma bewundernd fest, als er aus dem Lastwagen kletterte. Sie winkte ihm zu. »Ein wirklich großer Mann.« Sie drehte sich um. »Zieh auch die Hose aus, Ernie.« Sie ließ das Rollo los und ging rasch zu Loretta. »Er hat den Ausschlag auch *dort unten*«, flüsterte sie.

»O mein Gott. Ich hole es. Ich hole es. Lass die Hose an!« Loretta rannte in das kleine Esszimmer und riss den Wandschrank auf, der die Reste des Porzellanservices ihrer Mutter enthielt. Sie hob mit zitternden Händen die Zuckerschale heraus. Als sie nach dem Lotterielos griff, entglitt ihr die Schale und zerbrach. In dem Augenblick, in dem sie Wilma das Los in die Hand drückte, drehte sich Jimbos Schlüssel im Schloss. »Verschwindet jetzt. Und haltet den Mund.«

Wilma setzte sich auf die rot-schwarz karierte Couch. »Es wäre wirklich merkwürdig, wenn wir jetzt hinausstürmen würden. Ernie und ich werden dir und Big Jimbo bei einem Weihnachtsdrink Gesellschaft leisten.«

Die Häuser in ihrem Block waren auf den Dächern mit Weihnachtsmännern, auf dem Rasen mit Engeln und um die Fenster mit Lichterketten geschmückt. Als sie ausstiegen, bemerkte Wilma mit friedlichem Lächeln, dass es eine wirklich hübsche Wohngegend war. Drinnen überreichte sie Ernie das Los. »Steck es in meine Strumpfhose, wie du es vorgehabt hast.«

Er ging gehorsam ins Schlafzimmer und suchte ihre Lieblingsstrumpfhose heraus, die weiße mit den Strasssteinen. Sie stöberte in seiner Schublade und förderte eine seiner eleganten Socken zu Tage; sie war etwas unförmig, weil Wilma nicht besonders gut stricken konnte, gehörte aber trotzdem zu seinem besten Paar. Während sie die Strümpfe an dem Sims über dem Schein-Kamin befestigte, sagte Ernie: »Wilma, ich habe …«, seine Stimme sank zu einem Flüstern herab, »dort unten keinen Giftsumach.«

»Davon war ich überzeugt, aber es hat gewirkt. Jetzt steck das Los in meine Strumpfhose, und ich stecke dein Geschenk in deine Socke.«

»Du hast mir ein Geschenk gekauft? Nach all den Schwierigkeiten, die ich dir gemacht habe? O Wilma!«

»Ich habe es nicht gekauft. Ich habe es aus dem Medikamentenkästchen ausgegraben und eine Schleife drum gebunden.« Wilma ließ mit glücklichem Lächeln eine Flasche mit Galmei-Tinktur, wie man sie bei Ausschlägen verwendet, in Ernies Socke plumpsen.

Der blinde Passagier

Carol fröstelte in ihrer rauchblauen Uniformjacke und versuchte, ihr wachsendes Unbehagen zu ignorieren. Als sie sich im Warteraum des Flugplatzes umsah, dachte sie, dass die farbenfroh gewandeten Trachtenpuppen in den Schaukästen einen unpassenden Hintergrund abgaben für die finster dreinblickenden Polizisten, die vor ihnen patrouillierten. Die Hand voll Passagiere standen dicht beieinander, beobachteten sie mit hasserfüllten Augen.

Sie ging auf sie zu und hörte einen der Passagiere sagen: »Die Verfolgungsjagd dauert zu lange. Das missfällt den Jagdhunden.« Er wandte sich an Carol: »Wie lange fliegen Sie schon, Stewardess?«

»Drei Jahre«, erwiderte Carol.

»Dafür sehen Sie zu jung aus. Wenn Sie erst mein Land vor der Besetzung gekannt hätten ... In diesem Raum herrschte immer so eine heitere Stimmung. Als ich nach meinem letzten Besuch in die Staaten zurückflog, gaben mir zwanzig Verwandte das Geleit. Diesmal hat sich kein einziger hergewagt. Es ist nicht ratsam, sich mit amerikanischen Angehörigen in der Öffentlichkeit zu zeigen.«

Carol senkte die Stimme. »Heute sind so viel mehr Polizisten hier als sonst. Wissen Sie, warum?«

»Ein Mitglied der Untergrundbewegung ist geflohen«, flüsterte er. »Vor einer Stunde wurde er hier in der Nähe gesichtet. Sie werden ihn sicher erwischen, aber das muss ich hoffentlich nicht mit ansehen.«

»Wir gehen in fünfzehn Minuten an Bord«, beruhigte ihn Carol. »Jetzt entschuldigen Sie mich bitte. Ich muss zum Captain.«

Tom war gerade vom Navigationsbüro hereingekommen. Er nickte ihr zu, als sich ihre Blicke trafen. Carol fragte sich, wann ihr Herz endlich aufhören würde, schmerzhaft und wie verrückt zu hämmern, sobald sie ihn auch nur flüchtig sah. Höchste Zeit, dass er für sie zu einem Piloten unter vielen würde und sie den hochgewachsenen, attraktiven Mann in der dunklen Uniform vergäße, den sie von ganzem Herzen geliebt hatte.

Ihre Stimme klang unverbindlich, ihre grauen Augen musterten ihn kühl: »Sie wünschen mich zu sprechen, Captain?«

Tom erwiderte im gleichen sachlichen Ton: »Ich wollte wissen, ob Sie nach Paul geschaut haben.«

Beschämt musste Carol zugeben, dass sie seit der Landung in Danubia vor einer Stunde nicht mehr an den Chefsteward gedacht hatte. Paul litt unter der Folgeerscheinung mehrerer Seruminjektionen und war in der Koje geblieben, während die Maschine für den Rückflug nach Frankfurt aufgetankt wurde.

»Nein, Captain. Das Versteckspiel, das unsere Freunde veranstalten, hat mich zu sehr abgelenkt.«

Tom nickte. »Ich möchte um keinen Preis in der Haut dieses armen Kerls stecken, wenn sie ihn schnappen. Sie sind sich ganz sicher, dass er hier irgendwo auf dem Flugplatz ist.«

Für einen kurzen Augenblick klang Toms Stimme vertraut, freundschaftlich, und Carol sah ihn gespannt an. Doch dann wurde er wieder ganz Captain, der zur Stewardess sprach. »Gehen Sie bitte an Bord und stellen Sie fest, ob Paul etwas braucht. Die Passagiere lasse ich dann vom Check-in-Mitarbeiter nach draußen bringen.«

»In Ordnung, Captain.« Und damit wandte sie sich zum Ausgang.

Der kalte Flugplatz wirkte trostlos im Halbdunkel des Oktoberabends. Drei Polizisten kletterten in die nebenan geparkte Maschine. Der Anblick ließ sie erschauern, als sie an Bord ging und sich auf die Suche nach Paul machte.

Er schlief, sie breitete behutsam eine weitere Decke über ihn und kehrte in die Kabine zurück. Noch zehn Minuten, dann sind alle eingestiegen, dachte sie nach einem Blick auf die Uhr. Sie zog ihren Taschenspiegel hervor und fuhr sich mit dem Kamm durch die kurzen blonden Locken, die unter der Mütze hervorquollen.

Da entdeckte sie, wie gelähmt vor Angst, das Spiegelbild einer mageren Hand, die sich um die Stange des kleinen offenen Schrankes hinter ihrem Sitz klammerte. *Jemand versuchte sich in dieser winzigen Nische zu verstecken!* Panisch spähte sie durch das Fenster, hielt Ausschau nach Hilfe. Die Polizeistreife hatte die andere Maschine verlassen und steuerte jetzt in ihre Richtung.

»Legen Sie den Spiegel weg, Mademoiselle.« Die Worte kamen leise, verständlich, mit starkem Akzent. Sie hörte, wie die Kleiderbügel beiseite geschoben wurden, fuhr herum und sah sich einem mageren, etwa siebzehnjährigen Jungen mit dichtem blonden Haar und intelligenten Augen gegenüber.

»Bitte – haben Sie keine Angst. Ich tue Ihnen nichts.« Er sah aus dem Fenster auf die rasch herannahende Polizei. »Gibt's hier noch einen zweiten Ausgang?«

Carols Angst änderte sich schlagartig. Das Gefühl einer drohenden Katastrophe, das sie erfüllte, galt jetzt ihm. In seinen Augen spiegelte sich Schrecken, wie ein gefangenes Tier wich er vom Fenster zurück, streckte Carol die Hand entgegen, bittend, drängend, seine Stimme klang flehend: »Wenn sie mich finden, werden sie mich töten. Wo kann ich mich verstecken?«

»Ich kann Sie nicht verstecken«, protestierte Carol. »Die werden Sie finden, wenn sie die Maschine durchsuchen, und ich kann die Fluggesellschaft da unmöglich mit reinziehen.« Sie sah Toms Gesicht deutlich vor sich, wenn die Polizei einen blinden Passagier an Bord entdeckte, noch dazu, wenn sie ihn verbarg.

Füße stapften die Gangway hinauf, Metall klirrte unter schweren Schuhen. Pausenloses, lautes Hämmern an der geschlossenen Tür.

Wie hypnotisiert starrte Carol dem Jungen in die Augen, sah die düstere Hoffnungslosigkeit darin. Hektisch schaute sie sich in der Kabine um. Pauls Uniformjacke hing im Kleiderschrank. Sie zerrte sie heraus und angelte sich die Mütze von der Hutablage. »Ziehen Sie das an, fix.«

Ein Hoffnungsschimmer erhellte das Gesicht. Mit Windeseile machte er die Knöpfe zu und stopfte das Haar unter die Mütze. Es hämmerte wieder gegen die Tür.

Carols Hände waren feucht, ihre Finger taub. Sie schob den Jungen auf den Sitz in der letzten Reihe, öffnete zitternd die Mappe mit den Reisepapieren und warf ihm Zolldeklarationen in den Schoß. »Machen Sie ja nicht den Mund auf. Wenn sie mich nach Ihrem Namen fragen, werde ich sagen, Sie heißen Joe Reynolds, und kann dann nur beten, dass sie die Pässe nicht kontrollieren.«

Ihre Beine trugen sie kaum zur Kabinentür. Als sie am Griff zog, überfiel sie schockartig die Erkenntnis, was sie da tat und wie jämmerlich durchsichtig die Tarnung war. Sie fragte sich, ob sie die Polizei irgendwie von einer Durchsuchung der Maschine abhalten könnte. Der Griff drehte sich, die Tür schwang auf. Sie blockierte den Eingang und zwang sich zu einem verärgerten Ton, als sie den Polizisten gegenüberstand. »Der Steward und ich sind mit der Prüfung unserer Papiere beschäftigt. Was ist der Anlass für diese Störung?«

»Sie wissen doch sicher, dass eine Fahndung nach einem entflohenen Verräter stattfindet. Sie haben kein Recht, die Polizei bei ihrer Arbeit zu behindern.«

»Hier wird *meine* Arbeit behindert. Ich werde das dem Captain melden. Sie haben kein Recht, ein amerikanisches Flugzeug zu betreten.«

»Wir durchsuchen jede Maschine auf dem Platz«, herrschte sie der Anführer an. »Gehen Sie jetzt zur Seite? Es wäre höchst unliebsam, wenn wir uns gewaltsam Zutritt verschaffen müssten.«

Carol sah ein, dass es keinen Sinn hatte, weiter zu streiten, und ließ sich schleunigst auf dem Platz neben dem Jungen nieder, drehte sich mit dem ganzen Körper zu ihm, sodass ihr Rücken der Polizei den direkten Blick auf ihn verwehrte. Sein Kopf war über die Papiere gebeugt. In der schwachen Beleuchtung wirkte die Uniform durchaus annehmbar, und das Fehlen einer Krawatte fiel bei der gebückten Haltung nicht auf.

Carol nahm ein paar Deklarationen von seinem Schoß und sagte: »Los, Joe, bringen wir's hinter uns. ›Kralik, Walter, sechs Flaschen Kognak, Wert dreißig Dollar. Eine Uhr, Wert …‹«

»Wer ist außerdem noch an Bord?«, fragte der Anführer.

»Der Chefsteward, er schläft in der Koje«, erwiderte Carol nervös. »Er war sehr krank.«

Der Blick des Wortführers glitt ohne jedes Interesse über »Joe« hinweg. »Sonst niemand? Das ist die einzige amerikanische Maschine hier. Wäre nur folgerichtig, dass der Verräter auch auf sie zusteuert.«

Der zweite Polizist hatte die Toiletten, den Kleiderschrank und den Boden unter den Sitzen untersucht. Der dritte kam aus der Kanzel zurück. »Da vorn ist nur ein Mann, der schläft. Viel zu alt für unseren Gefangenen.«

»Er wurde vor fünfzehn Minuten hier in der Nähe gesichtet«, ereiferte sich der Wortführer. »Er muss irgendwo stecken.«

Carol sah auf die Uhr. Eine Minute vor acht. Die Passagiere mussten auf dem Weg über den Flugplatz sein. Sie musste die Polizei loswerden, den Jungen verstecken – alles in einer Minute …

Sie erhob sich, achtete darauf, dass sie Joe mit ihrem Körper verdeckte. Durch das gegenüberliegende Fenster sah sie, dass sich die Tür des Warteraumes öffnete, und wandte sich an den Wortführer. »Sie haben das Flugzeug durchsucht. Meine Passagiere gehen gleich an Bord. Würden Sie jetzt bitte die Maschine verlassen?«

»Sie scheinen es merkwürdig eilig zu haben, uns loszuwerden, Stewardess.«

»Ich habe meinen Papierkram noch nicht erledigt. Wenn ich mich um die Passagiere kümmere, lässt sich das schwer nachholen.«

Schritte eilten die Gangway hinauf. Ein Bote erschien und teilte dem Wortführer mit: »Der Kommissar wünscht unverzüglich einen Bericht über die Durchsuchung.«

Zu Carols Erleichterung hasteten alle drei Polizisten hinaus.

Der Check-in-Mitarbeiter und die Passagiere standen am Fuß der Gangway, als die Polizisten herunterkamen. Die Besatzung stieg durch den Vordereingang ein.

»Joe!«, rief Carol. Der Junge hatte den Sitz verlassen und kauerte im Gang. Carol zog ihn ins Heck und zeigte auf die Herrentoilette. »Da rein. Ziehen Sie die Uniform aus und machen Sie niemandem auf, nur mir.«

Sie stand an der Kabinentür und empfing den Check-in-Mitarbeiter und die Fluggäste mit einem gezwungenen

Lächeln. Er überreichte ihr die Passagierliste und wartete, während sie alle begrüßte und platzierte.

Die Liste enthielt sechs Namen. Fünf waren getippt, der letzte, »Wladimir Karlow«, handschriftlich eingetragen. Daneben stand: VIP.

»Wer ist diese sehr wichtige Person?«, erkundigte sich Carol leise.

»Ein ganz hohes Tier, der Polizeichef von Danubia. Einer der grausamsten Bluthunde hier, also fassen Sie ihn mit Glacéhandschuhen an. Er hat kurz Halt gemacht, um mit dem Suchtrupp über den entflohenen Häftling zu reden.«

Der Polizeichef – auf ihrem Flug! Carol wurde übel, doch als er die Gangway erklomm, streckte sie ihm lächelnd die Hand entgegen. Ein hoch gewachsener Fünfziger, spitznasig, schmallippig.

»Ich bin für Platz 42 vorgemerkt.«

Sie konnte ihn unmöglich hinten sitzen lassen, das war Carol klar. Dann würde er »Joe« mit Sicherheit sehen, wenn sie ihn aus der Toilette schleuste. »Der Flug nach Frankfurt ist fantastisch«, erklärte sie unbefangen lächelnd. »Es wäre geradezu unverzeihlich, auf einen Platz vor der Tragfläche zu verzichten …«

»Ich sitze lieber hinten«, unterbrach er sie. »Das macht den Flug wesentlich ruhiger.«

»Diese Route ist eine unserer gemütlichsten, so gut wie gar keine Böen. Auf den vorderen Plätzen gibt's kein Rütteln, und Sie haben eine bessere Sicht.«

Der Polizeichef zuckte die Achseln und folgte ihr den Gang hinunter. Sie schaute in die Passagierliste und überlegte, ob sie ihn neben einen anderen Fluggast platzieren sollte. Wenn sie es tat, kamen die beiden vielleicht ins Gespräch, und er wäre eher abgelenkt, wenn sie Joe aus der Herrentoilette holte. Doch dann erinnerte sie sich an die erbitterten Bemerkungen über die Durchsuchung, führte ihn zu Platz 3, verstaute seine Reisetasche im Gepäcknetz und bat ihn, sich anzuschnallen.

Der Passagier auf Platz 7 stand auf und wollte nach hinten gehen. Carol holte ihn an der Tür zur Herrentoilette ein. »Bitte behalten Sie Platz. Die Maschine setzt gleich zum Start an.«

Er war kreidebleich. »Bitte, Stewardess, mir wird schlecht. Ich krieg's immer ein bisschen mit der Angst zu tun, wenn das Flugzeug abhebt.«

Carol ergriff seine Hand und zwang ihn, den Griff loszulassen, bevor er merkte, dass die Tür verschlossen war. »Ich hab Tabletten dabei, die helfen bestimmt. Sämtliche Passagiere müssen auf ihren Plätzen bleiben, bis wir in der Luft sind.«

Sie wartete, bis er sich gesetzt hatte, und griff dann zum Mikrophon. »Guten Abend, ich bin Ihre Stewardess und heiße Carol Dowling. Bitte schnallen Sie sich an und rauchen Sie nicht, bis die Leuchtschrift über der Vordertür erloschen ist. Unser Ziel ist Frankfurt, die voraussichtliche Flugdauer beträgt zwei Stunden und fünf Minuten. Ein leichtes Abendessen wird in Kürze serviert. Bitte zögern Sie nicht, Ihre Wünsche zu äußern. Angenehmen Flug.«

Als sie ins Cockpit ging, rollte die Maschine nicht mehr, und die Motoren dröhnten. Sie beugte sich über Tom. »Kabine klar, Captain.«

Tom drehte sich so rasch um, dass seine Hand ihr Haar streifte. Ihr wurde glühend heiß bei der Berührung, ihr Arm schnellte unwillkürlich nach oben.

»Okay, Carol.«

Die Motoren donnerten – es war schwer, seine Worte zu erfassen. Vor einem Jahr hätte er zu ihr hochgeblickt und sie ein »ich liebe dich, Carol« von seinen Lippen ablesen lassen, aber das war jetzt vorbei. Sie verspürte kurzes heftiges Bedauern, dass sie ihren Streit nicht irgendwie beigelegt hatten. In schlaflosen Nächten musste sie sich eingestehen, dass Tom es versucht, dass er den Anfang gemacht hatte, doch sie war ihm keinen Schritt entgegengekommen. So hatten seine Versöhnungsversuche nur mit noch heftigeren Auseinandersetzungen geendet, und dann wurde er für sechs Monate nach London versetzt, in denen sie sich nicht sahen. Und jetzt befanden sie sich auf einem gemeinsamen Flug, zwei höfliche Kollegen, die sich nicht anmerken ließen, dass es je anders zwischen ihnen gewesen war.

Sie wollte in die Kabine zurückgehen, doch Tom winkte ihr zu warten. Er nickte dem ersten Offizier zu, und der Motorenlärm wurde gedämpft. Sie fühlte sich unendlich einsam, als er sich von ihr abwandte. Auf diesem Flug hatte es ein paar Augenblicke gegeben, in denen er freundlich wirkte, herzlich – Momente, in denen es den Anschein hatte, als könnten sie sich gründlich aussprechen. Doch das hier gibt der Sache den Rest, dachte sie. Selbst wenn ich Joe nach Frankfurt bringen kann, wird Tom mir das nie verzeihen.

»Haben Sie schon mit dem Polizeichef gesprochen, Carol?«

»Nur als ich ihm seinen Platz zeigte. Er ist nicht sehr redselig.«

»Behandeln Sie ihn äußerst zuvorkommend. Ein wichtiger Mann. Es ist die Rede davon, Danubia für amerikanische Flugzeuge zu sperren. Wenn er mit dem Service zufrieden ist, könnte das vielleicht etwas helfen. Ich schicke Dick nach hinten, sobald wir auf Kurs sind, damit er Ihnen beim Dinner behilflich ist.«

»Bloß nicht! Ich meine, ein kaltes Abendessen und nur sechs Passagiere, das schaff ich allein.«

Als sie in der Kabine an dem Mann vorbeikam, der beim Start Ängste hatte, lächelte sie ihm aufmunternd zu. Das Flugzeug hatte die Rollbahn erreicht, und die Motoren dröhnten ohrenbetäubend. Sämtliche Passagiere, der Polizeichef eingeschlossen, starrten aus den Fenstern. Sie ging nach hinten, klopfte an die Tür der Herrentoilette und rief leise nach Joe.

Geräuschlos schlüpfte er hinaus. Bei dem trüben Licht glich seine magere Gestalt mehr einem Schatten als einem menschlichen Wesen. Sie flüsterte ihm ins Ohr: »Der letzte Sitz rechts. Legen Sie sich auf den Boden, ich werfe Ihnen dann eine Decke über.«

Er bewegte sich vorsichtig und verschwand unter dem Sitz. Er schleicht wie eine Katze, befand Carol. Sie dachte an den weichen Flaum, der ihr Gesicht gestreift hatte, und verbesserte sich – wie ein ganz junges Kätzchen ...

Es fiel schwer, in dem abhebenden Flugzeug die Balance zu halten, sie stützte sich mit einer Hand an der Wand ab, ließ sich auf dem Gangplatz neben Joe nieder, angelte sich eine Decke aus dem Gepäckfach, breitete sie über ihn. Bei flüchtiger Betrachtung mochte das hingehen; wer genauer hinsah, würde sich bestimmt über die merkwürdigen Wölbungen wundern.

Sie heftete ihre Blicke unverwandt auf die Leuchtschrift über der Kabinentür. Solange sie den Passagieren signalisierte, angeschnallt zu bleiben und das Rauchen zu unterlassen, gewährte ihr das eine Atempause. Aber wenn sie erlosch, musste sie die normale Kabinenbeleuchtung wieder einschalten, was Joes Versteck zur Farce machen und die Fluggäste animieren würde, ihre Plätze zu verlassen.

Zum ersten Mal dachte sie ernsthaft darüber nach, welche Folgen sich aus ihrer Hilfsaktion für sie ergeben würden. Sie überlegte, was Tom wohl dazu sagen würde, und erinnerte sich verzagt an seine Reaktion im vergangenen Jahr, als sie in seinem Flugzeug Ärger verursacht hatte …

»Was ist denn schon dabei, Tom«, hatte sie protestiert, »wenn ich das arme Kind seinen Hund aus dem Korb nehmen ließ? Die Kleine reiste mutterseelenallein, sollte von irgendwelchen Fremden adoptiert werden. Es war Nacht und dunkel in der Kabine. Kein Mensch hätte was davon erfahren, wenn nicht diese Frau zu ihr rübergegangen wäre und für diese Ruhestörung einen Hundebiss abbekommen hätte.«

Und Tom hatte entgegnet: »Vielleicht lernst du es eines Tages, dich an die Grundregeln zu halten. Bei der Frau handelte es sich um eine Aktionärin, und die hat Cain in der Chefetage alarmiert. Ich habe die Verantwortung dafür übernommen, dass der Hund herausgelassen wurde, weil ich genau wusste, das würde mich nicht den Job kosten. Aber nach sieben Jahren ohne jede Beanstandung bin ich nicht sonderlich erbaut, dass meine Personalakte jetzt einen Verweis enthält.«

Beklommen erinnerte sie sich, was sie ihm darauf ins Gesicht geschleudert hatte: Sie sei entzückt, dass er nun keine tadellose Personalakte mehr habe, nach der er sich richten müsse – vielleicht würde er jetzt lockerer und benähme sich menschlich – vielleicht würde er die Dienstvorschriften in Zukunft nicht mehr als Bibel betrachten. Es fiel nicht schwer, sich an jede Einzelheit ihres Wortwechsels zu erinnern, so oft hatte sie den Streit in Gedanken rekapituliert.

Sie versuchte sich auszumalen, was Charlie Wright, Flughafendirektor in Frankfurt, wohl tun würde. Auch für Charlie hatte die Firma unbedingten Vorrang. Er schätzte es, wenn die Flugzeuge pünktlich starteten und landeten und die Passagiere zufrieden waren. Charlie wäre bestimmt außer sich, der Zentrale einen blinden Passagier melden zu müssen, und würde sie zweifellos auf der Stelle vom Dienst suspendieren oder sie gleich hinauswerfen.

Joes Decke bewegte sich leicht, und sie schaltete prompt wieder auf das Problem um, ein sicheres Versteck für ihn zu finden. Das Flugzeug hob ab. Als die Leuchtschrift erlosch, erhob sie sich langsam. Widerstrebend betätigte sie den Wandschalter und ließ die gedämpfte Kabinenbeleuchtung hell aufflammen.

Sie begann, Zeitungen und Zeitschriften zu verteilen. Der Passagier mit den Angstzuständen vor dem Start wirkte jetzt völlig entspannt. »Die Tablette hat prima geholfen, Stewardess.« Er ließ sich eine Zeitung geben und fahndete nach seiner Brille. »Sie muss im Mantel sein.« Er stand auf und machte sich auf den Weg zum Heck.

»Ich hole sie Ihnen«, stammelte Carol.

»Kommt nicht in Frage.« Er ging an Joes Versteck vorbei – gefolgt von Carol, die kaum zu atmen wagte. Die Decke wirkte in der ordentlichen Kabine als eklatanter Fremdkörper. Der Passagier fand seine Brille, kehrte um, blieb unvermittelt stehen. Er ist ein ordnungsliebender Typ, überlegte Carol geschwind – hatte er nicht seinen Mantel auf dem Bügel glatt gestrichen, genauso die Zeitungsseiten? In der nächsten Sekunde würde er die Decke aufheben. Er bückte sich danach: »Die muss runtergefallen sein …«

»Bitte!« Carols Hand umklammerte seinen Arm mit festem Griff. »Bitte bemühen Sie sich nicht. Ich mache das gleich.« Sie schob ihn sanft weiter und erklärte leichthin: »Sie sind unser Gast. Wenn der Captain mich erwischt, wie ich Sie aufräumen lasse, wirft er mich glatt aus dem Fenster.«

Er lächelte, ging jedoch widerspruchslos zu seinem Platz zurück.

Verzweifelt sah sich Carol überall in der Kabine um. Die Decke war einfach zu auffällig. Sobald jemand nach hinten ging, konnte Joe entdeckt werden.

»Eine Zeitschrift, Stewardess.«

»Selbstverständlich.« Carol brachte dem Passagier, der hinter dem Polizeichef saß, eine Auswahl, trat dann nach vorn. »Möchten Sie sich vielleicht eine Zeitschrift anschauen, Mr Karlow?«

Der Polizeichef trommelte mit seinen mageren Fingern auf der Armlehne herum, spitzte nachdenklich den Mund. »Irgendwo fehlt mir ein Detail, Stewardess. Eine Information, die ich bekommen habe, passt nicht ins Bild. Wie dem auch sei ...«, er lächelte eisig. »Es wird mir wieder einfallen. Wie immer.« Er wies die Zeitschrift mit einer Handbewegung zurück. »Wo ist der Wasserbehälter?«

»Ich bringe Ihnen ein Glas Wasser«, erbot sich Carol.

Er wollte aufstehen. »Bemühen Sie sich nicht. Ich hasse es, so lange stillzusitzen. Ich hol's mir selber.«

Der Wasserbehälter befand sich gegenüber von Joes Versteck. Der Polizeichef war kein unkritischer Beobachter, sondern würde die Decke bestimmt inspizieren.

»Nein!« Sie blockierte ihm den Weg. »Es wird böig. Der Captain möchte nicht, dass die Passagiere dann herumlaufen.«

Der Polizeichef blickte vielsagend auf die abgeschaltete Leuchtschrift. »Würden Sie mich jetzt vorbeilassen ...«

Das Flugzeug neigte sich leicht zur Seite, Carol geriet ins Wanken, prallte gegen den Polizeichef, ließ absichtlich die Zeitschriften fallen. Es wurde tatsächlich stürmisch.

Wenn sie ihn bloß etwas hinhalten könnte, Tom würde sicher die Leuchtschrift einschalten. Der Polizeichef hob, sichtlich gereizt, ein paar Zeitschriften auf.

Sie verstellte ihm weiterhin den Weg, klaubte langsam die restlichen auf, sortierte sie sorgfältig nach Größe.

Schließlich war sie mit ihrer Verzögerungstaktik am Ende und richtete sich auf. Und da leuchtete das Signal auf – BITTE ANSCHNALLEN!

Der Polizeichef lehnte sich zurück und beobachtete Carol scharf, als sie zum Wasserbehälter ging, ein Glas füllte und es ihm brachte. Er bedankte sich nicht, sondern bemerkte nur: »Das Zeichen kam Ihren Ausreden ja wie gerufen, Stewardess. Es muss für Sie überaus wichtig gewesen sein, dass ich meinen Platz nicht verlasse.«

Carol erfasste erst Angst, dann Zorn. Er wusste, dass etwas im Busch war, und es machte ihm einen Heidenspaß, sich an ihrer Verlegenheit zu weiden. Sie nahm ihm das fast unberührte Glas ab. »Ich werde Sie in ein Berufsgeheimnis einweihen, Sir. Wenn wir eine sehr bedeutende Persönlichkeit an Bord haben, wird neben dem Namen auf der Passagierliste ein Zeichen gemacht. Diese Markierung bedeutet, dass wir diese Persönlichkeit mit äußerster Zuvorkommenheit behandeln sollen. Auf diesem Flug sind Sie der bewusste Passagier, und ich bemühe mich, Ihnen die Reise so angenehm wie möglich zu machen. Bedauerlicherweise gelingt mir das nicht.«

Die Tür zum Cockpit öffnete sich, und Tom kam herunter. Die Passagiere saßen alle in der vorderen Kabinenhälfte. Carol stand neben dem am weitesten hinten Platzierten. Höchstwahrscheinlich wollte Tom nur alle begrüßen. Er würde sich nicht die Mühe machen, durch die leeren Sitzreihen zu gehen.

Tom schüttelte erst dem Polizeichef die Hand, dann dem Mann hinter ihm, wies die beiden Schachspieler auf eine Wolkenbank hin. Carol registrierte jede seiner Bewegungen mit großem Schmerz. Bei jeder Begegnung tauchte eine andere Erinnerung blitzartig auf. Diesmal war es der Memorial Day in Gander, und ihr Flug wurde wegen eines heftigen Schneesturms annulliert. Spät in der Nacht gab es zwischen ihr und Tom eine Schneeballschlacht. Tom hatte auf die Uhr geschaut und gesagt: »Ist dir klar, dass in zwei Minuten der erste Juni beginnt? Ich hab noch nie ein Mädchen bei Schneesturm am ersten Juni geküsst.« Seine Lippen streiften ihre Wange und waren kalt, fanden ihren Mund und waren ganz warm. »Ich liebe dich, Carol.« Es war das erste Mal, dass er das gesagt hatte.

Carol schluckte ihren Kummer hinunter und kehrte auf den Boden der Tatsachen zurück. Sie stand im Gang, Tom vor ihr, Joe war in Gefahr, und es gab keinen Ausweg.

»Wollen Sie wirklich keine Hilfe beim Dinner, Carol?« Sein Ton war unpersönlich, doch sein Blick suchte den ihren. Sie fragte sich, ob auch er solche spontanen Erinnerungen hatte.

»Nicht nötig«, erwiderte sie. »Ich fange gleich damit an.« Das bedeutete, in die Küche hinaufzugehen und Joe der Entdeckung auszusetzen, aber …

Tom räusperte sich und suchte offenbar nach Worten. »Wie fühlt man sich so als einzige Frau an Bord, Carol …«

Der Satz blieb hängen, doch es dauerte Sekunden, bis Carol seine volle Bedeutung erfasste. Ihr Blick wanderte von einem Passagier zum anderen: der Polizeichef, der Mann mit der Angst vor dem Start, der freundliche Vierziger, die beiden Schachspieler. Alles Männer. Sie hatte um ein Versteck für Joe gebetet und ausgerechnet von Tom den entscheidenden Hinweis bekommen! Die Damentoilette! Perfekt. Und so einfach.

Tom betrachtete sie prüfend, als sie lässig erwiderte: »Gefällt mir großartig, hier die einzige Frau zu sein, Captain. Keine Konkurrenz.«

Tom wollte gehen, hielt zögernd inne. »Carol, trinken Sie in Frankfurt eine Tasse Kaffee mit mir. Wir müssen miteinander reden.«

Es war geschehen. Sie fehlte ihm auch. Wenn sie jetzt zu ihm sagte: »Ich hab einen blinden Passagier an Bord entdeckt«, wäre alles ganz einfach. Tom könnte die Anerkennung einheimsen, und Danubia wäre dankbar. Es könnte eine Verlängerung der Flugverkehrsrechte für Northern bedeuten und ihn für die Scherereien im vergangenen Jahr entschädigen. Aber sie konnte Joe nicht dem Tod ausliefern, auch nicht um den Preis von Toms Liebe. »Fragen Sie mich das in Frankfurt, wenn Sie's dann immer noch möchten«, sagte sie.

Nachdem Tom im Cockpit entschwunden war, kehrte sie auf den Platz neben Joe zurück und überprüfte die Passagiere mit raschem Blick. Die beiden Freunde waren in ihr Schachspiel vertieft. Der ältere Herr war eingenickt. Der Vierziger betrachtete die Wolken. Der Pedant beugte sich über seine Zeitung. Der Kopf des Polizeichefs ruhte an der Sessellehne. Die Hoffnung, dass er ein Schläfchen machte, dürfte wohl übertrieben sein. Bestenfalls war er in Gedanken versunken und würde sich vielleicht nicht umdrehen.

Sie beugte sich hinunter. »Joe, Sie müssen sich nach hinten, ins Heck der Maschine, schleichen. Die Damentoilette ist auf der linken Seite. Gehen Sie rein und verschließen Sie die Tür gut.«

Gerade in diesem Moment begegnete sie dem Blick des Polizeichefs, als er sich umdrehte. »Joe, ich muss die Beleuchtung ausschalten. Wenn ich das tue, verschwinden Sie schleunigst! Haben Sie verstanden?«

Joe streifte sich die Decke vom Kopf. Sein Haar war zerzaust, und die Augen blinzelten in dem hellen Licht. Er sah aus wie ein Zwölfjähriger, den man aus festem Schlaf geweckt hatte. Doch als sich seine Augen an das Licht gewöhnt hatten, waren es die Augen eines Mannes – müde, angespannt.

Er nickte leicht, für Carol eine ausreichende Bestätigung, dass er begriffen hatte. Sie erhob sich. Der Polizeichef hatte seinen Platz verlassen und eilte auf sie zu.

Sekundenschnell war sie am Lichtschalter und tauchte die Kabine in Dunkel. Die Passagiere reagierten mit Schreckensrufen. Carol schrie noch lauter als die anderen: »Entschuldigung! Wie dumm von mir! Ich kann anscheinend den richtigen Schalter nicht finden.«

Ein Türklappen – hatte sie das Klicken gehört, oder war es bloß Wunschdenken?

»Schalten Sie die Beleuchtung ein, Stewardess.« Eine eisige Stimme, eine harte Hand auf ihrem Arm.

Carol betätigte den Schalter und starrte in das wutverzerrte Gesicht des Polizeichefs.

»Warum?«, herrschte er sie an.

»Wie meinen Sie das, Sir? Ich wollte bloß das Mikrophon einschalten, um das Dinner anzukündigen. Sehen Sie – der Schalter liegt direkt neben dem für die Beleuchtung.«

Der Polizeichef betrachtete die Trennwand, stutzte unsicher. Carol schaltete das Mikrophon ein. »Ich hoffe, Sie haben alle tüchtigen Hunger. In ein paar Minuten bringe ich Ihnen das Dinner, und für die Wartezeit servieren wir Ihnen einen Cocktail: Manhattans, Martinis oder Daiquiris. Ich komme gleich und nehme Ihre Bestellungen entgegen.« Sie wandte sich an den Polizeichef und fragte respektvoll: »Einen Cocktail, Sir?«

»Nehmen Sie einen mit mir, Stewardess?«

»Ich darf während der Arbeit nichts trinken.«

»Ich auch nicht.«

Was hat er damit gemeint, grübelte Carol, als sie das Cocktail-Tablett herumreichte. Noch ein Katz-und-Maus-Spielchen, befand sie, während sie fix die Fertiggerichte aus dem Eckkühlschrank in der Küche zog und die Tabletts zurechtmachte. Mit dem Dinner für den Polizeichef gab sie sich besondere Mühe, faltete die Leinenserviette sorgfältig und schenkte den Kaffee im allerletzten Augenblick ein, damit er kochend heiß blieb.

»Sind es normalerweise nicht zwei Flugbegleiter?«, erkundigte sich der Polizeichef, als sie ihm das Tablett hinstellte.

»Ja, aber der Chefsteward ist krank. Er muss liegen.«

Sie versorgte die anderen, schenkte Kaffee nach, brachte der Crew ihr Essen. Tom überließ dem Erstem Offizier die Steuerung und setzte sich an den Tisch des Navigators. »Ich bin heilfroh, wenn wir in Frankfurt landen«, sagte er beunruhigt. »Bei dem Rückenwind dürften wir in einer halben Stunde dort sein. Ich war bei dem ganzen Flug kribbelig. Irgendwas scheint da nicht zu stimmen, aber genau drauf hinweisen kann ich nicht.« Er grinste. »Aber vielleicht bin ich auch bloß müde und brauch dringend 'ne Tasse von Ihrem guten Kaffee, Carol.«

Carol zog den Vorhang der Schlafkoje etwas beiseite. »Paul hat ganz schön lange geschlafen.«

»Er ist vorhin aufgewacht und hat mich gebeten, ihm seine Jacke zu holen. Er wollte Ihnen helfen. Aber ich hab ihm befohlen, liegen zu bleiben. Er fühlt sich hundsmiserabel.«

Joes Schicksal hing an einem derart hauchdünnen seidenen Faden. Wenn Paul zurückgekommen wäre, hätte er Joe gesehen. Wenn Pauls Jacke nicht in der Kabine gehangen hätte, wäre Joe von der Polizei entdeckt worden. Wenn Tom nicht gesagt hätte, dass sie die einzige Frau an Bord sei …

»Wenn wir nur noch eine halbe Stunde zu fliegen haben, sammle ich schon mal die Tabletts ein«, sagte sie.

Sie begann abzuräumen, bei einem Passagier nach dem anderen. Das Tablett des Polizeichefs war unberührt. Er starrte es finster an. Eine Vorahnung warnte Carol, ihn nicht zu stören. Sie säuberte die anderen Tabletts und stapelte sie. Doch dann sagte ihr ein Blick auf die Armbanduhr, dass sie in zehn Minuten landen würden. Die Leuchtschrift erschien – BITTE ANSCHNALLEN! Sie ging das Tablett des Polizeichefs holen. »Kann ich es mitnehmen, Sir? Sie haben ja leider kaum etwas gegessen.«

Doch der Polizeichef stand auf. »Um ein Haar wären Sie damit durchgekommen, Miss, aber letztlich merkte ich, was mir entgangen war. In Danubia berichteten die Fahnder, der Chefsteward wäre krank und die Stewardess überprüfe mit dem Steward zusammen Zolldeklarationen.« Sein Gesicht wurde hart. »Warum hat Ihnen nicht ein Steward beim Dinner geholfen? Weil gar keiner da ist.« Seine Finger gruben sich in Carols Schulter. »Unser Gefangener ist in dieses Flugzeug gelangt, und Sie haben ihn versteckt.«

Carol kämpfte gegen die wachsende Panik. »Lassen Sie mich los.«

»Er ist doch an Bord, oder? Nun, es ist noch nicht zu spät. Der Captain muss uns nach Danubia zurückbringen. Es wird eine gründliche Untersuchung stattfinden.«

Er stieß sie beiseite und stürzte auf die Tür zum Cockpit zu. Carol griff nach seinem Arm, doch er schlug ihre Hand weg. Die anderen Passagiere waren aufgesprungen, gafften.

Ihre letzte Hoffnung galt diesen Männern, die so verbittert die Suche verfolgt hatten. Würden sie ihr helfen?

»Ja, es ist ein entflohener Gefangener an Bord!«, schrie sie. »Er ist noch ein halbes Kind, das Sie liebend gern erschießen würden, aber ich werde Sie daran hindern!«

Einen Augenblick klammerten sich die Passagiere, anscheinend teilnahmslos, an die Sessellehnen, suchten Halt während des Anflugs. Zutiefst verzweifelt dachte Carol, dass sie von ihnen keine Hilfe zu erwarten hätte. Doch dann, als ob sie endlich begriffen hätten, was vor sich ging, stürzten sie gemeinsam vorwärts. Der Sanftmütige warf sich auf den Polizeichef und schlug seine Hand von der Türklinke.

Einer der beiden Schachspieler drehte ihm die Arme auf dem Rücken zusammen. Die Maschine kreiste über dem Flugplatz, die Positionslichter waren bereits in Fensterhöhe. Ein leichter Ruck – Frankfurt!

Die Passagiere ließen den Polizeichef los, als sich die Tür zum Cockpit öffnete. Da stand Tom, betrachtete verärgert die Szene. »Was, zum Teufel, ist hier los, Carol?«

Sie ging zu ihm, verschloss die Augen vor dem Hass des Polizeichefs und vor der Wirkung, die ihre Worte auf Tom hatten. Sie fühlte sich krank, erschöpft. »Captain«, ihre Zunge war geschwollen, sie konnte sich kaum artikulieren. »Captain, ich möchte einen blinden Passagier melden …«

Dankbar schluckte sie den dampfenden Kaffee im Direktionsbüro des Frankfurter Flughafens. In der vergangenen Stunde hatte es ein wirres Durcheinander von Flughafenbeamten, Polizei, Fotografen gegeben. Wirklich deutlich war ihr nur die Forderung des Polizeichefs in Erinnerung: »Dieser Mann ist ein Staatsbürger meines Landes. Er muss sofort zurückgebracht werden.« Und die Antwort des Direktors: »Dies ist bedauerlich, aber wir müssen den blinden Passagier der Bundesregierung in Bonn überstellen. Wenn seine Angaben der Wahrheit entsprechen, wird ihm Asyl gewährt.«

Sie betrachtete ihre Hand, die Joe geküsst hatte, bevor man ihn in Gewahrsam nahm.

»Sie haben mir mein Leben, meine Zukunft geschenkt«, hatte er dabei gesagt.

Die Tür öffnete sich, und Charley Wright kam herein, gefolgt von Tom. »Na, das wäre erledigt.«

Er fixierte Carol. »Sind Sie richtig stolz auf sich? Kommen Sie sich als echte Heldin vor und lauern schon auf die Schlagzeilen in den Morgenzeitungen? ›Stewardess versteckt blinden Passagier auf dramatischem Flug von Danubia.‹ Dass Northern in Danubia die Flugverkehrsrechte entzogen werden und Ihretwegen etliche Millionen Dollar Verluste entstehen, das werden die Zeitungen nicht drucken. Was Sie betrifft, Carol, Sie können kostenlos nach Hause fliegen, es wird eine Anhörung in New York geben, aber – Sie sind entlassen.«

»Damit habe ich gerechnet. Aber Sie müssen sich darüber im Klaren sein, dass Tom nichts von dem blinden Passagier wusste.«

»Ein Captain muss darüber Bescheid wissen, was in seiner Maschine vor sich geht, das gehört zu seinen Aufgaben«, konterte Charley. »Tom wird wahrscheinlich mit einem strengen Rüffel davonkommen, wenn er keine heroischen Anwandlungen kriegt und versucht, die Verantwortung auf sich zu nehmen. Aus der Gerüchteküche hörte ich, dass er schon mal für Sie in die Bresche gesprungen ist.«

»Das stimmt«, entgegnete Carol. »Voriges Jahr hat er für mich die Schuld auf sich genommen, und ich hatte nicht einmal so viel Anstand, ihm dafür zu danken.« Sie blickte in Toms seltsam unergründliches Gesicht. »Tom, voriges Jahr waren Sie wütend auf mich, und das mit

Recht. Ich war im Unrecht, auf der ganzen Linie. Diesmal tut's mir ehrlich Leid, wenn Sie deswegen Ärger kriegen, aber ich konnte nicht anders handeln.«

Sie kämpfte mit den Tränen, als sie sich Charley zuwandte: »Wenn Sie fertig sind, geh ich jetzt ins Hotel. Ich bin todmüde.«

Er sah sie mitfühlend an. »Carol, inoffiziell kann ich verstehen, was Sie getan haben. Offiziell ...«

Sie lächelte mühsam. »Gute Nacht.« Sie verließ das Büro und begann die Treppe hinunterzugehen.

Tom holte sie auf dem Absatz ein. »Hör zu, Carol, lass uns die Dinge klarstellen – ich bin froh, dass der Junge durchgekommen ist. Du wärst nicht die Frau, die ich liebe, wenn du ihn diesen Bestien ausgeliefert hättest.«

Die Frau, die ich liebe ...

»Aber Gott sei Dank wirst du nicht mehr in meiner Maschine fliegen. Ich hätte keine ruhige Minute mehr, wenn ich mich im Cockpit dauernd fragen müsste, was wohl in der Kabine vor sich geht.« Er schloss sie in die Arme.

»Aber wenn du nicht mehr bei mir in der Maschine bist, hätte ich's gern, dass du mich vom Flugplatz abholst. Du kannst dann Spione, Hunde und was dir sonst noch einfällt, auf dem Rücksitz verstecken. Carol, ich will dich damit bitten, mich zu heiraten.«

Carol sah ihn an, diesen hoch gewachsenen, attraktiven Mann, dessen Augen voller Zärtlichkeit auf sie gerichtet waren. Dann fühlte sie seine Lippen warm auf den ihren, hörte ihn wieder die Worte sagen, nach denen sie sich seit langem gesehnt hatte:

»Ich liebe dich, Carol.«

Im Warteraum des Terminals herrschten Halbdunkel und Stille. Nach einem kurzen Augenblick gingen sie die Treppe hinunter, das Echo ihrer Schritte hallte weithin.

Ein Routineflug

Wo mochte Dick bloß stecken? Jen nahm die Dienstmütze ab und strich sich die feuchten braunen Locken aus der Stirn. Die Aprilsonne schien hell und klar; das grüne Wasser plätscherte ans Ufer, aber es war heiß!

Für Hochzeitsreisende mögen die Bermudas ja das Paradies sein, dachte sie; aber für Stewardessen, die den Flug hierher ab New York betreuten, den sechzig Passagieren zum Lunch drei Gänge servierten, fünfzig Minuten in Kindley Field hockten und auf dem Rückflug ein warmes Dinner zubereiteten, waren die Bermudas nichts weiter als ein Routineflug.

Warum hatte Dick in der Verwaltung angerufen und sich vergewissert, dass sie nicht anderweitig eingesetzt worden war? Düstere Vorahnungen, die so gar nicht zu dem strahlenden Sonnenschein passten, erfüllten sie. Sie ließen sich nicht beiseite schieben, auch nicht durch den Gedanken an ihren ersten Flug auf die Bermudas vor einem Monat, auf dem Dick der einzige ledige Passagier gewesen war. Er hatte sich über seine Zeitung beschwert, für die er hier eine Artikelserie über das »Flitterwochen-Paradies« schreiben sollte, und sie hatte sich beklagt, dass sie einen Monat lang für diese Route eingeteilt war. Am nächsten Tag hatte er ihre Maschine am Flughafen erwartet, und seitdem war er tagtäglich pünktlich zur Stelle gewesen.

Doch dies war ihr letzter Flug auf die Bermudas; und

nächste Woche hatte Dick seine Arbeit abgeschlossen – er kehrte nach New York zurück –, und sie könnten ein paar hübsche Abende miteinander verbringen, eine wohlverdiente Entschädigung für all die Stunden auf dem überfüllten Kindley Field.

Was hatte Dick tags zuvor mit dieser Andeutung gemeint, er glaube auf eine echte Sensation gestoßen zu sein?

Sie spürte eine Hand auf ihrer Schulter, drehte sich um und lag in Dicks Armen. Sein Kuss war drängend, kurz und leidenschaftlich. »Jen, Darling.« Zum ersten Mal hatte er sie Darling genannt, doch das erschien ihr richtig und selbstverständlich. »Hör jetzt genau zu und merk dir jedes Wort.« Er gab ihr eine zusammengerollte Zeitschrift. »Steck das in deine Handtasche und bring's heut Abend zu meiner Zeitung. Fahr in den fünften Stock und frag nach Bill Ryan, dem Nachtredakteur.«

»Bill Ryan, fünfter Stock«, wiederholte Jen.

»Aber ...«

Dick unterbrach sie. »Ich erkundige mich bei der Zentrale. Wenn ich erfahre, dass dein Flug gelandet ist, rufe ich fünfzehn Minuten später Ryan an und sage ihm Bescheid. Ich bringe dich damit in Gefahr, Jen, aber ich kann's nicht ändern.«

»Was für eine Gefahr, Dick?«

Er zögerte. »Du hast ein Recht darauf, es zu wissen, Jen. Erinnerst du dich noch an den Flugzeugträger, der am Ende des Koreakrieges verschwand? Die Zeitungen waren voll davon.«

Jen nickte ernst. »Ein Junge, den ich kannte, war dabei.«

»Dabei handelte es sich um einen Sabotageakt. Aber über siebenhundert Männer sind davongekommen und wurden gefangen genommen. Ihre Namen, Erkennungsnummern und die Gefangenenlager, in die sie gebracht wurden, sind auf in der Zeitschrift versteckten Listen verzeichnet. Die Gegenseite würde alles tun, um zu verhindern, dass diese Liste veröffentlicht wird.«

Aus dem Lautsprecher ertönte die klare, präzise britische Stimme, die Hektik nicht zu kennen schien, und bat alle Passagiere des Direktflugs 401 der Federal Airlines nach Idlewild, sich zum Flugsteig 2 zu begeben.

Die Durchsage gewährte Jen eine kurze Denkpause. Wie Dick sich die Listen verschafft hatte, wusste sie nicht, aber offensichtlich war jemand darüber im Bilde – sonst hätte er sie ja selbst nach New York mitgenommen. »Glaubst du, dass man dich verfolgt hat?«, flüsterte sie.

Dick begleitete sie zum Flugsteig. »Vielleicht habe ich den Wagen abgehängt, der mir gefolgt ist, aber ich weiß nicht, wie viele von denen wissen, dass ich diese Informationen hier habe. Ich habe den Nachtflug nach New York gebucht, um sie abzuschütteln.«

Sie blieben am Flugsteig stehen. Dick küsste sie rasch, holte dann aus seiner Reisetasche einen Ring. »Kann sein, Jen, dass sie irgendwie versuchen, mich zu filzen. Eigentlich wollte ich dir den in New York geben, aber nimm ihn lieber jetzt. Bei dir ist er sicherer.«

Jen betrachtete den schmalen Platinreif mit dem Diamantsolitär. Ein Verlobungsring, fünf Minuten zu spät. Als Dick ihr die Listen anvertraute, hatte er ihr damit gesagt, dass er sie liebte und sie brauchte. »In ein paar Tagen mache ich dir einen förmlichen Antrag«, versprach er. Sie steckte den Ring in eine Innentasche ihrer Uniformjacke, legte ihm die Hand auf die Schulter, küsste ihn, sauste dann über das Rollfeld, die Gangway hinauf und ins Flugzeug.

Allan Bates, der Chefsteward, stand bereit, die Tür zu schließen. »Na endlich, Jen«, fuhr er sie an. »Captain

Evans tobt. Wir haben zwei Minuten Verspätung. Du übernimmst die Durchsage, und ich mache meine Meldung. Lass dich lieber nicht in der Nähe vom Cockpit blicken, bis der Captain sich wieder abgeregt hat.«

Jen holte tief Luft, rückte die Mütze gerade und schaltete das Mikrophon ein. »Guten Tag, meine Damen und Herren, willkommen an Bord. Wir fliegen ohne Zwischenlandung nach Idlewild Airport. Die Flugdauer wird voraussichtlich drei Stunden und fünfundzwanzig Minuten betragen. Bitte schnallen Sie sich an und rauchen Sie nicht, bis der Hinweis über der Tür zur Küche erlischt. Wenn Sie etwas brauchen, drücken Sie bitte auf den Knopf an Ihrem Sitz – und nun wünsche ich Ihnen einen angenehmen Flug.«

Sie schaltete das Mikrophon aus, entfernte das Schild von dem für das Begleitpersonal reservierten Platz und setzte sich. Allan ließ sich kurz vor dem Start neben ihr nieder. Er schaute aus dem Fenster, als Jen den Kopf zurücklehnte und die Augen schloss.

Ihre Umhängetasche scheuerte an den Rippen; sie versuchte das etwas zu beheben und überlegte, dass sie die Tasche schleunigst irgendwo verstecken müsste. Sie hatte noch Dicks Warnung im Ohr, dass sie vielleicht verfolgt würde, und tippte Allan leicht an. Er wandte sich vom Fenster ab und beugte sich zu ihr herüber, um ihre Frage mitzubekommen.

»Hat kurz vor dem Start noch jemand gebucht?«

Allan nickte. »Der Kollege hat mir zuerst eine Liste mit acht Namen gegeben. Dreißig Sekunden später rückte er mit einer um drei Passagiere ergänzten raus.« Er griff in die Tasche. »Hier ist eine Kopie.«

Jen überflog das Blatt in Windeseile. Zwei Mr und Mrs Das dürften die beiden Hochzeitsreisepärchen vorne sein. Vier Frauennamen. Vermutlich die vier Freundinnen, die zusammen reisten und ihr im Flughafen von der wunderschönen Zeit auf den Bermudas vorgeschwärmt hatten. Und da standen sie – die drei letzten Namen: Hastings, Walter, Platz sechs; Clinton, Andrew, Platz neun; Carlson, August, Platz achtzehn. Jen schloss die Augen. Wenn Dick beschattet worden war, konnte jemand gesehen haben, wie er ihr die Zeitschrift zusteckte. Jemand könnte in letzter Minute den Flug gebucht haben, um ihr die Listen wieder abzunehmen. Aber wer?

Allan zupfte sie am Arm. »Die Zeichen sind abgeschaltet, Jen. Wie wär's, wenn du dem Captain 'ne Tasse Kaffee bringst? Ich verteile derweil die Zeitungen.«

Jen ging nach vorn in die Küche und machte die Tür zur Kabine sorgfältig hinter sich zu. In diesem winzigen Raum zwischen Kabine und Cockpit konnte sie in Ruhe kurz nachdenken. Wenn sie ihre Tasche hier versteckte, konnte kein Passagier herankommen, ohne sofort bemerkt zu werden. Wenn sie dann die Zubereitung des Dinners und Allan das Servieren übernahm, hätte sie fast während des ganzen Fluges die Möglichkeit, die Tasche im Auge zu behalten. Trotzdem sollte sie sich ein gutes Versteck dafür suchen, falls sich doch jemand heranschleichen und nach der Tasche fahnden sollte. Die Wandschränke für die Lebensmittel wären zu nahe liegend, kamen also nicht in Frage. Sie bückte sich und machte die Tür des schmalen dunklen Eisschranks auf.

Im untersten Fach, fast auf gleicher Höhe mit dem Fußboden, waren verschiedene Salate aufgereiht. Behutsam jonglierte sie die Tasche darüber hinweg und zwängte sie hinten ins Fach.

Befriedigt, sie außer Sicht gebracht zu haben, richtete sie sich auf und schloss die Kühlschranktür. Ihre Zufriedenheit verflog, als sie feststellte, dass sie wohl einen der Salate gestreift und sich dabei einen hässlichen Ölfleck am Ärmel eingehandelt hatte. Sie betupfte ihn mit einer Papierserviette, was es nur schlimmer machte, und beschloss, nicht mehr daran zu denken. Ihr fiel ein, dass der Captain immer noch auf seinen Kaffee wartete, sie holte eine Tasse heraus, betätigte die Maschine, warf zwei Stück Zucker hinein und ging ins Cockpit.

»Heiß, süß und schwarz, Captain«, sagte sie, um einen leichten Tonfall bemüht.

Evans reagierte nicht. Er fixierte sie; sein sonst so freundliches Gesicht war unbewegt, die Augen blieben kalt. »Ich fliege seit zwanzig Jahren, Jen, und eins habe ich nie durchgehen lassen – dass einer von meiner Crew den Start verzögert. Tut mir Leid, aber ich werde darüber schriftlich Meldung machen. Wenn das vorhin auf dem Flugplatz Ihr Freund war, so macht er einen netten Eindruck, aber was er Ihnen auch zu sagen hatte, es war bestimmt nicht wichtig genug, um die Maschine aufzuhalten.«

Es war wichtig genug, dachte Jen, entgegnete jedoch: »Entschuldigung, Sir. Ich hab nicht auf die Zeit geachtet.«

Als sie zurückkam, mixte Allan in der Küche Cocktails. Er drückte ihr den kleinen Notizblock, auf den er die Bestellungen gekritzelt hatte, in die Hand. »Könntest du das bitte zu Ende machen? Ich geh dann wieder rein und versuche, ein bisschen Papierkram zu erledigen.«

Jen nickte. Bei der Zubereitung der Cocktails hatte sie Gelegenheit, die Küche im Auge zu behalten, und beim Servieren konnte sie dann die Passagiere unter die Lupe nehmen. Vor allem die Spätbuchungen.

Sie machte die Drinks fertig, brachte sie in die Kabine und warf einen Blick auf Allans Notizen. Sie beugte sich zu den Hochzeitsreisenden in der ersten Reihe hinunter und hielt ihnen das Tablett hin. »Ich glaube, Sie wollten Daiquiris.«

Sie waren in ein leises, ernstes Gespräch vertieft und blickten verdutzt hoch. »Ach ja, vielen Dank.« Die junge Frau streckte die Hand aus, errötete und zog sie wieder zurück, als ihr Mann zwei Gläser vom Tablett nahm und ihr eins mit einer leichten Verbeugung reichte.

Jen lächelte. Die Bermudas waren vielleicht nicht das Schlechteste, wenn man Cocktails im Flugzeug trinken konnte und sie nicht servieren musste, und wenn man mit einem frisch gebackenen Ehemann Händchen haltend dasaß. Ein nett aussehender Junge, dachte sie, aber Dick mit seinem lockigen braunen Haar, dem unbekümmerten Lächeln und dem heiteren, gelassenen Auftreten war wesentlich attraktiver.

Jemand klopfte ihr auf die Schulter und riss sie aus ihren verliebten Träumereien. Der Erste Offizier stand neben ihr. »Der Captain sagt, Sie sollen die Passagiere zur Besichtigung der Kanzel schicken, Jen.«

Sie starrte ihn entgeistert an. Sie hatte völlig vergessen, dass Captain Evans die Passagiere jedes Mal nach vorn bat. Jetzt würde jeder Fluggast durch die Küche gehen. Aber wenn sie die Cocktails schnellstens servierte und sich dann gleich an die Vorbereitungen für das Dinner machte, könnte sie die Handtasche bewachen, während die Passagiere die Küche passierten.

Die Hochzeitsreisenden standen eilfertig auf. »Könnten wir als Erste gehen?«, fragte der junge Ehemann.

Der Erste Offizier antwortete für Jen. »Klar, kommen Sie mit.« Er steuerte auf die Küche zu, gefolgt von den beiden.

Jen verteilte die restlichen Drinks in Windeseile. Ihre Nerven vibrierten alarmiert – sie musste zurück in die Küche.

Die vier gemeinsam reisenden Frauen nahmen die Cocktails und bedankten sich überschwänglich. Endlich war das Tablett leer. Jen klemmte es sich unter den Arm und setzte sich in Bewegung, als Allan nach ihr rief. Sie ging nach hinten, wo er an dem kleinen Klappbrett arbeitete, das ihm als Schreibtisch diente. »Ich kann die zusätzlichen Zollerklärungen nicht finden, Jen. Sie sind nicht in der Aktenmappe.«

Jen stellte das Tablett ab und beugte sich über die Aktentasche. »Sie waren in diesem Fach hier, als wir herkamen.« Sie suchte wie besessen, denn sie wusste, dass Allan nicht ruhen würde, bis die Erklärungen gefunden waren. Die Hochzeitsreisenden waren zurück, und der Erste Offizier machte sich mit dem anderen jungen Paar auf den Weg zum Cockpit. Beim nächsten Mal würde er die drei einzelnen Männer mitnehmen. Ungeduldig kippte Jen sämtliche Papiere aus der Aktenmappe und sah sie fieberhaft durch. Die Zollerklärungen waren nicht dabei. Sie begann die Unterlagen zurückzustopfen, doch Allan gebot ihr scharf Einhalt: »Lass das, Jen. Leg die Papiere ordentlich zurück. Mir langt's so schon.«

Als sie alles wieder einsortiert hatte, geleitete der Erste Offizier das zweite junge Paar zurück. Sie beobachtete mit angehaltenem Atem, wie er die drei Nachzügler aufforderte, mit ihm ins Cockpit zu gehen.

Sie musterte Allans mürrisches Gesicht und traute sich nicht, ihn allein zu lassen. Ihre Blicke trafen sich. »Kannst du mal in meinem Mantel nachsehen? Vielleicht hab ich sie eingesteckt.«

Jen hastete zum Wandschrank, suchte und fand Allans Mantel, inspizierte sämtliche Taschen. Die vermissten Papiere steckten in der Innentasche. Sie warf sie ihm in den Schoß. »Da sind sie.«

»Ein Segen. Lies mir schnell mal die Passagierliste vor,

damit ich sehe, ob ich alle Erklärungen habe. Dann können wir mit dem Dinner anfangen.«

Jen gehorchte, obwohl sie ihn am liebsten erwürgt hätte. Als sie endlich fertig war, kamen die vier Frauen vom Cockpit zurück. Mittlerweile war jeder Passagier durch die Küche gegangen.

Als Jen durch den Gang sauste, wurde sie von einer der Frauen angehalten. »Ist das nicht etwas leichtsinnig, Miss, sämtliche Türen in der Küche offen stehen zu lassen? Ich hab mir den Strumpf am Kühlschrankgriff zerrissen.«

Jen starrte sie an, stürzte weiter in die Küche und knallte die Tür zur Kabine zu. Ein Chaos empfing sie. Alle Schranktüren waren offen, Lebensmittel waren in den Ausguss gefallen – und die Handtasche, die sie im Kühlschrank versteckt hatte, lag auf der Arbeitsplatte. Sie brauchte gar nicht hineinzuschauen, um sich zu überzeugen, dass die Zeitschrift mit den Listen verschwunden war.

Sie wankte, ihr war speiübel, als sie die Tasche abtastete und nachzudenken versuchte. Jemand hatte es geschafft, die Küche in größter Hast zu durchsuchen, und die Tasche im Kühlschrank gefunden. Der Betreffende, wer immer es gewesen war, wusste, dass sie den Verlust der Papiere entdecken musste, und würde alles daransetzen, nur ja keinen Verdacht zu erregen.

Mechanisch begann sie, die Küche aufzuräumen, zog dann die Ergänzungsliste aus der Tasche. Es musste einer von den drei Nachzüglern sein, Walter Hastings, Andrew Clinton oder August Carlson. Vielleicht hatte Bill, der Erste Offizier, gemerkt, dass einer der drei ihm nicht gleich ins Cockpit gefolgt war.

Der Flug wurde stürmischer. Jen hielt sich am Tisch des Navigationsoffiziers fest. Bill verließ gerade seinen Platz im Cockpit. Er lächelte ihr zu. »War kaum der Mühe wert, die Leute für die Minute herzulotsen. Der Captain kriegte 'ne Durchsage, dass wir 'ne Schlechtwetterzone anfliegen, und hat mich angewiesen, sie fix durchzuschleusen. Ich fürchte, ich hab's übertrieben. Beim letzten Mal hab ich die Männer hier gelassen und rasch die vier Frauen geholt. In der Küche sind dann beide Gruppen zusammengestoßen, und da haben dann wirklich nicht alle reingepasst, das können Sie mir glauben.«

Jen wandte sich wortlos ab. Wenn Bill die Männer allein gelassen hatte, war es sinnlos, ihn zu fragen, wer von ihnen eventuell zurückgeblieben war. Sie musste den Dieb selber ausfindig machen, und dafür hatte sie nur wenig Zeit. Das Flugzeug geriet in Schräglage, und sie stemmte sich gegen die Tür. Sie schloss die Augen und sah Dicks Gesicht vor sich – und, noch schärfer, seinen Ausdruck, als er ihr die Zeitschrift gab: »Erinnerst du dich noch an den Flugzeugträger, der zu Ende des Koreakrieges verschwand?«

Sie unterdrückte ein Schluchzen. Du hast dieser Papiere wegen dein Leben in Gefahr gebracht, Dick, dachte sie. Du hast sie mir anvertraut, und noch nicht mal eine Stunde später habe ich sie verloren. Für die Familien dieser jungen Männer würde es am nächsten Morgen keine Schlagzeilen zu studieren geben, keine Namenslisten, die ihrer Angst und Verzweiflung ein Ende machten. Dafür hatte sie jetzt gesorgt. Aber sie durfte sie nicht im Stich lassen – nicht Dick, nicht all diese Menschen, nicht all diese Jungen, für die sich nach genauer Kenntnis ihrer Situation vielleicht eine Lösung finden ließ. Sie musste die Liste zurückbekommen, und dafür blieben ihr genau zwei Stunden.

Ungeduldig wischte sie sich die Tränen aus den Augen. Hastings, Clinton, Carlson – sie versuchte, sich den Eindruck ins Gedächtnis zurückzurufen, den sie von jedem beim Servieren der Cocktails gewonnen hatte.

Hastings auf Platz sechs – hoch gewachsen, ziemlich dünn, graues Haar, Schnurrbart, Brille, ungefähr dreiundfünfzig. Er war in den Wirtschaftsteil der *Times* vertieft und hatte sie nicht gehört, als sie ihm den Drink offerierte. Dann hatte er gelacht und sich entschuldigt. »Immer wenn ich mir einen Urlaub genehmige, schaue ich keine Zeitung an, aber kaum bin ich auf der Heimreise, muss ich einfach anfangen, das Versäumte aufzuholen.« Jen erinnerte sich, dass er auf sie wie ein Geschäftsmann aus der Chefetage gewirkt hatte, mit Flugzeugen bestens vertraut.

Clinton hatte einen Manhattan bestellt, sich bei ihr bedankt und ihn rasch getrunken mit dem Kommentar: »Den kann ich brauchen. Ich hab gerade die Nachricht bekommen, dass mein Vater letzte Nacht einen Herzanfall hatte.« Der hoffnungsvolle Sprössling aus gutem Hause, befand Jen. Sehr gut aussehend, sonnengebräunt, blond, vortrefflich angezogen – leichter blauer Anzug und kostspielige Krawatte. Er wirkte jung, etwa fünfundzwanzig, wie ein Absolvent der Ivy League, in dessen Garage ein Kombi und ein Jaguar nebeneinander geparkt sind.

Carlson, dunkelhaarig, untersetzt, ungefähr zweiundvierzig, fühlte sich anscheinend im Flugzeug nicht behaglich und erklärte schüchtern, er habe seinen Sohn besucht, der in einem Hotel auf den Bermudas arbeite.

Jen grub die Fingernägel in die geballten Fäuste bei dem Gedanken, dass alle drei völlig in Ordnung zu sein schienen und genau dem entsprachen, was sie zu sein behaupteten – Geschäftsmann, Sohn aus begütertem Hause, Lebensmittelverkäufer. Doch einer von ihnen log – wer?

Die Tür zur Kabine öffnete sich, sie trat beiseite, um Allan Platz zu machen. Nach erledigter Schreibarbeit sah er viel fröhlicher aus. »Wie wär's, Jen, wenn du die Küche übernimmst und ich das Dinner serviere? Solltest du wirklich ernste Absichten mit dem Reporter haben, könntest du ruhig schon mal lernen, wie man Mahlzeiten herzaubert. Immer nur Tabletts zu tragen bringt nichts.«

Jen überlegte blitzschnell. Sie *musste* das Dinner servieren. Wenn sie sich die nächste Stunde oder noch länger in der Küche aufhielt, versäumte sie jede Gelegenheit, herauszufinden, wer die Zeitschrift hatte. Bei der Suche nach einer plausiblen Ausrede für Allan fiel ihr nichts Besseres ein, als Kopfschmerzen vorzuschützen. Sie rieb sich die Stirn. »Würde es dir sehr viel ausmachen, die Küche zu übernehmen, Allan? Mein Schädel zerspringt. Bei unserem nächsten gemeinsamen Flug revanchiere ich mich dann bestimmt.«

Allan musterte sie besorgt. »Klar, Kleines. Mir ist das egal. Du siehst ziemlich miesepetrig aus. Wenn du dich 'ne Weile hinlegen willst, kann ich das Essen auch allein über die Runden kriegen.«

»Ach nein – nein. Ich bin bloß mit der Küche überfordert. Aber es ist lieb von dir, das vorzuschlagen.«

Er klopfte ihr auf die Schulter. »Ich bin eben ein sehr gefälliger Typ. Außerdem hatte ich schon immer 'ne Schwäche für Brünette. Hör mal, Jen, Zeitungsreporter sind sehr unzuverlässig. Sie haben nicht halb so viel zu bieten wie Chefstewards. Oder bin ich mit meinen Ausführungen zu spät dran?«

Jen lächelte. »Es ist erstens zu spät, und zweitens meinst du's sowieso nicht ernst.«

Allan setzte seine reumütige Miene auf, und Jen wusste, was nun kommen würde. Allan hielt sich für einen Frauenkenner und den begehrenswertesten Junggesellen weit und breit. Sie musste schleunigst abhauen.

Der Retter in der Not erschien in der Tür zum Cockpit:

Bill brachte die Karte mit der eingezeichneten Flugroute. »Hier, Kinder, zeigt den Leuten, wo wir sind.«

Jen entriss ihm die Karte. »Ich mach das schon.« Sie stürmte in die Kabine, bevor Allan sie zurückhalten konnte. Sie begann bei den Hochzeitsreisenden mit dem üblichen Spruch. »Vielleicht möchten Sie einen Blick auf den Flugplan werfen. Er zeigt unseren Kurs, die Geschwindigkeit, die Flughöhe, die Windstärke. Das X markiert unsere jetzige Position.«

Sie hätte sie um Weitergabe an die Passagiere hinter ihnen bitten können: Stattdessen wartete sie mit äußerster Anspannung, bis sie fertig waren und sie die Karte den drei Männern bringen konnte.

Sie gab sie Walter Hastings, dem Geschäftsmann aus der Chefetage, und beobachtete ihn nervös, während er sie durchsah. Er hatte als einziges Handgepäck eine Aktentasche dabei, die jetzt mit geöffnetem Reißverschluss neben ihm am Boden lag. Ein paar Papiere hatte er entnommen und auf dem Schoß ausgebreitet. Die Zeitschrift mit den Listen könnte sich sehr wohl in der Aktenmappe befinden, aber würde er es in dem Fall riskieren, sie offen zu lassen? Oder war er schuldig und spielte nur den Vielbeschäftigten, der sich gleich wieder in die Arbeit stürzt? Er gab ihr die Karte mit einem gemurmelten Dankeschön zurück.

Sie ging weiter zu Andrew Clinton. Er schüttelte abwehrend den Kopf, als sie ihm die Karte in die Hand drücken wollte. »Nein, vielen Dank. Ich glaube Ihnen auch so aufs Wort.« Er zündete sich eine Zigarette an und wollte ihr ebenfalls eine anbieten. Sie lehnte ab, und er nickte. »Richtig. Sie dürfen ja im Dienst nicht rauchen, stimmt's?« Er hatte blaue Augen mit kleinen braunen Punkten um die Pupille. Er war wirklich attraktiv, befand Jen; ihr gefiel sein flott geschnittener Anzug, die Hose mit der tadellosen Bügelfalte, die den heißen Nachmittag auf den Bermudas unbeschadet überstanden hatte, die makellos weißen Schuhe. Einmal hatte sie Dick seinen zerknitterten Anzug vorgeworfen und zur Antwort bekommen, gerade das gäbe ihm doch einen gewissen jungenhaften Charme.

Mit einem Ruck war sie wieder bei der Sache. Sie musste diesen jungen Mann irgendwie prüfen, versuchen, sich ein Bild von ihm zu machen. Ihr fiel sein Vater ein, der angeblich einen Herzanfall erlitten hatte. »Sie sind doch sicher schrecklich in Sorge um Ihren Vater.«

Er nickte. »Ich werde den Gedanken nicht los, dass es nicht passiert wäre, wenn ich mich ein bisschen mehr ums Geschäft gekümmert und *er* stattdessen Urlaub genommen hätte. Aber ich sollte Sie nicht mit meinen Sorgen behelligen.«

»Das tun Sie keineswegs«, entgegnete Jen. »Versuchen Sie, nicht so viel zu grübeln. Vielleicht ist es gar nicht so schlimm, wie sich das Telegramm anhörte.«

Sie setzte ihren Rundgang fort. Wieder eine Niete, dachte sie. Der besorgte Sohn, der sich Vorwürfe macht, weil er Urlaub genommen hat, während sich sein Vater totarbeitet. Sie blickte zurück und bemerkte eine kleine Reißverschlusstasche, wie sie die Fluggesellschaft an die Passagiere ausgab, im Gepäcknetz über Andrew Clintons Platz. Sie fragte sich, wenn er die Zeitschrift hätte, würde er es dann riskieren, die Tasche dort zu deponieren? Sie schüttelte verzweifelt den Kopf. Beide, er und Hastings, wirkten so vertrauenswürdig. Vielleicht Carlson …

Sie stand vor ihm, hielt ihm die Karte hin. Der dunkelhaarige Mann in dem offenbar viel zu schweren Anzug und den blitzblank gewienerten Schuhen blickte ratlos auf die Karte, doch als sie ihm den Zweck erläuterte, griff er beflissen danach. »Mein Sohn kennt sich mit all diesen

Sachen aus. Er arbeitet im Princess Hotel. Eines Tages wird er's dort zum Oberkellner bringen.« Er legte die Karte auf die Knie, zog umständlich seine Brieftasche heraus und entnahm ihr ein Foto, das eine jüngere Ausgabe von ihm zeigte. »So sieht er in der Uniform aus.«

Jen betrachtete das Foto. »Er ist Ihnen wie aus dem Gesicht geschnitten.«

Der kleine Mann reckte sich stolz. »Das sagt jeder. Er hat mir das Geld für die Reise geschickt und einen Brief dazu geschrieben.« Er holte ihn hervor. »Papa, mach den Laden dicht und komm zwei Wochen her. Hier unten ist's wie im Paradies.«

Brief und Foto wurden wieder verstaut, die Flugkarte an Jen ausgehändigt.

Abermals ein offensichtlicher Fehlschlag. Dieser Passagier hatte eine abgewetzte schwarze Tasche, die unter dem Sitz hervorragte. Vielleicht waren die Listen darin versteckt, und er spielte nur etwas penetrant den stolzen Vater; aber höchstwahrscheinlich enthielt die Tasche billige Souvenirs für seine Freunde daheim.

Sie beendete rasch ihre Runde bei den übrigen Passagieren, ging dann zum Wasserbehälter und schenkte sich ein Glas ein. Die Zeit verrann. Jede Propellerdrehung brachte das Flugzeug näher nach New York, und sie hatte immer noch keinen bestimmten Verdacht, welcher von den dreien der Dieb war. Dicks Gesicht verfolgte sie. Und all diese namenlosen Menschen, deren Angehörige auf dem Flugzeugträger gewesen waren, schienen sie anklagend zu umringen.

Sie wollte losschreien: Bitte, lieber Gott, hilf mir! Sie trank das Wasser und schaute nach vorn. Allan hatte die obere Hälfte der Küchentür geöffnet, während die untere zum Abstellen der Tabletts diente.

Jen ging nach hinten, kämmte sich die Haare, zog die

Lippen nach und wusch sich die Hände. Angewidert betrachtete sie den Ölfleck am Ärmel, doch dann erhellte sich ihre Miene. Sie erinnerte sich, wie vorsichtig sie hantiert hatte, als sie ihre Tasche im Kühlschrank versteckte, wie sie unbedingt vermeiden wollte, mit dem Salat in Berührung zu kommen – und trotzdem hatte sie den Fleck am Ärmel. Wer immer nach ihrer Tasche gesucht hatte, musste sie sekundenschnell herausgeholt und die Papiere entnommen haben. Ihm war keine Zeit zur Vorsicht geblieben, sodass er sich sehr wohl auch einen Fleck am Ärmel eingehandelt haben könnte. Es war nur eine winzige Chance, ein schwacher Hoffnungsschimmer, aber der erste greifbare Hinweis, der sich bot.

Hastings, der Banker, hatte sein Jackett ausgezogen und zusammengefaltet unter die ringsum verstreuten Papiere gelegt. Gab es dafür einen Grund?

Andrew Clinton hatte ihr eine Zigarette angeboten, wobei seine linke Hand auf der Armlehne ruhte. Wusste er von dem Fleck am Ärmel, der bei seiner untadelig eleganten Erscheinung garantiert auffallen würde?

Carlson hatte die Flugkarte auf den Schoß gelegt, als er nach seiner Brieftasche angelte. Wäre es nicht viel natürlicher gewesen, sie in der einen Hand zu halten und mit der anderen die Brieftasche herauszuholen?

Jen eilte aus dem Waschraum, zog die Tür entschlossen hinter sich zu. So oder so, sie musste unbedingt die Unterseite der Jackenärmel von allen drei Männern sehen.

Auf dem unteren Teil der Küchentür thronte ein volles Tablett. Allan hatte das Dinner fertig. Sie flitzte den Gang hinunter und schnappte sich das Tablett. Allan war nicht mehr zu Scherzen aufgelegt. Er blickte vom Herd hoch, aus dem er die dampfenden Gerichte herauszog, und fuhr sie leise an: »Was, zum Teufel, ist eigentlich mit dir los?

Du weißt doch genau, dass alles zu Mus wird, wenn es abkühlt, aber du verschwindest einfach spurlos, wenn ich mit dem Dinner fertig bin.«

Jen begann unverzüglich, die Tabletts zu verteilen. Als sie zu Hastings kam, waren keine Papiere mehr zu sehen, seine Aktenmappe stand geschlossen auf seinem Sitz, und er hatte das Jackett angezogen. Er griff mit beiden Händen nach dem Tablett, und auf beiden Ärmeln war keine Spur von einem Fleck. Von Kopf bis Fuß der wohlerzogene Geschäftsmann, der ordentlich aufräumte, bevor er sich zum Dinner setzte.

Jen war erregt. Wenn ihre Vermutung stimmte, konnte sie Hastings von ihrer Liste der Verdächtigen streichen.

Andrew Clinton war der Nächste. Doch als sie ihm das Tablett anbot, schüttelte er den Kopf. »Nein, vielen Dank. Ich könnte keinen Bissen runterbringen.« Jen blieb nichts anderes übrig, als das Tablett einer der vier Frauen zu reichen, die sagte: »Das sieht ja köstlich aus!«

Nun war Carlson an der Reihe. Er langte mit der rechten Hand nach dem Tablett, sodass Jen die Unterseite des Ärmels sehen konnte, die fleckenlos war. Sie wollte kehrtmachen, dann sagte sie: »Ach herrje, ich glaube, Ihr Kaffee ist übergeschwappt. Hoffentlich hat Ihr Ärmel nichts abbekommen.« Sie beugte sich herunter, zog die linke Hand hoch und untersuchte den Ärmel gründlich. Wiederum Fehlanzeige.

Sie ging nach vorn in die Küche, um der Crew das Dinner zu servieren. Wenn sie mit ihrer Vorahnung richtig lag, musste Andrew Clinton Jr., der angeblich besorgte Sohn, die Papiere gestohlen haben. Als sie die Crew bedient hatte, stellte sie zwei Tassen dampfenden Kaffees, eine kleine Zuckerdose und ein Sahnekännchen auf ein Tablett.

Clinton schaute aus dem Fenster und drehte sich verdutzt um, als sie sich neben ihm niederließ. Mit einem unschuldigen Augenaufschlag erklärte sie lächelnd: »Ein Schluck Kaffee tut Ihnen bestimmt gut. Und vielleicht lenkt es Sie auch ein bisschen ab, wenn Sie mit jemand reden. Falls Sie nichts dagegen haben, trinke ich meinen Kaffee hier bei Ihnen.«

Ihm blieb gar nichts anderes übrig, als ihr Angebot anzunehmen. Sie registrierte, dass er vorsichtig mit der Linken nach der Tasse griff, die Rechte in den Schoß legte und Sahne und Zucker ablehnte. Entweder trinkt er ihn gern schwarz, überlegte sie, oder er möchte nicht mit der anderen Hand nach der Sahne langen.

Sie schwatzte ziellos auf ihn ein. Sie schwärmte von London – ob er schon mal dort gewesen war? Nachtflüge hatten immer etwas Aufregendes. Dann brach sie ab. »Ist das nicht eine fantastische Wolkenbank?« Er blickte auf, als sie mit der Kaffeetasse in der Hand auf den Himmel deutete. Absichtlich hielt sie die Tasse schräg, sodass ein paar Tropfen auf seine rechte Hand fielen. Fluchend zog er sie weg, ließ sie dann wieder auf sein Knie sinken – doch vorher hatte Jen den Fleck auf der Unterseite des rechten Ärmels gesehen.

Ich darf ihn nicht merken lassen, dass ich Bescheid weiß, schoss es Jen durch den Kopf; er würde eher die Papiere vernichten, als sie bei sich zu tragen, wenn er sicher wäre, dass sie ihn durchschaut hatte. Sie kümmerte sich nicht um seinen Ärmel, zog ihr Taschentuch heraus und tupfte ihm behutsam die Hand ab.

»Es tut mir schrecklich Leid.« Die paar Worte atemlos zu stammeln fiel ihr leicht. Sie sah ihm ins Gesicht. Die Augen blickten wütend, abwägend, aber als sie sich unentwegt entschuldigte, wurden sie ruhiger, besänftigt.

»Ist doch wirklich nicht der Rede wert«, sagte er. »Bitte regen Sie sich nicht so auf.«

»Sie sind furchtbar nett«, stotterte sie. »Ich bin ein Tollpatsch. Bitte lassen Sie das nicht die Fluggesellschaft entgelten.«

Auf dem Weg nach vorn begann sie die leeren Tabletts einzusammeln. Die Erleichterung, den Dieb der Unterlagen ausfindig gemacht zu haben, verflog, als ihr klar wurde, dass sie das Schlimmste noch vor sich hatte: sie zurückzubekommen. Die Zeitschrift musste in der kleinen Tasche im Gepäcknetz über Clintons Sitz sein.

Mechanisch deponierte sie die Tabletts in der Küche und ging den nächsten Schub holen. Wenn Clinton sich sicher fühlte, könnte sie ihn vielleicht überrumpeln. Aber wie? Dick wüsste bestimmt einen Weg.

Dick – schon der Gedanke an seinen Namen war ein Lichtblick, brachte Trost. »In ein paar Tagen mache ich dir einen förmlichen Antrag«, hatte er gesagt. Ob er das auch täte, wenn sie versagt hatte, als er sie am nötigsten brauchte?

Sie brachte die letzten Tabletts in die Küche. Allan hatte inzwischen aufgeräumt und warf den Abfall in Müllbeutel. »He, Jen, hast du am Flugplatz irgendwelche Einkäufe gemacht?«, erkundigte er sich, während er alles noch einmal nachpolierte. »Ich muss die Unterlagen für den Zoll fertig machen.«

»Zoll!« Jen klammerte sich an das Wort. Gab es eine Möglichkeit, die Zeitschrift beim Zoll zurückzubekommen? Das war die einzige Stelle, wo Clinton seine Tasche öffnen musste. Wie könnte sie es deichseln, dass sie ihn dort festhielten? Sie dachte an den Ring, den Dick ihr gegeben hatte. Er hatte offenbar nicht daran gedacht, dass sie ihn deklarieren musste. Allan sollte nichts von einem Verlobungsring erfahren – er würde das garantiert der Crew weitererzählen, und das konnte sie jetzt wirklich nicht brauchen.

»Ich hab was mitgenommen«, informierte sie ihn. »Lass mir bitte das Formular da, ja?«

»Klar.« Allan zog eins aus der Tasche. »Aber wie du zwei Tage vor Ultimo noch Einkäufe machen kannst, ist mir schleierhaft.«

Jen ging zurück in die Kabine, setzte sich und begann das Formular auszufüllen.

›Ein Diamantring, Wert ...‹ Sie hielt inne. Sie hatte keine Ahnung. was der Ring gekostet haben mochte, und besaß auch keinerlei Quittung. Wenn sie das zu erklären versuchte, würde sie vermutlich in die Klemme geraten.

Eine Idee nahm allmählich Gestalt an, sodass sie den Füller weglegte und das Formular zerriss. Es war weit hergeholt, eine winzige Chance, die einzige. Sie ging nach hinten zur Kleiderablage und suchte einen leichten Trenchcoat heraus, der mit einer ›9‹ markiert war. Andrew Clintons Mantel. Langsam nahm sie ihn heraus.

Sie war gerade fertig, als der Summer ertönte. Ein Glas Wasser für eine der Damen, dann noch eins. Allan kam aus der Küche zurück. »Noch fünf Minuten, Jen. Fang lieber schon an, die Mäntel auszugeben.«

Sie verteilte sie wie betäubt, versuchte verzweifelt, sich auf die nächsten Schritte zu konzentrieren. Sie musste sie zeitlich genau koordinieren. Eine falsche Geste Clinton gegenüber, und sie hätte verspielt. Wieder sehnte sie Dick herbei. Er könnte das Ganze so viel besser handhaben. »Jen, Darling.« Würde er das jemals wieder sagen, wenn sie ihn jetzt enttäuschte?

Sie gab die kurzen, gerade geschnittenen Mäntel an die Frauen aus, einen hellen Staubmantel an Hastings, den hellbraunen Trenchcoat an Andrew Clinton. Sie stand vor ihm, ließ den zusammengefalteten Mantel rasch auf den leeren Platz neben ihm fallen. Die Tasche hatte er fest unter den Arm geklemmt, registrierte sie.

»Was macht Ihre Hand, Mr Clinton?«, erkundigte sie sich. »Tut sie weh?«

»Kein bisschen. Sie waren wirklich sehr freundlich. Allmählich fange ich an zu glauben, dass mein Vater wieder gesund wird.«

»Das freut mich. Nichts ist schrecklicher als Ungewissheit, finden Sie nicht?« Sie biss sich auf die Lippen wegen dieser doppelsinnigen Bemerkung.

›Bitte anschnallen!‹ – signalisierte die Leuchtschrift. Tief unten funkelten die Lichter von New York, die vertraute Silhouette hieß sie willkommen. Jen schaltete das Mikrophon ein.

»Bitte schnallen Sie Ihren Sitzgurt fest und machen Sie Ihre Zigaretten aus. Wir hoffen, Sie hatten einen angenehmen Flug, und würden uns freuen, Sie bald wieder an Bord begrüßen zu können.«

Sie ließ sich neben Allan nieder. Noch zehn Minuten und dann wüsste sie, ob die Angehörigen am nächsten Morgen etwas über das Schicksal der Jungen erfahren würden.

Allan gab ihr einen Stups. »Gehen wir, Kindchen. Und darf ich mir die Bemerkung erlauben, dass unser letzter gemeinsamer Flug auf dieser Route ein reiner Horrortrip war? Du warst die ganze Zeit geistig weggetreten.«

Er öffnete die Außentür, und der scharfe Aprilwind blies herein, machte den warmen Sonnenschein auf den Bermudas zur fernen Erinnerung. Jen geleitete die Passagiere über die Gangway und das Rollfeld.

Der Raum der Zollabfertigung war hell, karg und leer, bis auf die müden, gelangweilten Männer hinter dem Schreibtisch. Sie warfen kaum einen Blick auf das Gepäck der Crew und winkten sie weiter. Jen gab ein leeres Formular ab, trat einen Schritt zurück, zog sich umständlich den Mantel an, setzte den Hut auf und verzögerte ihren Abgang auf jede mögliche Weise.

Hastings war der erste Passagier, der abgefertigt wurde. Der Zollbeamte machte seinen Koffer auf, inspizierte den Inhalt oberflächlich und schloss ihn wieder.

Andrew Clinton kam als Nächster. Ein Seitenblick streifte Jen, dann lächelte er den Zollbeamten an. »Ich habe nur einmal Wäsche zum Wechseln und mein Rasierzeug dabei. Ich wurde wegen einer Erkrankung zurückgerufen. Mein Gepäck wird nachgeschickt.«

Der Inspektor öffnete den Reißverschluss und leerte die Tasche. Ein Rasierapparat landete auf dem Tisch, gefolgt von einer Zeitschrift. Jen starrte auf das Magazin. Clinton deckte es mit einer nonchalanten Handbewegung zu. Jetzt musste sie in Aktion treten.

»Warum erwähnen Sie den Diamantring in Ihrem Mantelfutter mit keinem Wort, Mr Clinton?«, fragte sie.

Er fuhr herum, sein Gesicht war feuerrot. »Was für ein Diamantring?«

Der Zollinspektor sah gar nicht mehr gelangweilt drein. Er fixierte Clinton scharf, dann Jen. Sie blickte ihn offen an. »Ich habe Mr Clinton diese Zeitschrift geliehen«, erklärte sie. »Von denen, die wir an Bord hatten, interessierte ihn keine. Als ich sie mir zurückholen wollte, sah ich ihn einen Diamantring betrachten. Ich wusste, dass er ihn nicht deklariert hatte, und beobachtete, wie er mit seinem Rasierer ein Loch in die Tasche seines Regenmantels schlitzte und den Ring ins Futter steckte.«

Clinton hatte die Hand von der Zeitschrift genommen. Jen schnappte sie sich, während die Zollbeamten ihn in Schach hielten. Sie machte kehrt und stürzte hinaus, als sie einen sagen hörte: »Sachte, Junge, lassen Sie Ihre Wut nicht an dem Mädchen aus. Sie müssten doch eigentlich wissen, dass es nichts bringt, wenn man den Zoll zu betrügen versucht.«

Der Fahrstuhl im Globe-Gebäude hielt im fünften Stock. Jen stieg aus und wurde an den Schultern gepackt. Ein Mann mit eisengrauem Haar und rotem, angstgequältem Gesicht musterte sie. »Haben Sie die Liste?«

Sie nickte schwach. Er ließ die Hände sinken und ergriff die Zeitschrift, die sie ihm hinhielt. »Gott sei Dank. Dick ist am Telefon. Seit einer halben Stunde blockiert er die Leitung, krank vor Sorge. Es steht fest, dass man Ihnen gefolgt ist, sagte er. Hatten Sie Schwierigkeiten?«

»Ist Dick noch am Apparat?«, fragte Jen.

Er zeigte auf ein Telefon, dessen Hörer auf dem Schreibtisch lag. »Da drüben.« Er sauste inzwischen zu einem Botenjungen. »Sag Charlie, die beiden ersten Seiten werden neu gesetzt!«

Jen nahm schwach den Hörer auf, flüsterte Dicks Namen. Von weit her antwortete seine Stimme: »Jen, Darling, in meinem ganzen Leben hab ich noch nie solche Angst ausgestanden. Bist du in Ordnung?«

»Es war ziemlich schlimm, aber alles ist gut ausgegangen, Dick. Ich hab deinem Chefredakteur die Listen gegeben.«

Über ein paar tausend Kilometer hinweg hörte sie ihn tief aufseufzen. »Darling, steck den Ring jetzt gleich an«, sagte er. »Du kriegst keinen formellen Heiratsantrag und keine Chance, ihn zurückzugeben.«

Der Ring – ein blau-weißes Funkeln. Jen spürte heiße Tränen auf den Wangen. »Dick, ich hab den Ring verloren. Es war die einzige Möglichkeit. Entweder die Listen oder das.«

Der Hörer wurde ihr aus der Hand genommen. Der Chefredakteur sprach in die Muschel.

»Spring in die nächste Maschine, Dick. Wir gehen dann alle zusammen einen neuen kaufen.«

Schönheitswettbewerb im Buckingham-Palast

Sir Winston saß geduldig auf der Sonnenterrasse seiner Villa an der Riviera und wartete, dass der ehrerbietige Reporter ihm vis-à-vis beginnen würde, ihn über den soeben erschienenen sechsten Band seiner Memoiren zu befragen, der die letzten vierzig Jahre des 20. Jahrhunderts umfasste.

Ihm war ein wenig kalt, und er drehte am Knopf seines Sessels, wodurch die Sonnenstrahlen stärker in seine Richtung gelenkt wurden. »Die Idee stammt von der so genannten Heizdecke«, erklärte er dem Reporter. »Ach, Unsinn, wahrscheinlich ist Ihnen auch das kein Begriff.« Er kaute an seiner Zigarre, überlegte, dass man mit 146 Jahren darauf achten musste, nicht auf Ereignisse oder Gegenstände zu verweisen, die mehr als zwei Generationen zurückdatierten. Sonst dachten die Leute womöglich, man wäre nicht mehr auf der Höhe der Zeit.

»Sir Winston«, sagte der Reporter und zückte den Bleistift, »ich habe jeden Band Ihrer Memoiren gelesen, bis auf den neuen. Wenn Sie nun auf Ihr langes, erfülltes Leben zurückblicken, welchen Moment halten Sie für Ihre größte Bewährungsprobe? Wann traten Ihrer Meinung nach Ihre Führungsqualitäten und Ihr taktisches Geschick am deutlichsten in Erscheinung? War es während Englands Sternstunden im Zweiten Weltkrieg? Oder vielleicht, als Sie den Streit zwischen Russland und den Vereinigten Staaten schlichteten, die sich wegen der Mondrückseite partout nicht einigen konnten? Oder …«

Sir Winston hob langsam die Hand. »Mein Sohn, keine dieser schrecklichen Zeiten hat mein Blut so erstarren lassen wie jene Nacht anno 1961, in der die exklusivste Schönheitskonkurrenz des 20. Jahrhunderts stattfand.«

Er trank einen Schluck Brandy, der Gedanke daran machte ihn schaudern. »Das war während der ersten Regierungszeit von Elizabeth II.«, sagte er. »Jacqueline Kennedy saß in den Vereinigten Staaten im Weißen Haus – als First Lady natürlich, nicht als Präsidentin. Die erste Präsidentenwahl, bei der eine Frau gewann, fand erst fast ein Vierteljahrhundert später statt. Fabiola von Belgien war jung verheiratet. Fürstin Gracia Patricia von Monaco war für ihre Schönheit berühmt. Sirikit von Thailand und Farah Diba aus dem Iran – na ja, irgendjemand äußerte die Ansicht, Schönheit sei völkerverbindend, und schlug auf dieser Basis ein internationales Treffen vor, und aus alldem entwickelte sich ein Schönheitswettbewerb zwischen den genannten Damen. Als Richter fungierten Chruschtschow aus der Sowjetunion, Nehru aus Indien und de Gaulle aus Frankreich. Ich spürte es in den Knochen, dass das ein halsbrecherischer Drahtseilakt würde, aber niemand glaubte mir; und da diese Damen in Begleitung ihrer Ehemänner erscheinen sollten, bot sich obendrein die Gelegenheit zu einem inoffiziellen Gipfeltreffen.«

Er griff wieder zum Brandy. »Also wurde als erster Preis eine Medaille angefertigt – eine Miniaturweltkarte, die Ländergrenzen mit Edelsteinen markiert – Schätzwert eine Million Pfund. Ich war Zeremonienmeister, und die *Times* titulierte mich ›Sir Bert Parks‹ – den Grund dafür habe ich nie herausgefunden. Jemand hatte eine schauderhafte Hymne für die Siegerin komponiert. Nach monatelangen Vorbereitungen war alles fertig. Der Ballsaal im Buckingham-Palast war hergerichtet. Einladungen wurden an die *crème de la crème* verschickt, und die Teilnehmer kamen in ihren Jets angeflogen. Und was Jets eigentlich sind, wissen Sie vermutlich auch nicht mehr.«

Sir Winston lehnte sich im Sessel zurück und schloss die Augen. »Es kommt mir vor, als wär's gestern gewesen«, sagte er.

Der Reporter wartete respektvoll. Er war natürlich genau im Bilde über den Schönheitswettbewerb. Er hatte Bände darüber gelesen. Wer nicht? Es galt als Sir Winstons Meisterstück.

Die Teilnehmerinnen standen in den Seitenflügeln bereit, um dann den überfüllten Ballsaal zu durchqueren. Die versammelten Damen trugen Haute-Couture-Modelle und Diademe, bei den Herren galt Frackzwang. Der große Saal war reich mit Blumen dekoriert. Als Sir Winston die erste Teilnehmerin ankündigte, intonierte das Orchester die ersten Takte von *Glanz und Glorie.* Das Publikum applaudierte nicht. Es verneigte sich.

Im schimmernden aprikosenfarbenen Satinkleid, an ihrem weißen Hals, den schlanken Händen und im kastanienbraunen Haar funkelnde Juwelen im Wert von einer Million Dollar, schritt sie durch den Raum – Ihre Majestät Elizabeth II. von Gottes Gnaden, Königin von Großbritannien und Nordirland, Oberhaupt des Commonwealth, Verteidigerin des Glaubens. Sie lächelte dem Publikum verwirrt zu, grüßte mit der gewohnten Geste und nahm ihren Platz auf dem Podium ein.

Sie nahm zum ersten Mal an einer Schönheitskonkurrenz teil und verbarg ihre Nervosität hinter der königlichen Fassade; dennoch stellte sie sich die Frage, ob es ihr wohl gelingen würde, der stattlichen Reihe ihrer Titel einen weiteren hinzuzufügen – »schönste First Lady der

Welt«. Natürlich trat sie gegen so beachtliche Konkurrentinnen an wie Gracia Patricia von Monaco, Jackie aus den Kolonien, Sirikit von Thailand, Farah Diba aus dem Iran und Fabiola von Belgien. Aber andererseits hatte sie einen weiten Weg zurückgelegt von jener eingeschüchterten Braut, die ihre ausladenden Formen irgendwie in das brave lavendelblaue Reisekostüm zwängen musste, eine Kreation von Norman Hartnell. Der liebe Norman. Er muss nicht ganz bei Sinnen gewesen sein, als er diese Farbe vorschlug, sie hatte keineswegs wie die Erbin des Empire ausgesehen, sondern wie das ramponierte Empire selbst.

Sie warf einen raschen Blick auf die erste Reihe, wo die bedeutendsten Würdenträger platziert waren. Philip lächelte. Seine Augen hatten einen zufriedenen Ausdruck, also musste sie optimal aussehen. Sie hatte ihm beinahe verziehen, wie er sie an jenem Tag, kurz nach der Geburt von Charles, so merkwürdig gemustert und dann gesagt hatte: »Meine Liebe, bald kannst du mit deiner Mummy die Kleider tauschen.« Selbstverständlich hatte sie es ihm heimgezahlt und auf seinen Kommentar über ihre dahinschwindende Taille gekontert: »Umso besser passt sie zu deinem Haaransatz, mein Schatz.« Es hatte ihm jedenfalls nichts ausgemacht. Wirklich nett zu spüren, dass er stolz auf sie war.

»Du bist eine ganz tolle Queen, Liebling, wahrscheinlich, weil du solchen Spaß daran hast.« Nun, das war *ihre* Sache, daran gab's nichts zu rütteln.

Aufregung und Bewunderung flauten ab, das Publikum wartete atemlos auf die nächste Teilnehmerin. Die anwesenden Engländer betrachteten den Wettbewerb selbstverständlich bereits als beendet. Elizabeth hatte sich selbst übertroffen. Es waren nicht nur diese unwahrscheinlich blauen Augen, der makellose Teint, das glänzende Haar.

Die Frau besaß Präsenz – Ausstrahlung, nicht wahr. Zur Königin ist man eben geboren …

Sir Winston sah im Programm nach, bevor er die nächste Teilnehmerin ankündigte. Nicht, dass er das nötig hatte. Meine Güte, das war eine heiße Diskussion gewesen, als sie die Reihenfolge zu bestimmen versuchten. Zum Glück hatte Attlee dann den Vorschlag gemacht, dass Elizabeth als Gastgeberin den Anfang bilden sollte, während die anderen je nach Dauer ihrer Regierungszeit platziert wurden. Keine heikle Altersfrage, und die Queen stand an der Spitze, wie es sich gehörte. Attlee als Friedenstaube, wer hätte das gedacht …

»Ihre Majestät, Königin Sirikit von Thailand«, verkündete er, wobei es ihm gelang, seiner Stimme etwas von dem volltönenden, metallischen Timbre aus Kriegszeiten zu verleihen.

Atemlose Bewunderung breitete sich aus, als die schlanke Sirikit den Saal betrat. Sie trug ein Brokatkleid – orientalisch schillernde Farbenpracht, gerade geschnitten, der Rock, vorne geschlitzt, zeigte Fesseln, die einer Revuetänzerin ebenso angestanden hätten wie einer Königin. Ihr tiefschwarzes Haar war zu einem lockeren Aufbau hochgesteckt. Ihre gleichmäßigen weißen Zähne blitzten, als sie den Anwesenden liebenswürdig zulächelte. Sie schritt langsam durch den Saal und aufs Podium, achtete darauf, nicht zu nahe neben Elizabeth zu stehen.

Wenn sie doch bloß gewinnen könnte … Diese Abendländer mit ihren schrecklichen Vorstellungen von Thailand – das alles hatte nur dieses Buch bewirkt, *Anna und der König von Siam.* Auf dem Flugplatz hatte sie doch tatsächlich eine Bemerkung aufgeschnappt: »Halten Sie es bei einer solchen Königin für möglich, dass der König sich auch noch einen Harem leistet?« Einen Harem, ausgerechnet! Ihr lieber Bhumibol. Dabei wusste alle Welt, dass er sich höchstens dann für eine andere Frau begeisterte, wenn sie halbwegs Saxophon spielen oder wenigstens Waldhorn blasen konnte.

Doch alles in allem war das ihr Jahr gewesen – auf der Liste der bestangezogenen Frauen zu stehen, und wenn sie jetzt diesen Wettbewerb gewann, würden die Menschen Thailand bestimmt ernst nehmen. Und das nicht nur wegen dieses verdammten Silberschmucks, den sie auf Bhumis Bitten ständig tragen sollte, zu Werbezwecken.

Aufgeregte Kommentare wurden ausgetauscht zwischen denen, die zu flüstern wagten. Das lässt sich doch unmöglich vergleichen, sagten sie. Als habe man die Wahl zwischen Schneeweißchen und Rosenrot. Es ging nicht um mehr oder weniger schön – es ging um einen Typ. Die Schiedsrichter waren zu bedauern, wenn die anderen auch nur halb so gut aussahen. Selbst Salomon wäre da ratlos gewesen.

»Ihre Durchlaucht, Fürstin Gracia Patricia von Monaco.« Sir Winston rückte seine Brille zurecht. Sie war diejenige, die ihm am meisten Sorgen machte. Seine Königin könnte spielend den Sieg über die anderen Teilnehmerinnen davontragen, da war er ganz sicher, aber bei diesen Schauspielerinnen hieß es aufpassen. Er kicherte in sich hinein. In seiner Vergangenheit hatte es auch eine Schauspielerin gegeben, vor einem halben Jahrhundert. Die liebe Ethel. Er beugte den Kopf vor, um einen Blick auf die vorbeirauschende Fürstin Gracia Patricia zu erhaschen. Noch schlimmer, als er erwartet hatte – eine fantastische Person!

Sie achtete darauf, den Kopf nicht höher zu tragen als Elizabeth zuvor. Auf so etwas lauern die Leute immer. Sie war froh, dass sie sich für das weiße Kleid entschieden hatte. Sie und Rainier hatten die halbe Nacht geschwankt, ehe sie sich gegen das blaue aussprachen. »Du sollst die Schneekönigin sein«, hatte Rainier bestimmt. »Außerdem wird sich das weiße Kleid besser auf der neuen Briefmarkenserie machen.«

»Nicht noch eine Briefmarkenserie, mein Lieber«, hatte sie protestiert. »Meinst du nicht, dass wir allmählich mehr Marken als Briefe zu frankieren haben? Von der letzten Ausgabe haben wir noch so viele übrig, dass wir sie im Bankettsaal lagern mussten. Die Köchin will keine Blechdosen mehr herausrücken, und der Keller ist bereits überfüllt.«

Rainier blickte niedergeschlagen drein, sagte dann hoffnungsvoll: »Wir werden wieder eine Woche des Briefes veranstalten. Das letzte Mal, als wir die Bevölkerung dazu aufriefen, haben wir das ganze Dachgeschoss geräumt.«

Sie stieg aufs Podium und dachte dabei, wie schön es wäre, um seinetwillen zu gewinnen. Er wünschte es sich so sehr, dass ihr Land wichtig genommen wurde. Bissige Bemerkungen, in denen Vergleiche zwischen Monaco und Central Park angestellt wurden, wurmten ihn sichtlich. Und er tat so viel für sie. Zum Beispiel, als sie zur Hochzeit eintraf und er ihr berichtete, er habe ihr zu Ehren sämtliche undichten Leitungen im Schloss reparieren lassen. »Jetzt hat jeder Installateur seine helle Freude dran«, hatte er voller Stolz erklärt.

Und dann hatte er ihr seinen prachtvollen Kakteengarten gezeigt. »Wenn dir nach Schauspielern zumute ist, können wir ja hier draußen eine Szene aus *High Noon* nachstellen«, hatte er vorgeschlagen.

Die letzten Klänge von *Glanz und Glorie* verebbten, als sie ihren Platz auf dem Podium einnahm. *Ich liebe diese Melodie,* dachte sie. *Wenn es nicht um die Tantiemen für* True Love *ginge, wäre das mein Lieblingsstück, ehrlich.* Sie musste sich mühsam zurückhalten, nicht die letzte Strophe von

True Love zu summen, als sie sich rasch umschaute. Die anderen sahen einfach fabelhaft aus. Ein Blick auf die erste Reihe der Würdenträger zeigte ihr, dass Rainier über beide Ohren strahlte und fast platzte vor Stolz. Sie atmete auf. *Hoffentlich denkt Mama daran, mir die morgigen Zeitungen von Philadelphia zu schicken,* dachte sie.

Farah Diba stand ungeduldig im Seitenflügel. Sie wusste, dass ihre Augen funkelten, und senkte sie bedachtsam, zauberte das sanfte Mona-Lisa-Lächeln auf ihre Züge, das die Leute von ihr erwarteten. Sie trug ein hellgrünes, mit Hunderten von winzigen Diamanten besticktes Gewand. Ihr Herr und Gebieter hatte ihr das überaus wertvolle neue Diadem höchstpersönlich aufgesetzt, war einen Schritt zurückgetreten, um sie zu mustern, und hatte genickt. »Wenn diese Schiedsrichter keine Narren sind, trägst du heute Abend einen weiteren Titel, Kleines«, hatte er gesagt.

Sie lächelte ihm zu. »Lass sie enthaupten, wenn sie gegen mich stimmen«, hatte sie vorgeschlagen.

Er schien konsterniert. »Meine Vorfahren hätten das natürlich tun können. Heutzutage würde man ein solches Verhalten wohl als unsportlich und unfair ansehen.« Er nahm ihren Arm, als sie zum Ballsaal hinuntergingen.

Und was das Komische daran ist, dachte sie, *du weißt immer noch nicht, dass du mich anbetest. Irgendwo glaubt etwas in dir, dass die Vergangenheit noch immer bei dir ist.*

Sie erinnerte sich an die Studienzeit an der Sorbonne, als sie und eine Freundin die untröstliche Rede des Schahs gelesen hatten, in der er die Scheidung von seiner geliebten Soraya bekannt gab. Ihre Freundin, eine empfindsame Seele, hatte geseufzt. »Ganz gleich, wen er heiratet, er wird immer um Soraya weinen.«

Farah Diba erinnerte sich auch an ihre Antwort: »Trauerweiden lassen sich leicht umpflanzen.« Davon war sie nach wie vor überzeugt. Zugegeben, anfangs war es nicht einfach gewesen. Aber Reza junior hatte ihr Pluspunkte eingebracht. Und sie war sechs Jahre jünger als Soraya. Das kam ihr ebenfalls zugute.

»Ihre kaiserliche Hoheit, Farah Diba, Herrscherin des Iran.« Sie hörte die ersten Takte der Musik, betrat den großen Ballsaal und fühlte sich unaussprechlich selbstsicher. Noch eins – wenn sie diesen Wettbewerb gewann, würde sie schleunigst dafür sorgen, dass die Avenue Soraya einen neuen Namen bekam. Bis jetzt hätte sie nicht im Traum daran gedacht, eine solche Änderung zu veranlassen. Lieber großmütig sein, aber nun reichte es.

Sie wusste, das Volk verglich sie mit ihrer Vorgängerin. Doch Soraya hatte ebenfalls eine bildschöne Vorgängerin gehabt, und wer sprach jetzt noch von ihr? Zuversichtlich bestieg sie das Podium. Reza beugte sich in seinem Sessel vor, lächelte triumphierend. Sie wollte ihm eine Kusshand zuwerfen, solche frivolen Gesten schienen ihn zu faszinieren, aber sie begnügte sich damit, ihm fast unmerklich zuzuzwinkern.

Und das Drollige bei dem Ganzen, sinnierte sie, *wenn es nicht um den Erben für den Pfauenthron gegangen wäre, hätte ich lieber ein Mädchen gehabt.*

Sir Winston räusperte sich. Hoffentlich hatte die reizende junge Frau, die eben gekommen war, nicht die geflüsterten Kommentare gehört, die sie mit ihren Vorgängerinnen verglichen. *Diese vorderasiatischen Länder,* dachte er ungeduldig. Was, zum Teufel, war daran falsch, wenn eine Frau die Thronfolge antrat? Nach manchen Königen zu urteilen, die er gekannt hatte, machten die Königinnen ihre Sache eher besser. Apropos Königinnen … Er merkte, dass ihn alles erwartungsvoll anblickte. Richtig, die kleine Neue, Fabiola aus Belgien. Wirklich eine entzückende Person, keine Konkurrenz für Elizabeth – aber wer war das schließlich? »Ihre Majestät, Fabiola, Königin der Belgier.«

Fabiola holte tief Luft – vor Aufregung, nicht aus Nervosität. Sie kam herein, angetan mit einem erlesenen Ballkleid, blassrosa Satin, verschwenderisch drapiert – aber keine Schleppe. Du lieber Himmel, wenn sie bloß an diese sechs Meter lange Stoffbahn dachte, mit der sie vor den Traualtar getreten war! Die hatte so stark an ihr gezogen, dass sie sich während der halben Flitterwochen mit einem steifen Hals herumquälen musste.

Langsam durchquerte sie den Saal, quittierte die Knickse und Ovationen mit einer leichten Verbeugung. Sie hatte vorgeschlagen, sich ein bis zwei Kämme ins Haar zu stecken und einen Fächer zu tragen, nur um ihre Erscheinung durch ein bisschen spanische Eleganz aufzumöbeln. Doch Baudouin hatte ein gequältes Gesicht gemacht. »Deine Mantille und Haarkämme kannst du irgendwann mal auf einem Kostümball tragen«, hatte er gemeint.

Sie erhob nicht den Anspruch, so fabelhaft auszusehen wie Gracia Patricia oder Jackie. *Aber ich bringe den Aschenputtel-Effekt mit,* dachte sie. *Ich fessele die Fantasie – alte Jungfer mit einunddreißig Neffen und Nichten zieht ab mit dem größten Fang in Europa.* Sie lächelte Baudouin zu, der aufrecht und stolz in der ersten Reihe der Würdenträger saß, und dachte an den Tag, an dem sie sich kennen gelernt hatten. Es geschah auf einer Cocktailparty, und er wurde als Graf Sowieso vorgestellt. Das hatte sie verblüfft. Glaubte wirklich irgendjemand, der begehrenswerteste Junggeselle der Welt wäre nicht zu erkennen? Sie wollte sich schon tief verneigen, als ihr jener amerikanische Kandidat einer Quizsendung einfiel, der zwar die Namen von längst vergessenen Inselgruppen wusste, nicht aber den des Königs von Belgien. Er hatte dafür eine Begründung geliefert. Aus einer absonderlichen Anwandlung heraus beschloss sie, nach den gleichen Spielregeln zu verfahren.

Sie tat völlig ahnungslos, was die wahre Identität des Grafen betraf, und dankte jetzt ihrem guten Stern dafür. Er hatte so gelöst gewirkt. Vielleicht wurde Baudy bloß reserviert und vorsichtig, wenn er das Land regierte. Gelegentlich fragte er sie: »Und du hast mich wirklich nicht erkannt, meine Liebe?« Irgendwann musste sie diesen amerikanischen Quizkandidaten zum Dinner einladen. Das war sie ihm schuldig. Sie war auf dem Podium angelangt und sah sich in dem prachtvollen Ballsaal um. Sie spürte das Gewicht des Diadems auf ihrem Kopf und atmete glücklich auf. *Wenn das hier nicht alles schlägt,* dachte sie. *Ein Märchen zu erleben ist etwas ganz anderes, als Märchen zu schreiben ...*

Sir Winston räusperte sich laut. Zuletzt, aber wahrlich nicht zu übersehen, kam das neueste Mitglied der bezaubernden Runde – die hinreißende Jackie Kennedy. Tja, diese Amerikanerinnen – sie hatten dieses gewisse Etwas. Wirklich atemberaubend! Den Hals glücklich frei, wartete er, bis das erwartungsvolle Raunen verstummte, verkündete dann pompös: »Die First Lady der Vereinigten Staaten, Jacqueline Bouvier Kennedy.«

Oleg hat sich selbst übertroffen, dachte Jacky, als sie leicht durch den Ballsaal zu gleiten begann – goldfarbener Satin, eng anliegend, aber mit einer angedeuteten Schleppe. Natürlich verneigte sich niemand vor ihr, doch das respektvolle Nicken schmeichelte ungemein. Am Vormittag hatte sie Elizabeth erzählt, wie sie von einer Zeitung in Washington herüber geschickt worden war, um Skizzen von der Krönung zu machen. »An dem Tag taten Sie mir ehrlich Leid«, hatte sie der Queen anvertraut. »Dieses ganze Zeremoniell. Damals ahnte ich ja nicht, dass ich später mal eine feierliche Amtseinführung mitmachen würde.«

»Sie sind wenigstens mit dem Auto hingefahren«, entgegnete Elizabeth. »Diese Kutsche, die man für mich hervorholt, ist wirklich eine Zumutung – schwankt wie das sprichwörtliche Rohr im Wind, und man hat das Gefühl, in einem Kühlschrank zu sitzen.«

»Ja, aber wenn Sie erscheinen, bleibt's unweigerlich bei *God Save the Queen«*, erinnerte sie Jackie. »Haben Sie zufällig mal gehört, wie *Jacqueline* gespielt wurde?«

Elizabeth nickte mitfühlend. »Das wird nie in die Hitparade kommen.«

Jacqueline lächelte in sich hinein. Die Queen war wirklich gut zu leiden. Sie waren vormittags auch zusammen ausgeritten. Sie ging an der Reihe der Würdenträger vorbei, bevor sie die Empore bestieg.

Der Präsident beobachtete sie aufmerksam und schlug sich mit der Rechten kräfig aufs Knie, also musste alles in Ordnung sein. Wenn Jack diese Handbewegung stoppte, dann stimmte garantiert etwas nicht. Wie damals in der Autokolonne, wo sie nach acht Kilometern im Schneckentempo ihr Buch aufgeschlagen hatte. Sobald diese Hand reglos verharrte, wusste sie, dass sie sich in die Nesseln gesetzt hatte. Aber Chaucer war eben ein reines Vergnügen …

Würdevoll schritt sie über das Podium und registrierte, wie entzückend Fabiola aussah. *Ihr ist diese Prozedur genauso neu wie mir, aber sie hat auch ihren Spaß daran,* dachte Jackie. *Und sie scheint kein bisschen verärgert zu sein wegen König Baudouins Brille.* Das war der einzige kritische Moment dieser Reise gewesen. Jack hatte Philip und Reza und Baudouin und Rainier und die anderen überredet, rasch eine Partie Football im Schlossgarten zu spielen. Und Jack, wie er nun einmal war, spielte auf Sieg.

Jetzt humpelte Philip, Baudouin linste kurzsichtig durch seine Lesebrille, und Rainier hatte sich den Daumen verstaucht. Aber was machte das schon? Sie stand hier, und das allein zählte. Auch Pa Kennedy hatte dieser Wettbewerb in helle Aufregung versetzt. Er hatte ihr einen Scheck über eine Million Dollar versprochen, wenn sie gewann. Lächelnd blickte sie von ihrem Platz aus Jack in die Augen. *Wir haben alles, was wir uns nur wünschen können,* dachte sie. *Jugend und Aussehen und die Kinder und einander und Geld und das Weiße Haus. Aber was können wir nur tun, damit es so weitergeht?*

Sir Winston inspizierte das Podium aufmerksam. Noch nie war so viel Jugend und Schönheit versammelt gewesen. Argwöhnisch musterte er die Schiedsrichter. Gerade hatte er aus zuverlässiger Quelle erfahren, Nikita habe angeboten, für Jackie Kennedy zu stimmen, wenn die Vereinigten Staaten Alaska an ihn zurückverkaufen würden. Und Nehru hatte versprochen, für Elizabeth zu votieren, wenn England gegenüber der Statue von Queen Victoria eine von Gandhi aufstellen würde. Von de Gaulle hätte man erwartet, er wäre über solche faulen Tricks erhaben, doch dem Hörensagen nach hatte er Rainier versprochen, für Gracia Patricia zu stimmen, im Austausch gegen die Spielbankeinnahmen von Monte Carlo – um Frankreich über Wasser zu halten, bis die Algerienfrage gelöst wäre.

Sir Winstons Gesicht nahm auf Kommando wieder den Ausdruck einer Bulldogge an, der es in den Vierzigerjahren so berühmt gemacht hatte. Der Wettbewerb hatte seinen Zweck erfüllt. Zwischen den Ehemännern der Teilnehmerinnen und den Schiedsrichtern würde ein Gipfeltreffen zustande kommen, wie es die Welt noch nicht erlebt hatte. Und er würde es bei einem erstklassigen alten Brandy arrangieren.

Er begab sich auf die Empore. »Wir haben das Unmögliche versucht«, verkündete er mit donnernder Stimme. »Wir haben versucht, die Wahl zu treffen zwischen Rose und Lilie, zwischen Orchidee und Jasmin.« Er sah die Schiedsrichter an, die heftig und dankbar nickten. »Wir werden diese Damen zu einem Strauß vereinen, wie man ihn noch nie gesehen hat. Jeder Versuch, eine unter ihnen auszuwählen, übersteigt die menschlichen Fähigkeiten bei weitem ...«

Sir Winston öffnete die Augen. Das war sein großer Moment, eine blitzartige Erleuchtung. Der Reporter saß immer noch am Tisch, ruhig, aufmerksam. »Wie Sie über den ersten Preis entschieden haben, Sir, das hielt ich für einen geradezu genialen Schachzug«, meinte er respektvoll.

Sir Winston lachte stillvergnügt in sich hinein. »War es auch, junger Mann«, gab er zu. »War es auch. Ich erinnerte mich an den Preis, als ich meine Rede beendete, und mein Blick schweifte verzweifelt durch den Saal. Es war ein Geschenk des Himmels, dass er auf Mrs Chruschtschow ruhen blieb, die in schwarzem Samt und Perlen recht chic aussah. Sie war von jeher wegen ihrer nachlässigen, biederen Kleidung berüchtigt. Und nach eiliger Rücksprache mit den Schiedsrichtern, für die Nikita sich taktvollerweise als unzuständig erklärte, tauften wir die Medaille ›Größter Fortschritt‹ und steckten sie ihr an.«

Quellennachweis

DOPPELSCHATTEN
Originalausgabe: The Anastasia Syndrome and other Stories

DER VERLORENE ENGEL/*THE LOST ANGEL*

First published in *Woman's Day*
Aus dem Amerikanischen übersetzt von Ingrid Scherf

IM VEXIERSPIEGEL/*DOUBLE VISION*

First published in *Woman's Day*
Aus dem Amerikanischen übersetzt von Liselotte Julius

DAS KLASSENTREFFEN/*TERROR STALKS THE CLASS REUNION*

First published in *Woman's Day*
Aus dem Amerikanischen übersetzt von Angelika Felenda

GLÜCKSTAG/*LUCKY DAY*

First published in *Murder in Manhattan*
Aus dem Amerikanischen übersetzt von Joachim Körber

Der Auszug aus dem Gedicht ›La Belle Dame sans Merci‹ von John Keats wurde von Heinz Piontek ins Deutsche übertragen.

SECHS RICHTIGE
Originalausgabe: The Lottery Winner

KURZER PROZESS/*A CLEAN SWEEP*

Aus dem Amerikanischen von Michaela Link

DIE LOTTERIEGEWINNERIN/*THE LOTTERY WINNER*

Aus dem Amerikanischen von Michaela Link

SCHLAF, KINDCHEN, SCHLAF/*BYE, BABY BUNTING*

Aus dem Amerikanischen von Michaela Link

AUSGETRICKST/*DEATH ON THE CAPE*

Aus dem Amerikanischen von Liselotte Julius

Klempner Willys Meisterstück/*Plumbing for Willy*

Aus dem Amerikanischen von Liselotte Julius

Die Leiche im Schrank/*The Body in the Closet*

Aus dem Amerikanischen von Liselotte Julius

UND TOT BIST DU
Originalausgabe: My Gal Sunday

Verbrechen aus Leidenschaft/*A Crime of Passion*

Aus dem Amerikanischen von Karin Dufner

First Lady vermisst/*They All Ran After the President's Wife*

Aus dem Amerikanischen von Karin Dufner

Das Geheimnis der Columbia/*Hail, Columbia!*

Aus dem Amerikanischen von Karin Dufner

Aus dem Englischen von Liselotte Julius